BASTEI
LÜBBE

JOE DONNELLY

DUNKLE RITUALE

Aus dem Englischen
von Martin Eisele

BASTEI
LÜBBE

BASTEI-LÜBBE-TASCHENBUCH
Band 12523

Deutsche Erstveröffentlichung
Titel der englischen Originalausgabe:
Still Life

Printed in Germany Juli 1996
Einbandgestaltung: Gisela Kullowatz
Satz, Druck und Bindung: Ebner Ulm
ISBN 3-404-12523-3

Der Preis dieses Bandes versteht sich einschließlich
der gesetzlichen Mehrwertsteuer

— 1 —

Zukunft

Er konnte seinen eigenen Herzschlag hören. Er konnte ihn spüren; ein schnelles, *zu schnelles* Hämmern in seiner Brust. Es war das einzige, von dem er wußte, daß es real war.

Und, *Jesus*, es tat weh.

Martin Thornton klammerte sich an den Schmerz in seinem Herzen, der an ihm riß und zerrte, es war, als würde er ihn zerbersten lassen. Thornton versuchte sein rasendes Atmen zu verlangsamen, doch dies gelang ihm nicht. Sein Herz hämmerte gegen die Rippen, und die Schmerzen überschwemmten ihn in rasch aufeinanderfolgenden Wellen.

Dunkelheit brach über ihn herein, und hinter der Dunkelheit waren drohende Gestalten zu erahnen, verzerrte, formlose Schemen. Er kniff die Augen zusammen, sperrte die Trugbilder aus, sperrte das Reißen und Zerren aus, und fühlte, daß er bereits wieder die Besinnung verlor. Er fiel, und es war angenehm; er wirbelte benommen fort von den Schmerzen. Die Dunkelheit raste an ihm vorbei, ein Alptraum-Schnellzug, der in die Ferne davonkreischte, und Farben erblühten und tanzten hinter seinen Lidern.

Die Schmerzen trieben in einem immer langsamer werdenden, harten Pulsieren von ihm weg. Er verlor den Kontakt zu ihnen, und das war das schlimmste von allem. Er kehrte ins Alptraumland zurück, obwohl er wußte, dies war kein Traum.

Er glaubte, sein Innerstes werde nach außen gestülpt; sämtliche Sinneswahrnehmungen verglühten, und dann war er *da*. Er brüllte vor Angst, und der abgehackte Klang seiner Stimme hallte von Baum zu Baum und verging in der Ferne.

Verkrüppelte Hände griffen nach ihm und packten ihn am Kopf und an Armen und Füßen. Zähnefletschende Gesichter wie aus einem Alptraum – diesem lebendigen Alptraum – schwebten über ihm. Er schreckte vor ihnen zurück *(obwohl er wußte, daß sie nicht real waren)*, doch er war ihnen hilflos ausgeliefert. Er wehrte sich und kreischte, und sie prügelten auf ihn ein, verdrehten seine Gliedmaßen, schlugen Klauen in seine Haut, rissen ihn in Stücke.

Er schmeckte feuchte Erde und Moder. Er schmeckte sein eigenes Blut. Er hörte das wahnsinnige Gegacker ihres Lachens und das entsetzliche Kratzen ihrer hornigen Finger. Er sah ihre grotesken Rindengesichter, sah, wie sie sich bewegten und *veränderten.*

Etwas gab nach, völlig ohne Schmerzen. Eine knorrige Hand hielt ihm eine rote, triefende Masse vor die Augen, und er wußte, es war ein Teil seines Körpers. Ein unmenschliches Gesicht beugte sich über ihn; eine Woge von Fäulnis und Moder hüllte ihn ein. Er fühlte sich emporgehoben und gleich darauf hineingerammt in den weichen Boden des Waldes. Kräftige Hände drückten ihn durch eine Schicht feuchter Blätter tief hinein in das Erdreich, bis nur mehr sein Kopf und seine Schultern im Freien verblieben.

Dann wichen die Gestalten lautlos zurück. Sie umringten ihn, starrten mit hölzernen Augen aus runzligen, klumpigen Gesichtern. Sie hoben die Hände, und er sah ihre Körper emporstreben. Die Arme wurden länger, breiteten sich aus. Finger wuchsen und verästelten sich. Moos überwucherte rissige Flanken, und die schrecklichen, leblosen Augen brannten ihn noch immer.

Unter der Erde kehrte das Gefühl in seinen zerbrochenen Körper zurück. Er fühlte Blut aus sich hinausströmen und an dessen Stelle eine kalte, sickernde Nässe zurückkehren.

Er versuchte zu atmen, doch er hatte keinen Atem mehr. Er mühte sich bis zum äußersten, etwas zu tun, sich aus der feuchten Erde herauszuwühlen, doch er hatte keine Gewalt mehr über seinen Körper; seine Hände reagierten nur mehr mit einem lächerlichen, krampfartigen Zucken. Unterhalb der Taille spürte er ein Wimmeln auf der Haut, und ein Sich-Regen, wo seine Beine waren – wo sie sein sollten. Etwas bewegte sich, und er begriff, daß *er selbst* dies war. Er fühlte seine Zehen, wie sie sich krümmten und streckten und das Erdreich erforschten. Die Härchen seiner Beine kräuselten sich und wurden länger, gruben sich in den Boden hinein. Direkt vor ihm bewegte sich sein Arm mit einem fürchterlichen *knarrenden* Geräusch, und er sah, daß sich seine Finger verdrehten und bogen; die Fingerknöchel brachen durch die braune, runzlige Haut. Er versuchte, sie nahe vor sein Gesicht zu bringen, aber sein Arm gehorchte ihm nicht.

Und in der Tiefe unter sich fühlte er seine Poren, fühlte wie sie die unterirdische Nässe in sich aufnahmen, und wie diese Nässe seine Adern füllte und in einem eisigen, schlammigen Strömen immer höher stieg.

Er wollte losschreien, aber seine Kehle war wie zugeschnürt. Kein Laut kam über seine Lippen.

Seine Arme wuchsen weiter empor, seine Finger spreizten sich und trieben Zweige. Allgegenwärtig um sich herum spürte er das *Grün* des Waldes, und ein Schauer entstand in den Wurzeln, die einmal seine Füße gewesen waren, und pflanzte sich wie die Nässe prickelnd durch ihn hindurch fort und schüttelte die Äste über ihm. Und rings um ihn war das Bumm *Bumm* BUMM des Pulsschlags der Bäume.

Hölzerne Augen starrten blind auf ihn herab, doch er spürte das stille Beobachten der anderen Gestalten, die ihrerseits in der Lichtung Aufstellung genommen hatten. Seine Wurzeln vereinten sich mit den ihren, und der Pulsschlag dauerte an und an.

Der Herzschlag des lebenden Waldes erfüllte ihn, und

Wind fuhr in seine ausgestreckten Hände und wiegte sie im Einklang mit den anderen Baumkronen. Er war gefangen, war der entsetzlichen Macht dieses Ortes hilflos ausgeliefert, und Leben regte sich in der Erde selbst und nahm ihn in sich auf und ließ ihn eins werden mit der furchtbaren Seele des grünen Waldes.

Das tiefe Dröhnen kam und verging in Wellen, erzwang sich seinen Weg in ihn hinein, machte ihn zu einem Teil davon. Die Kälte brauste empor, ein ungeheuerlicher Druck ließ sie in ihm emporschießen und überwältigte ihn mit ihrer Macht.

Der Wind wurde stärker und schüttelte ihn, bog ihn hierhin und dorthin, krümmte und verdrehte ihn, bis die Anspannung Zelle um Zelle seines ganzen Körpers mit zerfleischender Pein erfüllte. Große Risse entstanden, die dicke Rindenhaut platzte auf, und Grün spritzte heraus. Sein starrer Körper ergab sich dem Wind, das Dröhnen pulste jetzt in gewaltigen, unwiderstehlichen Stößen in ihm.

In einem jähen Moment der Zerstörung fühlte er das Zerbersten gleich einer Schockwelle durch sich hindurchrasen. Da war kein Schmerz, nur die verheerende Gewißheit von *Schaden*. Ein Grollen pflanzte sich durch den Wald hindurch fort, und er taumelte und stürzte und suchte sich krachend seinen Weg in die Tiefe. Astarme barsten und brachen, Wurzelfüße spannten sich und wurden zerfetzt. Andere Baumstämme wurden mit einem Ruck beiseite gestoßen und splitterten, und der Boden wölbte sich ihm mit aberwitziger Schnelligkeit entgegen. Da war eine weitere Erschütterung; er schlug mit furchtbarer Wucht auf und rollte weiter, nahezu gefühllos durch die Ungeheuerlichkeit des Sturzes. Jegliche Wahrnehmung verblaßte; es gab nur mehr dieses unaufhörliche Beben, das den Boden in tiefen, rollenden Wogen erschütterte.

Und plötzlich war Martin Thornton wieder er selbst.

Seine brennenden Lungen saugten aus der Dunkelheit

Luft in sich hinein. Sein Herz hämmerte noch immer schnell, zu schnell, doch die Schmerzen ließen nach. Es war so gut wie überstanden, er atmete wieder aus, dann ein, keuchte vor Anstrengung, genoß das Strömen des Sauerstoffs.

Er versuchte sich zu bewegen, doch das war noch immer unmöglich. Die Finsternis hielt ihn in ihrem Griff, aber wenigstens war er zurück, weg von *dort*, heraus aus dieser schrecklichen anderen Welt der Halluzination.

Sein Herzschlag beruhigte sich ein wenig, und die Schmerzen verebbten langsam, ein träges Gewässer, das nun versickerte und ihm eine Chance gab, wieder zu *denken*. Martin Thornton versuchte erneut, sich zu rühren, und dieses Mal schwang sein Arm kraftlos herum. Nadelstiche tobten zwischen Unterarm und Handgelenk auf und ab, doch wenigstens war da *etwas*, eine Empfindung, die anders war als die Schmerzen unter seinen Rippen. Er hob seinen Kopf einen Inch weit, dann ließ er ihn auf die harte Oberfläche zurücksinken. Die tiefere Dunkelheit wogte von neuem heran, und panischer Schrecken erfaßte ihn; er glaubte, wieder ohnmächtig zu werden, und das war das *letzte*, was er wollte.

Ein dumpfes Prickeln schoß empor und über seine Schultern, dann der Länge nach abwärts. Die Wiederkehr seiner Sinneswahrnehmung – *irgendeiner Sinneswahrnehmung* – ließ seine Hoffnung Kapriolen schlagen. Wieder versuchte er, seinen Arm zu bewegen, und diesmal gehorchte er ihm zögernd. Es war zu dunkel, um viel sehen zu können, aber irgendwann stießen seine Finger, vorangetrieben von einem bleischweren und ununterbrochen prickelnden Arm, gegen seine Wange.

Sie fühlten sich wirklich wie Finger an. Steif und schwerfällig, aber *menschlich*. Und so, wie sie zum Leben erwachten, geschah dies auch mit seiner Erinnerung. Sie war verschwommen. Voller Schatten. Doch etwas regte sich darin, ein Bild entstand und war wie nach einem Augenzwinkern bereits wieder verschwunden. Ein Gedanke trieb empor, schwer zu fassen und vergangen, noch während er danach tastete. Sein mentales Zugreifen war so unbeholfen wie das seiner Finger, doch ganz allmählich würden auch die Nadelstiche in seinem Kopf verschwinden. *Hoffte er.*

Der Raum war pechschwarz, und er roch alt und modrig. Er begriff, daß er auf einem harten, steinernen Boden lag. Er nahm ein Rascheln wahr, doch sein Hören wurde verzerrt durch das noch immer vorhandene, schnelle Pochen in seinen Ohren. Irgendwann versuchte er wieder, den Kopf zu heben. Ein durchdringender Schmerz flammte in seinem Nacken auf, allerdings nicht durchdringend genug, um ihn aufgeben zu lassen. Er wälzte sich auf die Seite und brachte einen Ellbogen zwischen sich und den kalten Stein. Seine linke Hand tastete in das Dunkel und berührte eine Wand; sie war feucht und schmierig unter seinen Fingern.

Er stieß sich, benommen schwankend vor Anstrengung, auf die Knie hoch und richtete sich schließlich vollends auf. Er bewegte sich langsam und vorsichtig, da er nicht wußte, wie hoch die Decke war. Da war ein Kratzen, einige Yards entfernt, und er erstarrte augenblicklich. Das Geräusch wiederholte sich nicht. Sehr vorsichtig tastete er sich an der Wand entlang. Die Oberfläche war naß und kühl und weich. Seine Fingerspitzen sanken in einen glitschigen Überzug ein; es war, als untersuche er verrottetes Fleisch, und ein Übelkeit erregender Druck entstand in ihm.

Da war etwas, das er tun mußte.

Er wußte, da war etwas, das er tun mußte. Dringend. Eine sehr wichtige Sache. Eine Sache, die über *Leben und Tod* entscheiden würde.

Aber sein verwirrter, panischer, *angeekelter* Verstand war gefangen in zähem Schlamm und kämpfte darum, freizukommen, nicht unterzugehen. Da war etwas, das er tun mußte, und er konnte sich nicht daran erinnern, *was*.

Er taumelte blind an der Wand entlang, und schließlich erreichte er eine Ecke. Es schien, als habe er einen weiten

Weg zurückgelegt, seine Hände glitten über die widerwärtige, pilzähnliche Oberfläche. Wasser – oder Schleim – rann an der Verfugung herab, und er mußte sich zwingen, seinen Abscheu zu überwinden, die Finger an der Wand zu belassen, sich so seinen weiteren Weg zu erfühlen. Zehn, vielleicht zwanzig Schritte in der Finsternis, und die Bilder bestürmten ihn, huschten von Schatten zu Schatten vor ihm her, stets knapp außerhalb seiner Reichweite. Dann stießen seine Knöchel gegen einen Türgriff.

Erleichterung sprudelte in ihm hoch wie Quellwasser. Er atmete ein, und das wüste Durcheinander seiner Gedanken begann sich wie von selbst zu entwirren.

Genau in diesem Moment flackerte draußen, irgendwo im Osten, ein Lichtblitz auf. Knisterndes Orange ergoß sich durch ein spinnwebenverklebtes, staubiges Kellerfenster. Plötzlich wußte er, daß dieser Keller zu einem Haus gehörte, das am Rande eines Waldes stand. Die Dunkelheit stob auseinander.

Martin Thornton wandte sich dem Fenster zu, und die Helligkeit stach direkt in seine Augen. Er kniff sie zusammen, sperrte den zuckenden Glanz aus und blinzelte die Tränen weg. Schlagartig klärte sich seine verschwommene Sicht. Er starrte auf seine Hand hinab, die sich fest um den alten Türknauf geschlossen hatte, und stöhnte bestürzt auf.

Auch die Eichenbohlen der Tür waren von wuchernden *Dingen* übersät. Schwarze Klumpen wölbten sich wie erkrankte Gehirne am Rahmen. Von diesen morastigen Gewächsen ausgehend, erstreckten sich schleimige Fäden zitternd über das morsche Holz und ringelten sich vorwärts – auf einer monströsen Suche nach Spalten und Rissen, in denen sie sich festsetzen und ihrerseits vermehren konnten. Es war nicht viel Platz zu finden. Ringsumher schwoll eine ganze Armee von Blätterpilzen ins Leben.

Martin stand da und starrte, während das Unwetter Einzug hielt im Tal. Seine Gedanken überstürzten sich, und schließlich beruhigten sie sich und kamen in Reih und

Glied daher, und in ihrem Gefolge marschierten, schnellen Schrittes, dicht an dicht, auch die Erinnerungen. Und dann wußte er, was er zu tun hatte.

»Ich muß hier raus«, sagte er laut. Es war das erste Mal, daß er gesprochen hatte, seit – *wann*? Seine Worte wurden von dem glitzernden, wuchernden Gobelin sich blähender, schwammiger Gebilde aufgesogen. Draußen hallte der Donner über den Himmel hinweg.

Der wuchernde Verfall überzog auch den Türgriff – wie eine Schnecke und irgendwie *lebendig*. Martin Thornton riß seine Blicke davon los und wandte sich um. Nun, da sich seine Augen an das düstere Licht, das von der schmalen Fensteröffnung kam, gewöhnt hatten, nahm er auch die Regale wahr, die sich an der gegenüberliegenden Wand emporzogen; schwere Bretter, auf denen, staubverkrustet und sonderbar drohend, Flaschen und gläserne Kolben eng beieinander standen. In der am weitesten vom Fenster entfernten Ecke, dort, wo seine Finger die amphibische Haut der Wand berührt hatten, bemerkte er ein starres, schattenhaftes Wesen ... ein altes Spinnrad auf vier gedrechselten Beinen; ein wollenes Knäuel baumelte daran wie ein Gehenkter.

Eine Bewegung erregte seine Aufmerksamkeit, und er starrte wieder zu den Regalen hin. Die Flaschen klirrten gegeneinander, als habe ein Beben den Raum erfaßt. Drei langsame Schritte trugen ihn hinüber; in jedem Glaskolben und selbst in den großen Korbflaschen blubberten und schäumten Flüssigkeiten. Ein plötzliches lautes *Plop* ließ beinahe sein Herz stillstehen: Der Pfropfen eines der Gefäße prallte hart und dumpf von einem der niedrigen Deckenbalken ab. Martin ignorierte es. Seine Blicke wurden wie magisch von dem Gefäß selbst angezogen, aus dem sich nun grüne, schneckengleiche Tentakel herauswanden, forschend und vorsichtig, jedoch mit scheußlicher *eisiger* Zielstrebigkeit. Schleimige Fühler zuckten, dehnten sich aus und suchten blind umher. Einer davon glitt wie zufällig um den Hals einer anderen Flasche, zog sich zusammen und schleuderte sie zu Boden. Als sie zerbarst, war kein Krachen von splitterndem Glas zu hören, sondern nur ein dumpfes Knacken, und ein brauner Schwall ergoß sich mit dem Geräusch einer Flutwelle auf Strandkies über den Boden.

Martin zwang sich, über diese *Aussaat* hinwegzusteigen; er mußte wegkommen von diesen *unwirklichen* Tentakeln. Im gleichen Augenblick begann sich die gallertige Masse zu bewegen. Er erstarrte mitten in der Bewegung, als seine Muskeln in einem lähmenden Schock ihren Dienst versagten.

Die Masse auf dem Boden lebte. Da waren Tausende von ihnen, jedes ein durchscheinendes, seltsames Wesen von der Größe eines Sonnenblumenkerns. In einem einzigen Alptraumschnippen setzten sie sich in Bewegung und krabbelten auf winzigen, haarfeinen, wie Kolben stoßenden Beinen mit der verwirrenden Schnelligkeit von Küchenschaben los.

»Oh, um Gottes willen«, stöhnte er, doch er war sich dessen nicht bewußt. In einer bizarren Mischung aus verrenktem Grätschschritt und Hüpfen versuchte er die umherwimmelnde Masse dieser insektenhaften Brut zu überwinden. Dennoch zermalmte er ein halbes Dutzend der Kriecher. Ihre papierenen Schalen zerbarsten, und er konnte spüren, wie sie sich wanden unter seinen Fußsohlen.

»Nein, nein, nein, nein«, sagte er laut, beinahe stöhnend, und schüttelte den Kopf, als könne er so leugnen, was seine Augen ihm zeigten. Er *wußte*, es war nicht real. Das hier war das gleiche wie die Halluzinationen. *Sie* hatte ihm etwas in die Nase hochgeblasen. Diese verrückte Schlampe hatte ihm etwas eingeflößt, das seinen Verstand geradewegs aus seinem Schädel hinaus- und in ein Alptraumland hineinkatapultiert hatte.

»Verdammte *Hexe*«, murmelte er, und der sinnlose Zorn in seinen Worten sorgte dafür, daß er sich ein wenig besser fühlte. »Raus hier«, sagte er wieder. An die frische

Luft, in die Helligkeit des Tages. Um zu *tun*, was auch immer es war, das er zu tun hatte.

Er tappte los; zermalmte mit jedem Schritt einen Teil des kriechenden, wimmelnden, Insektenteppichs unter sich und sagte sich ununterbrochen, *daß sie nicht da waren.* Er ignorierte die zuckenden Tentakel aus schleimigem, lumineszierenden Grün, die sich nun bereits einen Yard weit aus der offenen Flasche heraus erstreckten. Er schloß die Augen vor der rasenden, *lebendigen* Bewegung in den Flaschen und Gefäßen – und *wußte* doch um das Wogen in den lichtdurchlässigen, gläsernen Gebärmuttern, um *ihren* unbändigen Willen, geboren zu werden. Tür und Türknauf lagen unter einer obszönen, gallertigen Masse begraben, doch er zwang seine Hand – und seinen Geist –, die wuchernden, pulsierenden Schimmelpilze zu leugnen.

Er wußte, daß sie nicht existierten.

Martin Thornton packte den Knauf mit beiden Händen so fest er konnte, bis seine Finger schließlich durch die Gewächse hindurchdrangen wie durch Matsch und das Messing darunter spürten. Er neigte die rechte Schulter, hob die linke, drehte den Türknauf im Uhrzeigersinn. Ein dumpfes Klicken ertönte; er trat zurück und warf sich mit seinem ganzen Gewicht gegen die Tür. Die Fäden und Fasern der Masse dehnten sich wie Karamel und zerrissen, als die Tür weit aufschwang und Martin hinausstolperte. Trockene Luft strömte ihm entgegen. Linker Hand war eine massive Mauer mit altmodischen eisernen Kleiderhaken. Er wandte sich nach rechts, dem Fußende einer engen, hölzernen Treppe zu, die vor einer grünen Tür endete. Die Stufen knarrten, als er hinaufstieg, so schnell ihm dies möglich war. Oben angekommen, versetzte er der Tür einen Stoß; sie öffnete sich sofort, und er stürzte kopfüber in einen dämmrigen Korridor hinein und landete auf allen vieren.

Greller Schmerz tobte in seinem linken Knie, und er grunzte vor Anstrengung, nicht laut aufzuschreien. Wieder brannten Tränen in seinen Augen, und er zwang sie zurück. Seine Sicht verschwamm und war gleich darauf wieder klar. Er stemmte sich hoch – und hörte das tiefe Knurren, das den Korridor erbeben ließ. Er verharrte mitten in der Bewegung und sah, wie sich etwas Schwarzes aus den Schatten löste. Zuerst glaubte er, es sei eine Katze, und in diesem Sekundenbruchteil wußte er alles wieder, doch ihm blieb keine Zeit mehr für Erinnerungen oder auch nur einen einzigen bewußten Gedanken.

Die Gestalt verwandelte sich in ein fließendes, ebenholzschwarzes Gleiten und sauste den Korridor entlang auf ihn zu. Er sah ein Maul weit aufklaffen, und das Knurren wurde zum Brüllen. Er sah muskulöse, pelzige Läufe, hörte Klauen Furchen in den glatten Holzboden reißen; das Etwas schnellte mit Lichtgeschwindigkeit heran. Es war keine Katze. Es war eine wellenförmige Ungeheuerlichkeit, eine geifernde, *wieselschnelle* Kreatur mit zornig funkelnden Augen.

Pure Angst rettete ihn.

Er versuchte, sich nach hinten wegzustoßen, doch seine Arme bewegten sich nicht. Er sah Muskeln anschwellen, nahm Geifer wahr, der von einem aufgerissenen Maul schäumte, und Zähne, die wie Eisenspitzen waren; und dann, gerade als das fleischgewordene Grauen sprang, um ihm die Kehle zu zerfleischen, verlor er einfach das Gleichgewicht. Er kippte um und stürzte, das Gesicht nach unten, zu Boden. Einen Fuß über ihm gellte ein entsetzliches Brüllen, und aus dem Augenwinkel heraus sah er einen Schatten über sich hinwegsegeln. Irgend etwas peitschte aus dieser sich bewegenden Masse so unglaublich schnell auf ihn herab, daß es nur ein Wischen war, und schlitzte ihm den Rücken auf. Blut spritzte und strömte über seine Hüfte, seine Arme und Beine. Ohne nachzudenken kroch er los; das schlüpfrige Rot unter seinen Händen und Knien verwandelte seine Flucht in ein lächerliches Babyschlittern. Irgendwo hinter ihm ließ ein gewaltiger dumpfer Aufprall die Wände zittern, und das Brüllen verstummte wie abgeschnitten.

Martin Thornton glitt endgültig in seinem eigenen Blut aus und krachte der Länge nach zu Boden, doch der Schwung trug ihn weit genug vorwärts, um ihn aus der Nässe hinauszubefördern. Hinter sich, im Keller, hörte er das Toben und Geifern des Alptraums; hörte er das Gepolter auf der Treppe und wußte, er kam zurück, kam, um ihn zu holen. Er taumelte bis ans Ende des Korridors, wo der geschnitzte Kleiderständer neben der schweren Tür stand, und packte den erstbesten Gegenstand. Es war ein schwarzer Regenschirm.

Er fuhr herum, nackt und blutend und so verzweifelt, daß er jenseits aller Angst war. So mußte sich eine ausweglos in die Enge getriebene Ratte fühlen, die den tödlichen Biß des Terriers bereits kommen sah. Aber er war ein Mensch, nackt und allein und in der Falle, und er umklammerte den alten schwarzen Regenschirm mit einem mörderischen Griff, und seine Instinkte übernahmen und gestatteten nicht einen rationalen Gedanken mehr. Keine Chance, irgendwohin zu fliehen. Das *Animalische* in ihm zwang ihn, zu *kämpfen*.

Muskeln bewegten sich wie zu eigenem Leben erwacht. Er stieß sich heftig von der Wand ab, den Schirm wie eine Lanze vor sich hertragend; er war bereit, diese verdammte schwarze Spitze dem Monstrum in eines der wahnsinnigen Augen zu rammen.

Seine Augen, in einem wilden *Angst-Rausch* geweitet, zuckten nach rechts, links und unten, erfaßten die gesamten Stufen binnen einer Sekunde. Da war nichts. Nicht auf der Treppe. Aber links von der Kellertür bewegte sich etwas: Ein langgezogener, schwarzer Körper zappelte an der Wand; ein wirres, zähnefletschendes Bündel. Ein Schädel mit einer stumpfen Schnauze ruckte von einer Seite auf die andere. Das Ding *hing* an der Wand, seine Läufe *(wie viele Läufe?)* scharrten auf hölzernen Paneelen.

Aus seinem Rücken ragten die Spitzen von vier alten eisernen Kleiderhaken, und scharlachrotes Blut besudelte das glanzlose Fell, das jetzt wie ein löchriges Zelt hochgestülpt war. Das Ding war aufgespießt. Es kreischte und peitschte den Schädel umher, und Thornton starrte es nur fassungslos von der obersten Treppenstufe herab an, bis das Zucken und Zappeln verging und das Fletschen zu einem Heulen wurde, zu einem zittrigen Stöhnen, und schließlich verstummte.

Martin Thorntons Beinmuskeln gaben nach, und er rutschte an dem Türrahmen entlang zu Boden.

Dort unten, auf den Kleiderhaken, verendete das Etwas, das auf ihn gelauert hatte, um ihn zu töten, und alles ging jetzt sehr schnell. Es schrumpfte in sich zusammen, als sei es nur mehr ein Luftballon, aus dem alle Luft entwich.

Einige Zeit später – er wußte nicht, wieviel später, doch es konnten nur Momente gewesen sein –, war es, als kehre er mit einem Ruck ins Leben zurück, wie ein Mann, dessen Gedanken weit abgeschweift waren und der sich nun der Wirklichkeit wieder bewußt wurde, obwohl in diesem Fall *Unwirklichkeit* wahrhaftig der treffendere Begriff gewesen wäre.

Er mußte gehen. Er mußte hier rauskommen. Weil jemand sterben würde, wenn ihm das nicht gelang.

Gegenwart

Es war spät im Frühling. Die Luft war still, und die Sonne schien aus einem friedlichen blauen Himmel auf die Dumbuie Hills – die nordwestliche Begrenzung des Linnvale Tales – herab. Hoch oben auf der Bergflanke lag der Corrie Linn, ein tief in den weichen Schiefer eingegrabener und von Sandstein umschlossener natürlicher See, und sammelte die Wasser der nach den heftigen Regenfällen der letzten Monate gewaltig angeschwollenen Ströme. Der Linn bewahrte die Fluten eine Weile, bevor er sie über die Wasserfälle in die Tiefe schäumen und zum Corrie River werden ließ, der sich seinen Weg bis nach Linnvale hinab und weiter bahnte, ein weißes Gischten unter der Brücke, und dann, nach einigen engen Windungen, eintauchte in die Schatten von Fasach Wood. Erst viele Meilen entfernt kam er in dem flachen Talbecken wieder zum Vorschein, kalt und dunkel, und schlängelte sich in einem von Weiden gesäumten Bett dahin, bis er sich in das Loch Corran verströmte.

In der Stunde vor Sonnenuntergang wirkte das Dorf, von den Hängen der Dumbuie Hills aus gesehen, wie eine Spielzeugstadt. In der Ferne, jenseits der Hauptverbindungsstraße, färbte sich das Blau des Lochs ins Purpurne. Die weißen Mauern der Berghöfe verwandelten sich in bleiche Rechtecke inmitten des dunkler werdenden Heidekrauts, und die Schafe waren nur mehr kleine Tupfer. Weiter unten, dort, wo die Berge, die das Tal auf nahezu allen vier Seiten begrenzten, nur noch sanft gewelltes Hügelland waren und schließlich in das Tal übergingen, nahm das Gebiet von Fasach Wood im frühen Abendlicht ein dunkleres Grün an, und die Schatten darin ballten sich zu dichter Schwärze.

Fasach Wood war alt, und es war dunkel unter den dicht gedrängt stehenden Rotbuchen und Eichen. Es war ein Wald der Schatten und des in hohen Blättern wispernden und raunenden Windes. Die Nacht suchte Fasach Wood stets vor dem Rest des verschlafenen Tales heim.

Es schien ein toter Ort zu sein, doch in seinen Tiefen, da war Leben. Oh, da war Leben.

*****

An diesem späten Frühlingstag, dem ersten schönen Tag des Jahres, hallten Stimmen durch Fasach Wood. Unten, am südlichen Rand des Waldes, dort, wo der Corrie River träge unter den Bäumen hervorkroch, standen auf einem seit langem brachliegenden Feld zwei grüne Pyramiden dicht beieinander. Die Disteln, die einen Großteil des Bodens ringsum bedeckten, hatten ihre volle Sommergröße noch nicht erreicht. Die beiden grünen Wohnzelte drängten sich dicht bei einer Weide, deren knorriges Wurzelgewirr sich in hohen Bögen bis zum Wasser hinabzog.

Angie Clark krabbelte auf Händen und Knien aus dem Zelt und richtete sich auf. Danny Grindlay folgte ihr, stopfte sein T-Shirt in die schwarze Lederhose und zog den Reißverschluß hoch. Seine Haare waren lang und zu einem fettigen Pferdeschwanz zusammengebunden. Er trug ein Tattoo auf seiner Schulter – das Bild eines gefährlich aussehenden Dolches. Auf den Knöcheln seiner rechten Hand war *EVIL* – also übel, böse oder schlecht – eintätowiert . . . und zumindest, wenn Danny darauf hinabsah, konnte er *das* auch lesen. Für jeden *vor* Danny befindlichen Betrachter allerdings standen die Buchstaben auf dem Kopf und ergaben nach einem flüchtigen Blick nur das harmlose Wort *LIVE* – ein kleiner Hinweis auf Dannys Mangel an Weitblick.

Angie war dünn und hatte zerzauste lange, dunkle Haare von jenem matten Aussehen, das verriet, daß sie erst vor kurzem gefärbt worden waren. Ihre schwarze, silberbeschlagene Lederjacke war eine kleinere Ausgabe derjenigen, die sich Danny Grindlay um die Schultern gehängt hatte.

Stromaufwärts und jenseits des Waldrandes entstand ein tiefes brüllendes Geräusch und hallte aus den Schatten heran.

»Was geht da drin ab?« fragte Danny und fischte seine Zigaretten aus der Tasche. Er zündete sich eine an, nahm einen Zug und reichte sie dem Mädchen.

Das Gebrüll wurde plötzlich lauter, ein rasselnder, kreischender Aufruhr, der kurz abbrach und gleich darauf noch lauter von den Bäumen widerhallte. Da war eine Bewegung in den Schatten, und etwas Großes, Schwarzes schoß auf sie zu.

Das PS-starke schwarze Motorrad pflügte durch die Disteln, die schweren Stollen der Hinterräder schleuderten einen Sprühregen aus Erdreich empor. Der Fahrer zog die

Maschine in ein seitliches Wegrutschen, das Heck schwang in einem Halbkreis herum.

»Gigantisch.« Mick O'Dell grinste. »Da drin gibt's ein paar geile Pisten. Es ist wie Moto-Cross.«

»Aye, und so ganz nebenbei hetzt du uns noch jeden Bauern im Tal auf den Hals.«

»Ach, komm schon, Danny. Entspann dich. Hier draußen ist weit und breit keine Menschenseele.«

Das Mädchen hinter dem Fahrer trug einen glänzenden schwarzen Helm. Ihre Arme waren noch immer um Micks Taille geschlungen. Unter dem Visier hervor bedachte sie die beiden anderen mit einem trägen Lächeln.

»Ey, komm. Wir wollen ein bißchen Spaß haben, okay? Wir fahren ein kleines Wettrennen, ich und Mick gegen euch zwei . . . mitten durch den Wald ans obere Ende. Da gibt es einen guten Lagerplatz am Fluß. Das heißt, es sei denn, du bist zu müde, nachdem du deine Hausaufgaben gemacht hast.«

Norma Wardlaw bedachte Danny mit einem vielsagenden Blinzeln, das ihm allerdings durch die Reflexionen auf der Sichtscheibe des Helms entging.

Angie Clark sah ihn an. Er schien darüber nachzudenken.

»Meinetwegen. Sehen wir zu, daß wir von hier wegkommen.«

Mick bockte seine Maschine auf und stieg zusammen mit Norma ab. Sie bauten ihre kleinen Zelte ab und rollten sie mit oft geübter Routine zusammen, befestigten ihre Taschen auf den Gepäckträgern hinter dem Sattel. Danny Grindlay schüttete Wasser auf die ersterbenden Funken ihres kleinen Feuers. Qualm wogte kurz über dem heißen Steinkreis.

»Also gut«, sagte er. »Fahren wir.«

Mick schwang sich in den Sattel, ließ den Motor aufheulen, zog die Maschine herum und fetzte eine halbmondförmige braune Narbe in das Gras. Norma glitt hinter ihm in den Sattel, und als er geradewegs auf die Bäume zuhielt, schmiegte sie sich an ihn. Danny und Angie waren nur Yards hinter ihnen, als sie in einem Aufruhr aus Lärm und Abgasen im Wald verschwanden.

Die Bäume hallten wider vom Geratter der Maschinen. Sie donnerten über den festgebackenen Boden des engen Pfads, der geradewegs ins Herz des Waldes führte, und die groben Reifenstollen wirbelten Strudel aus Laub auf. Baumstämme wischten vorbei. Sie kamen an einen alten Grenzwall – die aufgehäuften Steine waren mit dickem Moos bewachsen. Der Weg, dem sie folgten, führte dorthin, wo die Bäume viel dichter standen, und die Äste über ihnen wurden so dick, daß das Tageslicht fast ausgesperrt war.

Mick ließ seine Maschine herumschlingern und brachte sie ein wenig abseits des Weges zum Stehen. Als das Röhren der starken Motoren verstummte, konnten sie vor sich die Geräusche des Wassers hören. Sie stellten ihre Motorräder unter einer ausladenden Buche an den moosigen Ufern eines schmalen, geschäftig murmelnden Baches ab.

»Kein schlechter Platz«, lobte Mick. »Von der Straße aus kann uns niemand sehen.«

»Es ist ein bißchen finster hier drinnen«, sagte Angie und blickte sich um.

»Du hast Angst im Dunkeln?« Norma grinste.

Angie ignorierte sie und besah sich die kleine Lichtung genauer. Die Bäume ragten dick und massig und altehrwürdig empor: Gewaltige Rotbuchen und Eichen, und knorrige Waldkiefern mit roter Rinde und Rinnsalen aus Harz, die sich wie Kerzenwachs über die Stämme nach unten zogen. Und dort unten wuchsen hohe Farne, fast wie Bäume, mit großen Wedeln. Die Luft war schwül und feucht.

»Der Fluß ist da unten.« Mick zeigte einen geraden Pfad entlang, dessen Erde völlig unberührt schien von Fuß- oder Hufspuren, oder was auch immer in diesen schattigen Teil der Wälder kommen mochte.

Danny nickte Angie zu, und sie schlenderten davon. Sie

passierten die großen Farne und bahnten sich ihren Weg unter den fleischigen Blättern einiger Waldpflanzen. Über ihnen schwirrten bisher unhörbare Insekten auf papierenen Schwingen unsichtbar durch die schwere Luft. Da war ein süßer Duft, wie von Blütenstaub, und darunter ein Hauch von Verfall. Er ließ Danny an einen Obst- und Gemüseladen mitten im Sommer denken.

Angie zog ihre Jacke aus, legte den Arm um Dannys Taille und steckte die Hand in die Hüfttasche seiner Jeans. Mick und Norma sahen ihnen nach.

»Kriegt nie genug«, stellte er fest.

»Sie auch nicht. Glaubt, sie hat es erfunden.«

»Möglich«, erwiderte Mick kichernd.

Sie warteten, bis ihre Freunde außer Sicht waren, dann stiegen sie ab. »Soll ich das Zelt aufbauen?« fragte er und hob die Augenbrauen. Sie bemerkte den Blick in seinen Augen.

»Noch brauchen wir das Zelt nicht. Es ist trocken hier.« Sie ging zu ihm, legte ihm die Arme um die Taille und hob ihm das Gesicht entgegen.

Danny und Angie erreichten das Ende des Weges und den Fluß. Das Wasser bewegte sich langsam und schwerfällig zwischen Ufern, die ein Durcheinander aus schlangengleichen Weidenwurzeln waren. Schwarze Wirbel kräuselten die Oberfläche, als bewegten sich geisterhafte Wesen darunter.

»Ist hier wie am Amazonas«, sagte Angie. »Gruselig.«

Danny ging noch ein paar Schritte flußabwärts, zu einer weitausladenden Buche mit glatter, grauer Rinde. Angie folgte ihm dichtauf, ein Stadtmädchen, das nervös wurde in der freien Natur. Danny setzte sich auf eine der Wurzeln und kramte ein Schnappmesser aus der Tasche.

»Schau dir das an. Noch ganz unberührt«, sagte er und strich über den Stamm. »Eine Schande, so was nicht zu nutzen.« Die Messerspitze durchdrang die Rinde und traf auf hartes Holz. Saft quoll und rann über den Stahl, als er das Messer aufwärts zog, die Hand vor und zurück bewegte, bis er eine gerade senkrechte Linie geschnitten hatte. Er schnitzte einen Bogen und vollendete den Anfangsbuchstaben seines Vornamens, dann folgte der seines Nachnamens – ebenfalls fast vier Inches groß.

»Nicht schlecht«, meinte er, trat zurück und betrachtete sein Werk. Angie blieb dicht in seiner Nähe. Ihre Augen waren auf den überhängenden Baldachin gerichtet, wo Blätter raschelten und kleine Wesen in den Schatten wimmelten. Danny widmete sich bereits wieder seiner selbstgestellten Aufgabe und schnitt ihre Initialen unter die seinen.

»Wie gefällt dir das?« fragte er sie. Angie wandte sich ihm zu, vorübergehend abgelenkt von ihrem wachsenden Gefühl des Unbehagens. Sie sah die beieinanderstehenden Initialen und lächelte. »Mach ein Herz darum«, sagte sie. »Zeig mir, daß du's ernst meinst.« Danny erwiderte ihr Lächeln und zwinkerte ihr zu. »Nur, wenn du's ernst meinst«, sagte Angie und warf die Haare in einer beinahe koketten Geste zurück. Er drehte sich zu dem Baum um. Sie sah, wie er die Messerspitze in den Stamm trieb und die Buchstaben mit einem großen stilisierten Herzen umgab – hellstes Weiß auf dunkelgrauer Rinde.

»Das steht hundert Jahre lang«, brummte Danny.

»Genau wie du«, sagte Angie mit einem wissenden Lächeln, und ein warmes Glühen in ihr vertrieb das Unbehagen. Es gefiel ihr, was er für sie getan hatte. Sie beugte sich zu ihm hinab und küßte ihn auf den Mund.

Danny verrenkte sich auf seinem Wurzelsitz und hatte es plötzlich sehr eilig, das Schnappmesser gesichert in seiner Tasche zu verstauen. Als dies vollbracht war, zog er Angie zu sich herunter und bugsierte sie – und sich selbst – vollends auf den dicken Teppich aus Blättern. Sie klammerte sich an Danny und spürte seine Hand über ihre Rippen höhergleiten. Sie stieß ein kleines Seufzen aus, das fast ein Stöhnen war, und spürte die Woge heiß in sich aufsteigen. Danny schob sich auf sie, und sein Gewicht preßte sie tiefer in die Blätter hinein. Etwas Hartes piekste gegen ihre Wirbelsäule, und sie veränderte ihre Stellung, versuchte bequemer zu liegen. Sie öffnete die Augen und erstarrte.

Danny brauchte zwanzig Sekunden, bis er begriff, daß sie nicht mehr dasselbe wollte wie er und, noch schlimmer, plötzlich völlig steif unter ihm lag. Er sah sie an sich vorbeistarren und hob den Kopf.

»Was ist los?« fragte er. Sie öffnete den Mund, versuchte zu sprechen, und Danny drehte sich, folgte ihrem Blick.

Aus dem Herzen, das er in die Rinde geschnitzt hatte, quoll eine rote Flüssigkeit.

Das klebrige Scharlachrot sprudelte in starken Stößen, füllte die klaffende Wunde, die er in den Baum geschnitten hatte, und ergoß sich in einem steten Strom darüber hinaus. Die ganze Seite des Baumes war nun triefend naß, überflutet mit Rot. Ein gräßlicher metallischer Geruch schlug ihm entgegen, und er verspürte ein entsetzliches Würgen in seiner Kehle.

»Es ist *Blut*«, flüsterte Angie. »Er blutet.«

Danny stemmte sich hoch, eher verblüfft als betroffen.

»Nö. Das gibt's ni –«

Er sprach den Satz nie zu Ende. Alles geschah so schnell, daß Angie für einen Sekundenbruchteil nicht einmal verstand, *was* überhaupt geschah. Gerade noch lag Danny auf ihr, und dann schwebte er zwanzig Fuß hoch über ihr. Da war ein Ruck gewesen. Danny hatte ein Grunzen ausgestoßen, und dann war er in der Luft gewesen.

Angie blinzelte. Er schien in die Höhe zu *fliegen*, seine Hände waren ausgestreckt, die Beine gespreizt. Sie öffnete den Mund, und dann hörte sie sein heiseres Aufschreien.

Plötzlich machte es *klick!* in ihrem Kopf. Ihr Verstand hatte sich geweigert, zu akzeptieren, was sie mit eigenen Augen gesehen hatte. Da war eine langsame Bewegung unmittelbar hinter Danny gewesen, als er zu reden begonnen hatte. Etwas hatte ihn mit der Schnelligkeit einer angreifenden Schlange gepackt und vom Boden weggerissen.

Sie richtete sich schwindlig auf, und Danny kreischte

noch immer ihren Namen, heiser und verzweifelt, kreischte ihn dort oben, wo die Blätter im Wind zitterten.

»Angie. *Angie!*«

Er stieß ein kleines, hustendes Geräusch aus, und dann schrie er wieder. Sie saß da wie festgefroren vor Angst, den Kopf in den Nacken gerissen, die Augen auf den Wahnsinn über ihr gerichtet. Ein weiteres Etwas schnellte hervor, verborgen im dichten Gewirr der Blätter. Sie sah Dannys rechtes Bein zappeln, und sein ganzer Körper bäumte sich verzweifelt gegen das, was auch immer ihn hielt, auf. Seine Hände rissen an etwas an seiner Brust, aber sie konnte nicht sehen, was es war, denn jetzt bewegten sich sämtliche Äste und Blätter dort oben wie rasend. Alles, was ihre starrenden Augen ausmachen konnten, war seine Gestalt hoch über ihr. Sein panisches Schreien ließ ihre Ohren dröhnen.

Dann war es schlagartig still. Etwas *spannte sich*. Da war ein Rascheln, dann ein schwaches Knacken. Danny verschwand in den hohen Blättern, zumindest seine obere Körperhälfte. Die andere Hälfte wurde – noch immer zukkend und zappelnd – mit einem ungeheuerlichen Ruck auf den Baumstamm zugezogen.

Sie hörte ein Prasseln wie von Regentropfen auf den Blättern zu ihren Füßen. Scharlachrote Rosen erblühten dort. Etwas Nasses spritzte auf ihre Hand, und sie rieb es voller Grauen weg. Angies Mund klaffte so weit auf, daß ihre Wangenknochen schmerzhaft knirschten – doch kein Ton wurde laut. Ihre Lungen weigerten sich, zu atmen. Ihre Hände flogen empor, die Fingernägel gruben sich durch die schwarzen Haare in ihre Kopfhaut, aber sie konnte noch immer nicht schreien. Sie kauerte sich zusammen, war für eine Weile völlig gelähmt, die Augen weit und starr, und dann bemerkte sie die Bewegung direkt vor sich, und die Bedeutung dieser Bewegung brach sich ihren Weg durch ihren benommenen Verstand und –

Angie fuhr hoch. Plötzlich war ihre Kehle frei. Etwas alptraumhaft Schnelles peitschte aus der Krone einer Eiche ganz in der Nähe heran. Angie stolperte rückwärts, und dieses Mal funktionierten ihre Stimmbänder ganz hervorragend. Sie stieß ein solch grauenerfülltes Heulen aus, daß man es selbst am Rande von Fasach Wood hätte hören können – wäre dort irgend jemand gewesen. Sie taumelte zurück, stürzte, rappelte sich wieder auf und kam genau zwei Schritte weit. Etwas ringelte sich um ihren Fußknöchel und zerrte sie zurück. Die Fingernägel des Mädchens krallten sich in den Boden, rissen lange Furchen in Erdreich und Blätter. Panik überschwemmte sie, und sie hörte sich selbst unzusammenhängende Worte plappern.

Sie wurde zurückgeschleift und bäumte sich auf, warf sich herum und kullerte in eine Mulde hinab. Etwas hielt sie unerbittlich gepackt, riß sie herum, schleifte sie weiter, durch wilde Rosen und Brombeersträucher, und dann wurde sie emporgehievt. Harte, kratzende Finger hielten sie gepackt, dann wurden ihre wild um sich schlagenden und tretenden Arme und Beine auseinander gezwungen. Sie spürte ein grauenvolles Reißen in ihrer Schulter, und ein weiteres in ihrem Becken, und ihre Gliedmaßen wurden immer weiter gedehnt.

Als sie hochgerissen worden war, hatte sie Mick O'Dell in die Lichtung herausstürmen sehen; Norma war ihm dicht auf den Fersen gewesen. Er blieb mit offenem Mund stehen, sein Gesicht nur ein bleicher Fleck weit unterhalb der Stelle, an der Angie wie eine Fliege im Spinnennetz zappelte.

Sie versuchte, ihm etwas zuzurufen, doch sie brachte nur ein lächerlich schrilles Quieken zustande. Unterhalb ihrer Taille *gab etwas nach.* Mick wirbelte herum und zog Norma mit sich, und Angie spürte trotz des Grauens in sich eine Explosion aus purem Haß; es dauerte nur eine Zehntelsekunde – um genau zu sein: bis die Schmerzen aus der Hüfte in ihr emportobten. Alles wurde schwarz.

Mick O'Dell stürmte durch den Wald und betete darum, daß er die Stelle wiederfand, an der sie die Motorräder abgestellt hatten. Noch immer zerrte er Norma Wardlaw mit sich; ihr Kreischen gellte wie eine Feuersirene. Sie stolperten über ihre Zeltpacken. Mick sprang in den Sattel, zog Norma über den Gepäckträger hinter sich. Ringsum schien der Wald *lebendig* geworden zu sein. Es raschelte und wisperte, und da waren tausend Bewegungen. Mick trat das Starterpedal durch – er war wie von Sinnen. Der Motor heulte auf und stotterte und spotzte und war *weg*. Norma kreischte direkt an seinem Ohr. Er nahm Gas weg, rammte den Starter mit seinem ganzen Körpergewicht ein zweites Mal nach unten, und die Maschine röhrte los. Er schaltete. Das Motorrad schoß, auf das Hinterrad aufgerichtet, schnell wie ein Schemen dahin und schleuderte einen Geysir aus Blättern empor. Das Vorderrad setzte auf, und Mick ruckte an der Lenkstange. Die Maschine schleuderte haarscharf an einem Baum vorbei, dann lag die kleine Schneise hinter ihnen. Norma kreischte noch immer hysterisch in sein Ohr, doch er ignorierte es. Er hatte nur einen Gedanken: *Weg* von hier.

Er raste den Pfad entlang, der eingestürzten Mauer entgegen. Er konnte sie in der Ferne bereits sehen. Er schaltete und fuhr schneller als je zuvor, und die Maschine hob beinahe ab, fetzte sich ihren Weg durch überhängendes Efeu und Farne und Dornenranken, und der ganze Wald schien nach ihnen zu schlagen und an ihren Kleidern zu zerren.

Dann peitschte etwas aus den Baumkronen auf sie herab. Danny duckte sich über die Lenkstange. Er spürte den Ruck, mit dem Norma von der Maschine gerissen wurde. Da war ein verzweifeltes Kratzen an seiner Taille, als sie sich an ihm festzukrallen versuchte – und dann war sie *verschwunden*. Über dem Brüllen der Maschine konnte er hinter sich das Schrillen ihrer Stimme hören, höher und immer höher. Er hielt nicht an; er drehte sich nicht um. Mick sah die Bresche in der Mauer und hielt darauf zu, und die Räder der Maschine wirbelten eine Heckwelle aus Blättern hinter ihm her. Er war noch zwanzig Yards entfernt, und er beschleunigte noch immer, gab Gas, wie er es in diesen Ausläufern des Waldes normalerweise unter keinen Umständen gewagt hätte. Er würde davonkommen. Er war fast da. Er ...

Er flog durch die Luft.

Der Boden war verschwunden. Ein langgezogener Schemen raste aus dem Baum heran und packte das Motorrad und wuchtete es empor. Mick sah nicht einmal, was es war. Er fühlte sich nach vorn geschleudert. Da war ein Ruck an beiden Armen, als sich seine Hände instinktiv an den Handgriffen festzuhalten versuchten, dann sauste er durch die Luft. In einem Aufblitzen verzerrter, durcheinanderzuckender Eindrücke sah er, wie das schwarze Motorrad davonsegelte und nach oben gerissen wurde. Mick brach durch herabhängende Blätter, flog der Astgabelung eines gewaltigen Baumes entgegen. Dichtes Blätterwerk dämpfte seinen Sturz, dennoch schlug er mit solcher Wucht auf der Astgabel auf, daß es ihm die Luft aus den Lungen drosch. Sein Gesicht schmetterte gegen das harte Holz, seine Nase zerbarst wie ein reifer Pfirsich.

Mick O'Dell grunzte, alles drehte sich vor ihm. Er hing an einem dicken Ast, der mehr als zwanzig Fuß über dem Boden aus dem Hauptstamm wuchs. Einer seiner Arme wurde von irgend etwas festgehalten und unangenehm verdreht; Schmerzen wühlten in seinem Ellbogengelenk. Mick stöhnte, und ein Strom aus Rotz und Blut floß aus seiner Nase. Er versuchte sich zu bewegen, doch die blanke Pein in seinem Ellbogen ließ ihn augenblicklich wieder erstarren.

Sein Sehvermögen kehrte zurück. Überall um ihn herum zitterten die grünen Blätter in einem leichten Wind.

Ohne Warnung wand sich etwas um ihn herum und drückte mit solcher Kraft zu, daß er nur noch reflexartig schlucken konnte. Er wollte sich wegstoßen von diesem Druck, aber unter ihm *spannte* sich plötzlich etwas an. Ungeheuerliche Schmerzen tobten in seinen Rippen. Sie splitterten und verursachten dabei Geräusche wie Feuerwerkskörper. Der Druck legte sich nun allgegenwärtig um ihn herum. Mick O'Dell spürte, wie die Rippen der linken Brustseite nachgaben. Etwas stach tief in ihn hinein. Plötzlich sprudelte dort ein Quell aus purem Schmerz, ein riesiger, tobender Geysir aus Todesqualen. Ein entsetzliches Knirschen entstand an seinem Becken, und die unglaublichen Schmerzen explodierten in weißer Hitze. Er konnte sich nicht bewegen, konnte ihr nicht entfliehen. Micks Blut floß in Strömen an dem Baumstamm entlang nach unten. Seine hervorquellenden Augen sahen es niemals. Sie waren auf einen Punkt direkt vor ihm gerichtet. Das letzte, was er sah, war das Tanzen junger grüner Blätter im Wind.

Vergangenheit

Sie waren in einer mondhellen Nacht an den Rand des Waldes gekommen.

Bis sie den alten Mauerwall erreichten, der den Wald umgab, war außer dem sanften Gleiten ihrer Füße im Gras nichts zu hören, dann passierten sie die Grenze und folgten dem Pfad, der selbst jetzt, im Schein des vollen Mondes, im Dunkeln lag – schattenhafte Gestalten, die sich mit langsamen, genau bemessenen Schritten bewegten.

Sie hielten erst an, als sie den schalenförmigen Opferstein erreichten; sie bildeten einen Kreis, sie warteten. Die Luft war voller Spannung.

Das Kind wurde nach vorn gebracht und von zwei schwarzgekleideten Gestalten festgehalten. Auf der anderen Seite des Steins hob eine Stimme an zu singen, und schließlich stimmten alle ein. Das kleine Mädchen, dunkelhaarig und zitternd trotz der Schwüle der Luft, blieb stumm. Seine Augen waren aufgerissen, doch es starrte blind und teilnahmslos. Eine der Gestalten hob es hoch, setzte es auf den Stein und drückte es behutsam nach hinten, so daß der schmale Körper quer darüber lag und der

Kopf auf der einen und die Füße auf der anderen Seite herabhingen. Seine bleichen Hände streiften die Erde.

Das Singen schwoll an. Hoch oben glitt der Mond über ein samtenes Firmament. Eine Hand beförderte ein kleines Duftkissen zutage; Finger sprühten ein Pulver über das Kind. Die Strahlen des Mondes berührten die Stäubchen und ließen sie silberhell tanzen. Das Singen verklang, und die Luft knisterte vor Energie.

Zwei Hände erhoben sich über dem Kind. Polierter Stein schimmerte und fuhr in einem gleißenden Bogen nach unten. Ein Geräusch wie von einem unter Stein zermalmten Apfel erfüllte die Lichtung und wurde von dichtem Blattwerk verschluckt. Das Mädchen stieß nur ein überraschtes Keuchen aus. Seine dunklen Augen weiteten sich mit einem Ruck noch mehr, der Mund klaffte in einem stummen Schrei. Sein Körper zuckte, beide Hände schnellten hoch und tasteten nach dem Zentrum der Brust. Die Finger schlossen sich um die lange, steinerne Klinge, die glitschig war von dem aus ihm heraus- und über seine bleiche Haut hinwegpulsenden Blut. Dünne Beine zitterten in der stillen Luft des Waldes, versuchten den Boden zu erreichen und zu rennen.

Die Gestalten ringsumher schwiegen. Der Kopf des Mädchens wandte sich nach rechts, der Mund noch immer eine klaffende Wunde, junge, weite Augen erfüllt mit einem verheerenden Wissen. Sie bewegten sich, erfaßten die Gestalten, die es umstanden; eine stumme Anklage brandmarkte die schattenhaften Gesichter. Die Gestalten regten sich nicht. Irgendwann gaben die Hände des Mädchens ihr furchtbares Zerren an der Klinge auf. Das Kind zitterte, als sei ein bedrohlicher, kalter Wind durch seinen Körper gefahren, dann seufzte es, und sein Atem kam nur mehr in einem Rasseln. Nach wie vor bewegte sich keiner von ihnen. Das Zittern verklang langsam, dann zuckte das Mädchen zweimal und lag still.

Blut ergoß sich in die Schale und floß über die in die Oberfläche des Steins gemeißelten Ringe ab – ein nachtschwarzer Strom, der sich in Spiralen ausbreitete und jene Rinnen fand, die ihn kanalisierten und der trockenen Erde zuführten.

In den Tiefen erhob sich ein gemächliches, sonores Pulsieren.

Als alle fünf Ringsteine gesättigt waren, hatte der Mond das Firmament überquert. Nun überstrahlte sein Glanz jene Lichtung, in der der Baum stand, massig und kahl, ein Gigant des Waldes. Die vermummten Gestalten umringten ihn und eine junge Frau, die ihr Gesicht dem altersgrauen Stamm zugewandt hielt. Das Mondlicht überzog ihre bleiche Haut wie mit einer Glasur. Das Pochen der Erde konnte deutlich vernommen werden an diesem Ort im Herzen des Waldes – und es übertrug sich auf sie alle in mächtigen, rhythmischen Stößen.

Die Frau stand da, beide Arme erhoben, eine zerbrechliche Gestalt, die die kolossale Ausdehnung des Baumes imitierte. Dann entstand eine Bewegung, und ein *Druck* war in der Luft. Eine Wolke verdunkelte den Mond, und die Anspannung der Kapuzenträger wuchs ins Unermeßliche. Im Dunkeln geborgen, war *etwas angekommen*.

Auf den abgestorbenen Ästen begannen Blätter zu sprießen und sich auseinanderzurollen. Blumen, erhellt vom Mondenschein, trieben Blüten, und aus ihren lumineszierenden Tiefen heraus entstanden goldene Früchte voller Leben.

Die vermummten Gestalten des Kreises griffen nach den magischen Früchten, und der Baumstamm schwoll in seiner Mitte dunkel an und teilte sich mit einem Ruck. Er barst auseinander und offenbarte schwarze Tiefen, die von keinem Licht durchdrungen werden konnten.

Eine Stimme hob an zu singen; ein Nacht*schatten* quoll aus dem Spalt und gewann, als er die junge Frau erreichte und umhüllte, eine nahezu feste Gestalt. Der Schatten wogte und wand sich um sie herum, verdunkelte ihren bleichen, nackten Körper, und die Früchte schwollen zu goldenen Kugeln an, die allesamt in ihrem eigenen Licht erstrahlten und dem Silberglanz des Mondes entgegenwirkten. Die vermummten Gestalten pflückten sie von den weit herabhängenden Zweigen, während die Dunkelheit aus den Tiefen des Baumes sich in die Höhlung zurückzog.

Ein mahlendes Geräusch entstand, und dann schloß sich der Spalt nahtlos mit einem endgültigen Scharren. Die junge Frau war *verschwunden.*

Die schwarzverhüllten Gestalten nahmen ihre Belohnungen und machten sich auf den Rückweg, hin zu dem Wall und darüber hinweg und hinaus in das Tal. Auf Feldern, die den Menschen schon lange vor jedem überlieferten Erinnern das Letzte abverlangt hatten, sproß neues Leben mit jäher Kraft.

— 2 —

Caitlin Brook rannte. Rannte um der Freude willen. Sie *sauste* den Pfad entlang, der sich zwischen den Bäumen hindurchschlängelte, und es war *wundervoll.*

Das Blut rauschte in ihren Adern. Sie konnte ihren Pulsschlag hören, warm und lebendig. Ihr Atem kam schnell und gleichmäßig, und die Luft, die sie in sich hineinsog, war geschwängert mit Blütenstaub und dem Grün des Waldes. Über ihr ließ der Baldachin weit ausladender Rotbuchen und Linden und Eichen gleißende Lichtblitze der hochstehenden Sommersonne durch.

Sie rannte wie der Wind die Pfade entlang, die normalerweise das Rotwild benutzte. Ringsumher war der Wald lebendig vom Schwirren der Insekten hoch in den schattigen Blättern. Vor ihr, rechter Hand, war das Murmeln des Baches und bald darauf sein übermütiges Singen, als er über die Felsen der seichten Stellen purzelte und in Kaskaden hinabsprühte in sein tieferes, dunkleres Bett. Ihre Haare flatterten hinter ihr her – eine Feuermähne.

Schweiß überzog ihren Rücken und glänzte auf den Armen, und die Luft trocknete ihn im Nu, ließ ihre Haut kribbeln und kühl werden, während in ihr alles Hitze und Bewegung war.

Sie wich dem uralten Stamm einer gedrungenen Eiche geschickt aus, huschte so dicht daran vorbei, daß sie den Moosbewuchs an ihrer Hüfte vorbeistreifen spürte. Vor ihr wurde der Bach zu einem Fluß, und sein Lied veränderte sich. Sie konnte es über dem Summen der Insekten und den rhythmischen Geräuschen ihrer Schritte hören. Das Wasser schäumte gegen die großen Steinblöcke der Wasserfälle, an denen sich das Tal zu einer Klamm verengte, und stieß ein Brüllen aus. Ohne langsamer zu werden, umrundete sie eine Stelle, an der sich Eschenschößlinge emporreckten. Jetzt konnte sie das Wasser sehen; es gluckste über den Untiefen, und dort, wo es sich tosend in das schwarze Strudelloch des Engpasses ergoß, reflektierte es Sonnenfunken zu ihr herüber.

Caitlin durchquerte den Bach, und flüssige Diamanten sprühten empor und verursachten ihre eigenen Regenbogen. Ihr Lachen war ein silbernes Klingen in einem Sommerwald. Es schien, als lachte der Wald mit ihr. Hoch oben schnatterte ein Eichhörnchen seine Anfeuerung. Am Wasser gab ein Zaunkönig ein lebhaftes Lied zum besten. Jetzt lag der Fluß zu ihrer Linken; ein einzelner Sonnenstrahl drang durch den dicken, grünen Plafond, erfaßte eine Forelle, die nach einer Fliege schnappte. Ihre Schuppen waren weißblitzende Juwelen, dann tauschte sie das Licht wieder gegen das Dunkel der ruhigen Wasser ein.

Caitlin rannte weiter, hielt das Lachen in sich zurück, doch es sang in ihrem durch die Adern brausenden Blut. Der Pfad zog sich hoch an der steilen Flanke der Klamm entlang; die Eichen wichen hohen Kiefern und Lärchen. Hier war das Sonnenlicht stark genug, um ihren Schatten über die gesprenkelten Stämme huschen zu lassen. Dann wieder abwärts: Sie nahm den Hang mit weiten Schritten und stürmte am Ufer des Flusses entlang, der sich in die ebenen Tiefen des Waldes vorwärtsschlängelte. Hier war sie noch niemals gelaufen. Dies hier war ein Teil des Waldes, den sie noch nie zuvor gesehen hatte, doch der Pfad war breit und frei. Sie folgte ihm, die fremden Bäume zu ihrer Linken und den vertrauten Wald zu ihrer Rechten, bis sie sah, daß sich vor ihr der Weg gabelte. Ein Teil des Pfades führte hinab in die schattigeren Tiefen, wo die hohen Bäume so nahe beieinander standen, daß ihre Blätter zu einer grünen Decke verschmolzen. Dort unten schnatterten keine Eichhörnchen, gurrten keine Tauben, summten keine Bienen.

Mit jedem ihrer geschmeidigen Schritte kam die Gabelung näher. Es war verführerisch, den unteren Weg zu nehmen. Sie würde es tun, sie wußte, sie würde es. Doch dieses Mal war die Verlockung der Sonne stärker. Sie konnte das magnetische Zerren des dunklen Ortes spüren, eine Kraft, wie sie bei Ebbe und Flut freigesetzt werden mochte, und es fiel ihr schwer, zu widerstehen. Aber dies war eine Zeit des Laufens. Sie wollte nicht anhalten, um ihre Neugier zu befriedigen, nicht jetzt, nicht an *diesem* Tag. Sie zwang sich, auf dem nach rechts führenden Pfad zu bleiben, obwohl sie einen Stich des Bedauerns spürte. Doch dann nahm das Gefühl, in Bewegung zu sein, sie wieder in seinen Bann, und sie rannte weiter, nach rechts, dem Sonnenlicht am Rande des Waldes entgegen.

Die Bäume flimmerten vorbei, obwohl sich ihre Äste weiter und weiter auszubreiten schienen. Hinter ihr rückten die Schatten näher, doch sie ignorierte sie; sie war auf dem Pfad, der sie nach Hause führen würde, und ihr Atem kam gleichmäßig und schnell, und das Lächeln auf ihrem Gesicht breitete sich aus, und ihre Augen funkelten vor Freude. Dann war sie wieder auf der geteerten Straße, ihre Schritte pochten einen gleichmäßigen Pulsschlag auf den Belag. Sie lief die weite Kehre auf der Innenseite, und dann kam ihr Cottage in Sicht. Das Tor schwang unter ihrer Berührung auf, kreischte in den Scharnieren und knallte hinter ihr zu, als sie bereits auf dem Steinplattenweg im Duft der Lobelien und des Steinkrauts nach hinten eilte.

Jetzt wurde Caitlin langsamer. Sie erreichte die Ecke des Cottage und tauchte unter den grünen Ranken des wilden Weins hindurch, die von der Dachrinne herabhingen. Hier kam sie zum ersten Mal aus dem Rhythmus und wechselte von schnellem Laufen in ein zügiges Gehen, in ein langsames Gehen, und schließlich blieb sie stehen.

Etwas wartete auf sie. Etwas erwartete sie.

Sie wußte es und fror.

Ihr Atem, bis jetzt leicht und mühelos, stockte. *Etwas im Garten.* Hinter dem Haus, außer Sicht. Sie machte einen Schritt vorwärts, stoppte, dann brachte sie ihren anderen Fuß lautlos nach vorn.

Furcht preßte ihren Bauch zusammen. Ihre Beine schienen sich nicht mehr bewegen zu wollen, doch etwas zwang sie, einen zögernden, ängstlichen Schritt nach dem anderen zu tun.

Sie kam an die Stirnseite des Hauses, an der sich das Dach zu der südöstlichen Außenmauer herabneigte. Hier war es kühl und schattig wie in jenem tiefen Teil des Waldes. Hier summten keine Bienen, tschilpten keine Buchfinken. Unkraut breitete sich kränklich über dunkler Erde aus, eine Küchenschabe huschte auf den Steinplatten dahin. Ein Windstoß bescherte Caitlin am ganzen Körper Gänsehaut.

Sie atmete zittrig ein und machte einen weiteren Schritt. Nun konnte sie das sonnenbeschienene Grün des rückwärtig gelegenen Rasens sehen. Ein zweiter Schritt. Die Alarmsirenen in ihrem Kopf kreischten ihr zu, umzudrehen und zu rennen und nie wieder anzuhalten. Ein dritter Schritt trug sie um die Ecke, und jetzt sah sie es.

Die Welt drehte sich. Der Boden war zu einer Wippe geworden, und sie kam sich vor wie eine Flipperkugel. Übelkeit wirbelte in ihr hoch.

Das Etwas kauerte dort im Gras. Fremd. Unbeseelt. Kalt.

Es witterte sie und lockte sie, näherzukommen. Sein zerbrechlicher, chitinharter Körper schimmerte in der hochstehenden Sommersonne.

Komm jetzt, wisperte es in ihrem Verstand. *Du gehörst zu mir, für immer.*

Sie schüttelte den Kopf, leugnete die kratzige Stimme. Doch das Etwas war da, zog sie wie mit unsichtbaren Spinnenfäden und einer Kraft, die sie nicht mehr leugnen konnte, zu sich heran.

Nein, nein, nein! versuchte sie herauszustoßen, doch ihre Kehle verschloß sich über diesen Worten.

Sie ergab sich in das Unvermeidliche. Sie hatte nicht die Kraft, diesem furchtbaren Reißen zu widerstehen. Sie erreichte die Stelle, an der das Etwas kauerte. Es zerrte sie nach unten, in seine harte, mißgünstige Umarmung. Sie war gefangen, angekettet. Sie ergab sich seinem Klammergriff und wußte mit eisiger Gewißheit, sie würde ihm für alle Zeiten ausgeliefert sein.

*****

Caitlin erwachte mit einem Wimmern der Angst und der Hoffnungslosigkeit. Sie ruckte voller Entsetzen nach vorn – den Blick noch auf das gerichtet, was sie in ihrem Traum gesehen hatte.

Ein Zittern schüttelte sie und half ihr gegen die Verzweiflung. Ihr war kalt. Die Sonne war hinter die hochgewachsenen Zypressen am anderen Ende des Gartens weitergewandert. Der Traum kreiste und tanzte hinter ihren Augen, ein boshafter Wasserspeier mit einem verrückten, mißgünstigen Grinsen auf dem Gesicht. Er hatte seinen Spaß mit ihr und wirbelte davon, ließ sie erschöpft und leer zurück.

Die Konturen der Welt um sie herum wurden wieder scharf, und sie setzte sich in dem Stuhl zurück, spürte, wie er unter dieser Bewegung schwankte. Eine schreckliche, kalte Niedergeschlagenheit erfaßte sie.

Das Laufen war vorbei. Jetzt hatte *es* sie hilflos in seinen Armen und würde sie *niemals* mehr freigeben.

Eine Träne, nur eine von vielen, glitzerte und brannte in ihrem Augenwinkel, und sie wischte sie hastig weg.

Sie schüttelte den Kopf, noch immer benommen vom Schlaf und den Nachwirkungen des Traumes; schüttelte es ab, alles, die Hoffnungslosigkeit, die Verzweiflung. Sie wandte sich der Staffelei zu, die vor ihr in dem kurzgeschnittenen Gras stand. Sie benutzte beide Hände, um den Rollstuhl, ein zerbrechliches, silbernes Ding, nach vorn zu bugsieren. Dort, auf der Leinwand, war in kräftigen Farbstrichen die Ansicht der oberhalb der Corrie Bridge gelegenen ruhigen Flußstelle festgehalten; es war Hochwasser, die Flut brauste über die Findlinge in die Tiefe – genau so, wie es spät im Frühling tatsächlich gewesen war. Auf der gegenüberliegenden Flußseite schimmerten silberne Birken, und dahinter türmte sich dunkel die Masse des Waldes.

Die dichten Wälder hatte sie schon oft gemalt, seit sie nach Linnvale gezogen war. Sie waren ein Charakteristikum des einsamen Tales, eine schattenhafte Erinnerung an die alten Wälder, die früher das ganze Land westlich von Loch Corran bedeckt hatten.

Sie war niemals in Fasach Wood gewesen, obwohl sie sich unzählige Male vorgenommen hatte, seine kühlen Tiefen zu erkunden. Er war zu dicht, als daß sie es hätte wagen können. Mit ihrem Rollstuhl würde sie nicht einmal zwanzig Fuß weit kommen, bis sie an einem Ast oder einer Dornenranke festhing.

Caitlin würde niemals unter dem hohen Baldachin laufen. Caitlin würde nie wieder laufen. *Niemals wieder.*

— 3 —

»Hallo!«

Die Stimme, eine Männerstimme, wehte von der anderen Seite des Cottage heran; von der Stelle, an der sie in ihrem Traum angehalten hatte, zitternd und besorgt und mehr und mehr *voller Angst*.

Ihre Aufmerksamkeit schnellte weg von dem Bild auf der Leinwand. Sie drehte ihren Kopf der Stimme zu; die Sonne flammte über die herumschwingenden roten Haare.

»Irgendwer da?« rief die Stimme, ein wenig lauter. Caitlin reckte den Hals, stemmte sich auf die Armlehne des Rollstuhls. Ein Mann schlenderte um die Hausecke. Er blieb einen Moment lang stehen, halb versteckt im Schatten der Klematis, die sich wie ein grüner Katarakt über die Wand ergoß.

Caitlin schirmte die Augen gegen die schräg durch die Baumkronen einfallenden Sonnenstrahlen ab, doch sie konnte den Fremden noch immer nicht richtig erkennen.

»Hi. Kann ich reinkommen?«

Dann erkannte sie ihn. Erinnerungen stießen auf nachtschwarzen Schwingen auf sie herab; mächtige Erinnerungen, die sie einen Moment lang mit schrecklicher Trostlosigkeit umhüllten. Sie schüttelte sie ab, doch das Zittern war wieder da.

»Sie *sind* schon drin«, sagte sie kategorisch.

»Ich habe angeklopft, aber niemand hat geantwortet.«

»Dann hat Ihnen Ihre Mutter wenigstens etwas beigebracht«, sagte sie und hörte das frostige Willkommen in ihrer Stimme.

Er trat beinahe schüchtern ins Licht hinaus. Martin Thornton war hochgewachsen und schlank. Er trug eine abgeschabte Lederweste, ausgebleichte Jeans und ein Paar abgestoßener Schuhe. In der einen Hand hielt er einen Blumenstrauß – farbenprächtige Blüten lugten aus einem zerknitterten Papier heraus –, und in der anderen eine nachlässig eingewickelte Flasche Wein.

»Oh, Sie sind das. Ich habe Sie nicht gleich erkannt.« Es war eine kleine Lüge. Es war nicht seine Schuld, daß seine bloße Anwesenheit all das zurückbrachte, wovor sie fortlief – in ihren Träumen, in ihrem *Verstand.* Es war nicht *seine* Schuld, daß er dagewesen war, das erste gewesen war, was sie *gesehen* hatte.

Er folgte dem mit Steinplatten belegten Weg durch die leuchtenden Blumenbeete – mit einem vagen Lächeln auf dem Gesicht, das mehr von seinen Gedanken verriet, als ihm lieb sein konnte: Er hoffte, willkommen zu sein, doch er ging davon aus, daß er das nicht war. Als er bei ihr ankam, ließ er sich ungelenk auf den Rasen nieder, so daß er in gleicher Augenhöhe mit ihr war und sie sich nicht mehr zurücklehnen und zu ihm hinaufspähen mußte. Nur wenige Menschen dachten an so etwas, und sie gab ihm instinktiv einen extra Pluspunkt und bedauerte ihren frostigen Empfang um so mehr.

»Hi, wie ist es Ihnen ergangen?« erkundigte er sich freundlich.

»Fürchterlich«, sagte sie, dann verbesserte sie sich. »Nein, nicht fürchterlich. Gute Tage und schlechte Tage. Einige besser als andere.«

Er nickte knapp. Kein *»Ich verstehe«*, kein *»Ich weiß, wie Sie sich fühlen«.* Niemand verstand. Niemand wußte, wie sie sich fühlte. Niemand *konnte* das. In der kleinen Stille, die folgte, gab sie ihm einen weiteren Punkt. Es war nicht so, daß sie ihn nicht mochte. Es war nur so, daß er alles in einer großen, verheerenden Flutwelle zurückkehren ließ. Eine Vierfarb-Stereo-*Action*-Wiederholung. Sie konnte darauf verzichten, besonders nach diesem elenden Traum.

»Hier, ich habe Ihnen etwas mitgebracht«, sagte er und hielt den Blumenstrauß so, daß er fast in ihrem Schoß lag. Sie mußte nur noch die Hände öffnen und ihn nehmen. Der Duft von Fresien erfüllte die Luft. Thornton sah sich um und machte eine Handbewegung, die den ganzen Garten einschloß. »Allerdings hatte ich keine Ahnung, daß Sie davon mehr als genug haben. Es ist schön hier.«

Sie machte Anstalten, ihm zu danken, doch er kam ihr zuvor und hielt die eingewickelte Flasche hoch. »Ich habe auch noch Wein mitgebracht. Dachte, ich könnte mir einen Bissen schnorren. Ich habe den ganzen Tag noch nichts gegessen«, sagte er entwaffnend.

»Sieht so aus, als hätte sich nichts geändert.«

»Kein bißchen. Wir Schreiberlinge leben von Whisky und schlechten Nachrichten«, erwiderte er und lächelte.

»Und sind nur auf Spesen scharf«, fuhr sie fort und mußte nun ebenfalls lächeln. Die Erinnerungen wichen, der Traum war nur mehr ein grauer Schemen, der sich in der Sonne verflüchtigte.

»Da haben Sie mich. Mein ganzer verrotteter Berufsstand in einer einzigen flotten Schlagzeile.«

»Wie haben Sie mich gefunden?«

»Verbindungen«, sagte er und tippte sich sehr verschwörerisch gegen die Nase.

»Die einzigen Verbindungen, die Sie jemals hatten, waren Taxifahrer, Betrunkene und Barkeeper.«

»Und Sie. *Sie* haben's mir gesagt.«

»Das ist nicht wahr. Nur ganz wenige Leute wissen, daß ich hierher gezogen bin, und sie haben versprochen, keiner Menschenseele etwas zu sagen.«

»Sie haben mir vor einiger Zeit erzählt, daß Sie als Kind ab und zu bei Ihren Großeltern gelebt haben. Sie sagten, Sie hätten immer dorthin zurückkehren wollen. Aber ich konnte mich nicht an den Namen des Ortes erinnern. Ich hab' mir das Gehirn zermartert, aber es ist einer von diesen Orten, an die man sich nie erinnern kann.«

»Selbst wenn, ist er schwer genug zu finden.«

»Das stimmt. Aber dann kam einer unserer Freien mit einer Story über einige Ferienhäuschen an, und der Name war wieder da. Ich hab's bei der Gewerkschaft probiert, und bei Ihrem Rechtsanwalt. Die haben mir nicht einmal die Uhrzeit gesagt. Und im Krankenhaus wollten sie erst recht nichts mit mir zu tun haben. Aber als ich erst einmal hier war, hat mir Alec Stirling weitergeholfen. Er kennt jeden im Umkreis von vierzig Meilen.«

»Das kommt daher, weil dieser neugierige Scheißkerl die ganze Post liest, bevor er sie austrägt. Ich werde ihn umbringen«, sagte Caitlin hitzig.

»Wie auch immer, ich habe ihn gefragt, ob er Caitlin Brook kennt, und er sagte, ›Jeder kennt die Malerin‹. Meinte, Sie seien ein richtiger Verkehrsrowdy. Er zeigte mir sogar, wo Sie wohnen, und hier bin ich. Ich wußte nicht, daß Sie malen.« Martin schob sich näher zu ihr heran und sah zu der Leinwand hinauf. »Das ist verdammt gut.«

»Ich konnte ein paar in Levenford verkaufen, durch einen Freund, der dort einen Laden hat. Und ein oder zwei Käufer kamen aus Glasgow oder Edinburgh... Leute, die sich auf Landschaftsbilder spezialisiert haben. Hält die Wölfe auf Distanz. Ich unterrichte auch ein bißchen an der Schule in Craigard.«

»Ich dachte, Sie würden mit der Entschädigung klarkommen.«

»Klarkommen?« schnaubte sie. »Die haben keinen Schimmer. Die haben nicht einmal eine Ahnung davon, was ich wirklich verloren habe. Die haben noch nicht einmal angefangen zu begreifen, was das hier für eine *neue* Lebensqualität ist.« Die Worte sprudelten knapp und bitter heraus. »Sie haben mir sogar einzureden versucht, ich sei *mitschuldig* daran.« Sie schlug auf die Lehne des Rollstuhls. »Am Ende habe ich gerade genug bekommen, um das Haus und das Grundstück hier bezahlen zu können – und nichts ist übrig geblieben. Im Gegenteil. Es ist noch eine Menge Arbeit nötig, um es wohnlich zu machen – ich meine, wohnlich für jemanden wie mich. Aber es ist ein Zuhause, und es ist abgelegen, und ich muß nicht mit Leuten klarkommen, die mich anstarren und mich behandeln, als sei ich schwachsinnig.«

Er nickte wieder, und es war auch dieses Mal kein Kommentar; er ließ sie nur wissen, daß er zuhörte. Sie stieß einen langen Seufzer aus, und mit ihm ihre Verärgerung.

»Sagen Sie mir, wo die Gläser stehen, und ich öffne die hier«, schlug er vor und nickte zu der Flasche hin.

Caitlin schien einen Moment lang darüber nachzudenken, dann hob sie die Hand und zeigte auf die hinter einem Vorhang aus gelben Rosen halbverborgene Tür des Cottage.

»Die Küche ist gleich dahinter. Gläser stehen im Geschirrschrank neben der Spüle. Und falls es Weißwein ist: Im Kühlschrank ist Eis.«

Martin stand auf und schlenderte zum Haus hinüber. Sie sah ihm nach, beobachtete, wie er, als er hineinging, den Kopf einzog, um ihn nicht am oberen Türrahmen anzustoßen. Sie hatte ihn seit über einem Jahr nicht mehr gesehen, und er kam ihr ein wenig dünner vor, vielleicht sogar ein wenig befangen. Sie fragte sich, warum er hier war.

An diesem Punkt angelangt, hörte sie ihn zurückkommen; Eis klimperte in zwei hohen Gläsern.

»Zwei Gründe«, sagte er, nachdem er an dem Wein genippt hatte. »Ich schreibe über den Raubbau an diesem schönen Tal. Naja, das ist zumindest das, was die alten Klatschweiber von der Naturschutzgruppe verlangen.« Er drehte sich und strahlte sie mit einem breiten Lächeln an, das ihn zehn Jahre jünger machte. »Das ist jedenfalls der Vorwand. Wenn ich es richtig deichsle, dann verschafft es mir ein paar Tage hier, und ich kann mir eine Menge üblerer Orte vorstellen, das kann ich Ihnen sagen. Ich stampfe solche Stories mit geschlossenen Augen aus dem Boden.«

»Wenn das der Vorwand ist, was ist der wirkliche Grund?« fragte Caitlin. Der Wein war kühl und gerade trocken genug, um nicht süß zu sein. Perfekt für einen Sommernachmittag.

»Ich bin hier, weil ich Sie sehen wollte. Ich habe ein schlechtes Gewissen gehabt.«

»Weshalb?«

»Und ich habe etwas für Sie«, sagte er und ignorierte die Frage.

»Sie haben mir die Blumen mitgebracht. Und den Wein.«

»Und noch etwas«, sagte er, griff in seine Jackentasche und zog einen weißen, ein wenig zerknitterten Umschlag heraus; so, wie er aussah, trug er ihn schon seit einigen Tagen, vielleicht sogar Wochen, mit sich herum. »Bevor ich Ihnen das hier gebe, möchte ich Sie fragen, ob ich noch einmal über Sie schreiben darf.«

Caitlin setzte das Glas mit einem Ruck auf der Armlehne ab. »Nein«, sagte sie. Es klang entschieden.

»Im Ernst, ich würde gerne noch einmal darüber schreiben.«

»Das ist Ihre Sache. Trotzdem: Nein. Ich habe genug davon. Ich will nur mein Leben weiterleben. Ich will keine Fotografen da draußen herumhängen haben, und ich will keine Leute sehen, die überall, wo ich hingehe, auf mich zeigen. Nicht, daß ich irgendwo hin*gehen* würde. Aber nein, danke.«

»Wir können später noch mal darüber reden. Hier«, sagte er und hielt ihr das Kuvert hin. »Es gehört Ihnen. Deshalb habe ich versucht, Sie zu finden.«

»Was ist das?«

»Machen Sie's auf und sehen Sie nach.«

Caitlin schob einen Daumennagel unter den Falz und schlitzte ihn auf. Sie runzelte die Stirn, als sie das Stück Papier herauszog. Es war ein Scheck.

»Ich hab's Ihnen gesagt. Ich will nicht, daß Sie noch einen Artikel schreiben.«

»Ich hab's gehört.«

»Ich will dieses Geld nicht.«

»Das eine hat mit dem andern nichts zu tun. Ich habe es gewonnen. Sehen Sie sich das Ding an. Es ist nicht von der Zeitung. Die *News* zahlt nicht so viel. Es ist von mir.«

»Aber warum?«

»Schlechtes Gewissen.«

»Tausend Pfund sind eine Menge Schuldgefühle. Was zur Hölle haben Sie getan?«

»Es geht mehr darum, was ich nicht getan habe. Aber egal, ich habe das verdammte Geld gewonnen. Zwei Große. Ich bin der Meinung, die Hälfte davon gehört Ihnen.«

»Und wie kommen Sie zu dieser Meinung?« sagte Caitlin und wedelte mit dem Scheck herum, als wolle sie ihn schleunigst loswerden.

»Ich habe einen Preis gewonnen, und Sie können das da haben, wenn Sie wollen. Reporter des Jahres. Eine mächtig große Sache. Der Herausgeber redet wieder mit mir. Führt mich wieder in seinem goldenen Buch.«

»Aber was hat das mit mir zu tun?«

»Ich habe den Preis mit *Ihrer* Geschichte gewonnen. Ich mußte an einem vornehmen Mittagessen teilnehmen, und dann mußte ich auf dieses Podium und diesem Schleimscheißer die Hand schütteln, der denkt, er regiert dieses Land, und den ich nicht gewählt habe. Sie haben mir den Scheck trotzdem gegeben. Alles sehr lustig, bis ich darüber nachzudenken begonnen habe. Sie wissen, wie das mit den Zeitungen ist. Die Nachricht von gestern ist nur noch Einwickelpapier für Fish and Chips. Du bist nur so gut wie deine nächste *Story*. Deshalb habe ich mich seit über einem Jahr nicht blicken lassen.«

»Ich habe mich gefragt, was geschehen ist. Es war nett von Ihnen, daß Sie ins Krankenhaus gekommen sind. Und Ihre Serie *war* gut. Ich habe die Zeitungsausschnitte aufgehoben. Aber ich verstehe noch immer nicht . . .«

»Zwei Dinge. Ich hätte diese Geschichte weiterverfolgen, in Kontakt mit Ihnen bleiben sollen, aber das habe ich nicht getan.«

Er unterbrach sich, und dieses Mal trank er einen großen Schluck von seinem Wein. »Und ich habe mich ein bißchen beschissen gefühlt . . . All dieses Geld nur dafür kassieren, weil ich meinen Job getan habe? Es war Zufall, daß ich da war, und das auch nur deshalb, weil ich ein schlimmer Junge war und meine Strafarbeiten machen mußte. Man könnte sagen, ich war zur richtigen Zeit am richtigen Ort – das heißt, um Preise einzuheimsen; aber mit dem Gedanken, dafür auch noch belohnt zu werden, hatte ich meine Probleme. Es war nicht meine Geschichte. Es war *Ihre* Geschichte. Ich meine, *mir* ist nichts passiert. Ich habe nur darüber geschrieben. Und was haben Sie bekommen? Eine Medaille der Gesellschaft zur Verhinderung von Grausamkeiten an Tieren und Ihren Marschbefehl.«

»Eher so etwas wie meinen Fahrbefehl«, sagte Caitlin.

Er wandte sich ihr zu, und ihre Blicke trafen sich, und plötzlich, im gleichen Sekundenbruchteil, brachen sie in Gelächter aus.

»Den Fahrbefehl also«, sagte Martin, als er seine Stimme wiedergefunden hatte. Er blickte erneut zu ihr hoch und sah den Sonnenschimmer auf ihren Haaren und das Glitzern von Tränen – *vom Lachen?* – in ihren Augen; sah etwas in *ihr*, das ihm bisher niemals richtig aufgefallen war.

»Wie auch immer: So weit, so gut. Ich habe ein paar Tage für diese Blockhütten-Geschichte, die diesen Grenzkrieg ausgelöst hat, und Sie dürfen mich vor dem Verhungern retten, oder ich werde Sie ausführen – dann können wir das ganze Geld auf den Kopf hauen. Und dann können Sie mir erzählen, wie es Ihnen ergangen ist, und ich kann Sie zu überreden versuchen, mich *doch* darüber schreiben zu lassen. Zum letzten Mal.«

»Ich habe Ihnen gesagt – ich will es nicht.« Das Glitzern war verschwunden, und sie hielt ihm den Scheck hin. »Und mit Bestechung funktioniert es auch nicht.«

»Ich sagte nur, daß ich es *versuche*. Das Geld hat nichts damit zu tun. Das ist die Wahrheit, ehrlich. Ich habe mich schon damals dazu entschlossen.«

»Aber *tausend*. Das ist höllisch viel Geld.«

»Das hat mein Vater auch gesagt.«

»Sie haben ihm erzählt, daß Sie mir das hier geben wollen?«

»Nein. Er hat die andere Hälfte bekommen. Er ist pensioniert und hat von einem Boot geschwärmt, mit dem er zum Fischen rausfahren kann. Er hat einen mächtigen Aufstand gemacht, aber diese Woche ist er losgezogen, um sich ein paar Außenborder anzusehen. Wie auch immer, ich war es ihm schuldig. Er wollte, daß ich Zimmermann werde, oder Tischler, wie er, aber er hat mich meinen Weg gehen lassen und allein weitergemacht. Ich habe bei einer Zeitung angefangen, und er hat das nie für einen *richtigen* Job gehalten.«

»Aber das ist eine Menge Geld, Martin. Ich kann das nicht annehmen.«

»Oh, kommen Sie schon. Wie gewonnen, so zerronnen. Ich würde es nur vertrinken, und ich gebe mir seit einem Jahr alle Mühe, die Sauferei bleibenzulassen. Jedenfalls die harten Sachen. Sie tun mir einen Gefallen.« Er strahlte sie jungenhaft an. »Also, was gibt's zu essen?«

*****

Er saß am Küchentisch, während sie arbeitete, und ihm fiel auf, daß diese Küche eindeutig nicht für einen Menschen im Rollstuhl entworfen worden war. Caitlin schien es gleichmütig hinzunehmen, obwohl sie unablässig zu komplizierten Fahrmanövern gezwungen war. Als sie aus dem Garten hereingekommen waren, hatte er ihr den *Vortritt* gelassen; er hatte den Rollstuhl auch dann nicht gehalten oder wie einen Kinderwagen geschoben, als sie die kleinen Vorderräder über die Türschwelle in den schmalen Flur hinein hatte rucken müssen. In der Küche hatte er sich so rasch wie möglich gesetzt, so daß sie nicht zu ihm aufsehen mußte, wenn sie sich unterhielten. Sie hatte ihn gefragt, wo ihm das beigebracht worden war; also erzählte er ihr von dem Jungen, den er in einem Krankenhaus im Norden von Glasgow kennengelernt hatte. Die Art und Weise, wie er von ihm sprach, verriet ihr, daß ihn dieses Zusammentreffen sehr berührt hatte.

»Er war nicht richtig gewachsen«, hatte Martin begonnen. »Ist mit einem großen Kopf zur Welt gekommen und mit verkrüppelten Beinen. Irgendwer hat ihm ein CB-Funkgerät geschenkt, damit er mit der Welt draußen Kontakt halten kann, und er war voll von amerikanischem Trucker-Slang. Sah sich als Burt Reynolds. Er ließ mich mit seinem Rollstuhl fahren und lachte sich halb tot, weil ich das Ding nicht mal richtig steuern konnte. Er erzählte mir, daß er Leute haßt, die ihn für einen Idioten halten, nur weil sein Körper nicht richtig funktioniert. Dann, ein paar Wochen später, hatte ich ein paar Leute in der *News*. Es waren die Sieger der Paralympics. Ich wollte Rob Robertson mit seinem Rollstuhl helfen. Der Mann hatte sich im Diskuswerfen eine Goldmedaille geholt. Hat mir fast den Kopf abgerissen, weil ich den Retter spielen wollte.«

»Was hat er gesagt?« wollte Caitlin wissen.

»Er nannte mich einen gönnerhaften Bastard. Er hat das alles ein wenig ausgeschmückt, aber im großen und ganzen hat er das wohl gemeint.«

»Und er hatte recht.«

»Natürlich hatte er recht, aber ich war mir darüber gar nicht im klaren. Das habe ich ihm gesagt. Ich sagte ihm, daß es sinnvoller wäre, wenn er mir das ganze erklärt, statt sich wie ein launischer Scheißkerl aufzuführen. Ich meine, ich hatte nur beste Absichten, und jetzt war ich in dieser peinlichen Lage. Später sind wir dann in irgendeinem Pub gelandet, und er hat sich besoffen, und ich mußte ihm ins Taxi helfen, aber vorher erzählte er mir, wie das ist, wenn man im Rollstuhl sitzt. Wir andern denken nicht darüber nach, aber wenn, dann ist es etwas, das man nicht mehr vergißt.«

Caitlin machte den Salat und schickte Martin auf mehrere Beutezüge in den Garten – er mußte Kopfsalat und Frühlingszwiebeln und Erbsen holen, deren Hülsen bereits dick aufgebläht waren. Sie häufte ihm den Teller mit grünen Köstlichkeiten voll und betonte, das sei gut für ihn. Er füllte zwei weitere Gläser mit Wein, dann eröffnete er ihr, daß er noch eine Flasche im Wagen hatte; nur für den Fall, daß sie sie brauchten. Sie brauchten sie.

Während sie aßen, fragte sie ihn, wie der schlimme Junge, der seine Strafarbeiten habe machen müssen, gemeint gewesen sei.

Martin lachte. »Daran war das Pferd schuld.«

»Wie bitte?«

»Wir haben ein Pferd gestohlen«, erklärte Martin sehr sachlich.

»Sie haben *was*?«

Er lächelte sie über die Salatschüssel hinweg an. »Das hat zumindest der Herausgeber behauptet, als er von der Sache erfuhr. Es waren Davy O'Neil und ich. Ich glaube, Sie haben ihn kennengelernt, er war der Fotograf.«

»Ja. Er hat im Krankenhaus ein paar Bilder gemacht.«

»Das ist er. Wir waren oben im Norden an einer Geschichte über Pächter, die von einem Großgrundbesitzer zur Räumung gezwungen werden ... ein weiterer Blödmann mit Eton-Akzent. Naja, unser Wagen gab mitten im Niemandsland seinen Geist auf, und nach diesem Nachmittag mit den Kleinbauern wären wir gestorben für was zu trinken. Diese Leute wissen einfach nicht, wann sie aufhören müssen mit dem Einschenken. Also, und dann steht da dieses Pferd auf einem Feld, und Davy sagt, vielleicht sollten wir zum Hotel zurückreiten. In diesem Moment hörte sich das nach einer ziemlich guten Idee an, ich meine, wir waren beide ein wenig betrunken. Wir haben das Pferd an den Zaun gelockt und sind auf seinen Rücken geklettert. Es schien nichts dagegen zu haben. Es trug uns die drei Meilen bis zum Hotel, und Davy fiel nur dreimal herunter. Pech war, daß wir das verdammte Vieh einfach nicht anhalten konnten. Es galoppierte direkt an die Rezeption, und zwar mit uns. Das wäre immer noch okay gewesen, aber dann ist dieses andere Ding passiert.«

»Und zwar?« fragte Caitlin und kicherte mädchenhaft über den Anblick, der da vor ihrem geistigen Auge heraufbeschworen worden war.

»Es hat etwa eine Tonne dampfenden natürlichen Dünger auf dem nagelneuen Teppich abgeladen. Als wir am nächsten Tag wieder im Büro waren, bekam unser Boß den Anruf. Ich hätte das Ganze nicht besser schreiben können.« Martin stieß sich vom Tisch zurück und ahmte einen Mann am Telefon nach. »Sie haben *was? – Gestohlen?!* Ja. Ja. Ich verstehe. Es hat – *was?* Auf den *Teppich?!*«

Mittlerweile lachte Caitlin so heftig, daß ihr die Tränen über die Wangen strömten.

»So, und das war's dann für uns. Wir waren über ein Jahr lang die Leute für spezielle Recherchen. Wir haben uns dabei einige Schrammen eingehandelt, aber jetzt war der Boß der Ansicht, wir hätten eine Lektion verdient. Also hat er uns beide zur Schnitzeljagd vergattert.«

»Was ist denn das?«

»Eine Art Yellowpress-Crash-Kurs. Man fährt Freitag- und Samstagnacht in der Stadt herum und hört den Polizeifunk ab. Was ziemlich illegal ist. Gibt es irgendwo Ärger, dann beeilt man sich, genau dorthin zu kommen. Meist sind es Unterweltgeschichten. Jedenfalls, so habe ich Sie getroffen, obwohl ich wünschte, das hätte ich nicht.«

»Oh, sehr nett«, sagte Caitlin, allerdings leichthin genug, um klarzumachen, daß sie nicht gekränkt war.

»Nein. Ich meine, ich wünschte, ich hätte Sie unter anderen Umständen kennengelernt«, korrigierte er, und trotz des Weins, den sie getrunken hatten, klang er völlig nüchtern.

Daraufhin schwiegen sie beide, und die Stille breitete sich aus und hüllte sie ein; unvermittelt schien es drückend warm zu sein in der Küche. Schließlich seufzte Caitlin. Sie legte die Hände auf die Armlehnen des Rollstuhls.

»Ich auch«, sagte sie.

— 4 —

In der Stille war die Erinnerung über ihn hereingebrochen, ungebeten, ungewollt. Er schreckte davor zurück, haßte ihre erstickende Macht.

Dieselbe Erinnerung hatte Martin Thornton in jener Nacht frösteln lassen, als sie in der Horseshoe Bar – direkt gegenüber dem Portal der *News* gelegen – den *Reporter des Jahres* gefeiert hatten. Sie war wie ein Eindringling über ihn gekommen, sie hatte die Stimmung der Party kaputtgemacht; er hatte sie nicht mehr loswerden können.

Oh, diese Erinnerung hatte ihn auch davor schon einige Male heimgesucht ... Wenn er ehrlich war, viel zu oft, und stets in der Nacht oder im Morgengrauen, wenn er nicht schlafen konnte. *Ein rasender, flatternder Sturz.* Doch in der Nacht der Preisverleihung war es innerhalb eines Augenblinzelns so schlimm gewesen wie noch niemals zuvor.

Dieses verdammte Pferd. Dieser verdammte Haufen Scheiße auf dem Teppich. Und dieser verdammte verrückte Hund O'Neil, dieser *überzeugende* verrückte Hund O'Neil, der gedacht hatte, es würde nur einen großen Lacher abgeben, wenn sie in dieses Hotel zurückgeritten kamen. Aber letzten Endes waren nicht die *anderen* schuld, und Martin wußte das; *er* war schuld, weil er *etwas* geahnt ... nein, *gewußt* hatte, und weil er nicht stark genug gewesen war, sich einzugestehen, daß er es wußte, oder schnell genug, um irgend etwas zu *tun*.

In der Horseshoe Bar, die, wie jeder andere Zeitungs-Pub, ein gewaltiger Müllabladeplatz für heiße Tips war, hatte die Nacht ihren Fortgang genommen, und der Alkohol war in Strömen geflossen. Martin hatte sich über die Vorräte hinter der Theke hergemacht, und auch sämtliche anderen Anwesenden waren mannhaft bemüht gewesen, die Lager zu leeren. Sein Preis, eine Glasplatte, in die sein Name eingraviert war, strahlte aus der sicheren Höhe eines Regals auf sie hernieder. Fast alle waren schrecklich betrunken gewesen. Kollegen von seinem eigenen Blatt sonnten sich in seinem Ruhm. Freunde und Feinde von anderen Zeitungen sahen vorbei und tranken mit und erzählten irgendwelche Zoten. Der Herausgeber hatte ihm auf den Rücken geklopft und eine epische Lobeshymne zum besten gegeben. So, wie es aussah, war alles, was gewesen war, vergessen. Vor allem gewisse Herausgeber-Prophezeiungen: *Thornton, O'Neil, ihr beide könnt froh sein, wenn ihr eure Namen jemals wieder gedruckt seht.* In dieser Nacht hatte Martin Thornton Ehre eingelegt für seine Zeitung; für alle Zeitungen, für die Kunst des Journalismus.

Und plötzlich hatte er sich wie ein verdammter Betrüger gefühlt.

Genau in diesem Moment war die Erinnerung gekommen, war auf einer dunklen Wärmewolke herangeschwebt und hatte sich auf seinen Schultern niedergelassen. Um ihn herum war das rauhe Gelächter von Männern, die ziemlich betrunken wurden. In ihm war die Düsternis tiefer und tiefer geworden – und dann war er wieder *dort*.

Es war eine frostige Nacht gewesen, eine dieser bitterkalten Novembernächte, in denen der Himmel im Osten klar ist, und über dem Firth of Clyde riesige Wolken hängen und Schnee ankündigen und letzten Endes dann mit überfrierendem Nieselregen aufwarten. Man erwischt viele solcher Nächte im Westen von Schottland. Sie sind kein Vergnügen.

Thornton und O'Neil waren in ihrem Funkwagen auf der West Side unterwegs, die mit all ihren Boutiquen und den kleinen Restaurants mit den modisch-obskuren Namen und Initialen als der vornehmere Teil der Stadt galt.

Die Schnitzeljagd trug ihren Namen zu Recht. Freitag nacht in der Stadt – hier wurde Zeugnis abgelegt von den niederen Instinkten der Menschen und der nationalen Schande des schottischen Unvermögens, entweder den Alkohol oder das Temperament im Zaume zu halten.

Der Nachtportier gab ihnen den Tip. Ein Betrunkener, der sich als Resultat einer kleinen Auseinandersetzung mit einem Taxi das Bein gebrochen hatte. Der Fahrer stand gestikulierend mit den Polizisten in einer Ecke, während eine Krankenschwester, die aussah, als habe man sie aus dem Bett geholt, seine Nase abtupfte – ein Beweis für einen recht ungestümen Zusammenprall mit dem Lenkrad. Da war ein Mädchen, das leise schluchzte und sich an seinen Freund klammerte. Er schien viel zu betrunken, um etwas von dem Stanley-Messer gemerkt zu haben, das ihm die Wange aufgeschlitzt hatte; vermutlich würde er es in ein paar Wochen als Ehrenabzeichen mit sich herumtragen. Ein klassischer Fall von Überdosis wurde in einem Einkaufswagen Richtung Unfallkrankenhaus und möglicherweise Ewigkeit geschoben. Leben und Tod Freitagnacht. Nichts, worüber man nach Hause schreiben sollte. Nichts, worüber man überhaupt *schreiben* sollte.

Wieder im Wagen, konnten sie über Funk die Durchsage mithören. Sie hatten den Code verpaßt, aber Dave O'Neil hatte bereits genug gehört und stieß Martin Thornton hart in die Rippen.

»Klingt wie eine Schießerei. Fahren wir.«

Martin rammte den Gang ins Getriebe, fuhr rückwärts aus der engen Parklücke und jagte den Jeep zur Ausfahrt. Sie fuhren Richtung Zentrum, dann auf den Zubringer in den Norden der Stadt.

Im Funkgerät prasselten Störungen. Martin hörte das Wort *Geisel* und drückte das Gaspedal ins Bodenblech. Kurz darauf rasten zwei weiße Polizeiautos mit Blaulicht und heulenden Sirenen an ihnen vorbei. Martin hängte sich an. Als sie das mit der Dunkelheit verschmelzende Labyrinth aus Wohnblöcken erreichten, das unter dem Markenzeichen *sozialer Wohnungsbau* gehandelt wurde, sah er, daß bereits eine ganze Menge Polizeiautos da waren. Martin war nicht zum ersten Mal hier, ganz im Gegenteil, und es hatte nie einen erfreulichen Anlaß gegeben. Dieser Teil der Stadt lieferte ein Argument für die Todesstrafe für Stadtplaner. Die Sozialarbeiter hatten den Ort längst aufgegeben. Gott ebenfalls, so, wie es aussah. Hier und da gähnten eingeworfene Fenster. Die einzigen Farbtupfer bestanden aus Vier-Buchstaben-Worten, die auf jede glatte Oberfläche gesprüht waren – Ja oder Nein zur Unfehlbarkeit des Papstes, der Monarchie oder was-auch- immer; es kam stets nur darauf an, welche Teeny-Gang im Moment die Oberhand hatte.

Martin stellte den Jeep hinter die blitzenden Lichter der Polizeiautos, die auf einem freien Platz zu einer Art Wagenburg im Halbkreis aneinandergereiht waren. Dahinter, von einigen uniformierten Streifenpolizisten mühsam genug zurückgehalten, brodelte die übliche Menge der Gaffer.

»Was ist los?« fragte Martin den am nächsten stehenden Polizisten, während Dave O'Neil dichtauf mit seinem Kamera-Equipment folgte. Martin zückte seinen Presseausweis, doch der große Sergeant erkannte ihn und nickte ihm grüßend zu.

»Irgendein Irrer ballert da oben herum«, sagte er und deutete mit einem Kopfrucken zu der Betonausführung einer Sowjet-Baracke. »Hat ein Schrotgewehr. Feuert doppelt so weit.«

»Irgendwer verletzt?«

»Noch nicht, aber der Scheißkerl wird alles tun, um da rauszukommen.« Der Polizist nickte zum dritten Stock hinauf. »Das da ist der einzige Weg. Die Stufen, dann dieser Wandelgang. Jeder, der da raufgeht, ist tot. Es gibt da oben nicht mal ein Telefon, also wird das hier ein Lautsprecher-Job. Wird wahrscheinlich die ganze Nacht dauern. Zack, und schon kann ich mein Abendessen abschreiben.«

Er lachte kläglich, und Martin ging zum Wagen zurück, rief in der Redaktion an, informierte die Kollegen, daß er an dieser Sache dran war, und sicherte sich die Rechte und genügend Platz. Bis jetzt würden es nur ein paar Artikel werden, vielleicht mehr, vorausgesetzt, der Revolverheld hielt sich nicht die ganze Nacht über verkrochen.

Eine halbe Stunde verging. Hinter dem abgedunkelten

Fenster im dritten Stock rührte sich nichts. Ein Superintendent mit einer Menge Silber auf den Schultern und einem Megaphon in der Hand brüllte: »Donald Leggat. Befindet sich außer Ihnen noch jemand im Haus?« Offensichtlich hatten sie den Namen des Freaks mittlerweile herausgefunden.

Der auffrischende Wind riß die Worte davon und ließ sie dünn von den Wänden widerhallen. Wer immer Donald Leggat war – er saß fest.

Eine weitere halbe Stunde lang tat sich nichts, und Martin und Davy verspürten einige Lust auf einen richtigen Drink. Sie hatten eine Thermosflasche mit Kaffee zwischen sich. Windböen schüttelten den Wagen, Nieselregen machte die Windschutzscheibe blind. Ein weiterer Einsatzwagen der Polizei fuhr vor, und noch mehr Uniformierte sprangen heraus, zwei Frauen und zwei Männer. Sie eilten zu dem Superintendent. Martin hob den Kaffee an die Lippen, als sie vorbeistürmten. Das Scheinwerferlicht ließ die rote Mähne der jungen Frau an der Spitze der kleinen Gruppe aufleuchten. Sie drehte den Kopf, und er sah flüchtig ihr Profil, eine geradc, fast kecke Nase und ein energisches Kinn. Trotz der einfachen Uniform und des kleinen Hutes sah sie umwerfend aus. Martin sah ihr träge nach.

»Bitte, bitte, verhafte *mich*«, wisperte O'Neil dicht neben ihm. »Mit Handschellen.«

»Denk dran, Pferdedieb – du bist nur auf Bewährung draußen. Außerdem ist sie nicht bei der Kavallerie. Sie ist ein *Cop-Angel.*«

»Was 'n das?«

»Liest du keine Zeitung? Sie kümmern sich um die Leute in diesen Betonburgen. – Sind eine Art Krankenschwester. Arbeiten in Notfällen mit der Polizei zusammen. Verprügelte Frauen. Mißbrauchte Kinder, derartige Sachen.«

»Für sie würde ich ins Gefängnis gehen.«

»Vielleicht schaffst du's auch so«, brummte Martin, stieg

aus und schlenderte zu dem Polizeiaufgebot. Er konnte nicht zu viel von dem aufschnappen, was geredet wurde, aber er bekam genügend Stichworte mit, um sich seinen Reim darauf machen zu können. Die Polizei ging davon aus, daß noch eine Frau in der Wohnung war. Vielleicht sogar ein Baby, obwohl man bis jetzt keinen Laut davon gehört hatte. Schußwaffen sollten nur im äußersten Notfall eingesetzt werden. Die junge Frau nickte und wandte sich von der Gruppe ab, ihr Gesicht wirkte sehr angespannt. Sie rempelte Martin an, es war, als erwachte sie aus einer tiefen Konzentration.

»Tut mir leid, mein Fehler«, sagte sie und schenkte ihm ein schmales Lächeln. Lichter spiegelten sich in ihren grünen Augen, ließen sie für einen Sekundenbruchteil verwirrend wie Smaragde glitzern, und Martin spürte etwas in seinem Bauch, das verdammte Ähnlichkeit mit einem Erdbeben hatte. Ihr Gesicht wandte sich ab, das Glitzern in ihren Augen erlosch, und sie war an ihm vorbei und ging rasch auf den Eingang des Wohnblocks zu. Martin machte einen Schritt zurück. Es gab *absolut keinen Grund* dafür – aber es war, als sei ein magischer Funke übergesprungen. Etwas, das sie für alle Zeit verbinden würde. Er folgte ihr mit den Blicken, bis der dunkle Eingang sie verschluckte. Er schüttelte den Kopf und kehrte zum Wagen zurück.

»Hast du ihre Nummer?« fragte O'Neil mit einem Grinsen. Martin sah ihn nur an und schwieg.

Ein Schrei zerriß die Stille – hoch und schrill und plötzlich verzweifelt; der Schrei einer Frau.

Ein Scheinwerfer drehte sich, gleißende Helligkeit streifte über die trostlose Fassade. Da war nicht die geringste Bewegung, trotzdem hörte man das Splittern von Glas und im nächsten Moment das gewaltige Krachen eines Zwölf-Kaliber-Gewehrs. Die Windschutzscheibe des zuvorderst stehenden Polizeiwagens verwandelte sich in etwas Milchiges. Schrotkugeln prasselten über das Dach – und zwar nicht, wie sie das im Film taten, sondern mit dem flachen Geräusch eines Steinhagels. O'Neil blubberte

»Scheiße!« durch den Kaffee in seinem Mund, und der Superintendent brüllte allen zu, in Deckung zu gehen.

Über ihnen schrie eine gemeine Stimme: *»Der Teufel soll euch holen, ihr Schweinebande!«*

»Donald Leggat!« dröhnte das Megaphon. »Sie haben keinen Grund, beunruhigt zu sein.«

»Beunruhigt? Ich scheiß mir in die Hosen!« brüllte O'Neil, dann begann er zu kichern.

»Bitte, hören Sie auf zu schießen«, fuhr der Chief fort – die Stimme so gelassen wie nur möglich. »Wir wollen Ihnen nichts tun.«

»Verpißt euch, ihr Bastarde!« kreischte die Stimme zurück. Sie alle hörten, daß die Anspannung darin zunahm. Die Frau schrie wieder, und dann war auch das Wimmern eines Babys zu hören. »Seid still, alle beide, oder ich erledige euch gleich mit.« Die Frau und das Kind schrien weiter. Dann donnerte ein Schuß, und alle duckten sich, und das Kreischen war wie abgeschnitten verstummt.

»Oh, um Gottes willen!« hörte Martin den großen Sergeant sagen. »Dieser Wahnsinnige hat sie getötet.«

Der Superintendent sprach hektisch in sein Funkmikro, als die Stimme der Frau wieder losgellte.

»Donny. Leg es weg. Bitte, Donny.«

»Ich hab' dir gesagt, du sollst deine verfickte Klappe halten, blöde Kuh. Halt dein ganzes Gesicht, solange du noch eins hast.«

Trotz allem lief ein Seufzen der Erleichterung durch die Menge. Er hatte sie nicht erschossen – wer immer *sie* war.

Hinter dem Wagen, geschützt vor Wind und Schneeregen *und* Kugeln, legte sich Martin im Geiste bereits die Worte für die Endfassung seines Artikels zurecht. Eine Prise Drama, ein paar Schüsse, ein Mann verhaftet. Ein paar Zitate von den Polizisten. Ein bißchen Schock und Horror, um ihrer aller Revolverblatt-Mentalität zu befriedigen, und dann auf einen Drink.

Da entstand der Tumult auf dem Wandelgang. Martin war gerade dabei, seinen letzten Schluck Kaffee zu trinken, als es geschah – aber das war es nicht, was ihn nach Luft ringen ließ.

Irgend etwas blitzte hinter seinen Augen auf und fraß sich in sein Gehirn hinein. Es passierte so rasend schnell und mit einer solchen Wucht, daß er zurücktaumelte. Ein Geräusch wie von Alarmsirenen dröhnte in seinen Ohren, ein gewaltiges *panisches* Jaulen. Im nächsten Moment war er überschwemmt, *überwältigt* von einem entsetzlichen Gefühl drohender Gefahr. Er taumelte weg von dem Wagen, eine Hand an die Schläfe hochgerissen, und die *Vision* tobte in ihn hinein.

Er *sah* den langen Wandelgang. Eine Tür krachte auf, lautes Schreien hallte. Eine Gestalt stürzte heraus. Eine Frau. Hielt etwas in ihren Armen. Angst verzerrte ihren Mund.

Panik *brauste* durch ihn hindurch. Er versuchte, etwas zu sagen, doch das ging nicht. Die Frau rannte. Jemand eilte ihr entgegen, die Hände ausgestreckt. Er konnte Worte hören, wirr durcheinandergeschrien, ein Mahlstrom in seinem Kopf.

Der Gewehrlauf erschien in der Türöffnung. Wurde herumgerissen, zielte auf die Frau. Sie stolperte, stürzte der Länge nach hin. Das Bündel wirbelte durch die Luft. Das Gewehr schwang herum, und die Doppelmündung wurde größer und größer; eine schwarze Acht. Er spürte ein Sich-Umdrehen, ein Davonlaufen und jähe Angst, und dann den Donner des Gewehrs. Ein sengender Schmerz fetzte in seinen Rücken, und dann spürte er einen Luftzug und einen furchtbaren Schlag. Dann kam der endlose Sturz, da war etwas Kleines, und es wurde gepackt. Die ganze Welt überschlug sich, und Martin überschlug sich mit ihr, prallte hart gegen den Wagen und saugte kalte Luft in sich hinein.

»Was zur Hölle ist los mit dir?« brüllte O'Neil direkt an seinem Ohr, doch er hörte es nicht einmal.

Er fühlte den Übelkeit erregenden Sturz und die Schmerzen, und dann verblaßte die Vision. Es war, als hätte irgend jemand ein Licht in seinem Kopf ausgeschaltet. Sie war einfach *weg*. Er war *erlöst*.

Er stand in dem sacht herabfallenden Regen, atmete wie unter Krämpfen, und dann wich das Blut aus seinem Gesicht.

Oh, Jesus! – Seine Lippen formten die Worte, doch er sprach sie nicht aus.

O'Neil stützte beide Hände auf dem Wagendach ab und starrte Martin Thornton völlig perplex an, als der sich herumwarf und auf den Hauseingang zustürmte. Über sich, an der hüfthohen Mauer des Wandelganges, hörte er jemanden schreien. Da war ein Geräusch wie von einer auffliegenden und gegen eine Wand krachenden Tür. Jemand rief: *»Vorsicht!«* – dann folgte ein jammerndes, unverständliches, schrilles Geplapper. Martin Thornton verstand nichts davon. Er wußte nur, daß er dort hinüberkommen mußte, daß er sie aufhalten mußte. Seine Füße hämmerten auf Schlamm und Kies, platschten durch Pfützen, und die ganze Zeit über wußte er, daß er zu spät kam.

Zwanzig Yards von dem engen Schlund entfernt blickte er nach oben und sah die dunkle Gestalt stürzen und sich in der Luft überschlagen. Das alles lief in einer graziösen Zeitlupenbewegung ab – wie man sie in äußerster Panik wahrnimmt, in einem Moment, dessen Intensität so gewaltig ist, daß die normale Zeit einfach zu existieren aufhört.

Das Aufbrüllen des Schrotgewehrs hallte wie ein Bombardement zwischen den Fassaden der Gebäude wider. Martin schaffte vier weitere Schritte. Es war, als würde er durch Sirup waten, seine Füße trafen den Boden mit dumpfen Geräuschen. Er sah ihre Haare im Licht aufleuchten, ein weiter, flammender Schleier. Zwei weitere Schritte . . ., und ihr blasses Gesicht wurde von den Scheinwerferstrahlen erfaßt und flackerte wie ein bizarres Stroboskop. Es gelang ihm nicht, sich zwischen den Boden und sie zu werfen, sie aufzufangen, *irgendwie* aufzufangen.

Sie schlug mit einem so entsetzlichen Geräusch auf, daß Martin glaubte, auch in ihm werde alles zu Matsch. Er hörte Knochen wie Holz bersten und brechen, doch schlimmer als das, *oh, viel schlimmer,* war der Schrei, den sie in dieser Zehntelsekunde ausstieß. Es war kein menschlicher Laut mehr. Es hörte sich an wie der *Tod.*

Manche Laute sind Schlüssel zu verborgenen Kammern des Geistes. Das Geräusch, mit dem die junge Frau auf dem Boden aufschlug, halb Krächzen, halb Stöhnen, Ausdruck einer furchtbaren Verletzung, riß etwas aus der Vergessenheit und direkt vor Thorntons inneres Auge. Er war damals gerade sechs Jahre alt und zum ersten Mal in dem Schlachthaus am Leven River gewesen. Er wußte nicht mehr warum, vielleicht, um etwas von Mrs. Bain, der Bäuerin, auszurichten, irgendein Botengang, der einem kleinen Jungen einen schnellen Penny brachte. Aus welchem Grund auch immer – er war *dort* gewesen, er war hineingegangen in den Gestank dieser Todesfabrik. Heißes, rohes Fleisch, Ablaufrinnen voller Ströme aus dampfendem Blut. Die Kühe hinter den Gattern hatten den Geschmack des Todes in der warmen Luft gewittert und *geschrien.* Große Teile von Tieren, Kuhhälften, ganze Schweine, geschorene Schafe, die man nur noch an ihren schwarzen Köpfen als solche erkannte, waren an Haken aufgehängt, die man durch ihre Kniesehnen gestoßen hatte. Glitschige Fleischbrocken, Gallenblasen, herausgelöste Lebern und Gedärme lagen schlaff auf dem harten Steinboden. Der junge Martin Thornton, der bereits mit dem Schnitzmesser umgehen und am Arbeitstisch seines Vaters erst am Tag zuvor eine mitraförmige Fuge in Eichenholz geschnitten hatte, war genau in dem Moment um die Ecke gebogen, als der große, muskulöse Sid McCann die Bolzenpistole an den Kopf des Tieres gedrückt hatte. Ein scharfes Krachen war zu hören, und dann war das Tier *tot.* Seine Augen rollten und seine Hufe scharrten in einem instinktiven Versuch, zu entkommen, auf dem Boden, doch es war längst tot, und sein Blut spritzte in einer großen Fontäne aus ihm heraus. Der Bolzen hatte sich, wie er später herausfand, durch das Gehirn ins Rückenmark gebohrt und das Tier im Bruchteil einer Sekunde getötet. Es war nur mehr das spastische Zucken der Nerven, das die Hufe kratzen und zucken ließ. Das Leben war bereits gewichen. Der große, schwarze *Aberdeen Angus* brach wie eine Monsterpuppe zusammen, der man die Fäden gekappt hatte. Und als er auf dem Boden aufschlug, entstand genau dieser eine Laut . . ., kein Laut, den eine Kuh oder überhaupt ein Tier von sich geben würde. Es war ein Geräusch, das durch die Wucht des Aufpralls aus den Tiefen der Kehle heraufgedroschen wurde.

Und das Geräusch, das die rothaarige Frau von sich gegeben hatte, war völlig identisch mit dem des Tieres, und in jener Nacht in der Horseshoe Bar, als ringsum alles nur noch Trinken und Gelächter war, holte es Martin Thornton ein. Er saß an der Bar, allein in einem Kokon aus Erinnerungen. Dieses Geräusch, dieses Halb-Krächzen, hatte das Stimmengewirr durchdrungen und ihm mit seiner monumentalen *Bedeutung* einen Schlag verpaßt.

Was macht Caitlin Brook heute?

Hatte sie es verkraftet? Ging es ihr *gut*?

Es war auf ihn eingestürmt, als er es am wenigsten erwartet hatte. Dieses Geräusch; das *Aufschlagen* ihres Körpers.

Hinter ihm waren Panik und Ärger gewesen. Seine Erinnerung spielte es ihm wieder vor. Irgend jemand brüllte irgend jemandem zu, man solle diesen *Dummkopf* wegschaffen, und er begriff nicht einmal, daß *er* damit gemeint war. Er war schlitternd bei ihr angekommen, hatte sich neben ihr auf die Knie geworfen.

Sie hielt das Baby immer noch mit beiden Armen umklammert. Es schrie nicht mehr. Das war das beklemmendste überhaupt. Seine Augen waren offen, und es lag einfach da, auf ihrer Uniform, wie in einem Kinderbett. Der Hut der jungen rothaarigen Frau lag ein wenig abseits in einer Pfütze, mit der Öffnung nach oben. Die junge Frau selbst *zitterte*. Ihre Augen waren offen, und ihr Körper zuckte, als würde jemand fünfzigtausend Volt durch ihn hindurchjagen. Jeder einzelne Nerv in ihr schien zu einer anderen bizarren Melodie zu tanzen, und der Anblick des toten Aberdeen Angus kehrte groß und mächtig wieder. Auch er hatte gezuckt und gezappelt, als habe der Tod ihn elektrisiert.

Martin hatte sich über sie gebeugt und ihr in die Augen gesehen. Sie hatte geblinzelt, eine wunderbare kleine Bewegung – so entsetzlich *normal.* Eine große Träne war in ihrem linken Auge und huschte dann über ihre Wange. Ihr Mund öffnete sich, und kein Laut kam heraus. Sie versuchte es wieder, und dieses Mal gelang ihr ein Krächzen.

»Bitte. Bitte helfen Sie mir.« Sie starrte ihn mit einer solchen Intensität an, daß es ihn fast verbrannte. Es war, als sei ihr gesamtes Sein, ihr gesamtes *Leben* auf ihn konzentriert. »Oh, bitte«, krächzte sie wieder.

Dann rollten die Augen in ihren Höhlen nach oben, und der fiebrige Glanz darin erstarb.

Jemand packte ihn und zerrte ihn weg. Er verlor das Gleichgewicht und landete auf dem Hintern. Ein Constable beugte sich über die junge Frau, tastete nach ihrer Schulter.

»Caitlin. Kate. Bist du okay? Komm schon, Kate, *rede* mit mir!«

Irgendwo hinter ihm, hoch oben, wurden zwei weitere Schüsse laut, zweifellos Gewehrfeuer, doch Martin hörte sie nicht. Er kroch auf Händen und Knien vor, packte den Polizisten am Gürtel und riß ihn nach hinten.

»Was zur Hö –«, grunzte der Beamte.

»Rühr sie nicht an, verdammter Idiot! Nicht bewegen!«

»Sie –«

»Um Gottes willen, sie hat sich den Rücken gebrochen. Sie bringen sie um.« Martin schob ihn beiseite. Ringsum bestand die ganze Welt nur noch aus rennenden Füßen. Aus dem dritten Stock oben kamen Geräusche; ein metallisches Klappern auf Stein. Das Megaphon. Er beugte sich über die junge Frau, wie eingekesselt von in blaues Serge-Tuch gehüllten Beinen. Sie öffnete die Augen wieder, der

Fieberglanz war wieder da. Die Augen schimmerten feucht im Geflacker der Scheinwerfer und der Blinklichter. Sie drehten sich und richteten sich auf ihn, und ihr Blick drang bis in seine Seele hinein.

Er konnte nicht sagen, ob es ein konvulsivisches Zucken war, oder ob sie tatsächlich ein klein wenig genickt hatte.

Aber er hörte ihr winziges Flüstern.

Sie sagte: *»Danke.«*

— 5 —

Etwas bewegte sich zwischen den Bäumen. Eine Art Schatten huschte über die hohen Baumstämme, die hier am Fluß Wache hielten. Ben Haldane bemerkte die vage Bewegung aus den Augenwinkeln heraus, drehte sich mit einem Ruck herum und verlor beinahe den Halt auf den glatten Steinen.

»Was war das?« sagte er murmelnd halb zu sich selbst. Neben ihm stand Dorothy, achtzehn Monate jünger als er und doch wie ein Spiegelbild seiner selbst – mit den gleichen braunen, welligen Haaren und einem Gesicht voller Sommersprossen. Dorothy war siebeneinhalb Jahre alt. Ben, immerhin neun, war gut einen Kopf größer und übte jene Autorität aus, die sich ältere Brüder stets ohne zu fragen mit größter Selbstverständlichkeit aneignen.

»Schttt!« machte er, hielt einen Finger an die Lippen und bedeutete ihr mit einem hektischen Auf- und Abwedeln der linken Hand, still zu sein.

»Und . . ., was *ist* es?« drängelte Dorothy und ignorierte seine wortlosen Kommandos.

»Ich hab' was gesehen. Da drüben.« Er zeigte auf das Spalier der Bäume. Sie sah hin, spähte zwischen den emporstrebenden Stämmen umher. Sie standen schweigsam und mächtig, Giganten am Rande des Waldes. Sonnenstrahlen spiegelten sich auf dem Wasser des Flusses und sprenkelten es mit Tupfern und Spiralen aus Licht; allerdings konnten nicht einmal diese Reflektionen die Düsternis jenseits der Vorhut des Waldes durchdringen. Hinter den in der Nähe stehenden Bäumen war Fasach Wood dunkel und geheimnisvoll, so weit das Auge reichte.

»Ich glaube, es ist ein Reh«, sagte Ben flüsternd. »Ich hab' gesehen, wie es sich bewegt hat.«

»Ich hab' nichts gesehen.«

»Aber ich schon!« Ben warf sich in die Brust und erhob seine Stimme zu normaler Lautstärke.

»Aber ich kann nicht mal jetzt was sehen, Angeber.« Dorothy hielt einen dünnen Ast in der Hand, der größer war als sie selbst. Sie wedelte damit über dem glitzernden Strömungen des Flusses umher und ließ ihn schließlich in hohem Bogen ins Wasser platschen. Silberne Tröpfchen wirbelten wie Diamanten empor. Unter der sich kräuselnden Wasserfläche huschten die dunklen Körper der kleinen Forellen in die Sicherheit der großen Felsen.

»*Etwas* war da.« Ben starrte noch immer zu den Bäumen hinüber. »Vielleicht war es wirklich kein Reh. Vielleicht war es ein Bär. Oder sogar ein Wolf.«

»Doof. Hier gibt es doch keine Wölfe.«

»Das denkst du«, erwiderte Ben und unternahm eine mannhafte Anstrengung, um seine Stimme feierlich und sein Gesicht ernsthaft wirken zu lassen. »Da schleichen alle möglichen wilden Tiere in den Wäldern herum. Die Wölfe sind die schlimmsten. Sie kommen, wenn du gerade nicht hinschaust, und kriegen dich.«

»Oh, nicht, Ben. Das ist gruselig«, bettelte Dorothy und ließ ihre Blicke *sehr* nervös zwischen ihm und den Bäumen hin und her flitzen.

»Und Mädchen mögen sie am meisten. Weil sie klein und zart sind«, schmückte Ben das Ganze noch aus – mit einem bösen Grinsen auf dem Gesicht. Er streckte die Zunge heraus, so weit es nur ging, und gab eine ziemlich überzeugende Vorstellung von einem *Wolfshecheln*. Dorothy rückte schutzsuchend näher.

Plötzlich stürzte sich Ben mit weitaufgerissenem Mund auf sie; seine Zahnreihen krachten nur Inches vor ihrem Gesicht zusammen, und natürlich knurrte er dabei ganz fürchterlich.

Dorothy stieß ein kleines Quieken aus, machte einen Satz nach hinten und rutschte auf dem glattgewaschenen Stein aus. Für eine Sekunde wirbelten ihre Arme wie Windmühlenflügel, dann verlor sie das Gleichgewicht und landete im seichten Wasser. Noch mehr Diamanten sprühten wie aus einem Springbrunnen in das Sonnenlicht, und Dorothy quiekte noch einmal und mühte sich mit einiger Panik wieder auf die Füße.

Am Ufer krümmte sich Ben vor Lachen – allerdings nicht *allzu* lange, da ihm recht schnell aufging, daß er für Dorothys unfreiwilliges Bad im Fluß verantwortlich war und demgemäß zu Hause auch den Ärger bekommen würde. Seine Schwester schaffte es, ihr Gleichgewicht wiederzufinden, und stapfte auf ihn zu, Wasser troff in Strömen aus ihren pitschnassen Jeans. Ihre kleinen roten Leinenschuhe klatschen naß auf die Steine.

»Daran warst du schuld. Ich sag's Mum.«

»Es ist nur Wasser«, verteidigte sich Ben. »In ein paar Minuten bist du wieder trocken.«

»Du hättest das nicht tun dürfen. Du bist ein brutaler Kerl. *Ich werd's sagen!«* Sie stampfte mit dem Fuß auf, um dem Ganzen Nachdruck zu verleihen, doch da er naß war, rutschte sie ein weiteres Mal aus. Ihre Arme wischten durch die Luft, und sie taumelte bereits nach hinten, als Ben zugriff und sie festhielt, bevor sie an einer tieferen Stelle in den Fluß plumpsen konnte. Er zog sie zurück und dorthin, wo grober Uferkies eine breite Grenze zwischen dem Wasser und den Bäumen bildete.

»Siehst du, diesmal hab' ich dich nicht reinfallen lassen«, sagte Ben ernsthaft. »Damit sind wir quitt, okay?«

Sie sah zu ihm hoch und wußte, daß sie ab jetzt ein

Druckmittel gegen ihn hatte; allerdings konnte sie Ben sowieso nie lange böse sein.

»Gut. Aber du darfst mir keine Angst mehr machen.«

»Mach' ich nicht mehr. Pfadfinderehrenwort.«

»Du bist nicht bei den Pfadfindern.«

»Trotzdem: Abgemacht?« Er streckte seine Hand aus. Sie schlug ein.

»Abgemacht«, bestätigte sie. Ben hielt ihre kleine Hand in der seinen und zog sie zu sich heran. Er schenkte ihr sein breitestes Lächeln, dann zerstrubbelte er ihr mit seiner freien Linken brüderlich die Haare.

»Du bist ein echter Freund, Dorrie«, lobte er.

Sie hatten den ganzen Morgen hindurch am Fluß gespielt. Es war ihr Lieblingsplatz. Ihr Zuhause, das kleine Gehöft, lag oben, am Ende des Feldweges, der sich vom Dorf über die flache, weite Brücke da hinaufschlängelte. In der Ferne konnten sie das Brummen der Kettensäge hören, mit der ihr Vater die Bäume zerschnitt, die er im letzten Winter gefällt hatte, um den Baugrund für die neuen Häuser vorzubereiten. Es schien, als werde das träge Summen von der warmen Sommerluft und den Bäumen und Hecken, die diesen Teil des Flusses von den offenen Feldern abtrennten, gedämpft und gefiltert. Dieser Ort hier, wo die großen Bäume dicht am Wasser standen, konnte für einen kleinen Jungen und seine Schwester jeder beliebige Ort der Welt sein. In den ersten Tagen der Sommerferien war er ihre einsame Insel gewesen, ihre Bergfestung, ihr Piratenversteck. Dank der wunderbaren, dehnbaren Zeitrechnung, die nur die Kinder noch beherrschen, erstreckten sich die großen Ferien vor ihnen her bis in die Ewigkeit.

Ben war mit den ersten Sonnenstrahlen aufgewacht, die sich in sein Zimmer hereingetastet und die Innenseiten seiner Lider pinkgefärbt hatten. Er hatte gegähnt, sich gestreckt und war dann – übergangslos wach, unverzüglich *lebendig* – elastisch wie eine erschreckte Katze aus dem Bett gesprungen. Er war in Dorries Zimmer hineingeplatzt und hatte seine Schwester geschüttelt, bis sie ihn schläfrig anblinzelte. Sie hatte versucht, sich umzudrehen, ihr Gesicht in das Kopfkissen zu pressen; sie wollte unbedingt *weiterschlafen*. Doch all ihre Bemühungen waren vergebens unter dem Ansturm eines Neunjährigen, der es mächtig eilig hatte, den Tag willkommen zu heißen. Er hatte seine Schüssel mit den *Rice Crispies* bereits halb leergegessen, als sie wackelig die Treppe herabkam, die Haare verwuschelt, und sich mit beiden Händen die Augen rieb.

»Komm schon, du kleine Schlafkatze«, hatte Duncan Haldane ihr entgegengerufen. Er schob seinen Stuhl über den Steinboden zurück und ging zum Fuß der Treppe. Er streckte seine großen Hände nach ihr aus und sagte: »Spring.«

Dorothy stierte ihn mit einem weiten, schläfrigen Lächeln an und sprang über sechs Stufen hinweg. Ihr Vater ergriff sie stark und sicher unter den Achselhöhlen. Er schwang sie in hohem Bogen, drehte sich mit ihrem Federgewicht um die eigene Achse und ließ sie auf ihren Sitz gleiten.

» Nun denn, Milady«, sagte er und imitierte die sonore Stimme eines ihrer Lieblinge aus dem Fernsehen. »Das Frühstück ist serviert.«

Dorothy sah auf und lächelte ihn noch breiter an – und jetzt funkelten ihre Augen hellwach.

»Oh, danke schön, Parker«, antwortete sie in geziertem Englisch. »Das wäre dann alles.«

Duncan lachte lauthals, und eine große Hand kam herab und rieb kräftig über ihren Rücken. Sie konnte seine starken Finger auf ihren schmalen Schultern spüren und wand sich behaglich unter der Reibungshitze, bis es ihr zuviel wurde.

»Daddyyyy! Das kitzelt!« piepste sie.

»Sehr wohl, Milady«, brummte er, das lederne Gesicht unter einem Grinsen zerknittert. »Komm schon, aufessen. Ich möchte, daß ihr beiden mir ein bißchen helft, Holzklötze rollen.«

»Wirklich, Daddy?« Ben verlor augenblicklich das Interesse an seinem Frühstück. »Dürfen wir dir auch beim Zuschneiden helfen?«

»Lieber nicht, Sohn. Ich muß heute mit der Kettensäge arbeiten und die Rodung aufräumen. Es werden eine Menge Splitter herumfliegen, und ich möchte nicht dazugehören, nur weil ich über euch beide stolpere. Das letzte, was ich brauchen kann, sind in Scheiben geschnittene Kinder.«

Ben zog ein langes Gesicht. Er wollte endlich die große Säge in die Hände bekommen. Er hatte seinem Vater bereits zugesehen, wie er, die Schutzbrille vor Augen, mitten in einem Sprühregen aus Sägemehl stand, während das Sägeblatt in die Stämme hineinfuhr. Das war *Männerarbeit.* Aber er sah schon: Was diesen Punkt betraf, würde es keine Diskussion geben.

»Wie auch immer, es ist Sommer. Ihr beiden solltet da draußen sein und ihn genießen, solange ihr noch Zeit dazu habt. Wenn ihr in meinem Alter seid, werdet ihr das vermissen.«

Ben konnte noch nicht so recht glauben, daß er jemals so alt werden würde, oder so groß, oder so stark.

Rose Haldane betrat die Küche. Sie hatte ihre Haare mädchenhaft hinter die Ohren zurückgestreift und trug eines von Duncans großen Hemden.

»Hi, Mum«, hießen Ben und Dorothy sie unisono willkommen.

»Morgen, Babys.« Rose drehte sich um und wischte eine widerspenstige Haarsträhne zurück, die ihr über die Augen gefallen war. Duncan strahlte sie an. Sie hatte diese weiblich-ländliche Robustheit, die mehr hübsch als elegant ist. Sie sah lässig und unbeschwert aus in ihren abgenutzten und ausgebleichten Jeans.

Er stieß einen leisen Pfiff aus, und die Kinder sahen sich an und kicherten.

»Du tust mehr für dieses Hemd, als ich jemals tun konnte«, neckte er sie.

»Möglich, aber es ist das einzige saubere im Haus. Wenn du diese Häuschen gebaut und verkauft hast, will ich eine neue Waschmaschine.«

»Wenn alles unter Dach und Fach ist, kriegst du ein neues *Haus.*«

»Eine Waschmaschine würde mir für's erste reichen«, sagte sie und setzte sich zu ihnen. Duncan schenkte ihr Tee ein, während sie sich den Kindern zuwandte.

»Okay, ihr beiden. Strengt euch an, sauber zu bleiben. Und trocken.« Sie drehte sich zu Duncan um. »Und du auch. Du bist schlimmer als die beiden.«

»Das kommt daher, weil ich ein schwer arbeitender Mann bin.«

»Okay, versuch auch ein *sauberer* zu bleiben, sonst habe ich nicht einmal mehr *dieses* Hemd zum Anziehen.«

»Wenn das ein Angebot ist ...«, brummte er und versetzt ihr einen übertriebenen Schubs.

Rose tätschelte seine Schulter. »Raus mit euch!«

Duncan hatte die große gelbe Säge aus der Kiste in der Ecke des mittlerweile leeren Schweinestalls geholt. Der Geruch der Tiere hing noch immer in der Luft, obwohl sie den letzten Wurf schon vor Monaten verkauft hatten. Er schleppte die Säge den grasbewachsenen Hügel hinab, der direkt an den Garten angrenzte, und betrachtete den Wirrwarr aus Baumstämmen und Geäst. Noch eine Woche, und alles würde ordentlich geräumt und bereit sein für den Bagger.

Seine Familie hatte sich vor mehr als dreihundert Jahren in diesem Tal angesiedelt; möglicherweise sogar vor einer doppelt so langen Zeit. In dem Jahr, da Ben geboren worden war, hatte er das Land von dem alten Angus Haldane geerbt und sich verpflichtet gesehen, den Rest seines Lebens hier zu verbringen.

Es war eine Hoffnung gewesen.

Das Tal – der Erdboden selbst – hatte sich so rasch gegen ihn gewandt wie ein menschlicher Feind.

Mit dem kleinen Stück Land hatte er für seine Familie

und sich den Lebensunterhalt verdient. Duncan und Rose wären niemals reich geworden damit, doch er war ein guter Ehemann und der geborene Bauer. Sie hatten ein paar Schafe auf dem Hügel und ein wenig Vieh auf dem unteren Feld, wo der Fluß eine Kehre beschrieb und im Wald verschwand. Die Schweine allerdings hatten nicht einmal genügend Speck auf den Rippen gehabt, um das Futter zu rechtfertigen, und es war Rose gewesen, die im Räucherhaus ein Wunder vollbracht und damit in den größeren Städten und sogar auf dem Markt in Levenford zusätzliches Geld erwirtschaftet hatte. Der Boden war fruchtbar gewesen, und da er auf drei Seiten von Hügeln umgeben war, hätte er dies auch bleiben müssen. Duncan hatte seinen kleinen Betrieb auf biologisch-dynamische Bewirtschaftung umgestellt – so konnte er auf dem Markt einen besseren Preis verlangen; damals war dies eine gute Idee gewesen, denn das Land war gut gewesen. Es hatte den Dreck von ICI-Chemicals nicht nötig, und wenn er das, was er sich so sparte, zu den guten Preisen addierte, die er für seine Erzeugnisse erhielt, dann erhöhte sich seine Gewinnspanne noch und ermöglichte ihm über ein bloßes Überleben hinweg ein gutes Leben.

Dann war der Boden sauer geworden.

Zuerst waren die Schafe an der Räude eingegangen, obwohl sie erst im Monat zuvor geimpft worden waren. Sie hatten die ganze Herde von den Braunkitteln des Landwirtschaftsministeriums schlachten lassen müssen. Die Versicherung hatte nicht genügend bezahlt, um sie zu ersetzen – es hätte ohnehin keinen Sinn gemacht, dies zu tun, solange das Land nicht das Okay der Behörden hatte, und dies konnte mehr als ein Jahr auf sich warten lassen. Es hatte Zeiten gegeben, da war er sich wie nach Gruinard Island, oben im Nordwesten, versetzt vorgekommen; dort hatten sie während des Krieges mit Milzbrand experimentiert. Der Boden war noch immer vergiftet, und Duncans Hangwiesen waren dies ebenfalls.

Die kleine Jersey's-Herde, sein Stolz und seine Freude,

einige der besten Milchkühe zwischen Lochend und Craigard, war ausgebrochen. Er hatte, da er sichergehen wollte, daß sich das Vieh von den Bäumen fernhielt, eine schlimme Herbstwoche damit zugebracht, neue Zäune zu errichten und sich dabei die Hände in Fetzen gerissen. Doch im Frühjahr waren die Stürme gekommen, und einer davon hatte eine hohe Rotbuche umgerissen und über den Zaun stürzen lassen, und die Jersey's hatten sich am Waldrand mit Eibenblättern vollgefressen und waren innerhalb weniger Stunden eingegangen. Ihr schmerzerfülltes Brüllen unter dem grauen Frühjahrshimmel glaubte er heute noch zu hören.

Und die Kartoffelernte schließlich war nur noch ein Witz gewesen. Das, was der Boden hervorgebracht hatte, war nicht einmal wert, geerntet zu werden.

Es war ein Jahr der Katastrophen . . . Etwas Ähnliches war nur noch Bill Aitken passiert, der sein Land im Osten des Tales bewirtschaftet hatte, jenseits von Fasach Wood. Niemand wußte genau, was geschehen war. Einige erzählten, sein Vieh habe verseuchtes Wasser gesoffen, möglicherweise aus einem undichten Behälter mit Fäulniserregern. Was auch immer – er hatte seine ganze Mastbullenherde verloren. Er hatte alles verkauft, war nach Levenford gezogen und arbeitete seither in einer Fabrik.

Duncan Haldane hatte beschlossen, nicht in die Fabrik zu gehen. Er wollte hierbleiben, in *seinem* Tal, wo er aufgewachsen war. Den ganzen Winter über zermarterte er sich das Gehirn, wie er seine Familie und sich aus dem finanziellen Treibsand retten konnte, der sie alle zu verschlingen drohte. Die Lösung war ihm eines Nachts eingefallen, als er voller Panik hochgeschreckt war, die Hände so fest zu Fäusten geballt, daß ihm die Nägel rote Halbmonde in die Haut der Handflächen gegraben hatten. Die nicht abreißen wollenden Katastrophen hatten ihm schon viele solcher Nächte beschert. Er war nach unten gegangen, hatte sich in einen der Sessel gesetzt und in einer Zeitschrift geblättert – und das Bild war ihm geradewegs in die Augen gesprungen. Da waren Holzhütten abgebildet, kleine Blockhäuser mit Giebeldach, die in Reih und Glied am Loch Soundso an der Westküste gebaut worden waren. Er starrte die Häuschen an, und dann den Mietpreis, und als Rose früh am nächsten Morgen heruntergekommen war, hatte sie ihn zusammengesunken über dem Tisch und einer Karte ihres Landes vorgefunden. Sie hatte ihn wachgerüttelt, und er war verschlafen hochgefahren, und dann hatte er sie angelächelt wie schon seit sechs Monaten nicht mehr.

»Rosie, Mädchen, ich glaube, wir sind gerettet.«

Das war vor über einem Jahr gewesen. Nun beugte er den Rücken, glich das Rütteln der Säge mit angespannten Ellbogenmuskeln aus und senkte das Sägeblatt in den Stamm der vor ihm liegenden Rotbuche – er war Elefantengrau und maß nahezu zwei Yards im Durchmesser. Diese hier hatte er eigenhändig gefällt, und sein Bedauern darüber, etwas so Gewaltiges und Altes zu vernichten, stand in einem heftigen Widerstreit zu dem Vergnügen, *aktiv* zu sein. Er rief sich das andere Waldrand-Ungetüm ins Bewußtsein, das den neuen Zaun niedergedrückt und seiner Herde die Flucht ermöglicht hatte – seine weitausladenden Arme, das gigantische, breitgefächerte Wurzelwerk und die rote Erde, die in weitem Umkreis mit ihm herausgerissen worden war. Etwas Merwürdiges hatte diesen Baum umgeben, erinnerte er sich; er war ihm *deplaziert* vorgekommen, doch in der Angst um seine brüllende, *sterbende* Herde war ihm dieser Gedanke entwischt. Und auch jetzt, als er in einem Dunst aus Sägemehl arbeitete und sich erinnerte, daß da etwas gewesen war, bekam er das Befremdliche nicht zu fassen. Das Lärmen der Säge veränderte sich, als das Blatt durch die Rinde in das harte Holz fuhr, und das Bild des gebrochen am Boden liegenden Giganten erlosch – Duncan Haldane konzentrierte sich wieder ganz auf seine Arbeit.

Unten am Fluß war Dorothy damit beschäftigt, ihre Söckchen auszuwringen, obwohl das völlig sinnlos war.

Aus den klatschnassen Jeans tropfte es ununterbrochen in ihre Schuhe, und so, wie es aussah, würde dies noch eine ganze Weile andauern; dennoch drückte und drehte sie die weißen Söckchen und hoffte inständig, daß ihre Mutter nichts bemerkte.

Sie war nicht mehr böse auf Ben. Die beiden standen sich zu nahe, um irgend etwas anderes zu sein als die besten Freunde – trotz der Tatsache, daß es in Linnvale ein paar Kinder in ihrem Alter gab. Einige der jungen Mütter hatten ein Sommerferienprogramm zusammengestellt, mit Bergwanderungen und Tagesausflügen und sogar einem speziellen Picknick am Ende der Ferien, auf das sich alle kleinen Kinder freuten. Aber nach den ersten paar Tagen ohne Schule waren Ben und Dorothy damit zufrieden, in ihrem Tal unten am Fluß miteinander zu spielen.

Dorothy vermißte die Tiere – selbst die kräftig *duftenden* Schweine –, doch letzten Endes war Ben der Kopf hinter ihren Spielen und begründete dies mit seinem um achtzehn Monate höheren Alter und weil er gut war im Ausdenken von neuen Abenteuern. Wie immer war Dorrie erster Maat des Kapitäns oder Navigator des Piloten, doch das kümmerte sie nicht. Es war immer so gewesen.

Sie folgten dem Flußufer und dem Saum der Bäume, der schließlich zu Fasach Wood wurde, und in dessen Tiefen manche Männer im Winter Fasane und Waldschnepfen jagten. Ihr Vater hatte ihnen immer wieder eingeschärft, nicht in den Wald zu gehen; er bedeckte das gesamte tiefer gelegene Tal, und der Corrie River, in den ihr Bächlein mündete, wurde tief und schnell dort unten. Er hatte ihnen gesagt, daß hinter dem kleinen Bergsee, dem nach ihrem Gehöft und ihrer Familie benannten Haldane-See, das Wasser in tiefe Schluchten hinabbrauste und unterirdische Höhlen und Strudellöcher füllte und einen Menschen binnen einer einzigen Sekunde davonreißen konnte. Die Art und Weise, wie er das sagte, ließ Dorothy schaudern. Sie konnte sich vorstellen, wie das war, *binnen einer einzigen Sekunde davongerissen* zu werden; man überschlug sich und wirbelte in dem kochenden Wasser umher, man wurde gegen Felsen geschleudert und dann, später, *sehr viel später*, irgendwo am Ufer des großen Loch Corran angeschwemmt. Sie gingen nie in den Wald. Der See am Rand der kleinen Schonung, die bereits in richtigen Wald überging, war die Grenze, wenn Ben große braune Forellen fischen wollte. Dahinter war alles Geheimnis – dunkel und schattig durch die ungeheuer hohen Bäume; die andere Seite ihrer Welt.

Sie hatten Verstecken gespielt, und Dorothys Jeans trockneten rasch in der heißen Sommersonne, nur ihre kleinen roten Leinenschuhe waren immer nock klamm und irgendwie matschig. Aber das machte nichts aus, denn Ben war inzwischen ebenfalls auf einem Stein ausgeglitten und bis zu den Knien im Wasser gelandet, so daß sie sich jede Strafe würden teilen können, was viel leichter war.

Das Getöse der Säge war weit hinter ihnen zurückgeblieben und nur noch wie das Sirren einer Libelle. Ben lag auf einem flachen Quarzfelsen, der im Sonnenlicht funkelte, und tastete mit beiden Händen im Wasser umher.

»Hast du was gefangen?«

»Eine Forelle, glaube ich. Fühlt sich wie ein Mordsding an.«

Dorothy sprang geschickt von einem Stein zum nächsten, bis sie, beide Arme ausgestreckt, um das Gleichgewicht zu wahren, neben ihm ankam. Ben lag kopfüber da, ganz konzentriert; eine Haarsträhne trieb auf dem Wasser. Dann bewegten sich seine Hände. Sie konnte sehen, wie sich die Muskeln seiner dünnen Arme spannten, und gleich darauf ruckte er hoch. Etwas Silbernes zappelte in seinem Griff – es war eine Bachforelle, und sie wand sich wie rasend, um ihre Freiheit wiederzugewinnen. Er preßte die linke Hand über Kopf und Kiemen und verhinderte so, daß sie davonschnellte, und dabei stieß er einen wilden Freudenschrei aus.

»Was für ein *Monster*!« rief er und hüpfte ans andere Ufer hinüber. Seine Schwester folgte ihm wie ein brauner Schatten. »Ich will sie auch sehen. Ist sie groß?«

»Sie ist *riesig*«, rief er jubelnd. »Mindestens wie ein *Lachs*.«

Er öffnete die rechte Hand ein wenig, und sie sah, wie die Muskelzuckungen der Forelle sein Handgelenk schüttelten, so daß sie unwillkürlich an die muskulösen Arme ihres Vaters denken mußte, die die laut aufheulende Kettensäge trugen. Das, was er da hielt, war wirklich ein großer Fisch – vielleicht einen Fuß lang und dick, ein Kämpfer, der sich durch schnelles Wasser vorwärtsmühen konnte. Er schillerte in allen Regenbogenfarben, und sein Maul klaffte weit auf.

»Können wir ihn behalten?«

»Darauf kannst du wetten«, versicherte Ben voller Stolz. »Und ich werde genug für uns alle fangen.«

Er suchte die Sandbank des Ufers ab, bis er den Geißblatt-Kriecher entdeckte, der sich um den Stamm eines Bäumchens geschlungen hatte. Er riß die Kletterpflanze weg, zog sie durch die geschlossene Hand und streifte ihr so alle Blätter ab; dann fädelte er die Ranke mit derselben Geschicklichkeit durch die Kiemen der Forelle. Schließlich hing sie da, silbern und blind, das Maul wie eine gähnende Wunde.

»Komm mit, Dorrie, wir fangen noch eine.«

Sie folgte ihrem Bruder über die glatten, wasserumspülten Steine zur Biegung des Flußes, wo die Fluten Höhlungen in das steile, felsige Ufer geschmirgelt hatten. Nicht weit entfernt von dieser Stelle begann Fasach Wood. Ben ließ Dorothy den Fisch halten, während er die Simse und Spalten unter Wasser erkundete und dem Strömen nachtastete. Bald darauf verklang das Rumoren der Kettensäge endgültig, und sie befanden sich im Schatten der Bäume.

— 6 —

Sie lagen Seite an Seite auf dem samtigen Moos unter dem Wogen eines Baumes. Ihr Kopf ruhte auf seiner Brust, blonde Haare kitzelten unter seinem Kinn.

Die Sonnenstrahlen fielen schräg durch die Äste herab, tüpfelten den Boden des Waldes und verwandelten Glokkenblumen und Nachtkerzen in strahlende Farbflecken.

»Wir müssen bald zurück«, sagte Betty MacKinnon. Norrie Ritchie murmelte schläfrig.

Sie lächelte und stupste ihn, bis er richtig wach war.

»Komm schon, Faulpelz. Wir müssen gehen. Wenn uns jemand sieht.«

Er schüttelte den Kopf. »Hier herunter kommt niemand.«

»Aber wenn ich nicht da bin, wird er sich fragen, wo ich bin. Es ist zu nahe an zu Hause.«

»Er denkt nie an was anderes als ans Geschäft. Treibt mich ununterbrochen an. Ich werde mir einen anderen Job suchen, und dann nehme ich dich mit. Wir hauen einfach ab von hier.«

Sie sah zu ihm hoch und lächelte.

»Ich komme nur mit, wenn du mir den Lebensstandard bieten kannst, den ich gewöhnt bin«, sagte sie und zog ihre Finger träge über sein nacktes Bein. Ihre Kleider lagen in einem Haufen neben ihnen.

»Du weißt, daß ich immer mein Bestes gebe«, erwiderte er ein wenig selbstgefällig. Norrie Ritchie war gut zehn Jahre jünger als die Frau seines Arbeitgebers, doch dieser Altersunterschied fiel nicht auf. Betty war groß und schlank und hatte schelmisch funkelnde blaue Augen.

Sie hatten sich an dem Zauntritt hoch über den Feldern des Tales getroffen und waren, stets im Schutz der Hecken, durch den warmen Nachmittag nach Fasach Wood hinabspaziert. Ihre Affäre hatte am Neujahrstag begonnen, auf Donnie MacKinnons Party. Betty war auf der Treppe an

Norrie vorbeigegangen, hatte den Arm wie beiläufig über seine Taille gleiten lassen und ihm ein unmißverständliches Lächeln geschenkt. Von diesem elektrisierenden Augenblick an hatten sie jede freie Sekunde zusammen verbracht, was nicht einfach war in einem derart kleinen Dorf wie Linnvale, in dem jeder jeden kannte.

Sie waren Arm in Arm unter den Bäumen entlanggeschlendert und sich ihres gegenseitigen Verlangens so bewußt gewesen; jede Berührung ergab pure Elektrizität. Irgendwann hatten sie die eingebrochene Grenzmauer überstiegen und diese geschützte Stelle gefunden. Das Moos war wie ein dicker Teppich. Sie hatten sich hastig geliebt, und nun lagen sie in ihrem kleinen Paradies und lauschten dem Summen der Bienen und dem Gurren von Waldtauben in dem Schatten des Waldes, und der Schweiß kühlte ihre erhitzten Körper.

Schließlich setzte Norrie sich auf. Betty beließ ihre Hand auf seinem Oberschenkel, und er spürte die Hitze ihrer Berührung. Sie erregte ihn. Er küßte sie, und sie erwiderte seine Zärtlichkeiten: doch nach einer Weile rückte sie von ihm weg.

»Komm schon, Gierschlund. Heb's dir für ein anderes Mal auf.«

»Ich werd's versuchen«, brummte er und wandte sich seinen Kleidern zu. Betty legte sich mit geschlossenen Augen zurück.

»Hey, die ist hübsch!« sagte er.

»Welche?« erkundigte sie sich ganz harmlos, den Blick auf ihre Brüste gesenkt. Sie lächelte wie ein Kobold.

»Die Blume da. Schau.«

Sie setzte sich langsam auf. Er reckte sich zu einer Pflanze empor, die aus dem Astwerk jenes Baumes herabhing, unter dem sie sich geliebt hatten. Betty sah ein Gewirr aus blutroten, untertassengroßen Blüten und Blättern, die wie Schmetterlingsflügel waren.

»Oh, die *ist* toll«, stimmte sie ihm zu. »So was habe ich noch nie gesehen. Du mußt mir einen ganzen Strauß davon pflücken. Ich werde Donnie sagen, ich hätte einen heimlichen Bewunderer.«

»Nicht mehr lange heimlich«, gab er zurück. »Wir müssen es bald tun.«

Sie lächelte, dann griff sie nach der Blume und schnupperte daran. Er wandte sich seinen Kleidern zu und hörte Betty erstickt husten.

Norrie Ritchie dachte sich nichts dabei. Betty hustete wieder. Dieses Mal drehte er sich um und sah, daß sie ihr Gesicht inzwischen ganz in den Blütenkelch hineinpreßte.

Er wollte sich bereits wieder abwenden. Da hörte er das gurgelnde Geräusch. Ihr ganzer Körper zuckte.

»Was – ?« begann er.

Betty MacKinnon stieß ein ersticktes Wimmern aus, und er stapfte auf sie zu. Dann erstarrte er.

Die blutroten Blumenblätter lagen wie Eisenlamellen auf ihrem Gesicht. Die schüsselförmige Blüte hatte sich über Nase und Mund geschlossen und wirkte wie festgeklebt. Betty stieß ein weiteres Geräusch aus, und ihr Körper zuckte erneut, wollte zurückweichen. Ihre Hand kam hoch, packte den dicken Stengel und riß daran. Norrie sah, wie sich die Muskeln unter ihrer glatten Haut strafften – allerdings gaben weder Stengel noch Blüte nach.

Das erstickte Geräusch entstand wieder, und ihre Füße zappelten auf dem Moos. Norrie tappte zu ihr und umklammerte die Pflanze. Sie fühlte sich gummiartig an und irgendwie *lebendig*. Einer der Stengel schlang sich um sein Handgelenk.

Selbst jetzt kam Norrie Ritchie noch nicht auf die Idee, daß er in Gefahr schweben könnte. Er dachte überhaupt nichts. Er wollte seine Hand wegziehen, und die Pflanze hielt sie fest.

Verwirrt zerrte er wieder, und dieses Mal gab das *Etwas* mit den wunderschönen Blüten nach und peitschte gegen ihn und warf ihn um.

Er verstand nicht, was hier geschah; er verstand nicht, was mit Betty MacKinnon los war, deren Gesicht noch immer in den Blütenkelch *hineingesaugt* war und deren schlanker Körper zuckte und zappelte. Er starrte auf die Pflanze, und dann sah er die Blume direkt vor sich schweben, mit ausgebreiteten Blättern, und das sah *verdammt bedrohlich* aus und –

»Was ...?« stieß er noch einmal hervor, und dann war die Pflanze *heran* und ringelte sich um ihn und riß ihn hoch. Er verlor jedes Gefühl für Gleichgewicht und wurde – Kopf voran – geradewegs in das Gewimmel der Blüten und Blätter hineingezerrt. Etwas Feuchtes und Ledriges stülpte sich über sein Gesicht. Vor seinen Augen wurde es rot, und als er zu atmen versuchte, kam keine Luft. Er wollte losschreien, doch alles, was er zustande brachte, war ein gedämpftes Grunzen.

Ein fürchterlicher Geruch sickerte in seine Nase, eine Flüssigkeit füllte seinen Mund. Er fühlte, daß er keinen Boden mehr unter sich hatte. Dann schüttelte es seinen ganzen Körper, als das, was auch immer er soeben gekostet hatte, in Gaumen und Zunge einsickerte und über die Nervenbahnen bis in sein Gehirn raste.

Ein jäher, wühlender Schmerz durchtobte ihn von Kopf bis Fuß. Norrie Ritchie schrie in Todesangst, doch dieser Schrei war nur in seinem Kopf – die Stille des Waldes wurde höchstens durch die spasmischen Zuckungen der beiden nackten Körper gestört.

Es dauerte lange, bis *diese* Geräusche erstarben. Dann kehrte wieder Ruhe ein in Fasach Wood. In den unteren Ästen des Baumes entstanden kleine, fast unmerkliche Bewegungen; ein Zittern erfaßte die Pflanze. Sie wuchs, Luftwurzeln suchten Halt, Seitentriebe suchten Nahrung. Als das Tageslicht zu schwinden begann, hatte sie sich beachtlich ausgebreitet und bildete nun zwei mit scharlachroten Blüten bedeckte längliche Flecken, die von den dicken Ästen hingen.

Aus einem anderen Blickwinkel betrachtet, hätte man diese Blumenflecken durchaus als die Umrisse eines Mannes und einer Frau erkennen können, doch es gab niemanden, der sie betrachtete, und es war bereits nichts mehr übrig von den beiden Menschen, die in die Wälder herabgekommen waren.

Man hörte nie wieder etwas von Norrie Ritchie und Betty MacKinnon.

— 7 —

»Es wird nicht besser«, sagte Caitlin. Martin sah sie an; kein Muskel regte sich in seinem Gesicht.

Sie griff ein wenig linkisch nach ihrem Wein und nippte daran. Sie hatten die zweite Flasche nahezu geleert; die Reste des Salats lagen schlaff in der Glasschüssel. Er beobachtete Caitlin und hatte den Eindruck, daß sie alles ganz bewußt langsam tat, um an schnelle Bewegungen nicht einmal *denken* zu müssen.

»Niemand weiß, wie das ist.« Sie schüttelte den Kopf, bekräftigte die Ignoranz der Welt, und ihre Haare waren wie geschmolzenes Kupfer. »Und das schlimmste ist, daß man weiß, so bleibt es jetzt für immer.«

»Ich habe irgendwo etwas über die Regeneration von Nerven gelesen. Sie scheinen der Meinung zu sein, daß man das möglicherweise in den Griff bekommen kann.«

»Daran darf ich nicht denken,« unterbrach sie ihn knapp, jedoch nicht verärgert. Ihr ganzer Ärger war in ihr. Er konnte ihn spüren. »Wenn ich daran denke, dann denke ich über eine Heilung nach, dann beginne ich zu *hoffen*. Ich darf das nicht zulassen.«

»Das verstehe ich nicht«, sagte Martin ehrlich.

»Das habe ich auch nicht erwartet, aber wenigstens geben Sie sich Mühe«, antwortete Caitlin sanft, dann lächelte sie ihn an. Er fühlte die Wärme.

»Sie haben mir in der Physiotherapie und in der anderen Therapie alles über das hier beigebracht. Ich muß akzeptieren, was ich bin. Ich muß mir jeden Morgen sagen, daß ich für den Rest meines Lebens an diesen Rollstuhl gefesselt bin. Wenn ich anfange, an irgendwelche Kuren oder eine Regeneration von Nerven zu denken, dann kann ich es nicht akzeptieren.«

Sie schlug mit den Handballen auf die Armlehne des Rollstuhls, wie um ihren Worten Nachdruck zu verleihen.

»Und wenn ich es nicht akzeptiere, dann werde ich verrückt. Da draußen ist keine Fee mit Zauberstab unterwegs. Es gibt auch keinen Zauberspruch für mich. Kein Hexengebräu.«

Martin lehnte sich zurück, signalisierte, daß sie fortfahren konnte, wenn sie wollte; drängte sie nicht.

»Es ist erstaunlich, was wir Menschen alles für selbstverständlich halten. Nicht nur das Laufen. Nicht einmal nur das *schnelle* Laufen, obwohl ich gerade das wahnsinnig vermisse.«

»Ich weiß. Ich habe die Marathon-Bilder gesehen. Sie sind eine gute Zeit gelaufen.«

»Ich wäre noch besser geworden. Ich habe es geliebt, mich bis an die Grenze anzutreiben. Jetzt kann ich dieses verdammte Ding hier antreiben. Es ist unglaublich, was man alles lernen muß, nur um das hier *bewegen* zu können. Zuerst dachte ich, das ist ein Klacks. Ich bin nur im Kreis herumgefahren. Ich wette, Sie haben noch nie über Rampen in Läden nachgedacht, und wie zur Hölle man sich mit einem *Rolli* in eine Toilette hineinmanövriert. Niemand denkt darüber nach, bis es einem selbst passiert, und dann begreift man plötzlich, daß die Welt für Gehende und Laufende gemacht ist.«

»Was vermissen Sie am meisten?« fragte Martin.

»Das würden Sie mir nicht glauben.«

»Geben Sie mir eine Chance.«

»Irgendwann vielleicht. Nicht jetzt. Aber ich habe gerne getanzt. In diesem Ding hier kann ich nicht einmal mehr einen *Strip-the-Willow* mithüpfen. Ich vermisse Kontrolle und Balance. Und ich vermisse es, nicht mehr die richtige *Größe* zu haben. Schauen Sie sich diesen Raum an.«

Martin sah sich in der altmodischen Küche um.

»Sämtliche Regale sind zu hoch. Ich muß jemanden finden, der mir das alles so umbaut, daß ich es anständig benutzen kann. Dougie Scott aus Craigard hat mir schon vor einem Monat versprochen, sich darum zu kümmern, aber ich warte noch immer auf ihn.«

»Das ist keine große Sache. Wenn Sie wollen, kann ich das machen.«

»Wie meinen Sie das?«

»Es ist nur ein wenig Tischlerarbeit. Hätte ich nicht mein Herz für die *Yellow Press* entdeckt, wäre das mein Beruf geworden. Ich helfe meinem Vater heute noch ab und zu.«

»Sie? Ein *Tischler*?«

»Es ist etwas, auf das ich zurückgreifen kann, wenn ich gefeuert werde. Oder wenn ich die Nase voll habe von der Jagd. Sie müßten mir nur eine Runde in ihrem Rollstuhl genehmigen – damit ich ein Gefühl für die richtige Höhe bekomme.«

»Meinen Sie das ernst?« fragte Caitlin. Ihr Gesichtsausdruck verriet, daß sie mit irgendeiner Pointe rechnete.

»Klar. Warum nicht? Es wird nicht länger als zwei Tage dauern, höchstens. Die Spüle abbauen, den Unterbau kürzen. Aus dem Geschirrschrank könnte man zwei niedere Schränke machen. Die Regale tiefer setzen. Vielleicht noch eine Rampe an die Hintertür . . . Würde Sie davor bewahren, daß Sie sich an dieser Stufe irgendwann den Hals brechen.«

»Sie versuchen mich schon wieder zu bestechen, stimmt's?«

»Nein. Und beim ersten Mal hat's auch nicht gestimmt. Entweder, Sie geben mir die Erlaubnis, eine Story zu schreiben, oder Sie geben Sie mir nicht. Ich würde sie ziemlich gerne schreiben, weil ich es hasse, Themen halbfertig herumgammeln zu lassen, aber es ist nicht das Ende der Welt.«

»Aber warum sollten Sie das hier tun?« flüsterte Caitlin.

»Warum nicht?«

»Trotzdem – es steckt mehr dahinter.«

»Das glaube ich auch.« Er nickte, aber er führte es nicht weiter aus. Er schenkte den restlichen Wein in die Gläser.

»Erzählen Sie's mir«, verlangte sie.

»Es hat mit dieser Nacht zu tun.«

Caitlin sah ihn direkt an, die Augenbrauen fragend gehoben. »Die Nacht, in der ich mir den Rücken gebrochen habe. Schleichen wir nicht um den heißen Brei herum. Es ist *passiert.*«

Er nickte wieder und er wich ihrem Blick nicht mehr aus. »Haben Sie sich jemals darüber gewundert, warum ich Sie im Krankenhaus besucht habe?«

»Wegen der Story.«

»Es war nicht nur die Story.«

»Oh, dann hat ihnen mein hilfloser Körper gefallen?«

»Das kann ich nicht leugnen«, versetzte er boshaft. »Und ich war schon immer verrückt nach rothaarigen jungen Frauen . . . Trotzdem, es gab andere Gründe . . .« Er unterbrach sich wieder, als suche er das richtige Wort. »Ich habe es *gesehen*«, sagte er dann einfach.

»Was gesehen?«

»Ich habe gesehen, wie es passiert . . . *Bevor* es passiert ist.«

Caitlin starrte ihn verblüfft an.

»Ich habe Sie fallen sehen, bevor Sie tatsächlich gefallen sind . . . Sehen Sie, ich habe nur einem einzigen anderen Menschen von dieser Sache erzählt, und nichts dergleichen ist mir jemals zuvor passiert, aber in dieser Nacht hatte ich eine Vorahnung, oder ein *Déjà-vu*-Erlebnis oder sonstwas. Ganz gleich, was es war, ich hatte dieses Klingeln in den Ohren, als hätte mir jemand zwei Elektroden in den Kopf gesteckt und den Strom eingeschaltet. Ich kann's nicht richtig erklären, aber es war, als würden sich sämtliche Nerven in mir aufstellen und vibrieren, und dann habe ich es *gesehen*. Deshalb war ich als erster bei Ihnen. Deshalb konnte ich diesen Idioten wegstoßen, der Sie bewegen wollte.«

»Ich erinnere mich daran. Ich hatte solche Angst«, murmelte Caitlin. Ihre Augen verrieten sie – verrieten, daß sie wieder *in dieser Nacht* war; *dort* war.

»Ich habe Sie ankommen sehen, Sie und Ihre Kollegen. Hab' mir Ihre Beine angesehen.«

»Die letzte Chance, eh?« Caitlin stieß ein kleines, jämmerliches Lachen aus.

»Dann hat mich dieses Ding getroffen, *in meinem Kopf*, und ich habe es *gesehen*. Der Gewehrlauf kam aus der Türöffnung heraus, die Frau rannte, dann stürzte sie. Ich habe die Hände gesehen, die sich nach dem Baby ausstreckten, und dann war da dieses Gefühl . . . dieser Schmerz, aber es war nicht *mein* Schmerz. Ich konnte ihn nur wahrnehmen. Dann sind Sie über diese Brüstung gefallen, und ich rannte los.«

Er schwieg und stellte sein Glas ab; es entstand ein schwaches Klirren. »Ich war nicht schnell genug, Ich dachte, ich könnte Sie auffangen. Es tut mir leid.«

Caitlin starrte ihn an, starrte ihm geradewegs in die Augen – fast eine halbe Minute lang. Ihr Gesicht war völlig ausdruckslos. Schließlich entspannten sich ihre Lippen, und sie lächelte.

»Ist das eine neue Tour? Sie erwarten, daß ich das glaube?«

»Nicht wirklich«, sagte Martin. Er bemerkte, daß er unter ihrem Starren den Atem angehalten hatte. Er ließ ihn langsam herauströmen. »Ich kann es selbst kaum glauben. Ich habe eine Menge darüber nachgedacht und keine Antwort gefunden.«

»Sie wollen mir allen Ernstes einreden, daß Sie eine Art Zweites Gesicht hatten . . ., daß Sie wußten, daß ich angeschossen werde –«

Er nickte.

»Das glaube ich Ihnen nicht.«

»Verständlich.«

Sie starrte ihn an, als wolle sie in ihn hineinsehen, *durch ihn hindurchsehen*. Er reagierte nicht.

Sie schien zu einem Entschluß zu kommen, umfaßte die Armlehnen des Rollstuhls, schob sich zurück.

»Also gut. Sie haben es gesehen. Beschreiben Sie, was passiert ist.«

»Die Frau kommt heraus. Sie rennt. Sie trägt eine Art Strickjacke. Die Schöße flattern. Sie hat das Baby, streckt es mit beiden Händen vor sich. Sie sagt etwas. Ich glaube, sie hat geschrien. Ich konnte die Worte nicht hören. Dann liegt die Frau am Boden, und das Baby fliegt durch die Luft, und Sie fangen es auf. Sie drehen sich um, laufen zu diesem Treppenaufgang zurück, dann werden Sie im Rükken getroffen.«

»Das weiß jeder«, stellte Caitlin gedehnt fest; in ihren Augen schwammen Erinnerungen.

»Als sie über diese Brüstung gestürzt sind, dachten Sie nur an das Baby. Sie haben sich in der Luft gedreht. Sie wollten unter allen Umständen vermeiden, daß sie auf das Kind fallen und es töten. Deshalb sind Sie mit dem Rücken aufgeschlagen. Dann, als sie die Augen geöffnet haben, dieser Gedanke ... Sie haben an eine Frau gedacht. Blonde Haare, vielleicht auch grau. Ich glaube, es war Ihre Mutter.«

Die Tränen in ihren Augen quollen über und rannen über ihre Wangen. »Meine Mutter«, sagte sie schließlich sanft. Dann brach sie endgültig in Tränen aus. Martin war wie versteinert; er wußte nicht, was er tun sollte. Er wollte nicht hier sitzen und ihr zusehen ... nicht *dabei*, und so ging er zu ihr hinüber und beugte sich hinab und legte ihr einen Arm um die Schulter. Er tätschelte ihr völlig idiotisch den Rücken, aber letzten Endes fühlte *er* sich dadurch ein wenig besser. Er spürte das heftige Zucken ihres Körpers ganz nahe. Nach einer Weile hörte sie auf zu weinen. Sie wandte ihm ihr Gesicht zu, verbarg es wie selbstverständlich an seinem Hals. Er konnte die Nässe ihrer Tränen auf der Haut spüren, und die seidige Flut ihrer

Herbstfeuerhaare. Er hielt sie fest, bis auch das Zittern verging.

Ein paar Minuten später lockerte er die Arme nach und nach, und sie zog sich zurück. Sie waren beide verlegen; sie, weil sie geweint hatte, er, weil er Zeuge ihrer Qual geworden war.

»Tut mir leid. Meistens kann ich so etwas ganz prima runterschlucken.« Sie zupfte ein Taschentuch aus ihrer Hemdtasche und putzte sich die Nase. Sie klang verschnupft, wie ein Kind.

»Vergessen Sie's. Ihr Mädchen *dürft* euch das wenigstens leisten. Uns harten Typen ist so was gar nicht gestattet.«

Sie sah ihn aus wäßrigen, lächelnden Augen heraus an. »Es ist nur so, daß einen die Seelenklempner *darauf* nicht vorbereiten. *Diese plötzlichen Rückblenden.* Die Physiotherapeuten bringen einem bei, aktiv zu sein und die Muskeln fit zu halten. Ich hab' ein Trainingsgerät da drin, damit meine Beine in Form bleiben, aber manchmal frage ich mich, warum ich mich damit abplage. Es ist Teil des Rituals. Man erhält sich *lebendig*. Aber die Rückblenden . . ., die kommen einfach. Zack. Wie heute, als Sie plötzlich in meinem Garten standen. Sie haben mich oft im Krankenhaus besucht, und ich bin Ihnen dankbar dafür . . . Aber heute . . . Plötzlich kam alles zurück.«

»Es tut mir wirklich leid«, sagte Martin.

»Oh, es ist nicht Ihre Schuld. Es ist überhaupt niemand schuld, außer diesem verrückten Bastard mit dem Gewehr. Es ist nur . . .« Sie zögerte, suchte nach den richtigen Worten. »Es ist schwer zu erklären. Ich sollte dankbar sein für alles, wirklich.«

Martin stieß ein kurzes, bellendes Lachen aus. »Oh, sicher sollten Sie das.«

»Nein. Wirklich. Es hätte schlimmer kommen können. Der Schuß hätte mich töten können. Hat er aber nicht, weil es nur leichtes Zeug war, Vogelschrot. Und der Lauf war abgesägt, dadurch habe ich nicht die volle Ladung abbekommen. Und was diesen Sturz betrifft ... Ich hätte mir das Genick brechen können.«

»Und das wäre schlimmer gewesen?«

»Sicher. Je weiter unten man sich den Rücken bricht, desto besser. Ich hätte für den Rest meines Lebens in einer Eisernen Lunge landen können. So kann ich wenigstens die Arme bewegen. Mit diesem Rollstuhl kriege ich Bizeps wie ein Kugelstoßer.« Sie spannte die Muskeln an und mußte selbst darüber lachen. »Ich hatte einen üblen Bruch an einem der Lumbalwirbel. Es war eine fast vollständige Läsion, und das heißt im Klartext: Das Rückenmark war beinahe ganz durchtrennt. Mit allen motorischen und sensorischen Funktionen war Schluß. Mit diesem Schuß hatte ich ein wenig mehr Pech. Zwei Schrotkugeln stecken heute noch in den Sakralwirbelnerven, und die sind für Funktionen zuständig, über die man nicht so gerne spricht. Es ist ein wenig peinlich. Jede Entzündung sorgt dafür, daß es zu Funktionsstörungen kommt. Die sind dann sehr peinlich. Es macht mir nichts aus, mit Ihnen darüber zu reden.«

»Sie erzählen nur, was Sie erzählen wollen, und das ist okay«, sagte Martin.

»Muß an diesem Tag liegen. Ich bin in der Stimmung. Geht auf und ab. Auf jeden Fall, sie mußten mir eine Klammer einsetzen, damit die Knochen zusammengehalten werden. Sie waren alle ziemlich zermatscht. Liebesbeziehungen sind natürlich auch keine Frage mehr.«

»Warum?« hakte Martin nach. »Viele Leute im Rollstuhl sind verheiratet.«

»Ich sagte 'Liebesbeziehungen. Also ... Sie wissen schon ...«

»Oh.«

»Ja: Oh. Wenn ich sage, ich bin von den Hüften abwärts tot, dann meine ich genau das.«

Was sollte er *darauf* sagen? Er wechselte das Thema. »Als ich bei Ihnen war, da haben Sie am ganzen Leib gezittert. Es gab keine Anzeichen für eine Lähmung, aber ich *wußte*, daß Sie verletzt sind. Deshalb wollte ich nicht, daß dieser Bursche Sie bewegt.«

»Hat mir wahrscheinlich das Leben gerettet. Ich bin froh, daß Sie ihn gebremst haben. Ich war nicht bewußtlos. Ich *erinnere mich*. – Das ist das Sonderbare daran. Irgendwann bemerkt man Muskelspasmen. Man denkt, die Ärzte haben sich geirrt, und daß es einem besser geht. Ist mir auch passiert, obwohl man mich gewarnt hat. Mittlerweile hat es nachgelassen, aber manchmal habe ich die Zuckungen in meinen Beinen immer noch. Ich kann sie sehen; nur *spüren* kann ich sie nicht. Sehr seltsam.«

»Sie haben sich nicht daran gewöhnt«, stellte er fest.

»Sie machen wohl Witze, Martin«, sagte Caitlin sehr bestimmt und sah ihm wieder direkt in die Augen. »Man gewöhnt sich *niemals* daran. Ich träume immer noch davon, daß ich laufe, schnell laufe. Ich fühle meinen ganzen Körper in Bewegung. Manchmal will ich gar nicht mehr aufwachen. Das ist die Wahrheit.«

Die Sachlichkeit in ihren Worten ließ ihn frösteln. Er spürte die Verzweiflung *dahinter*. Er war erleichtert, als sie die Stille durch eine rasche Bewegung vertrieb. Sie wischte sich die Haare aus dem Gesicht.

»Schluß damit. Reden wir von Ihnen? Auf welcher Seite stehen Sie in diesem *Grenz-Krieg?«*

»Oh, ich gehe davon aus, daß ich so unparteiisch bin wie ein Richter. Keine Ahnung. Ich bin sehr für Naturschutz. Ich kann verstehen, warum die Leute auf die Barrikaden gehen, wenn sie an einem solchen Ort das Wort *Erschließung* hören.«

»Ich auch. Aber ich kenne Duncan Haldane. Er ist ein anständiger Mann. Er hatte viel Pech. Die Vereinigung für Naturschutz in Linnvale macht eine Menge Lärm um nichts. Hieß vorher bestimmt Landfrauen-Vereinigung. Sie wissen schon: Kaffeekränzchen und Blumenarrangements. Dann haben sie plötzlich ihre militante Ader entdeckt.«

»Und jetzt sind sie organisiert?«

»Das nehme ich an. Ich bin erst seit ein paar Monaten hier. Sie haben mich nicht gefragt, ob ich mitmache.«

»Und, würden Sie?«

»Mir geht's ein bißchen wie Ihnen. Ich will auch nicht, daß man das ganze Tal mit Chalets zubaut, aber ich glaube, ein paar Holzhäuschen auf Duncans Land werden die Gegend hier nicht verschandeln. Das Land am Nordrand des Waldes gehört ihm, und die Stelle, an der er baut, kann man weder vom Dorf aus noch von der Linn Road her sehen. Ich denke, sie sollten ihn in Ruhe lassen, damit er finanziell wieder auf die Füße kommt.«

»Ich werde morgen mit ihm reden. Ich habe mir im Corrie Hotel ein Zimmer genommen.«

»Wie lange werden Sie bleiben?«

»So lange es nötig ist«, antwortete Martin lächelnd. »So lange ich Spesen herausschinden kann. Vielleicht ein paar Tage. Das Beste an diesem Preis war die große Aussöhnung mit dem Herausgeber. Er hält mich für einen Helden. Dafür muß er zahlen.«

Er schob den Stuhl zurück, griff hinter sich und zog seine Weste von der Lehne.

»Ich denke, ich geh' jetzt besser. Muß mich noch mit ein paar *Eingeborenen* treffen«, sagte er.

»Im Douglas Arms soll man recht gut essen.«

»Das ist ein Tip. Es ist das einzige Lokal im Umkreis von zwanzig Meilen. Vielleicht darf ich Sie mal einladen?«

»Noch eine Bestechung?«

»Klar. Was sonst?«

Sie lachte darüber. »Also gut. Ich nehm' Sie beim Wort.«

— 8 —

Das Kreischen der Kettensäge, die sich in das Holz der gefällten Rotbuche fraß, wurde schwächer, je weiter Ben und Dorrie dem Lauf des Baches folgten, und schließlich verklang es ganz. Das Wasser sprudelte über Steine, trotz der Sommerhitze kristallklar und kalt wie Schnee. Blütenstaub und Wolken winziger Insekten tanzten in der stillen Luft.

Irgendwann machte es sich Dorrie auf einem moosbewachsenen Felsen bequem, während ihr Bruder, der Länge nach ausgestreckt, die Arme bis an die Ellbogen im Wasser, in den Spalten unterhalb des Ufers nach dem glitschigen Huschen einer Forelle tastete. Selbst seine Jeans waren mit Tang und Schlamm verschmiert. Seine Nase berührte fast die Wasseroberfläche, seine Stirn war gerunzelt vor lauter Konzentration.

»Noch immer nichts?« Dorrie plitschte mit der schlanken Rute im Wasser herum; normalerweise war das Bens *Handwerkszeug* – er stocherte damit in die tiefen Spalten hinab, die er mit den Händen nicht mehr erreichen konnte.

»Nö. Nur Pipi-Kram.«

Ben richtete sich auf und wischte sich das kalte Wasser von den kräftigen Armen. Er sah zu ihr herüber, dann drehte er sich auf dem flachen Felsen um die eigene Achse und spähte flußabwärts.

»Da unten gibt's ein paar gute Stellen.« Er zeigte auf große, granitene Blöcke, zwischen denen das Wasser schäumend hindurchbrauste, und dann, dahinter, langsamer wurde und sich in ein weites, flaches Bett ergoß. Von dort, wo er stand, konnte er die kleinen silbernen Wasserringe auf der friedlichen, von hohen Bäumen überschatteten Oberfläche sehen; lauter Beweise dafür, daß kleine Fische höherstiegen und auf Insekten lauerten.

»Wir sollen doch nicht so weit gehen«, rief Dorrie.

»He, komm schon. Das ist nicht weit. Ich brauche noch ein paar Fische.«

Seine Schwester hob den einen hoch, den er bisher gefangen hatte, und schwang ihn an der Ranke hin und her.

»Der da reicht doch.«

»Aber da unten gibt's größere«, behauptete er.

Bevor sie reagieren und ihm noch irgendwelche Schwierigkeiten machen konnte, hatte er sich bereits umgedreht und hüpfte von Stein zu Stein und folgte dem fließenden Wasser. Sie beobachtete, wie er den Engpaß erreichte, kurz balancierend dastand, und dann mit einem Satz verschwand. Es war, als habe der Wald ihn verschluckt. Sekundenlang saß Dorrie verunsichert und stocksteif. Einerseits wollte sie zurück ins Sonnenlicht, andererseits war es bestimmt aufregend, ihrem Bruder zu folgen. Sie wartete noch ein bißchen und hoffte, ihn wieder zwischen den Steinen auftauchen zu sehen, oder wenigstens unterhalb des kleinen Wasserfalls, doch nirgends rührte sich etwas. Über ihr fuhr ein heftiger Wind in die hohen Baumspitzen, und ein leises Seufzen wehte durch Fasach Wood. Das Wasser murmelte und blubberte; es kam ihr wie ein Echo zum Summen der Insekten vor. Obwohl sie wußte, daß Ben nur ein paar Yards entfernt war, unterhalb der sprudelnden Wasserfälle, fühlte sie sich sehr allein.

Irgendwo außer Sicht hämmerte ein Specht ein plötzliches hohles Stakkato und erschreckte sie so sehr, daß sie aufsprang und loslief. Vielleicht sollten sie *wirklich* nicht so weit talabwärts gehen, aber allein hier zurückbleiben wollte sie *erst recht* nicht. Sie hüpfte auf einen Stein, der ganz in der Nähe des Felsspalts aus dem Wasser ragte, und machte sich an die Verfolgung ihres Bruders. Mit dem dünnen Stecken in der einen Hand versuchte sie ihr Gleichgewicht auszubalancieren, während in der anderen die an der Ranke hängende Forelle wie wild hin und her schleuderte.

Dann stand sie am Rand der engen Fälle und spähte in die schattige Schlucht hinab, genau wie Ben das vor kurzem getan hatte.

Er war nicht da.

Sie ließ ihre Blicke verblüfft nach links und rechts huschen. Keine Spur von Ben. Der Fluß war zwanzig Yards weit ein völlig gerades, seichtes Rinnsal, dann wandte er sich nach links; dort bestanden seine Ufer aus steilen Schieferwänden, die in der Vergangenheit vom Hochwasser unterhöhlt worden waren. Sie hielt den Atem an und horchte, aber da war nur das Murmeln des strömenden Wassers.

Dorrie zögerte erneut, und die Einsamkeit zerrte an ihren Nerven. Sie war noch immer nicht beunruhigt, nicht einmal *ängstlich.* Aber eine seltsame Vorahnung raunte ihr mit vielen Stimmen zu: *Geh da nicht hinab, nicht du.*

Sie schüttelte den Kopf, verwarf das beharrliche Wispern und hüpfte auf den flachen Uferstreifen hinab. Sie rannte hastig auf die Biegung zu, ihre Füße raschelten durch dichten Farn. Sie erreichte die Kehre und mußte sich an der hohen Uferwand abstützen, um das Gleichgewicht nicht zu verlieren, während sie umherschaute. Das Wasser plätscherte gemächlich in vielen Windungen und Verästelungen dahin. Aber auch hier gab es von Ben keine Spur.

Der kleine Knoten aus Vorahnung und Furcht wurde größer. Der Wald war still geworden.

Sie rief: »*Ben, wo bist du?*«

Sie war fest davon überzeugt, daß sie gleich seine Stimme hören würde – ein bißchen verärgert, weil seine kleine Schwester so laut gerufen hatte. Sie rief wieder, und jetzt war ihre Stimme hoch und schrill.

»Ben Haldane! Ben! Ich kann dich nirgends *sehen*!«

Als seien alle Insekten und Vögel vor ihrem Schrei geflohen, vertiefte die Stille sich noch.

Dorrie folgte der hohen Uferböschung, bewegte sich so schnell wie möglich auf den schlüpfrigen Steinen und überquerte schließlich den Fluß. Zweimal rutschte sie aus und landete bis zu den Knien im Wasser. Jetzt waren ihre Jeans *wieder* naß. Sie folgte der Biegung nach links, dann nach rechts. Sie durchquerte eine tiefe Senke, in der sich der Fluß wie eine große Schlange wand, und hoffte, ein wenig abzukürzen und Zeit zu gewinnen. Sie kletterte ein Steilufer hinauf, über das sich die Wurzeln großer Buchen wie graue, muskulöse Arme ausbreiteten, und auf der anderen Seite wieder hinab. Der rostbraune Laubteppich knirschte unter ihren Schuhsohlen. Dann rutschte sie auf dem steilen Hang aus, und ihre Arme wirbelten und die Geißblattschnur war plötzlich weg. Der tote Fisch flog davon und plumpste in ein Gewirr aus Unkraut.

»Verdammt!« Das Wort entschlüpfte ihr, noch bevor sie richtig darüber nachgedacht hatte. Dorrie war sich sehr bewußt, daß sie so etwas nicht sagen durfte, auch wenn ihr Vater seine Erwachsenen-Unterhaltungen ständig damit würzte, aber momentan hatte sie andere Probleme. Der Schwung beförderte sie den Hang hinab, an dem Unkraut und ihrem Fisch vorbei. Ihre kleinen Beine wirbelten, ihre Füße hatten eine ganze Menge damit zu tun, trotz der hohen Geschwindigkeit einigermaßen sicher aufzutreten. Dann, als der Hang schon abflachte, stolperte sie doch noch, stürzte kopfüber nach vorn und versank fast in der dicken Blätterschicht. Sie überschlug sich und landete auf dem Rücken. Die Luft wurde ihr aus der Brust gedroschen. Mehrere Sekunden lang blieb sie benommen liegen. Die Welt kreiste schwindelerregend um sie herum. Baumstämme gerieten in wellenförmige Bewegungen. Aber das kam von den Tränen, die ihr in die Augen geschossen waren. Sie blinzelte sie rasch weg. Sie konnte wieder atmen, aber nur in heftigen Schluchzern. Und es tat weh.

Langsam richtete Dorrie sich auf. Sie befand sich in einer kleinen Senke, die von weit ausladenden Ästen großer Bäume sehr dunkel gemacht wurde. Sie blinzelte auch die neuen Tränen weg und ignorierte die feuchten Spuren auf ihren Wangen. Ihren Stecken hatte sie *auch* verloren! Sie blickte sich in der Mulde um, dann kämpfte sie sich auf Händen und Knien den Abhang hinauf. Es war schwierig, weil die Blätter unter ihr immer wieder wegrutschten und sie einfach mitnahmen. Aber schließlich hatte sie den oberen Rand erreicht und grub die Finger in den Boden, um genügend Halt zu finden. Mit einem erleichterten Schniefen wälzte sie sich vollends auf festen Boden und stapfte dann vorsichtig auf der anderen Hangseite hinab – in die Richtung, in der sie den Fluß vermutete.

Sie konnte das Wasser hören, doch das Geräusch hallte gedämpft von den hohen Baumstämmen wider. Sie drang fünfzig Yards tiefer in die Düsternis von Fasach Wood vor, dann begriff sie, daß sie in die falsche Richtung ging.

Hier gab es keine Wege. Es gab nicht einmal irgendwelche Schuhabdrücke oder Wildwechsel von Rehen oder verirrten Schafen. Sie schlug eine andere Richtung ein, wandte sich nach rechts, wo das Strömen des Flusses am lautesten schien, und stolperte durch dichte Farne und ganze Ozeane aus Geißblattwucherungen. Kleine Eschenschößlinge reckten sich dem Licht entgegen. Je weiter Dorrie kam, desto höher wuchsen die Farne und Dornengestrüppe. Die Stimme des Flusses wurde unvermittelt schwächer, und dann konnte sie die Insekten im hohen Himmel des Waldes wieder hören. Sie klangen *lauter* hier. Sie hörte Käfer über Rinde krabbeln und im Unterholz scharren. Dann, ganz plötzlich, war sie sich des Waldgeruchs bewußt – grün und dumpf; Saft und Harz. Und unterschwellig und überall hing der Geruch von Verfall und Moder. Der Wald roch gleichzeitig tot und lebendig.

Dorrie blieb stehen, lauschte dem Geräusch des Wassers – und begriff, daß sie es gar nicht mehr hörte. Die Stimmen der Vorahnung waren sehr, sehr laut geworden.

»Ben!« rief sie wieder. »Bernard, wo *bist* du?«

Sie machte einen Schritt geradeaus, unsicher, welchen Weg sie einschlagen sollte, dann machte sie zwei Schritte nach links hinüber. Hohe Stämme ragten überall empor. Der unbeständige Wind ließ dünne Äste sacht gegeneinander scharren, hohe, unverständliche Stimmen.

»*Ben!*« rief sie, dieses Mal war es mehr ein Schrei.

*****

Ben steckte in Schwierigkeiten, und er wußte es. Die Aussicht darauf, für die nächsten paar Tage, vielleicht sogar für eine ganze Woche, Hausarrest zu bekommen, türmte sich hoch und schwer wie eine Gewitterwolke vor ihm auf.

Ganz egal, wie er es auch erklären würde, er war *schuld*. In Gedanken hörte er schon die Strafpredigt seines Vaters; wie er ihm ärgerlich und enttäuscht vorhielt, daß er es hätte besser wissen müssen. Er war der *große Bruder*. Er hatte die *Verantwortung* getragen. Der greifbar nahe Triumph, mit einer ganzen Menge fetter Forellen nach Hause stolziert zu kommen, hatte sich bereits fünfzehn Minuten nach seinem Sprung auf das tiefere Ufer unterhalb des kleinen Wasserfalls verflüchtigt. Dorothy war auf diesem Stein gesessen, und er hatte ihr zugerufen, mitzukommen. Nur ein bißchen weiter stromabwärts. Die Fische waren ganz dicht an der Wasseroberfläche gewesen – er hatte die Tupfer gesehen; und es waren große Brocken dabeigewesen, er *wußte* es einfach.

Er hatte ein paar Sekunden lang gewartet, dann war er pinkeln gegangen. Es war ganz plötzlich über ihn gekommen, vielleicht, weil er so lange bäuchlings auf den Felsen gelegen war. Er hatte sich ein paar Yards vom Fluß entfernt – weil schließlich jeder wußte, daß man nicht ins Wasser pinkelte. Dann war er abgebogen und hatte die Verhaltensmaßregel Nummer zwei befolgt: Jungen pinkelten nicht vor Mädchen, nicht mal vor Schwestern.

Weit genug vom Bach entfernt beobachtete er mit der Faszination aller Jungs die Wassermuster, die er auf die trockenen Blätter zeichnete; zuletzt eine Acht. Als er fertig war, zog er den Reißverschluß hoch und marschierte unbekümmert zum Wasser zurück.

So, wie es aussah, war Dorrie ihm nicht über die Felsen nachgekommen. Die Wasserflecken auf den trockenen Steinen nur ein paar Yards stromabwärts – dort, wo sie das Gleichgewicht verloren hatte und im Fluß gelandet war –

fielen ihm nicht auf. Er reckte den Hals, spähte über die Felsen des kleinen Wasserfalls hinweg und begriff erst nach drei Sekunden, daß Dorrie *nicht mehr dort saß, wo sie hätte sitzen müssen.* Da hatte ihn zum ersten Mal das ungute Gefühl beschlichen, daß er möglicherweise Ärger bekommen würde.

Wir dürfen nicht so weit gehen, hatte sie gesagt. Jetzt war sie unterwegs nach Hause und würde ihrem Vater brühwarm erzählen, daß sie unterhalb des Haldane-Wehrs gewesen waren.

Ihr geht nicht in diesen Wald hinab, hatte er ihnen immer wieder eingeschärft, wenn sie am Küchentisch beieinander gesessen waren. *Da unten könnt ihr euch verirren, und wir finden euch nie wieder. Und dieser Corrie kann euch blitzschnell mitreißen.*

Der Corrie kam Ben gar nicht so furchteinflößend vor, obwohl er wußte, daß schon einige Jungen darin ertrunken waren. Vor ihm hatte er keine Angst, wohl aber vor der schwieligen Hand seines Vaters. *Sie* konnte ihm den Po versohlen. Es kam nicht oft vor, aber wenn, dann dachte man noch sehr lange daran, soviel stand fest.

Ben stellte sich auf die Zehenspitzen und spähte stromaufwärts zu der Biegung, wo sie in den Wald herabgekommen waren. Es war heller dort, am Rand. Die Sonne glitzerte immer noch auf dem Wasser. Er machte ein paar Schritte in diese Richtung, dann zögerte er, wie es ganz typisch war für einen Jungen, der eingehend mit sich zu Rate ging. Er hatte ein Problem, ganz klar. Wie groß dieses Problem wurde, das hing jetzt ganz davon ab, was Dorothy zu Hause erzählte. Möglicherweise hatte sie die Entfernung gar nicht richtig abschätzen können. Andererseits warteten dort unten ein paar große Fische auf ihn, da war er ganz sicher. Er drehte sich um und ging zwei, drei Schritte zurück. Wenn er mit fetten Forellen nach Hause kam, dann bestand immerhin die *Chance*, daß das Lob die Bestrafung milderte. Unentschlossen blieb er wieder stehen; er *wollte* weiter flußabwärts gehen, dann fiel ihm ein, daß

Dorrie noch nicht weit gekommen sein konnte. Wenn er rannte, holte er sie bestimmt ein, bevor sie zu Hause ankam. Vielleicht gelang es ihm, sie zu überreden, nichts zu sagen. Er nickte vor sich hin, ganz beeindruckt von diesem Gedankengang. Dann sauste er über die Uferbank auf die Flußbiegung zu.

Genau in diesem Augenblick hörte er seine Schwester rufen.

»Ben, wo *bist* du?«

Er blieb schlitternd stehen. Die Geräusche des Wassers und das sanfte Tasten der Brise hatten die Stimme seiner Schwester fast zerpflückt. Er wandte sich um, war sich nicht sicher, woher das Rufen gekommen war – dann hörte er es wieder, deutlicher, drängender, aber immer noch gedämpft, als habe es einen weiten Weg hinter sich.

»Dorrie!« rief er zurück und hörte die Worte von den Bäumen widerhallen, bis sie nur mehr kleine Echos waren.

»Bernhard, wo bist du?«

Dieses Mal gab es keinen Zweifel mehr an der Richtung. Ben stürmte den Weg zurück, den er gerade gekommen war, sprang mit einem Satz auf die beiden Felsblöcke oberhalb der kleinen Wasserfälle und hüpfte geschickt auf den groben Kies am anderen Ufer. Gleich darauf hatte er den Wildwechsel gefunden, der parallel zum Wasser verlief. Die Bäume schienen näher heranzurücken. Er folgte dem Zickzack des Flusses. Ein paarmal rief er Dorries Namen und glaubte sie antworten zu hören – aber er war sich nicht sicher.

Je weiter er rannte, desto dunkler wurde der Wald. Die Baumstämme wurden dicker und knorriger, der Baldachin aus Ästen und Blättern dichter. Weit voraus, am Ende der vielen Windungen und Verästelungen, stürzte der Fluß in eine Schlucht, die überwachsen war mit Wacholderbüschen und Geißblattgirlanden. Als er dort ankam, bemerkte er, daß das Moos sehr feucht war. Direkt vor ihm gischtete das Wasser in eine Reihe tiefer, schwarzer Strudellöcher, und aus dem Murmeln war ein beständiges

Donnergrollen geworden. Die Geräusche des reißenden Stromes hallten wie durch einen Trichter aus der Tiefe herauf und übertönten jeden anderen Laut.

Ben hielt sich an einer schlangengleich herausragenden Wurzel fest und beugte sich über die Fälle hinaus und versuchte festzustellen, ob es hier einen Weg nach unten gab. Es gab keinen. Dorrie *konnte* hier gar nicht entlanggekommen sein. *Aber wenn doch?*

Kalte Finger packten seinen Magen und drückten langsam zu. Er stellte sich seine Schwester vor, wie sie *hier* hinabkletterte, *nach ihm suchte*, und beugte sich noch weiter über den Abgrund des Wasserfalls hinaus. Hier waren die Felsen mit nassem Moos und Tang überwachsen. Er sah Dorrie ausrutschen, sah, wie ihre Arme wie Windmühlenflügel wirbelten, doch es nutzte nichts – sie fiel, sie stürzte hinab in dieses brodelnde Schwarz des Flusses und –

Ben schüttelte diese Bilder von sich und versuchte das kalte Blubbern der Panik zu unterdrücken. Da unten konnte einen der Corrie *binnen einer einzigen Sekunde* verschlucken.

Ben packte die Wurzel vollends mit einem festen Griff, schwang sich über den Wasserfall hinaus und spähte in die Tiefe; die Wurzel verdrehte sich unter seinem Gewicht. Die Wasseroberfläche wogte und veränderte sich unablässig, schleuderte Schatten und Reflektionen der dunklen Äste über sich zurück. Ben glaubte schon, eine Bewegung auszumachen, und die kalte Hand krallte nach seinem Herz und jagte Eis durch seine Adern. Dann wechselte das Licht wieder, und er sah nichts mehr.

»Dorrie!« brüllte er. *»Dorothy!«* Dieses Mal dämpften die Bäume seinen Ruf nicht. Er hörte seine Stimme über dem Rauschen des Wassers; sie hämmerte und zitterte in den Wald hinein. Er holte tief Luft für ein ganz lautes Rufen.

»Dorothy!« schrie er.

Und die Wurzel gab nach.

Er hörte eine Art Grollen, dann riß sein Körpergewicht

die Wurzel zuerst aus dem Boden und dann in zwei Teile. Aus den Augenwinkeln heraus sah er, wie sich das weiße, faserig ausgefranste Ende in seiner Hand von dem anderen Teil entfernte – bleich vor der dunklen Erde. Sein ganzer Körper schlingerte herum. Instinktiv schwang seine freie Hand nach links, versuchte eine Gewirr kleiner Würzelchen an dem steilen Hang zu fassen zu bekommen. Sie rissen unter seinem verzweifelten Griff. Seine Fingernägel kratzten über nasse Erde. Dann drehte er sich in der Luft und stürzte ins Wasser.

Die Kälte raubte ihm beinahe den Atem. Er wurde in den Strudel unter dem Wasserfall gerissen, und die Welt kreiste wie rasend; gerade noch war sein Kopf oben, dann schon wieder unten. Und seine Lungen schrien nach *Luft*.

Eisige wäßrige Dunkelheit umschloß ihn. Er konnte nicht mehr richtig sehen. Seine Beine schlugen in blinder Panik, seine Arme waren wie Dreschflegel. Eine Hand berührte etwas Glitschiges, das mit einem Muskelzucken von seinen krallenden Fingern davonschnellte, und ein Grauen, das schlimmer war als die Angst vor dem Ertrinken, durchschoß ihn. Sein Mund öffnete sich, seine Lungen begannen einzuatmen – und dann durchbrach sein Kopf die Oberfläche, und statt kaltem Flußwasser strömte kühle Luft durch seine kratzige Kehle.

Ben atmete genau zweimal ein. Dann schrie er um Hilfe, glitt wieder unter Wasser und hörte nur noch ein verzerrtes Blubbern. Etwas stupste gegen sein Bein, etwas Hartes und sich Windendes, das an seiner Wade entlang*zitterte* und dann verschwunden war. Eine Explosion aus *Angst* zündete in seinem Magen, und dieses Mal schrie er *wirklich* laut. Der Schrei hallte ringsum wider. Dann hob sich seine Brust, und das dunkle Wasser strömte in einem erstickenden Schwall in ihn. Alles wurde schwarz, seine Sinne waren völlig überlastet. Er fühlte etwas in sich erlöschen und sah sich selbst, wie er eine gigantische, schwarze Woge hinabraste. Dann spürte er festen Halt unter den Händen und packte in einem einzigen spasmischen Zukken zu. Es war, als gebe es sein Gehirn nicht mehr; es war, als arbeiteten seine Hände und Arme völlig selbständig und ohne jede Anweisung; plötzlich war da wieder Luft, plötzlich waren sein Kopf und seine Schultern über Wasser. Vor ihm trieb ein Baumstamm. Er klammerte sich daran fest.

Etwas tief in seiner Brust ruckte, dann erbrach er das ganze Wasser, das er geschluckt hatte. Es floß aus seiner Nase und aus seinem Mund, und er hustete und keuchte, als seine Lungen sich entleerten. Aber nicht einmal jetzt hielt er inne, denn da war etwas in der Tiefe, etwas, das über sein Bein *gezittert* war. Obwohl er noch immer nach Luft schnappte, wie die Forelle, die er irgendwann an diesem Tag gefangen hatte, trieb ihn das Wissen um dieses Etwas unter sich – vieleicht ein großer Fisch, ein riesiger Aal, ein ausgehungerter Hecht – so gnadenlos an, daß er wie rasend Wasser trat und sich nichts sehnlicher wünschte, als so schnell wie möglich an Land zu kommen. Dann lag er auf den feuchten Felsen und keuchte und würgte an dem restlichen Wasser aus seinen brennenden Lungen.

Es dauerte mehrere Minuten, bis er sich wieder bewegen konnte. Schließlich rollte er sich in seinen triefend nassen Kleidern herum, schaffte es, einen Ellbogen unter sich zu bekommen und sich in eine sitzende Stellung hochzudrücken. Tränen blendeten ihn, und seine Rippen stachen bei jedem Atemzug. Er wischte sich mit dem Handrücken über die Augen, um klar sehen zu können, dann starrte er auf die tiefe Stelle. Es war so schwarz wie der Tod dort unten. Ein wenig abseits von dem Strudel, rechts unterhalb des Wasserfalls, bewegte sich die Oberfläche träge; doch stille Wasser sind sehr tief. Dann entstand dort ein neuer Wirbel, als sei etwas Großes und Schnelles vom Grund emporgerast und im letzten Augenblick dicht unter der Oberfläche abgebogen. Für einen winzigen Moment sah er das Huschen eines Schattens, dann war wieder alles ruhig. Aber er war schnell gewesen. Und *groß*.

Er stand auf und humpelte vom Fluß weg. Und dann

rannte er, rannte zwischen die Bäume. Binnen weniger Sekunden war das Brüllen des Wassers nur noch ein Murmeln, dann ein Flüstern und dann verschwunden.

Ben lief, bis er an einen niedrigen, baufälligen Steinwall kam. Er quetschte sich dort durch eine Bresche in der alten Grenze – und dann stoppte er, rang nach Atem, beugte sich vornüber und hielt sich die Rippen. Das Hämmern in seinen Ohren klang ein wenig ab, und er richtete sich auf. Das hier war ein Teil des Waldes, den er noch nie zuvor gesehen hatte. Als er losgelaufen war, hatte er sich keinerlei Gedanken über das *Wohin* gemacht. Jetzt stand er in einer schattigen Schneise. Die Bäume umringten ihn hoch und geheimnisvoll. Der feuchte, dumpfe Geruch von Verfall war überall. Er drehte sich um die eigene Achse, und es kam ihm vor, als würde die Welt sich um ihn drehen. Wohin er auch blickte waren Bäume; alt und riesengroß und wie mit Rauhreif überzogen.

Und *still*.

Hier war der Wald *anders*. Ben wußte nicht, warum, doch dieser Eindruck war mit jäher Gewißheit gekommen. Die Luft schmeckte irgendwie *alt*. Ganz in der Nähe hämmerte ein Specht an einem verrottenden Holzklotz, und dieses Geräusch klang viel zu laut in der Stille des Waldes. Etwas bewegte sich am Rand seines Sichtfeldes, und er wirbelte alarmiert herum. Die Bewegung stoppte. Überall um ihn war der Blätterteppich mit raschelndem, kriechendem, *krabbelndem* Leben erfüllt.

Plötzlich fühlte Ben sich sehr allein und sehr verloren. Er hatte so furchtbare Angst, daß er glaubte, krank zu werden.

Aber seine kleine Schwester war genauso allein wie er, und auch sie befand sich noch in diesem Schattenwald. Und er war schuld daran. Er hatte sie hergebracht. *Man kann bis in alle Ewigkeit dort unten herumirren und doch niemals mehr herausfinden*. Plötzlich erinnerte er sich an jedes einzelne Gerücht über den Wald.

Ein Frösteln durchlief ihn, als er an Dorrie dachte.

Nicht, weil er sich vor einer Bestrafung fürchtete – alle derartigen Befürchtungen waren schon lange vergangen. Er hatte Angst um sich, und er hatte noch mehr Angst um Dorrie.

Wenn es nach ihr gegangen wäre, dann würden sie noch immer sicher an ihrem sonnigen Bach spielen. Schuldgefühle und Angst überschwemmten ihn wie mit einem eisigen Guß. Er drängte sie zurück.

Zögernd ging er los und begann seine Schwester zu suchen.

*****

Dorothy hatte kein Gefühl mehr für Zeit oder Richtung, und es kam ihr vor, als sei sie bereits stundenlang gelaufen. Hin und wieder traf sie auf einen Wildwechsel und folgte ihm, bis sie auf einen anderen stieß oder der Pfad sich gabelte. Diese Wege waren besser als das Unterholz, an dem man immer hängenblieb und stolperte. Sie hatte sich schon das T-Shirt zerrissen, und ihre Jeans hatte über dem Knie ein Loch. Beide Schuhe starrten vor Schmutz. Kletten hingen in ihren Haaren.

Sie war jenseits aller Tränen. Es schien, als seien keine mehr übrig. Statt dessen befiel sie immer wieder ein kleines, trockenes Schluchzen. Doch selbst das versuchte sie zu unterdrücken, weil sie schon eine ganze Weile – seit sie durch das Loch in dieser alten Steinmauer gekrochen und auf dem Weg dahinter weitergegangen war, seit sie das erste Mal den intensiven Geruch des Waldes wahrgenommen hatte – das Gefühl nicht mehr loswurde, daß sie nicht mehr ganz *allein* war.

Der Wald kam ihr *lebendig* vor. Das Rascheln in den Blättern und das Sirren unsichtbarer Insekten und das gelegentliche alarmierte Schreien eines Vogels verrieten es ihr. Je weiter sie ging, desto unbekannter, desto *fremder* wurde alles. Sie konnte den Fluß nicht finden. Sie *hörte* ihn nicht einmal mehr – als sei er in einer geheimnisvollen

Tiefe verschwunden. Wenn sie das Wasser fand, das wußte sie instinktiv, dann konnte sie an ihm entlang zurückgehen und auch wieder nach Hause kommen. Sie lief weiter, eine Steigung hinauf, die genauso war wie all die anderen Steigungen, die sie erklommen hatte – und dann hörte sie weit weg, im Wald, das Rufen.

Sie verharrte mitten in der Bewegung; dann setzte sie den Fuß sehr, sehr langsam auf das Laub, vermied jedes unnötige Rascheln und hielt die Luft an, um das Rufen – falls es sich wiederholte – nur ja nicht zu überhören. Sie wartete, doch da waren nur die gedämpften Geräusche des Waldes und kleine, unsichtbare Bewegungen. Schließlich ging sie langsam weiter, Schritt für Schritt, bis sie am oberen Rand der Steigung angekommen war.

Dann hörte sie das Rufen zum zweiten Mal – schwach, gedämpft, fern. Unmißverständlich.

»Dorrie!«

Es war Ben, der da ihren Namen rief.

Warme Erleichterung erfüllte sie. Die Panik verging. Sie wartete zwei, drei Sekunden, dann hörte sie ihn wieder. Seine Stimme klang sehr drängend, und sie versuchte zu bestimmen, wo er war. Es ging nicht. Die Bäume verzerrten alle Geräusche.

Dorrie drehte sich um und hastete den Hang wieder hinab – und schrie Bens Namen, so laut sie nur konnte. Die letzten Yards rutschte und schlitterte sie mehr, als daß sie ging, aber *jetzt* ließ sie sich nicht mehr aufhalten.

»Ben! *Bernhard*!«

»Dorrie! Bist *du* das?« brüllte er zurück, und sie mußte ein Kichern unterdrücken. Selbst mit siebeneinhalb Jahren begriff sie, wie lächerlich diese Frage war. Natürlich war *sie* das. Wer sonst hatte sich in Fasach Wood verirrt?

»Ben! Hier bin ich!«

»Wo?«

»Hier!«

»Wo?«

So hätte es noch lange weitergehen können. Dorrie sauste voran, wich geschickt Bäumen aus, schlüpfte unter überhängenden Ästen hindurch, die ihr wie lange, dürre hölzerne Finger vorkamen. Dornen krallten nach ihr, und buschige Waldfarne schienen jeden ihrer Schritte behindern zu wollen, doch sie hielt nicht an. Sie konnte ihn jetzt hören – viel lauter, viel *näher*.

»Hier, Ben, hier!«

»Ich komme!« brüllte er zurück – allerdings konnte sie ihn immer noch nicht sehen. Sie bemerkte nur, daß die Bäume jetzt viel dichter beieinander standen. Die Luft war kalt und *naß*. Die Stämme waren mit Moos behangen, und da waren andere *Arten* von Pflanzen ..., seltsame Gewächse mit breiten, regenschirmähnlichen Blättern. Große, haarige Stengel strotzten vor Kraft und breiteten gelbliche Blätter aus, wie welker Rhabarber. Anstelle der Eschen- und Ebereschenschößlinge wuchsen jetzt komische dicke Gras-*Dinger* dem Baldachin des Waldes zu. All das wischte wie im Flug an ihr vorbei.

Ben war irgendwo da vorn. Sie konnte es jetzt spüren. Sie konnte sein ungeschicktes Herumtappen im Unterholz hören. Dünne Zweige zerbrachen. Laub raschelte. Dorrie kämpfte sich eine weitere Anhöhe hinauf und rannte auf der anderen Seite wieder hinab. Sie kam beinahe gleichzeitig mit Ben unten an – nur daß *er* von rechts heranstürmte. Sie prallten zusammen und landeten in einem Gestöber aus Blättern und Schreien am Boden, aber Ben hielt sie fest, als fürchte er, sie gleich wieder aus den Augen verlieren zu können.

Sie mußten beide weinen. Auch Dorrie hielt ihren Bruder jetzt umarmt, und er zog sie noch fester an sich, und die Tränen der Erleichterung und der Angst und der *Liebe* strömten ihnen über die Wangen.

Nach einer Weile zog Ben seinen Arm weg und wischte sich verlegen über die Augen. Dorothys Gesicht lag noch immer an seiner Brust, und er konnte ihre kleinen Schluchzer fühlen.

»Hey. Jetzt ist doch alles wieder gut. Komm schon,

Dorrie, nicht weinen.« Sie brummelte etwas in sein T-Shirt. »Ich weiß. Aber jetzt bist du nicht mehr verirrt, stimmt's?«

Sie schüttelte den Kopf, und er tätschelte sie brüderlich auf die Schulter, bis sie schließlich ein wenig von ihm wegrückte. Sie sah zu ihm hoch, und er bemerkte die Tränenspuren in dem Schmutz auf ihrem Gesicht. Er versuchte, sie mit dem Daumen seiner freien Hand wegzureiben, aber damit machte er alles nur noch viel schlimmer.

»Ups. Du siehst wie ein Panda aus«, sagte er und versuchte ganz unbekümmert zu klingen.

»Du siehst *noch* schlimmer aus. Du hast geheult«, stellte sie fest.

»Nö, hab' ich nicht«, verteidigte er sich verlegen. »Ich mußte husten.«

»Ach ja? Warum sind dann deine Augen ganz rot? Und warum bist du so naß?«

Sehr erleichtert über den Themenwechsel, erzählte er ihr: »Ich bin in den Fluß gefallen. Ich dachte schon, du wärst die Wasserfälle runtergestürzt, und ich hing an so einer Wurzel. Ich hatte vielleicht Angst.«

»Du hättest *ertrinken* können.«

»Nö. Ich kann schwimmen wie ein Fisch.« Aber er fröstelte, als er dies sagte; er hatte das Huschen im Wasser nicht vergessen.

»Du wirst dich erkälten und dir vielleicht den *Tod* holen«, sagte sie und klang fast wie ihre Mutter.

»Ich weiß. Wir gehn besser heim.«

»Welchen Weg?«

»Ich denke, den da«, nuschelte Ben und zeigte geradeaus. Er hatte keine Ahnung, in *welche* Richtung sie gehen mußten, aber das brauchte Dorrie nicht zu wissen. Sie mußte eine Höllenangst ausgestanden haben, noch mehr als er. Er wollte nicht, daß sie sich schon wieder aufregte. Wenn sie glaubte, daß *er* Bescheid wußte, ging es ihr besser. Und außerdem, er hatte sie hier reingebracht. Also war es seine Aufgabe, sie auch wieder rauszubringen. Er war ihr *großer Bruder.*

»Okay, und daß du mir nicht wieder verlorengehst«, brummte er und grinste sie an. Sie versetzte ihm einen spielerischen Stups, und dann gingen sie Hand in Hand los.

Eine halbe Stunde später wußte Ben immer noch nicht, wo sie waren.

Er wußte nur eines: Der Wald war wirklich sehr komisch geworden.

— 9 —

Caitlin beobachtete, wie Martin Thornton zwischen Steinkraut und Lobelien entlang zum Gartentor ging. Er hatte sich die Jacke über die Schulter gehängt und bewegte sich ungezwungen, wie ein Mann, der kein spezielles Ziel hatte an diesem frühen Sommernachmittag. Er erreichte seinen alten, ziemlich verbeulten Land-Rover, stieg ein und sah zum Fenster herüber. Sie zog den Kopf hastig zurück – und hoffte, daß der Spitzenvorhang genügend zu ihrer Tarnung beitrug. Aber Thornton hatte schon an zu viele Türen geklopft, um die Bewegung übersehen zu haben. Er tat, als hätte er sie übersehen, drehte den Zündschlüssel und wendete den Jeep. Als das Motorengeräusch jenseits der hochgewachsenen Hecke verklungen war, stieß Caitlin einen kleinen Seufzer aus.

Sie war durcheinander. Thorntons unerwarteter Besuch hatte sie aus der Fassung gebracht. Und dann, dieser Scheck über tausend Pfund, ausgestellt auf ihren Namen und unterschrieben mit einem kaum leserlichen Schnörkel . . . Es war nicht nur die Summe, aber die Summe war *auch* ein Grund für eine gewisse Nervosität. Alles, was Thornton ihr gesagt hatte, klang echt. Aber andererseits – er *war* ein Reporter. Als er ihr von diesem Preis erzählt hatte, und was für Gefühle damit in ihm ausgelöst worden waren, das hatte ehrlich *geklungen*; und dann, die Art, wie sein Gesicht leidenschaftslos, völlig ausdruckslos geworden war, als erzähle er nur eine Geschichte von irgend jemandem, nicht von sich selbst. Vielleicht *wollte* sie, daß es die Wahrheit war, nicht nur des Geldes wegen, obwohl sie gerade jetzt, weiß Gott, jeden Penny brauchen konnte.

Zur Zeit lavierte sie insgesamt ganz schön herum. Dieser Sturz hatte nicht nur die Nerven in ihrem Rückgrat durchtrennt, sondern auch sämtliche Fäden, die ihr Leben zusammenhielten. Alles hatte sich geändert. Sie sich auch. Am meisten.

Und plötzlich war er aus dem Schatten des wilden Weins heraus in die Sonne getreten und alles – *alles* – war in einem einzigen gigantischen Tumult von bestechender Klarheit wieder dagewesen; eine Sturmbö, die schwarzes Gewölk vor sich hertrieb und ihre Angst aufwühlte und ihre Verzweiflung, die sie so sicher unter der Oberfläche verborgen geglaubt hatte.

Selbst als sie geredet hatten, hatte *sie* geredet. Sie hatte sich ihm geöffnet, ohne dies zu bemerken, und er war nur dagesessen und hatte zugehört.

»Verflixt!« zischte sie atemlos. Wenn er auf eine Story scharf gewesen war, dann *hatte* er jetzt eine. Aber als die ersten Worte aus ihr herausgesprudelt waren, hatte sie nicht mehr aufhören können. Sie hatte alles ausgeplaudert. *Gott*, sie hätte ihm sogar das mit der *Toilette* erzählt. Caitlin spürte, wie sie rot wurde. Sie versuchte sich einzureden, der Wein sei schuld; aber sie wußte, daß sie sich nur etwas vormachte. Es war passiert, weil sie jemanden gehabt hatte, mit dem sie reden konnte. Jemanden, der *da*gewesen war.

Heute. Und *damals*.

Als ihr ganzes Leben zertrümmert worden war.

Er hat es gesehen, bevor *es passiert ist*. Zumindest behauptete er das.

Caitlin spürte den Anflug von Zittern und bewegte den

Rollstuhl vom Fenster weg; ihre Gedanken überschlugen sich, ungewollt, ungezügelt.

Wie kann er wissen, was ich gedacht habe?

*****

Martin zog den Land-Rover in die enge Einfahrt des Douglas-Arms-Parkplatzes und stieß in einem weiten Bogen bis an die hohe Ligusterhecke zurück.

Das Mädchen hinter der Rezeption des alten, mit Efeu überwachsenen Gasthofes führte ihn die Treppe hinauf und in ein kleines und überraschend modern eingerichtetes Zimmer. Sie wies darauf hin, daß es ab 19 Uhr Abendessen gab und das Frühstück auf Wunsch auch aufs Zimmer gebracht werde. Er bedankte sich mit einem Nicken, und sie schenkte ihm ein freundliches Lächeln. Nachdem sie gegangen war, holte er seine Hemden aus der Reisetasche und hängte sie in den schmalen Kleiderschrank. Er stand zehn Minuten lang unter der Dusche, drehte den Griff ganz nach rechts, bis ein brühendheißer Strahl aus der Brause schoß. Als er fertig war, zog er ein frisches Hemd an, warf sich die Weste über die Schultern, schlenderte die enge Treppe hinab und machte sich auf die Suche nach der Bar. Es gab eine Lounge, die gemütlich genug gewesen wäre, hätten sich ein paar Gäste darin aufgehalten; doch sie war leer und dunkel und nicht sonderlich einladend. Martin fand den Speiseraum. Ein halbes Dutzend Tische war bereits für den nächsten Tag gedeckt. Die Bar selbst lag am Ende eines schmalen Korridors, der zu dem alten Ziegelsteinanbau hinüberführte. Schon im Näherkommen hörte er gedämpftes Stimmengemurmel.

Alec Stirling saß am anderen Ende des Raumes an einem Tisch, beide Ellbogen auf die polierte Oberfläche gestützt. Er redete mit zwei Männern, die neben ihm in der Ecke lümmelten und sich an ihren Halblitergläsern mit dunklem Bier festhielten. Als Martin den Kopf durch die niedrige Türöffnung steckte, sahen die drei auf.

»Hey, Boß!« rief der Briefträger zu ihm herüber und rückte die Brille mit den dicken Gläsern zurecht.

»Hallo, *Knüller*. Was kriegst du?«

Alec schob die Posttasche beiseite und machte Platz. »Es ist nach fünf, ich brauche noch ein Bier.«

Das Mädchen von der Rezeption war offensichtlich auch für die Bar zuständig. Sie schenkte zwei Halblitergläser voll, und Martin bedeutete ihr mit einer knappen Geste, daß auch die beiden anderen Männer eingeladen waren.

Alec wandte sich seinen Bekannten zu. »Das ist der Bursche, von dem ich euch erzählt habe. Martin Thornton.«

Er schüttelte jedem von ihnen die Hand.

»Robbie Wallace und Jock Weir Dunbar. Jock fährt für die Gasfabrik, und Robbie für Aitkenbar.«

Martin hob fragend eine Augenbraue.

»Das ist das Lagerhaus für landwirtschaftlichen Bedarf. Ist hier oben wie ICI.« Mit einem vielsagenden Zwinkern informierte Alec dann Robbie Wallace und Jock Weir Dunbar: »Martin ist der Reporter. Ist hier, weil er eine Story über den Grenz-Krieg schreiben will.«

»Vorausgesetzt, es gibt einen. Oder wenigstens einen anderen triftigen Grund dafür, daß du mich an den Arsch der Welt gelockt hast.«

»Klar, gibt's den. Hab' ich dich je draufgesetzt?«

Martin antwortete nicht. Alec Stirling war ein ziemlich guter Informant. Als Postbote war er auf dieser Seite des Lochs in jedem Haus willkommen, und er hatte eine beachtliche Nase und große Ohren für gute Geschichten. All das machte ihn wertvoll genug, um ihn für Tips mit regelmäßigen Zahlungen bei Laune zu halten. Davon abgesehen mochte Martin den Mann. Er war groß, schlaksig und umgänglich und hatte die entspannte Miene eines Menschen, der mit sich und seinem Leben im Einklang war. Und er besaß diesen boshaften Humor, den Martin in einer oft freudlosen Welt sehr zu schätzen gelernt hatte.

»Also, *hab'* ich dich jemals draufgesetzt?«

»Diesen Monat nicht«, räumte Martin sehr trocken ein, und die beiden anderen grinsten. »Ich dachte, ich sehe mich hier mal ein wenig um, nur um sicherzugehen, daß du noch ein paar Kontakte hast.«

»Natürlich hab' ich die. Es ist ein Knaller. Die Sache hat das ganze Tal in zwei Lager gespalten, und zwar mittendurch.«

»Ja, aber ist es eine Story?«

»Und ob!« piepste Robbie Wallace mit einer für einen Mann seiner Größe überraschend hohen Stimme. »Hier oben redet jeder darüber.«

Martin sah Alec an. »Okay, Knüller – aber wie steht es mit *irgendwo anders?* Wird da auch jeder darüber reden?«

»Red' mit den Leuten hier und find's heraus. Wenn nicht wenigstens ein ganzseitiger Aufmacher dabei rauskommt, dann kaufe ich dir eine Flasche von deinem Lieblingsmalt. Und *wenn* einer dabei rauskommt, dann will ich einen dicken Anteil.«

»Einverstanden. Bis auf den Lieblingsmalt. Ich versuche die Finger vom Whisky zu lassen. Er war drauf und dran, mich umzubringen.«

»Ich weiß. Gute Nachrichten für deine Nieren. Als wir uns das letzte Mal gesehen haben, waren sie groß wie Satteltaschen. Wie auch immer – genug von deinen Problemen geredet.« Der Briefträger nickte zu den beiden anderen hin. »Ich habe ein paar Leute organisiert, mit denen du dich unterhalten kannst.«

Er klapperte mit seinem leeren Glas auf dem Tisch herum. Binnen weniger Sekunden stellte das Mädchen vier volle Gläser vor ihnen ab. Martin hatte sein erstes Bier noch nicht einmal zur Hälfte getrunken, doch die drei anderen Gesellen lagen eindeutig in Führung. Das Mädchen sah Alec Stirling an, doch der ruckte mit dem Kinn nur in Martins Richtung. Schließlich fiel der Groschen. Martin fischte einen zerknitterten Geldschein aus der Tasche.

Alec trank einen großen Schluck und sagte: »Danke, Boß.«

Gegen 19 Uhr war der Briefträger zu drei Vierteln betrunken. Martin war noch immer bei seinem zweiten Bier; er nippte nur noch daran, aber er fühlte sich wie ein Säufer. Robbie Wallace ging dazu über, nur noch undeutlich zu sprechen. Allein Jock, der mit Schultern gesegnet war wie ein Ochse und den ganzen Abend kaum ein Wort zu ihrer Unterhaltung beigesteuert hatte, sah aus, als könne er noch eine ganze Gallone schlucken, ohne das geringste zu spüren. Inzwischen hatte sich die Bar gefüllt und quoll beinahe über mit Landarbeitern und Handwerkern aus dem ganzen Tal. Martin war der Reihe nach jedem einzelnen vorgestellt worden – und hatte ihre Namen augenblicklich wieder vergessen. Aber er bekam einen Eindruck davon, wie die Geschichte abgelaufen war. Die Männer, mit denen er gesprochen hatte, scherten sich alle einen Dreck darum, ob und wie viele Holzhäuser Duncan Haldane auf seinen vierzig Acres Hügelland bauen wollte, und ob er einen kleinen Teil seiner Bäume abzuholzen vorhatte, um für diese Hütten Platz zu schaffen.

»Es sind die verdammten Weiber«, verkündete ein großer, dürrer Mann mitheftig hüpfendem Adamsapfel laut. »Die haben zu viele Wespen unterm Hintern. Und diese verrückte Kuh Garvie ist an allem schuld. Hat den alten Klatschweibern wieder ein bißchen Farbe in die Haare gezaubert, und schon hat sie alle soweit, daß sie Greenpeace beitreten.«

»Garvie? Wer ist das?« fragte Martin.

Alec Stirling machte Anstalten zu antworten, aber einer der anderen Männer kam ihm zuvor. »Die ist nicht nur für Haartönungen zuständig. Bei der da unten sind auch schon eine Menge Kerle gesehen worden. Einige sitzen jetzt hier. Ich seh' das so, daß die sich erhoffen, ein bißchen mehr Schwung in den Pinsel zu kriegen.«

Brüllendes Gelächter erfüllte die dichtbevölkerte Bar.

»Es gibt auch einen Hampelmänner-Verein«, erläuterte Alec. »Hört dem Frauen-Bla-bla zu.«

»Wen nennst du einen Hampelmann?« brummte jemand von der Bartheke herüber. Alec und Martin sahen hoch. Dort hockte ein stämmiger, rotgesichtiger Mann mit einer flachen Kappe. »Komm zu mir rüber und sag das noch mal.«

»Komm schon, Ernie, reg dich ab«, sagte Jock Weir ganz ruhig, aber laut genug, um die Worte schneidend klingen zu lassen. Der Mann mit dem roten, vierschrötigen Gesicht blinzelte ihn schlecht gelaunt an und hielt tatsächlich den Mund. Jock war etwa einen Zentner schwerer als er.

Alec sah weg, und als Martin fragend eine Augenbraue hob, erklärte er es ihm: »Ein übler Bursche, sobald er gesoffen hat. Wird aber bald rausfliegen, und dann haben wir wieder unsere Ruhe.«

»Diese Frau . . .«, wiederholte Martin und brachte ihn wieder auf das eigentliche Thema zurück.

»Sheila Garvie?« fragte Alec. »Ihre Großmutter hat achtzig Jahre hier gelebt. Ist letzten Winter gestorben. Dann ist Sheila zurückgekommen und hat mit den Frauen die Linnvale-Vereinigung gegründet. Apropos *Frauen*. Die sind alle dafür, die Linse zu retten und die Ozonschicht zu flicken, und Duncan Haldanes Kettensäge haben sie in eine Girlande aus Unterröcken verpackt. Die wollen verhindern, daß er Bäume fällt. Die haben einen richtigen Horror vor Holzhäuschen. Machen sich Sorgen um den alten *kaledonischen* Wald, jawohl, und ich wette zehn zu eins, daß verdammt wenige von denen auch nur einmal da unten waren, in Fasach Wood.«

Alec nahm einen großen Schluck von seinem Bier, wischte sich den Mund ab und grinste.

»Und verdammt wenige von denen würde ich da runter auch mitnehmen, und das sagt alles. Obwohl, die Frau des Pfarrers, die ist ein gutaussehender, stattlicher Brummer.«

»Wo finde ich sie?«

»Im Pfarrhaus. Warum, hast du Interesse?«

»Ich rede immer noch von dieser Sheila Garvie.«

»Oh, die wohnt da unten, in der alten Mühle.«

»Wird sie mit mir reden?«

»Das weiß nur Gott allein. Mit mir redet sie jedenfalls nicht, und ich schleppe ihr fast jeden Morgen ihre Päckchen und Pakete an die Tür. Sie ist ein komisches altes Miststück, soviel steht fest.«

»Was hat es mit diesem Haarefärben auf sich?«

»Oh, nur dummes Geschwätz. Es heißt, sie gibt den Frauen Pillen und Zaubertränke und was noch alles. Die alte Molly Carr von der Schule und ein paar Tanten der *Vereinigung* haben die Haarfarbe gewechselt. Sind dunkler geworden. Und man tuschelt darüber, daß sie auch den Frauen helfen kann, die mit ihren Männern im Bett Probleme haben. Befriedigung garantiert. Das ist alles. Ein Haufen Blödsinn, wenn du mich fragst.«

»Was tut sie?«

»Sie ist Botanikerin oder so was. Wer weiß? Wen kümmert's?«

»Ich werde mich morgen mal mit ihr unterhalten.«

»Ich würde mit der Frau des Pfarrers sprechen. Sie ist der Boß des Komitees. Gail Dean. Wir nennen sie *Heulende Gail*, weil sie im Kirchenchor wirklich mit *Inbrunst* singt. Ich sag' dir, *wirklich* eine gutaussehende, große Frau. Die wird dir alles sagen, was du wissen willst.«

Es war immer noch hell und ein warmer Sommerabend; die Sonne sank gemächlich den Gipfeln der Dumbuie Hills im Westen entgegen. Martin ließ Alec Stirling und die anderen Männer weiter fachsimpeln und nahm in dem kleinen Restaurant ein überraschend gutes Abendessen zu sich – Forelle in einer unidentifizierbaren Sauce, bestreut mit frischen Kräutern. Nach einigen Tassen Kaffee entschloß er sich zu einem Spaziergang, um das Abendessen abzubauen.

Linnvale schmiegte sich an den Corrie River, und der wiederum stürzte vom Corrie Linn herab, jenem von Gletschern geschaffenen natürlichen Wasserreservoir hoch in den Bergen. Das Dorf war nicht groß, und es lag relativ isoliert – nur eine Straße führte in das breite Tal, die Linn Road, natürlich. Die Holperstrecke der Hill Road, die sich zwischen den Spitzen der Ardbeg und Dumbuie Hills über den Paß wand, zählte nicht, da sie lediglich zu einigen abgelegenen kleinen Bauernhöfen und Schaffarmen führte und sich dann in engen Serpentinen ins Douglas-Tal hinabschlängelte und dort endete, wo das Verteidigungsministerium einen Tunnel in den harten Fels hatte treiben lassen und taktische und strategische *Hardware* lagerte, die eines Armageddons wert wäre. Martin hatte ein paar Artikel darüber geschrieben und war deshalb vertraut mit dem Gelände auf der anderen Seite der Berge. Aber Linnvale selbst war ein Ort, in dem er noch nie gewesen war. Es hatte nie einen Grund dafür gegeben – obwohl er bestimmt tausendmal am Ufer von Loch Corran entlanggefahren war und somit auch an der Abzweigung zur Linn Road vorbeigekommen sein mußte.

»Hübsch genug, dieser Ort«, sagte er laut, als er auf der Brücke stand und die hinabstürzenden Wasser beobachtete. Das Tal war wie eine weite Schüssel, und, wie der Corrie Linn, vor Tausenden von Jahren von den vorrükkenden Gletschern der Eiszeit in den alten roten Sandstein geschmirgelt worden. Es war auf drei Seiten von Bergen umgeben; somit war es vor West- und Nordwinden geschützt, und eine Reihe flacher Hügel im Osten sorgte dafür, daß man es vom Loch her nicht sehen konnte. Es war ein breites Tal, doch es vermittelte den Eindruck, vom Rest der Welt abgeschnitten zu sein, was genaugenommen – trotz Telefonleitungen und der einzigen Straße – ja auch stimmte. Als er dort stand, das Gesicht flußaufwärts gewandt, wo das Wasser weiß über eine Reihe von Fällen schäumte, erstreckte sich Linnvale zu seiner Rechten; ein buntes Gemisch alter Steinhäuser und enger Straßen, die allesamt von der einen Hauptstraße abzweigten. Es gab einen Gemeindesaal und eine Kirche mit einem gedrungenen, massiven, viereckigen Turm. Das Hotel befand sich am südlichen Rand, und am gegenüberliegenden gab es noch eine Bar. Außerhalb der Dorfgrenzen erhoben sich einzeln oder paarweise weitere Häuser – sporadische Tupfer. Noch weiter entfernt lagen Bauernhöfe, und dann, in den Hügeln, kam der übliche behördliche Vandalismus: In dichten, flaschengrünen Reihen zogen sich die adretten Hinweisschilder der Forstwirtschaft bis an die Baumgrenze über die hohen Hänge.

Zu seiner Linken beschrieb der Fluß eine Reihe von Biegungen. Flußabwärts standen weitere Gebäude. Dort unten konnte er auch Caitlins Haus sehen. Und sogar der Schatten der Mühle war auszumachen, wie er sich in die Masse des Waldes kuschelte – eine Orgie grüner Sommerblätter, die die Talsohle – und die nach Loch Corran führende Linn Road – Meilen um Meilen bedeckte.

Linnvale war die Art Tal, das sich die Leute als Ruhesitz erträumten. Still, abgeschieden, doch nicht zu weit entfernt von der Zivilisation. Der Fluß bot zweifellos gute Fischgründe, und in diesen Hügeln mußte es eine Freude sein, zu jagen. Und an die rauhen aber herzlichen Gesellen in der Hotelbar konnte man sich gewöhnen.

Martin spähte in die Richtung, in der Duncan Haldane seine Holzhäuser bauen wollte. Von der Brücke aus konnte er die geplante Baustelle eindeutig nicht sehen. Da war ein geteerter Weg, der von der Hauptstraße abzweigte, einen Bogen nach links beschrieb und hinter alles beherrschenden Bäumen verschwand. Martin verstand, warum die Einheimischen in den einzigen drei Monaten, in denen sie ein einigermaßen passables Wetter hatten, keine zehntausend Sommergäste in ihr Tal einfallen sehen wollten. Trotzdem; ein paar Holzhäuser und einige gefällte Bäume – und alles außer Sicht des Dorfes – machten das hier nicht zu Disney World. Andererseits aber holten sie den Bauern aus seiner finanziellen Klemme. Caitlin und Alec Stirling hatten betont, daß der Mann in letzter Zeit nicht gerade vom Glück verwöhnt worden war.

Martin sah gerade rechtzeitig genug wieder in das sprudelnde Wasser hinab, um das Schimmern eines großen Fisches zu bemerken – wahrscheinlich ein Lachs. Die Fischgründe hier *waren* gut.

Er brauchte nur zehn Minuten, um von der Brücke zu Haldanes Hof zu gelangen. Er hielt an und schloß das Tor hinter sich – eine Lektion, die er schon als Kind gelernt und nie wieder vergessen hatte –, und ihm fiel auf, daß er auch von hier aus Caitlins Haus auf der anderen Seite des Flusses sehen konnte. Er vergewisserte sich, daß das Tor wirklich *zu* war, dann ging er den sich dahinschlängelnden Weg zu dem kleinen Bauernhaus hinauf.

Eine zierliche Frau mit dunklen, zu einem Knoten gebundenen Haaren kam gerade rückwärts aus der Tür. Sie trug einen Korb voller Hemden und Handtücher. Martin sagte hallo, und sie fuhr herum. Die hohen Wäschestapel bekamen gefährlich Schlagseite. Martin griff rasch zu und verhinderte Schlimmeres.

»Tut mit leid« sagte er und nahm ihr den Korb ab.

»Das sollte es auch. Sie haben mich zu Tode erschreckt.« Sie sah zu ihm hoch, blaue Augen in einem rundlichen, hübschen Gesicht. Der Ärger war bereits wieder aus ihrer Miene verschwunden.

»Ich dachte, ich sage lieber etwas, bevor sie gegen mich stoßen. Das wäre schlimmer gewesen.«

»Sie hätten möglicherweise Bekanntschaft mit meinem Handrücken gemacht.«

»Gute alte Highlander-Gastfreundschaft«, entgegnete Martin leichthin, und die Frau mußte lächeln.

»Also gut. Kann ich Ihnen helfen? Haben Sie sich verirrt?«

»Nein. Ich wollte zu Mr. Haldane.«

»Dann sind Sie richtig. Ich bin Rose Haldane. Duncan ist noch unterwegs, die Kinder einsammeln. Kann ich Ihnen helfen?«

Martin stellte sich vor, sagte ihr, warum er gekommen war und sah, daß ihr Gesicht sich ein wenig anspannte und Wachsamkeit widerspiegelte.

»Ich denke, darüber sprechen Sie am besten mit Duncan. Es kann sein, daß er nichts sagen will. Die Aufregung hat sich nicht gelegt.«

»Das habe ich gehört«, gab ihr Martin zu verstehen.

»Was ist daran so interessant? Für eine Zeitung, meine ich?«

»Das weiß ich auch noch nicht. Manchmal gibt es keine Geschichte, manchmal gibt es eine. Man muß es herausfinden. Deshalb rede ich mit den Leuten und finde es heraus.«

Sie sah ihm in die Augen. Er stand immer noch mit dem Wäschekorb gegen die Brust gedrückt da.

»Diese Sache geht nur uns etwas an.«

»Eine Menge Leute hier haben diese Sache zu *ihrer* Sache gemacht.«

»*Aye*, das haben sie. Nach dem letzten Jahr hat Duncan das gerade noch gefehlt.«

»Jede Geschichte hat zwei Seiten, und mich interessieren immer *beide*.«

Sie wandte das Gesicht ab, als müsse sie darüber nachdenken.

»Oh, Sie kommen besser rein. Duncan wird noch eine Weile auf sich warten lassen. Stellen Sie das da auf den Küchentisch. Ich setze Wasser auf.«

Martin folgte ihr in eine geräumige Küche, die sich direkt an den Eßbereich anschloß. Er ließ den Korb auf einen breiten Kiefernholztisch plumpsen und sah sich um. Der Raum war überraschend hell für ein Bauernhaus. Er war modern eingerichtet. Die Küchenmöbel – allesamt aus hellem Holz – verrieten den gelernten Handwerker. Martin ging zu der langen Frühstückstheke hinüber, die an den Herd angebaut war, und ließ die Hand über die Oberfläche gleiten. Sie war glatt und trocken, ein breites Stück Holz aus einem gewaltigen Stamm. Die Maserung war schön und so glatt poliert, daß sie das Licht spiegelte; bei jeder Bewegung glaubte er winzige Strudel darin wahrnehmen zu können.

»Buche«, stellte er anerkennend fest. Er hob die Hände, strich über das Geschirrschränkchen. »Und Ulme. Da hat jemand phantastische Arbeit geleistet.«

»Duncan und sein Onkel waren das, vor ein paar Jahren. Sie kennen sich in der Holzbearbeitung aus?«

»Bin damit aufgewachsen. Mein Vater ist Tischler. Wenn Ihr Mann solche Küchen bauen kann, brauchen Sie sich über Ihre Zukunft keine Sorgen zu machen.«

Sie lachte. »Das ist Möglichkeit Nummer zwei. Mal sehen, wie wir mit den Häuschen zurechtkommen.«

»Will er sie selbst bauen?«

»Mit Onkel John.«

»Sie werden toll aussehen. Zu verkaufen oder zu vermieten?«

»Warum wollen Sie das wissen? Für Ihre Zeitung?«

»Nein«, antwortete Martin, und jetzt lachte er. »Vielleicht kaufe ich mir eins. Jedenfalls, wenn sie auch nur annähernd so sind wie das hier«, sagte er und strich wieder über die samtige Oberfläche des Holzes.

»Er wird seine Arbeit gut machen. Tut er immer.«

Martin nickte. Rose Haldane hob den Wasserkessel vom Herd. Während der Tee zog, stellte sie eine Schale mit Keksen auf den Tisch.

»Es wird nicht mehr lange dauern. Ben und Dorrie hätten schon vor einer Stunde da sein sollen. Sie wissen, wie Kinder sind.«

»Ich weiß wie *ich* war. Die Sommerferien dauerten ewig. Ich war die ganze Zeit in den Bergen – Fischen und Hasen fangen. Ein Tag war für mich wie eine Woche. Es wurde oft ziemlich spät, und ich habe den Hintern versohlt bekommen.«

»Die beiden werden froh sein können, wenn ihnen das nicht blüht. Duncan hat den ganzen Tag an den Bäumen gearbeitet. Er wird einen Bärenhunger haben. – Vielleicht ist es nicht die richtige Gelegenheit zum Reden.«

Martin erwiderte ihren Blick, verstand den Wink.

»Oh, ich kann morgen noch einmal kommen.«

»Morgen wird es nicht viel anders sein. Er ist ziemlich geladen, verstehen Sie? All diese Leute, die ihn daran hindern wollen, endlich wieder einen Lebensunterhalt zu verdienen. Es war schon schlimm genug ohne diese Leute, die ihre Nase in Sachen stecken, die sie nichts angehen. Wollen die die Kinder *verhungern* sehen?«

»So schlimm?«

»Schlimmer. Man könnte meinen, er würde ein Hochhaus-Hotel bauen, nicht diese paar Pipifax-Holzhäuschen. Sehen Sie sich die andere Seite des Tals an. Da haben wir Aitkenbar und seinen Landwirtschaftsbedarf. Niemand hat es gestört, als er all diese Schuppen gebaut hat. Und die Brennerei auf der anderen Seite von Linnvale. Wenn die geschlossen wird, verliert die Hälfte der Menschen hier ihre Arbeit. MacKinnon vergrößert seinen Butangasbetrieb – drei Acres an der Hill Road, wo früher der alte Steinbruch war. Auch da – keine Haarspaltereien. Es ist, weil die *groß* sind, und Duncan ist nur ein Bauer, der seinen Problemen Herr zu werden versucht.«

»Was ist mit dem Wald?«

»Oh, all diese alten Klatschbasen, die sich vorher niemals um irgendwelche Bäume gesorgt haben!« sagte Rose mit einer Spur Bitterkeit in der Stimme. »Jetzt kommen sie plötzlich mit Experten zu uns, die behaupten, das alles da unten sei ein Teil des alten kaledonischen – schottischen – Waldes und müsse unbedingt erhalten werden. Das ist lachhaft. Die Hälfte von denen war noch niemals *in* den Wäldern. – Duncans Großvater hat die Bäume gepflanzt, die jetzt gefällt werden sollen. Das begreifen die einfach nicht. Der Wald reichte vorher nur bis an den Fluß. Dann hat der alte Hamish vor gut hundert Jahren auf dem unteren Ufer diesen Niederwald gepflanzt, wahrscheinlich als Befestigung für den Hang. Also ist das eben *kein* uralter Wald. Duncan nimmt sich nur das, was ihm sowieso gehört, und das Land selbst eignet sich für nichts anderes. Er hat einen ordentlichen Rechtsanspruch auf den Waldbestand, und nichts wird ihn aufhalten, ganz gleich, was sie behaupten.«

Martin wartete, bis die Stille peinlich wurde.

»Aber worüber regen sich dann alle auf?«

»Das weiß nur der liebe Gott, wir bestimmt nicht«, antwortete Rose.

— 10 —

Duncan Haldane hatte Rose gesagt, sie solle sich keine Sorgen machen, aber inzwischen war *er* derjenige, der sich Sorgen machte.

Er hatte den ganzen Nachmittag über hart gearbeitet, und obwohl er Ohrenschützer getragen hatte, glaubt er das Rattern der Säge noch immer zu hören. Seine Unterarme waren angespannt und verkrampft durch die Muskelanstrengung, die es erforderte, um eine Kettensäge ganz gleichmäßig durch das Holz zu ziehen. Morgen würden sie steif und wund sein, doch als er sich seine Arbeit besah – eine Reihe großer Sägemehlhaufen und den in viele Teile zerlegten massigen Stamm –, da wußte er, daß er ein gutes Tagewerk vollbracht hatte.

»In einer halben Stunde gibt's Abendessen!« rief Rose vom Haus herunter.

Duncan nickte und wischte sich die Schweißtropfen von der Stirn.

»Nicht mehr viel davon übrig«, kommentierte Rose mit einem Lachen.

»Gar nichts mehr, wenn ich erst mit dem Traktor komme. Wir werden einen tollen Ausblick haben. Das Zeug hier ist pro Fuß einen Hunderter wert, und warte nur, bis ich diese Eichen am unteren Feld ausgeputzt habe.«

»Oh, gönn dir eine Pause, Mann«, befahl Rose. »Und wenn du wieder zu Atem gekommen bist, dann ruf Ben und Dorrie. Es ist fast sieben.«

Er nickte wieder, fühlte die Anspannung in seinem Rükken und in seinen Schultern versiegen. Duncan hängte die

Kettensäge an eine Astgabelung und ließ sie dort baumeln. Dies war sicher genug bis morgen früh. Nur wenige Leute kamen zu seinem Hof heraus. Und diejenigen, die das taten, würden Duncan Haldane nicht bestehlen.

Die Kinder waren am Nachmittag, als die Sonne noch hoch am Himmel gewesen war, den Hang hinab und zum Fluß gegangen. Duncan wischte den feinen Staubfilm des Sägemehls vom Glas seiner alten Uhr und schaute, wie spät es war. Sie hätten schon vor einer Stunde zurück sein sollen. Er umrundete die Segmente des zersägten Stammes und spähte in das Tal hinab. Er bemerkte nirgends auch nur eine Spur von ihnen, doch das überraschte ihn nicht. Es war Sommer. Die Schule hatte geschlossen, das Tal lud Kinder zum Herumstreunen ein. Er war hier geboren und aufgewachsen. Er rief sich die eigenen Sommertage vor Augen, als sein Vater *ihm* die Arbeit am Hof erlassen hatte und er wie ein junger Rehbock gewesen war – unermüdlich in den Bergen unterwegs oder Forellen fangen oder unter dem Mühlrad hindurchtauchen. *Sein* Vater hatte nie gewußt, wo der junge Duncan in der nächsten Minute stecken würde, und das wiederholte sich jetzt. Ben wußte, er hatte nach seiner kleinen Schwester zu sehen, und er war ein verantwortungsbewußter Junge. Sie würden irgendwo in der Nähe sein und Verstecken spielen, oder Robin Hood, oder was auch immer.

Er ging an den Rand des kleinen Feldes – dorthin, wo es steil zum Fluß hin abfiel.

Er steckte zwei Finger in den Mund und stieß einen durchdringenden Pfiff aus, dreimal kurz, einmal lang – das Familienzeichen, zu dem er als kleiner Junge angerannt gekommen war, genau wie *sein* Vater ein paar Jahrzehnte zuvor, in den frostigen Tagen der Depression.

Duncan wartete eine Minute und lauschte, den Kopf zur Seite geneigt. Es gab keinen Wind, und demnach nur wenige Geräusche außer dem Murmeln des Flusses unten und dem fernen Schreien eines Brachvogels hangaufwärts. Bens Antwortpfiff blieb aus, doch das mußte gar nichts heißen. Ein lauter Pfiff trug meilenweit auf dem flachen Land oder an einem Berghang, aber wenn die Kinder am Wasser waren oder hinter dem kleinen Wäldchen, dann würden sie nichts hören. Duncan zuckte die Schultern und stapfte am Rand des kleinen Tümpels entlang, den der Bach bildete, bevor er in zahlreichen Schlangenlinien in Fasach Wood verschwand.

Eine Viertelmeile vom Hof entfernt folgte er Schafspuren hangaufwärts bis zu einer trocken aufgeschichteten Steinmauer, die sein Land vom Douglas Hills-Moor abgrenzte; dahinter ragten mannshohe Farne auf, und der fruchtbare Boden machte Buschwerk und Gestrüpp Platz. Von hier aus konnte er beinahe das ganze Tal überblicken. Rose war im Garten und hängte Wäsche auf. Genau gegenüber, auf der arnderen Seite, stieg eine bleiche Rauchfahne aus dem Kamin der Ardbeg-Brennerei in die stille Luft. Einer von Donnie MacKinnon's drei Butangas-Tankzügen rollte die Linn Road hinauf. Ein weißer, keilförmiger Klecks auf dem Berg, ganz in der Nähe des Corrie Linn, verriet ihm, daß der alte Hector Ritchie seine Schafe zu den Marktpferchen hinabtrieb. Ein paar hundert Yards weiter bergauf, zu seiner Linken, konnte er die gefällten Lärchen sehen, die er für die Wände seiner Holzhäuser vorgesehen hatte. Sie lagen ordentlich gestapelt da; über den Winter waren sie verwittert, aber das war gut so – Bauholz mußte abgeglagert sein. Duncan freute sich auf den Tag, an dem er sie von den untergelegten Klötzen weg und ins Tal hinab schleppen konnte. Er wollte diese Holzhäuser endlich Gestalt annehmen sehen.

Zu seiner Rechten breitete sich Fasach Wood wie ein dicker Teppich über die ganze Länge des Tales hinweg aus. Duncan pfiff abermals und hörte zwanzig Sekunden darauf die Echos von den flachen, wie ein Fön geformten Klippen am Dumbuie zurückprallen. Das war die einzige Antwort.

Er schüttelte den Kopf und begann sich über Ben zu ärgern. Unter diesem Ärger kribbelte ein Juckreiz aus Unbehagen.

Selbst die Leute im Dorf – eine Meile entfernt – mußten seinen Pfiff gehört und identifiziert haben, so, wie er das Signal eines jeden anderen Bauern im Tal kannte. Also hätte auch Ben ihn hören und antworten müssen, es sei denn …

Duncan wandte sich nach rechts und sah auf die Baumwipfel am Rande des unter ihm liegenden Waldes hinab.

»Nein«, sagte er laut in der stillen Luft und schüttelte erneut den Kopf. Ben würde nicht in den Wald gehen, nicht mit Dorrie. Das hatte man ihm *hundertmal* eingeschärft.

Trotzdem prickelte die Befürchtung in seinem Hinterkopf.

»Sie werden am Bach unten spielen«, sagte er sich. »Und ich werde diesem Bürschchen den Hintern versohlen, wenn ich ihn finde.«

Er stieg über die Grenzmauer und folgte dem Pfad den Abhang hinab, wie das die Schafherden jahrelang getan hatten. Duncan kam an den Bach und spähte das tiefeingeschnittene Wasserbett entlang. Weit und breit war niemand zu sehen. Flußaufwärts konnten sie nicht sein – in dieser Richtung war das sich windende Wasser weithin zu überblicken. Also wandte er sich flußabwärts, wo der Bach nach einer scharfen Linkskehre in den Wäldern verschwand.

Plötzlich spürte er ein nachdrückliches Stechen in seinem Magen.

»Wenn er da rein ist, dann wird er morgen nicht mehr sitzen können«, brummte er und versuchte das Stechen zu ignorieren, versuchte, *wütend* zu werden, anstatt sich Sorgen zu machen.

»Ben! Dorothy!« rief er, und seine tiefe Stimme dröhnte in den engen Hohlweg hinab. Nur das ferne Gurren einer Ringeltaube antwortete.

Mit zwei Schritten sprang er von Stein zu Stein und überquerte das Wasser, dann schritt er zügig zu der Biegung hinab, und seinen Augen entging nichts. Ein paar

Yards weiter lag ein dünner Stock zwischen zwei Steinen. Er erreichte ihn, bückte sich und hob ihn auf. Es war ein Ebereschenstock. Das eine Ende war ausgefranst, dünne Rinde hing in Streifen herab, und plötzlich *wußte* Duncan, daß Ben hier gewesen war. Jeder, der in Linnvale aufgewachsen war, hätte einen Ast erkannt, mit dem in den Rissen und Spalten unter den Felsen herumgestochert worden war, um Forellen aufzuscheuchen. Er befühlte das Ende, dann schnupperte er daran. Der Schnitt war frisch, der Saft noch süß und grün. Er ließ den Stock fallen und ging weiter flußabwärts, um die Biegung herum, wo das Wasser zwischen großen Moränenfelsblöcken sprudelte. Etwas Weißes erweckte seine Aufmerksamkeit – und dann hämmerte sein Herz schneller.

Das kleine Etwas lag flach auf einem Stein ausgebreitet.

Duncan ging in die Hocke, hielt den Atem an. Er starrte eine Minute lang auf Dorries Söckchen, ohne sich zu regen, zögerte, es zu berühren. Rechts davon, auf einem weiteren Stein, lag sein Zwilling. Schließlich hob er eines auf. Es war nur noch an der Spitze ein wenig feucht.

Es muß seit Stunden hier liegen.

Duncans Muskeln spannten sich.

Sie konnten nur in Fasach Wood sein.

Und da sind sie schon seit Stunden.

Duncan richtete sich langsam auf. Seine Blicke folgten dem Strömen des Wassers bis zu der Stelle, an der es abrupt unter den Bäumen verschwand. Er atmete tief ein, um den Druck unter seinen Rippen zu mindern, dann ging er mit entschlossenen Schritten weiter. Eine halbe Minute später schluckte ihn der Wald.

*****

Dorrie hatte eine Weile leise geweint. Ben war halb verrückt vor Angst, doch das durfte er seiner Schwester nicht zeigen.

Der Wald war sehr seltsam geworden, ein erschreckender Ort voller Gestrüpp und Schatten und unbekannter, *fremder* Geräusche.

Am Waldrand waren vor allem hohe Linden und Eichen und Buchen gewesen, einige davon Hunderte von Jahren alt. Hier konnte Ben die Bäume nicht mehr identifizieren. Alles, was er sagen konnte, war, daß sie gewaltig und knorrig waren und hoch emporstrebten in das Gewölbe der Blätter. Pflanzen überzogen die moosbewachsene, vernarbte Rinde. Kleinere Bäume sprossen selbst aus Astgabelungen hervor. Der Gestank von Moder und Fäulnis war jetzt überall – die Art Gestank, die einem ganz plötzlich in die Nase fuhr, wenn der Wind an einem heißen Morgen aus der Richtung des Komposthaufens heranfegte, die Art Gestank, die einen würgen ließ, wenn man an einem schwülen Nachmittag ein totes Schaf im Stechginster fand. Hier war der Gestank intensiv und übersättigt und feucht und irgenwie *rieselnd* – halb ungezügeltes Wachstum, halb Verwesung.

»Wo *sind* wir?« schluchzte Dorrie.

»Wir gehen heim«, sagte Ben – und gab sich alle Mühe, das Zittern aus seiner Stimme herauszuhalten; ihr zuliebe *tapfer* zu sein.

»Aber wir haben uns *verirrt*!«

»Quatsch, wir sind fast da«, log er und drückte ihr fest die Hand, um sie von der Wahrheit dessen, was er sagte, zu überzeugen.

Sie kämpften sich durch ein weiteres Dickicht, in dem die Schlingpflanzen wie Kabeltaue herabhingen oder sich wie Schlangen um Schößlinge ringelten und diese strangulierten. Ben zog Dorrie hinter sich her und erreichte schließlich eine Lichtung. Jetzt konnte er den Fluß wieder hören. Er hielt auf das Strömen zu. Sie überquerten die weite Fläche, auf der die massigen Säulen der Baumstämme wie Wächter standen und knotige, muskulöse Arme in das grüne Dach reckten. Unter Bens und Dorries Schuhsohlen raschelte und knisterte das Laub der letzten Jahre und Jahrzehnte. An manchen Stellen war diese Schicht knöcheltief, ein federnder, rostbrauner Teppich.

Und plötzlich hörten sie die Stimme.

»Was war das?« fragte Dorrie hektisch, und Ben erstarrte und lauschte.

»Ich hab' auch was gehört.«

Sie hielten die Luft an, und dann vernahmen sie es beide: Die Stimme kam aus den Schatten; jemand sang ein Lied – allerdings zu weit entfernt, als daß die Worte zu verstehen gewesen wären.

»Es ist eine Frau!«

»Schtt!« machte Ben und hielt einen Finger an die Lippen.

Sie hasteten weiter, vorbei an hohen, verdrehten Baumstämmen. Ben trat auf etwas, das schlammig unter seinen Füßen nachgab. Er sah hinab und erblickte einen großen Blätterpilz, fast einen halben Yard im Durchmesser, scharlachrot, mit giftig aussehenden gelben Flecken. Sein Fuß hatte die schwammige, klebrige Haut durchstoßen. Die Wunde verströmte eine zähe Flüssigkeit. Ben runzelte die Stirn, wischte seinen Schuh an einer moosbewachsenen Wurzel ab und ging – seine Schwester noch immer hinter sich herziehend – weiter. Eine ganze Menge monströser Pilze wuchsen hier, viele ragten bis in Kniehöhe auf. Und sie erbebten, als er an ihnen vorbeikam. Solche warzigen, *angeschwollenen* Pilze hatte er noch nie zuvor gesehen. Schon der Gedanke, einen davon berührt zu haben, jagte Ben eine Gänsehaut über den Rücken. Sie sahen *krank* aus. Etwas Unheimliches, Tödliches, umgab sie.

Das leise Singen wehte erneut heran. Doch irgend etwas veranlaßte Ben, *vorsichtig* zu bleiben und nicht um Hilfe zu rufen. Es war eine Erwachsenenstimme, und in Linnvale waren Erwachsene Leute, die einem beistanden. Erwachsene wußten, wo man sich befand und was zu tun war. Doch aus einem Grund, den Ben nicht benennen konnte, war er sich nicht *sicher*. Nicht hier, nicht in diesem Wald, wo nichts war, wie es sein sollte. Obwohl er erst neun war, wußte er, daß mit diesem Tag und *diesem* Ort etwas *nicht stimmte.*

Vor ihnen, am gegenüberliegenden Rand der Lichtung, wölbte sich eine weitere kleine Anhöhe empor. Sie erstiegen sie – und dann lag der Fluß vor ihnen und räkelte sich in einer weiten Schleife herum.

Aber auch der Fluß war *anders*. Er war breit und träge. Am anderen Ufer ließen Weiden ihre Skelettfinger im Wasser treiben, so daß das Gewirr schlangengleicher Wurzeln beinahe unsichtbar blieb. Hier und da sammelten sich schillernde Libellen in großen Schwärmen; das Schwirren ihrer papierenen Flügel erfüllte die Luft. Aus den Augenwinkeln heraus sah Ben ein Blitzen im Wasser. Gleich darauf hörte er ein Schnappen – doch als er herumfuhr, waren nur noch ein paar sich ausbreitende Ringe auf der dunklen Wasserfläche zu sehen.

Weiter stromabwärts bildete eine Reihe großer, moosbewachsener, flacher Steine einen Übergang über den Strom. Dann erkannte er, daß das nicht wirklich das andere *Ufer* war. Es war nur eine niedrige Insel in der Mitte des Flusses. Von dort drüben kam die Stimme – dieser Singsang, mit dem unablässig dieselben Worte wiederholt wurden.

Er spürte Dorrie sehr dicht neben sich. Sie schniefte nicht mehr, und er legte ihr den Arm um die Schultern und drückte sie fest, signalisierte ihr mit dieser einen Geste, daß sie mucksmäuschenstill sein mußte.

Da drüben war jemand. Er stellte sich auf die Zehenspitzen, nutzte die Wurzel eines Baumes, um einige zusätzliche Inches zu ergattern, und starrte hinüber.

Auf der Insel ragte ein einzelner riesiger Baum empor. Vor ihm stand eine Frau mit hoch über den Kopf erhobenen Händen. Ben konnte nicht erkennen, wer es war, aber dann bemerkte er – rechts von der Frau – drei weitere Gestalten, und er nahm an, daß da, außer Sicht, *noch mehr* waren. Sie hatten sich allesamt niedergekniet und starrten den mächtigen, toten Baum an, der seine kahlen, trockenen und geborstenen Äste in einer zornigen Anklage dem Himmel entgegenreckte.

»Was machen die?« hauchte Dorrie.

»Keine Ahnung. Ich glaube. Die sind alle nicht ganz richtig im Kopf.«

»Aber wir gehen nicht da rüber?«

»Lieber nicht, Dorrie. Das gefällt mir nicht.«

»Warum nicht? Vielleicht wissen die, wie wir nach Hause kommen.«

Er schüttelte energisch den Kopf.

»Aber wir müssen *nach Hause*!« schrie Dorothy, und ihre Stimme schrillte viel zu laut.

Die Gestalten auf der Insel drehten sich zu ihnen um. Ben hatte das Gefühl, als würde sein Magen wie ein Stein nach unten sinken, obwohl er nicht einmal genau wußte, warum.

Die Frau wandte sich ganz langsam um. Die Kapuze ihres purpurroten Mantels überschattete das Gesicht. Der Reihe nach stießen die Gestalten seltsame, dumpfe Worte aus; dann schoß etwas ohne Vorwarnung aus den Weiden am Ufer der Insel – etwas Schwarzes, rasend Schnelles, und schlug mit einem so lauten Platschen ins Wasser, daß Ben und Dorrie erschrocken zurücksprangen.

Vor Bens innerem Auge blitzte die Erinnerung an einen Film auf, den er vor den Sommerferien gesehen hatte. Er erinnerte sich nur zu gut daran, weil er danach mehrere Nächte lang nicht mehr richtig hatte schlafen können. Ein riesiges Krokodil war aus einem Fluß hochgeschnellt und hatte ein Weißschwanzgnu gepackt – und das mit einer solch schockierenden Schnelligkeit, daß das Tier nicht einmal mehr Zeit gefunden hatte, sich zu rühren.

Dieses Ding, das sich aus den Weiden in den Fluß geschnellt hatte, war mindestens so schnell wie das Krokodil. Und jetzt konnte Ben einen eigentümlichen Buckel im Wasser sehen, eine Art Bugwelle, die auf sie zuraste.

Dorrie stieß einen kleinen Angstlaut aus. Aber für Diskussionen oder auch nur Trost war jetzt keine Zeit. Ben packte ihre Hand und riß sie einfach mit sich – den Hang hinab und quer über die Lichtung. Auf der anderen Seite stürzten sie sich in das Dunkel zwischen den Bäumen und in das Gestrüpp. Äste und Zweige peitschten ihnen entgegen, Dornen kratzten sie. Ben packte einen verkümmerten Schößling und schwang Dorrie herum, bevor sie gegen einen gewaltigen Stamm rennen konnte, der drohend vor ihnen auftauchte. Er ließ los, verlor beinahe das Gleichgewicht, und rannte geradewegs in einen der großen Pilze hinein. Da war ein nasses Reißen; die gesprenkelte, nässende Oberfläche zerbarst unter seinen Schritten. Klebrige Nässe spritzte empor und besudelte ihn. Überwältigender Gestank breitete sich explosionsartig aus, und er spürte einen fürchterlichen Brechreiz in sich.

Vor ihm drängten sich immer noch mehr dieser großen Pilzgewächse wie eine Meute amphibischer Kreaturen. Hinter sich konnte er etwas durch das Unterholz *krachen* hören – weit genug weg, so daß es nicht zu deutlich zu hören war, aber nahe genug, um ihm eine Höllenangst einzujagen.

Ben zerrte Dorrie mit sich und war sich ihres unaufhörlichen Wimmerns kaum bewußt. Er kämpfte sich durch die Pilze, obwohl es ihn vor der schlüpfrigen Berührung ihrer verfallenden Haut ekelte. Einen stieß er mit der freien Hand an – und glaubte schon, das *Ding* würde einfach zerbersten und er direkt in das gelbe Gift *hineingreifen*. Doch statt dessen federte das Gewächs – begleitet von einem Geräusch, als würde man einen Luftballon verdrehen – einfach zurück und dann, als er vorbei war, wieder nach vorn. Ben riß Dorothy dichter an sich heran. Eine Bewegung warnte ihn; eines der regenschirmartigen Gewächse schwoll rasch an, seine gewölbte Haube bog sich nach oben und offenbarte einen Rand orangefarbener Kehllappen. Die Bewegung vollzog sich so glatt und selbstverständlich, daß Ben keine Zeit mehr fand, bewußt darauf zu reagieren; doch er handelte schon längst nicht mehr auf einer bewußten Ebene. Sein gesamtes *Ich* war einem absoluten Fluchtinstinkt untergeordnet; der primitive *animalische* Teil seines Gehirns erteilte funkensprühende Kommandos. Hinter ihm waren die reißenden Geräusche des *Verfolgers*. Gleichzeitig nahmen Bens Augen die Bewegung *vor sich* wahr. Zu jeder anderen Zeit wäre er verwundert, fasziniert, vielleicht ein wenig abgestoßen stehengeblieben. Dieses Mal kreischte ein mächtiger *Alarm* durch seinen ganzen Körper, und er *warf* sich zur Seite.

Noch während er durch die Luft flog und geschickt nachfedernd auf beiden Füßen landete, waren seine Blicke weiterhin auf den Pilz gerichtet. Er pulsierte heftiger, es war, als erfaßte ein Fieberschauer die Origami-Riefenbildung seiner Kehllappen. Die Haut spannte sich und zerriß. Silbersterne explodierten in die Luft.

Es war, als sei direkt vor seinen Augen ein Guy-Fawkes-Feuerwerkskörper detoniert. Helle Lichtflecken schossen umher.

Etwas Kaltes landete auf seinem nackten Arm. Er wollte den Kopf herumreißen und die Hand heben, als Dorrie schrill und durchdringend und schrecklich *laut* schrie. Ben wirbelte herum und sah einen der hellen Flekken auf ihrer Wange; etwas Dünnes, Silbernes baumelte daran, wie ein Rattenschwanz. Dorries freie Hand fuhr in ihr Gesicht – ein schneller, katzenhafter Hieb. Der Silberklecks löste sich und fiel zu Boden. Ein hellrotes, fiebriges Mal prangte direkt unter dem Auge auf Dorries Haut.

Das eiskalte Gefühl auf Bens Arm veränderte sich – jetzt flammte dort weiße Hitze. Er stieß ein ersticktes Keuchen durch zusammengebissene Zähne, Tränen schossen in seine Augen. Irgend etwas berührte seine Schulter, und sofort breitete sich Taubheit aus. Er schlug danach, wie Dorrie das getan hatte und wischte das Etwas weg. Aber da war immer noch dieses andere *Ding* auf seinem Arm. Seine Fingernägel krallten sich in eine harte, knospenartige Erhebung – wie von einer Zecke, die sich in seine Haut grub – und zerrten daran. Hitze flammte auf, und eingehüllt in diese Hitze kamen bösartige Schmerzen. Der

Rattenschwanz des Flecks wickelte sich um seine Finger, brannte eine Linie quer über seine Knöchel – dann löste sich das kleine Scheusal mit einem Ruck, und die Schmerzen erloschen. Ringsum wirbelten noch immer Hunderte, Tausende dieser furchterregend *schönen* Silbersporen aus den Überresten des explodierten Pilzes – und immer noch mehr Pilze schwollen an und pulsierten in einem grotesken und bedrohlichen Ballett.

Sie stürmten weiter. Gleich darauf passierten sie eine knorrige Kiefer, und Ben packte ohne nachzudenken zu und schlang den Arm um die rauhe Oberfläche, spürte, wie Haut abgeschürft wurde – und schlingerte um den Baum herum. Ein neuer *realer* Schmerz puffte hoch, aber das fürchterliche Säurebrennen war endgültig getilgt.

All dies geschah binnen weniger Sekundenbruchteile, während Bens gesteigerte Wahrnehmung sich noch ausdehnte und jedes Zeitgefühl verzerrte. Auf dieser erhöhten instinktiven Ebene wußte er um jede Winzigkeit ringsum. Seine Sinne erstreckten sich in alle Richtungen. Er konnte Dorries panische, fieberhafte Atemschübe hören. Er konnte das Krachen von Schößlingen und Wacholderbüschen hinter ihnen hören. Weit entfernt schwebte das wortlose Brüllen des Flusses – und er wußte: Das war die Richtung, in die er laufen mußte. Die Silberlametta-Explosion der Pilzsporen zeichnete noch immer Lichtpunkte in die Luft; winzige Flecken landeten auf Bäumen und Blättern. Wo sie auftrafen, schien der Untergrund zu brennen, und die schwanzartigen Fäden verankerten sich und wuchsen wie Spinnennetze. Ein *gelber, giftiger* Geruch war allgegenwärtig.

Sie hetzten weiter, vollbrachten haarsträubende Ausweichmanöver, wenn vor ihnen im Dunkel wie hingezaubert Baumstämme auftauchten; doch am allerwichtigsten war, daß sie den Silberflecken mit den seltsamen Tentakelfäden entkamen. Dorrie rutschte auf einem Moosflecken aus, den ein Wassergerinnsel glitschig gemacht hatte, und Ben mußte seine ganze Kraft aufbieten, um ihrer beider

Gleichgewicht zu bewahren. Seine Schultermuskeln spannten und verkrampften sich, und er spürte, daß Dorrie von den Füßen gerissen wurde und beinahe waagrecht, wie ein verrücktes Pendel, an seiner Hand herumschwang und gleich darauf mit den Füßen auftippte und weiterlief, als wäre nichts geschehen. Dorrie schluchzte nicht mehr. Sie brauchte ihre ganze Luft, um mit Ben Schritt halten zu können.

Sie taumelten an einer großen Eiche vorbei, deren Stamm tausend Jahre alt und wie mit Haaren bewachsen wirkte und gewaltige Äste tief herabhängen ließ, und Ben wirbelte sich und seine Schwester an einem dieser Äste herum nach rechts, auf einen kaum erkennbaren Pfad zu – den ersten, den sie seit Beginn ihrer Odyssee zu sehen bekamen.

Links, in einiger Entfernung, hob etwas Schweres, Graubraunes mächtige Geweihsprossen und war verschwunden. Hoch oben, auf einem morschen Ast, zwinkerte eine Eule, die so groß war wie ein Adler, mit gelben Augen – und verschmolz mit dem moosbedeckten Stamm.

Und der Ast, den Ben noch immer gepackt hielt, zerbarst mit einem Laut, der absolut nicht *hölzern* klang.

Dorothy stürzte in modriges Laub. Ben folgte augenblicklich und landete auf ihr; seine Rechte umklammerte noch immer ihre Finger, die Linke war nicht imstande, das Ding loszulassen, das kein Ast war.

Die Kinder rollten sich überschlagend einen Abhang hinab, dann lagen sie still, aber nur einen Sekundenbruchteil. Dorrie sprang zuerst hoch, dann Ben, obwohl er sich noch benommen fühlte. Der Skelettarm, den er von dem Baum gerissen hatte, endete in Fingern, die zu Klauen gekrümmt waren – lange, braune, mit Haut überzogene Knochen, erstarrt in einer Bewegung des Zugreifens.

Dorrie wandte sich um. Sie erhaschte einen verschwommenen Blick auf das, was Ben in der Hand hielt, doch er schleuderte es mit einem Ausruf des Ekels weg, bevor sie genauer hinsehen konnte. Seine Handfläche kribbelte; er konnte den Umriß dessen, was er gehalten hatte, noch immer fühlen. Ben zerrte Dorrie wieder zu sich heran und drehte sich mit ihr weg – und blankes Entsetzen ließ ihn zu Stein erstarren.

Der Schädel glotzte ihn wütend an.

Der Blick dieser schwarzen Augenhöhlen bohrte sich direkt in seine Seele. Das Maul war in einem Schrei aufgerissen. Weiße Zähne ragten aus schwarzverfärbtem, fauligem Zahnfleisch. Da war ein Aufblitzen in einer der glotzenden Augenhöhlen, ein Funke wie von dämonischem Haß – dann schlängelte sich ein großer, geschuppter Tausenfüßler heraus und huschte über die runzlige Wange.

Ben *wußte*, daß sein Mund sich bewegte, doch kein Laut kam über seine Lippen. Kleine silbrige Punkte kreisten vor seinen Augen, doch dieses Mal waren es keine bösartigen Sporen. Dorrie wand und krümmte sich in seiner Umarmung. *Sie wird diese Alptraumfratze sehen, Ben.* Dieser eine Gedanke genügte, um seinen Geist aus der tödlichen Umklammerung des Schreckens loszureißen. Er nahm den Anblick des verwesenden Leichnams in sich auf. Er begriff, daß dieser Leichnam zwischen zwei Bäumen hing. Der Kopf war nach vorn gesackt, auf die Brust, und der Kiefer hing in einem unmöglichen Winkel schlaff nach unten; wahrscheinlich war er aus dem Gelenk gesprungen. Die Rippen erinnerten an ein Waschbrett. Die Beine hingen unglaublich lang und mager bis fast auf den Boden herab. Ein Fuß, der noch in einem Stiefel steckte, war abgefallen. Schimmel überzog das schwarze Leder. Etwas Schleimiges kroch darüber.

Aber noch schlimmer als all das – so grauenhaft schlimm, daß Ben spürte, wie die große Schreimaschine tief in ihm zum Leben erwachte, – waren die Arme, die das Skelett in der Schwebe hielten. Sie waren in einer bizarren Kreuzigungspose ausgebreitet. Doch das Ding dort oben wurde nicht von *Nägeln* oder *Stricken* gehalten. Die Hände waren nicht sichtbar. Die Arme waren straff nach rechts und links gezogen, und es sah aus, als seien die Handge lenke mit der zerklüfteten Rinde des Baumes verwachsen. Ben sah die Wölbung unter der Rinde, unter der *Nahtstelle* – sie erinnerte ihn an alte Bäume, die einfach über ein zu straff gespanntes Stück Zaundraht hinweggewachsen waren.

Es sah aus, als hätte sich der Baum aufgetan und diese Hände geschluckt, und nun hielt er dieses Ding fest, und wer immer . . ., *was* immer das gewesen war, jetzt hing es hier im Herzen des Waldes und war tot.

Der Wald hat ihn geholt der Wald hat ihn geholt der Wald hat ihn geholt.

Seine Gedanken waren plötzlich wie Querschläger, völlig außer Kontrolle.

Sie waren im Wald. Und er hatte auch sie zu holen versucht.

Er versuchte es noch immer.

Ben spürte, daß der Schrei kam. Das Grauen war so riesengroß. Etwas mußte nachgeben oder sein Verstand würde verbrennen.

Dorries Kopf fuhr endgültig herum. Ihr Atem stockte, und dann kreischte sie so schrill, daß Ben einen Satz machte. Sein eigener Schrei wurde niemals laut, aber der Druck in ihm war unvermittelt wie über ein Notrelais umgeleitet und auf sie übertragen worden.

Bevor sie mehr als nur einen flüchtigen Eindruck des Horrors erhaschen konnte, der in diesen Baum eingewachsen war, riß er sie wieder zu sich heran. Er drückte ihr Gesicht an seine Schulter und starrte auf das *zweite* verzerrte tote Gesicht. Der ganze Kopf war in eine Astgabelung eingewachsen. Ein ungeheuerlicher Druck mußte ihn erfaßt und *zusammengequetscht* haben. Ben konnte sehen, was diesen Druck ausgeübt hatte. Es mußte dieser dicke, verdrehte Seitenast gewesen sein . . . Er sah wie ein richtiger Arm aus, ein Arm, der sich bewegt und zugedrückt hatte. Zwischen ihm und dem harten Holz des Baumstammes war der Schädelknochen zermalmt worden. Die eine Augenhöhle war bis fast zur anderen hinüber verschoben. Es war ein menschlicher Schädel, allerdings so entstellt, daß er kaum mehr menschlich aussah.

Endlich brach der Bann.

Ben machte einen Schritt nach hinten, zog Dorrie mit sich. Sie wehrte sich gegen seine Umklammerung.

Er wandte sich von den Gespenstern ab, stolperte panisch mit Dorrie in die Richtung zurück, aus der sie gekommen waren. Auf der anderen Seite der Schneise schoß etwas Geschmeidiges, Schwarzes und rasend *Schnelles* aus dem Gestrüpp. Ben registrierte nur ein blitzartiges Huschen. Es wischte aus dem Dickicht und tauchte in den dikken Blätterteppich ein. Wieder entstand eine Bugwelle, wie vorhin, im schlammigen Wasser des Flusses. Blätter flogen wie aus einer Kanone geschossen nach oben, als das Ding darunter voranraste – auf sie zuraste. Der Buckel in dem braunen und rostroten Laub schwoll an und dann ... unglaublich ... stoppte das ganze.

Die beiden standen wie gelähmt.

Irgendwo hinter ihnen rief jemand Dorries Namen.

Die weitentfernte Stimme hallte durch die Bäume, und eine jähe Erleichterung flammte in Bens sich hebender und senkender Brust. Dieses Mal wurde *er* von Dorrie mitgezogen, und er stolperte zwei, drei Schritte weit irgendwie mit ihr mit – rückwärtsgehend, halb verrenkt, um nur ja den großen Blätterhaufen nicht aus den Augen lassen zu müssen, der das unheimliche Ding verbarg, das sie gejagt hatte.

»Dorothy! *Bernard!*«

Es war die Stimme ihres Vaters, und jetzt klang sie bereits ein wenig näher; sie rollte tief und drängend und stark durch die Lichtung heran.

»Dad, hier sind wir!« rief Ben zurück, ohne den Kopf zu drehen. Er konnte seine eigene Stimme hören, wie sie unnatürliche Echos hervorrief und in dem dunklen Wald verging.

Ben hielt Dorries Hand ganz fest, machte zwei unsichere Schritte. Er hörte das Rascheln seiner Füße in den Blättern. Irgendwann mußte er Dorrie wieder mit sich ziehen, es war, als hätten ihre Beine die Fähigkeit verloren, weiterzufliehen. Noch immer starrte er ohne ein Blinzeln auf den Blätterhaufen, unter dem sich – jetzt *sprungbereit* – die unsichtbare Kreatur duckte.

»Ich komme!« brüllte Duncan Haldane.

Ben machte einen weiteren Schritt nach hinten – und dann stieß seine Ferse gegen eine knorrige Wurzel. Sekundenlang war seine Aufmerksamkeit abgelenkt. Der Blätterhaufen explodierte in einem Geflatter aus Braun und Rot.

Ein Tornado aus welken Blättern wirbelte kegelförmig empor. Die ganze Welt schien nur noch aus *Rascheln* zu bestehen. Ben fand sein Gleichgewicht wieder, schaffte einen weiteren Schritt rückwärts und hielt Dorries Gesicht fest gegen seine Brust gedrückt. Der Mahlstrom aus Blättern wirbelte und teilte sich und zog sich wie unter einer unmöglichen Schwerkraft wieder zusammen und ... bildete eine Gestalt.

»Dorrie! *Ben!*« wehte das Rufen ihres Vaters erneut heran. Ben hörte es kaum – aus geweiteten Augen starrte er auf die Erscheinung.

Das Wirbeln verging. Und dann stand ein menschenähnliches Ding vor ihnen.

Ein menschenähnliches Ding aus *welken Blättern.*

Es stand mit gespreizten Blätterbeinen da, rotbraune Arme in die Seiten gestemmt, die goldbraune Brust vorgewölbt, den zerfledderten Kopf in einer bizarren Andacht erhoben.

Der ganze Wald wurde still. Die Anspannung wuchs ins Unermeßliche. Die Luft zwischen Ben und dem Blättermann schien nur mehr aus elektrischen Funken zu bestehen. Das ausdruckslose, papierne Gesicht des Wesens war eine Fratze des Schreckens. Ein fürchterlicher Bann strahlte davon aus.

Dann *bewegte* sich das Ungeheuer. Sein Kopf neigte sich mit einem trockenen, raschelnden *Knirschen*, die Hände lösten sich von den Hüften. Langsam hob es einen klumpigen, *unförmigen* Fuß – und ein einzelnes zerknittertes Eichenblatt schwebte zu Boden. Der Fuß vollendete seinen Schritt und traf mit einem unirdischen Knirschen auf dem Boden auf. Ein weiterer Schritt schloß sich an, genauso unheimlich – *unmöglich* – wie der erste, und die *Drohung* war jetzt greifbar; ein Jucken unter Bens Haut.

Der dritte knisternde Zeitlupenschritt genügte endlich, um die Lähmung zersplittern zu lassen. Ben hielt seine Schwester eisern umklammert, drehte sich um und rannte. Dorrie stieß gegen seine Hüfte. Er gab sie aus seiner Umarmung frei und packte sie statt dessen am Handgelenk. Er sah, daß sie den Kopf drehen wollte, und riß so fest an ihrem Arm, daß sie gegen ihn taumelte. Selbst in der sich auftürmenden Sturmflut aus Angst wollte er nicht, daß seine Schwester *das* sah. Das Blättermonster setzte ihnen nach, das Wispern und Rascheln seines Voranstapfens war wie ein trockenes, bösartiges Lachen.

Wie durch ein Wunder fanden sie auf den ausgetretenen Pfad zurück. Irgendwo vor ihnen rief Duncan Haldane, und Ben erhaschte einen kurzen Blick auf eine Gestalt, die sich zwischen den Bäumen bewegte. Von links kam das Rauschen des Flusses – es war laut, aber nicht laut genug, um das bedrohliche Geraschel des gräßlichen Dings hinter ihnen zu übertönen; jeder seiner Schritte war wie ein Buschfeuer, als würden Flammen aus trockenem Stechginster emporfahren.

»Daddy! *Daddy, bitte!*« heulte Dorrie.

»Hierher!« rief Duncan Haldane.

Ben sah ihn auf sie zurennen und ruckte den Kopf herum und sah das Ding hinter ihnen, das *Blätterding*, und es war ganz nahe. Bens Herz schlug wie ein zorniges Pferd hinter seinem Brustbein. Diesen Anblick würde er nie wieder vergessen; er brannte sich in sein Gedächtnis ein, als habe er ihn stundenlang ertragen müssen. Die struppige Blätterfratze war ihm zugewandt, und sie gewann Konturen – da waren Höhlungen und Schatten, wo Augen hätten sein müssen, und in ihren Zentren schimmerten Eicheln. Und da war ein weiteres gähnendes Loch, und ein Maul klaffte auf, groß und weit wie ein Tunnel, und Zähne aus Dornen ragten darin auf. Die Arme streckten sich jetzt nach ihnen aus, Platanenfinger und Buchenkrallen waren bereit, sie zu packen.

»Daddy, *Daddy! Hilfe!*« brüllte Ben so laut er nur konnte.

*****

Duncan Haldane war noch nicht weit in die Wälder vorgedrungen, als er den gellenden Schrei hörte; er kam von jenseits der Flußbiegung, von einer Stelle, an der der Bach in tiefes, schnellfließendes Wasser überging.

Er war längst davon überzeugt, daß Ben und Dorothy trotz aller Verbote in diese Richtung gegangen waren, und er fühlte seine Verärgerung zum handfesten Zorn eines Vaters heranwachsen, dem nicht gehorcht worden war. Wenn Ben Dorrie in diesen Wald mitgenommen hatte, dann würde er heute ohne Abendessen ins Bett gehen, und morgen würde eine *verdammte* Menge Arbeit auf ihn warten – damit er sich an *diese* Lektion erinnerte.

Fasach Wood war alt und dunkel und breitete seinen dichten Mantel meilenweit über das Tal. Es gab ein wenig Rotwild, ein paar Iltisse und Wildkatzen – nichts, worüber man sich Sorgen machen müßte, nicht wie in den alten Zeiten, als man noch mit Bären und Wölfen und umherstreifenden Wildschweinkeilern hatte rechnen müssen. Aber da gab es den Fluß, dunkel und schnell, mit steilen Ufern und tiefen Strudellöchern, in denen kleine Kinder wochenlang verschwinden konnten. Seine beiden konnten schwimmen, doch das hieß noch lange nicht, daß sie im Corrie schwimmen konnten – dort, wo er schnell und kalt und dunkel war.

Und es gab noch weitere Gefahren. Bob McCourt, der Wildhüter der Douglas-Ländereien, die im Süden an Fasach Wood angrenzten, hatte schon einige Wilderer vom Fluß und aus dem Wald vertrieben. Es gab immer irgendwelches umherziehende Gelichter, das hinter Hasen und Rotwild her war. Letzten Sommer hatte er eine ganze Horde Nichtsnutze verhaftet, die samt ihrer Frauen und Kinder in drei ramponierten Wohnwagen hier gelagert hatten.

Duncan Haldane ließ seine Kinder nicht in den Wald, weil man nie wissen konnte, wer darin herumgeisterte. O ja, Ben würde seinen kleinen Hintern fest genug versohlt bekommen, damit er *das* für eine sehr, sehr lange Zeit nicht mehr vergaß. Duncan fühlte einen rotglühenden Zorn in sich.

Dann hörte er das Kreischen, wie von einem jungen Hund, dessen Schwanz zwischen Tür und Angel eingeklemmt worden war, und er wußte augenblicklich: *Das war Dorrie.* Später konnte er nicht mehr sagen, warum er es gewußt hatte, doch dieser gellende Schrei in höchster Not, der aus den Tiefen des Waldes zu ihm heranzitterte, berührte ihn auf der tiefsten Ebene elterlicher Instinkte.

Sein Zorn verflüchtigte sich und machte einem gewaltigen *Schrecken* Platz. Der Schrei sprach eine zu deutliche Sprache. Er verriet *Angst.*

Duncan Haldane rannte den ausgetretenen Wildwechsel entlang, der parallel zum Fluß verlief, dann bog er nach links ab, in die Richtung, in der er Dorrie und Ben vermutete, und schrie immer wieder ihre Namen. Vor seinem inneren Auge sah er einen Fremden, der seine Kinder festhielt, der sie *berührte* und ihnen *weh tat.* Schlagartig war sein Ärger nicht mehr auf Ben konzentriert, sondern auf alles, was Dorrie in einer solchen Weise schreien ließ; und gleichzeitig verwandelte sich sein Ärger in eine ungeheuerliche *schwarze* Wut.

Er tauchte vornübergebeugt zwischen zwei Bäumen hindurch und riß, ohne anzuhalten, einen schweren Stock vom Boden hoch. Er war nicht gerade, jedoch hart und knorrig, und sein Gewicht fühlte sich gut an in seiner Hand.

»Dad, hier sind wir!« rief Ben zurück. Duncan hörte die Festigkeit in der Stimme seines Sohnes, obwohl er noch weit entfernt schien ... oder wie an einem geheimen Ort eingeschlossen. Aber das war unmöglich. Duncan Haldane blieb nicht stehen, um darüber nachzudenken. Er beschleunigte seine Schritte noch, setzte über Geißblattwucherungen und verkümmerte Ebereschen hinweg und brach durch Wacholderbüsche und nutzte seinen Stock wie eine Keule.

Er rief wieder, hoffte, daß seine Stimme ausreichte, um Bens und Dorries Gegner in die Flucht zu schlagen.

Weit voraus bemerkte er ein weißes Flirren zwischen den Bäumen. Der flüchtige Anblick spornte ihn an. Ein Stechen pulsierte in seiner Seite, aber er beachtete es keine Sekunde. Nur ein einziger Gedanke beherrschte ihn – daß seine Kinder in Gefahr schwebten. Er war aufgebracht genug, um zu töten.

Er legte weitere fünfzig Yards zurück, und Dorothy brüllte wieder: *»Daddy, bitte!«* Der Schmerz in diesem Schrei flog wie ein Ungeheuer heran und fraß sich in den Nerven an seinem Rückgrat fest.

Er stürmte an mehreren Buchen vorbei und hetzte einen Hang hinab, in den dichteren Teil des Waldes, rannte über das Laub des letzten Jahres. Er setzte über eine Senke hinweg, kam überraschend leichtfüßig auf für einen Mann seiner Größe und wich dem verschlungenen Wurzelwerk eines massigen Baumes aus. Als er hochblickte, sah er die beiden auf sich zustürzen – unmittelbar hinter der alten, eingestürzten Grenzmauer. Ben hielt Dorrie an sich gepreßt und hatte damit und mit ihrer Gegenwehr alle Hände voll zu tun. Hinter ihnen, in einem Dickicht, war das Lodern eines Schattens.

Duncan sah, daß Ben Dorrie losließ, und sein Herzschlag setzte aus und hämmerte mit doppelter Geschwindigkeit weiter; dann hatte Ben die Hand seiner kleinen Schwester wieder eingefangen und zerrte Dorrie so heftig hinter sich her, daß ihre kleinen Beine zu Riesenschritten gezwungen waren.

Sie schrie wieder: *»Hilf uns! Daddy, komm, schnell!«*

Ohne sich dessen bewußt zu werden, wechselte Duncan Haldane den Knüppel von der linken in die rechte Hand. Die letzten fünfzig Yards überwand er mit kaum mehr als drei Schritten – zumindest kam es ihm so vor. Ben erblickte ihn und rannte ihm entgegen; Dorrie blieb in seinem Kielwasser. Duncan registrierte das blanke Entsetzen auf dem Gesicht seines Sohnes, und der Zorn in ihm war wie eine Stichflamme. Es schien, als werde er emporgerissen auf einer Woge aus greller Hitze. Er hielt nicht an, um die beiden in seine Arme zu reißen, wie er dies zu jeder anderen Zeit getan hätte. Statt dessen hetzte er an ihnen vorbei, rannte sie fast über den Haufen – und brach durch das Dickicht, in dessen Tiefen er den Schatten des *Bastards* noch sehen konnte, der seine Kinder verfolgt hatte.

Er war durch und sah etwas Dunkles zu Boden sinken. Ein Ast ließ Duncan stolpern, und er stürzte und schlug einen fast perfekten Salto und landete so hart auf dem Rücken, daß seine Zahnreihen mit einem lauten Klappern aufeinanderschlugen. Ohne nachzudenken war er wieder auf den Füßen und stürmte weiter und brüllte unzusammenhängende Worte.

Da war nichts und niemand. Duncan Haldanes überhitzter Verstand brauchte mehrere Sekunden, bis er das begriff. Er hatte den Schatten in das Gewirr der Äste und Blätter eintauchen sehen, also war er ihm gefolgt. Er konnte noch immer keinen klaren Gedanken fassen; da war nur Zorn. Er überwältigte ihn, durchraste ihn mit einer solchen Wildheit, daß er ganz *Instinkt* war.

Er hob den Knüppel, schlug auf die Äste ein und zuletzt auch auf den Laubhaufen am Boden. Er hob ihn und schlug wieder zu, mit aller Kraft. Und noch einmal und noch einmal, bis der dicke Prügel zerbrach und die Blätter überall um ihn her – und selbst auf ihm – verstreut waren.

Schließlich hielt er erschöpft inne. Der Zorn versiegte und hinterließ ihn atemlos und zitternd.

Er hatte eine Gestalt gesehen. *Etwas* hatte sich bewegt

hinter den Büschen. Er war sicher gewesen, daß da etwas *war.*

Duncan stand da, seine Brust hob und senkte sich heftig, seine Augen nahmen jede Winzigkeit wahr; er kam wieder zu Atem, er war verwirrt, bestürzt, doch dann drehte er sich um und sah Dorrie und Ben. Sie waren totenblaß unter dem Überzug aus Schmutz und Schweiß. Sie starrten ihn an, als wäre er eine Art Gott, ein Ritter in seiner Rüstung. Er ging rasch zu ihnen und nahm sie beide in die Arme und hob sie hoch und hielt sie fest genug, um ihnen fast die Rippen zu brechen.

— 11 —

Später hörte auch Martin Thornton von dieser Geschichte, doch niemand konnte sagen, was wirklich geschehen war.

Er war mit Rose Haldane zusammengesessen; es war eine Frage der Höflichkeit gewesen, mit ihr zu warten, als die Minuten sich zu fast einer Stunde dehnten. Sie war sehr nervös geworden. Sie hatte es zu verbergen versucht, dennoch war es für ihn offensichtlich: Ihre besorgten Blicke zu der alten Wanduhr, und wie sie ihre Tasse hob und wieder abstellte, all das sprach eine deutliche Sprache. Martin gab ein paar harmlosere Zeitungs-Anekdoten zum besten, und die Minuten zogen sich in die Länge.

Es war beinahe acht, und draußen wurden die Schatten länger, als Duncan Haldane den Weg zum Haus heraufgestapft kam. Rose fuhr hoch, stieß ihre Tasse um und fing sie in einem Reflex, bevor sie zu Boden fallen konnte. Im nächsten Moment war sie an der Tür, riß sie auf und sah sich ihrem Mann gegenüber – er war groß genug, um mit dem Kopf an den oberen Türrahmen zu stoßen. Duncan Haldane hielt in jeder Armbeuge ein Kind. Das kleine Mädchen war eingeschlafen. Der Junge war müde, aber wach, und sein Gesicht zeigte die verkniffene, teilnahmslose Miene eines Menschen, der aus dem Krieg kam. Martin Thornton kannte diesen Gesichtsausdruck. Amerikanische Veteranen hatten ihn *Das Tausend-Yards-Starren* genannt – es war die Nachwirkung eines ungeheuerlichen Schocks.

»In dem verdammten Wald. Irgendwer hat sie verfolgt«, hörte er Duncan Haldane sagen. Rose griff instinktiv nach dem kleinen Mädchen.

»Hab' auch was gesehen. Kann nicht sagen, was, *falls* es überhaupt etwas war«, fuhr Duncan fort. Martin hörte das Krächzen in der Stimme des Mannes; es war ein Ausdruck von Erleichterung, das Abschütteln einer *mörderischen* Angst um seine Kinder.

Martin Thornton saß noch immer am Tisch – er hatte den Stuhl zurückgeschoben und wußte sekundenlang nicht, wohin mit sich. Dieser persönliche – intime – Moment gehörte allein Rose Haldane und ihrem Mann. Duncan drehte sich um und bemerkte ihn.

»Wer sind Sie?« fragte er schroff.

»Ich –« Martin unterbrach sich. Was *sagte* man einem besorgten Vater, der seine Kinder gerade – von einem unbekannten Verfolger zu Tode erschreckt – im Wald gefunden hatte?

»Das ist Mr. Thornton. Von der Zeitung«, sagte Rose, für ihn einspringend. »Er will mit dir über deinen Plan reden.«

»Das kann warten.« Haldane musterte den Reporter von Kopf bis Fuß. »Wir müssen Doktor Gregor holen. Die Kinder stehen unter Schock und sind zerkratzt bis auf die Knochen. Dorrie hat irgendwas im Gesicht. Sieht wie ein Stachel aus.«

Die Worte kamen in einer einzigen Flut heraus. Duncan Haldane war sichtlich mitgenommen und mit seinen Nerven am Ende.

Martin kam sich wie ein Eindringling vor.

»Wenn Sie wollen, rufe ich ihn an.«

»Hier gibt's kein Telefon, Mann. Vor sechs Monaten abgestellt.«

»Okay. Mein Wagen steht unten, beim Douglas Arms-Hotel. Sagen Sie mir, wo ich den Arzt finde. Ich hole ihn.«

Rose gab ihm eine exakte Wegbeschreibung.

Der Arzt wohnte am oberen Ende von Linnvale, in einem hübschen, großen Steinhaus. Von hier aus konnte man fast das ganze Tal überblicken. Als Martin zum dritten Mal klingelte, kam eine grauhaarige Frau an die Tür und wies ihm leise sprechend den Weg zum Gewächshaus hinüber.

Dr. Gregor war ein hochgewachsener, kantiger Mann, dem es gelang, trotz seiner alten Arbeitshose und der Gummistiefel sehr gepflegt auszusehen. Er trug eine Brille mit halbmondförmigen Gläsern, über die er hinwegspähte – was ihn zweifellos aggressiver aussehen ließ als er in Wirklichkeit war. Er hielt einen Terrakotta-Blumentopf, in dem nur eine einzige kleine Pflanze emporragte. Es war eine perfekte Perlmutt-Rose, und die letzten warmen Sonnenstrahlen ließen die Wassertropfen auf ihren Blättern glitzern.

»Schauen Sie sich diese Schönheit an. Der erste Preis in jedem Wettbewerb«, sagte er ohne jede Vorrede. »Sind Sie ein Blumen-Mann?«

»Könnte ich nicht sagen. Aber sie ist nett. Hübsch.«

»Verdammt perfekt.« Er ruckte mit dem Kopf Richtung Haus und marschierte voran. Die Rose trug er wie eine Trophäe. Martin folgte ihm. »Was kann ich für Sie tun, Junge?«

»Duncan Haldane hat mich gebeten, Sie zu holen.«

»Oh, jetzt gleich?«

»Es geht um seine Kinder. Sie haben sich im Wald verlaufen. Sind völlig durcheinander.«

»Durcheinander.«

»Ja. Und zerkratzt. Das kleine Mädchen hat irgendeinen Biß im Gesicht. Sie müssen eine Höllenangst ausgestanden haben.«

»Hat Duncan Ihnen auch erzählt, daß ich schon seit zehn Jahren im Ruhestand bin?«

»Nein, hat er nicht erwähnt. Er sagte nur, ich soll Sie zu ihm bringen.«

»Sie sind alle gleich, wissen Sie. Ich lebe jetzt seit vierzig Jahren in diesem Dorf. Sie weigern sich einfach zu glauben, daß ich längst meine Pension beziehe. Bekamen ein verdammt gutes Ärztezentrum unten in Lochend, und ein Spitzenklasse-Krankenhaus in Levenford. Aber sooft jemand auch nur einen Niednagel hat, schicken sie nach Doktor Gregor.« Er stierte wütend über seine Brillengläser hinweg. »Und sie haben Glück«, hängte er an und gluckste. »Weil mir das nämlich regelmäßig den Tag rettet. – Alsdann, Mister . . .?«

»Thornton.«

»Freund der Familie?«

»Nein, war nur zufällig da.«

»Gut für Duncan. Hat seit Monaten kein Telefon mehr im Haus, weil ihm das Geld ausgegangen ist.«

Dr. Gregor kam mit einer alten, ramponierten Tasche aus dem Haus und bugsierte sich vorsichtig auf den Beifahrersitz. Er trug nach wie vor seine Arbeitshose und die grünen Stiefel, dazu allerdings einen kerzengerade ausgerichteten Hut, der ihn irgendwie professioneller aussehen ließ. Fünf Minuten später hatten sie den Haldane-Hof erreicht.

Rose Haldane winkte sie beide herein. Der Arzt stieg mit ihr die Treppe hinauf, und Martin Thornton blieb in der Küche zurück. Ein paar Minuten später hörte er schwere Schritte auf den Stufen. Duncan Haldane kam herein und setzte sich müde an den Tisch.

Er sah Martin wieder von oben bis unten an, aber dieses Mal ohne jede Feindseligkeit. Der Mann wirkte angespannt. Schließlich streckte er eine große Hand aus. Martin ergriff und schüttelte sie.

»Danke, daß Sie den Doktor geholt haben.«

»Er sagt, er ist pensioniert.«

»Sicher ist er das, aber er ist immer noch der Doktor.«

»Wie geht's den beiden?« erkundigte sich Martin und nickte zur Treppe hin.

»Völlig zerkratzt. Die Kleine ist fast hysterisch. Irgendwas hat ihnen einen bösen Schrecken eingejagt.«

»Ihnen auch, wie's aussieht.«

»Verdammt richtig. Ich dachte, ich seh' was in den Büschen. Bin hinterher, aber da war nichts. Sie behaupten, ein Mann hätte sie gejagt. Ich kann's nicht sagen. Vielleicht war das nur meine Einbildung. Man denkt gleich an das Schlimmste, wenn man seine Kinder wie Banshees heulen hört.«

»Werden sie wieder in Ordnung kommen?«

»Ich schätze ja. Dieser Biß in Dorries Gesicht gefällt mir nicht. Ben hat was an seiner Hand. Er sagt, es war ein Pilz. Und er sagt, er hätte da unten Skelette gesehen. Wahrscheinlich sind die beiden vor irgendwelchen Schatten davongelaufen. Es ist verdammt dunkel in Fasach Wood.«

Martin hörte nur zu.

»Sie sagen, sie hätten eine Insel im Fluß entdeckt. Ich weiß nicht, wie sie auf die Idee gekommen sind. Ich war so oft in diesen Wäldern, schon als Junge, aber zwischen dem alten Mühlwehr und dem Loch gab's noch nie eine Insel im Corrie. Ben will sogar Leute darauf gesehen haben, Leute in Mänteln oder Umhängen. Und dann sei plötzlich ein Tier hinter ihm und Dorrie hergewesen.«

»Glauben Sie, die beiden haben irgendwelche Pilze gegessen?«

Duncan Haldane dachte nur kurz darüber nach. »Nein. Ben ist kein Idiot. Sie können sich das alles eingebildet haben. Zur Hölle damit, möglicherweise habe *ich* mir auch nur eingebildet, daß da was ist. Ich habe sie nur schreien hören, und dann gesehen, wie sie mir entgegenlaufen. Ich bin *davon ausgegangen,* daß sie verfolgt werden.«

Bald darauf kam Dr. Gregor zusammen mit Rose die Treppe herab.

»Nichts, worüber man sich Sorgen machen muß. Sie sind zu Tode erschreckt worden. Die Kratzer sind nur oberflächlich. Ich habe sie gesäubert, und auf diese Stiche, oder was auch immer das ist, habe ich ein Antihistaminikum aufgetragen. Ich glaube, sie reagieren da auf irgendwelche Nesseln, aber es breitet sich nicht aus. Eine ordentliche Nachtruhe, und morgen sieht alles wieder besser aus.«

»Danke, Doktor Gregor, und danke auch, daß Sie gekommen sind«, sagte Rose.

»Ist mir immer ein Vergnügen. Sorgt dafür, daß ich mich gebraucht fühle«, brummte er und drückte ihr aufmunternd den Arm.

Dr. Gregor lehnte es ab, zu seinem Haus zurückgefahren zu werden. Es war eine sternenklare Nacht, ein weißer, praller Mond erhob sich im Osten, und der alte Arzt sagte, er gehe lieber zu Fuß. Und das tat er dann auch.

»Ich werde Wasser aufsetzen«, kündigte Rose an. »Das Abendessen ist verdorben.«

Duncan nickte nur. Martin stieß den Stuhl zurück.

»Ich geh' ins Hotel zurück. Vielleicht kann ich morgen noch einmal vorbeisehen, wenn sich alles ein wenig beruhigt hat.«

»Nein, bleiben Sie ruhig da und trinken Sie eine Tasse Tee mit uns, Mann. Und danke, daß Sie den Doktor für uns geholt haben.«

»Sie sehen nicht so aus, als seien Sie in der Stimmung dafür.«

»Sorgt dafür, daß ich nicht ständig an die Kinder denke«, widersprach Haldane.

Nachdem er einmal angefangen hatte zu reden, war er nicht mehr zu bremsen. Rose füllte zwei Becher mit dampfendem Tee und ließ sie allein. Sie ging nach oben, in die Zimmer der Kinder, und kam erst zwanzig Minuten später wieder herunter und sagte ihnen, daß sie eingeschlafen seien.

Duncan Haldanes Geschichte stimmte im großen und ganzen mit dem überein, was Martin bereits gehört hatte. Es waren schwere Zeiten für den Bauern. Nach einer ganzen Reihe von Katastrophen war es ein Ding der Unmöglichkeit, den Hof wieder rentabel zu bewirtschaften. Die einzige Chance, die er noch sah, bestand darin, diese Holzhäuser im Finnlandstil zu bauen und sie entweder zu vermieten, oder, wenn es sein mußte, zu verkaufen.

»Diese Vereinigung für Naturschutz hat's sich in den Kopf gesetzt, daß die paar Hütten die Landschaft verschandeln. Ich hatte den ganzen Hof voller Gemeinderäte und Leute vom Bauamt. Es kostet ein Vermögen, diese Sache durchzufechten, und mir geht das Geld aus. Was ich noch übrig habe, brauche ich fürs Bauen und ein paar Leute, die ich anstellen muß. Wenn ich nicht baue, muß ich wegziehen. Die beschweren sich darüber, daß ich das Wäldchen abholze, aber ich brauche dieses Nutzholz für die Seitenwände. Das sind lauter gute Eichen und Buchen. Und außerdem, mein Großvater hat jeden einzelnen Baum da unten selbst gepflanzt. Das Wäldchen gehört nicht zum wildgewachsenen Teil von Fasach Wood.«

Er stellte seinen Becher so energisch auf den Tisch zurück, daß die Reste des Tees über den Rand spritzten.

»Niemand vertreibt mich aus diesem Tal. Meine Familie lebt hier seit Hunderten von Jahren. Die meisten von denen, die gegen mich sind, sind Zugezogene. In der Hölle sollen sie schmoren.«

Duncan war ein sympathischer Bursche. Martin spürte die Anspannung in ihm wachsen, je länger er sprach, aber er wußte, daß dies zu einem Großteil aus dem Schrecken resultierte, der im Wald unten in ihn gefahren war. Seine breiten Schultern wirkten verkrampft und bewegten sich geringfügig hin und her, während er sprach – als laste ein großes Gewicht darauf.

»Die sagen, man muß den alten Wald schützen. Was wissen die schon? Vom alten Mühlwehr bis hier herauf gehören diese Bäume alle mir. Wenn man's genau nimmt, dann fängt der richtige Wald nach dem Wehr an, hinter dieser alten Steinmauer. Die markiert die Grenze. Alle Bäume oberhalb vom Wehr hat mein Großvater gepflanzt, und höchstens noch ein paar Eichhörnchen, weil sie Buchekkern und Eicheln vergraben haben, und weil überhaupt jeder Wald weiterwächst.«

»Warum sind die so verbissen dagegen?« fragte Martin.

»Das weiß nur Gott allein. Die haben sich nicht drum gekümmert, als Aitkenbar seinen Betrieb hochgezogen hat. Und auch Donnie MacKinnons Propangas-Depot kann man wohl kaum ländlich nennen. Aber im Winter wollen es eben alle warm haben, und das *big business* kommt an erster Stelle. Die Straße da drüben ist seitdem mächtig befahren, und zwar überwiegend von Tankzügen – und niemand schert sich drum.«

»Warum ist dieser Wald so wichtig?«

»Die Leute von der Vereinigung sagen, er ist eines der letzten Überbleibsel des alten kaledonischen Waldes. Zog sich früher über die ganzen Highlands. Heute gibt's nur noch ein oder zwei kleine *Inseln* davon. Vielleicht *ist* die Mitte von Fasach Wood ein Teil davon, ich weiß es nicht. Aber alles darum herum ist es definitiv *nicht*. Die alten Wälder bestanden aus Kiefern und Tannen und Eichen. Da drinnen finden Sie alles, von Platanen über Buchen bis hin zu Linden. Sind alle keine einheimischen Pflanzen in diesem Teil des Landes. Ich kenne mich aus mit meinen Bäumen.«

»Und mit Ihrem Holz. Sie haben da eine gute Arbeit geleistet. Gutes Buchenholz, das.«

»Danke. Sie sind einer von diesen *Do-it-yourself*-Burschen?«

»Mein Dad war Tischler. *Möbeltischler*. Ich habe die Hände nie ganz davongelassen. Ist etwas, auf das ich zurückgreifen kann, wenn ich mal genug habe von diesem Spiel.«

Duncan Haldane lächelte, und die Anspannung schien aus seinem Gesicht zu weichen. Er war kein gutaussehender Mann, aber sein großes, zerfurchtes Gesicht war freundlich und hatte eine ganz eigene Anziehungskraft.

»Und wann wird es so weit sein?«

»Kann jetzt jeden Tag passieren.«

»So, schreiben Sie denn jetzt eine Geschichte darüber?«

»Ehrlich, ich weiß es noch nicht. Ich muß noch mit der anderen Seite sprechen.«

»Sie haben diese Sache hier dem schottischen Ministerium vorgetragen. Wollen, daß das Innenministerium eingreift.«

»Es ist unwahrscheinlich, daß das passiert.«

»Ich weiß nicht. Sie waren ziemlich entschlossen. – Ich habe keine Ahnung, was heute da unten in den Wäldern passiert ist. Ich kann nicht sagen, ob sich die Kinder das alles nur *eingebildet* haben, aber eine Minute lang dachte ich, ich würde etwas sehen. Jedenfalls schließe ich nicht aus, daß diese alten Betschwestern den Kleinen irgendwie Angst gemacht haben, um mich zu treffen.«

»Ich habe sie noch nicht kennengelernt«, sagte Martin neutral. Er war der Meinung, daß Duncan Haldanes Bemerkung mehr als nur eine Spur Paranoia verriet, aber er äußerte sich nicht dazu.

Martin schob den Becher über den Tisch und stieß den Stuhl zurück. »Danke für den Tee und das Schwätzchen.«

»Können wir jederzeit wiederholen. Ich bin Ihnen dankbar für Ihre Hilfe.«

Martin sagte ihm, er werde in den nächsten Tagen noch mit ein paar anderen Leuten reden und eventuell auf sein Angebot zurückkommen. Insgeheim war er der Meinung, daß das Ganze keine *richtige* Geschichte, sondern nur ein Sturm im Wasserglas war. Ein einzelner Mann wollte einige Bäume fällen und ein paar Holzhäuser bauen, und seine Nachbarn waren dagegen. Soweit es ihn betraf, stand er auf Duncan Haldanes Seite. Der Mann befand sich in einer Notlage, und er tat ihm leid. Aber so, wie er das sah, änderte das nichts an der Sachlage.

*****

»Das ändert eine ganze Menge, es ist ein Unterschied wie *Tag und Nacht*«, sagte Gail Dean am nächsten Morgen.

Die Frau des Pfarrers war eine hübsche, gepflegte Person mit kurzen, elegant geschnittenen blonden Haaren. Martin schätzte sie auf knapp über Vierzig.

»*Jemand* muß Stellung beziehen. Ich bedauere, daß Duncan involviert ist. Der arme Mann hatte ein sehr schwieriges Jahr. Aber unsere Aktion dient ja nicht nur dieser Gegend. Sie ist ein bescheidener Anfang. Wir zeigen gerade einmal auf die Spitze eines Eisberges.« Gail Dean sprach rasch und in kurzen Sätzen. Martin saß ihr in dem behaglichen Wohnzimmer des Pfarrhauses gegenüber. Der Pfarrer, Reverend John Dean, den er noch nie zu Gesicht bekommen hatte, besuchte gerade in Levenford unten, im Krankenhaus, ein Gemeindemitglied.

»Denken Sie nur an Loch Fescail, ein paar Meilen entfernt, auf der anderen Seite des Berges. Es ist völlig ruiniert. Alle Bäume gefällt, die Berghänge mit Chalets übersät.«

Martin wußte Bescheid über Loch Fescail. Dort hatte ein ortsansässiger Bauer eine Feriensiedlung gebaut. Die wenigen Leute in dem nahegelegenen Dorf schäumten noch heute über den Verlust ihrer Ruhe. Das Ganze hatte man in allen Zeitungen nachlesen können.

»Dies hier ist ein Teil des schottischen Erbes. Es ist für das gesamte Land wichtig. Wenn wir zulassen, daß dies so weitergeht, werden wir bald überall im Tal Erschließungsgebiete haben. Der Charakter dieser Landschaft wird vollständig ruiniert werden.«

»Was ist mit Aitkenbar, und der Gas-Fabrik?«

»Als sie gebaut wurden, gab es unser Komitee noch nicht. Und davon abgesehen: Sie stellten keine Bedrohung dar für den Wald. Es ist ein komplett anders gelagerter Fall.«

Sie unterhielten sich eine knappe Stunde. Martin mochte die Frau. Sie war direkt und bot ihm Tee und Kekse an und, später, sogar einen kleinen Sherry.

Als Martin das Pfarrhaus später an diesem Morgen verließ, entschied er, daß es nicht viel gab, was eine Geschichte rechtfertigte. Es war nur ein Kleinstadtstreit. Davon gab es jeden Tag Tausende. Er kehrte in das Hotel zurück, wo er die Nacht verbracht hatte, und bat um die Rechnung. Er spielte mit dem Gedanken, noch einmal bei den Haldanes vorbeizusehen, aber dann überlegte er es sich anders. Statt dessen fuhr er an der Abzweigung vorbei und zu Caitlin Brooks Haus. Er hielt den Land-Rover an, ließ den Motor zwei oder drei Sekunden lang laufen, war unschlüssig. Sie war nirgends zu sehen, und er vermutete sie im Garten hinter dem Haus; wahrscheinlich würde sie im weichen Licht des Morgens malen. Er stieg nicht aus, sondern gab Gas und fuhr weiter – die Linn Road entlang, die sich durch Fasach Wood schlängelte und schließlich in die südöstliche Hauptverkehrsstraße Richtung Stadt mündete.

Beruflich waren es eineinhalb unproduktive Tage gewesen. Seinem Privatleben allerdings hatten sie mächtig gutgetan; er war froh, Linnvale einen Besuch abgestattet und Caitlin Brook wiedergesehen zu haben. Sie hatte etwas an sich, das ihm gefiel. In den eineinhalb Jahren, die seit ihrem Sturz vergangen waren, hatte er immer wieder an sie gedacht . . . und sich gewundert. Letzteres vor allem über dieses seltsame *Vorherwissen*, das ihn die Katastrophe hatte sehen lassen, noch bevor sie tatsächlich geschehen war.

Zurück im Büro, fand er ein Dutzend Zettel – lauter Notizen über Anrufe für ihn – auf den Dorn auf seinem Schreibtisch gespießt; das Ding war ein Überbleibsel aus jenen Tagen, als Zeitungsleute anstelle von Keyboards und Bildschirmen noch mit Papier und Schreibmaschinen gearbeitet hatten.

Er meldete sich beim Nachrichten-Redakteur, teilte ihm mit, er werde ein paar Spalten über die Sache schreiben, wehrte eine Reihe uninteressanter Themenvorschläge ab, die irgendein Schreibtischtäter in der Chefetage zusammenphantasiert hatte, um sein Dasein zu rechtfertigen, und dann hängte er sich ans Telefon.

Andrew Toye meldete sich nach dem vierten Klingeln. Er klang zerstreut, doch Martin wußte Bescheid. Es war die typische Andrew Toye-Mischung: Eine Prise In-anderen-Sphären-Schweben, eine Prise Geistesabwesendsein plus kindlichem Enthusiasmus. Martin mochte den Mann, er war einer der wenigen Akademiker, für die er immer Zeit hatte.

»Ich habe ein paar Bilder für dich«, erzählte Andrew ihm nach ein paar Sekunden Stille.

»Gemälde, Fotos oder was?«

»Fotografien. Es handelt sich um einen Fall von Poltergeist-Aktivität. Jedenfalls mehr oder weniger.«

»Zieh das bei den andern ab«, riet Martin lachend.

»Nein, ich mein's ernst. Kein *richtiger* Poltergeist. Ich glaube nicht, daß da *wirklich* so ein Ding herumspukt. Aber ich habe ein paar sehr interessante Schnappschüsse, die zumindest auf eine gewisse paranormale Aktivität hindeuten. Um der Wahrheit die Ehre zu geben: Sie sind wirklich sensationell«, fügte er sanft hinzu.

Wäre es jemand anders gewesen – Martin hätte aufgelegt. Aber Andrew Toye war in einem Beruf tätig, den er selbst als den besten der ganzen Universität von Glasgow bezeichnete. Professor für Paranormale Studien. Und selbst, wenn es ein Titel ehrenhalber war – er war der einzige nördlich der Grenze. Dies ermöglichte es ihm, seinem Hobby nachzugehen und Betrüger zu entlarven – und das Ganze stets im Rahmen einer wissenschaftlichen Untersuchung. Er mochte Zeitungsleute, und Martin mochte er ganz besonders. Im Gegenzug war Andrew Toye der einzige Mensch, dem Martin Thornton von seiner Vision erzählt hatte.

»Häufig gibt es eine völlig rationale Erklärung für derlei Vorkommnisse«, hatte Toye damals in einem ruhigen Pub ganz in der Nähe der Universität über sein Bier hinweg erklärt.

Andrew Toye liebte sein Bier. Er war ein kleiner, schmächtiger Mann ohne jedes Koordinationsgefühl; keines seiner Kleidungsstücke paßte zum anderen, und man hatte alle Hände voll zu tun, um das eigene Bier außer Reichweite seiner herumfuchtelnden Arme zu halten. Wie auch immer – innerhalb seines Kopfes jedenfalls war der Professor sehr gut koordiniert. Er hatte ein phänomenales Gedächtnis für Fakten, Daten und Orte.

»Unzählige Leute behaupten von sich, telepathische Erlebnisse gehabt zu haben. Bisher hab' ich bloß noch keine Beweise dafür gesehen. Aber Tel-*empathie* ist eine andere Sache. Hier gibt es Dutzende – *Hunderte* – von dokumentierten Fällen. Leute haben Visionen von Freunden oder Familienangehörigen, während diese gleichzeitig Hunderte von Meilen entfernt sterben. Das kommt häufiger vor, als man glaubt. Nach der Aberfan-Katastrophe wurden eine Menge Nachforschungen angestellt. Unzählige Leute haben davon geträumt, wie diese Kohlehalde abgerutscht ist und die Schule unter sich begraben und all diese Kinder getötet hat. Ein weiteres einschlägiges Beispiel ist die Flixborough-Explosion. Da hat jemand *nachweislich* bei der Zeitung angerufen und das Ganze beschrieben, *bevor* es wirklich passiert ist.«

»Also gut. Sagen wir, es *kann* passieren. Warum *mir*?«

»Die Mechanismen kenne ich nicht. Es könnte mit der Streßsituation zusammenhängen. Dunkle Nacht. Mündungsfeuer. Gefahr. Die junge Frau war zweifellos einem ziemlichen Streß ausgesetzt. Irgend etwas hat dafür gesorgt, daß es zwischen euch beiden zu einem empathischen Kontakt gekommen ist.«

»Ihre Beine haben mir gefallen. Zählt das?«

Andrew lachte. »Wer weiß? Waren sie so toll?«

»Heute sind sie's verdammt nicht mehr, soviel steht fest«, erwiderte Martin trocken.

Und jetzt erzählte ihm dieser Andrew Toye, daß er Fotos von einer möglichen Poltergeist-Erscheinung hatte, die – von allen möglichen Orten – ausgerechnet in einer Hochhauswohnung in einem heruntergekommenen Teil der Stadt aufgenommen worden waren. Wenn das stimmte, dann *waren* es Neuigkeiten. Er wußte, der Professor glaubte nicht wirklich an Poltergeister, aber wenn er hörte, daß eine mit einem Geräuschsensor ausgestattete vollautomatische Kamera im achten Stock eines Hochhauses in Glasgow aufgebaut worden war und man tatsächlich *etwas* auf dem Film *sah*, dann konnte das eine Story sein.

Sie verabredeten sich in der Universität auf Gilmorehill. Um in Andrews Büro zu gelangen, hatte Martin drei Treppenfluchten zu ersteigen; nach den abgenutzten Steinstufen erwartete ihn ein langer Spaziergang durch einen engen, dunklen Korridor. Mystik-Flügel nannte der Professor das hier. An seiner alten, auf Hochglanz polierten Bürotür war eine ebenfalls alte Messingplatte angebracht, in die sein offizieller akademischer Titel eingraviert war – Professor für Keltische Studien. Darunter, auf einer ordentlichen neuen Plastiktafel, konnte Martin lesen: Ressort für Paranormale Phänomene.

Andrew antwortete schließlich doch noch auf sein Klopfen und bat ihn herein. Auf dem betagten, lederbezogenen Schreibtisch herrschte ein papierenes Durcheinander. An den Wänden zogen sich Bücherregale bis zur Decke hinauf. Andrew mußte einen Armvoll Bücher von einem der Sessel räumen, bevor sich Martin setzen konnte.

»Ich habe dich schon gestern zu erreichen versucht, aber man hat mir gesagt, du wärst unterwegs.«

»Ich hab' einen Tip überprüft. Hat nicht viel gebracht.«

»Schade. Du hättest dabeisein können.«

»Wo?«

»In dieser Wohnung, wo wir die Bilder geschossen haben. Ich hatte nicht viel Zeit, das ganze vorzubereiten. Wir haben den Anruf erst am Tag vorher bekommen.«

Martin hob beide Hände. »Langsam, Andy. Wie wär's, wenn wir mit dem Anfang beginnen?«

»Oh. Natürlich. Eine Tasse Tee?«

Martin schüttelte den Kopf.

»Also: Ich habe diesen Anruf bekommen, von einem Priester, der mit der ganzen Sache nichts zu tun haben wollte ... Wahrscheinlich gehört die Familie nicht zu seiner Herde. Sie haben ihn wohl auch nur deshalb gerufen, weil sie sich zu viele Filme ansehen. – Ich frage mich, warum sie ständig diese katholischen Pfarrer holen? Warum nicht Jehovas Zeugen?«

»Die Leute haben die ganze Zeit über alle Hände voll damit zu tun, sie von ihren Haustüren *wegzuschicken*. Das ist das Gegenteil von *hereinbitten*.«

Andrew lachte. »Wie auch immer, er erzählte uns von dieser Familie, und von ihrer Angst ... Irgend etwas im Haus. Er dachte, ich könne möglicherweise helfen. Erzählte ihm, daß mir das ein Vergnügen sei, natürlich.«

Er wühlte in einer überquellenden Schublade und zog einen dicken braunen Umschlag heraus.

»Mit dem hier sind wir zurückgekommen«, sagte er und schob das Kuvert über das Chaos auf dem Schreibtisch. Zwei dicke Papierbündel stürzten kaskadenförmig zu Boden. Der Professor ignorierte es.

Die Fotos waren gestochen scharf.

Zuerst konnte Martin kaum etwas darauf erkennen. Er sah sich die Bilder an, eines nach dem anderen, und dann traf es ihn wie ein Hieb. Sie zeigten zwei Mädchen hoch in der Luft über einem ungemachten Bett. Die Kamera hatte alles aufgenommen. Eines der Mädchen trug einen Pyjama, das andere ein ärmelloses Unterhemd und Höschen. Martin starrte auf den geöffneten Mund der beiden Kinder, doch es war unmöglich, anhand ihres Gesichtsausdrucks darauf zu schließen, ob sie lachten oder *schrien*.

»Was ist das? Eine Art Trampolin-Schnappschuß?«

»Könnte man meinen, auf den ersten Blick. Die Bilder liegen in umgekehrter Reihenfolge. Die Kamera war mit einem Geräuschsensor ausgestattet. Das Ding war so eingestellt, daß es bei jedem Geräusch loslegt, das lauter ist als ein Flüstern. Blitzlicht. Fotos. Wir haben sechs Bilder, auf denen die Mädchen noch schlafen. Sie haben schwer geatmet oder gehustet. Die Bilder stimmen exakt mit dem überein, was wir auf dem Tonband haben. Jetzt schau dir das hier an.« Er griff herüber und wühlte in den Fotos. »Da. Da ist eine Reaktion auf dem Band. Ein Geräusch wie ein Husten. Bild eins. Das nächste wird nur eine halbe Sekunde später geschossen, die restlichen in *High speed*, drei Bilder pro Sekunde. Siehst du, was ich meine?«

Martin sah es. Das letzte Bild der Serie zeigte die Mädchen entspannt schlafend in einem Doppelbett. Martin blätterte zurück. Jetzt flogen die Decken in die Luft, obwohl definitiv keines der Mädchen auch nur die geringste Bewegung gemacht hatte. Auf dem dritten Bild schließlich schwebten die Mädchen selbst etwa einen Yard über dem Bett. Die Automatikkamera hatte alles festgehalten, mit drei Bildern pro Sekunde: Die Kinder drehten sich wie in einer kuriosen Zeitlupenwiederholung in der Luft und fielen auf die Matratze zurück.

»Du mußt zugeben, daß die beiden eindeutig keinen Muskel bewegt haben. Gerade noch liegen sie ausgestreckt da, und dann sind sie in der Luft. Die beiden Fotos wurden im Abstand von nur einer halben Sekunde aufgenommen, das läßt ihnen nicht gerade schrecklich viel Zeit, um simultan in die Luft zu hüpfen.«

»Also? Was geschieht da?«

»Genau das versuche ich herauszufinden. Die Eltern der Mädchen machen sich verdammt eine Menge Sorgen wegen dieser Sache. Sie haben mir erzählt, daß das jetzt bereits sechs Wochen so geht. Sie können keine Nacht schlafen, und die Mädchen logischerweise erst recht nicht, obwohl sie mir nicht halb so aufgeregt vorkommen wir ihre Eltern.«

»Und das ist alles?«

»Ich denke, diesen Leuten reicht es«, versetzte Andrew mit mildem Tadel.

»Nein, ich meine, ist noch etwas passiert?«

»Das Ganze findet im Schlafzimmer der Mädchen statt. Dinge werden durcheinandergeschleudert, Kleider von der Garderobe gerissen und auf dem Boden verstreut,

Bücher fliegen herum. Das Licht geht von selbst an und wieder aus.«

»Das hab' ich schon mal gesehen«, sagte Martin.

»Oh. Wo?«

»In *Poltergeist*. Dem Film. Tolle *Special effects.*«

Andrew sah ihn mehrere Sekunden lang ausdruckslos an. »Den kenne ich nicht.«

»Solltest du aber. Die Geister kommen aus einem alten Friedhof.«

»Nun, *hier* gibt es keinen Friedhof. Diese Wohnung befindet sich im achten Stock.«

»Ich hab' mich nur an den Film *erinnert*, Andy.« Martin zuckte mit den Schultern – eine halbe Entschuldigung. »Also, was meinst du?«

»Diese Familie ist davon überzeugt, daß es sich um einen Poltergeist handelt. Ich bin mir nicht ganz sicher ... Ich weiß, es ist nur eine winzige Zeitspanne, aber ich würde ganz gern sehen, was in der halben Sekunde *zwischen* den beiden Aufnahmen geschieht. Möglicherweise könnte es da zu einer Art paranormaler Aktivität kommen. Das ist häufig der Fall, wenn Teenager involviert sind, vor allem Mädchen kurz vor der Pubertät oder mit irgendwelchen Traumata. Einige von ihnen scheinen in diesem Stadium eine gewisse Befähigung zur Telekinese zu entwickeln – Dinge werden *bewegt.*«

»Aber in diesem Fall?«

»Ich sehe keinen Beweis dafür, daß sie das hier aus eigener Kraft vollbracht haben. Es *sieht so aus*, als seien sie geradewegs in die Luft katapultiert worden. Ich werde noch ein paar Tests machen. Ich werde mir eine Infrarot-Kamera leihen, und überhaupt mein ganzes Equipment aufrüsten. Dürfte lustig werden. Bist du dabei?«

»Das lasse ich mir nicht entgehen. Was ist mit der Familie? Werden sie nichts dagegen haben?«

»Nein. Ich habe ihnen gesagt, daß ich mit dir darüber rede. Du könntest ihnen ein paar Scheine zustecken, aber das liegt an dir.«

»Kein Problem.« Er hob die Fotos an. »Kann ich die verwenden?«

»Natürlich«, antwortete Andrew.

Sie gingen gemeinsam zur Tür, und erst, als sie dort ankamen, sprach der Professor wieder. »Und bei dir gab es keine . . . *Zwischenfälle* mehr, oder?«

»Seither nicht mehr.«

»Seltsame Sache, das«, meinte Andrew nachdenklich. »Hast du dem Mädchen je davon erzählt?«

»Komisch, daß du das fragst. Ja, ich hab' ihr davon erzählt, vorgestern. Sie glaubt kein Wort davon.«

Andrew lachte. »Mach dir nichts draus. Ich bin der Welt größter Zyniker, und *ich* glaube dir.«

»Dann kann ich ja beruhigt schlafen«, sagte Martin, und Andrew lachte wieder.

— 12 —

Caitlin Brook schlief nicht gut in dieser Nacht. Sie hatte gewissenhaft ihre Übungen an dem Trainingsgerät absolviert, hatte die Füße in die Schlaufen geschoben und dann die Gewichte abwechselnd nach oben gedrückt. Sie hatte nichts gespürt, nicht einmal den Druck der Gurte an den Fußsohlen, doch die Bewegung half, ihre Blutzirkulation in Gang zu halten und verhinderte auf lange Sicht die Degeneration ihrer Beinmuskulatur. Ihre Waden und Oberschenkel waren, da sie nicht mehr richtig beansprucht wurden, ohnehin schon viel zu dünn. Das Gleichgewicht ihrer Kräfte veränderte sich. Ihre Arm- und Schultermuskulatur entwickelte sich immer besser und kompensierte zunehmend den Verlust der Beine. Manchmal hielt sie die Übungen für Zeitverschwendung, aber der Physiotherapeut hatte ihr bereits im Krankenhaus eingeschärft, daß sie verdammt wichtig waren.

»Sie mögen sie nicht spüren, und vielleicht kommen sie Ihnen nutzlos vor, aber sie sind immer noch ein *Teil* von Ihnen.«

Caitlin wußte, daß sie das waren, aber manchmal, wenn sie atemlos und erschöpft war von der Schinderei, ärgerte sie sich über sie. Manchmal *haßte* sie sie.

Und nachts träumte sie, daß sie rannte.

Sie erwachte schweißnaß und nach Atem ringend, während die Scherben des Traumes davonwirbelten. Sie versuchte sie festzuhalten, doch sie entzogen sich ihr, ließen sie bestürzt und leer zurück. Ihr Körper prickelte. Jedenfalls dort, wo sie es *spüren* konnte. Nerven zuckten unter der Haut. Gänsehaut überzog ihren Rücken mit einem eisigen Kribbeln. *Das* war nichts Neues. Es geschah oft, daß sie hochschreckte und die Botschaften ihres Gehirns an die Beine noch zu spüren glaubte . . ., und dann war da nur mehr ein Durcheinander an Impulsen, eine unterbrochene Verbindung, die dic Impulse zu überwinden suchten, indem sie ausschwärmten und intensiver und wirrer und immer *drängender* wurden.

Sie war mit einem jähen Ruck erwacht, und in einer verschwommenen, *schaurigen* Nachwirkung ihrer Träume versuchte sie sich aufzusetzen, wie sie das ein ganzes Leben lang getan hatte, doch sie konnte ihre Beine nicht als Gegengewicht oder Hebel benutzen, natürlich nicht. Ihr Rücken schmerzte vor Anspannung. Dann brachte sie die Ellbogen unter sich und stemmte sich hoch. Mit einiger Mühe gelang es ihr, die Beine über den Bettrand zu hieven, und dann saß sie da, dic Kissen vom Kopfende des Bettes an sich gerafft, und wartete, daß ihr Atmen sich beruhigte. Sie verspürte einen Druck in der Blase, was eine langsame Reise zur Toilette am anderen Ende der Diele bedeutete, aber Caitlin war dankbar für diese Unannehmlichkeit; eine kleine Gnade. In den ersten drei Monaten war dort überhaupt kein Gefühl mehr gewesen. Selbst heute noch spielte ihr die zerschmetterte Wirbelsäule in Streßsituationen böse Streiche und brachte sie in Verlegenheit. Die Schrotkugel steckte nach wie vor in ihrem Rücken und reizte das Nervengeflecht; und von Zeit zu Zeit entzündete es sich. Ein Millimeter, und sie wäre völlig inkontinent gewesen. So blieb ihr wenigstens die Entscheidung, die Toilette aufzusuchen.

In ihrem Traum war sie wieder gelaufen, den Waldweg hinab und zu jenem Ort, an dem sie niemals zuvor gewesen war, den sie nur aus den erschreckenden Visionen des Schlafes kannte. Sie war aufgewacht, das wußte sie, bevor sie zurückgekommen war und das Metallmonster gesehen hatte. *Noch eine kleine Gnade.*

Sie stieß sich aus den Kissen hoch, setzte sich aufrecht hin, fegte mit der freien Hand die kupferrote Haarflut aus ihrem Gesicht und schüttelte, während sie dies tat, den Kopf; und unerklärlicherweise mußte sie plötzlich an Martin Thornton denken. Er war nicht zurückgekommen, obwohl sie es *irgendwie* erwartet, obwohl sie darauf *gehofft* hatte.

Sie bugsierte sich vorsichtig in den Rollstuhl und machte sich auf den Weg ins Badezimmer. Da sie nur die Hände gebrauchen konnte, um ihren Körper zu bewegen, war alles sehr anstrengend. Sie ertrug es; sie kam sich unbeholfen und plump vor und versuchte dieses Gefühl der Unzulänglichkeit zu ignorieren. Es dauerte fünfzehn Minuten, bis sie wieder im Bett lag und imstande war, an irgend etwas anderes als die Ausführung von Bewegungen zu denken.

Caitlin legte sich in die Kissen zurück; die Lampe neben ihrem Bett verströmte eine weiche Helligkeit. *Martin Thornton* . . . Sein Besuch war ihr ein Rätsel. Der Scheck stand auf dem niederen Kaminsims. Sie hatte sich noch immer nicht entschieden, ob sie ihn behielt oder nicht. Es war eine Menge Geld, mehr als nur die Andeutung einer Bestechung. Und diesen Martin Thornton umgab etwas Spitzbübisches . . . Aber zu ihrer eigenen Überraschung gefiel ihr das.

Vielleicht, weil da noch etwas war. Weil sie hinter seinem lässigen Auftreten einen Funken Aufrichtigkeit in dem Mann erkannt hatte. Er hatte ihr gesagt, daß er noch einmal über sie schreiben wollte, und sie hatte abgelehnt, und er hatte all diese furchtbaren Erinnerungen zu neuem Leben erweckt. Doch nachdem er gegangen war, hatte sie sich sehr allein gefühlt, das Haus war ihr so leer vorgekommen. Sie hatte es bedauert, daß er nach seinem Besuch bei Duncan Haldane nicht mehr zurückgekommen war; es war wie ein stechender Schmerz gewesen.

Sie dachte daran, was er ihr erzählt hatte von dieser Nacht, was er *gesehen* hatte in dieser Nacht – und wußte nicht, was sie davon halten sollte. Es war lächerlich, natürlich; absurd. Aber Martin Thornton hatte ihr diese ganze Geschichte auf eine so eindringliche und gradlinige Art und Weise erzählt, daß klar war, *er* glaubte sie.

Caitlin lächelte über sich selbst. »Muß wieder normal werden«, sagte sie laut in die Stille des Raumes. Sie griff hinter sich, schüttelte die Kissen auf und streckte sich dann mühsam, um das Licht zu löschen. Sie legte sich im Dunkeln zurück und drehte den Kopf so, daß sie das Fenster sah. Die Vorhänge waren nicht geschlossen, und der Mond erhob sich hinter den Bäumen. Irgendwo schrie eine Eule, und eine andere antwortete ihr tief und wild aus dem Herzen des Waldes heraus. Eine nächtliche Brise bewegte die Spitzen der Bäume. Durch das Licht des vollen Mondes waren sie nur wie Silhouetten . . . wie winkende Hände.

Caitlin schloß die Augen und schlief ein. Wenn sie in dieser Nacht noch einmal gerannt war, so erinnerte sie sich am Morgen nicht mehr daran.

*****

Auch Duncan und Rose Haldane fanden nur wenig Schlaf.

Am Tag nach dem unheilvollen Abenteuer in Fasach Wood waren weder Dorrie noch Ben dazu zu bewegen gewesen, das Haus zu verlassen; sie wirkten teilnahmslos und wachsam gleichermaßen. Sie schienen keine Energie für

Spiele zu haben. Rose und Duncan behandelten sie voller Güte. Sie liebten ihre Kinder, und nach dem gestrigen Schock wollte keiner von ihnen durch irgendwelche Fragen das Entsetzen von neuem heraufbeschwören.

Beim Frühstück war das Mal auf Dorries Gesicht noch immer rot und entzündet, aber es war auf die Größe einer Zigarettenspitze geschrumpft. Es breitete sich nicht aus, also war es kein giftiger Stich gewesen, und wenn Doktor Gregor sagte, es würde verschwinden, dann *würde* es verschwinden. Duncan kannte sich aus unter diesen Bäumen, und er konnte sich nichts vorstellen, das schlimm genug war, um einen größeren Schaden anzurichten. Vielleicht die Vipern oben, auf dem Berg, aber die hielten sich eher im hohen Heidekraut auf und im Farngestrüpp. Auch Ben war noch mit Kratzern und Schürfwunden übersät, und sein Hemd war reif für den Lumpensack, aber selbst die Schrammen und Schnitte sahen *normal* aus, die Art, die sich jedes Kind einhandeln mochte, wenn es in dichtem Gestrüpp herumspielte. Duncan rief sich ins Gedächtnis, wie oft *er* früher völlig verschmutzt und zerzaust nach Hause gekommen war und sich damit eine Ohrfeige eingehandelt hatte. Jungen waren schon immer so gewesen.

Der große Bauer saß am Kopfende des Tisches und beobachtete die beiden, wie sie ihre Weizenflocken aßen: ganz still, den Kopf über den Teller gesenkt, ohne jede Spur ihrer sonstigen ausgelassenen Hochsommerstimmung. Rose beobachtete ihrerseits, wie er sie beobachtete, sah seine Betroffenheit und schwieg.

Gegen neun Uhr war Duncan wieder bei den gefällten Bäumen. Er arbeitete eine Stunde lang, und Ben kam heraus und brachte ihm eine Tasse Tee und einige Kekse. Duncan hörte ihn nicht kommen – das Kreischen der Kettensäge war zu laut –, und so erschrak er ganz gewaltig, als plötzlich der kleine Junge neben ihm auftauchte. Ben reichte ihm den großen Becher und die Untertasse mit den Keksen. Duncan nahm einen Schluck heißen Tee und setzte sich auf einen dicken, glatten Ast. Er legte seinem

Sohn eine große Hand auf die Schulter. Der Junge wirkte bedrückt und nervös.

»Komm, leg mit deinem alten Vater eine Pause ein«, sagte Duncan sanft und zog Ben zu sich heran.

Der Junge ließ sich neben ihm nieder – sehr ängstlich; er blieb dicht bei ihm, schmiegte sich in seine Armbeuge.

»Hab' einen Mordsschrecken bekommen, gestern.«

Ben nickte.

»Ging uns allen so. Auch deiner Mum. Und für dich und Dorrie war das auch kein Spaß.«

Ben schüttelte den Kopf. Er hatte bisher noch kein einziges Wort gesagt.

»Kein guter Ort, die Wälder. Nicht unterhalb des Mühlen-Staudamms. Du weißt das jetzt, oder?«

»Ja, Dad«, sagte Ben schließlich sehr kleinlaut.

»Ich werde dich nicht bestrafen, weil du diese Lektion mit Sicherheit gelernt hast.«

»Bestimmt, Dad«, sprudelte Ben mit überraschendem Nachdruck heraus. »Ich werde nie wieder zu diesen Bäumen runtergehen. *Niemals wieder.*«

Er sah hoch, und Duncan konnte die angsterfüllte Entschlossenheit im Gesicht seines Sohnes sehen.

»Gute Idee, Junge. Gute Idee.« Duncan nippte ein weiteres Mal an seinem kühler werdenden Tee. Er hielt Ben den Becher hin, und der Junge nahm ihn und trank; ein kleines Teilen zwischen Vater und Sohn.

»Erinnerst du dich daran, was du mir gestern gesagt hast . . .? Daß du verfolgt worden bist?«

»Es war der *Blätter-Mann.*«

»Der – was?«

»Er war ganz aus Blättern. Ich hab's gesehen, Dad, *ehrlich.* Wir waren am Fluß unten. Da ist eine Insel. Da waren Leute, die standen um so einen großen Baum herum, und einer von denen hat uns gesehen. Dann war da plötzlich irgendwas im Wasser und kam auf uns zu, und ich hab' Dorrie weggezogen, und dann sind wir gerannt und gerannt.«

Bens Worte kamen wie eine Sturzflut heraus. Duncan bemerkte das abwesende Starren seines Sohnes, *spürte*, daß er glaubte, was er da sagte, und fand in sich selbst nur Verunsicherung.

»Wir gingen an diesen Pilzen vorbei. Sie waren *groß*, Dad. Groß und eklig. Sie wurden immer größer, und dann sind sie zerplatzt, und das, was da rausgekommen ist, hat Dorrie im Gesicht erwischt und mich an der Hand. Und dann sind all diese Blätter zu einem riesigen Haufen zusammengekommen, und plötzlich stand da ein Mann aus lauter Blättern. Er war braun, und als er sich bewegt hat, war da so ein Rascheln. Er wollte uns kriegen, Dad, und das hätte er auch, wenn du nicht gekommen wärst.«

Duncans Gedanken rasten zurück zu dem Moment, in dem er auf die Kinder zugestürmt war. Ben hatte Dorrie so heftig mit sich gezogen, daß ihre Füße kaum mehr den Boden berührt hatten. Und hinter ihnen ... ein Schatten. *Wirklich ein Schatten? Oder nur eine Sinnestäuschung?* War da etwas gewesen? Er wußte nur noch, daß er wie ein Wahnsinniger gebrüllt hatte – falls da jemand war. Er war an den Kindern vorbeigerannt, er hatte sich durch das Gestrüpp gekämpft, auf die *Bewegung*, auf den Schatten zu. Und da war *gar nichts* gewesen. Nur ein Haufen Blätter. Die Art Blätter, die jede Waldlichtung übersäten.

»Und da waren Skelette, Dad. Da waren Skelette in den Bäumen.«

»Skelette, Junge?« Duncans Stimme war ganz sanft, er wollte seinen Sohn nicht einschüchtern.

»Ja, Dad. Ich dachte, da würde ein Ast herunterhängen, und ich hab' mich daran festgehalten, aber dann ist er abgebrochen, und es *war kein Ast*.«

Bens Stimme klang plötzlich hoch und schrill.

»Es ist alles in Ordnung, Junge. Nimm's leicht, eh?« Duncan drückte seinen Sohn fest, versuchte ihm so viel Trost zu vermitteln, wie er nur konnte. Ben zog den Naseninhalt hoch. Eine große Träne glänzte in seinen rechten Auge und kullerte dann die Wange hinab.

»Es war kein Ast. Es war ein Arm. Ich hab's *gesehen*. Und da hing ein Skelett in einem Baum. Es war ganz braun und gruselig. Und ... und ... Dad ... die *Bäume haben sie gekriegt*. Es waren die Bäume!«

Ben brach in Tränen aus. Duncan konnte die Zuckungen des kleinen Körpers spüren und hielt ihn fest an sich gedrückt. Er wartete, bis die Schluchzer nachließen. Es dauerte lange.

»Du hast nichts gegessen, in diesem Wald, oder, Sohn?«

Ben sagte nichts. Duncan fuhr fort, sehr sanft: »Beeren oder sonstwas? Vielleicht diesen wilden Rhabarber, der am Fluß wächst?«

»Nein, Dad.« Ben schniefte. »Wir haben nichts gegessen.«

»Und du hast auch diese Pilze nicht angefaßt, und dann die Finger in den Mund gesteckt?«

»Wir haben gar keine Pilze gesehen. Nur die großen, die explodiert sind.«

»Und ihr habt nichts davon geschluckt?«

»Ich glaube nicht.« Ben schüttelte den Kopf. Duncan Haldane beobachtete ihn sehr genau; die Blicke des Jungen huschten immer wieder Richtung Hang, der zum Fluß und zum Wald hinabführte, und jedesmal schien es, als versteinerten seine Augen, als weigerten sie sich, zu akzeptieren, was sie gesehen hatten. Der Junge wollte nicht zu den Bäumen hinsehen. Er wollte nicht einmal an sie *denken*.

»Du bist dir ganz sicher?«

»Ja«, sagte Ben.

»Und Dorrie?«

»Nicht, solange ich bei ihr war. Aber eine Zeitlang waren wir nicht zusammen. Weil, ich dachte, sie ist heimgegangen, und sie dachte, ich sei im Wald. Ich hab' sie gesucht und sie mich. Dann haben wir uns verirrt und ... und ... und es ist *anders* da unten. Da sind *Dinge* in den Bäumen.«

»Aye, Sohn. Und dieser Wald da unten ist ganz schön

groß. Selbst ein ausgewachsener Mann kann sich darin verirren.«

Duncan hob Ben hoch und setzte ihn auf sein Knie. Der Junge wuchs schnell, aber er war immer noch leicht genug, um ihn mühelos herumschwingen zu können. Ben legte den Kopf gegen die Brust seines Vaters, und sein Schniefen ließ nach.

»Du hattest große Angst, hab' ich recht, eh?«

Duncan erinnerte sich nur zu gut daran, wie er die beiden nach Hause getragen hatte; und was sie währenddessen alles geplappert hatten. Es war nicht schlau daraus geworden – denn die beiden waren vor lauter Angst fast hysterisch gewesen. Selbst jetzt hatte er seine Schwierigkeiten mit Bens Geschichte, doch wie jeder Vater, der von seinem Kind mit einer völlig unglaublichen Geschichte konfrontiert wurde, versuchte er, eine rationale Erklärung zu finden.

Sie waren in Fasach Wood gewesen, und sie hatten sich verirrt. Sie hatten Angst gehabt. Sie hatten etwas gesehen und waren darüber völlig außer sich geraten, und ihm war es genauso ergangen, als er sie im Wald hatte schreien hören. Vielleicht ein Reh oder ein verwildertes Schaf. Vielleicht hatten sie etwas gegessen. Da unten wuchsen eine Menge Dinge, die giftig *waren.*

Und diese Blätter waren möglicherweise vom Wind aufgewirbelt worden oder von ihren Füßen. Dazu der dunkle Wald ... Und die Panik der Kinder. – Selbst Erwachsene mochten da einen *Verfolger* sehen, wo gar keiner war. Vielleicht hatten sie einen Otter in den Fluß tauchen sehen. Aber die Skelette ... Nun, die *waren* ein Rätsel, gestand Duncan sich ein. Vielleicht der Kadaver eines Hundes, den der Wildhüter Bob McCourt erlegt hatte. *Vielleicht.*

Ben und Dorrie hatten eine blühende Phantasie, wie alle Kinder. Sie konnten einen Schatten sehen, und eine Gestalt, und ab einem gewissen Stadium der Panik konnten sie *alles mögliche* daraus machen. Das war es, was Duncan

Haldane sich sagte. Seine beiden hatten einen gewaltigen Schrecken davongetragen. Aber jetzt war alles gut. Sie waren zu Hause, und sie waren sicher.

*****

Es war spät in der Nacht, als Ben Haldane aufwachte. Er wußte, daß es spät war, weil es draußen dunkel war und die Fensterscheibe im Licht des Mondes wie Silber schimmerte. Er war aus einem Traum aufgeschreckt, in dem er durch den Wald rannte. Er war um sein *Leben* gelaufen. Er atmete wie rasend, und da waren huschende Schatten überall um ihn herum, sie hielten Schritt mit ihm, als er an gewaltigen Bäumen vorbeistürmte, ihnen auswich oder unter tiefhängenden Ästen hindurchtauchte und zu *entkommen* versuchte. Er hielt Dorrie am Handgelenk, zerrte sie mit sich und mußte ununterbrochen voller Grauen daran denken, daß das, was hinter ihnen war, sie kriegen würde – und war trotzdem nicht in der Lage, sie so weit heranzuziehen, daß sie *vor ihm* war. Der Traum dauerte an, und er rannte und rannte und zerbarst beinahe vor lauter Panik; er konnte seine Angst nicht hinausschreien und hinter ihm war das eifrige Rascheln des *Blätter-Mannes*. Er konnte das Knacken und Wispern der Laubfüße hören, das Keuchen von totem Atem und eisigem Lachen.

Er rannte und rannte, wich aus und duckte sich, und die Bäume stellten sich ihm in den Weg wie lebendige Wesen.

Er fegte an einer hohen Buche vorbei, ein grauer Schatten in der Dunkelheit, und *spürte*, daß sie sich bewegte. Dicke Wurzeln ringelten sich schlangengleich und trugen den Stamm vorwärts, und da war ein Knirschen wie von aufplatzender Rinde. Ein gewaltiger Ast *zuckte* heran, elefantengrau und warzig, und griff nach ihm. Ben sah es nur aus einem Augenwinkel heraus. Sein Mund öffnete sich, und er versuchte zu schreien, aber kein Laut kam heraus. Es war ohnehin niemand in diesem tiefen Traumwald, der ihn hätte hören können; hier gab es nur ihn und Dorrie und den *Blätter-Mann* und die tödlichen Bäume und die Leichen in den knorrigen Ästen.

Ben erreichte eine Lichtung und riß seine Schwester mit sich über die freie Fläche; zu panisch, um sich umzudrehen – er hörte das entsetzliche Rascheln, er *wußte*, das Monstrum war ganz nahe, es streckte bereits seine fürchterlichen struppigen Klauenhände nach ihnen aus. Er packte einen Ast, und das Holz zuckte wie ein roher Muskel. Ben wirbelte herum und ließ den Ast fallen, und Dorrie wirbelte mit ihm herum – nur war das nicht mehr Dorrie. Das Handgelenk, das er hielt, war dünn und hart und schmutzigbraun. Spinnendürre Klauenfinger waren in einem erstarrten Zupacken halb geöffnet. Die Fingernägel waren schwarz wie die Nacht. Auf den Schultern ein Knochenschädel mit dunklen Augenhöhlen. Der Brustkorb sah wie ein Waschbrett aus, ein Rippenkäfig; die Knochenbeine schleiften über den Boden, leicht wie Dorries Beine, und ein Gestank umhüllte sie wie von etwas Verfaulendem.

Ben senkte den Blick und sah, wie die Krallenfinger zuckten und sich in seinen Arm schlugen. Mit der rechten Hand riß er das Ding weg, und Haut und Fleisch lösten sich mit ihm ab. Dann explodierte die Lichtung und verwandelte sich in einen Mahlstrom aus Blättern. Er ruckte herum, und der Blätter-Mann griff mit einer Hand aus Farngestrüpp und Zweigen und Blättern nach ihm.

Ben fuhr mit einem in seiner Kehle feststeckenden Schrei hoch.

Er setzte sich im Bett auf. Er zitterte am ganzen Leib. Der Traum war noch immer da – riesengroße Bilder in seinem Verstand. Im Dunkeln sah er den bizarren Kopf des Blätter-Mannes ganz dicht vor sich, das Stachelgebiß, die Gallapfel-Augen, und er konnte sogar das tödliche Rasseln seiner Stimme hören . . . Das Ungeheuer rief ihn, rief ihn mit Worten, die im Innern seines Schädels kratzten.

Er brauchte mehrere Sekunden, um zu begreifen, daß er *nicht* im Wald war. Er war hier, zu Hause. Er war in Sicherheit.

Trotzdem kreischte etwas in ihm unablässig *Gefahr! Gefahr! Gefahr!*

Er saß da und zitterte und hatte Angst, sich zu bewegen. Das Zimmer war dunkel und voller Schatten. Durch die Wand konnte er das gedämpfte Schnarchen seines Vaters hören, ein Geräusch, das ihm normalerweise ein Trost gewesen wäre – *aber nicht jetzt.* Es kam ihm vor, als heule eine Alarmsirene los. Was, wenn er seinen Vater nicht aufwecken konnte? Was, wenn er schrie, und niemand kam?

Ben sah zum Fenster hinüber. Der Mond versilberte das Glas. Draußen war der Himmel kobaltblau; er wurde dunkler und dunkler, bis er fast schwarz war. Da war ein Winseln zu hören ... Ein sachter Wind, der unter die Dachsparren fuhr und an den Schieferplatten rüttelte. Zögernd glitt Ben aus dem Bett; er zitterte immer noch. Er wollte zu seinen Eltern, er wollte zu Mum und Dad ins Bett krabbeln – wie er es früher oft gemacht hatte, als er noch *wirklich* klein gewesen war. Etwas hielt ihn zurück. Er wandte sich von der Tür ab und ging – am Fenster vorbei – zum Bett zurück. Draußen frischte der Wind auf. Die Baumkronen erzitterten und winkten ihm, schwarze Hände in der Nacht. Er spürte, wie sich sein Magen verkrampfte, wie jeder Nerv in ihm zuckte. Trotz seiner Bestürzung konnte er nicht anders – er *mußte* ans Fenster gehen. Seine bloßen Füße bewegten sich wie von selbst.

Draußen zeichnete das Mondlicht die großen Äste der gefällten Buchen nach. Es sammelte sich auf den bleichen Oberflächen der zersägten Stämme. Weiter unten, am Ende des Hanges, glitzerte der Bach wie eine Silberader, ein wunderschönes Band aus Licht. Auf der anderen Seite des Baches breitete sich der Wald wie eine Wucherung aus lauter Schatten aus.

Der Wind blies noch stärker, und Ben hörte über das Klappern der Dachplatten hinweg deutlich das Quietschen eines sich beugenden Astes. Es klang fremd, *animalisch.* Bedrohlich.

Da war eine Bewegung am Rand der Bäume. Bens

Blicke huschten hin – und die Bewegung stoppte. Da stand ein kleiner Baum am Ufer des Baches. Vielleicht hatte der Wind an seinen Blättern gezupft. Eine weitere Bewegung am Rande seines Blickfeldes ließ ihn den Kopf herumreißen und auf das Feld weiter links starren, das bis an die Trockenstein-Grenzmauer reichte. Noch ein Baum, der im Wind schwankte – vielleicht eine Eiche. Eine gleiche Bewegung direkt vor dem Haus, ganz in der Nähe der zersägten Buchenstämme ... Ben starrte angestrengt hin und ließ dann seine Blicke wieder zum Bachufer hinabschweifen, zu dem kleinen Baum, der dort unten vor der dunklen Mauer des Waldrandes aufragte.

Sein Herz schlug so hart, daß seine ganze Brust schmerzte.

»Nein«, versuchte Ben herauszupressen, doch er brachte nur einen krächzenden Laut zustande.

Der Baum befand sich auf *dieser* Seite des silbernen Baches. Als Ben die Bewegung bemerkt hatte, war er noch auf der *anderen* Seite gewesen.

Und dann begriff er auch, *warum* ihn die Bewegung so überrascht hatte. Er kannte das ganze Tal von der Dorfbrücke bis zur Flußbiegung. Auf der unteren Weide war bisher überhaupt kein Baum gewesen. Da unten hatte es bisher nur ein paar struppige Disteln und Gras gegeben, aber keine Bäume. Nicht auf *dieser* Seite des Baches. Er hielt die Luft an, und der Mangel an Sauerstoff sorgte dafür, daß sich plötzlich alles um ihn drehte. Er spähte dorthin, wo die gefällten, zersägten Bäume lagen und die freigelegten Wurzeln wie Fächer emporragten. Der andere Baum war immer noch da ... Näher bei einem der großen Stämme jetzt. Neben ihm wurde ein kleiner Schößling vom Nachtwind zerzaust.

Keiner von ihnen war vorher dort gewesen.

»Nein«, versuchte Ben wieder zu sagen, mit genauso wenig Erfolg wie zuvor. Sein Kiefer machte mahlende Bewegungen. Kein Laut kam über seine Lippen. Es war wie in seinem Traum. Sein Vater schlief gleich nebenan, aber

Ben konnte ihn nicht aufwecken. Er konnte sich nicht einmal *bewegen.*

Plötzlich fuhr der Wind mit einem Kreischen unter die Dachsparren und ließ die jetzt nutzlosen Telefonleitungen singen, die vom Dach des Hauses zu einem Mast neben dem Tor führten.

Vor dem Haus schwankten und winkten die Bäume, aber schlimmer, *oh, viel schlimmer*, er sah eine Bewegung in den Wurzelschatten! Stämme krümmten sich und zuckten. Da war das Flirren einer hastigen Bewegung – unten, auf der Weide; irgend etwas kam aus dem Wald heraus. Es sah aus wie ein Tornado, wie eine schwarze Windhose ... So sah es *normalerweise* aus, wenn ein Nordweststurm um die Scheune tobte und das Stroh im Kreis wirbelte.

Das Etwas bewegte sich rasch und in dicken Schwaden den Hang herauf, es kam direkt auf das Haus zu, dann verharrte es – nur mehr einen Steinwurf entfernt – auf der Stelle, ein ungeheuerlicher, unerklärlicher Strudel in der Nacht. Bens Muskeln verkrampften sich, er war wie tiefgefroren, er konnte den Blick nicht abwenden.

Der Mahlstrom veränderte sich ... Aus dem wirbelnden Inferno wurde eine Gestalt. Es geschah so schnell, daß nicht einmal Ben Einzelheiten wahrnehmen konnte ...

Der Blätter-Mann stand vor dem Haus.

Bens Herz übersprang einen Schlag, und er fühlte das Blut aus seinem Kopf weichen. Das Zimmer drehte und drehte sich, und die Fensterscheibe schien plötzlich *flüssig* zu werden. Instinktiv hielt er sich am Fensterbrett fest. Er konnte nicht blinzeln. Er konnte sich nicht bewegen. Er konnte nicht schreien. Er war wie tot ... Er war wie tot, und bis aufs äußerste auf diese gräßliche Erscheinung in der Nacht konzentriert.

Der Blätter-Mann stand da – breitbeinig und ungeheuerlich, ein zerzaustes Scheusal, von dem der Wind altes Laub und Zweige riß und davontrug.

Er hob seine Hände, als wolle er zu ihm heraufgreifen. Und dann lachte er.

Sein Lachen war wie der Wind in einem Herbstwald; war wie das Huschen von Insekten unter morschem Holz.

Er lachte über Ben Haldane.

Die Anspannung in Ben explodierte. Sein ganzer Körper zuckte wie unter einem Stromstoß vom Fenster weg, und sein Schrei gellte durch das Haus.

»Jesus Christus!« brüllte sein Vater. Im Flur hallten Schritte. Die Tür fuhr auf und krachte gegen die Wand. Sein Vater stürzte, nur mit der Schlafanzughose bekleidet, herein.

Ben lag zusammengekauert am Boden und zitterte am ganzen Leib. Duncan Haldane bückte sich und hob ihn in einer einzigen mühelosen Bewegung hoch. Er spürte den rasenden Herzschlag seines Sohnes an seiner Brust. Der Junge starrte ins Leere, sein Mund klaffte weit auf, Speichel tropfte heraus. Duncan Haldane trug ihn zum Bett. *Ein Alptraum*, dachte er immer wieder. *Er muß einen fürchterlichen Alptraum gehabt haben.* Als er am Fenster vorbeikam glaubte er eine Bewegung auf der unteren Weide zu sehen ... eine menschenähnliche Gestalt. Er wirbelte blitzschnell herum, aber die Gestalt war verschwunden. Der auffrischende Wind trieb eine Blätterwolke zum Fluß hinab.

Duncan Haldane setzte sich auf das Bett und hielt Ben fest an sich gedrückt. Dann war auch Rose da. Sie hielten den Jungen zwischen sich, bis das Zittern nachließ.

Es dauerte lange Minuten, bis Ben sprechen konnte. Und als er es konnte, stieß er nur immer und immer wieder den gleichen Satz heraus:

»Der Blätter-Mann.«

*****

Unten, in Fasach Wood, hörte Bob McCourt den flüsternden Wind und ignorierte ihn. Er befand sich am Südrand des Waldes, ganz in der Nähe jener Stelle, wo der Corrie River in einer Kaskade aus mondbeschienenem Wasser zum Vorschein kam und sich dann – zu einem ruhigen Strömen geworden – zum Loch Corran hinabschlängelte. Die Fischereirechte am Corrie gehörten bis zur Ostseite hinüber der Douglas-Erbengemeinschaft. Im Lauf des Jahres wurden auch häufig Jagdgesellschaften organisiert, sprich: gut betuchten Städtern wurde erlaubt, über die Hügel auszuschwärmen und in Fasach Wood einzufallen. Am Südende des Waldes gab es eine Menge Rehe, und in den Bergen Edelhirsche und schottische Waldhühner; weiter talabwärts waren Fasane heimisch geworden, und Bob McCourt sorgte dafür, daß das so blieb. Er war ein gewissenhafter Wildhüter, und deshalb war er jetzt auch in Fasach Wood und nicht zu Hause in seinem Bett oder im Douglas Arms auf einen Schluck Bier. Er war allein, obwohl es ihm lieber gewesen wäre, wenn der junge Jimmy McGregor mitgekommen wäre. Bob war ein stämmiger Mann – breite Schultern und kurze Beine – und stark wie ein Ochse. Der hochgeschossene Jimmy war erst zwanzig und sein Partner, ein Wilderer, der – wie Bob selbst – zum Wildhüter geworden war und diesen Beruf jetzt mit Leib und Seele ausübte. Trotz seiner Jugend war Jimmy zäh wie alte Stiefel, und es war gut, einen Mann wie ihn neben sich zu wissen, wenn eine Auseinandersetzung mit Typen bevorstand, die keinen Schuß Pulver wert waren und die ganzen Lachse aus dem Fluß holten. Unglücklicherweise war Jimmy unten in Lochend mit seiner Freundin im Kino.

Er rechnete nicht mit Ärger in dieser Nacht. In den letzten vierzehn Tagen war kein Tropfen Regen gefallen, was selten genug vorkam, und das bedeutete, daß sich nur wenige Lachse auf die Reise stromauf machen würden. Das nächste Hochwasser würde dann eine ganze Schwemme von richtig großen Burschen bringen, und Bob würde sich ein paar davon holen und den Rest für die Douglas-Leute bewachen. Er war gewissenhaft, aber kein Heiliger.

Er lehnte sich gegen den Baumstamm zurück und wölbte die Hand über seine Zigarette, so daß die Glutspitze nicht zu sehen war. Um den Rauch machte er sich keine Sorgen; von dort, wo er saß, konnte er das gesamte Flußufer überblicken und somit jeden *Besucher* frühzeitig genug bemerken. Der Mond am klaren Himmel würde die Silhouetten sehr deutlich nachzeichnen und jede Bewegung weithin sichtbar machen, außerdem stand der Wind gegen ihn und trug den Rauch in die Tiefen des Waldes. Die Brise frischte auf und fuhr in die Baumkronen, doch unter dem Baldachin war kaum ein Lufthauch zu spüren.

Es war eine warme Nacht, und die Mücken waren wie toll. Ganze Schwärme der winzigen Insekten kamen aus dem Wasser in den Schären, mörderische kleine Wesen, die einem in die Ohren krabbelten und unter die Augenlider und ganz offenbar Zähne hatten wie Tiger. Die Stechmücken waren nicht ganz so zahlreich, aber schlimmer. Sie kamen einzeln, angekündigt vom rasenden Schwirren ihrer Flügel, und allein dieses Geräusch trieb einem das Wasser in die Augen. Normalerweise hörte man sie erst, nachdem sie sich den Bauch schon mit Blut vollgeschlagen hatten. Bob hatte sie sich fünf- oder sechsmal vom Gesicht geklatscht, seit er aufgebrochen war, und er wußte, morgen würde er wie ein Warzenschwein aussehen. Der einzige Ärger an diesem Job waren die Sommerwachen: Er war gegen Steckmückenbisse allergisch. Die Zigarette war *Notwehr*; der Rauch sorgte dafür, daß sie auf Distanz blieben.

Es sah nicht so aus, als würde es in dieser Nacht zu einem Zwischenfall kommen, aber wenn, dann würde er jedem potentiellen Wilderer einen höllischen Schrecken einjagen. Er hatte sein 12-Kaliber-Gewehr dabei und dicht neben sich. Er schmunzelte, verlagerte sein Gewicht, um es sich bequemer zu machen, und zog sich den Hut tiefer in die Stirn. Nicht einmal ein naher Beobachter hätte ihn in der Dunkelheit gesehen.

Bob waren die Fußspuren im Schlamm des Corrie aufgefallen, und weiter flußaufwärts hatte er eine fünfzehn Fuß lange Stange mit schartigen, ausgefransten Enden gefunden – ein Eschenschößling, dessen Blätter und Seitentriebe entfernt worden waren. Typisches Wilderer-*Handwerkszeug.* Damit scheuchten sie die Lachse unter den Felssimsen auf und trieben sie flußabwärts in ein dort quer über den Strom gespanntes Netz. Auf diese Art und Weise konnten sie ein Dutzend Fische in einer Nacht fangen, und das war genau ein Dutzend weniger für die oberen Zehntausend mit ihren künstlichen Fliegen, die für ihre Tagesausflüge ins Revier ein Vermögen bezahlten. Natürlich konnte der Stab auch von einem der Burschen aus dem Dorf liegengelassen worden sein. Bob drückte jedesmal ein Auge zu, wenn die Jungen zwei oder drei Fische wilderten. Sie waren nicht gierig; außerdem hielten es die Leute im Tal einfach für ihr gutes Recht, daß sie aus *ihrem* Fluß auch ein paar Fische herausholen konnten. Und Bob sah das – im Gegensatz zu den Douglas-Männern und dem Gesetz – ebenso.

Aber es gab auch Wilderer, die von Glasgow hierher kamen und eine ganze Wagenladung Fische einpackten; Burschen, die den Tieren nicht den Hauch einer Chance ließen. Sie *arbeiteten* mit selbstgebastelten Handgranaten und Unkrautvernichtungsmittel und Zucker in bemalten Konservendosen, um die Fische aus dem tiefen Wasser an die Oberfläche zu treiben – oder sogar mit Zyanid, das den Sauerstoff im Wasser vernichtete und sie ersticken ließ. Er hatte ganze Abschnitte des Flusses gesehen, die auf diese Weise vergiftet worden waren, und er wußte, es würde Jahre dauern, bis sich die Bestände erholt hatten. Das Giftzeug, das manche dieser Bastarde verwendeten, tötete meilenweit *alles* Leben im Fluß. Selbst die Stechmücken, dachte er und klatschte sich wieder ins Gesicht und spürte das Knirschen eines Insektenkörpers unter den Fingern. Eine kleine Genugtuung, dachte er. *Aber keine Entschuldigung für diese Kerle.*

Es war nach Mitternacht, als ihn eine erste Bewegung hochschrecken ließ. Überrascht stellte er fest, daß er trotz der Mücken gedöst hatte, aber das Huschen am Flußufer unten sorgte dafür, daß er schlagartig hellwach war. Über das Murmeln des Wassers hinweg hörte er eine leise Stimme und eine ebenfalls leise Antwort – allerdings konnte er nicht verstehen, *was* da gesprochen wurde.

Sehr langsam griff er nach dem Gewehr und brachte es in Anschlag. Mit der linken Hand tastete er nach der großen Stablampe, die an seinem Gürtel baumelte. In den Schatten des großen Baumes lächelte er.

Dann sah er ihre Silhouetten. Es waren zwei. Sie marschierten geradewegs auf die Bäume zu, die Hände in den Taschen, den Kopf gesenkt. Am Waldrand war es hell genug, um Einzelheiten sehen zu können. Sie hielten sich dicht am Fluß, redeten nur leise miteinander. Bob erkannte sie nicht, als sie etwa zwanzig Yards von der Stelle entfernt, an der er sich gegen den Baum drückte, vorbeigingen. Er gewährte ihnen einen kleinen Vorsprung. Offenbar rechneten sie nicht mit Schwierigkeiten, denn sie gaben sich keine Mühe, wirklich leise zu sein. Sie kamen ihm nicht wie Profis vor, und das war gut so; sie würden es nicht auf einen Kampf ankommen lassen.

Sie stapften an Bob vorbei, folgten dem Corrie stromaufwärts und drangen tiefer in den Wald ein. Einer von ihnen trug einen Sack über der Schulter, vielleicht ein Netz. Was immer es war – noch vor dem Morgengrauen würde *er* es haben, plus sämtliche Fische, die sie herausholten. Er unterdrückte ein Glucksen, als er daran dachte, daß es außerdem eine Prämie gab für jeden Wilderer. Sollten die beiden ruhig ein wenig *schuften*, bevor er ihnen die *Früchte* ihrer Arbeit abknöpfte, sie den Douglas-Managern vorführte und die Polizei von Craigard benachrichtigte.

Er gab ihnen noch ein paar Minuten, dann folgte er ihnen. Er kannte jeden Inch des Flußufers wie seine Westentasche, und so konnte er ihnen schnell und lautlos folgen. Früher oder später – eher früher – würden sie an einer der tiefen Stellen Halt machen und ihr Netz auswerfen, und dann war die Zeit reif für ein paar hübsche kleine *Bosheiten.*

Etwa fünfhundert Yards von der Stelle entfernt, an der

der Fluß ins Freie hinaussprudelte, kamen die beiden Gestalten bereits an eine ganze Reihe solcher tief in den felsigen Boden eingegrabenen Becken, in denen sich die Fische in Massen sammelten und Kraft schöpften für ihre weitere Reise stromaufwärts. Das seichteste war das Priesterloch. Es wurde vom Wasser des nächsthöheren Bek-kens genährt – der bei weitem tiefsten Stelle des Flusses und seit Menschengedenken im ganzen Tal als *Hexenkessel* bekannt. Es war ein passender Name. Die Gewalt des Wassers hatte in Tausenden von Jahren eine weite Höhlung in den harten Fels geschmirgelt. Sie mochte zwanzig Yards durchmessen, und das Wasser darin war so tief, daß es schwarz wie Tinte wirkte. Die Bäume standen hier dicht an dicht; die Helligkeit des Mondes fand kaum ihren Weg bis in die Tiefe herab. Wo die Lichtsplitter jedoch das Wasser trafen, reflektierte es sie in Saphir-Blitzen. Die Ufer waren schlammig und rutschig und teilweise mit wucherndem Efeu bewachsen.

Hier oben, am Hexenkessel, war das Rauschen des Wassers überwältigend laut, ein tiefes, dröhnendes Donnern, das von den überhängenden Baumkronen widerhallte; ungestüm und schäumend sprudelte es durch eine enge Felsenrinne und ergoß sich in das darunterliegende Priesterloch. Hätte Bob McCourt ein paar Fische fangen wollen, so wäre er hierher gekommen. Es war genau der richtige Ort. – Es war der Ort, an dem er die beiden Wilderer einholte.

Bob wählte sich ganz bedächtig einen Standort, von dem aus er trotz der Düsternis alles übersehen konnte, und schmiegte sich gegen das aus dem Boden wachsende Wurzeldurcheinander einer riesengroßen Platane. Seine Augen hatten sich längst an die Dunkelheit gewöhnt, jetzt reagierten sie auf jedes auch noch so geringe Aufblitzen des Wassers. Er konnte die beiden Gestalten ausmachen; sie standen in der Nähe der Ablaufrinne und steckten die Köpfe zusammen. Das Brüllen des Wasserfalls übertönte jedes Geräusch. Bob hatte bereits jeden Vorteil auf seiner

Seite. Wenn die beiden den Wald wieder verlassen wollten, dann mußten sie an ihm vorbei – es sei denn, sie bevorzugten eine kleine Kletterpartie über die Wasserfälle stromaufwärts oder nahmen lieber das Wagnis in Kauf, sich den glatten, efeuüberwachsenen Felsen anzuvertrauen.

Die Gestalten bewegten sich stromabwärts auf ihn zu. Der Beutel wurde auf einen Felsen geworfen. Einer der beiden bückte sich und zog ein zusammengerolltes Netz heraus. Es war einfach, fast wie ein Tennis-Netz. An jedem Ende baumelten Stricke, und diese wurden zu beiden Seiten der Ablaufrinne um Luftwurzeln geschlungen. Einer von ihnen nahm ein paar gerundete Steine und beschwerte die Unterseite des Netzes unmittelbar vor der glattgeschliffenen Rinne, über die das Wasser in das Priesterloch abfloß. Alles war bereit.

Reglos wie ein Fels beobachtete Bob McCourt sie aus einer Entfernung von nur fünf Yards und war darauf gespannt, was als nächstes geschehen würde. Die Wilderer hatten keinen einzigen großen Ast abgeschnitten, um in der Tiefe herumzustochern und die Fische ins Netz zu treiben. Plötzlich mußte er an Zyanid denken und hatte sich bereits entschlossen, einzugreifen, bevor ein weiterer Abschnitt des Flusses vergiftet wurde. Er gab sich noch genau zehn Sekunden Zeit – aber da geschah es auch schon.

Einer der Männer griff in den Beutel. Bob sah den Arm mit einem Ruck wieder zum Vorschein kommen; da war ein winziges metallisches Klirren, dann ein Schnellen. Der Arm des Mannes bewegte sich in einem lässigen Halbkreis. Etwas traf das Wasser und verursachte ein Platschen, das im Tosen des Wasserfalls unterging. Die beiden Gestalten entfernten sich hastig vom Ufer und drückten sich gegen einen Baum.

Die Explosion erfolgte weniger als zwanzig Sekunden später mit einer solchen Macht, daß der Boden wackelte. Für einen Moment wurde das Wasser matt wie Eis, als habe es sich plötzlich verfestigt. Ein dumpfes *Rumms* übertönte jedes andere Geräusch. Im Zentrum des Bekkens brodelten Schaumblasen. Grauer Dunst stieg hoch und löste sich rasch auf.

»Eine verdammte Handgranate!« stieß Bob McCourt laut heraus, doch nicht einmal *er* hörte diese Worte.

Abgesehen vom Schaum auf der Wasseroberfläche war das alles. Eine simple, schnelle und nahezu lautlose Schweinerei. In den Tiefen des Beckens, dreißig Fuß unter der Oberfläche, hatte sich die Schockwelle wie eine alles zerschmetternde Bestie kreisförmig um den Explosionsherd herum ausgebreitet, war gegen die glattgeschliffenen Felswände gebrandet und zurückgeschleudert worden ins Zentrum des Infernos.

Bob verhielt sich immer noch still, und dann sah er, daß das Netz erzitterte und sich spannte; die ersten beiden Fische verfingen sich darin; vier weitere folgten heftig zappelnd. Das Nylonnetz füllte sich jetzt rasch und bauschte sich auf, die Taue strafften sich unter der Belastung. Die beiden Männer verließen ihre Deckung und eilten zu der Rinne über dem Wasserfall. Einer – er war geringfügig größer als der andere – sprang über den schmalen Kanal, löste die Stricke und kam, das Netz straff gespannt haltend, zurück. Der zweite Kerl tat dasselbe, nur Yards von der Stelle entfernt, an der Bob kauerte.

»Geile Idee!« rief einer aus. »Gute Fischgründe. Fühl nur, wie *schwer* dieses Netz ist.«

Bob lächelte. Er konnte sehen, daß sie mehr als ein Dutzend Fische erbeutet hatten: betäubt oder tot, aber alle äußerlich unversehrt. So, wie es aussah, waren große Brocken darunter. Und er wußte, woher die Handgranate stammte. Wahrscheinlich war einer der Burschen Teilzeit-Soldat und absolvierte hier sein ganz privates Nachtmanöver. *Mal sehen, wie er auf einen kleinen Hinterhalt reagiert.*

Er beobachtete, wie sie ihr Netz ans Ufer zerrten und die Enden miteinander verknoteten. Dann hoben sie es grunzend hoch, nahmen es in die Mitte und gingen flußabwärts, zum Waldrand.

Bob stand auf und knipste die Stablampe an. Der Lichtstrahl flutete durch die Nacht und traf den zuvorderst gehenden Mann direkt im Gesicht. Der Bursche stieß ein angsterfülltes Heulen aus, und Bob lachte.

»Oh, Jesus Christus, meine *Augen!*«

Er ließ das Netz los und schlug die Hände vor sein Gesicht. Unvermittelt war dem anderen Kerl die doppelte Last aufgebürdet. Eine gewaltige, glitschige Masse aus zuckenden Fischleibern krachte mit einem dumpfen Laut gegen seine Knie, schmetterte ihm die Füße unter dem Leib weg und schickte ihn in einer bizarren Mischung aus Taumeln und Stolpern zum Ufer hinab – und zu Boden.

»Bastard! Ich bin *blind!*« kreischte sein Partner. Bob hielt das Licht ungerührt weiterhin auf sein Gesicht.

Der andere Wilderer kam laut und beredt fluchend auf die Füße, machte zwei Schritte vorwärts, stolperte über das prallgefüllte Netz und krachte mit einem erstickten Schrei wieder zu Boden. Er hatte ein ganz erstaunliches Glück, denn sein Gesicht verfehlte um Haaresbreite zwei scharfkantige Felsblöcke und landete auf weicherem Kies. Trotzdem schlugen seine Zahnreihen vernehmlich genug aufeinander. Es war ein Wunder, daß er sich nicht die Zunge abgebissen hatte. Er wälzte sich herum, betastete – jetzt panisch vor Furcht, Zorn und Schmerz und noch benommen von seinem Sturz – beide Knie und stand wieder auf. Dieses Mal rutschte er auf einem glatten Felsen aus. Seine Arme wirbelten wie Windrädchen, als er sein Gleichgewicht wiederzuerlangen versuchte. Bob ruckte die Stablampe in seine Richtung. Der Kerl umarmte die Luft, kippte nach hinten und schlug mit einem spektakulären Platschen ins Wasser. Bob lachte wieder. Der Raubzug der beiden Kerle war zur puren Farce verkommen.

Er schwang den Lichtstrahl wieder herum.

»Nimm das Scheißding weg, du Kretin«, knurrte der

gebückt dastehende Mann und hielt sich eine Hand vor das Gesicht.

»Hoppla! Das ist keine Art zu reden, Freundchen. Versuchen wir's noch mal.«

»Ich kann nichts mehr sehen!«

»Mach dir darüber keine Sorgen. Ich kenne den Weg.«

Die andere Hand des Mannes kam mit einem Ruck aus der ausgebeulten Jackentasche hervor. Und flog mit überraschender Geschwindigkeit hoch.

»Okay!« brüllte der Fremde. »Das ist eine Handgranate. Keine Bewegung, oder ich zieh' den Ring ab.«

Bob rührte sich nicht.

Bob hielt den Lichtstrahl weiterhin auf das Gesicht des Mannes gerichtet.

»Ich weiß nicht, ob du das hier sehen kannst, Junge«, sagte er dann beinahe gütig, »aber ich habe hier ein 12-Kaliber-Gewehr genau auf deine Eier gerichtet.« Er riskierte einen Blick nach links und sah, wie sich der andere Kerl auf der gegenüberliegenden Flußseite aus dem Wasser zog.

»Das ist nicht wahr . . .«

»Mach eine Bewegung, aus der ich schließen muß, daß du den Ring abziehst, und ich schieße dich direkt in den Knabenchor zurück – wenn du verstehst, was ich meine. Also, sei kein dummer Junge, eh? Selbst wenn du das Ding abziehst, wirst du keine Zeit mehr haben, es loszuwerden. Denk darüber nach.«

Er dachte darüber nach, halb gebückt, den Zeigefinger immer noch im Ring der Handgranate, die Augen von der Helligkeit abgewandt.

»Schmeiß sie, Fergie! Leg den Bastard um!« Die Stimme gellte vom anderen Ufer herüber. Bob hielt die Stablampe immer noch auf das Gesicht des vor ihm stehenden Mannes gerichtet. Ohne Warnung schwang er den Gewehrlauf nach links und riß den Abzug durch. In den engen Grenzen der Senke klang der Schuß wie ein ohrenbetäubender Donnerschlag. Die Schrotladung schlug nur Yards von der

Stelle entfernt, an der der Mann stand, in den Fluß. Das Wasser explodierte und sandte einen gewaltigen Sprühregen in die Luft.

»Scheiße! Oh, Scheiße, der Kerl ist verrückt!« kreischte der Kerl los.

Bob schwang den Lauf zurück – aber es war längst zu spät. Er sah gerade noch, wie sich sein Gefangener zur Seite warf. Am anderen Ufer hörte er Kies knirschen. Eine schemenhafte Gestalt verschwand zwischen den Bäumen.

»Stehenbleiben!« rief Bob und hörte ein metallisches Klirren auf den Felsen und stürmte los. Er schaffte es etwa fünfzehn Yards weit in den Wald hinein, dann warf er sich hinter einen Stamm und drückte das Gesicht in feuchtes Laub.

Die Explosion war nicht halb so laut wie er erwartet hatte. Das Schrotgewehr war lauter. Da war ein lautes Krachen, wie von einem Feuerwerkskörper, dicht gefolgt von prasselnden Geräuschen. Im Umkreis von zwanzig Yards schien ein heftiger Regen niederzugehen. Bob hob den Kopf. Gewaltige *glitschige* Tropfen schlugen in sein Gesicht. Ein Schnuppern sagte ihm, daß das keine *normalen* Tropfen waren. Es waren kleine Fetzen. Überreste der Lachse, die soeben per Handgranate zu Lachs-*Pastete* verarbeitet worden waren.

»Verdammt!« kommentierte er es. »Was für eine Verschwendung!«

Er stemmte sich hoch. Sein Gewehr fand er volle zehn Fuß entfernt. In einiger Entfernung hörte er das Krachen und Bersten hastiger Schritte im Unterholz. Das war der Kerl auf seiner Seite des Corrie – in vollem Galopp. Dieser Sturmlauf war nicht vorgetäuscht. Der Mann mußte völlig kopflos durch den dunklen Wald stürmen. Gleich darauf legten ein dumpfer Schlag und ein gedämpftes Stöhnen Zeugnis davon ab, daß er seine Nachtsicht tatsächlich noch nicht wiedergewonnen hatte.

Die krachenden, stapfenden Schritte setzten sich fort und wurden leiser. Der andere Kerl war in die Dunkelheit eingetaucht. Das Brüllen des Wasserfalls machte es unmöglich, die Geräusche seiner Flucht ebenfalls zu hören.

Bob nahm sein Gewehr auf, blieb einen Moment lang stehen und überlegte, was jetzt zu tun war. Die Wilderer mußten mit einem Wagen gekommen sein, also erwog er, flußabwärts und zur Seite zu gehen. Irgendwo dort draußen, im Schutz einer Hecke, würde er einen aufgebrochenen Transit oder dergleichen entdecken. Und irgendwann, das wußte er, würden auch die beiden Helden ihren Weg aus dem Wald heraus finden und sich auf die Suche nach ihrem Fluchtauto machen. Er war sicher, daß sie sich nicht zu Fuß absetzen würden. Die Linn Road war meilenweit entfernt.

Andererseits . . . Wenn er es sich richtig überlegte, würde es nicht einmal ein großes Problem darstellen, den Kerl aufzuspüren, der irgendwo da unten durchs Unterholz preschte. Bob kannte den Wald besser als irgend jemand sonst, und der Wilderer verursachte soviel Lärm, daß man ihn selbst aus fünfzig Yards Entfernung noch hören konnte, trotz der alle Geräusche dämpfenden Bäume. Außerdem hinterließ er zweifellos eine Spur, der selbst ein Kind hätte folgen können. Bob beschloß, ihn einzufangen. Der Gedanke an eine weitere Handgranate beeindruckte ihn nicht sonderlich. Er hielt es für recht unwahrscheinlich, daß ein Wilderer ein ganzes Handgranaten*Arsenal* mit sich herumschleppte. Trotzdem knipste er die Stablampe aus und wartete ein paar Minuten, bis sich seine Augen wieder an die Düsternis gewöhnt hatten. Hier und da leuchtete das Mondlicht durch das dichte Blätterwerk, und Blütenstaub und eilig schwirrende Nachtfalter fingen sich in den vertikalen Silberstreifen.

Bob atmete tief ein, verwünschte sich, weil er es den beiden Kerlen so leicht gemacht hatte, ihm zu entkommen, und nahm die Verfolgung auf. Irgendwo vor ihm war eine weitere Kollision zu hören, und ein weiterer Schrei. Bob McCourt lächelte in sich hinein. Wenn er sich nicht beeilte, brachte sich der Kerl noch um.

Er schritt gleichmäßig aus und mied die Gestrüppbarrieren der Wacholderbüsche und Brombeersträucher. Über ihm war kurz eine Eule im Mondschein zu sehen; sie breitete die Schwingen aus und war lautlos in den Schatten verschwunden. Eine Schnake winselte an Bobs Ohr herum, und er schaffte es, sie mit einem hastigen Schlag zu erlegen, bevor sie ihren Blutsaugerrüssel in ihn bohren konnte. Sie entfernten sich jetzt vom Fluß. Er umrundete die Gestrüppinseln und eilte einen weiten Hang hinab, und das Brüllen des Wassers verstummte. Der Wald wurde still; so still, daß man das leise Knarren hoher Äste im sich legenden Wind hören konnte. Und, natürlich, den Flüchtenden. Ganz gleich, was der Kerl über Lachse wußte, er war es nicht gewohnt, sich im Wald zu bewegen. *Warum sucht er sich nicht einfach einen umgestürzten Baum und legte sich darunter? Wenn es sein muß, bis zum Morgengrauen?* In Fasach Wood herumzurennen war eindeutig nichts für einen Stadtjungen, ganz gleich, wie viele Handgranaten er in der Tasche hatte. Diesen und ähnlichen Gedanken hingegeben, schlenderte der Wildhüter hinter dem Flüchtenden her und hatte einige Mühe damit, der Versuchung zu widerstehen, ein kleines Lied zu pfeifen.

— 13 —

In den letzten fünf Minuten hatte Fergie McGhee ein ganzes Spektrum großer Gefühle durchlebt.

Er hatte den Nervenkitzel genossen, als er und Malky Miller in den Wald eingedrungen waren. Er hatte eine Aufwallung von Freude empfunden, als die Handgranate tatsächlich hochgegangen war. (Fergie war nicht in der Armee, aber er kannte ein paar Typen, die das waren.) Als sich das Netz mit Fischen gefüllt hatte, war ihm vor lauter Ausgelassenheit ganz schwindelig geworden. *Mindestens ein Dutzend großer Brocken.* Eine Beute, die in jedem Hotel gut und gerne ein paar Hunderter wert war. Da sollte noch jemand sagen, die Arbeit auf dem Land sei *schwer.* Das Ganze war ein sommerlicher Bummel, trotz der Mükken, die wie wild um ihn herumschwirrten. Er fragte sich, wie die Bauerntölpel mit den kleinen fliegenden Schreckgespenstern klarkamen. – Hätte er Bob McCourts Gesicht gesehen, so wäre ihm aufgegangen, daß sie überhaupt nicht gut mit ihnen klarkamen.

Dann war dieser Irre vor ihm aufgetaucht und hatte ihn angeleuchtet, und der Lichtstrahl war wie eine heiße Messerklinge gewesen. Tränen schossen ihm in die Augen und blendeten ihn; grelle orangefarbene und purpurrote Lichtpunkte schlingerten über die Innenseiten seiner Lider.

Gleichzeitig machte er sich vor Angst beinahe in die Hosen. Es stand auf Messers Schneide – der kleine feuchte Fleck auf der Vorderseite seiner Jeans sprach eine sehr beredte Sprache.

Dicht auf den Fersen der Angst folgte der Zorn. Das war eine instinktive Sache. Er hatte genügend Geschichten darüber gehört, was Wildhüter alles anstellten mit Wilderern, bevor sie sie der Polizei übergaben, und mit seinem Vorstrafenregister konnte er schon einmal damit anfangen, sich auf einen Zwei-Jahres-Urlaub im Drumbain-Gefängnis einzurichten, und zwei Jahre im Drum totzuschlagen, war nicht gerade eine Aussicht, die ihm gefiel.

Und dann war alles ganz rasend schnell gegangen. Er war sich noch nie zuvor in seinem Leben so *ausgeliefert* vorgekommen. Malky hatte vom andern Ufer herübergeschrien. Der Irre hatte losgeballert, und er, Fergie, war mit einem Riesensatz losgerannt. Die Nerven, die an seinem Rückgrat entlang verliefen, hatten sich wie Banjo-Saiten angespannt. Seltsamerweise war er davon überzeugt, daß der nächste donnernde Schuß des 12-Kaliber-Gewehrs *ihn* erwischen würde. Etwa zu dieser Zeit war ihm klargeworden, daß er die Handgranate hatte fallen lassen . . .

Und jetzt stolperte er mutterseelenallein durch diesen

Wald, und nur der liebe Gott mochte wissen, *wohin.* Er war mehrmals gegen Bäume gelaufen. Seine Nase blutete, und zwar ziemlich heftig; eine kleine Erinnerung an den *ersten* Zusammenprall. Davon abgesehen, hatte er sich das Schienbein angeschlagen. Er spürte ein Blutrinnsal auf der Innenseite seiner Jeans. Das hier war keine spaßige Nacht mehr. Überhaupt nicht.

Aber er war *davongekommen.* Und seine Verletzungen würden heilen. Und danach, das schwor er sich, würde er zurückkehren in dieses Kaff und den Irren mit dem Schrotgewehr finden und dafür sorgen, daß es ihm sehr sehr leid tat, Fergie McGhee getroffen zu haben.

Um weitere Ganzkörperkontakte mit Bäumen zu vermeiden, tappte er mit ausgestreckten Händen weiter, was schmerzhafte Hautabschürfungen zur Folge hatte. Irgendwo rechts kreischte ein Tier wie eine Frau, und Fergies Herz schlug plötzlich ganz hoch droben in seinem Hals. Er hatte keine Ahnung, was für Tiere in diesem Wald hausten, und er wollte auch keinem davon begegnen – nicht, wenn es so schrie wie *das hier.*

Dann hörte Fergie McGhee ein Geräusch zu seiner Linken.

Fließendes Wasser. Er hielt darauf zu, brach durch Farndickichte und Dornengestrüppe und fühlte, daß seine Jeans an Dutzenden von Stellen zerriß. Nach zwanzig Schritten erreichte er das Flußufer. Er blieb einen Moment stehen, sah nach rechts und links. Nicht weit stromabwärts überspannte ein gewaltiger Baum, grau im Mondlicht, das Wasser wie eine natürliche Brücke. Der Stamm war mindestens sechs Fuß breit. Fergie grübelte darüber nach, ob er nicht doch lieber kehrtmachen und am Ufer entlanggehen sollte, bis er den Waldrand erreichte; allerdings bestand hier eine nicht geringe Wahrscheinlichkeit, daß er dem Irren mit dem Schrotgewehr ein zweites Mal über den Weg lief. Nach der Sache mit der Handgranate war dies zweifelsohne absolut *nicht* wünschenswert. Der Gedanke an die Doppelmündung, die auf seinen Schritt zeigte, gab den Ausschlag. Hier am Fluß leuchtete der Mond den Weg gut genug aus. Fergie überquerte das Wasser. Der umgestürzte Baum kam ihm so breit vor wie ein richtiger Weg, und die Rinde war trocken und rauh.

Am gegenüberliegenden Ende gabelte sich der Stamm in mehrere gewaltige Hauptäste, und Fergie sprang zum Ufer hinab. Hinter den abgestorbenen Ästen erhob sich ein Gewirr aus Weidenröschen und Wiesenkerbel – allerdings wußte Fergie weder, *was* für Gewächse das waren, noch kümmerte es ihn auch nur im mindesten. Er trampelte über sie hinweg. Dann standen die Bäume wieder ganz dicht beieinander, und er zwängte sich unter tiefhängenden Ästen hindurch, bis er sich schließlich in einer mondbeschienenen Schneise wiederfand und – in einiger Entfernung – eine größere Lichtung sowie einen ungeheueren, einzeln stehenden Baum erblickte.

Als er weitergehen wollte, glitt eine Gestalt aus den Schatten und berührte ihn an der Schulter. Fergie machte einen Satz. Unterhalb seines Gürtels gab alles nach; plötzlich bestand die Gefahr, daß er den Waldboden düngte.

»Oh, Jesus!« stöhnte Fergie.

»Halt die Klappe!« fauchte eine eindringliche Stimme.

»Malky! – Oh, mein . . . Du blöder Arsch. Ich hab' mich fast naßgemacht.« Fergies Herz hämmerte noch immer, als wolle es die Rippen durchschlagen.

»Schschttt!« machte sein Freund. »Hast du ihn abgehängt?«

»Aye. Ich hab' mir jedenfalls verdammte Mühe gegeben.«

»War das nur einer?«

»Hab' sonst niemand gesehen.«

»Gut. Was jetzt?«

»Raus aus diesem Scheißwald.«

»Großartig. Und welchen Weg nehmen wir?«

»Wir sollten auf dieser Seite des Flusses bleiben. Wie bist du eigentlich rübergekommen?«

»Oberhalb der Strudellöcher gab es eine seichte Stelle.

Dann hab' ich dich kommen hören. Klang wie eine Elefantenherde. Erst dachte ich, das ist der Spinner mit dem Gewehr. Hab' mich beinahe angeschissen.«

»*Du* hast dich beinahe ...?« zischte Fergie und versuchte seine Stimme leise zu halten. »Als du nach mir gegrabscht hast, hatte *ich* beinahe einen Herzinfarkt.«

Malky kicherte.

»Das ist nicht lustig!«

»Aber wir sind noch mal davongekommen«, stellte Malky fest und gluckste noch immer. »Wir können ein anderes Mal wiederkommen. Und dann machen wir ein Vermögen.«

»Aye, aber erst müssen wir hier rausfinden.«

Malky nickte. »Also los.«

Fergie McGhee folgte ihm. Sie überquerten die Lichtung und tasteten sich dann zwischen den dichtstehenden Bäumen hindurch weiter.

Malky stoppte und hielt eine Hand hoch. Er war nur ein Schemen im Dunkeln, und Fergie lief beinahe in ihn hinein.

»Was ist?« wisperte er.

»Ich hab' was gesehen. Da draußen.« Er zeigte auf die große Lichtung und den gigantischen Baum, der sich dem Mond entgegenreckte. Fergie starrte hin. Da war tatsächlich eine Bewegung ... Ganz dicht am unteren Teil des Stammes. Da war jemand, aber in dem Dämmerlicht, und auf diese Entfernung, konnte keiner der beiden Männer auch nur eine Gestalt ausmachen.

»Ist *er* das?«

»Wer treibt sich wohl sonst noch hier herum, eh?«

Sie kehrten um und gingen in ihren eigenen Spuren zurück. Jetzt führte Fergie. Dann griff etwas aus den Bäumen herab und packte Malky Miller am Kopf.

Es geschah so glatt und lautlos, daß er nicht einmal gelegenheit fand, aufzuschreien. Nur ein kleines, überraschtes Grunzen entkam seinem Mund, das war alles. Ein enormer Druck legte sich um seinen Schädel, und er entfernte sich noch immer rasend schnell vom Waldboden. Seine Füße zappelten wie unter Stromstößen in der Luft, und in seinem Genick erblühten grelle Schmerzen.

Fergie McGhee tappte noch immer durch den finsteren Wald und bemühte sich, so leise wie nur irgend möglich zu sein; schließlich stoppte er neben einem besonders großen Baum und stierte in das Dunkel vor sich.

»Niemand da. Los, komm«, raunte er.

Er erhielt keine Antwort.

Fergie spähte zurück, erwartete Malky dicht hinter sich zu sehen. Er war nur mäßig überrascht, feststellen zu müssen, daß es nicht so war.

Dann bemerkte er eine angsteinflößende dunkle Bewegung in Kopfhöhe. Er starrte in die Düsternis der Äste und sah Malkys in der Luft zappelnde Füße.

»Komm schon!« zischte er. »Hör auf, herumzublödeln.«

Malky antwortete noch immer nicht. Fergie stapfte die zehn Schritte zurück und war fest entschlossen, seinen Freund da herunterzuholen.

»Wir haben keine Zeit, um auf Bäumen herumzuklettern, Arschloch.«

Seine Finger schlossen sich um Malkys Fußgelenk, und als sie das taten, spürte Fergie ein unheimliches *Zittern* durch das Bein des Mannes rasen. Er zerrte versuchsweise daran, und das Bein bewegte sich in einer heftigen, krampfartigen Zuckung und schüttelte seine Hand beinahe ab.

»Was um alles in der We –?« begann Fergie, und im gleichen Sekundenbruchteil bewegten sich die Äste über ihm und ließen einen schmalen Streifen Mondlicht durchsikkern.

Die untere Hälfte von Malkys Gesicht war in gräßlicher Todesangst verzerrt; ein unermeßlicher Druck verwandelte sein Gesicht in eine Monsterfratze. Der Mund klaffte weit auf, und dann war ein Tröpfeln zu sehen, eine Flüssigkeit, die in dem unheimlichen Licht schwarz und wie Öl wirkte, und Fergie wußte im gleichen Moment mit jäher, alles vereisender Sicherheit, daß das *Blut* war. Sein eigener Mund klaffte jetzt ebenfalls auf, und in seinem Magen schienen riesige Hände zu wühlen und zu krallen. Heiße Galle sammelte sich in seinem Schlund.

Malky hing über ihm in der Luft, und etwas, das wie eine Hand aussah, hielt seine Schläfen in einer schraubstockähnlichen Umklammerung.

Ein Geräusch wie ein Husten quoll aus dem Mund des hängenden Mannes, dann klatschte ein Schwall Blut auf den Boden. Das Mondlicht glitzerte auf einer schwarzen Schaumblase, die unter einem der Nasenlöcher anschwoll. Dann schlängelte sich etwas Dunkles heraus und wand sich um das, was Malkys Kopf gepackt hielt.

Fergie hielt noch immer das Fußgelenk seines Freundes. Da war ein leises *Krachen*, und dann prasselte ein Sprühregen aus Blut auf ihn herab. Die Schatten bewegten sich abermals, gigantische Muskeln schienen sich *anzuspannen*, und gleich darauf erklang ein weiteres Knacken, und dann implodierte Malkys ganzer Kopf. Der Körper zuckte und tanzte wie ein verrückter Derwisch und erschlaffte. Das Geräusch von Blut, das auf Blätter tropfte, erinnerte an einen heftigen Regen.

Fergie stand wie festgenagelt da und hielt *immer noch* Malkys Fußgelenk, obwohl ihm sein Gehirn mittlerweile in recht drängenden Befehlen mitteilte, daß er es *schleunigst* loslassen sollte. Sein Mund war weit offen, und sein Kopf schlenkerte von einer Seite zur anderen – ein lächerlicher Versuch, zu leugnen, was er mit eigenen Augen gesehen hatte.

Blut tropfte ihm auf Kopf und Schultern. Es hatte den warmen, metallischen Geruch alter Pennies. Über ihm war ein Rauschen, und er spürte einen gewaltigen Ruck, als Malkys Körper hochgezerrt wurde. Er ließ den Fuß seines Freundes nicht los. Fergies Arm streckte sich ohne eigenes Zutun, gleich darauf war er bereits gezwungen, sich auf die Zehenspitzen zu stellen. Und *jetzt* begriff er, daß er *auch* in diesen Baum hinaufgezogen werden würde, wenn er sich weiter wie ein ausgemachter Dummkopf verhielt. Etwas rastete tief in seinem Verstand ein, und dann war ein Teil der Realität wieder *da.*

Ganz gleich, was da oben im Baum ist, es hat sich Malkys Kopf geschnappt und ihn umgebracht.

Mit einiger Verspätung begriff Fergie sogar noch, daß es die Äste des Baumes waren; daß sie sich bewegten. *Daß sie lebten.*

Fergie verstand sehr wohl, was ihm sein Gehirn da mitteilte, aber er konnte es nicht glauben.

Die Äste bewegten sich. Da *oben* verschwanden Malkys Füße langsam, Inch für Inch, in den großen, schwarzen Blättern, und das Zerren und Hieven des *lebenden Holzes* verursachte Geräusche, als zersäge jemand eine Wirbelsäule.

»Oh!« stieß er hervor, und es kam als dumpfes Stöhnen heraus.

Er wich sehr langsam zurück, unfähig, sich vom Anblick der verschwindenden Stiefel loszureißen.

Er stieß gegen einen Baum und stolperte beinahe über gewaltige Wurzeln. Er streckte eine Hand aus, um sich irgendwo abzustützen, und fühlte, daß sich unter der Rinde etwas *bewegte.* Sekundenlang war seine Angst so intensiv, daß er nur noch Nebel sehen konnte, und im gleichen Moment durchfuhr ihn der bedrohlichste Gedanke überhaupt: *Du wirst gleich ohnmächtig, Fergie. Du wirst umkippen, und wenn du wieder aufwachst, schaukelst du da oben neben Malky im Wind . . .*

Fergie McGhee stieß sich ab wie ein Hürdenläufer. Er hetzte durch Wiesenkerbel und Weidenröschen und zog eine breite Spur der Vernichtung hinter sich her. Etwas wickelte sich um seine Stiefel. Beinahe wäre er der Länge nach gestürzt. Er landete auf dem rechten Knie, riß die Wurzel weg und rannte bereits weiter. Er schaffte es bis zu dem über dem Fluß liegenden Baum und hangelte sich wie ein Affe an den dicken Ästen empor, dann stürmte er über den breiten Stamm. Auf der anderen Seite angekommen, stoppte er schlitternd und sprang aus einer Höhe von zehn Fuß in die Uferfarne hinab. Dornenranken harkten über Jacke und Jeans, und er kämpfte sich aus ihrer Umklammerung frei. Ein kleiner, noch funktionierender Teil seines Verstandes wünschte, er hätte die zweite Handgranate nicht dermaßen verschwendet; wünschte, er hätte eine ganze Kiste davon mitgebracht.

*****

Bob McCourt folgte den Wilderern lautlos wie ein Schatten durch die Tiefen des Waldes, bis das Lärmen ihrer Flucht schlagartig verstummte.

Der Wildhüter verharrte augenblicklich. Er dachte an die Handgranaten, und plötzlich fühlte er sich doch ein wenig unbehaglich. Der Mann hatte gestoppt, das hieß, daß er *wartete.* Bob dachte nicht im Traum daran, wie ein Anfänger in diesen lächerlichen Hinterhalt zu tappen. Er war im Vorteil. Er kannte den Wald, er vermochte sich schnell und lautlos zu bewegen. Behutsam zog er sich zurück und schlug eine andere Richtung ein. In der Ferne hörte er das gedämpfte Rauschen des Wassers. Etwa hundert Yards bis zum Fluß, dachte er. Noch einmal hundert Yards geradeaus lag, hinter einer Reihe von Senken, die alte, moosbewachsene Steinmauer – vor der Jahrhundertwende die ursprüngliche Grenze des Waldes. Dahinter war Fasach Wood seit Generationen sich selbst überlassen. *Kein guter Ort.*

Er brauchte nur fünf Minuten, um die Mauer ein gutes Stück nördlich jener Stelle zu erreichen, an der er die Geräusche des fliehenden Mannes zum letzten Mal gehört hatte. Da in der Zwischenzeit alles still gewesen war, wußte er, daß der Bursche nicht kehrtgemacht hatte. Bob kletterte geschickt über die Steinblöcke. Sie waren groß und mit feuchtem Moos überwuchert. Auf der anderen Seite des vier Fuß hohen Walls ließ er sich behutsam zu Boden gleiten, lauschte und hielt einen Arm ausgestreckt vor sich. Hier war es pechschwarz. Der Fluß war nicht mehr zu hören. Alles war still.

Vorsichtig ging er weiter über ein Gewirr aus Wurzeln, die sich wie steinerne Schlangen anfühlten; dann bog er wieder ab.

Zehn Sekunden später hörte er ein Geräusch, ein leises, metallisches *Klick*, das ihm die Handgranate mit Wucht ins Gedächtnis rief. Sehr langsam drehte er den Kopf und sah sich nach einer möglichen Deckung um und –

Er hörte das metallische *Klirren* wieder, zweimal in rascher Folge. Jeden Nerv angespannt, pirschte er weiter. Dieser Teil des Waldes war ihm nicht mehr vertraut; er kam ihm *feindselig* vor, und die Dunkelheit trug das Ihre dazu bei, um diesen Eindruck zu verstärken. Dann sah er wie unter einem Zwang nach unten und stellte fest, daß er inmitten eines Fleckens wahrhaft merkwürdiger Ständerpilze gelandet war; große, klumpige Gewächse, die mit furchtbaren, schleimigen Geräuschen unter seinen Schuhsohlen zerbarsten. Einer davon, ein richtiges Monster, reichte ihm fast bis an die Knie, und er war froh, ihm *ausweichen* zu können. Trotz der Finsternis war da eine Ahnung von feuchtem Glanz und gesprenkelter, *lebendiger* Haut. Das Laub unter ihm war naß und schimmelig. Mit jedem Schritt sank Bob mehrere Inches tief in diese weiche Masse ein.

Er umrundete einen Baum, und die Schwärze rings um ihn her schien immer noch vollkommener zu werden. Seine Augen weiteten sich. Sehr behutsam hob er den Gewehrlauf an. Doch da war nichts, nichts außer einem weiteren großen Ständerpilz.

Bob stieß langsam den Atem aus. Pilze konnten ihm nichts anhaben. Dennoch beeindruckte ihn die Größe dieses *Dings*. In all den Jahren, die er mittlerweile Wildhüter war, hatte er noch niemals so etwas gesehen. Verglichen mit den Brocken hier waren die etwa einen Fuß großen Bofisten auf der Südseite nur ein Witz. Diese häßlichen Dinger waren *riesig*. Er konnte sich Kobolde darauf vorstellen. *Große* Kobolde.

Bob schnupperte; ein feuchter Gestank hing über diesem Ort. Die Luft war still, dennoch trug sie einen Hauch von Fäulnis in sich, eine Süße, die in der Kehle kitzelte, einen kaum merklichen bitteren Geschmack, der die Nase reizte. Und die Insekten waren hier zahlreicher. Etwas summte an seinem Ohr vorbei. Über ihm knatterte etwas Größeres auf papierenen Schwingen dahin.

Bob dachte: Was für ein eigenartiger Ort.

Bob schob sich weiter, drückte sich an einem Wacholderbusch vorbei und hörte das winzige blecherne Geklimper erneut. Sein Herz hämmerte ein wenig schneller, doch er dachte ganz ruhig daran, daß jemand, der sich versteckte, zweifellos keine derartigen Geräusche verursachte und damit seine Position preisgab. Es mußte etwas anderes sein, vielleicht eine Blechkanne, die irgendein Dummkopf nach einem Picknick hier im Wald zurückgelassen hatte. Er tappte weiter und trat auf eine kleine Schneise hinaus, die von weniger dichtstehenden Bäumen umgeben war. Das Geräusch kam von rechts, und er drehte sich langsam um. Jetzt glaubte er es in Kopfhöhe hören zu können. Er machte zwei, drei ganz langsame Schritte. *Klimper, klimper.* Rechts, neben seinem Ohr. Er wandte sich um, und dann fiel ihm das winzige Schimmern auf. Von einem der Äste hing eine Kette. Jeder noch so kleine Windhauch, der in diesen Wald fuhr, bewegte sie sacht und ließ die einzelnen Glieder gegeneinanderstoßen.

Bob McCourt stieß ein langes, erleichtertes Seufzen aus und dachte: Höchste Zeit, daß du dich wieder um deinen Haupt-Job kümmerst und diesen kleinen Bastard aufstöberst. Er griff hoch und zog an der Kette. Sie mußte irgendwo weiter oben festhängen. Er zerrte energischer, und dann schwang etwas Großes und Dunkles auf ihn herab.

»Was zum –«, platzte er heraus, ziemlich laut.

Dann traf ihn der Geruch wie ein Schlag, und er taumelte zurück; das Etwas *wischte* an ihm vorbei, und seine Kehle war wie mit einem Knebel verstopft. Eine ganze Wolke von Fäulnisgestank hüllte ihn ein.

Ohne nachzudenken, riß Bob die Stablampe hoch und knipste sie an; ein strahlend heller Lichtkegel flammte auf und riß das Ding, das ihn beinahe umgeworfen hätte, aus dem Schutz der Dunkelheit.

Er stieß unwillkürlich einen Schrei aus, und dann preßte er die Lippen zusammen.

Der verrottete Leichnam hing kopfüber aus dem Baum und pendelte hin und her. Die toten Augen waren Löcher in einer bleichen Knochenfratze. Die Zähne, lang und schmal, waren schwarz verfärbt, wo sie aus dem Kiefer ragten. Lange, verfilzte Haarsträhnen hingen von dem fleischlosen Schädel.

Der Gestank war entsetzlich. Bobs Schlund zuckte, dann explodierte etwas in seinem Bauch, und gleich darauf würgte er sein Mittagessen und alles, was er sonst noch zu sich genommen hatte, wieder heraus. Es dauerte mehrere Minuten, in denen er mit gesenktem Kopf dastand, die Hand mit der Lampe gegen das Zwerchfell gepreßt, bis die Krämpfe nachließen.

Plötzlich war der Wilderer nicht mehr wichtig. Bob richtete sich auf und wischte die unfreiwilligen Tränen aus den Augen.

Sein Blick wurde wieder klar, und als er die Hand vom Gesicht nahm, beschrieb der Lichtstrahl einen raschen Bogen und geisterte über einen weiteren Alptraum.

Am nächsten Baum hing ein weiterer Körper. Bob hielt die Lampe so ruhig er nur konnte, dennoch ruckte der Strahl von links nach rechts, und plötzlich wünschte er sich weit weg. Die Leiche war mit dem Baum *verwachsen*. Es war, als habe sich der Stamm aufgetan und das tote Gesicht umklammert. Nur mehr der vordere Teil eines furchtbar *zermalmten* Schädels ragte aus der Rinde heraus. Die Skelettarme waren wie in einer Demutsbezeugung ausgebreitet.

»Oh, Gott«, hörte sich Bob sagen. »Oh, lieber –«

Da wich er bereits zurück. Die Augen auf die Erscheinung gerichtet, machte er mehrere schlurfende Schritte, bis er gegen etwas Hartes stieß. Für einen Moment flammte die Vision eines Baumes in ihm auf, der *ihn* verschlingen wollte, und er machte einen Satz. Dann blieb er nach Atem ringend stehen, und der Gestank verstopfte ihm noch immer die Nase, und der Geschmack von Galle war heiß und brechreizerregend in seinem Hals. Dann explodierte die Welt in einem Wirbel gleißender Lichtscherben. Bob schlingerte benommen herum; sein Kopf wurde gegen einen Baum geschmettert; er mühte sich dennoch verzweifelt ab, bei Bewußtsein zu bleiben. Er fand keine Zeit, um darüber nachdenken zu können, was ihn getroffen hatte. Schreckliche Schmerzen tobten in ihm, und Wogen dunkler Übelkeit schwappten aus seinem leeren Magen empor. Er stolperte vorwärts, torkelte von einer Seite zur anderen, war sich nicht mehr bewußt, was geschah. Vage spürte er, daß er sein Gewehr noch umklammert hielt. Dann erreichte er die steinerne Mauer; er schaffte es, sich daran hochzuziehen und auf der anderen Seite hinunterfallen zu lassen. Sein eiserner Griff um den Lauf lokkerte sich. Das Gewehr flog in die Nacht davon, und Bob stürzte hinterher. Er landete auf einem umgestürzten Baumstamm, prallte mit grausiger Wucht auf und überschlug sich, und ein großes Blitz zuckte ihm entgegen. Etwas traf sein Bein mit solcher Gewalt, daß es ihm fast aus dem Körper gerissen wurde. Unermeßliche Schmerzen tobten unterhalb seiner Leiste, dann verblaßte alles.

*****

Fergie McGhee rannte blindlings durch den Wald; er nahm kaum wahr, daß er *unterwegs* war, daß er sich von Malky und dem Grauen, das ihn getötet hatte, entfernte und im Verlauf seines irren Davonstürmens wie durch ein Wunder nicht einmal mehr gegen irgendwelche Bäume prallte. In seinem Verstand irrlichterte nur ein einziger, riesengroßer, absoluter Befehl: LAUF! Sein Instinkt hatte komplett übernommen. Da waren keine bewußten Gedanken mehr; nur noch das Bild von Malkys Kopf, der wie ein Ei zersplitterte, das Bild des fürchterlichen Ausdrucks auf seinem fratzenhaften Gesicht.

Fergie hatte den Kerl mit dem Gewehr völlig vergessen. Um ehrlich zu sein, er befand sich in einer Situation, in der ihm *sämtliche* Wildhüter scheißegal waren. Er war in einem Wald, in dem die Bäume sich *bewegten*, und er wollte nur noch weg von hier. Er wollte es mehr als alles andere auf der Welt, und wenn es ihm tatsächlich gelang, die Bäume hinter sich zu lassen, so beabsichtigte er, weiterzurennen, bis er auch dieses ganze Tal hinter sich hatte, und niemals wieder seinen Fuß in einen Wald zu setzen.

So kam es, daß er in voller Geschwindigkeit einen Wildwechsel entlangpreschte und Bob McCourt über den Haufen rannte. Er hatte nicht einmal das Blitzen des Lichts gesehen.

Die Wucht des Zusammenpralls hatte den anderen Mann gegen einen Baum geschleudert. Fergie wurde der Arm aus der Gelenkpfanne gekugelt, aber darauf konnte er keine Rücksicht nehmen. Er stürmte bereits weiter, obgleich er weder wußte, wo er war, noch wohin er rannte. Er wich Bäumen aus, setzte über verrottete Stämme hinweg und brach durch Gestrüppe, und sein Weg führte ihn parallel zur Grenzmauer entlang. Sein Gesicht war zerkratzt, seine Kleider zerfetzt, aber er blieb nicht stehen. Dann wechselte Fergie in seiner Panik ganz unvermittelt die Richtung und rannte dorthin zurück, wo er hergekommen war, in den dichtesten Teil des Waldes.

Etwas rasend Schnelles schoß mit Helikopter-Schwingen auf ihn herab und tupfte gegen sein Gesicht. Er schrie vor Angst. Er durchquerte eine Senke und dachte ununterbrochen daran, daß die Wurzeln rings um ihn her plötzlich zum Leben erwachen und ihn *schnappen* konnten. Vor ihm flutete Mondlicht bis auf den Waldboden herab, und er jagte Hals über Kopf darauf zu. Er übersah die Geißblattranken, die sich von einem tiefhängenden Ast zum anderen spannten. Er stürmte in sie hinein, und die Ranken wickelten sich schlangengleich um seinen Hals. Sein Schwung trug ihn voran, aber plötzlich schien es, als würden seine Beine ohne ihn weiterlaufen. Er keuchte kurz auf, und die Kletterpflanze zog sich weiter zusammen. Fergies Hände ruckten wie im Reflex an den Hals. Da war ein Knacken und ein entsetzlicher, reißender Schmerz; sein Kopf wurde nach hinten gezwungen. Die Tentakel zogen sich knorrig und hölzern immer enger um seinen Hals herum zusammen.

Das zweite Knacken, mit dem eine Halssehne zerriß, hörte Fergie McGhee nur noch wie aus weiter Ferne. Feuer loderte in seinem Genick – und dann spürte er nichts mehr.

Der Körper zuckte länger als eine Minute in einem makabren Tanz – und war schließlich ruhig. Ein großes Insekt schwirrte aus den überhängenden Ästen und landete auf dem Gesicht des toten Mannes. Ein langer Rüssel krümmte sich und tauchte zitternd in das blutige Rinnsal am Ohr.

*****

Bob McCourt wälzte sich auf der anderen Seite der Grenzmauer benommen herum. Für einen Moment glaubte er, eingeschlafen und geradewegs ins Lagerfeuer gerollt zu sein. Er hatte mit den anderen Jungen im Wald kampiert und . . .

Der wirre Traum verflog. Plötzlich erinnerte er sich an alles.

Er lag in Fasach Wood. Sein Bein war ein ungeheuerliches Meer aus Schmerzen.

Bob versuchte sich zu erinnern. Er konnte sich nur eine vage Erinnerung vom Hinfallen ins Gedächtnis rufen; und – später –, daß sein Gewehr in die Nacht davongewirbelt war. Und dann war da dieser Blitz gewesen und das Krachen, und sein Bein ...

Jesus, sein Bein tat so weh.

Er griff hinab und fühlte eine schwammige, triefende Masse.

»Ich bin angeschossen worden«, murmelte er. »*Angeschossen.*«

Er konnte sich nicht daran erinnern, wie es passiert war. Er wußte nicht einmal mehr, daß er gegen diesen Baum gekracht und dann benommen und halb bewußtlos fünfzig Yards weit zu dem Grenzwall getaumelt war.

Er stemmte sich in eine sitzende Haltung hoch und verzog das Gesicht, als in seinem Oberschenkel pure Lava zu brodeln begann. Die Stablampe lag neben ihm. Er knipste sie an und richtete den Lichtstrahl auf sein Bein. Der Schlamassel, den er da zu sehen bekam, jagte ihm einen furchtbaren Schrecken ein. Da war eine klaffende Wunde, nur eine Handbreit neben seinem Schritt. Das Fleisch war verfärbt und zerfetzt. Blut quoll in pulsierenden Stößen heraus und durchtränkte seine Hose bis zum Knöchel hinab.

»Oh, *Scheiße!*«

Vor Bobs Augen flimmerte es, und er begriff, daß er sterben würde, wenn er nichts unternahm. Er wußte nicht, wie lange er hier schon lag und wieviel Blut er verloren hatte, doch er fühlte bereits eine kalte Lethargie in sich hochkriechen. Mühsam kramte er in einer seiner Taschen herum, bis er die Drahtschlinge für seine ganz private Kaninchenjagd fand. Es gelang ihm, sie um sein Bein zu legen und festzuziehen. Bob biß die Zähne zusammen und zerrte; der Draht schnitt in die runzlige, zerrissene Haut. Die Schmerzen verwandelten sich in ein grelles Feuerwerk, aber er zog und zog, bis sein Oberschenkel wie ein Stundenglas aussah. Bob fiel atemlos zurück; Funken blitzten vor seinen Augen, und er gab sich ein paar Sekunden, bis er sich sein Werk besah. Das Pulsen des Blutes war versiegt; ein gutes Zeichen. Aber jetzt mußte er sich *bewegen.*

Wenn er nicht in ein Krankenhaus kam, würde er sterben, und zwar verdammt bald.

Mit einer ungeheuerlichen Anstrengung stieß Bob McCourt sich auf die Füße und stolperte den Hang hinauf. Nach ein paar Schritten wurde ihm schwindelig, und er mußte eine Pause einlegen, aber etwas in ihm trieb ihn an. Er mußte rauskommen aus Fasach Wood. Wenn er hierblieb, würde er sterben. Er konzentrierte sich ausschließlich auf dieses eine Ziel und schleppte sich weiter, ein erschöpfendes Yard um das andere.

Er brauchte mehr als eine Stunde, um, auf einen abgebrochenen Ast gestützt, die halbe Meile bis zum Rand des Waldes zurückzulegen, und noch einmal zwanzig Minuten, um die Felder zu überqueren und an die Straße zu kommen, wo er seinen Jeep geparkt hatte. Die Spitzen der Douglas Hills wurden vom ersten Rosarot der Morgendämmerung gefärbt.

Er schaffte es noch über die fünf Querbalken des Tores, dann war er mit seiner Kraft am Ende. Bob brach zusammen und lag still.

Eine Stunde später wurde er von Alec Stirling gefunden.

Der Postbote fuhr wie jeden Morgen in seinem kleinen Kastenwagen den Hügel herab und kam an Bobs Jeep vorbei. Er verrenkte sich auf seinem Sitz, um dem Wildhüter zu winken, aber das Vehikel war leer. An der nächsten Kurve sah Alec dann die zusammengekrümmte Gestalt am Straßenrand und trat die Bremse so heftig ins Bodenblech, daß es den Wagen halb herumschleuderte.

Bob McCourt war kaum mehr am Leben. Aber Alec spürte ein winziges Pulsflackern an der Halsschlagader und lud den Mann ohne weiteres Aufhebens auf die Ladefläche des Kastenwagens. Es kümmerte ihn kein bißchen, ob hierdurch irgendwelche Briefe blutig wurden. Bob war ein *Freund*. Der Postbote erreichte Lochend in Rekordzeit. Das Postauto war niemals – in den ganzen letzten fünfzehn Jahren nicht – schneller als sechzig pro Stunde gefahren. Alec holte neunzig aus der alten Mühle heraus und bremste in den Kurven kaum herunter. Die ganze Zeit schrie er Bob an, daß er durchhalten und nicht sterben solle. Bob hatte sich ein wenig herumgewälzt, allerdings war er nicht richtig bei Bewußtsein.

Irgendwann kurz vor Lochend begann er zu kreischen.

»Die Bäume ... oh, lieber Gott ... die Bäume!«

Alec Stirling kümmerte sich nicht darum, was er sagte, solange er nur am Leben blieb, bis er in Lochend ankam. *Dieses* Paket lieferte er in einer absoluten – und illegalen – Bestzeit aus, o ja! Der Wildhüter wurde augenblicklich in die Notaufnahme geschafft, Schwestern umringten ihn, schlossen ihn an Apparaturen an und stabilisierten seinen kollabierenden Kreislauf mit Blutplasma. Ärzte eilten herbei und kämpften geschlagene acht Stunden lang um Bob McCourts Leben.

Als die Operation beendet war, hatte sich in Linnvale die Nachricht von Bobs Unglück bereits wie ein Lauffeuer verbreitet; jeder wußte, *daß* er angeschossen worden war, und alle rätselten sie über das *Warum* und *Weshalb*.

Alec Stirling hatte seine Prioritäten richtig gesetzt. Er brachte Bob ins Krankenhaus, dann wandte er sich seiner zweitwichtigsten Aufgabe zu.

Er rief Martin Thornton an.

— 14 —

Auf der ebenen Straße, die zur unteren Brücke über den Corrie führte, beschleunigte Caitlin Brook. Ihre dünne Bluse bauschte sich im Fahrtwind, die Nachmittagssonne stand hoch am Himmel und brannte heiß auf ihre Wange herab. Die Räder zischten auf der trockenen Straße, und sie sorgte mit kraftvollen Stößen dafür, daß sie immer noch schneller wurde, und dann genoß sie es und legte beide Ellbogen auf die gepolsterten Armlehnen und beließ nur einen Finger am Bremshebel.

Es gab keinen Verkehr auf der Linn Road – und selbst wenn es welchen gegeben hätte, so war sie inzwischen zu einem vertrauten Anblick geworden. Jeder Bauer auf seinem Traktor, Alec Stirling in seinem Postauto – überhaupt jeder in Linnvale – hätte ihr auf der geraden Strecke die Vorfahrt überlassen. Selbst Donnie MacKinnons Fahrer, die mit ihren Tanklastern vom Loch Corrie heraufdröhnten, bremsten mit mahlendem Getriebe und einem scharfen Fauchen der Druckluftbremsen ab, wenn sie sahen, daß Caitlin unterwegs war.

Niemand bot ihr mehr Hilfe an. Einer der Vorteile eines kleinen Dorfes war es, daß jeder sehr schnell herausfand, was der andere wollte und was nicht – und sich daran hielt. Caitlin haßte es, wie ein Baby im Kinderwagen geschoben zu werden.

Sie kam jeden Tag hier entlang, bei Regen und bei Sonnenschein, doch sie bevorzugte heißes, trockenes Wetter. Von ihrem Haus bis zum Dorf stieg die Straße sanft an, was ziemlich anstrengend, aber gut für ihren Muskeltonus war. In der entgegengesetzten Richtung verlief die Straße an ihrem Haus vorbei bis zur Kurve geradeaus, dann führte sie – wiederum kerzengerade – am Wald entlang und zum Loch Corrie hinab. Wenn Caitlin genügend *Anlauf* nahm, trug sie der Schwung fast eine Viertelmeile weit in einem berauschenden Tempo vorwärts.

Sie hatte von der Sache mit Bob McCourt bereits gehört – von Jean Fintry, die den Kaufladen an der Ecke betrieb und stets alles (und noch mehr) vorrätig hatte, was im Dorf gebraucht wurde. Es gab nur noch wenige solcher Läden heutzutage, was Caitlin bedauerte. Jean war bereits über fünfzig; eine mollige, grauhaarige und stets vergnügte Frau. In den vergangenen Wochen war Caitlin aufgefallen, daß sie sich die Haare färbte. Sie wurden so langsam und gleichmäßig wieder schwarz, daß es fast natürlich wirkte. Und Jean hatte auch eine Menge Gewicht verloren. Sie sah um Jahre jünger aus.

»Morgen, Liebes!« hatte sie wie immer ausgerufen, als Caitlin die Tür aufstieß. Die kleine Glocke an dem Haken über dem Türrahmen bimmelte fröhlich.

Caitlin lächelte zu Jean hoch, und Jean strahlte zurück, ihr Gesicht ein Bild unverwüstlichen Humors.

»Toller Morgen für eine kleine Ausfahrt in deinem frisierten Renner«, stellte sie fest, und Caitlin lachte. Jean hatte noch kein einziges Mal von einem *Rollstuhl* gesprochen. Er war ein Flitzer oder ein Ufo oder ein frisierter Renner. Manchmal, wenn Caitlin den Hügel hinabraste, war er das *tatsächlich.* »Was für eine Nacht!«

»Warum denn?«

»Oh, sag nur, du hast es noch nicht gehört? Du kennst doch Bob McCourt?«

Caitlin räumte ein, daß sie ihn kannte. Es gab wenige Leute im Tal, die sie noch nicht kennengelernt hatte.

»Er liegt im Krankenhaus. Man hat ihm letzte Nacht ins Bein geschossen. Stand auf Messers Schneide, wie ich gehört habe, und er ist immer noch nicht überm Berg.«

»Was ist passiert?«

»Das weiß keiner so recht. Gefunden hat ihn jedenfalls der lange Stirling, irgendwo im Windschatten der Hügel. Der arme Kerl war voller Blut. Hatte eine entsetzliche Wunde am Bein, behauptet Alec. Er hat ihn so schnell wie möglich ins Krankenhaus gefahren.«

»Weiß man, wer es getan hat?«

»Sie vermuten, er ist vielleicht gestürzt, und dabei ist sein Gewehr losgegangen, obwohl das Bob gar nicht ähnlich sieht. Er war immer ein ausgeschlafenes Bürschchen. Tommy Dunbar sagte, daß er letzte Nacht ein paar komische Geräusche in den Wäldern unten gehört hat; er ist sich nicht ganz sicher, was es war, aber vielleicht waren's ja Wilderer, wer weiß? Man muß abwarten, bis Bob wieder bei Bewußtsein ist, momentan liegt er noch auf der Intensivstation. Doktor Gregor ist heute morgen schon ganz früh hingefahren, und er hat Rhona mitgenommen. Seine Frau paßt derweil auf die Kleinen auf.«

Caitlin machte die üblichen Bemerkungen, obwohl sie den Wildhüter wirklich nicht sehr gut kannte. Er war in seinem Jeep ab und zu an ihr vorbeigefahren, und er hatte ihr immer fröhlich gewinkt.

»Und in der Nacht davor wurde Doktor Gregor zu den Haldanes gerufen«, setzte Jean ihren ganz persönlichen Nachrichtenüberblick fort. »Es heißt, der kleine Junge und das Mädchen seien im Wald unten verletzt worden. Irgendwas soll sie gestochen haben.«

»Aber sie sind wohlauf?« fragte Caitlin. Sie kannte die Haldane-Familie gut. Die Kinder spielten oft auf dem Feld am anderen Ufer des Flusses, der sich an ihrem Garten vorbeischlängelte, und manchmal waren die beiden schon zu ihr herübergekommen und hatten eine Limonade getrunken und ihr beim Malen zugesehen. Sie mochte Ben und Dorrie, und auch Duncan und Rose Haldane waren ihr sehr sympathisch. Sie waren gute Nachbarn.

»Aye, scheint so. Ein paar Schrammen und Kratzer.«

»Und was hat sie gestochen?«

»Oh, ich weiß nicht. Eine Wespe, möglicherweise. Es gab jedenfalls eine gewaltige Schwellung. Aber jetzt sind sie wieder in Ordnung. Es würde mich nicht wundern, wenn sie einen mächtigen Schrecken davongetragen haben. Duncan sollte sie wirklich nicht in den Wäldern spielen lassen. Ich hab' meinen nie erlaubt, da runterzugehen, als sie noch klein waren. Aber dieser Mann ist ja so eigensinnig. Denk nur an die Bäume, die er fällen will.« Jean runzelte die Stirn und schüttelte den Kopf.

Caitlin lächelte wieder. Sie hatte fast vergessen, daß Jean Fintry – wie überhaupt die Hälfte der Frauen des Dorfes – Mitglied der Vereinigung für Naturschutz war. Sie lächelte, weil ihr der Gedanken in den Sinn kam, wie sehr Jean und die anderen damit beschäftigt waren, den Wald zu retten; und dennoch niemals auch nur einen Fuß *in* diesen Wald setzen würden.

Sie kaufte frische Milch, Butter und Brot und legte ihren Einkaufszettel auf die Theke; Jeans Sohn würde ihr die Lebensmittel später ins Haus liefern. Dann verabschiedete sie sich und verließ den Laden. Auf der Hauptstraße wandte sie sich nach rechts. Der Rollstuhl hoppelte über das Kopfsteinpflaster, und ihre Zähne klapperten im Gleichklang dazu. Wenig später manövrierte sie sich mit einiger Mühe in Meg Balfrons Café. Die Räumlichkeiten waren voller Leben und Stimmengewirr, womit wieder einmal bewiesen war, daß sie als Treffpunkt beliebter waren als der Kirchen- oder Gemeindesaal, und sogar eine ernsthafte Konkurrenz zum Douglas Arms darstellten. Alles war sehr vornehm; mit Zierdeckchen und hauchdünnem Porzellangeschirr und kleinen Silbertabletts mit frischem Teegebäck und pyramidenförmig gestapelten Pralinen.

Als Caitlin die Tür so weit aufgedrückt hatte, daß sie mit ihrem Rollstuhl durchkam, erstarb einen seltsamen Moment lang jede Konversation, dann rief eine vertraute Stimme: »Hierher, meine Liebe. Los, los, Molly, mach ein wenig Platz für die junge Caitlin.«

Ein Stuhl scharrte zurück, eine Tasse klirrte auf ihrem Untertellerchen, und das Stimmengesumm war wieder angeknipst, als habe es nie eine Unterbrechung gegeben. Caitlin kurvte um einen kleinen Tisch herum, an dem vier Frauen beieinandersaßen – die Ellbogen auf der Tischdecke, die Tassen an den Mund gehoben. Sie schienen alle gleichzeitig zu reden.

Gail Dean, die Frau des Pfarrers, die sowohl in der Vereinigung wie auch im Gemeinderat den Vorsitz innehatte, rief Meg Balfron herbei und bat sie, eine weitere Tasse zu bringen. Caitlin rollte zu ihr und sagte: »Ich habe gehört, was mit Bob McCourt geschehen ist . . .«

Molly Carr, eine der Lehrerinnen der kleinen Volksschule, machte ein enttäuschtes Gesicht.

»Sie sollten *erst* hierher kommen, anstatt sich von Jean gleich *sämtliche* Neuigkeiten erzählen zu lassen.«

Alle lachten. Caitlin sah sich am Tisch um. Hier waren die Stützpfeiler der Gemeinde versammelt. Agnes Gillon war die Frau des vermutlich reichsten Bauern im Tal. Auch sie hatte ihre Probleme, wie Caitlin wußte. Sobald man eine Weile an einem Ort wie diesem hier lebte, waren *sämtliche* Familiengeschichten – inclusive der eigenen – Allgemeingut. Vor ein paar Jahren hatte Agnes Gillons Schwägerin ihren verkrüppelten Sohn und dann sich selbst auf ihrem Hof in Ardmhor, nicht ganz zehn Meilen entfernt, auf der anderen Seite der Berge, erschossen. Es war eine Tragödie gewesen. Alle Zeitungen hatten darüber berichtet – jedenfalls, bis die nächste, noch größere Tragödie geschehen war.

Fiona Herron wohnte in einem stattlichen Gebäude neben dem Pfarrhaus. Sie war Witwe; ihr Mann hatte in Juristenkreisen in Glasgow ein hohes Amt bekleidet und sie nach seinem Herzinfarkt wohlversorgt hinterlassen. Obwohl die Arthritis an ihren Händen nagte und die Finger in schlimm aussehende, verdrehte Haken verwandelte, war sie eine robuste Frau, die sich nach dem Tode ihres Mannes mit Leib und Seele in die Gemeindearbeit gestürzt hatte. Caitlin kannte ihre Tochter Susan – sie war eine der Organisatorinnen des Sommerferienprogramms für die Kleinen.

Wie auch immer – zu Gail Dean blickten sie alle auf. Sie war eine wunderbare Frau, groß und gepflegt. Ihr freundliches Gesicht mußte früher einmal sehr hübsch gewesen sein; heute war es das, was Männer wohl *ansehnlich* nannten. Sie hatte eine reine Haut und fast perfekte Zähne und für jeden ein gutes Wort und ein Lächeln übrig. In ihrer Jugend mochte sie blonde Haare gehabt haben, doch jetzt waren sie silbergrau und mädchenhaft kurz geschnitten und leicht gewellt. Caitlin bemerkte, daß auch Gail dem Alter Tribut zollte. Unter all dem Silber fingen goldene Strähnen das Licht, das durch die geriffelten Milchglasfenster sickerte. Jeder war der Meinung, daß Gail – beziehungsweise die *Heulende Gail*, wie man sie ihrer Aktivitäten im Kirchenchor wegen liebevoll nannte – eine großartige Mutter abgeben würde, aber jeder wußte auch, daß sie und ihr Mann John keine Kinder haben konnten. Sie trug dieses traurige Los sehr tapfer – und sah wohl nicht zuletzt deshalb in allen Leuten des Dorfes und selbst in den in der Umgebung wohnenden Bauernfamilien *ihre* Kinder.

»Sie haben recht. Jean hat es mir erzählt, aber sie wußte selbst nicht allzuviel«, räumte Caitlin ein und gab der Frau damit Gelegenheit, ihr Wissen loszuwerden. »Ich weiß nur, daß er ins Bein geschossen worden ist.«

»Nun, Alec Stirling verdient auf jeden Fall eine Medaille für das, was er getan hat«, sagte Agnes. »Bob war halb tot, diese Kugel hat sein Bein fast abgerissen.« Agnes legte eine Pause ein, und für eine Sekunde war ein abwesender Blick in ihren Augen. Wenn irgend jemand wußte, was für einen Schaden ein Schrotgewehr anrichten konnte, dann *sie*. Die einzige, die es noch besser wußte, war Caitlin Brook.

»Weiß jemand, wie es geschehen ist?«

»Alle *glauben* es zu wissen«, sagte Gail. »Aber solange die Polizei Bob nicht vernehmen kann, sind das nur Vermutungen.«

»Ich habe letzte Nacht etwas gehört. Es hat mich aufgeweckt.« Alle wandten sich Caitlin zu. »Ich dachte, es würde donnern, aber es hat nicht geregnet.«

»Möglicherweise war das ein Schuß. So etwas trägt meilenweit. Wenn die Schonzeit vorbei ist, hat man keine Minute lang seine Ruhe.«

»Ich glaube nicht, daß es ein Schuß war. Ich weiß, wie sich ein Schrotgewehr anhört.«

Sekundenlang herrschte Schweigen, dann streckte Gail die Hand aus und legte sie auf die ihre.

»Natürlich tun Sie das, meine Liebe.«

»Oh, ich wollte Sie nicht in Verlegenheit bringen. So habe ich das nicht gemeint«, sagte Caitlin. »Ich habe nicht einmal daran gedacht.« Sie lächelte, um ihnen zu zeigen, daß sie nicht schwindelte. Sie hatte *tatsächlich* nicht auf ihre Verletzung hinweisen wollen.

»Jimmy McGregor sagt, Bob wollte sich am Corrie unten ein wenig umsehen«, fuhr Fiona fort. »Er war wohl der Meinung, jemand könnte es auf die Lachse abgesehen haben. Jimmy ist in einer bedauernswerter Verfassung. Er hat sich an diesem Abend freigenommen und ist mit Alison ins Kino gegangen. Er sagt, es wäre nichts passiert, wenn er Bob begleitet hätte.«

»Möglicherweise wäre es noch schlimmer gekommen«, stellte Molly Carr fest. »Es hätte *ihn* auch noch erwischen können.«

»Und, was geschieht jetzt?«

»Der Sergeant von Craigard und ein paar Männer wollten heute morgen am Corrie entlanggehen«, sagte Fiona. »Seither hat niemand mehr etwas gehört. Er ist nicht aus Linncale, also wird er uns wohl kaum irgend etwas sagen. Wir müssen warten, bis Alec Stirling mit der Post zurückkommt. Wenn jemand etwas herausfindet, dann er.«

Caitlin wechselte das Thema. »Bei den Haldanes oben soll es auch einige Aufregung gegeben haben.«

»Nicht genug, wenn Sie mich fragen«, fauchte Molly. Gail versetzte ihr einen energischen Klaps.

»Nun, Molly, Duncan Haldane ist nicht schlecht. Wir mögen nicht mit dem übereinstimmen, was er tut, aber wir sollten ihm und seiner Familie dennoch nichts Böses wünschen.«

Gut gesagt, dachte Caitlin.

Gail wandte sich zu ihr um. »Er hatte eine Menge Pech, wissen Sie. Deshalb kam er überhaupt erst auf die Idee, diese Hütten zu bauen und die Bäume auf seiner Seite des Waldes zu fällen. Stünde es besser um ihn, würde er so etwas nicht tun. Diese ganze Angelegenheit nimmt mich sehr mit. Andererseits geht es darum, unseren Lebensraum zu schützen und unsere Lebensweise, und genau das tun wir. Vielleicht können wir Sie als Mitstreiterin gewinnen?«

»Ich weiß zuwenig über das Ganze. Ich bin zu neu hier.«

»Unsinn, Mädchen, Sie sind hier aufgewachsen, oder nicht?«

»In den Sommer- und Osterferien . . . ja«, gab Caitlin zu.

»Ich kannte Ihre Großeltern. Wir alle kannten sie. Anständige Leute. Die alte Morag Brook wäre auf unserer Seite gewesen, glauben Sie mir.«

»Ja, wahrscheinlich. Sie konnte ab und zu ein richtiger Drache sein«, sagte Caitlin liebevoll. »Aber ich hab' mir noch keine Meinung gebildet. Die Vorstellung, daß das ganze Tal zugebaut werden könnte, gefällt mir bestimmt nicht, aber das hat Duncan ja gar nicht vor. Er will nur *überleben.*«

»Er plündert einen heiligen Ort«, warf Molly ein. Gail hob beschwichtigend die Hand.

»An einem Morgen wie diesem wollen wir nicht die gute Laune verlieren. Wir haben immer noch die Chance mit dem Innenministerium. Danach können wir entscheiden, wie wir weiterverfahren.« Molly Carr senkte die Augen und nippte an ihrem Tee. Caitlin hatte den Eindruck, daß Molly diese Entscheidung für sich ganz persönlich längst getroffen hatte – und daß dies für Duncan und Rose Haldane nichts Gutes bedeutete. »Wie auch immer, ich habe gehört, daß der junge Ben und Klein Dorothy wohlauf sind. Sie hatten nur Angst. Jeder weiß, daß es gefährlich ist in Fasach Wood. Also sollten sie dort unten nicht spielen.«

Und damit hörte Caitlin diesen Ausspruch zum zweiten Mal in weniger als einer halben Stunde. Von allen Menschen in Linnvale war sie die einzige, die nicht in den Wald gehen *konnte*, weil die Wege dort zu uneben und eng waren und sie mit ihrem Rollstuhl niemals darauf zurechtgekommen wäre. Sie fragte sich kurz, was so Besonders war an diesen Bäumen vor dem eigentlichen Waldrand. Und sie fragte sich, warum immer wieder betont wurde, es sei *gefährlich*, da hinunterzugehen.

Gegen zehn Uhr ließ Caitlin ihren *frisierten Flitzer* vom Tisch zurückrollen. Sie hinterlegte ein wenig Geld auf dem Zierdeckchen – trotz des Protests der anderen vier – und manövrierte sich durch die Tür. Die anderen Frauen sahen ihr nach. Sie griff nach der Tür, um sie hinter sich zu schließen, und merkte, daß Gail ihr freundlich winkte. Molly Carr schien weniger vergnügt zu sein.

Caitlin rumpelte ein weiteres Mal über das Kopfsteinpflaster und hielt ihre Einkaufstasche auf dem Schoß fest. Ein Schatten geisterte heran.

»Hey, Kate, ich habe heute schon mit einem Freund von dir telefoniert.«

Sie bremste den Rollstuhl, wandte sich um und blinzelte in die Sonne.

Der hochgeschossene Alec Stirling stand, den großen Postsack über die Schulter geworden, neben ihr und zwinkerte ihr über die Brillengläser hinweg zu.

»Ach?«

»Aye. Martin Thornton, dein Reporter-Freund. Er hat dich doch besucht, mit einer Flasche Wein. Ich hab' gehofft, das ist der Beginn einer kleinen Romanze. Martin ist ein netter Kerl. Zahlt auch gut.«

Jetzt fiel der Groschen.

»Ah. Du hast Bob ins Krankenhaus gefahren und dann bei der Zeitung angerufen.«

»Nun, immerhin bin ich *erst* ins Krankenhaus gefahren«, betonte Alec sehr ironisch. »Wenn das jemand gewesen wäre, den ich nicht kenne, dann hätte ich möglicherweise *vorher* angerufen.«

Caitlin lachte laut.

»Wenigstens bist du ehrlich. Kannst du mir sagen, warum du nicht selbst Reporter geworden bist?«

»Was, und in diesem Ratten-Rennen mitmachen?« Alec schüttelte den Kopf, als sei dieser Gedanke völlig absurd. »Ich hab's versucht, nachdem ich von der Schule abgegangen bin. Ich habe beim *Craigard Herald* angefangen und nach einer Woche gekündigt. Ich sollte ständig über irgendwelche Kaffeekränzchen schreiben.« Er reckte sich und verlagerte das Gewicht des Postsacks. »Nö. Dieser Job hier ist genau richtig für mich. Kein Streß, keine Überanstrengung, und an jeder Tür eine Tasse Tee. Und wenn ich eine Geschichte höre, die interessant genug ist, dann mach' ich einen kleinen Anruf. Das ist *das* Leben.«

»Darauf wette ich. Eine Tasse Tee, und eventuell ein bißchen mehr.«

»Sämtliche Gerüchte zu diesem Thema stellen lediglich eine Verleumdung meines Charakters dar«, versicherte Alec und schob die Brillengläser geziert mit dem Mittelfinger die Nase hoch – aber er lachte dabei. Man konnte ihn einfach nicht aus der Fassung bringen. Dabei wußte jeder, daß der große, leutselige Bursche auf mehr als einem Gehöft auf seiner Postrunde sehr willkommen war.

»Hier, ich habe Neuigkeiten für dich. Ich werde sie dir zuerst sagen, bevor die alten Klatschweiber sie mitkriegen und sich die Mäuler darüber zerreißen.« Alec blickte sich sehr verschwörerisch um, dann ging er neben dem Rollstuhl in die Hocke. Caitlin war dankbar dafür, nicht mehr länger in die Sonne sehen und sich den Nacken verrenken zu müssen.

»Sie haben am Fluß unten sein Gewehr gefunden. Der Schaft war zerbrochen. Muß auf einen Felsen gekracht sein. Sie haben auch die Stelle gefunden, wo Bob war, als er getroffen worden ist. Da war überall Blut.«

Caitlin nickte.

»Sie gehen davon aus, daß es ein Unfall war. Daß er gestürzt ist und sich dabei ein Schuß gelöst hat.«

»Wird er es überstehen?«

»Es geht ihm verdammt schlecht, aber immer noch besser als heute morgen. Ich dachte, ich würde eine Leiche in der Gegend herumschleppen.«

»Man sagt, wenn du nicht gewesen wärst, wäre er gestorben.«

»Das ist wahr genug. Wenn ich jemals wieder so schnell fahre, werd' ich den Gurt anlegen. Das tut meinem kleinen Postauto gar nicht gut, weißt du. Ich glaube, es hat sich immer noch nicht erholt.« Alec lachte, und Caitlin sah ihn kopfschüttelnd an. Sie spürte, daß er das Kompliment ganz bewußt überspielte.

»Oh, und noch etwas, was bisher noch niemand weiß. Am Hexenkessel haben sie ein Fangnetz gefunden. Also lag Bob mit seinem Wildererverdacht gar nicht so daneben. Bloß glaubt niemand, daß *sie* auf Bob geschossen haben, und Bob selber hat bisher auch niemandem was erzählt, obwohl er heute morgen in meinem Auto wie ein Verrückter herumgebrüllt hat. Lauter Blödsinn. *Ach ja*, und dieses Netz ist völlig *zerfetzt*, wie übrigens auch die Fische darin . . . Sehr merkwürdig. Ein echtes Rätsel. Meint jedenfalls Sergeant Adams. Bloß kommt diesem großen, nutzlosen Idioten so ziemlich alles wie ein Rätsel vor.«

Alec grinste wieder – er war seine Nachrichten losgeworden. »Also, und wie ist das jetzt mit dieser Romanze?«

»Was für eine Romanze?«

»Zwischen dir und meinem Freund Mister Thornton.«

»Tut mir leid, dich enttäuschen zu müssen. Da gibt's keine Romanze.«

»Eine Schande. Ich dachte, ich hätte einen Knüller. Ich hab' an meinen Ruf zu denken.«

»Okay, aber ich will keine Gerüchte hören. Dein Mr. Thornton wollte nur eine Geschichte von mir.«

»Und was für eine?« hakte Alec nach, und Caitlin prustete wieder los.

»Du bist unverbesserlich.«

»Ich hoffe doch, das ist keine ernstgemeinte Beschwerde?« erkundigte er sich und schaffte es, ganz unschuldig dreinzusehen.

»Nein, du Nervensäge. Aber ich werde dir trotzdem keine Munition geben. Er wollte nur eine Fortsetzung von etwas schreiben –«

»Ah, dacht' ich mir. Ich habe den Teil gelesen. Gute Story.«

»Für die Zeitung vielleicht. Für Mr. Thornton vielleicht.«

»Oh, ich wollte nicht –«

»Nein. Ich weiß, also mach dir nichts draus. Jedenfalls ist da weit und breit keine Romanze. Wenn ich irgendwelche

Gerüchte höre, die das Gegenteil besagen, dann weiß ich, wo ich dich finde.«

»Würde ich *so etwas* je tun?« Der lange Alec war die Unschuld in Person.

»Und ob«, sagte Caitlin mit soviel spöttischer Strenge in der Stimme wie nur möglich. Sie versagte jämmerlich.

Sie lachten beide. Caitlin stieß die Räder an, und Alec richtete sich auf und ließ sie vorbei. Sie fuhr ein paar Yards weit, dann stoppte sie und schwang den Rollstuhl heftig herum. Alec war bereits weitergegangen.

»Übrigens«, rief sie ihm hinterher. »Ich denke, du solltest *wirklich* eine Medaille bekommen.«

Er drehte sich um; sein Grinsen verbreiterte sich.

»Heißt das, der Held kriegt einen Kuß?«

»Ein anderes Mal, du alter Gauner.«

»So alt auch wieder nicht«, feuerte er lachend zurück. Caitlin schnaubte, schüttelte den Kopf und setzte ihr *Ufo* wieder in Bewegung. Die Sonne ließ ihre Haare golden und kupferrot aufflammen.

Nach dem Mittagessen, als die Sonne hoch über den Birken am anderen Ende des Gartens die Welt in einen Backofen verwandelte, saß Caitlin vor ihrer Staffelei. Sie malte einige Stunden lang, und obwohl sie mit dem Resultat nicht unzufrieden war, war sie doch überrascht davon. Sie hatte die Szenerie gestern skizziert – die alte Brücke in der Nähe der Mühle, dort, wo die hohen Lärchen am Waldrand den Tannen wichen, und dann einer Masse dunkler Eichen. Diese Skizzen waren lediglich Studien, eine Annäherung an Form und Perspektive. Sie hatte das Blätterwerk als Schatten dargestellt und sich notiert, wie das Licht einfallen mußte, um die hoch aufragenden Stämme richtig zur Geltung zu bringen.

Im Garten hatte sie einen farbigen Entwurf zu Papier gebracht – in hellen Beige- und Grautönen, um ein Gefühl dafür zu bekommen. Dann war die drangegangen, die Formen der Blätter herauszuarbeiten, vom Blau-Grau der Koniferen über das kräftige Grün der Eichen bis zum helleren Grün der Linden am Waldrand. Die Farbabstufungen folgten dem Verlauf der Schatten; dies verlieh dem Bild ein Gleichgewicht, das ihr gefiel. In solchen Momenten bewegte sich ihre Hand wie von einem eigenen Willen beseelt, und ihr Geist schwang sich empor und glitt in alle Richtungen davon.

Sie dachte wieder an ihr Erwachen gestern nacht, an die Kälte und den Schweiß und das Zittern; und an jene eigentümliche, unangenehme Beklemmung, die sie befallen hatte. Die Träume kamen jetzt häufiger, und sie waren nicht mehr *gut*; sie versetzten sie in eine entsetzliche Angst und Verzweiflung, sie waren *schockierend.* Mit den Lauf-Träumen kam sie zurecht. Darin war sie für einige kurze Momente *frei.* Aber sie konnte ihr Unterbewußtsein nicht dazu bringen, den Rollstuhl zu akzeptieren. In ihren Träumen fühlte sie sich zu dem *Monstrum* zurückgetrieben, zu einer scheußlichen, eckigen Stahlfalle, die nur darauf wartete, sie wieder verschlingen zu können. Die tieferen Bereiche von Caitlins Verstand, jene Bereiche, die ihr Ich ausmachten, lehnten den *Renner* ab, kämpften dagegen an, und so erwachte sie jedesmal mit Tränen auf den Wangen und kaltem Schweiß auf der Stirn.

Sie fragte sich, wohin sie in diesen Träumen rannte. Es war Fasach Wood, das war ihr klar, aber sie verstand nicht, *warum* sie dort war. Schon als Kind – während der Sommerferien – hatte man ihr eingeschärft, dem dichten Wald fernzubleiben. Sie erinnerte sich, daß das Wasser des Flusses tief und schnell gewesen war und daß es dort unten keine Wege gab. Als Kind konnte man dort leicht die Orientierung verlieren und sehr lange umherirren.

In den Träumen stürmte sie Wege entlang, die breit und festgetreten waren und irgendwo *hinzuführen* schienen. Sie vereinten sich mit anderen Pfaden – eine Feststellung, die sie eigenartigerweise für wichtig hielt –, feste, häufig benutzte Wege, die an *anderen* Orten ihren Ursprung hatten.

Ihre Gedanken sprudelten weiter, und ihre Hand bewegte sich wie von selbst.

Martin Thornton. Sie war sich nicht im klaren darüber, was sie von ihm halten sollte.

Sie hatte gehofft, daß er sie noch einmal besuchte, bevor er nach Glasgow zurückfuhr; er war nicht mehr gekommen. Sie erinnerte sich sehr gut an ihre Enttäuschung. *Nicht schlimm.* Wirklich nicht? *Wirklich nicht.* Er bedeutete ihr nichts.

Nein. Das war falsch. Er *bedeutete* ihr etwas. Er war dortgewesen, und er hatte versucht, sie zu beschützen ... Weil er irgendwie *gewußt* hatte, wie schlimm sie verletzt war. Sie wurde nicht schlau aus der Geschichte, die er ihr erzählt hatte, war trotz der Aufrichtigkeit in seiner Stimme nicht richtig davon überzeugt, daß das Ganze kein Reportertrick war.

Sie hatte heute morgen seinen Artikel in der Zeitung gelesen. Es war kein Aufmacher gewesen, sondern ein Beitrag im Innenteil, vor den Mittelseiten und dem Fernsehprogramm. Er hatte nicht – wie viele andere – von einem *Grenzkrieg* geschrieben, sondern die Situation fair und ausgewogen dargestellt. Duncan Haldanes Probleme waren zur Sprache gekommen, und die Tatsache, daß er ein Mann war, der sich seinen Lebensunterhalt zu verdienen versuchte. Er hatte die Schönheit des Tales betont und das berechtigte Interesse der hier lebenden Menschen daran, diese Schönheit zu bewahren. Gail Dean konnte auf eine genauso ansehnliche Zitatenquote verweisen wie Duncan Haldane. Als Caitlin den Artikel zu Ende gelesen hatte, glaubte sie zu spüren, daß Thornton eher mit Haldane sympathisierte; dennoch hatte er sorgfältig darauf geachtet, seinen Drahtseilakt fair zu Ende zu bringen. Das war kein einseitiger Stimmungsmacher gewesen, sondern eine durchdachte Arbeit. Keine Story, die Preise gewann, aber ehrlich genug.

Caitlin grübelte darüber nach, warum er nicht mehr zurückgekommen war. Als er weggefahren war, hatte sie sich vorgenommen, ihm den Scheck zurückzugeben, aber jetzt war sie sich nicht mehr sicher. Er schien ihm gleichgültig zu sein. Sah so eine Bestechung aus? Versuchte er, eine Story zu *kaufen*? Caitlin wußte es nicht. Sie wünschte sich fast, sie würde es wissen. Er sah ziemlich gut aus, auf eine *normale* Art und Weise; er war schlank, aber nicht dürr, er hatte kurze braune Haare und sehr wachsame blaue Augen. Das beste aber war, wie sie sich eingestand, daß er zwei Grübchen in den Wangen hatte, Lachfalten, die tiefer wurden, wenn er lächelte. Das bedeutete, er lachte oft. Caitlin mochte das an einem Mann.

Gestern, als sie mit den Skizzen beschäftigt gewesen war, hatte sie auf einem übrigen Blatt gedankenlos mit Zeichenkohle herumgekritzelt. Aus einem der Kringel wurde der kräftig geschwungene Bogen eines Kiefers und schließlich das rasche, stilisierte Bild eines galoppierenden Pferdes. – Pferde waren ihre Lieblingstiere. Sie zeichnete Rosenblätter, dann ein Gesicht. Anfangs war es nur eine Form, aber dann hatte sie *diese* Gesichtszüge eingebracht, *diese* Schattierungen, *diese* Augenbrauen. Die Zeichenkohle hatte das energische Kinn umrissen, und den Mund, und dieses halbe Lächeln. Es war Martin Thornton. Caitlin hatte ärgerlich den Kopf geschüttelt und war nahe darangewesen, das Blatt Papier zu zerknüllen; aber mitten in der Bewegung hatte sie innegehalten, das Bild eine Weile angestarrt und es zu guter Letzt in die Mappe gelegt, in der sie auch ihre anderen Skizzen aufbewahrte. Die Ähnlichkeit war nicht übel. Die Augen waren richtig. Sie dachte darüber nach und schüttelte den Kopf.

»Er will nur eine Geschichte«, sagte sie nachdrücklich. Trotzdem war sie enttäuscht gewesen, als er nicht mehr gekommen war. Ihr Verstand sagte: *Du hast dich nicht in ihn verliebt.* Er war nur seit langem das erste passabel aussehende menschliche Wesen, mit dem sie hatte reden können. Ein Mädchen im Rollstuhl bekam nicht allzu viele davon zu Gesicht. Und wenn, dann riskierten verdammt wenige einen zweiten Blick.

Ein Geräusch wie von zerfetzendem Metall riß sie in die Gegenwart zurück – irgendwo in der Ferne, jenseits des murmelnden Flusses, hatte ein Fasan sein Gebietsrechte proklamiert. Sie besah sich die Szenerie auf der Leinwand. Sie hatte eine halbe Stunde lang gemalt, ohne sich bewußt auf das Bild zu konzentrieren. Und jetzt war sie völlig sprachlos.

Es war *gut*. Überraschend gut.

Und zugleich seltsam. Sie hatte die hohen, geraden Stämme gut getroffen; auf der Nordseite waren sie moosbewachsen, und das Sonnenlicht fiel schräg ein und betonte die Schatten. Dahinter, dort, wo die breiten Blätter hätten dichter werden müssen, hatte sie eine Art Lichtung angedeutet, seltsam fern und trotzdem deutlich erkennbar. Die zarten Striche hatten eine beinahe magische Sommeratmosphäre zwischen die Bäume gezaubert; sie verliehen dem Ganzen einen merkwürdigen, nahezu dunstigen Eindruck, als sei die Luft voller Blütenstaub. Im Vordergrund hatte sie Rotbraun und Sepia und kräftige Farbtöne verwendet, um die Blätter auf dem Waldboden hervorzuheben. Einige davon – kaum mehr als Tupfer mit der Pinselspitze –, schienen von einer Brise aufgewirbelt zu werden und in einem vergnügten Reigen durch die Luft zu taumeln. Etwas weiter hinten, wo der Wald lichter wurde, gab es die Andeutung eines nebelhaften Umrisses, eines einzeln stehenden weiteren Baums. Sie mußte ganz genau hinsehen, um ihn ausmachen zu können. Selbst dann war sie noch nicht ganz sicher. Es war nur ein Schemen unter Schemen, wenig mehr als ein Streich des Lichts, ein Streich ihres *Pinsels*.

Sie nahm ihre ersten Skizzen zur Hand und sah nach. Dort, wo sich auf ihrem Bild der Wald lichtete, zeigte ihn der Entwurf undurchdringlich und dunkel und trist. Dennoch wirkte die wie in Trance gemalte Szenerie *richtig*. Sie balancierte das ganze Bild aus. Caitlin setzte sich zurück und bewunderte ihre Arbeit.

Das hier war ihr bestes Bild seit langem, und sie hatte nicht einmal richtig mitbekommen, daß sie es gemalt hatte. Sie sah auf die Uhr. Es war kurz nach zwei Uhr. Sie hatte nur ein paar Stunden daran gearbeitet; und etwas wie das hier war ihr noch *nie* in weniger als zwei Tagen gelungen. Caitlin beugte sich vor, betrachtete die Pinselstriche der schwebenden Blätter. Sie konnte sich eindeutig nicht daran erinnern, den Details so viel Aufmerksamkeit geschenkt zu haben, wie diese offensichtlich erhalten hatte. Selbst die winzigsten Äderungen des Laubs waren zu erkennen. Es *mußte* ein glücklicher Zufall gewesen sein; vielleicht ein paar abstehende Härchen an der Pinselspitze. Etwas weiter, im rechten Bilddrittel, hockte eine Eule auf einem Ast. Sie sah sie genauer an und bemerkte, daß es lediglich der Stumpf eines abgebrochenen Hauptastes war. Auf der Skizze war ein ähnlicher Stumpf, aber dieser hier wirkte auf den ersten Blick wie eine große, gelbbraune, perfekt getarnte Eule. Caitlin lächelte in sich hinein. Wenn sie eine Eule gemalt hätte, ohne das zu merken, dann wäre sie wirklich ein klein wenig beunruhigt gewesen.

Sie hob die Leinwand von der Staffelei und spannte sie vorsichtig, um die Farben nicht zu verschmieren, in einen Transportrahmen. Sie tat es ungern, da sie – wie immer – Angst hatte, die Oberfläche zu beschädigen und noch einmal von vorn beginnen zu müssen, aber sie wußte, wenn sie das Bild an einem Sommernachmittag auf der Staffelei beließ, dann würde es bald übersät sein mit winzigen toten Fruchtfliegen. Danach verbrachte sie einige Minuten damit, ihre Pinsel in Spiritus auszuwaschen, in die Borsten zu pusten, damit sie nicht zusammenklebten, und alles in ihre Schachtel zu packen. Die Farben bewahrte sie in einer alten, quadratischen Ledermappe auf. Sie brachte das Ganze ins Haus. Dann setzte sie Wasser auf.

In ihrem Wohnzimmer, bei einer heißen Tasse Tee, sah sie sich das Gemälde erneut an. Es war unglaublich; sie verstand nicht, wie es ihr gelungen war, diese Baumzwischenräume zu gestalten und den Betrachter derart tief in den Wald hineinblicken zu lassen. Oh, sie hatte diesen Teil des Tales schon in vielen Bildern festgehalten, und sie verkauften sich auch gut in der Galerie in Levenford; aber auf diesen Landschaftsbildern hatte sie, wie viele andere Künstler, die Bäume ganz bewußt arrangiert, zwei hier, zwei dort, oder das steinerne Antlitz der Dumbuie Hills in ihrer ganz eigenen Interpretation wiedergegeben. Einmal hatte sie sogar den Lauf des Flusses verändert, der vom Corrie Linn herunterstürzte. Aber das war absichtlich geschehen. In diesem Bild hier war alles Zufall. Sie hatte den Wald malen wollen, wie er *war* – und etwas völlig anderes geschaffen. Und diese Andeutung eines massigen Baumes, weit entfernt, in den Tiefen – sie konnte sich nicht einmal an die Pinselstriche erinnern, die den Schemen dort plaziert hatten, nicht im Zentrum des Bildes, und doch in einer Position, die das Auge des Betrachters unweigerlich wie magisch anzog.

»Es ist gut, wirklich«, sagte sie laut. »Es ist verdammt gut.«

Caitlin trank ihren Tee aus, und dann verließ sie das Haus wieder, doch anstatt an ihren Platz im Schatten der Silberbirke zurückzukehren, rollte sie um die Ecke und den Plattenweg entlang. Sie zog das Gartentor hinter sich zu; es quietschte in den alten Scharnieren und fiel mit einem metallischen Schnappen ins Schloß. Die Luft roch nach Steinkraut und blaßrotem Geißblatt. Kein Lüftchen regte sich, und es war eine Wohltat, die Sonnenhitze auf den Schultern zu spüren.

Dieses Mal wandte sie sich nicht nach links, Richtung Dorf, sondern nach rechts. Sie fuhr die Straße hinab, erreichte die leichte Kurve, wo die Lärchen am Hang wie gigantische Wächter des Waldes emporragten, und trieb den Rollstuhl weiter voran. Sie fand die Stelle wieder, wo sie sich im Gras niedergelassen und skizziert hatte; hier herrschte der süße Duft von Glockenblumen vor – sie überzogen den Abhang wie mit einem zarten Schleier, der in der Ferne immer dunkler wurde. Sauerklee und weiße Sumpfwurz nickten ihr trotz der stillen Luft liebenswürdig zu, als seien sie sehr zufrieden mit diesem Tag.

Caitlin stoppte und spähte in die Bäume hinab. Ja. Die

Linienführung war richtig, die Farben stimmten. Sie empfand ein herrliches Prickeln; sie war stolz auf ihre Arbeit. Allerdings schienen die Eichen und knorrigen Ulmen hinter den Lärchen und Tannen wie miteinander verwachsen. Es gab weit und breit keine Zwischenräume, die den Blick einfingen. Da waren nur diese Bäume, und die Blätter, die einen dichten, undurchdringlichen, schattenhaften Waldhimmel bildeten. Seltsam. Ihr Bild – das Bild, das sie so gedankenabwesend gemalt hatte – sah *richtig* aus.

Sie lächelte unbekümmert.

Sie lauschte, ob ein Auto kam, dann fuhr sie rückwärts aus dem kurzen Gras und war wieder unterwegs. Die Umgebung sauste an ihr vorbei. Etwas weiter die Straße hinab kam eine Brücke, an der sie gelegentlich verweilte und dem Wasser zuhörte. Caitlin summte, sie fühlte sich so gut wie seit Tagen nicht mehr.

Auf der ebenen Straße, die zur unteren Brücke über den Corrie führte, beschleunigte sie noch mehr. Ihre dünne Bluse bauschte sich im Fahrtwind, die Sonne stand hoch am Himmel und brannte heiß auf ihre Wangen herab. Die Räder zischten auf der trockenen Straße, und sie sorgte mit kraftvollen Stößen dafür, daß sie immer noch schneller wurde, und dann genoß sie es und legte beide Ellbogen auf die gepolsterten Armlehnen und beließ nur einen Finger am Bremshebel.

— 15 —

Es geschah mit solch schockierender Schnelligkeit, daß Caitlin keine Chance hatte.

Sie schoß die Straße entlang und war in glückliche Gedanken versunken, als ein Laubgestöber aus dem Wald hervorbrach und sich drehend und wirbelnd näherte. Es fiel ihr gar nicht auf, daß nicht der geringste Windhauch zu spüren war. Alles geschah so langsam, so harmlos, daß sie sich kaum bewußt war, *daß* etwas geschah. Der Mahlstrom der Blätter raschelte über den Teerbelag der Straße und verteilte sich prasselnd in dem Gewirr der Weißdornhecke auf der gegenüberliegenden Seite.

Im nächsten Moment war Caitlin bereits vorbeigeflitzt.

Ein scharfes Krachen hinter ihr, wie von brechenden Ästen, riß sie aus ihren Gedanken. Dann hörte sie ein leises Grollen, so kehlig und tückisch, daß es selbst ihre Knochen zum Vibrieren brachte. Sie schnappte nach Luft und versuchte sich umzudrehen, aber *Bewegungsfreiheit* gehörte nicht gerade zu den Serviceleistungen eines Rollstuhls. Ganz am Rand ihres Sichtfeldes glaubte sie etwas Vierschrötiges und Schwarzes und erschreckend *Schnelles* wahrzunehmen. Etwas, das hinter ihr herhuschte.

In Caitlin krampfte sich alles zusammen. Ein kleiner Schrei, der pure Angst war, flog über ihre Lippen. Das monströse, kehlige Knurren wiederholte sich. Zwischen ihren Schulterblättern bildete sich pures Eis. Dann traf den Rollstuhl ein solch enormer Schlag, daß ihr Kopf mit einem Ruck in den Nacken gerissen wurde.

In dieser Sekunde fand sie keine Zeit, zu denken oder auch nur zu reagieren. Sie versank in einer gigantischen Sturzflut aus Panik.

Der Rollstuhl wurde vorwärtsgedroschen, der Ruck war heftig genug, um sie beinahe auf die Straße zu schleudern. Instinktiv klammerte sie sich an den Armlehnen fest. In ihren Ohren war ein rasendes Klingeln, in den überanstrengten Muskeln oberhalb der Schultern loderte sengende Hitze. Hinter ihr erschütterte ein ohrenbetäubendes Brüllen die Welt, und Caitlin schrie wieder. Sie hörte dumpfe, rasend schnelle Laute hinter sich, und ein fürchterliches Scharren, wie Hundekrallen auf Teer, aber lauter, schlimmer. *Viel schlimmer.*

Purer Terror befiel sie. Plötzlich hatte sie furchtbare Angst um ihr Leben. Trotz der brennenden Schmerzen in ihrem Genick versuchte sie sich wieder umzudrehen, versuchte sie wieder, das zu sehen, was sie nicht sehen konnte. Es war nur ein schwarzer Schemen gewesen, ein rasend schnelles, geschmeidiges Etwas. Das gutturale, gurgelnde Knurren war jetzt ganz nahe; und es war so gewaltig wie von einem Tiger, einem *riesengroßen*, jagenden Tiger. Er würde sie töten. Er würde sie wieder anspringen und –

Sie hörte Geifer in seiner Kehle rasseln, hörte, wie er Luft einsaugte für ein weiteres donnerndes Grollen, und ihr ganzer Körper spannte sich an und erwartete den tödlichen Aufprall und das Zuschnappen der mörderischen Kiefer, *das Reißen ihres Fleisches* . . .

Das Kratzen der Klauen auf der Straße hinter ihr wurde laut und schnell, ein wildes Alptraumscharren. Die Nerven oberhalb der Stelle, an der ihr Rückgrat mit einer Stahlplatte zusammengeflickt war, zuckten in eisiger angespannter Erwartung. Sie schrie wieder, und es war ein hoher und erbärmlich hilfloser Laut, aber dieses Mal war sie auf die Wucht des Ansturms vorbereitet. Ihr ganzer Körper wurde starr, und das bewahrte ihr Genick vor neuerlichen Schmerzen. Dieses Mal peitschte ihr Kopf nicht nach hinten und gegen die Rückenlehne des Rollstuhls. Die Räder pfiffen über den Teerbelag, sie schoß die Straße hinab und wurde schneller und schneller und überquerte die untere Brücke, und auf der anderen Seite war der Teerbelag nur noch eine Holperstrecke. Die Straße schlängelte sich am Waldrand entlang bergab. Und die Schritte des Verfolgers kamen bereits wieder näher, obwohl der Rollstuhl, von einer Seite zur anderen schwankend, mit annähernd halber Lichtgeschwindigkeit die steile Straße hinabsauste.

Die Hecke am linken Straßenrand wischte in einem Wirbel aus grünen Farben an ihr vorbei, die Räder schleuderten jetzt kleine Steine hoch. Das Scharren des Ungeheuers fiel zurück, und eine Woge der Erleichterung sprudelte in Caitlin empor. Sie *schlug* es. *Sie war schneller als dieses Ding.* Vorausgesetzt, es gelang ihr, das Rollstuhl-*Ufo* vor einer vorschnellen Bruchlandung zu bewahren. Die Straße wurde steiler, und sie schlingerte dicht am Straßengraben entlang, und eine Brombeerranke mit riesigen Dornen peitschte heran und zerfetzte ihre Sommerbluse und hinterließ eine rote, klaffende Spur auf ihrem Arm. Ein abgebrochener Ast ragte aus der Hecke heraus; Caitlin riß den Kopf in letzter Sekunde zur Seite, dennoch spürte sie das Reißen an ihren flatternden Haaren. Plötzlich befand sie sich in der Straßenmitte, der Rollstuhl geriet außer Kontrolle.

Die Geschwindigkeit war angsteinflößend, aber nicht halb so schlimm wie der bloße Gedanke an die schwarze, schemenhafte Bestie, die sie angegriffen und den Rollstuhl vorwärtsgestoßen hatte. Dann begriff Caitlin, daß sie *zu schnell* wurde. Das Ungeheuer, der große Hund oder *was auch immer,* war verschwunden. Zumindest war nichts mehr von ihm zu *hören*.

Vor ihr beschrieb die Straße eine weitere Kurve, dieses Mal nach links. Caitlin packte die Handbremse und zog sie an.

Nichts geschah.

Der Rollstuhl raste samt seiner Gefangenen weiter.

Sie schrie, ohne sich dessen bewußt zu sein, und ruckte wieder an der Bremse. Der Rollstuhl wurde schneller, wurde schneller. Sie riskierte einen Blick nach unten und sah, daß die Bremsbacken von dicken Laubknäueln blokkiert wurden. Die Bremse konnte gar nicht funktionieren.

Der Waldrand war jetzt gefährlich nahe. Große Eichen bildeten eine Barriere, alt und knorrig und entsetzlich *massiv.* Caitlin sah sich bereits in eine davon hineinkrachen; sah, wie ihr Schädel zertrümmert wurde, ihre Knochen zerbarsten, und ein Wimmern der puren Verzweiflung brach aus ihr hervor. Sie versuchte den Rollstuhl *irgendwie* in diese verdammte Kurve hineinzusteuern, verlagerte ihr Gewicht auf den linken Arm hinüber – und das rechte Rad kam hoch. Der ganze komplizierte Apparat schleuderte mit einem nervenzerreißenden Geräusch über den Teer, und sie versuchte noch, abzuschätzen, *wie weit* sie sich zur Seite lehnen konnte, ohne zu kippen –

Plötzlich war das *Ding* wieder da; links hinter ihr, ein ebenholzschwarzer Blitz. Sie erhaschte einen flüchtigen Blick auf ein weitaufgerissenes rosarotes Maul, auf blitzende Reißzähne und glänzende Schwärze. Sie ruckte mit einem Schrei herum, und das rechte Rad knallte sehr *hart* auf die Straße zurück. Die kleineren Vorderräder hüpften und sprangen. Der Rollstuhl sauste quer über die Straße. Wie durch ein Wunder schoß sie zwischen zwei Eichen hindurch. Ein Gewirr aus Ästen und Dornenranken und Blättern fetzte über ihre Haare. Die Räder malmten durch Glockenblumen, dann kippte die ganze Welt, und Caitlin stürzte, immer noch in ihrem Gefährt sitzend, hilflos an altersgrauen Stämmen vorbei in eine bizarre Tiefe. Sie hielt sich verzweifelt an ihrem *frisierten Renner* fest; ihre Zähne klapperten aufeinander; das Entsetzen kam jetzt in einem wilden Flattern auf sie herab, ihr Verstand war völlig leer. Der Rollstuhl prallte auf und wirbelte von rechts nach links und wieder nach rechts, und sie wirbelte mit ihm. Er schrammte eine steile Bergflanke hinab und riß Gestrüpp und Blumen und Erdreich mit sich und schlug wieder auf und flog zwei Fuß hoch in die Luft. Caitlins Magen schien nach unten wegzusacken, und gleich darauf hatte sie ihn im Mund. Der Rollstuhl traf mit einem fürchterlichen metallischen Krachen auf einen moosbewachsenen Baumstamm und überschlug sich, und sie wurde mit enormer Geschwindigkeit herausgeschleudert.

Caitlin segelte durch die Luft, ihr Körper drehte und überschlug sich. Ihr Verstand war völlig betäubt. Sie war sich lediglich eines schwindelerregenden Loopings bewußt. Grün und Braun huschten verwirrend schnell um sie herum. Der Abhang war hier so steil, daß plötzlich auch *unter ihr* Baumkronen auftauchten; sie wirkten wie flauschige Sprungtücher. Sie krachte durch weit ausladende Äste, ihre Hände suchten instinktiv nach einem Halt, doch es war sinnlos; sie stürzte in einem Sprühregen aus abgerissenen Blättern und Zweigen weiter.

Ein Ast peitschte ihr so hart ins Gesicht, daß es sich anfühlte, als werde sie bis zum Knochen aufgeschlitzt. In ihren Ohren war ein beständiges Donnern – wie von einem direkt in ihrem Kopf hämmernden Herzen. Sie stürzte und prallte irgendwo gegen einen waagrechten Ast und stürzte weiter; ganz tief unten an ihrem Rücken tobten unbeschreibliche Schmerzen. Die ganze Welt wurde schwarz. Caitlin wurde herumgeschmettert und fiel wie eine Puppe, deren Fäden gekappt worden waren, kerzengerade durch ein tiefhängendes Blättergewirr.

Sie schlug mit immer noch genügend Wucht ins Wasser. Eine zwanzig Fuß hohe Fontäne sprühte empor.

Der Schock preßte vollends den letzten Atemrest aus ihren Lungen; sie sank wie ein Stein in die Tiefe.

Ihre Augen öffneten sich, und eine dunkel schimmernde Welt umgab sie. Sie begriff nicht einmal, daß sie im Wasser war. Sie hob einen Arm und sah ihn bleich und schwerelos direkt vor sich treiben. Ein sehr ferner Teil ihres Verstandes nahm an, daß sie tot war; sie fragte sich benommen, warum Totsein so weh tat. Die Schmerzen stiegen wie träge Feuerschlieren aus ihrem Rücken empor und wurden zu weißer Hitze und verwandelten sich in ein unerträgliches Höllenfeuer. Sie versuchte zu atmen und stellte fest, daß sie das nicht konnte. Etwas Eisiges erzwang sich seinen Weg durch ihren Hals und versuchte die Schmerzen zu kühlen, doch das Höllenfeuer loderte nur noch zorniger.

Ihr Bewußtsein trieb so langsam heran wie ein Tagtraum. Sie durchlebte den Sturz durch die Bäume wieder und wieder ... Und sie hörte noch immer das triumphierende, donnernde Grollen hinter sich. Dann, ganz plötzlich, wußte sie, daß sie *ertrank*.

Sie ertrank im Fluß.

Die Panik trieb sie zur Oberfläche zurück. Sie schlug mit den Armen um sich, während ihr Verstand drängende Botschaften an ihre toten Beine sandte; *bewegt euch, verdammt, bewegt euch.* Die Kälte flutete in sie herein, und ihre Lungen versuchten, sie auszuspucken, doch das war unmöglich. Eine Ewigkeit später durchbrach ihr Kopf die

Wasserfläche. Blendende Sterne tanzten wie verrückt vor ihren Augen. Sie hustete und würgte, und dieses Mal schoß ein Wasserstrahl aus ihr heraus. Dann saugte sie Luft in ihre brennenden Lungen und würgte und weinte und atmete und versuchte panisch, den Kopf über Wasser zu halten – alles gleichzeitig. Die Strömung schwemmte sie flußabwärts, zum Ufer, und gegen einen großen, glatten Felsen. Sie streckte die Hände aus, um sich festzuhalten.

Ihre Finger rutschten an der feuchten Oberfläche des Steins ab, sie glitt wieder unter Wasser. Verbissen strampelte sie sich empor und krallte wie von Sinnen nach dem Fels, versuchte ihn mit beiden Armen zu umklammern. Sie fand keinen Halt. Der Stein war wie glattgeschliffen und von Schlick überzogen. Unmöglich, sich daran festzuhalten. Unmöglich, aus dem Wasser herauszukommen.

Diese Erkenntnis traf sie mit einem Schock, der schlimmer war als die Kälte des Wassers.

Ich werde hier sterben.

Ihre Hände allein konnten sie nicht über Wasser halten, und sie konnten sie auch nicht aus dem Fluß ziehen. Die Beine waren ein nutzloses, totes Gewicht, das sie in die Tiefe zerrte.

Ich werde hier sterben.

Sie sah sich selbst, als schwebe sie in einiger Entfernung über der *ertrinkenden* Caitlin. Sie nahm alles sehr klar und sehr scharf umrissen wahr – jedes auch noch so kleine Detail.

Fingerspitzen scharrten und kratzten über den Felsen, und die Erschöpfung des Körpers verlangsamte sämtliche Bewegungen mehr und mehr. Irgendwann glitt ihr Kopf unter Wasser, und dann sah sie diese andere Caitlin Brook, diese *tote* Caitlin Brook, langsam mit der Strömung davontreiben; rote Haare breiteten sich wie ein kupferner Fächer aus, ihr Gesicht war ein bleicher Mond unter den sanften Wellen, und gesprenkelt von Licht- und Schattenflecken.

»Nein!« keuchte sie und schluckte erneut Wasser und

würgte es sofort wieder heraus. Unter Aufbietung aller Kräfte drehte sie sich herum und kämpfte gegen die Strömung an.

Ich will hier nicht sterben!

Sie schlug auf das Wasser ein, konzentrierte sich mit Leib und Seele auf die Untiefen rechts der Wasserfälle; dort ragte eine steinige Uferbank weit in den Fluß herein. Sie war etwas vierzig Fuß entfernt. Es kam ihr vor wie vierzig Meilen.

Sie keuchte vor Anstrengung. Ihre Arme bewegten sich wie Kolben, als sie sich durch die nahezu unbezwingbare Macht des Flusses stromaufwärts kämpfte. Sie schaffte einen Yard, mühte sich einen weiteren voran, gewann einen dritten.

Sie war stark genug, sie besiegte den Fluß. Sie sperrte alles Störende aus ihrem Verstand aus; es gab nur noch sie und diese ungeheuere Anstrengung, das tödliche Gewicht der Füße und Beine unter sich zu ignorieren und allein durch die Kraft ihrer Arme stromauf zu gelangen. Caitlins Schultern kreischten vor Schmerz, ihre Arme flehten sie an, aufzuhören. Sie legte zwei weitere Yards zurück und wurde von einer heftigen Strömung ergriffen und vom Ufer weggewirbelt. Im Nu war sie weiter als jemals zuvor von ihrem Ziel entfernt. Verzweiflung drohte sie zu überwältigen, also kämpfte sie auch dagegen an. Ihr Atem kam jetzt in hastigen, ungleichmäßigen Stößen, ihre Lungen brannten. Sie ruckte und stieß sich wieder vorwärts, eroberte sich die paar Yards wieder zurück – und dann hörten ihre Arme ganz einfach auf zu arbeiten.

Ihre rechte Hand flatterte plötzlich *unter ihr* im Wasser. Muskeln zuckten in einem entsetzlichen Krampf und gehorchten den panischen Befehlen des Gehirns nicht mehr. Caitlins Kopf tauchte unter Wasser. Das Ufer sauste grau und schillernd davon. Sie versuchte ihre Hände hochzubringen, doch es gelang ihr nicht. Eine Haarsträhne schlängelte sich über ihren Mund, und ihre Lungen gierten nach Luft, und dann spürte sie die Haare plötzlich *in* ihrem

Mund und begriff, daß sie *eingeatmet* hatte ... *Wasser eingeatmet hatte.* Ihre Brust ruckte zweimal, und dann war selbst die Strapaze des Würgens zuviel.

Caitlins Kräfte waren verbraucht. Sie hatte alles gegeben und verloren. Sie trieb rücklings im Wasser, ihr Körper tauchte beinahe gemächlich unter. Sie sah etwas Dunkles, dann Licht, dann wieder das Dunkel. Die Schwärze wurde sehr dicht und ...

... *sie blieb es für eine lange Zeit. Sie verspürte keine Schmerzen, sie hatte keine Gefühle mehr, nicht einmal mehr Angst. Sie war zufrieden. Sie war nicht mehr Körper, nur noch Geist. Sie hatte keinen Namen, sie hatte keine Gedanken. Sie war, und sie war nicht. Es war für eine lange Zeit dunkel. Dann bemerkte sie das Licht, ein mattes Schimmern, weit entfernt. Sie wandte sich ab, doch es schien allgegenwärtig, es zog sie beharrlich an, es kam näher, breitete sich aus und schien sie verschlucken zu wollen, und sie wollte nur das Dunkel und ...*

... das Licht *explodierte* in ihr, und Caitlin Brook wimmerte, als die Schmerzen in sie zurückfluteten.

»Pscht, Mädchen«, wehte eine Stimme aus dem Nirgendwo heran. »Ganz ruhig jetzt. Du hast dich verletzt, aber bald wird's dir bessergehen.«

Die Stimme kam näher. Caitlin versuchte die Augen zu öffnen, doch es gelang ihr nicht. Es war gut so. Sie ahnte, wenn sie sie geöffnet hätte, dann wären sie unter dieser *wahnsinnigen* Pein zerschmolzen. Ihr Mund war weit aufgerissen; so weit, daß die Kiefermuskeln knarrten.

»Bald geht's dir besser. Die Schmerzen werden nachlassen«, sagte die sanfte Stimme. Caitlin fühlte eine Hand unter ihren Kopf gleiten; sie wurde langsam angehoben. Da war eine Berührung an ihren Lippen, dann strömte eisige Kälte durch ihren Hals und löschte das Feuer augenblicklich, das in ihr wütete. Sie würgte und hustete, und die Hand stützte ihren Kopf noch immer, und noch mehr Flüssigkeit kam. Irgendwann lag sie wieder auf dem Rücken, und die Schmerzen verebbten. Es schien sehr lange zu dauern, doch allmählich verringerten sie sich und lösten sich auf und waren verschwunden.

Caitlin Brook schlief ein.

Und in ihren Träumen stürzte sie – hilflos im Rollstuhl – durch einen grauenvollen Wald, und dicht hinter ihr waren das Geifern und der Feueratem einer Höllenbestie.

— 16 —

Blackhale – das waren zwanzig Stockwerke aus purem Beton, kleinen Fenstern und winzigen Balkonen; ein paar Yards für die Mieter, um ihre Wäsche aufzuhängen, sich an dem spektakulären Blick über die Stadt hinweg bis zum River Clyde hinab zu erfreuen oder Dinge auf arglose Passanten oder Notärzte und Feuerwehrleute zu werfen, die regelmäßig hierher gerufen wurden.

Martin Thornton war oft genug an Orten wie diesem hier gewesen, er kannte die Spielregeln. Anders als sein Akademiker-Freund hielt er diese Beton-Mondlandschaft nicht nur für ein wenig fremdartig, gefährlich und exotisch. Die Polizei nannte sie *Black Hole*. Für die Menschen, die hier lebten, war es *das Lager*. Sie hatten alle recht. Es war kein angenehmer Ort. Es war ein Pferch für die Armen und Unterprivilegierten. Jeder, der hier lebte, wollte irgendwo anders leben. Unglücklicherweise gab es rings um die Stadt herum viel zu viele Orte wie diesen.

Andy Toye fuhr mit seinem neuen Wagen direkt vor den Vordereingang, an dem sich ganze Horden hier lebender Graffiti-Talente mit bombastischen Farben, jedoch ohne die geringste Rücksicht auf Grammatik oder Rechtschreibung oder Originalität verewigt hatten.

»Nicht hier«, riet Martin. Er zeigte auf einen geteerten Platz, fünfzig Yards von dem Gebäude entfernt. »Fahr da hinüber.«

»Aber weshalb denn?« fragte Andrew erstaunt.

»Ich zeig's dir gleich.«

Andy wendete und stellte den Wagen in der äußersten Ecke des Parkplatzes ab. Sie stiegen aus und holten die Ausrüstung aus dem Kofferraum. Die Kartons waren unhandlich, aber nicht schwer. Es war kurz vor 22 Uhr und immer noch hell, obwohl sich der Himmel im Westen rot verfärbte.

Sie trugen die Behälter an zwei alten Autos vorbei. Eines stand auf den Felgen, das andere war auf Ziegelsteine aufgebockt. Überall lagen Bakelit-Scherben und kleine Metalltrümmer verstreut.

»Darum«, sagte Martin mit einem kurzen Nicken.

»Zielübungen auf Autos?« stöhnte Andy fassungslos.

»Da drüben liegt eine Autobatterie. Wenn du die von ganz oben herabfallen läßt, schlägt sie ein wie eine Bombe.«

»Ist das nicht gefährlich?«

Martin lachte. »Es ist verdammt *tödlich*, Andy.«

»Aber warum hören sie dann nicht damit auf?«

»Es wird erst vorbei sein, wenn diese Ungeheuerlichkeit abgerissen ist und die Leute anständige Wohnungen bekommen. Und Jobs, und gute Schulen.«

»Aber sie könnten jemand *töten*.«

»Ich glaube, das ist der Grundgedanke«, sagte Martin, als er die Tür mit der Schulter aufdrückte. Sie war schwer; zahllose Wurfobjekte hatten die mit Draht verstärkten Glasscheiben in Kraterflächen verwandelt.

»Letzte Woche habe ich da geparkt«, murmelte Andy.

»Du hast Glück gehabt. Autos, die sich noch richtig bewegen, mögen sie nicht. Neue, glänzende *hassen* sie sogar.«

In dem Gebäude funktionierte nur ein einziger Fahrstuhl. Die Tür öffnete sich widerwillig. In der Kabine roch es nach Pisse.

»Aber warum?«

»Weil das hier Auschwitz ohne Gaskammern ist. Nur jeder achte hat einen Job, und ganz bestimmt keinen guten. Hast du die Spritzen draußen im Gras nicht gesehen? Jedes fünfte Kid jagt sich irgendwas in die Vene. Diese Leute sind hier abgeladen worden, weil sie für niemanden einen Wert haben. Keiner will sie, also läßt man sie hier verrotten.«

»Ich hab' nicht gewußt, daß dir das so nahegeht«, bemerkte Andy, als sich der Fahrstuhl mit einem Ruck in Bewegung setzte.

»Das ist das Problem. Ich meine, daß es niemandem nahegeht. Und die Leute hier sind nur noch wütend. Diese Betonburgen sind die neuen Slums. Früher waren die Menschen arm, aber sie kannten es nicht anders. Hier hat jeder einen Fernseher. Sie können *sehen*, wie die andere Hälfte lebt. Sie *wissen*, daß sie verarscht werden.«

Und in Gedanken war er übergangslos in Linnvale. Man konnte Caitlin Brook keinen Vorwurf daraus machen, daß sie sich dort versteckte.

»Was ist mit den Leuten, die diese Autobatterien auf den Kopf kriegen?« erkundigte sich Andy, und seine Augen hinter den dicken Brillengläsern waren weit aufgerissen.

»Bis jetzt ist noch nichts passiert. Drück die Daumen.« Martin schenkte ihm ein trübseliges Lächeln. Der Professor war ein weltfremder Kauz.

Vor einer schmutziggrünen Tür blieben sie stehen. Die Klingel funktionierte nicht. Martin klopfte. Betty Reid war eine kleine Frau mit verkniffenem Gesicht und glanzlosen schwarzen Haaren, an deren Wurzeln bereits eine Menge Grau durchschimmerte. Sie trug eine einfache braune Strickjacke, die ganz offensichtlich ihrem Mann gehörte. Die Ärmel waren zu dicken Manschetten aufgerollt.

Sie bat sie beide herein und führte sie in ein kleines Wohnzimmer. Es war sauber und wirkte eng. Ein Fernseher flimmerte in der Ecke gegenüber der Glasvitrine, die mit spanischen Puppen vollgestellt war. Mr. Reid sah sich eine Sportsendung an.

»Martin Thornton, George Reid. Und hier sind Christine und Kim. Du hast sie auf den Bildern gesehen.«

Martin schüttelte ihnen der Reihe nach die Hände. George Reid war fast so klein wie seine Frau; er bekam bereits eine Glatze, und sein Gesicht drückte viel zuviel Resignation aus. Die Mädchen waren hübsch, Kim etwa zehn Jahre alt, mit zerzausten blonden Haaren, Christine ein paar Jahre älter, mit verblüffend dunklen irischen Augen und dichten, rabenschwarzen Haaren, die zu einem Pferdeschwanz zurückgebunden waren.

»Irgendwas passiert, letzte Nacht, George?« fragte Andrew leichthin. »Irgendwelche Vorfälle?«

Der kleine Mann schüttelte den Kopf. Er sah aus, als hätte er seit Wochen nicht mehr richtig geschlafen.

»Nein, aber wir waren wach, haben ständig darauf gewartet. Das bringt uns noch um den Verstand. Betty hier ist auf Valium, und die Mädchen sind nervliche Wracks.«

Martin fand, daß die Mädchen gut aussahen. Nur die Eltern schienen am Ende ihrer Kraft angelangt zu sein.

Er setzte sich, zückte sein Notizbuch, begann seine Fragen zu stellen und knappe Anmerkungen niederzuschreiben, während Andrew im Zimmer der Mädchen die Ausrüstung aufbaute. Er schraubte eine Videokamera auf ein Dreifuß-Stativ. Ein Gewirr von Kabeln führte über den Flur ins Wohnzimmer. Dort plazierte der Professor einen kleinen Monitor.

Die Reids erzählten Martin ihre Geschichte, und sie unterschied sich kaum von der, die er bereits von Andrew gehört hatte. Vor zwei Monaten war ihnen zum ersten Mal ein Pochen in den Wänden aufgefallen. Anfangs hatten sie es den Nachbarn zugeschrieben, und dieser Verdacht hatte zu einigen ziemlich unschönen Treppenhaus-Diskussionen geführt. Dann war aus dem Pochen ein lautes Klopfen geworden, überwiegend im Zimmer der Mädchen, stets bei Nacht. »Da waren so komische Schatten im Zimmer«, sagte Kim. Und als sie Licht gemacht habe, seien all ihre Kuscheltiere durcheinandergeschleudert worden. Im Verlauf der letzten vierzehn Tage schließlich waren die Mädchen selbst zum Ziel dessen geworden, was die Wohnung heimsuchte.

George und Betty hatten Schreie gehört, und als sie in das angrenzende Zimmer gestürzt waren, hatten sie Christine und Kim auf dem Boden liegend vorgefunden. Schallplatten waren überall auf dem Teppich verstreut. Die Bettdecken hingen zerknüllt und verdreht über der Garderobe und dem kleinen bequemen Sessel in der Ecke.

»Wir haben diesen Priester angerufen. Die kennen sich aus mit diesem Zeug«, sagte George Reid. »Aber er hat uns nicht geglaubt. Er hat uns zu dem Professor hier geschickt. In den letzten zwei Wochen hatten wir fast keine ruhige Nacht mehr. Wir müssen hier raus.«

Martin nickte und machte sich einige kurzschriftliche Notizen.

»Und was, glauben Sie, verursacht das alles?«

»Keine Ahnung. Es ist irgendwas wie in diesen Filmen. Man weiß nie, was als nächstes passiert.«

Gegen 22 Uhr 30 wurden die Mädchen zu Bett geschickt. George und Betty zogen sich eine halbe Stunde später zurück. Zwei weitere Stunden vergingen. Martin und Andrew unterhielten sich flüsternd; der Himmel draußen wurde dunkel und schließlich schwarz.

»Es ärgert mich, daß ich diese Infrarot-Ausrüstung nicht auftreiben konnte!« brummte Andrew.

Aber die Videokamera war auf Daueraufnahme gestellt, und das stellte drei Stunden ununterbrochenes Filmen sicher. Um ein Uhr morgens schaltete er den Monitor an. Das Bild war unscharf, das Zimmer wirkte wie eine graue Geisterlandschaft. Martin konnte die beiden Gestalten auf dem einen Bett ausmachen, und, daneben, den stumpfen Kegel einer Lampe. Auf dem Sessel war ein Teddybär plaziert, seine Augen glommen unter einem verirrten Lichtstrahl tückisch auf. Die Tonqualität war gut. Sie konnten die tiefen, gleichmäßigen Atemzüge der

Mädchen deutlich hören. Irgendwann murmelte Kim etwas im Schlaf, schniefte und drehte sich um.

»Was meinst du?« wollte Martin wissen.

»Gut möglich, daß heute nacht gar nichts passiert.«

»Und wenn, was ist daran schuld?«

»Das ist etwas, das mich umtreibt, seit ich zehn war. Sie reden immer von Poltergeistern, aber ich glaube nicht an so was. Ich glaube an gar nichts, um genau zu sein. Ich bin ein reinblütiger *Skeptiker.*«

»Warum beschäftigst du dich dann mit dem Zeug?«

»Nur weil ich nicht daran glaube, ist es nicht weniger faszinierend. Das ganze ist lediglich eine Nebenbeschäftigung, aber wenn man für sein Hobby bezahlt wird, ist das der beste Job der Welt. Ich studiere das Leben von Menschen – und das schon seit langem. Du weißt ja, eines haben sie alle gemeinsam, und das ist der Glaube an das Übernatürliche. Die Kelten glaubten an alles mögliche. Sie waren davon überzeugt, daß alles von Geistern beseelt ist, und daß Menschen von Geistern übernommen werden können. Das hat ihnen nicht einmal etwas ausgemacht. Es war eine Art Privileg. Sie hatten ein gutes Verhältnis zu ihrer Magie. Sie glaubten *alle* daran, und vielleicht hat sie deshalb funktioniert . . . für sie. Heute glauben die Leute an gar nichts mehr, trotzdem spürt jeder irgendwo im Hinterkopf eine ganz gemeine Angst.«

»Ich glaube auch nicht an dieses Zeug, Geister, Poltergeister, das Schicksal.«

»Warum bist du dann hier?«

»Wegen der Story, natürlich.«

»Ach, das sagst du nur. Wenn du nicht davon überzeugt wärst, daß hier etwas ganz Seltsames vor sich geht, dann wärst du nicht mitgekommen. Du bist genau wie ich. Du *willst* einen Beweis.«

»Vielleicht«, räumte Martin ein.

»Und denk mal an letztes Jahr, die Sache mit diesem Mädchen. Wie war noch mal ihr Name?«

»Caitlin Brook.«

»Na, wie erklärst du das?« wollte Andrew wissen.

»Ich weiß es nicht. Wie erklärst *du* es?«

»Ich, ich seh' mich nach Erklärungen um. Ich geh' mit offenen Augen und einem wachen Verstand durchs Leben.«

Andrew unterbrach sich und wandte sich Martin zu, ein bloßer Schemen in dem dunklen Zimmer. »Ich denke, du hast sie besucht? Mit ihr geredet?«

Martin nickte. »Ich war wegen einer anderen Geschichte in Linnvale. Das liegt ein ganzes Stück weit oberhalb der Loch Corran Road, etwa zehn Meilen nördlich von Levenford.«

»Ich habe davon gehört«, sagte Andrew.

»Nun, ich nicht, obwohl ich bestimmt tausendmal daran vorbeigefahren sein muß. Linnvale liegt am Ende der Welt.«

»Nein«, widersprach Andrew, und Martin hörte ihn Glucksen. »Es ist das *Zentrum* der Welt ..., zumindest der keltischen.«

»Wie meinst du das?« fragte Martin.

»Ah, ihr pragmatischen Reporter. Ihr lest nichts außer Schlagzeilen und Verfasserangaben. Hast du noch nie von Friels *Feldlinien* gehört?«

»Nein, was ist das? Ein Gedichtband?«

Andrew stieß ein aufgebrachtes Seufzen aus.

»Es ist das ultimative Werk über Kraftfelder. Über Energieströme in der Erde. Die keltischen Druiden haben sie kartographiert ... Es gibt eine ganze Menge auf diesen Inseln. Und sie haben ihre Steinkreise und *Cromlechs* ausnahmslos an den Stellen angelegt, an denen sich die Kraftfelder kreuzen. Sie haben sogar Städte darauf gebaut.«

»Okay, aber was *sind* sie?«

»Es sind unterirdische Kraftfelder, Ströme aus purer Energie, die einen Ort mit einem anderen verbinden. Stell sie dir als eine Art Magnetfelder vor; gebündelte übernatürliche Kräfte. Die alten Kelten glaubten übrigens nicht an das Übernatürliche. Sie hielten *alles*, selbst das Paranormale, für einen Teil des Lebens. Sie hatten eine nette Art, die Dinge zu sehen.«

Martin schüttelte den Kopf. »Ich hab keine Ahnung, wie wir auf dieses Thema gekommen sind.«

»Wir haben über diese kleine Episode im letzten Jahr gesprochen. Und deinen Besuch bei diesem Book-Mädchen.«

»Brook«, korrigierte Martin.

»Genau. Nun, sie lebt in Linnvale, und ich habe dir erzählt, daß ich bei Friel etwas darüber gelesen habe. Es gilt als eines der Zentren der *Feldlinien*. Wie eine Kreuzung. Vor ein paar tausend Jahren haben sie dort regelmäßig ein großes Fest gefeiert. Die Druiden kamen von überall her nach Linnvale. Selbst im 17. Jahrhundert war es noch ein wichtiges Zentrum, bis die Presbyterianer das Ganze unterbanden. Haben eine Menge Menschen ertränkt, bei ihren Hexenproben.«

»Klingt ganz nach unserem Rechtssystem«, sagte Martin trocken. »Und diese *Feldlinien*, wozu brauchte man die?«

»Manche Menschen glauben noch heute daran. Man nannte sie die *kargen* Landstraßen ... Denk nur an das Lied vom *Loch Lomond*. Sie führten in die Unterwelt. Die Macht der Feldlinien folgte diesen Straßen. Und an den Hauptknotenpunkten konzentrierte sich die Macht der Erde selbst. Nun ist Linnvale in Friels Buch ganz besonders hervorgehoben, weil dort all diese *Straßen* enden. Die Highland-Linie kommt über den Paß herab. Eine andere zerteilt die drei Inseln des Lochs und verläuft quer über die Ardoch Hills, drei weitere kommen von Osten, Westen und Süden. Aus der Luft müßte das Ganze wie ein fünfzakkiger Stern aussehen, der von einem einzigen Punkt ausstrahlt: Linnvale. Die Kelten hielten das für eine gewaltige Ansammlung starker Magie.«

»Klingt wie eine gewaltige Ansammlung großer Scheiße«, kommentierte Martin.

Andrew gluckste. »Ich habe nicht gesagt, daß ich daran *glaube*.«

»Ich weiß, ich weiß. Du hast nur dezent auf die paar Leute hingewiesen, die das heute noch tun. Du bist nichts als ein Scharlatan, Andy. Man sollte dafür sorgen, daß dir deine Titel aberkannt werden.«

»Ha, das kann mir keine Macht auf Erden antun«, sagte Andrew und lachte wieder.

Der Monitor flackerte, das Bild verschwand; dann waren nur noch Blitze zu sehen. Das ruhige Atmen aus dem Lautsprecher verwandelte sich in ein lautes statisches Prasseln.

»Was ist das?« flüsterte Martin.

»Pscht, Mann!« herrschte der Professor ihn an und machte sich bereits an den Instrumenten zu schaffen. Der Bildschirm flackerte noch immer. Dünne, strahlend weiße Streifen rollten in schneller Folge von unten nach oben. »Vielleicht sollte ich –«

Der Bildschirm wurde grau, dann war ein *Klicken* zu hören, und das Bild war wieder da. Die Szenerie war dieselbe, nur Christine, die vor dem Bildausfall auf der rechten Seite gelegen war, lag jetzt auf dem Rücken. Ein bleicher Arm hing aus dem Bett. Handfläche nach oben.

»Alles ist wie vorher«, stellte Andrew fest. Martin starrte auf den Monitor, verglich die dämmrige Szenerie mit der in seiner Erinnerung. Er beeilte sich, nahm die Schattenlinien wahr, die weißen Gestalten. Der Sessel stand ebenfalls an Ort und Stelle, und die kleinen schwarzen Augen des Teddybären funkelten in unbeseelter Lebendigkeit.

»Müssen Interferenzen gewesen sein«, vermutete Andrew.

Sie kauerten beide dicht vor dem Bildschirm auf dem Boden. Martin lehnte sich gegen das Sofa zurück. Er hätte jetzt einen Drink vertragen können, aber keiner von ihnen hatte an etwas derart Banales wie Proviant gedacht. Er schloß die Augen, und Caitlin Brooks Gesicht trieb aus dem Nichts heran. Er dachte daran, wie es gewesen war, sie wiederzusehen; erinnerte sich an seine *Vision*, an dieses jähe *Wissen*, das alles in seinem Verstand überlagert hatte. Er hatte sie noch einmal sehen wollen, aber er war einfach weitergefahren. Er wußte nicht, warum.

Sie hatte etwas *Besonderes* an sich. Er mochte ihr Gesicht; ihre verwirrend grünen Katzenaugen; und ihre noch verwirrendere flammendrote Haarmähne. Ihre freimütige Ehrlichkeit. Und –

Und er hatte versprochen, daß er sich um ihre Küche kümmern würde. In diesem Moment nahm er sich fest vor, ein paar Tage nach Linnvale zu fahren. Er hatte die Werkzeuge seines Vaters seit Monaten nicht mehr benutzt, und es würde ihm mächtig guttun, aus der Stadt herauszukommen und sich die Hände mit Holzarbeit schmutzig zu machen.

Andrew hustete verhalten in der Dunkelheit, und Martin konzentrierte sich wieder auf das, was sie taten. Er drehte den Kopf, sah Richtung Bildschirm – und plötzlich *fror* er.

Etwas *bewegte sich*.

Es geschah so langsam . . ., deshalb glaubte er zuerst gar nicht, *daß* es geschehen war.

Andrew sah, wie er sich versteifte. »Was ist?«

Martin hob die Hand, zeigte auf den Monitor.

»Ich dachte, ich –« Er schüttelte langsam den Kopf. »Nein. Es war nichts.«

Andrew spähte kurzsichtig in die angedeutete Richtung. Blaues Licht tanzte in verzerrten Reflexen auf den dicken Brillengläsern. »Ich seh' nichts.«

Beide starrten sie einige Sekunden lang auf den Bildschirm. Der bleiche Arm, der aus dem Bett hing, zuckte langsam, dann schlossen sich die Finger wie in Zeitlupe zur Faust. Sowohl Martin als auch der Professor beobachteten die blasse Bewegung.

Dann bewegte sich der Teddybär.

Er beugte sich vor. Seine Augen glitzerten, dann fiel er vom Sessel.

»Was zur –«, keuchte Andrew atemlos.

Das Bild flackerte, dann verwandelte es sich in ein graues Wogen und Blitzen. Aus den Lautsprechern prasselte und zischte es, gleich darauf erfüllte ein krächzendes Brüllen den Raum.

»Guter Gott – *verdammt*!« stieß Andrew hervor und regulierte die Lautstärke. Das Prasseln verwandelte sich in ein leises Knistern.

»Hast du das *gesehen*?« erkundigte sich Martin. Seine Stimme schwankte. Der Anblick eines harmlosen Kuscheltiers, das sich aus eigener Kraft ein paar Inches weit bewegte, hatte etwas in seinem Verstand angesprochen, von dessen Existenz er keine Ahnung gehabt hatte. Da war etwas *Bedrohliches* gewesen an dieser unerklärlichen Bewegung, etwas Schwarzes und vollkommen *Falsches*.

»Ich hab' eine Bewegung gesehen«, hauchte Andrew.

»Es war der verdammte Teddybär.«

»Vielleicht falsch ausbalanciert.«

Martin hatte den Anblick noch immer deutlich genug vor Augen. Das Ding hatte sich *bewegt*. Es war *plötzlich umgekippt ... oder hatte das Gleichgewicht verloren. Es hatte sich auf die Kamera zubewegt.*

Andrew fummelte noch immer an dem Monitor herum, und Martin konnte nur seinen Schatten sehen, umgeben von einer Korona aus flimmerndem blauen Licht. »Verdammter Apparat. Muß an der Verkabelung liegen.«

Genau in diesem Moment hörte Martin einen schwachen, hohen Schrei, dann ein lautes Krachen. Beides kam aus dem Zimmer der Mädchen. Dann kreischten die beiden *richtig* los. Das Flackern auf dem Bildschirm verging in zwei raschen Blitzen, dann war das Bild wieder da.

Es hatte nur drei oder vier Sekunden gedauert, aber jetzt flogen die Mädchen durch die Luft; ihre Körper erhoben sich mehrere Fuß weit und schwebten bis dicht unter die Decke; Christine nahezu horizontal. Die Aufwärtsbewegung endete, und als sie zu fallen begannen, erlosch das Bild.

»Was geht da vor?«

»Das gleiche wie letztes Mal.« Andrew stürzte sich auf den Monitor und schlug dagegen und hämmerte auf die Regler ein. »Hoffentlich haben wir alles auf Band.«

Martin sah nur zu. Er wußte nicht, was da geschah in dem Zimmer nebenan, aber diese kleine geheime Kammer in seinem Verstand, diese Kammer, die es im Verstand eines jeden Menschen gibt und die in aller Regel nach den Kindertagen verschlossen wird, hatte sich jetzt, nach all diesen Jahren, wieder geöffnet. Und darin hockte der Schwarze Mann. Darin hockte das Ding mit den grünen schuppigen Fingern, das einen an den Zehen packte, sobald man sie in einer Winternacht nur aus dem Bett streckte. Darin ringelten und wanden sich sämtliche irrationalen Ängste vor dem Unerklärlichen und Schattenhaften ... Ängste, die alle Kinder in den unterschiedlichsten Abstufungen kennenlernten und wegschlossen, sobald sie älter wurden und aus den magischen und manchmal furchteinflößenden Jahren herauswuchsen, in denen der Weihnachtsmann existierte, und Elfen und Drachen, und in denen *Dinge* unter dem Bett lauerten.

Dem hartgesottenen Journalisten, der so ziemlich alles gesehen hatte, fiel auf, daß er zitterte. Sein Herz hämmerte, und sein Atem kam in kurzen Stößen. Das Irrationale hatte die Kindheits-Kammer in seinem Verstand mit solcher Wucht aufgedrückt, daß er für lange Sekunden viel zu betäubt war, um sich zu bewegen.

Sie hörten einen gewaltigen Krach aus dem angrenzenden Raum, und dann kreischten die Mädchen wie von Sinnen. In dem anderen Zimmer hörten sie Betty Reid jammern, schrill und außer sich, und dann wurde das schläfrige Brüllen ihres Mannes laut. »Was ist los, was zur Hölle ist los?«

Der Lärm katapultierte Martin in die Realität zurück. Er stürzte zur Tür, riß sie auf, stürmte in den engen Flur hinaus und spürte Andy dicht hinter sich. Vor der Tür, die das Zimmer der Mädchen verschloß, zögerte er. Die beiden schrien gellend, hoch und bestürzend laut. Über ihnen hämmerte jemand auf den Boden ein und brüllte, und obgleich die Worte nicht zu verstehen waren – der Grund war klar. Thornton legte die Hand auf den Türgriff und mußte sich zwingen, ihn niederzudrücken.

Die Tür bewegte sich nicht.

»Oh, Scheiße!« murmelte er.

Er hatte das alles in diesem Film gesehen.

Er warf sich gegen die Tür, und dieses Mal sprang sie auf. Da war ein Rauschen, als würde alle Luft aus dem Raum gesaugt, als würde die Leistung einer großen Maschine heruntergefahren werden. Ein sympathetisches Vibrieren kitzelte in Martins Zähnen. Irgendwo entstand ein flaches, metallisches Geräusch wie von einer überlasteten Bettfeder. Er wußte nicht, ob er es wirklich gehört hatte oder ob es nur das Rauschen des Blutes in seinen Ohren war. Die Mädchen lagen auf dem Bett; sie wimmerten. Kims Nachthemd war bis zu den Achseln hochgerutscht. Die Helligkeit aus dem Flur ließ die Haut ihres mageren Hinterteils schimmern. Ihre Schwester hatte beide Hände vor den Mund geschlagen und zitterte, als sei ihr kalt. Martin stakste auf wackligen Beinen in das Zimmer hinein. Ihre dunklen Augen blieben unverwandt auf ihn gerichtet. Das Fenster stand weit offen, der Camcorder lag auf dem Boden, die Stativbeine waren seltsam verbogen. Der Sessel war auf die Seite gekippt. *Irgend etwas* hatte sämtliche Bettwäsche im Zimmer verstreut.

Martin spürte eine behutsame Berührung an der Schulter *und machte einen Satz vorwärts.*

Es war nur Andy, der sich an ihm vorbeidrückte. Hinter ihm kamen George und Betty Reid und blieben, da sie gleichzeitig in den Raum stürmen wollten, hoffnungslos in der Türöffnung stecken; es war eine unbeabsichtigte Farce, ihre Gesichter zeigten keinerlei *Sitcom*-Humor.

»Kim! Tina!« schrie Betty. Zwei große Lockenwickler bändigten ihre Haare über der Stirn, einer blau und einer rosarot. Sie wippten bei jedem Schritt, als sie sich jetzt an den Männern vorbeizwängte. Die verzweifelte Mutter zog das Nachthemd ihrer Tochter herab, dann nahm sie die beiden Kinder in die Arme. Christines Augen waren groß und dunkel, fast glänzend.

»Pscht, pscht«, sagte Betty und versuchte beiden den Rücken zu tätscheln. Ihre älteste Tochter, die bereits ein paar Inches größer war als sie, schien es nicht zu bemerken. Sie sah aus, als würde sie träumen. Ihr Gesicht war bleich und starr; sie blinzelte nicht.

Martin stand da, fühlte, daß er noch immer zitterte. In seiner Kniekehle zuckte die ganze Zeit über ein Nerv. Er riß seinen Blick vom Starren des Mädchens los und sah zum Fenster hinüber. Es war eines dieser Hochhaus-Sicherheitsfenster, die verhindern sollten, daß Kinder hinausfielen. Es stand etwa sechs Inches weit offen und bewegte sich langsam in den Angeln hin und her. Beide Fenstergriffe zeigten nach oben, und das bedeutete, es war geöffnet worden. Er erinnerte sich daran, daß Andrew es fest geschlossen hatte, nachdem das Equipment aufgebaut gewesen war.

»Verdammt!« murmelte der schmächtige Professor vor sich hin, während er die Kamera überprüfte. »Wir hätten auf die Infrarot-Ausrüstung warten sollen. Und eine Temperaturmessung hätte uns auch weitergeholfen.«

In dem Zimmer war es kalt, doch Martin konnte nicht sagen, ob das auf das offenstehende Fenster zurückzuführen war. Fest stand, daß es windstill war, zumindest in diesem Moment, aber es sah verdammt danach aus, als sei ein Tornado durch den Raum gefahren. Er wandte sich wieder dem Bett zu. George Reid stand unentschlossen am Fußende – man sah ihm an, daß er besorgt war, doch er schien nicht imstande, seine Töchter zu berühren und zu trösten.

Christine kauerte reglos wie eine Statue auf dem Bett, ihr hübsches Gesicht war wie aus Marmor geschnitten. In den großen Augen spiegelte sich das Licht, aber sie blinzelten kein einziges Mal. Neben ihr schniefte und schluchzte die jüngere Kim; ihre Hände zitterten. Martin fühlte sich nervös und fehl am Platze. Er wandte sich ab und wollte ins Wohnzimmer zurückgehen.

»Sie ertrinkt«, flüsterte das Mädchen kaum hörbar.

Martin fuhr herum. Es war ein seltsamer, *unwirklicher* Moment. Das Mädchen hatte zu *ihm* gesprochen. Er *wußte* es, doch er hatte keine Ahnung, *woher*. Sie kniete, halb in der Armbeuge ihrer Mutter geborgen, auf dem Bett, die Augen glänzend und weit und starrend, als seien sie *blind* . . . nein: als schauten sie auf etwas unendlich Fernes.

»Sie ertrinkt«, sagte das Mädchen noch einmal mit dieser flachen, ätherischen Stimme. *»Sie ist im Wasser, und sie kann nicht schwimmen. Ihre Beine werden sich nicht bewegen, sie ertrinkt.«*

Christine stieß ihre Mutter abwesend von sich, ihre Hände begannen langsam durch die Luft zu kraulen – lethargische Schwimmbewegungen. Noch immer starrten ihre Augen in weite Fernen.

Ihr Mund öffnete sich, als wolle sie wieder etwas sagen, doch es kam nur ein heiseres, beinahe hektisches Ausatmen, und dann hustete sie krächzend. Nicht einmal jetzt blinzelten ihre Augen.

Die Arme bewegten sich weiter und weiter, und alle beobachteten sie gebannt.

»Ein Bach. Ein Fluß. Ein Baum. Eine Weide. Sie ertrinkt. Sie kann nicht atmen, und das Wasser ist so kalt. Die Weide will sie packen, aber sie ertrinkt, sie ertrinkt.«

»Christine. Tina!«

Das Mädchen bemerkte die Pein der Mutter nicht einmal. Es sprach zu Martin Thornton, und er wußte nicht, warum. Es war, als seien unsichtbare Spinnenfäden zwischen ihren und seinen Augen gespannt. Die schwarzen Iriden verschluckten ihn.

»Da ist immer noch Leben. Stilles Leben. Leben und Tod. Leben im Tod.«

Der Mund des Mädchens schloß sich; es erstarrte wieder zu Marmor. Martin spürte das Zucken seiner Wangenmuskeln. Christine gab ein kleines Stöhnen von sich; es war mehr ein wimmernder Laut, fast kätzchenhaft; dann kamen ihre Hände zusammen und glitten nach unten und schmiegten sich auf den Unterleib.

»Oh«, sagte sie, sehr sanft. Ihre Augen rollten nach oben, dann kippte sie in die Kissen zurück. Jeder im Raum (außer der kleinen Kim, die immer noch an ihre Mutter gekuschelt dasaß) sah den sich ausbreitenden Fleck auf der Vorderseite des Nachthemds.

Andrew nahm den Camcorder, klappte die Stativbeine zusammen und ging zur Tür. Er packte Martins Arm und zog ihn mit sich. Der Reporter folgte ihm schweigend.

— 17 —

Sie trieb langsam hinauf an die Oberfläche. Die Schmerzen waren zu einem gemächlichen Pulsschlag verklungen.

Da waren Hände an ihrem Rücken, weich und stark und geschickt. Caitlin versuchte träge, aufzuwachen, doch es kostete zuviel Mühe. Sie schwebte weiter zwischen erschöpftem Schlaf und Erwachen dahin. Es war wie ein Aufenthalt im Mutterleib.

Eine Stimme sagte Worte zu ihr, doch sie klangen schwach und weit entfernt, und sie konnte ihren Sinn nicht verstehen, noch wollte sie dies. Sie schwebte weiter, höher hinauf, und dann breitete sich eine schwerfällige Dunkelheit über ihr aus und drückte sie in das warme Vergessen zurück.

Und sie träumte.

Sie träumte, daß sie sich durch den Wald bewegte. Sie rannte nicht, es war nur ein *Sichbewegen*, ein Zwischen-den-Bäumen-Schweben. Licht flackerte und blitzte durch die Blätter herab und tüpfelte sie mit einem schwachen Glimmen, als sie sich bergab bewegte. Sie *flog*. Vor ihr breitete der Baum seine Äste aus, um sie zu fangen, ihren

Flug zu stoppen, doch sie schlüpfte durch seinen Griff und stieg nicht mehr länger empor. Sie *fiel*. Sie versuchte zu schreien, doch sie hatte keine Stimme. Sie stürzte hinab und hinab und hinab, durch das Grün, und sie war voller Angst und stumm, und dann war sie im Wasser. Die Kälte schnitt durch die Wärme und bis in ihre Seele hinein. Sie trug sie stromabwärts, und sie wußte, daß sie ertrank.

»Nein, nein, nein!«

Caitlin erwachte; jeder einzelne Nerv ihres Körpers zuckte. Sie schrie wieder, und ihre Worte wurden von dem weichen Kopfkissen gedämpft.

Sie hörte eine Frauenstimme, die beruhigend auf sie einredete. Sie wußte nicht, wo sie war. Sie spürte Hände auf ihren Schultern; ein sanftes und doch kräftiges Streichen und Massieren auf ihrer Haut, ihren Muskeln.

Sie spürte einen dumpfen, heftig pochenden Schmerz; er fraß sich ihren Rücken hinab, bis zu einer Stelle, die wie Feuer brannte.

»Bald wird's dir wieder gutgehen, meine Liebe. Du bist verletzt, aber bald wird alles wieder besser.«

Caitlin spürte das Kissen unter ihrem Kopf. Sie wußte nicht, wo sie war. Sie erinnerte sich an ihre rasende Flucht den Berg hinab, und an die schwarze Bestie, die hinter ihr brüllte, und an diesen furchtbaren Sturz durch die Bäume und ins Wasser. Sie wußte, daß sie gegen die Strömung gekämpft und ihre gelähmten Beine verflucht hatte. Und sie wußte, daß sie *gestorben* war.

Aber sie war nicht tot. Sie lebte. Ihre Kehle war wund und ihre Schultern pulsierten, und dort, wo die Chirurgen ihren gebrochenen Rücken mit einer Titanklammer zusammengeflickt hatten, brodelte ein ganzer Hexenkessel voller Schmerzen.

»Du hast Glück gehabt«, raunte die Frauenstimme. »Du wärst beinahe *ertrunken* in diesem Fluß. Aber wo Hoffnung ist, da ist immer auch Leben.«

Caitlin versuchte sich umzudrehen, doch sobald sie sich bewegte, tobten ungeheuerliche Schmerzen über ihr

Rückgrat. Eine Hand legte sich auf ihre Schulter und drückte sie energisch in die Weichheit zurück.

»Ich habe dir etwas gegen die Schmerzen gegeben, kleine Lady«, erzählte ihr die unsichtbare Frau. »Sei geduldig, es wird nur noch ein paar Minuten andauern. Oh, dein Rücken war wirklich übel zugerichtet. Und ich sehe, du hast ihn dir schon einmal verletzt.«

Schließlich fand Caitlin doch noch die Kraft, etwas zu sagen. »Ich glaube, ich brauche einen Arzt . . . Ich glaube, mein Rücken ist wieder gebrochen.«

Es fühlte sich genauso an wie *damals*. Es waren die gleichen Symptome. Das letzte Mal – das *erste* Mal –, war sie auch aufgewacht, und alles oberhalb ihres Beckens hatte so furchtbar weh getan. Und sie fühlte das Zucken ihrer Beine. *Als hätten sie einen eigenen Willen.* Aber das stimmte nicht. Es sind nur die Nerven, dachte sie, falsche Botschaften von den Nerven. Sie konnte ihre Beine spüren, konnte spüren, wie sie prickelten und fast bereit schienen, sie davonzutragen – aber in Wirklichkeit war da nicht die geringste Bewegung. Es hatte Wochen gedauert, bis diese Empfindungen nachgelassen hatten, und ihre Beine hatten sich seither nie wieder bewegt. Und jetzt war alles wieder *da*. Das Gefühl von Bewegung, das Prickeln, *alles*. Und es war wundervoll und hassenswert zugleich. Sie wußte, es war eine Lüge.

»Nein, Mädchen. Es sollte mich nicht wundern, wenn du dir ein paar Muskeln überdehnt hättest, aber da ist kein Bruch. Das würde ich wissen.«

»Sind Sie Arzt?«

»Nur im weiteren Sinne, aber das ist jetzt nicht wichtig. Was machen die Schmerzen?«

Es fiel ihr schwer, nachzudenken. »Ich glaube, es wird besser . . .« Es war wie ein Wunder.

»Gut. Das habe ich mir gedacht. In ein paar Minuten wirst du dich umdrehen können. Du hast eine schlimme Nacht hinter dir. Schlimme Träume. Und, oh, ich habe seit Jahren keine solchen Blutergüsse mehr gesehen. Nicht, seit MacFarlane von diesem großen, braunen Zuchtbullen in die Stallecke *genagelt* worden ist. Als der Aufseher ihn herausgezerrt hat, sah er aus wie ein schottisches Plaid, aber das ist lange her, damals war ich noch ein kleines Mädchen. Nicht einmal meine Großmutter konnte ihn mehr auf die Füße bringen. Aber du wirst bald wieder so gut wie neu sein.«

»Ich werde nie wieder so gut wie neu sein«, widersprach Caitlin leise.

»Was höre ich da? Oh, ihr jungen Leute. Immer hoffnungslos, habe ich recht?«

Die Frau gab sich Mühe, das ganze wie Schelte klingen zu lassen, doch ihre Stimme war sanft und freundlich. Die Hände machten sich wieder an ihrem Rücken zu schaffen, massierten tief unter die Oberfläche hinab. Die Schmerzen verringerten sich mehr und mehr. Es war, als würden die Finger und Handflächen sie aus ihr *hinaustreiben*. Caitlin atmete tief ein und bemerkte den süßlichen Duft; und einen Hauch, wie von Gewürzen.

»Was ist das?«

»Oh, nur eine Creme, die gegen diese Schmerzen hilft. Und der Haut guttut. Du siehst aus, als wärst du in einen Schredder gefallen, mein Mädchen, aber mach dir keine Sorgen. Keiner dieser Kratzer ist tief, und bis zum Morgen werden sie verschwunden sein.«

»Wo bin ich?«

»Du bist in meinem Haus, dummes Mädchen.« Die Hände zogen sich zurück. »Da bist du. Du kannst jetzt versuchen, dich umzudrehen, und wenn es dir zuviel ist, dann sag es nur. Kein Anlaß zu rennen, bevor du laufen kannst.«

Was für ein merkwürdiger Trost, dachte Caitlin. Ganz offensichtlich wußte die Frau nicht, was mit ihren Beinen los war. In ihrer Anwesenheit redeten die Leute selten vom Gehen. Vom *Rennen* sprachen sie nie. Caitlin gelang es, den Ellbogen unter die Rippen zu bekommen; sie stemmte sich hoch und herum. Kurz loderten Schmerzen in ihrem Genick – und erstarben sofort wieder. Sie drehte sich um, sehr langsam und steif, und glaubte fast, Muskeln knarren und Knochen gegeneinandermahlen zu hören. Die Augen verdreht und vor lauter Konzentration fest zusammengepreßt, stieß sie sich weiter nach hinten, bis sie die Kissen an ihrem Rücken spürte und sich vorsichtig dagegenlehnte. Dann öffnete sie die Augen.

Auf der Bettkante saß eine weißhaarige Frau und lächelte sie an.

»Nun, laß dich willkommen heißen«, sagte die Frau und blinzelte ihr zu; ihre Augen waren so dunkel, daß sie beinahe schwarz wirkten.

»Ich bin Sheila Garvie.«

Caitlin streckte die Hand aus und war überrascht, daß ihr dies ohne jede Anstrengung möglich war.

Die ältere Frau umschloß sie mit einem festen Griff.

»Und du bist, glaube ich, Caitlin Brook. Wir haben uns noch nicht kennengelernt, aber es freut mich, daß wir das jetzt nachgeholt haben.«

»Mich auch. Ich verstehe nur nicht ... Ich war im Wasser. Ich bin *untergegangen.*«

»In der Tat, Caitlin. Ich darf dich doch so nennen?«

»Natürlich.«

»Guter Name. Er bedeutet *Sämling* ... Bäumchen. Er paßt zu dir. Du bist wie eine kleine Eberesche, rot im Herbst.«

Caitlin erwiderte das Kompliment mit einem Lächeln. Sie musterte Sheila Garvie von Kopf bis Fuß. Es war ihr unmöglich, das Alter der Frau abzuschätzen; nicht einmal die weißen Haare, die sie in einer eleganten Rolle hochgesteckt hatte, waren ihr eine Hilfe. Fünfzig? Sechzig? dachte sie. *Schwer zu sagen.* Da waren ein paar Lachfältchen um diese durchdringend blickenden Augen, aber ansonsten hatte sie ein fast jugendlich straffes Gesicht. Wenn sie lächelte, sah man weiße, ebenmäßige Zähne. In ihrer Jugend mußte sie sehr, sehr schön gewesen sein. Sie war es immer noch, trotz ihrer offensichtlichen Reife. Caitlin hielt sie für eine der erstaunlichsten Frauen, die sie je getroffen hatte.

»Ich bin die Straße noch nie so weit hinuntergefahren. Der Berg ist zu steil für mich. Und ich habe Sie noch nie im Dorf gesehen.«

»Ich bin auch nicht oft dort. Zu beschäftigt, die meiste Zeit. Aber ich habe dich in diesem Apparat herumflitzen sehen. Manchmal beneide ich dich um deine Schnelligkeit.«

Caitlin lachte laut auf. *Das* hatte ihr noch niemand gesagt! »Ich dachte, ich kenne jeden im Tal. Aber ich komme auch nicht viel herum. Ich glaube aber, ich habe Ihren Namen schon mal gehört.«

»Zweifellos von Gail Dean oder Jill Gregor.«

Caitlin sah sich um. Sie lag in einem großen, altmodischen Bett. Und dieses Zimmer hier befand sich nicht im Erdgeschoß – die Decke über ihr war schräg. Vor dem Fenster baumelten Efeuranken. Da waren Bilder an den Wänden, alte, ausgebleichte Drucke, vielleicht sogar Ölgemälde. Auf einer Anrichte neben dem Bett standen mehrere gläserne Behältnisse voller verschiedenfarbiger Flüssigkeiten.

»Wie bin ich hierhergekommen?«

»Oh, ich hab' dich hergebracht. Du warst wie eine ertrunkene Ratte. Ich war unten, am Fluß, und ich habe dieses gewaltige Platschen gehört. Ich dachte, das Ufer wäre abgebröckelt und in den Fluß gestürzt, wie das manchmal nach einem schweren Unwetter geschieht. Aber als ich die Stelle erreicht habe, war weit und breit nichts zu sehen. Du hast Glück, daß du diese Feuerhaare hast, andernfalls hätte ich dich gar nicht bemerkt . . .«

Sheila Garvie strich ihr über den Kopf. Ganz kurz nur flackerte Unbehagen durch Caitlins Verstand, doch die Frau lächelte gütig, auf eine mütterliche Art und Weise. Von ihr drohte keine Gefahr.

»Ich verstehe nicht, wie Sie mich hier heraufgebracht haben. Ich meine, ganz allein.«

»Oh, du findest Kraft, wenn sie gebraucht wird, meine Liebe.«

»Sie meinen, Sie haben mich bis hierher getragen?«

»Wie ein Feuerwehrmann. Ich fürchte, ich bin nicht allzu sanft mit dir umgesprungen. Und du warst ein Tonnengewicht, so triefendnaß. Ich denke, es ging sehr knapp zu. Es stand auf Messers Schneide. Du warst schon ganz blau angelaufen, als ich dich aus dem Wasser zog. Hab' mir ein paar gute Schuhe ruiniert, und meine Moleskin-Hosen.«

»Oh. Tut mir leid.«

»Ich habe doch nur Spaß gemacht, Mädchen. Sie sind längst wieder trocken. Gar nicht so übel, wenn man bedenkt, daß sie wirklich *völlig* durchnäßt waren.«

»Ich kann mich nicht daran erinnern, wie ich aus dem Wasser gekommen bin.«

»Natürlich nicht. Du warst ziemlich weggetreten. Hast du immer so viel Glück?«

Caitlin dachte darüber nach; dachte an ihre ersten Fahrversuche im Rollstuhl. Oh, damals hatte es Zeiten gegeben, da war sie fest davon überzeugt gewesen, das Mädchen mit der allergrößten Pechsträhne der Welt zu sein. Aber sie hatte sich *nur* den Rücken gebrochen. Der Sturz hätte sie genausogut auf der Stelle töten können. Sie zuckte die Schultern. »Dieses Medikament, das Sie mir gegeben haben. Was ist das? Morphium?«

»O nein. Ich behandle nicht mit Morphium. Hier ist alles aus Blumen gewonnen. Schau. Da haben wir Lavendel und gelbe Schlüsselblume und Augentrost. Und in diesem Glas am anderen Ende, da ist Baldrian. Gut, um wunde Muskeln zu entspannen. Alles von den Blumen. Sie sind die besten Heiler auf Erden.« Sheila Garvie schenkte ihr ein weiteres Lächeln und stand auf. Sie war ziemlich groß und von einer Aura der Eleganz umgeben. »Versuch jetzt, dich ein wenig auszuruhen, und wenn die Schmerzen zurückkommen, sagst du mir das. Ich denke aber, daß wir sie in die Flucht geschlagen haben.«

Caitlin nickte schläfrig.

»Wenn dich ein herrlicher Duft in der Nase kitzelt, dann

weißt du, daß ich Frühstück mache. Und dann hast du hoffentlich einen richtigen Bärenappetit.«

Das Mädchen schüttelte den Kopf.

Sheila schmunzelte nur und zwinkerte ihr zu. »Du wartest jetzt eine halbe Stunde, und dann sagst du mir das noch einmal.«

Sie ging hinaus und schloß die Tür hinter sich. Caitlin hörte ihre sachten Schritte auf den Stufen. Sie legte sich zurück und fühlte sich ganz entspannt. Die Schmerzen waren verschwunden. Völlig verschwunden.

— 18 —

Es war drei Uhr morgens, als Martin Thornton und Andrew Toye samt der Kisten und Kartons ihrer Videoausrüstung in der übelriechenden Fahrstuhlkabine Richtung Erdgeschoß zuckelten. Sie schwiegen beide; keinem von ihnen stand der Sinn nach einer Unterhaltung. Der Lift hielt mit einem Ruck; die Türen öffneten sich ratternd, und Echos hallten laut von den Graffiti-Wänden zurück. Eine schwache, orangefarbene Pastelltönung im Osten kündigte eine frühe Morgendämmerung an. Die Luft war kühl, aber nicht frisch; ein dumpfer Großstadthauch schien darin eingewoben zu sein. Die Wohnblöcke von Blackhale erhoben sich dunkel und drohend wie erstarrte Wächter vor dem hellerwerdenden Himmel.

»Wir haben ein Problem«, sagte Martin auf halbem Wege zu Andrews Ford Kombi.

»Hm?« Andrew schwebte bereits wieder in anderen Sphären.

»Schau ihn dir genau an«, riet Martin und deutete mit einem Kopfnicken Richtung Wagen.

Die Beifahrertür stand weit offen.

Andrew riß die Augen hinter seinen dicken Brillengläsern auf. Sein Unterkiefer klappte herab. Unter anderen Umständen wäre es komisch gewesen.

»Mein *Auto!*« stieß er schließlich hervor.

Sie legten die restlichen vierzig Yards zurück und stellten ihr *Einsatzgepäck* auf dem Boden ab. Die Räder waren verschwunden. Der Wagen war auf vier niedrige Ziegelsteintürme aufgebockt. Martin drehte sich um und sah zu den beiden anderen Wagen hin, an denen sie vorbeigekommen waren. Der eine, der bei ihrer Ankunft noch auf Ziegelsteinen plaziert gewesen war, stand jetzt auf den Achsstummeln und befand sich damit auf gleicher Höhe wie sein rostender Gefährte. Die Diebe hatten die Ziegelsteine *recycled*. Damit war klar, warum dieser Parkplatz so leer war.

Andrew breitete in einer Andeutung absoluter Ungläubigkeit die Hände aus. So etwas passierte einfach nicht in der Universitäts-Welt, aus der er kam.

»Zur *Hölle!*« explodierte er und holte aus und schlug auf das Wagendach. Der Ford schwankte, und zugleich war ein recht bedrohliches Knirschen von zerbröckelnden Ziegelsteinen zu hören. Einen Augenblick lang glaubte Martin schon, die gesamte Konstruktion unter dem Wagen würde zusammenbrechen und samt ihrer Last zu Boden krachen – aber sie wackelte nur ein wenig und stand wieder still.

»Was sollen wir jetzt nur tun?« fragte Andrew seufzend. Er sah aus wie ein Fisch auf dem Trockenen. Dies hier war erst seine zweite Exkursion in das Niemandsland namens Blackhale. Er fühlte sich hilflos und wütend.

»Zuerst einmal müssen wir dafür sorgen, daß wir deinen Wagen von hier wegschaffen. Wenn du ihn stehenläßt, werden sie ihn ausschlachten.«

»Schau dir das an! Die haben mein Stereoradio mitgenommen. Und meine Lautsprecher. Das kostet ein Vermögen.«

»Ja, aber sieh's auch mal positiv. Die Türen und die Sitze haben sie zurückgelassen. Und das Lenkrad.«

»Das würden die doch nicht stehlen, oder?«

Martin schüttelte den Kopf, doch er nahm an, daß es nicht sehr überzeugend aussah. Er bedauerte, daß ausgerechnet seinem Freund so etwas hatte passieren müssen. Andrew war einer der umgänglicheren Professoren in der verstaubten alten Universität am Kelvin River. Er hatte den kleinen *enthusiastischen* Mann auf den ersten Blick gemocht. Aber den Wagen hier mit ausgebauter Stereoanlage auf Ziegelsteinen aufgebockt vorzufinden, hatte ihn wenigstens von dem Geschehen in der Reid-Wohnung abgelenkt. Im Lift war es ihm unmöglich gewesen, die Gedanken an das im Bett kauernde Mädchen und seine unheimliche Botschaft abzuschütteln. Es hatte ihn frösteln lassen. So sehr er sich auch darum bemühte, er konnte diese Kammer in seinem Verstand nicht mehr verschließen; der Schwarze Mann aus seiner Kindheit war *frei*. Doch jetzt hatte er etwas, mit dem er sich beschäftigen mußte. Etwas *Normales*, obwohl der Professor dies zweifellos völlig anders sah.

Er beugte sich vor, versetzte dem Wagen einen leichten Stoß und prüfte die Standfestigkeit der Unterkonstruktion. Er bückte sich und besah sich die Ziegelsteine. Das Ganze war stabil genug; sie würden nicht kippen, der Wagen würde nicht auf die Radachsen stürzen. Andrew tappte nervös auf und ab. Mit Autos kannte er sich noch weniger aus als mit Ghettos wie Blackhale. Martin öffnete die Motorhaube.

»Du hast Glück. Motor und Getriebe sind auch noch da. Hast du die Schlüssel?«

»Wozu? Der Wagen ist offen.«

»Komm schon, gib sie mir«, sagte Martin nachdrücklich. »Ich will sehen, ob er anspringt.«

»Ohne Reifen kommen wir sowieso nirgendwo hin.«

»Vertrau mir, Andy.«

Der Professor fischte die Schlüssel aus seiner Hosentasche und gab sie ihm. Der Motor spotzte und sprang an.

»Gut. Du verstaust jetzt dieses Zeug im Kofferraum und

steigst in den Wagen. Ich muß telefonieren – beziehungsweise erst mal ein Telefon finden, das funktioniert.«

»Ich komme mit.«

»Nur, wenn du deine Universität um ihre Videoausrüstung bringen willst«, sagte Martin und deutete auf die Kartons.

»Aber da ist doch niemand«, protestierte Andrew.

Martin lachte. Er zeigte auf den ersten Wohnblock hinüber.

»Allein in dem da leben zweitausend Leute. Mindestens ein halbes Dutzend davon beobachtet uns in diesem Moment. Denk nach, Andrew. Da oben sieht jeder alles, und wenn jemand Fragen stellt, dann hat niemand was gesehen. Kaum vierzig Leute da drin haben *Tages-Jobs.* Also ist es für sie völlig gleichgültig, ob es Tag ist oder Nacht.«

Er drehte sich herum und deutete auf das nächste Hochhaus, etwa zweihundert Yards entfernt. Dort standen drei Gestalten am Eingang; sie gingen nirgendwohin, sie standen nur beieinander.

»Gut möglich, daß die Burschen dort deine Stereoanlage geklaut haben. Wenn sie's waren, dann haben sie sie verkauft. Und sich in eine bessere Welt *gedrückt* . . . Und halten jetzt möglicherweise nach noch mehr leicht verdientem Geld Ausschau. Du bleibst und bewachst das Getriebe.«

»Und was ist, wenn sie zurückkommen?« Andrews Stimme verriet, daß er es begriffen hatte. Er befand sich ziemlich weit außerhalb seines vertrauten Territoriums.

Martin stellte die Kartons in den Kofferraum und nahm den Wagenheber heraus. »Hier. Steig ein und schließ die Türen und sperr sie ab. Sie werden nicht kommen, solange du da bist. Wenn, dann müssen sie die Scheiben einschlagen. Tun sie das, dann steigst du aus und prügelst ihnen mit dem da die Scheiße aus dem Leib.«

Andrew sah ihn an, als könne er nicht glauben, was er da hörte.

»Und denk dran«, fuhr Martin fort, und auf seinem Gesicht lag ein seltsames Lächeln, »nimm dir immer den Größten zuerst vor.«

Er wartete, bis der Professor im Wagen saß und die Zentralverriegelung einrastete. Andrew drehte sich um; sein Gesicht hinter den Scheiben war ein Bild erbärmlicher Vorahnung.

Es dauerte eine halbe Stunde, bis Martin eine Telefonzelle fand, in der der Apparat noch einen Hörer hatte und auch wirklich funktionierte. Tatsächlich war es der erste Apparat mit einem Hörer. Die anderen drei Telefonzellen waren bis auf ein paar herabhängende Kabel leer gewesen. Martin rief im Büro an und ließ sich zum Redaktionsfahrer durchstellen, dessen Schicht bis vier Uhr morgens dauerte.

Rab Anderson war ein Bär von einem Mann. Martin berichtete, was geschehen war und ertrug das brüllende Gelächter stoisch genug.

»Ein neuer Ford Sierra – wo? Habt ihr den Verstand verloren, oder was? Hey. Ich dachte, du wärst ein Profi.« Rab wieherte erneut. Martin biß die Zähne zusammen.

»Ja. Sehr lustig. Hör zu, Rab, ich steh' hier in einer Telefonzelle. Die Scheiben sind eingeschlagen, und dieser Westwind ist wirklich arschkalt . . .«

»Kein Angriff, Großer«, schwächte Rab ab. Er nannte jeden so, trotz der Tatsache, daß er die meisten überragte.

»Rab, ich brauche vier Sierra-Reifen plus Felgen, und das wirklich verdammt schnell.«

»Um die Zeit?«

»Wenn ich sie nicht kriege, wird es kein Auto mehr für diese Reifen geben.«

»Ich versteh' schon, was du meinst. Ich war schon mal da draußen. Ihr habt Glück, daß überhaupt noch was da war.«

»Falsches Thema, Rab. Das richtige heißt *Felgen und Reifen.*«

»Ich hab' keine hier, Mann . . . Obwohl, warte mal . . .« Es entstand eine Pause. »Oh. Ja. Kollege Willie Browns Wagen steht in der Garage unten. Hat ihn zum Kundendienst angemeldet.«

Martin stieß ein erleichtertes Seufzen aus. Selbst der allerletzte Redaktionsassistent fuhr einen Firmenwagen. Es war ein ständiger Streitpunkt, daß ausgerechnet die Schreibtischhocker derart bevorzugt wurden, während die Reporter ihren Geschichten in den eigenen Wagen hinterherjagen konnten. Die gute Nachricht war, daß die Kollegen vom Innendienst ausschließlich mit Ford Sierras ausgestattet waren.

»Ich brauche sie nur für ein paar Stunden«, sagte Martin. »Du würdest mir einen großen Gefallen tun.«

»Das wird dich was kosten.«

»Ich bin kein Idiot, Rab.«

»Okay, Großer. Und ich bin in einer halben Stunde bei euch. Sei da.«

»Wo soll ich schon hingehen, Mann!« brummte Martin und hängte ein.

Er zog den Kragen hoch, um sich gegen die Kühle des Morgens zu schützen, und steckte beide Hände tief in die Taschen. Auf dem Rückweg zum Wagen begegneten ihm einige wenige Leute; sie waren wie lautlose Wesen aus einer anderen Welt. Blackhale erwachte zum Leben.

Andrew saß hinter dem Lenkrad, sein Kopf ruckte von links nach rechts. Als Martin gegen die Scheibe klopfte, zuckte der kleine Professor zusammen und die Hand mit dem Wagenheber flog hoch.

Als er Martin erkannte, huschte ein Ausdruck von Erleichterung über sein Gesicht.

»Wo *warst* du?«

»Fern-Gespräch«, sagte Martin ironisch.

Andrew überhörte die Betonung.

»Warum um alles in der Welt führst du Ferngespräche?«

»Die Telefonzelle war ziemlich weit weg. In der *Ferne*, sozusagen. Kapiert? Es war ein Witz.«

Andrew erdolchte ihn mit verdrossenen Blicken. »Und was geschieht jetzt?«

»Wir warten. Ein Freund von mir bringt Räder. Sie

sind eine kurzfristige Leihgabe. Du wirst dir ein paar neue kaufen müssen.«

Sie saßen im Wagen, und der Himmel wurde heller. Eine Gruppe Jugendlicher kam vorbei; sie trugen Baseball-Käppis und abgeschabte Jacken. Einer von ihnen zeigte auf die Männer im Wagen, dann auf die Ziegelsteine *unter* dem Wagen; sie lachten und gingen weiter.

»Das ist nicht witzig«, beschwerte sich Andrew.

Später unterhielten sie sich über das, was in der Reid-Wohnung geschehen war, und Andrews Lebensgeister kehrten zurück.

»Ich habe keine Ahnung, was auf dem Band ist. Ich hoffe nur, daß der Monitor defekt war. Ich wünschte, wir hätten diese Infrarot-Ausrüstung dabeigehabt. Dann hätten wir *alles* aufnehmen können.«

»Es war unheimlich«, sagte Martin.

»Dafür muß es eine Erklärung geben.«

»Ja. In dem Haus spukt es.«

»Nun, das glaubst du doch nicht wirklich?« erkundigte sich Andrew, wieder ganz Herr der Situation.

»Es hat mich ganz schön durchgeschüttelt, das kann ich dir sagen. Und dieses Mädchen. Die Dinge, die sie gesagt hat. Was ist damit?«

Andrew zuckte die Schultern. »Sie hat im Schlaf geredet.«

»Dieses ganze Zimmer war ein Durcheinander. Es sah aus, als hätte ein Wirbelsturm darin gewütet.«

»Ja. Aber ist dir auch aufgefallen, daß das Mädchen . . . nun . . .«

»Du meinst das Blut?«

»Ja. Viele dieser Ereignisse konzentrieren sich auf junge Mädchen, die gerade in die Pubertät kommen. Eine der besseren Theorien besagt, daß es eine Art Telekinese ist, die durch hormonelle Veränderungen hervorgerufen wird. Also nichts wirklich Übernatürliches, sondern etwas *Naturbedingtes*. Ein Ausbruch mentaler Aktivität, durch den Dinge bewegt werden.« Martin fragte: »Du glaubst das?«

»Ich glaube, daß das menschliche Gehirn weit leistungsfähiger ist, als die Menschen wahrhaben wollen. Wir nutzen lediglich etwa ein Zehntel unserer Geisteskraft. Wenn wir über die restlichen neunzig Prozent verfügen, wenn wir sie wirklich *gebrauchen* könnten – wer weiß? Vielleicht könnten wir dann Berge versetzen.«

Fünfzehn Minuten später kam Rab Anderson.

Ein gepflegter, schwarzer Bentley tauchte hinter dem Sierra auf, kroch langsam heran und stoppte lautlos.

Andrews Blick zuckte zum Außenspiegel, dann stieß er einen Schreckenslaut aus.

»Da ist ein Auto hinter uns«, stellte er mit gehetzter Stimme fest.

Martin drehte sich in seinem Sitz um. Big Rab stieg gerade aus.

»Was ist?!« erkundigte sich Andrew hastig.

Martin ignorierte ihn, stieß die Beifahrertür auf, stieg aus und wandte sich dem anderen Mann zu.

»Stilechtes Fahren«, kommentierte er mit einem Blick auf den Bentley.

»Es war der einzige, der genügend Platz für die Reifen und den Wagenheber hatte«, erklärte Rab und fuhr sich ein wenig verlegen über die eisengraue Bürstenfrisur.

»Es ist der Wagen des Herausgebers«, sagte Martin ein wenig fassungslos.

»Wenn er mich erwischt, werde ich mir was anhören können, also beeilen wir uns, damit ich ihn zurückbringen kann, bevor irgend jemand was merkt.«

Martin gluckste, und Rab ließ ein weiteres brüllendes Gelächter hören. Martin stellte Andrew vor, der automatisch die Hand ausstreckte und sie augenblicklich in einer riesigen, schwieligen Pranke verschwinden sah. Die derben Tattoos auf den Knöcheln des Fahrers trugen nur wenig dazu bei, ein Vertrauensverhältnis aufzubauen.

Sie brauchten zehn Minuten, um die Reifen zu montieren, die Schrauben festzuziehen und den Ford – wie Rab sich ausdrückte – auf die Straße zurückzubringen.

»In Ordnung. Und jetzt, Prof, fahren Sie hinter mir her, in die Clyde Street. Da gibt es einen Burschen, der zufällig vier Reifen samt Felgen und Radkappen auf Lager hat und Ihnen das ganze recht günstig verkaufen wird. Brandneu.«

»Heiß?« fragte Martin.

»Verdammt heiß, klar.«

Martin sah Andrew an, und der Akademiker erwiderte den Blick über den Rand seiner Brillengläser hinweg. Ein kleines, verschwörerisches Lächeln huschte um seine Mundwinkel. »Oh, warum nicht?«

Martin klopfte ihm auf den Rücken und grinste ebenfalls.

Gegen zehn Uhr morgens betraten sie Andrews Wohnung in der Gilmour Avenue, ganz in der Nähe der Brücke über den Kelvin River im Universitätsviertel im Westen der Stadt.

Martin hatte einen Bärenhunger. Der Professor setzte Wasser auf und machte sich am Herd zu schaffen. Während der Geruch von brutzelndem Speck durch die Küche wehte, tranken sie Kaffee.

»Was für eine Nacht«, sagte Andrew. »Ich muß das alles heute noch aufschreiben.«

»Ich weiß nicht, ob ich es verwenden kann«, bremste Martin ihn. »Mal sehen, wie die Bilder herauskommen. Herrgott, normalerweise arbeite ich mit *Fakten.* Ich habe keinen Schimmer, wo die in dieser Sache sind.«

»Nun, schreib einfach, was passiert ist«, rief Andrew aus der Küche herüber.

Wenig später saßen sie sich im Wohnzimmer gegenüber, schlangen *Andrew Toyes Original-Speck-Sandwiches* hinunter und spülten mit heißem, süßen Kaffee nach. Gott, das war das beste Essen, das er seit Wochen zwischen die Zähne bekommen hatte.

»Ich weiß nicht, was passiert ist«, sagte Martin, als er dazu wieder in der Lage war.

»Schreib nur, was du gesehen hast.«

»Ich weiß nicht, was zur Hölle ich *gesehen* habe.«

»Dann überprüfen wir das Band.« In den folgenden fünfzehn Minuten aßen sie schweigend.

Danach spülte Andrew penibel die Teller ab, und Martin nahm die Schlüssel und ging zum Wagen hinunter. Er schloß auf und schwang den Kofferraumdeckel hoch und griff nach dem Karton mit dem Camcorder.

Seine Finger berührten etwas Pelziges, und seine Hand zuckte wie unter einem Stromschlag zurück. Er hob den Karton an und verrenkte sich, um dahintersehen zu können.

Plötzlich war das Schlagen seines Herzens nur mehr ein panisches *Flattern*.

Der kleine braune Teddybär lag auf dem Rücken. Seine Obsidian-Augen funkelten ihn an.

»Oh, mein –«, stieß Martin fast unhörbar hervor. Jetzt hämmerte sein Herz wie ein Preßlufthammer; er bekam keine Luft mehr. Das harmlose kleine Pelzspielzeug war so absolut *fremd*, so absurd *bedrohlich*, daß Martin nicht in der Lage war, den Blick abzuwenden.

Er stand eine geschlagene Minute lang da und war unfähig, sich zu bewegen. Seine Gedanken rasten; schlagartig befand er sich wieder in diesem abgedunkelten Zimmer und sah die Bewegung auf dem Bildschirm.

Der Teddybär *hatte sich bewegt*.

Er hatte sehr langsam seine Stellung verändert, und dann war er vom Sessel gefallen; aber es hatte *ausgesehen*, als würde er auf die Kamera zuspringen.

Martin atmete durch, richtete sich auf und riß sich los von dem unbeseelten Starren. Er erinnerte sich genau daran, daß er die Kartons in den Kofferraum gestellt hatte. *Und daß nichts außer dem Wagenheber und einem alten Regenmantel darin gewesen war.* Den Wagenheber hatte er Andy in die Hände gedrückt.

Wie war der Teddybär da hineingekommen?

Er wußte es nicht. Er *wollte* es auch gar nicht wissen. Letzte Nacht hatte er etwas ganz und gar *Verrücktes* gesehen, etwas, das sein Verstand nicht in Fakten und Zahlen einzuordnen vermochte. Er hatte etwas gesehen, das er sich nicht erklären konnte, und es hatte ihm – aus einem Grund, den er nicht verstand – einen gewaltigen Schrecken eingejagt.

Er beugte sich rasch vor, hob den Karton aus dem Kofferraum, stellte ihn auf dem Bürgersteig ab und richtete sich wieder auf. Der kleine Bär lag noch immer da – völlig reglos, ohne zu blinzeln. Martin zögerte einen Moment, dann packte er das Ding und riß es heraus. Seine Finger gruben sich tief in den künstlichen Pelz, und er war sich des kleinen Körpers in seinem Griff sehr intensiv bewußt. *Als wäre er lebendig.* Er drehte sich herum und schleuderte das Ding von sich. Es wirbelte in hohem Bogen über die Blüten eines Zierkirschenbaums hinweg, schlug mit einem kaum vernehmlichen Platschen in die grauen Fluten des Kelvin River, wurde von der Strömung ergriffen und versank rasch.

Martin glaubte, die Beschaffenheit des künstlichen Pelzes noch immer spüren zu können, und rieb die Handfläche an seiner Cordhose ab. Ein kleiner Schauder überlief ihn. Auf der Wasseroberfläche breiteten sich Kreise aus und waren gleich darauf verschwunden. Er sah den kleinen Teddybären nicht mehr. *Was, wenn er wieder auftaucht? Wenn er den Kopf dreht und mich mit diesen Knopfaugen anstarrt?*

Er weigerte sich, darüber nachzudenken.

Er schlug den Kofferraumdeckel zu und hob den Karton auf. Er klemmte ihn sich unter den Arm und trug ihn nach oben. Wenn Andrew ihm irgend etwas anmerkte, so erwähnte er es nicht.

Der Professor schaltete seinen eigenen Fernseher ein, stöpselte Kabel in Buchsen und schaltete die Kamera auf *Playback*. Es war Zeitverschwendung. Auf dem Band war nichts als ein grandioses Schneetreiben. Es sah aus, als hätte jemand einen Magneten über der Kassette hin und her bewegt und alles gelöscht.

»Du hast natürlich eine Erklärung dafür?« vermutete Martin ein wenig gepreßt.

»Eine Funktionsstörung der Kamera, oder ein elektromagnetischer Impuls.«

»Eine elektromagnetischer Impuls«, wiederholte Martin bissig.

»Nun, wie bei einer Atomexplosion, zum Beispiel.«

»Die können wir ausschließen, Andy.«

»Ein großer Funken in einem Generator hätte dieselbe Wirkung. Allerdings halte ich das auch nicht für des Rätsels Lösung.«

»Sondern?«

»Ich glaube, daß das Mädchen dafür verantwortlich ist«, sagte Andrew.

*****

Duncan Haldane drehte und wendete das Kuvert in seiner Hand. Es war ein großes braunes, sehr *offiziell* aussehendes Ding. Sein Name war auf einen weißen Aufkleber getippt worden.

Post vom Schottischen Ministerium, dachte er und überflog den Absender zum hundertsten Mal: St. Andrew's House, Edinburgh.

Er hielt das Kuvert seit zehn Minuten in der Hand und hatte es noch immer nicht geöffnet.

Alec Stirling saß ihm gegenüber, die Ellbogen auf den Küchentisch gestemmt. Er schlürfte eine Tasse Tee.

»Die Heulende Gail hat heute morgen auch schon so eins bekommen«, erzählte er bereitwillig. Duncans Aufmerksamkeit war gänzlich auf den Umschlag gerichtet.

»Was?« sagte er gedankenabwesend.

»Gail Dean, die Frau des Pfarrers. Sie hat auch Post bekommen. Ich wollte noch ein wenig mit ihr plaudern, aber sie hatte es mächtig eilig, ins Haus zu kommen. Vielleicht sind es gute Nachrichten.«

»Vielleicht. Wenn nicht, bin ich verdammt erledigt.«

»Du wirst es nie erfahren, wenn du dieses Ding nicht aufmachst. Das Innenministerium mischt sich nur ganz selten in diese Ex-und-Hopp-Streitigkeiten ein. Es ist dein Land, es sind deine Bäume, und du willst nur ein paar Holzhütten bauen, die man vom Dorf aus nicht einmal sehen kann. Ich wette, du kriegst ihren Segen.«

Duncan hob den Kopf und sah Alec besorgt an. Der Aufruhr in dem Mann war beinahe körperlich spürbar.

»Ach, komm schon. Öffne dieses Scheißding.«

Draußen, hinter dem Haus, sagte Rose etwas zu den Kindern. Sie konnte jetzt jeden Moment hereinkommen und das Kuvert sehen – und dann würde es keinen Aufschub mehr geben. Rose war geradlinig und sehr energisch. Sie würde darauf bestehen, daß er es augenblicklich öffnete – und sei es auch nur, um zu sehen, daß sie weiterkämpfen mußten.

»Oh, zur Hölle damit!« brummte Duncan resignierend, griff zu der Frühstückstheke hinüber, nahm ein langes Brotmesser zur Hand und schlitzte das Kuvert mit chirurgenhafter Präzision an der Oberseite entlang auf. Er spähte hinein. Da waren mehrere weiße Blätter. Er zögerte noch einmal, dann tauchte seine große, schwielige Hand hinein und zog sie heraus.

»Nun sag schon, Dunc!«

»Gib mir eine Chance, Mann«, polterte der Bauer jämmerlich. Er überflog die Blätter. Seine Lippen bewegten sich, während er las. Sein Blick huschte zur nächsten Seite, dann zur dritten, dann zurück zur ersten; dieses Mal las er langsam. Sein Gesichtsausdruck verriet keinerlei Regung.

»Okay? Wie lauten die Neuigkeiten?« Alec war ein Paradebeispiel in Sachen Ungeduld.

Duncan ließ die Seiten auf den Tisch gleiten. Er verbarg sein Gesicht in den Händen und stieß ein abgrundtiefes Seufzen aus. Alec glaubte, seine Schultern beben zu sehen.

»Ach, zur Hölle, Duncan«, sagte er. »Tut mir leid.«

Der große Mann blieb eine ganze Weile so sitzen, das Gesicht in den Händen, als laste das Gewicht der ganzen

Welt auf ihm, dann hob er den Kopf und brüllte: »Rose! *Rosie!*«

Seine Frau kam durch die Hintertür hereingestürmt.

»Was ist denn los?« sagte sie. Dann sah sie Alec und begrüßte ihn.

»Wir haben's geschafft, Mädchen!«

»Was ist das?«

»Wir haben gewonnen!« rief der große Mann. Seine Stimme hallte gewaltig durch die Küche. »Schau. Es steht alles da drin. Sie werden keine Untersuchung durchführen. Das Schottische Ministerium will nichts davon wissen.«

»Oh ... oh, Duncan.« Rose weinte beinahe. Duncan zog sie in eine Bärenumarmung und hob sie hoch. Alec spähte über seine Brille hinweg und überließ sie ganz sich selbst.

»Heißt das –?«

»Ja!« unterbrach Duncan. »Wir machen weiter. Wir sind wieder im Geschäft.«

Jetzt brach Rose doch noch in Tränen aus. Es war, als habe sich ein lange geschlossenes Schleusentor ganz plötzlich geöffnet. Und dann jubelte sie los, und Duncan hielt sie immer noch fest an sich gepreßt. Alec sah weg.

Die Kinder erschienen an der Hintertür. Dorothy sah erstaunt ihre Eltern an. Ben wirkte betroffen.

»Was ist passiert, Mum?« fragte er. Rose weinte und lachte und schniefte an der Brust ihres Mannes.

»Es ist alles in Ordnung, Sohn, sie ist glücklich«, sagte Duncan, und ein gewaltiges Grinsen überzog sein Gesicht.

Sobald Alec zu Hause war, telefonierte er mit Martin Thornton und teilte ihm die Neuigkeiten mit.

Als er später den gewundenen Weg zur Hauptstraße hinabschlenderte, die Linnvale der Länge nach durchschnitt, kam er auch an dem langen Panoramafenster von Meg Balfrons Café vorbei. Wie erwartet, war der große Tisch in der gegenüberliegenden Ecke dicht bevölkert. Die Frauen hatte sich versammelt. Er stand im Sonnenschein und zündete sich unbekümmert eine Zigarette an – ohne zu merken, daß er vor lauter *Observieren* die Flamme an das Filterstück hielt. Gail Dean hielt soeben drei Blätter hoch. Ihr Gesicht war völlig ausdruckslos, doch sie sah nicht sehr glücklich aus. Molly Carr sagte etwas. Alec konnte kein Wort hören, aber ihre Miene sprach Bände. Ihre Augenbrauen waren in einem mißbilligenden Stirnrunzeln vereinigt, und die Mundwinkel zeigten nach unten, während sie redete. Sie war *stinksauer*.

Alec kicherte in sich hinein und genoß das Schauspiel. Eine der Frauen – Meg Balfron – gestikulierte. Einer von Molly Carrs langen, roten Fingernägeln senkte sich wie ein Speer herab und spießte die Papiere auf. Es ging ganz schön hitzig zu da drinnen.

Alec nahm einen tiefen Zug von seiner Zigarette und hustete, als der beißende Rauch seine Lungen versengte. Er riß sich das Ding aus dem Mund und starrte es voller Abscheu an. Sein Stiefelabsatz malmte es schließlich aufs Pflaster.

In Meg Balfrons Café nahm der Hennenkampf seinen Lauf. Jetzt konnte der Postbote sogar hohes Stimmengewirr hören. Gail Dean beugte sich vor, um etwas zu sagen. Sie wirkte nicht ärgerlich, sondern – soweit er das aus dieser Entfernung überhaupt feststellen konnte – eher *besorgt*. Sie schüttelte den Kopf, während, ihr gegenüber, Molly Carr sehr schnell redete und jedes einzelne Wort mit einem aggressiven Wedeln ihrer geballten Faust unterstrich.

Alec lachte wieder in sich hinein. Er mochte Duncan Haldane, und die paar Bäume, die er fällen wollte, waren ihm absolut gleichgültig. Sie waren vom Großvater des Bauern als Nutzholz gepflanzt worden. Mit dem Hof hatte Duncan auch die Bäume geerbt. Und da sie von Hand gepflanzt worden waren, konnten sie schlecht zum großen kaledonischen Wald gehören, nicht wahr?

Der Postbote lebte seit seiner Geburt hier im Tal. Er liebte diesen Ort genauso sehr wie jeder andere. Als Junge hatte er in den Dumbuie Hills oben Hasen gefangen, und er hatte sich auch einen fairen Anteil am Lachsreichtum des Corrie gesichert, damals, als der alte Leitch noch Wildhüter gewesen war. Das Tal zu einem Ferienlager verkommen zu sehen, war wirklich das letzte, was er wollte.

Erfahrung und ein scharfer Verstand sagten ihm, daß alle derartigen Pläne ohnehin von vornherein zum Scheitern verurteilt wären. Diese Gegend hier war der Grüngürtel der Stadt. Donnie MacKinnon hatte die Genehmigung für seinen Butangas-Betrieb nur deshalb bekommen, weil kaum mehr jemand in dieser Gegend Torf verwendete und genügend Nachfrage bestand. Trotzdem hatte er rings um seine Fabrik Fichten gepflanzt. Und Aitkenbars Depot war ohnehin ein landwirtschaftliches Gewerbe; er hatte seine Scheunen und Schuppen lediglich einer anderen Bestimmung zugeführt. Der Boden hier im Tal war nicht mehr allzu gut. Er dachte an die alten Bilder, die unten, im Douglas Arms, an den Wänden hingen. Dies hier war eine Gegend gewesen, in der die Glasgow-Jungs von der Kunstschule bevorzugt ihre Sommerferien verbracht hatten, um Landschaftsbilder zu malen. Ihre Ölgemälde und Aquarelle zeigten üppige und reiche Gehöfte. Hochbeladene Heukarren und übervolle Getreidewagen. Es existierten Bilder, mittlerweile alt und verblaßt, auf denen rundgesichtige Bauern ganze Herden fetter schwarzer Angus-Bullen zum Markt nach Craigard trieben. Und da gab es dieses eine überwältigende Ölgemälde, auf dem das Tal von den Dumbuies aus gesehen wurde; auf dem der Blick des Betrachters nach Südosten, über Fasach Wood hinweg und zum Loch schweifte. Das war Alecs Lieblingsbild. Es zeigte das Tal, wie es vor ein paar Generationen gewesen war. Viele der Häuser standen noch immer, nur ein paar Hecken waren verschwunden, als die Bauern ihre stets schlechteren Ernteerträge durch intensivste Bodennutzung wettzumachen versucht hatten, und Fasach Wood war damals kleiner, die Waldschonung der Haldanes noch nicht gepflanzt gewesen. Man konnte bis zur Laderampe der Mühle unterhalb des Hofes hinabsehen, der nur ein Schimmer im Nachmittagslicht war; und dort, am unteren

Eichen bringen einen anständigen Preis. Damit kann ich die halben Baukosten bezahlen. Das Sägewerk hat mir ein gutes Angebot gemacht. Wenn du tüchtig bist, geb' ich dir einen Versuch mit der großen Säge.«

Der Junge lächelte schwach. Er sah nicht sehr enthusiastisch aus. Duncan bemerkte es nicht – aber Rose. Ihr Sohn war sehr still gewesen in diesen letzten paar Tagen. Sie wußte, er hatte den Schrecken nicht überwunden. Dorothy schien darüber hinweg zu sein, aber sie war viel jünger. Sie war mitten in der Nacht schreiend hochgefahren, aber dann hatte sie weitergeschlafen. Jüngere Kinder vergaßen schneller. Sie hatten die Fähigkeit, Schreckensbilder abzuschütteln, weil ständig so viele neue verwirrende Dinge auf sie einstürzten und verarbeitet werden mußten. Rose war sich auch sehr darüber im klaren, daß kleine Kinder *Zeit* anders empfanden. Jeder Tag war so lange wie eine Woche, und jeder Monat war ein Jahr, und die Sommerferien kamen Dorothy wie eine Ewigkeit vor. Für sie lag der Vorfall in Fasach Wood weit genug zurück, obwohl erst einige Tage vergangen waren. Er war nur noch eine Geschichte.

Bei Ben verhielt sich das ein wenig anders. Er war älter. Er sprach nicht mehr darüber, was er in diesem fürchterlichen Wald gesehen . . . oder zu sehen *geglaubt* hatte. Aber seit diesem Tag ging er nicht mehr an die Vorderseite des Hauses, wo das Tal sich zu dem dichten, grünen Wald hinabsenkte. Sie hatte ihn mit Tee oder einem Sandwich für seinen Vater hinausgeschickt, doch er war nie lange geblieben. Bei seiner Rückkehr hatte er jedesmal einen sehr nervösen Eindruck gemacht und sich schließlich durch die hintere Tür verdrückt. Es kam ihr vor, als wolle er das Haus und seine Mutter zwischen sich und Fasach Wood wissen. Rose sorgte sich nicht übermäßig. Er hatte ein böses Erlebnis gehabt, und er würde darüber hinwegkommen. Es war eine Lektion fürs Leben gewesen. Er würde sich nie wieder in diesem Wald verirren.

Er sah sehr ernst in das Gesicht seines Vaters.

»Wirst du auch die neuen Bäume fällen, Daddy?«

»Die neuen? Ha. Die sind älter als ich, Bursche. Älter als dein Großvater geworden ist.«

»Nein. Ich meine die *neuen*«, sagte Ben und betonte das Wort. »Die, die vorher nicht *da* waren.«

»Neue Bäume, Ben? Wo ungefähr sollten die denn sein?«

Der Junge war nicht verlegen.

»Ich hab' sie *gesehen*, Dad. Einer steht am Fluß unten. Und noch einer... nein, *zwei* sind da, wo du gestern Bäume gefällt hast. Und noch einer war in der Nähe des Tores. Sie waren *vorher* nicht da.«

Duncan trank einen Schluck Tee, um sein Lächeln zu verbergen. Ben wurde ganz aufgeregt.

»Und wie kommen sie da hin? Sind sie einfach den Berg heraufgelaufen, oder was?«

Ben erschrak sichtlich. Rose streckte das Bein aus und trat Duncan nachdrücklich genug auf den Fuß. Bäume waren etwas, auf das Ben zur Zeit recht empfindlich reagierte.

»Aber ich hab' sie *gesehen*, Dad. Letzte Nacht, als ich aufgewacht bin, waren sie da.«

Rose sah von Duncan zu Ben und schließlich zu Dorrie. Ihre Augen waren sehr groß, und ihre Lippen kräuselten sich, und in ihrem Kinn entstanden Grübchen, als werde sie gleich in Tränen ausbrechen.

»Das reicht, Ben«, sagte Rose sehr scharf. Ben drehte sich rasch zu seiner Mutter um, und sie sah den gequälten, fast *panischen* Ausdruck auf seinem Gesicht.

»Dorrie regt sich über diesen Unsinn nur unnötig auf!«

»Aber es ist kein –«, begann Ben.

»Deine Mutter hat gesagt, daß es reicht, Sohn.«

Bens Mund schloß sich wie eine Falle.

Duncan zerzauste ihm die Haare. Die Hand fühlte sich groß und warm und stark an.

»Ich sag' dir was. Sobald ich meinen Tee getrunken habe, werden wir beide einen kleinen Spaziergang machen und ein bißchen plaudern, eh? Nur du und ich, von Mann zu Mann.«

Das half ein bißchen, obwohl Ben sich augenblicklich fragte, *wo* sie ihren Spaziergang machen würden.

Sein Vater war groß und stark, der größte Mann, den er kannte. Ben liebte ihn, er vergötterte ihn sogar. Er hatte immer gewußt, daß er bei seinem Dad sicher war, daß er ihn vor allem beschützen würde.

Aber Ben hatte die *Bäume* da unten gesehen. Er hatte die Knochen gesehen, die mit dem Holz *verwachsen* waren. Und das konnte er nicht mehr aus dem Kopf bekommen, und er wußte, niemand glaubte ihm. Und Dorrie schien das ganze einfach vergessen zu haben. Sie wollte nicht einmal darüber reden. Aber Ben *wußte*, was er gesehen hatte.

Und obgleich er seinen großen, starken Vater nach wie vor liebte – seine Weltsicht hatte sich *verändert*.

Bevor sie sich im Wald verirrt hatten, war er fest davon überzeugt gewesen, daß sein Dad alles wußte und alles konnte.

Aber konnte er auch gegen diese Bäume kämpfen? Konnte das überhaupt irgendein Mensch?

Sie waren *Monster*. Und sie packten Leute und brachten sie um. Sie *quetschten* sie zu Tode.

— 19 —

Caitlin erwachte langsam, schwamm empor durch hellerwerdende Schichten aus Dunkelheit. Ihr Atem ging gepreßt und angestrengt, als laste ein großer Druck auf ihren Rippen. Ihre Lider öffneten sich. Caitlin starrte in zwei glänzende schwarze Augen, die nur Inches von ihrem Gesicht entfernt schwebten.

Sie stieß einen schrillen Schreckenslaut aus. Die Augen

verschwanden. Da war ein Huschen, und auch das Gewicht auf ihrer Brust war *weg*. In der gegenüberliegenden Ecke entstand ein Geräusch, und Caitlin sah hin und keuchte im Nachbeben des Schocks. Da war eine weitere gleitende schwarze Bewegung, und dann, endlich, klärte sich ihr Blick. Auf der Anrichte saß eine große schwarze Katze. Neben ihr lag, träge zusammengerollt, ihr völlig identisches Ebenbild. Zwei Augenpaare aus Obsidian waren auf sie gerichtet.

Sheila Garvie öffnete die Tür und kam, da sie ein reichverziertes hölzernes Tablett trug, rückwärts gehend herein. Caitlin richtete sich vorsichtig in den Kissen auf; die Erinnerung daran, wie sich ihr Rücken und ihre Schultern *angefühlt* hatten, war noch zu lebendig.

»Ich dachte, ich hätte einen Schrei gehört«, sagte die Frau.

»Ich habe mich erschreckt. Die Katze saß auf meiner Brust, als ich aufgewacht bin.«

»Oh, die beiden wachen nur über dich.« Sheila lachte. »Sie sind gute Freunde. Ich nenne sie Nacht und Schatten, und es dürfte offensichtlich sein, warum. Kann sie ohnehin kaum auseinanderhalten. Keine Angst, sie sind große Schmuser. Du wirst schon sehen.«

Caitlin lächelte schwach. Der Druck auf ihrer Brust hatte sie ein wenig panisch reagieren lassen.

»Wie auch immer ... Sag mir, wie du dich heute morgen fühlst«, bat Sheila.

»Ich kann kaum glauben, daß mir nicht alles weh tut«, sagte Caitlin. Sie streckte die Arme und gähnte herzhaft, und nachdem sie einmal damit angefangen hatte, konnte sie kaum mehr aufhören. Sheila Garvie strahlte sie an.

»Ich wußte, daß es dir nach einer ordentlichen Nachtruhe schon viel bessergehen würde. Soll ich immer noch einen Arzt holen? Ich könnte Hudson Gregor anrufen, wenn du das willst.«

»Oh, nein. Was immer Sie mir gegeben haben – es hat Wunder gewirkt.« Sie drehte den Kopf von links nach rechts. Normalerweise hätte ihr Hals bei jeder dieser Bewegungen von grellen Schmerzen durchrast werden müssen.

»Nur eine kleine Kostprobe von Mutter Natur«, meinte Sheila bescheiden. Sie kam ans Bett und stellte das Tablett ab.

Als sie das tat, bemerkte Caitlin das merkwürdig geformte Muttermal auf dem Unterarm der Frau – schwarz auf der bleichen, glatten Haut, und so deutlich umrissen, daß sie es zuerst für eine Tätowierung hielt. Es war wie eine winzige Acht. Diese Form ließ eine Erinnerung aus der Vergangenheit in ihr aufflackern, aber dann rückte Sheila das Tablett zurecht und wandte sich ab. Der flüchtige Gedanke erlosch. Die Frau griff nach der Servierplatte. »Ich habe dir eine Kleinigkeit zu essen gemacht, nur für den Fall, daß dein Appetit zurückkehrt.«

Sie hob den silbernen Kuppeldeckel an und befreite damit augenblicklich einen wundervollen, appetitanregenden Duft. Plötzlich verspürte Caitlin einen *Bärenhunger*.

»Ich bin am Verhungern«, sagte sie. »Ich könnte ein Pferd verdrücken.«

»Wenn ich eins fange, kannst du es haben«, sagte Sheila mit einem mütterlichen Glucksen. »Bis dahin aber mußt du mit meinen Kochkünsten vorlieb nehmen. Ich habe dir Kaffee gemacht. Es ist meine eigene Mischung, aber wenn du Tee vorziehst, dann ist das auch kein Problem.«

»Nein, Kaffee ist prima. Überhaupt alles.«

»Nun, dann laß es dir schmecken. Ich komme nachher wieder zu dir.«

Caitlin nickte und bedankte sich, und die ältere Frau ging hinaus und schloß die Tür leise hinter sich.

Der Duft war so verlockend, daß Caitlin unverzüglich begann. Zuerst gab es einen Teller mit Getreide-Müsli und Früchten, die angenehm herb schmeckten. Danach schenkte sie sich eine Tasse Kaffee ein und trank ihn schwarz, mit zwei Löffeln Zucker, dann fiel sie über die apfelscheibengroßen gegrillten Pilze her und genoß den nussigen Geschmack. Die Zucchini und Zwiebeln waren knusprig und mit wohlschmeckendem Pfeffer bestreut. Es gab kein Fleisch. Sie aß alles auf, und dann tupfte sie den Teller mit einer dicken Vollkornbrotkruste sauber, in die Sonnenblumenkerne eingebacken waren. Sie war gerade bei ihrer dritten Tasse Kaffee angelangt, als sie das Klappern von Schuhen auf der Treppe hörte. Gleich darauf betrat Sheila das Zimmer.

»Nun, wie hat's dir geschmeckt?«

»Ich fürchte, es war eine ziemliche *Orgie*«, gestand Caitlin ein wenig schüchtern. »Ich habe alles weggeputzt. Ich wußte gar nicht, daß ich so hungrig bin.«

»Ah, das ist der Heilungsprozeß. Der kostet viel Kraft, und diese Kraft muß man ständig von neuem auffüllen.«

Caitlin setzte sich zurück; ihr Magen war prall, sie fühlte sich zum Platzen voll. Ein angenehmer Nachgeschmack prickelte unter der Zunge. »Sie sollten ein Restaurant eröffnen!« sagte sie. »Das war wirklich wundervoll. So etwas habe ich noch nie gegessen.«

»Alles hier gewachsen und geerntet«, erklärte Sheila mit mehr als nur einer Spur von Stolz in der Stimme.

»Sie haben bestimmt *grüne* Finger«, neckte Caitlin. Sheila lachte laut auf, ein vergnügtes, schallendes Lachen, das den Raum erhellte.

»Oh, das kann man sagen, aber das meiste kommt von da draußen«, sagte sie und zeigte zum Fenster. »Das ist auch mein Garten.«

»Ich versteh' nicht –«

»Oh, hier wächst alles wild, bis auf die Zucchini, natürlich. Die Pilze habe ich gestern gepflückt. Ich mußte zurückgehen und meinen Korb holen.«

»Sie waren riesig. Ich hab' noch niemals so große gesehen.«

»Oh, in dieser Jahreszeit sind das die Babys. Warte noch ein bißchen. Ich werde dir ein Pilz-Steak machen, das so groß ist wie dein Teller, und dann wird dir *wirklich* das Wasser im Munde zusammenlaufen.«

Caitlin stemmte sich aus den weichen Kissen hoch und beugte sich vor. »Ich kann Ihnen gar nicht genug danken. Wenn Sie nicht gewesen wären, dann –«

Sheila hob ihre Hand. »Nun, wir wollen jetzt doch nicht an solche Sachen denken. Das liegt alles hinter dir, und es geht dir schon viel besser.«

»Aber –«, begann Caitlin. Sheila unterbrach sie mit einem ganz besonders übertrieben ernsten Blick, so daß sie sich schließlich damit begnügte »Nun . . . danke. Danke für *alles*« zu murmeln.

Sheila ließ ihre perfekten Zähne aufblitzen. »Es ist mir ein *Vergnügen*. Ich bin damit zufrieden, helfen zu können, und noch zufriedener, eine neue Freundin gewonnen zu haben. Ich lerne nicht mehr so viele Leute kennen, in diesen Tagen. Ich bin sehr froh, daß ich eine so hübsche Nachbarin habe.«

Caitlin war dennoch unzufrieden mit sich. Ihre Dankesworte waren so schwach und *nichtssagend* gewesen. Diese Frau hatte ihr das Leben gerettet und sie von ihren Schmerzen befreit. Sie hatte sie Gott weiß wie weit den steilen Hang heraufgetragen – *getragen* – und sie in ihr Bett gelegt und einfach *alles* für sie getan. Sie empfand eine solch überschwengliche Dankbarkeit, daß sie sie einfach nicht für sich behalten *konnte*.

»Würden Sie mir Modell sitzen?« platzte sie heraus. »Ich meine, für ein Bild . . . Lassen Sie mich ein Portrait von Ihnen malen, ja?«

Sheila sah sie an, und das Licht vom Fenster betonte die linke Seite ihres Gesichts, hob die feingeschnittenen Wangenknochen hervor und verwandelte die weißen Haare in eine gleißende Aura. Eine Hand flatterte in sehr weiblicher Verlegenheit hoch und legte sich auf den Mund; doch sie lächelte mit echter Freude.

»Oh, du liebe Güte, Mädchen. Nicht ich! Im Dorf gibt es so viele hübsche junge Frauen, die sich dafür *wirklich* viel besser eignen . . .«

»Bitte«, sagte Caitlin. »Ich würde so gerne *Sie* malen.

Ich will Ihnen richtig danken. Und Ihr Gesicht ist einfach phantastisch!«

»Nun, ich denke darüber nach«, versprach Sheila, und ein weiteres zurückhaltendes Lächeln umspielte ihre Mundwinkel. »Aber erst, wenn's dir wieder richtig gutgeht. Sei froh, daß du diese Blutergüsse nicht sehen kannst.«

»Sie werden darüber nachdenken?«

»Natürlich werde ich das, Caitlin. Ja. Aber du mußt mir dafür versprechen, das hier zu nehmen.« Sie gab ihr eine kleine hölzerne Schatulle, in die ein verschlungenes Muster geschnitzt war.

»Was ist das, ein Schmuckkästchen?«

»Oh, nein. Mach's auf. Ich habe dir ein wenig von dem Pulver hineingetan, das du gestern und heute morgen eingenommen hast. Es wird die Schmerzen auf Distanz halten und dir dabei helfen, wieder zu Kräften zu kommen. Du kannst es in Wasser einrühren, oder in Tee. Oder über deinen Salat streuen. Es wirkt, und es schmeckt gut.«

Der Deckel ließ sich ganz leicht öffnen. In der Schatulle lag ein kleines gewobenes Säckchen, das mit einem geflochtenen Grasband verschlossen war. Es duftete wie ein Riechtopf.

»Oh, und das hier ist für die Quetschungen. Einfach einreiben.« Sheila reichte dem Mädchen einen Porzellanflakon mit einem hübschen kleinen Stöpsel, der wie ein verzauberter Pilz aussah, rot und mit gelben Tupfern. »Es riecht ein bißchen, und leider nicht allzu angenehm, aber es läßt diese Flecken wie weggezaubert verschwinden. Auf dem Rücken werde ich es für dich einmassieren, keine Sorge. Glaub mir, dort siehst du aus, als hättest du dich in Holunderbeeren gewälzt. Es ist wie eine einzige große Tätowierung von Kopf bis Fuß.«

»Ich kann's mir vorstellen. Vielleicht ist es ganz gut, daß ich sie nicht sehen kann«, sagte Caitlin. Sheila lachte wieder.

Das Problem, die Treppe wieder hinabzukommen, wurde ganz mühelos – und überraschend – gelöst. Sheila zog die Bettdecke zurück, und Caitlin stellte fest, daß sie in einem zarten, nahezu durchsichtigen Baumwollnachthemd geschlafen hatte. Sheila eilte geschäftig in ein anderes Zimmer, während sie sich anzog. Dann kehrte sie zurück.

»Fertig?«

Caitlin sah auf, und ihre Wohltäterin bückte sich, legte einen Arm unter ihre Knie, einen anderen um ihren Rükken und hob sie in einer einzigen, energischen Bewegung vom Bett. Sie trug Caitlin zur Tür und die Treppe hinab. Es schien sie überhaupt nicht anzustrengen.

In dem kleinen Wohnzimmer sah Caitlin ihren Rollstuhl vor einem offenen Kamin stehen. Das *Ufo* war von Schmutz und Blättern befreit und geputzt worden.

»Haben Sie den auch geholt?« fragte sie wie benommen.

»Nun, *du* konntest das eindeutig nicht, oder, mein Mädchen?« erwiderte Sheila mit einem schelmischen Blinzeln. »Mußte ihn ein wenig suchen, letzte Nacht. Er hing in einem Busch über dem Fluß.«

Caitlin schauderte bei der Erinnerung an ihre ganz private kleine *Flugstunde.* Und dann sah sie plötzlich Sheila Garvie *nachts* und *völlig allein* durch diesen Wald gehen, und –

»Dieses Tier«, murmelte sie. »Ich wollte Sie die ganze Zeit schon davor warnen . . .«

»Was für ein Tier?«

»Das, das mich angegriffen hat. Es war groß. Ich hab's nicht richtig gesehen, aber es knurrte und ist gegen meinen Rollstuhl gekracht, und dann bin ich durch die Luft gesegelt.«

»Komm schon, in dieser Gegend gibt es keine großen Tiere. Bist du sicher, daß du es gesehen hast?«

»Es war nur ein Schemen, aber es war da.«

»Vielleicht ein Hund«, vermutete Sheila. »Da draußen leben nur ein paar Rehe, und wenn sie dich zuerst sehen, siehst du sie ganz bestimmt nicht. Am Fluß hausen ein paar Otter. Ich muß dir mal ein paar vorstellen. Das sind vielleicht übermütige Bettler.«

»Ich war noch nie im Wald, jedenfalls nicht bis gestern. Und da hatte ich keine Wahl.«

»Oh, du mußt mich einmal begleiten. Er ist so wunderschön. Das ist mein wirklicher *Garten*. Darin gibt es alles, was man braucht.«

Später begleitete Sheila Garvie sie nach Hause. Caitlin war sehr froh darüber. Sie fühlte sich noch nicht stark genug, um die beständig aufwärts führende Straße bewältigen zu können, und davon abgesehen wollte sie nicht *allein* unterwegs sein. *Was immer* sie attackiert hatte – es war noch irgendwo dort draußen.

Als sie das Cottage erreichten, kam es Caitlin plötzlich sehr seltsam vor, daß sie ihrer Nachbarin noch nie zuvor begegnet war. Die Mühle war weniger als eine halbe Meile entfernt! Trotzdem hatte sie Sheila Garvie noch niemals vorbeigehen sehen – und sie *mußte* an ihrem Haus vorbei, selbst wenn sie über die Wiesen und dann durch den Wald ging.

Caitlin bot ihr eine Tasse Tee an, doch Sheila lehnte höflich ab.

»Aber ich werde vorbeikommen und nach dir sehen«, versprach sie. »Und du strengst dich an, daß es dir schnell besser geht. Denk daran, deine Medizin zu nehmen – morgens, mittags und abends. Es gibt nichts Besseres.«

Caitlin nickte. Das Kästchen und der Flakon lagen in einem kleinen Beutel auf ihrem Schoß. »Das werde ich.«

»Und mach dir keine Sorgen wegen dieser Blutergüsse. In zwei oder drei Tagen bist du keine Holunderbeere mehr, sondern der Rosarote Panther«, sagte Sheila und lachte über ihr eigenes Wortspiel.

Sie verabschiedeten sich wie alte Freunde, und dann sah Caitlin der älteren Frau nach, wie sie die Straße entlang davonging, eine elegante Erscheinung in einem hellgrünen Mantel mit modischer Kapuze. Sie blickte kein einziges Mal zurück.

Im Haus schenkte Caitlin sich Limonade ein und bugsierte sich an den Tisch. Sie nahm die kleine Schatulle aus dem Beutel und stellte sie ab. Der Deckel schwang lautlos auf, und sie zog das hübsche Säckchen heraus, lockerte den geflochtenen Raffiabast, bis sie es aufziehen konnte. Ein durchdringender Geruch erhob sich in einer unsichtbaren Wolke. Er war so überwältigend – süß und wie von tausend Blüten und gleichzeitig – seltsam unterschwellig – herb und würzig. Sie kräuselte die Nase, allerdings nicht vor Abscheu, sondern weil diese Vielfalt ihre Sinne ganz einfach *überforderte*.

Sie tauchte zwei Finger in das Säckchen und nahm eine Prise des pfefferzarten Pulvers heraus; er war braun wie Schnupftabak. Sie besah sich die Stäubchen auf ihrer Handfläche und beugte sich vor, um wieder daran zu schnuppern. Dieses Mal war der Duft weniger intensiv. Seltsam, in der Wärme ihrer Hand begann er sich zu *verändern*. Sie schloß die Augen und atmete langsam ein. Ihre Nase begann zu kitzeln, und ihr Kopf schien sich mit Staub zu füllen. Sie schmeckte Lavendel, dann den zarten Duft von Rosen. Gleich darauf erstrahlte ein Hauch von Minze und Thymian und ging in jenen scharfen, pikanten Geruch über, den sie mit aromatischem Öl verband. *Dahinter* schwebte noch ein Duft, ganz fein und dennoch stark, und möglicherweise unangenehm, doch es gelang ihr nicht, ihn zu identifizieren. Und dann war er vergangen.

Caitlin hielt ihre gewölbte Hand über das Glas und streute das Pulver in die Limonade. Es versank rasch; auf der Innenseite des Glases bildeten sich Luftblasen und trieben nach oben, wo sie sprudelten und zischten.

Die Limonade schillerte in allen Regenbogenfarben, wurde purpur, dann hell wie Malvenblüten und schließlich dunkelrot. Sie hob das Glas an, und diese Bewegung genügte bereits, um die gesamte Mixtur in ein zartes Pink zu verwirbeln. Dieses Mal war der Geruch herrlich verführerisch. Sie konnte beinahe spüren, wie ihre Geschmacksnerven voller Vorfreude *vibrierten*. Es war, als seien die schönsten Blumen erblüht und augenblicklich zu dieser Flüssigkeit verarbeitet worden.

Ohne einen weiteren Gedanken hob sie das Glas an den Mund und nippte daran.

Die Limonade war völlig verwandelt. Der Geschmack explodierte in ihrem Mund zu einem wunderbaren Regenbogen aus lauter Sinneswahrnehmungen. Es war wie Nektar und Honig. Sie fühlte ein Prickeln in ihrem Mund, und ein Brennen und ein kühlendes Wohlgefühl ... und alles *gleichzeitig*. Sie schluckte reflexartig, ohne sich dazu entschlossen zu haben, und ein goldenes Glühen durchströmte sie. Es kribbelte in ihr, es war, als würde ein teurer Champagner überschäumen. Caitlin hielt überrascht den Atem an. Dann lachte sie in einer kindlichen Reaktion auf dieses köstliche Vergnügen laut auf.

Das Glühen breitete sich aus, bewegte sich in trägen Strömen zu ihren Schultern, ihrem Rücken und die Arme entlang, belohnte sie mit einem jähen *Wohlgefühl*. Es erreichte ihren Kopf; eine einzige Sekunde lang fühlte sie sich schwindelig. Dann fühlte sie sich nur noch warm und herrlich *ungezogen*, als habe sie verbotene Früchte gegessen.

Sie stellte das Glas auf den Tisch zurück. Ihre Hand zitterte geringfügig, doch sie bemerkte es nicht. Obwohl Sheila sie den ganzen Weg bis zu ihrem Haus geschoben hatte, fühlten sich ihre Muskeln bereits wieder wie verzerrt an, und da war ein dumpfer, nagender Schmerz in ihren Schultern, ihrem Rücken ...

... und dann, ganz plötzlich, war alles gut, waren die Schmerzen verklungen.

»Was es auch ist«, sagte sie halblaut, »es ist ein Vermögen wert.«

Versuchsweise nahm sie einen weiteren kleinen Schluck. Dieses Mal gab es kein Blitzlichtgewitter aus lauter Sinneswahrnehmungen, doch es schmeckte noch immer wunderbar.

Sie kostete noch einen Schluck, und noch einen, dann trank sie das Glas leer.

Sie spielte mit dem Gedanken, sich ein zweites Glas einzuschenken, dann schüttelte sie bedauernd den Kopf, schloß das Säckchen und legte es in die Schatulle zurück. Sie verließ die Küche.

Draußen, unter der Birke, stellte sie die leichte Staffelei auf und holte ihre Farben, die Palette und das Gemälde, an dem sie gestern gearbeitet hatte.

Es war *immer noch* gut. An den Rändern fielen ihr ein paar kleine Details auf, die sie ausbessern mußte, bevor sie das Bild in einen Rahmen spannte.

Im kühlen Schatten der Silberbirke betrachtete Caitlin ihr Werk. Die hohen Bäume mit ihrer rissigen grauen Rinde und dem Grünspan aus Moos wurden von tiefen Schattenstreifen halbiert; der Wald war an dieser Stelle sehr dicht, und der Korridor aus nebligem Licht führte geradewegs zu jenem phantomhaften, kolossalen Umriß. Ihre Blicke wurden wie magisch von den scheinbar mühelosen Pinselstrichen angezogen. *Helle, verwässerte Farben.* Die Linienführung war kaum richtig auszumachen, trotzdem glaubte man unweigerlich, in der Ferne einen abgestorbenen Baum erkennen zu können. Während sie die Farben mischte, sie mit Tropfen frischen Leinsamenöls verdünnte, dachte sie darüber nach, ob sie diesen Teil des Bildes überhaupt vervollkommnen sollte. Sie entschied sich dagegen und machte sich statt dessen an die Ausarbeitung der grün-blauen Nadeln der weiter im Vordergrund aufragenden Lärchen.

Wie immer, wenn sie arbeitete, ging ihr Geist auf Wanderschaft. Der Anblick der Bäume auf der Leinwand hatte die Erinnerung an den Alptraum-Sturz in ihren Verstand zurückgezaubert, und die schockierende Attacke des Tieres. Es war, als könne sie sein bedrohliches Knurren wieder hören, und tatsächlich glaubte sie sogar, den Sekundenbruchteil atemloser Stille von neuem zu durchleben, in dem es sich aus der Hecke heraus und in einem jähen schwarzen Spurt auf sie gestürzt hatte.

Das Blut gefror ihr in den Adern. – Sie hatte diese Phrase schon so oft gehört oder gelesen, und sich niemals Gedanken darüber gemacht. Jetzt, in diesem Moment, *wußte* sie Bescheid über das Grauen, das damit gemeint war. Sie hatte es selbst *erfahren*, ihr Blut war zu einer verklumpten Masse geworden, zu etwas Frostigem. Das tiefe Grollen der Bestie war wie ein Zauberbann gewesen . . ., es hatte ihre Muskeln mit starrer Unbeweglichkeit belegt; hatte sich tief in jenen primitiven Teil ihres Gehirns hineingebohrt, in der die Angst vor dem Ungeheuer im Dunkel zusammengekauert lag.

Abwesend rieb Caitlin ihre rechte Schulter. In Gedanken erlebte sie den Sturz wieder und wieder; purzelte und wirbelte hilflos den steilen Hang hinab, sah Wurzeln an sich vorbeiwischen, und abgebrochene, spitze Äste und Zweige, und spürte, wie scheinbar unsichtbare Peitschenhiebe auf sie einprasselten. Sie schauderte, als sie *wieder* aus ihrem Rollstuhl flog, und, die Arme vor das Gesicht gerissen, durch einen Mahlstrom aus Blättern und Zweigen krachte und in die Tiefe stürzte und sich nur mehr ihrer Angst und der Gewißheit, zu fallen, bewußt war. Wenn der Fluß nicht gewesen wäre, wäre sie jetzt tot, auf irgendwelchen Felsen zerschmettert, oder auf einem umgestürzten Baum. Wenn Sheila Garvie nicht gewesen wäre, wäre sie ertrunken. Wenn dieses *Ungeheuer* nicht gewesen wäre, hätte nichts von alldem geschehen können. Wenn sie dieses Bild nicht genau *so* gemalt hätte, wäre sie bestimmt nicht mehr da hinuntergefahren, um sich die Szenerie noch einmal anzusehen.

Zu viele *Wenns*. Caitlin schüttelte den Kopf, atmete tief durch, verbannte die Gedanken *daran* aus ihrem Kopf und dachte statt dessen an Sheila Garvie. Sie hatte sie ganz allein aus dem Fluß gezogen und zu sich nach Hause getragen. Sie hatte ihr das Leben gerettet und sie von ihren Schmerzen erlöst.

Sie erinnerte sich daran, irgendwann in der Nacht aufgewacht zu sein; sanfte Hände hatten ihre Schultern massiert, und die Schmerzen waren versiegt, waren aus ihren Muskeln, ihrer Haut *geflohen*.

Sheila Garvie war eine außergewöhnliche Frau. Aber wer *war* sie? Als Caitlin in dem gesprenkelten Licht unter dem stillen Baum malte, beschloß sie, mehr von Sheila Garvie in Erfahrung zu bringen und – ganz besonders – ihr angemessen dafür zu danken, daß sie ihr das Leben gerettet hatte.

— 20 —

»Nun, Ben, was soll das ganze?« fragte Duncan Haldane seinen Sohn. Sie saßen in dem alten Schweinestall beieinander, der nun still und leer war, aber noch immer die unverkennbare Duftnote seiner seit langem verkauften Bewohner trug. Hinter ihnen, zur Linken, fiel das Feld zum Fluß und zum Waldrand hin ab. Ben hatte es die ganze Zeit über sorgfältig vermieden, in diese Richtung zu sehen.

Duncan war beunruhigt, aber nicht besorgt. Ben hatte den Schrecken seines Lebens bekommen, das wußte er, und genauso wußte er, daß er Zeit brauchte, um damit fertigzuwerden. Dennoch konnte es gewiß nicht gut sein, wenn der Junge ständig darüber nachgrübelte. Er hatte diesen Schatten gesehen – oder sich eingebildet, ihn zu sehen. Und Dorrie und er selbst hatten ebenfalls *irgend etwas* gesehen. Der Wald war so dicht an dieser Stelle! Duncan hatte das ganze als einen Streich der eigenartigen Lichtverhältnisse abgetan. Er wollte, daß Ben ähnlich verfuhr. Er wollte, daß sich sein Sohn alles von der Seele redete, und dann wollte er es ihm erklären. Er wußte genau, wie das war mit der Phantasie eines Kindes. Auch er war einmal klein gewesen. Er erinnerte sich noch so gut an seine Kinderängste . . ., an das Huschen im Heu, drüben, in der Scheune, und an das Kratzen auf dem Dachboden, wie von langen Nägeln. *An dieses Knirschen, als würden irgendwelche Reißzähne Knochen abnagen.* Er hatte sich vor einer ganzen Menge Dinge gefürchtet, aber jedes Mal, wenn eine dieser Ängste an die Oberfläche gekommen war, hatte sich sein Vater mit ihm zusammengesetzt und sie forterklärt.

Sie waren gemeinsam in die Dachkammer hinaufgegangen; sein Vater hatte eine Davysche Sicherheitslampe gehalten und ihm gezeigt, was sich da in seine Alpträume hineingekratzt hatte. Es waren keine Skelettfinger gewesen; in einer Ecke unter den Dachbalken hatte lediglich eine Starenfamilie genistet.

Etwas weiter entfernt war dieses Wespennest gewesen; eine hübsche, bleiche Papierlaterne im Dämmerlicht, die an einem schmalen Stengel von einem der Balken herabbaumelte. Duncan hatte die komplizierte Struktur bestaunt und den Arbeitswespen zugesehen, wie sie emsig auf den alten Dachbalken umhereilten und winzige Späne zerkauten und neue Nester bauten. Hier wurden keine Knochen abgenagt, hier schuf Leben neues Leben.

Genauso anschaulich war ihm eines frühen Sommermorgens das Huschen und Rascheln im Heu erklärt worden. Nach all diesen Jahren *sah* er es noch immer wie einen Film vor seinem inneren Auge ablaufen.

Sein Vater führte ihn, die Hand auf seine Schulter gelegt, um die Scheune herum und zeigte ihm die toten Ratten. Es waren sechs, und keine von ihnen trug auch nur die geringste Verletzung; sie lagen nur da, Seite an Seite, eine gerade Linie, eine perfekte *Präsentation*.

»Eine gute Katze – ein guter Job, Dunky«, sagte der alte Mann. »Das ist seit Jahren unser bester Rattenfänger.«

Der große schwarzweiße Kater saß neben seinen *Ausstellungsstücken*, putzte sich nonchalant das Fell und ignorierte die Menschen völlig.

»Das ist alles, was da drin herumgeistert, Söhnchen«, erläuterte der große, ergraute Bauer. »Ganz kleine Ratten, die sich warmhalten. Und sobald sie auch nur ihre Nasenspitze im Heu sehen lassen, kümmert sich unser schwarzweißer Freund da um sie. Nichts, worüber du dir Sorgen machen solltest, oder? Ich hab' noch nie gehört, daß sie Menschen beißen, außer, wenn die Menschen dumm sind und sie hochheben oder irgendwie erschrecken. Sie sind nur kleine, ängstliche Tierchen, die ein bißchen im Heu rascheln und unser Korn fressen. Nichts, weswegen du nachts wach im Bett liegen solltest, hab' ich recht?«

Und der junge Duncan Haldane hatte auf die pathetische Aufreihung der kleinen Körper gestarrt, den Kopf geschüttelt und sich seiner Ängste geschämt.

Damals war er sechs Jahre alt gewesen.

Heute, einunddreißig Jahre nach dieser Lektion, wollte er dasselbe für *seinen* Sohn tun. Nach diesem langen Schweigen schob er sich seine Mütze in den Nacken. Er zündete eine Zigarette an und nahm einen langen Zug. Der umgekippte Viehtrog war wie eine viel zu lange Wartebank in einem leeren Bahnhofsgebäude. Und Ben saß viel zu weit entfernt. Duncan klopfte auf den Platz direkt neben sich, und der Junge rutschte zu ihm heran. Duncan legte seinen großen, schweren Arm um seine Schultern und zog ihn *noch* näher. So saßen sie eine ganze Weile beieinander.

»Sag mir, was dich quält.«

Ben zuckte mit den Schultern; eine kleine Bewegung, die sich wie ein Schauder anfühlte. Er steckte in der Klemme. Er *wollte* seinem Vater alles sagen, er brauchte jemanden, mit dem er reden konnte, aber gleichzeitig hatte er Angst, daß man ihm nicht glaubte oder ihn für dumm hielt und, am allerschlimmsten, für *kindisch*.

»Hör zu, ich weiß, daß du einen ziemlichen Schrecken bekommen hast«, sagte Duncan ermutigend. »Das haben wir alle. Aber du hast dieses Abenteuer im Wald überstanden. Es ist Vergangenheit. Du mußt dir keine Sorgen mehr darüber machen.«

»Ja, aber –«

»Aber was?« Duncan drückte seinen Jungen aufmunternd.

»Dad, ich ... ich ...« Bens Stimme schwankte. Er

machte einen tiefen Atemzug, der wie ein inwendiges Seufzen klang, dann sprudelte er los. »Es sind die Bäume. Sie *kommen*. Ich hab' sie *gesehen*.«

»Wie meinst du das, Sohn?«

»Ich hab' sie gesehen, Dad. Ehrlich. Zwei von ihnen stehen bei den Bäumen, die du gefällt hast. Sie waren vorher nicht *da*. Sie können sich bewegen, und sie können dich kriegen. Ich hab' sie gesehen, unten, am Wald. Sie fangen Leute und sie *töten* sie.«

Duncan sah auf den Jungen hinab. Er sah nur die Oberseite seines Kopfes, wellige, kurzgeschnittene, seidig glänzende Haare. Ben machte eine kleine Bewegung; fast schien es, als wolle er aufspringen und davonlaufen.

»Dorrie hat nichts dergleichen gesehen. Sie hat mir erzählt, daß sie nicht weiß, was du gesehen hast. Es ist dunkel unter diesen Bäumen. Und sie hat auch niemanden gesehen, der hinter euch her war.«

»Aber *ich* hab's gesehen. Es war ein . . . *Ding*, und es war im Wasser, und dann war es aus lauter Blättern gemacht, und es wollte uns schnappen. Und dann hab' ich diese Bäume gesehen, wo vorher noch gar keine waren.«

Der Damm war gebrochen – Bens Worte kamen wie in einer Sturzflut heraus. Duncan hörte ihm nur zu.

»Da waren Leute im Wald, auf der Insel, und sie haben da etwas getan, und einer von denen hat uns gesehen. Dann war da dieses Ding im Wasser hinter uns her, und wir sind gerannt, und diese riesigen Pilze sind immer noch größer geworden, wie Ballons, und dann geplatzt, und dieses ganze Zeug ist auf uns heruntergekommen. Es war wie Spinnweben, und es hat schlimm gebrannt, schlimmer als Nesseln. Wir sind so schnell wir konnten gelaufen, und ich hatte solche Angst, daß Dorrie meine Hand losläßt und hinfällt. Dann hab' ich diesen Ast gepackt, aber es war gar kein Ast. Es war eine *Hand*. Ich hab' sie gesehen, Dad, ich hab' sie wirklich genau gesehen. Und noch als ich hingesehen hab', sind all diese Blätter zusammengekommen, und plötzlich waren sie ein Mann mit einem kotzhäßlichen Gesicht und großen Händen, und dann war *der* hinter uns her, und dann bist du gekommen.«

»Komm schon, komm schon, Junge, ganz ruhig«, tröstete Duncan ihn. Und er sah sich selbst mit zwei kleinen Kindern an diesem düsteren Ort, und plötzlich glaubte er zu wissen, was wirklich geschehen war ... Drei Tage, nachdem er Ben und Dorrie nach Hause geholt hatte, war er noch einmal nach Fasach Wood zurückgekehrt. Es war bereits abnehmender Vollmond, doch das silberne Licht war hell genug. Duncan hatte den Fluß überquert und war die Pfade entlanggegangen, bis er den steinernen Grenzwall erreicht hatte ...

Die Erinnerung war so lebendig: Er kletterte durch die Bresche, seine Augen suchten die Bäume ab, suchten nach etwas, das Ben gesehen und für etwas ganz *anderes* gehalten hatte. Hier standen die Bäume näher beieinander, sie sperrten die Helligkeit des Mondes aus. Schatten tanzten, als die Blätter über ihm von einer Brise bewegt wurden, und für Kinderaugen konnte dies durchaus so aussehen, als sei der ganze Ort zum Leben erwacht. Er streifte suchend umher, bis er auf der anderen Seite des Waldes erneut auf die Mauer stieß, doch er fand nichts. Da hingen keine Leichen von irgendwelchen Bäumen, es gab keine Riesenpilze und auch keine *lebenden* Äste. Nichts.

Aber ... Wenn es Vollmond gewesen wäre, wenn Duncan Haldane zwei, drei Tage früher in den Wald hinabgegangen wäre, dann hätte er etwas völlig anderes gesehen. Und er hätte seinem Sohn geglaubt. Aber dies hier war ein unglückliches *Timing*. Er sah nichts, und dementsprechend glaubte er zu *wissen*, daß es auch nichts zu sehen *gab*.

»Nun, was soll das mit diesen *neuen* Bäumen? Die einzigen neuen sind diese kleinen Birken, die auf der anderen Seite der Scheune gewachsen sind, und die sind nur eine Plage. Sie wachsen überall.«

»Nein. Die meine ich nicht. Ich hab' aus dem Fenster gesehen ... gestern nacht ... Sie waren da unten, wo du den großen Baum gefällt hast. Und da waren auch noch andere. Und als ich heute morgen *nachgesehen* habe, waren sie nicht mehr da.«

»Es war bestimmt nur ein Traum, Ben. Ich habe gestern nachmittag dort unten gearbeitet ... Da stehen keine *neuen* Bäume.«

»Aber ich habe sie *gesehen*. Wirklich.«

»Also gut, dann bringen wir das hier hinter uns. Komm und zeig mir, wo du sie gesehen hast.«

Der Junge zuckte kaum merklich zusammen, aber Duncan fühlte es deutlich genug – und stand trotzdem auf und nahm seinen Sohn bei der Hand. Ben erhob sich nur widerstrebend, doch er zog ihn sanft auf die Füße.

»Komm schon, Sohn. Wir gehen und sehen gemeinsam nach. Und hinterher will ich dich nicht mehr von Bäumen reden hören. Du machst deiner Schwester angst damit, und deiner Mutter auch.«

Ben kam mit ihm und hielt sich dicht an seiner Seite, als sie den Anbau umrundeten und auf den Steinplatten zur Vorderfront des Hauses gingen. Sie überquerten den Hauptweg und schlenderten durch das kurze Gras bis an den Rand des Abhanges. Ben hielt an, aber Duncan gestattete nicht, daß er zurückblieb. Er zog ihn mit sich, und schließlich konnten sie auf die zersägte Rotbuche hinabspähen. Die cremig-weißen Schnittflächen der zwölf Fuß langen Teilstücke trockneten bereits und verfärbten sich grau. Ringsum war die Erde zerfurcht und von Reifenspuren schraffiert, da Duncan das ineinander verhedderte Astwerk mit dem Traktor weggeschleppt und ein wenig abseits zu einem großen Scheiterhaufen aufgetürmt hatte.

»Zeig's mir«, verlangte Duncan.

Ben stand dicht hinter ihm. Sehr langsam drückte er sich an der Hüfte seines Vaters vorbei ... zaghaft, als erwarte er, von etwas Fürchterlichem angesprungen zu werden.

»Da unten«, flüsterte er schließlich und zeigte dorthin, wo das riesige Wurzelwerk gleich einem Truthahnschweif in den Himmel ragte. Eine Krähe flatterte hoch und verschwand auf der anderen Seite des Flusses im Wald.

»Ich sehe nichts.«

»Gestern nacht waren sie da.«

»Also gut. Wir werden uns das genauer ansehen.«

Duncan schritt den Hang hinab; seine schweren Arbeitsschuhe verursachten dumpfe Laute auf dem kurzen Gras und den Pfeilwurzbüscheln. Er ging ein paar Schritte weit, dann drehte er sich um und blinzelte zu Ben hinauf, der noch immer am Rand des Abhangs zögerte. Das Gesicht des Jungen wirkte verkniffen, und in seinen Augen schimmerte Angst.

»Laß uns dies hinter uns bringen, Sohn, damit wir uns wieder um die Arbeit kümmern können.«

Ben folgte ihm sehr, sehr langsam.

Als sie bei dem gefällten Baum ankamen, drängte Duncan den Jungen, ihm genau zu sagen, wo die Bäume gewesen waren. Er war entschlossen, Bens Dämonen zu exorzieren – er würde ihm zeigen, daß das, was er gesehen zu haben glaubte, unmoglich war, und hoffte, ihn damit von seiner Angst befreien zu können.

Ben kam um das Gewirr der Wurzeln herum und hielt den Blick weiterhin vom Dunkel des Waldes zu seiner Linken abgewandt. Er zeigte auf eine Stelle, an der das Gras wie von einer Pflugschar aufgerissen und gewendet war. Die Erde war feucht und rot. Verwirrt trat Duncan vor und starrte den zerfetzten Boden an. Ben schmuggelte eine schmale Hand in die Linke seines Vaters und hielt sie fest.

Duncan ging in die Hocke und befühlte das Erdreich. Diese *Wunde* hier war ganz frisch. Die Sonne hatte den Boden noch nicht zu Klumpen verbacken.

Der aufgewühlte Flecken maß etwa drei Yards im Durchmesser. Weitere Risse in der Erde führten in einer geraden Linie hangabwärts und zum Fluß.

Es sah aus, als habe sich ein großes Tier mit riesigen Krallen aus dem Wald heraus- und diesen Berg heraufgeschleppt.

Duncan schüttelte den Kopf. *Jetzt hat er mich,* dachte er.

»Genau da sind sie gestanden, aber jetzt sind sie wieder weg«, murmelte Ben.

Duncan hörte ihn kaum. Er starrte noch immer auf diese merkwürdigen Furchen im Gras, auf das *ausgeweidete*, rote Erdreich.

Er stapfte über den aufgebrochenen Grund hinweg, fühlte, wie er unter seinen Schritten nachgab, und lehnte sich gegen den Stamm der gefällten Buche. Er zündete sich eine Zigarette an, rauchte schweigend und starrte die aufgebrochene Grasnarbe an.

Ben sagte ebenfalls nichts. Er stand nur da und wartete.

Schließlich ging Duncan um das aufgeworfene Erdreich herum und folgte den Spuren, die zum Wald hinabführten. Er kratzte sich am Kopf. Es sah aus, als sei hier eine lange, lange Hecke herausgerissen worden, nur hatte es hier keine Hecke gegeben, keine Büsche, nicht einmal Farngestrüpp. Es war ein brachliegendes Feld. Nun, jedenfalls seit dem letzten Winter. Aber selbst, als er noch Kühe gehabt hatte, waren hier keine Hecken gewesen; immer nur die große Rotbuche und die Ulmen weiter unten. Bei Regen hatten die Tiere dort immer Schutz gesucht.

Er kehrte zu dem zersägten Baum zurück, wo Ben wartete, und sah den Jungen an. Sekundenlang flackerte Zweifel in ihm hoch, dann schüttelte er noch einmal den Kopf.

»Es gibt einen Grund für das hier, Ben, Junge«, sagte er, »und es ist bestimmt nicht der, den du meinst.«

Er starrte abermals forschend auf den Flecken, und dann sah er es. Nahe bei dem großen Klotz waren deutlich umrissene Hufabdrücke in der weichen Erde. Und an einem der warzigen Buckel an der Seite des Stammes hing ein ganzes Büschel dunkler Borsten an der Rinde.

»Da haben wir's, Sohn. Keine Bäume, nur ein großes, verwildertes Schwein.« Er winkte Ben zu sich. »Schau dir das an. Das wird John Lovatts Eber sein, der seit dem Frühjahr verschwunden ist. Schau, da sind seine Spuren.«

Ben nickte. Er sah absolut nicht überzeugt aus.

»Er ist vor ein paar Monaten aus Lovatts Schweinestall herausgekommen, und seither hat man ihn nicht mehr gesehen. Dachte, er sei gar nicht mehr im Tal, aber so, wie's aussieht, treibt er sich doch noch hier herum. Noch ein guter Grund, sich aus dem Wald herauszuhalten. Mit einem solchen Biest ist nicht zu spaßen. Du bleibst ihm besser fern.« Ben starrte auf die Hufabdrücke. Er kannte sich mit Schweinespuren aus, seit sein Vater damals eine kleine Speck-Herde im Stall großgezogen hatte. Diese Spuren hier waren groß und tief. Das Gewicht des Schweins hatte sie acht oder neun Inches weit in den zerwühlten Boden getrieben.

»Dieses Vieh kam aus dem Wald, und dann hier heraus«, erklärte Duncan. »Verstehen was vom Graben, diese Schweine. Haben Nasen wie Löffelbagger. Fressen alles.«

Er starrte wieder auf das übel zugerichtete Areal. *Muß hungrig gewesen sein.* Er hatte noch niemals erlebt, daß ein einzelnes Schwein auf einer derart weiten Fläche herumstöberte, aber das war die einzige Erklärung. Duncan war ein praktisch denkender Mann. Es war die einzige Erklärung, also mußte es die richtige sein.

»Also, Ben. Entweder hast du geträumt, oder du hast nur ein paar Schatten in der Nacht gesehen. Deshalb will ich jetzt nichts mehr von herumspazierenden Bäumen hören, haben wir uns verstanden?« Er sah seinen Sohn an und zerstrubbelte ihm wieder die Haare.

Ben sagte nichts, und sein Vater wertete dies als Einwilligung. Gemeinsam schritten sie den Abhang hinauf. Oben angekommen, sah Duncan noch einmal zurück. Die Nase und die Hauer des Schweins hatten wirklich wie Bulldozerschaufeln *gewütet.* Und von diesem Aussichtspunkt hier erinnerten die Spuren wirklich an gigantische Klauenabdrücke, die vom Waldrand zum Haus führten . . .

Sein Sohn blickte nicht zurück.

*****

Auch Craig Buist blickte nicht zurück.

Alec Stirling fuhr an ihm vorbei und sah im Rückspiegel, daß der Junge hinkte und sich dicht bei der Weißdornhecke hielt, als fürchte er einen Verfolger. Er war ein stämmiger Teenager, der gewiß einmal genauso breite Schultern wie sein Vater bekommen würde; Gott sei Dank hatte er jedoch das Temperament seiner Mutter geerbt, was ihm zweifellos *Etablissements* wie das Drumbain-Gefängnis ersparen würde. Sein Vater hatte dort ein paar dreimonatige Aufenthalte absolvieren dürfen. – Den ersten wegen Trunkenheit, öffentlicher Ruhestörung und böswilliger Sachbeschädigung, da er einen Pflasterstein durch die geschwärzte Scheibe der Douglas Arms-Bar geworfen und den Barkeeper Brendan Bain nur um Haaresbreite verfehlt hatte. Den zweiten immerhin bereits wegen eines heimtückischen Angriffs auf den Polizei-Sergeant Willie Adam, der in hohem Tempo von Craigard heraufgekommen war, nachdem Ernie sich vor drei älteren Frauen und zwei kleinen Mädchen aus dem Dorf entblößt hatte. Anfangs war es ihm wohl nur wichtig gewesen, betrunken, wie er war, gegen die Steinmauer der Corrie-Bridge zu pinkeln. Doch dann war alles *außer Kontrolle* geraten: Die Frauen hatten protestiert, und er war prompt dazu übergegangen, ihnen alles, was er hatte, zu präsentieren, und darüber hinaus recht eindeutige Angebote zu machen. Daran wiederum hatten einige Arbeiter von der Ardbeg-Brennerei Anstoß genommen. Letzten Endes war Willie Adam gerade noch rechtzeitig genug eingetroffen, um Ernie vor Schlimmerem zu bewahren. Er hatte die Streithähne getrennt, und im Verlauf dieses Handgemenges war es Ernie irgendwie gelungen, einen besonders gemeinen Tritt anzubringen – und ausgerechnet dem Sergeant zwei Rippen zu brechen. Ernie fand sich bereits am darauffolgenden Montag vor dem Richter in Lochend wieder, und Willie war zwei Wochen lang mit einem gewaltigen Heftpflasterverband gesegnet.

Ernie Buists Temperament war legendär. Aber er hatte es wie eine Syphilis-Erkrankung eindeutig von seinem Vater übertragen bekommen. Die Geschichten von Old Geordies *Kämpfertagen* waren Legion. Die Leute aus dem Dorf – nicht die neu hergezogenen, sondern die *richtigen* Linnvale-Leute – redeten heute noch gerne über einem Bier im Douglas darüber, wie es Geordie ganz alleine mit Mick Ritchie und seinen fünf Jungs aufgenommen hatte, nachdem es wegen einem Zuchtstier, der gewissen Erwartungen absolut nicht gerecht werden wollte, zum Streit gekommen war. Es hieß, der alte Mann, damals schon über sechzig, habe das unglückliche Tier eine Meile weit zu dem Hof am oberen Ende der Straße gezerrt, dort seinen Schädel gegen das Tor des Kuhstalls gerammt, ihm sodann einen Tritt in die – seiner Beschreibung nach – nutzlosen *Bälle* verpaßt und den Ritchie-Clan wissen lassen, daß sie, falls ihre Bälle besser seien als die des Bullen, gefälligst herauskommen und dies unter Beweis stellen sollten.

Aber sämtliche Geschichten über den alten Geordie besagten auch, daß er stets eiskalt und nüchtern und nur *gegen Männer* gekämpft hatte. Was dies betraf, war Ernie komplett *anders* – er riskierte nicht einmal einen anständigen Kampf gegen die *Flasche*. Wie oft war seine über alle Maßen duldsame Frau beim Einkaufen darum bemüht gewesen, die Krempe des alten Hutes tief genug ins Gesicht zu ziehen, um die Blutergüsse zu verbergen! Und als der kleine Craig geboren worden war, unten, im Levenford-Krankenhaus. hatte der Arzt voller Entsetzen die Unmenge blauer Flecken auf ihren Schultern und Armen bemerkt. Man ging davon aus, daß die Komplikationen, die sie letzten Endes ins Krankenhaus gebracht hatten, von zwei brutalen Faustschlägen in den Bauch herrührten. Ernies Proteste, sie solle gefälligst zu Hause *werfen*, wie seine Mutter, erschienen in diesem Zusammenhang nur noch *krank*.

Craig kam durch einen Kaiserschnitt zur Welt, und Mutter und Kind wurden eine Woche länger dabehalten, als dies eigentlich nötig gewesen wäre; dann mußte man sie nach Hause lassen. Sie weigerte sich zu sagen, was geschehen war, und so konnte nichts unternommen werden. Tina Buist kam durch einen Sturz von einer hohen, ungesicherten Steinstreppe ums Leben. Niemand konnte beweisen, daß es *kein* Unfall gewesen war. Der junge Craig war in der Schule gewesen. Die Leute tuschelten über ihrem Bier und hinter ihren Vorhängen, doch ob Tina nun gefallen oder gestoßen worden war, darüber konnte man nur spekulieren; die meisten Leute vermuteten letzteres. Ihr Tod jedenfalls hatte auf Ernie Buist keine ernüchternden Auswirkungen. Der junge Craig fehlte künftig oft in der Schule, wenn die blauen Flecken zu frisch waren, trotzdem gelang es ihm, in der restlichen Zeit noch genügend zu lernen. Er hoffte, eines Tages aufzuwachen und festzustellen, daß sein Vater an seinem eigenen Erbrochenen gestorben war. Als Ernie erneut eingesperrt wurde, dieses Mal für ein Jahr, weil er einem Bergwanderer mit einem Spaten fast den Schädel eingeschlagen hatte, nahm der Nachbar John Lovatt den Jungen bei sich auf.

Der Junge erinnerte sich noch gut an diese Zeit. *Die beste Zeit seines Lebens.*

Diese beiden jungen Männer, Studenten aus Glasgow, hatten das falsche Land überquert und das falsche Tor geöffnet. Ernie hatte an diesem Tag bereits mehr als eine halbe Flasche Whisky in sich hineingeschüttet und das Bellen seiner Terrier gehört. Er stellte die beiden Wanderer und forderte sie in unmißverständlichen Worten auf, seinen Grund und Boden zu verlassen. Einer von ihnen beging den Fehler, ihm zu erzählen, daß es in Schottland kein Wegerecht gebe (ein weitverbreiteter Irrtum) und er somit gar nicht befugt sei, sie von seinem Land zu weisen.

Ernie stellte sein unveräußerliches Besitzrecht unter Beweis, indem er den an der Wand lehnenden Spaten ergriff und mit solcher Wucht auf den Kopf des direkt vor ihm stehenden jungen Mannes krachen ließ, daß es ihm fast ein Loch in den Schädel riß. Der andere Student warf seinen Rucksack weg und stellte – Ernies vier übellaunige Terrier dicht auf den Fersen – einen neuen Sprintrekord auf. Während Ernie im Gefängnis saß, fand Craig ein wenig Frieden, seine Blutergüsse heilten, und er wurde ein hart arbeitender Junge, der davon träumte, Kampfpilot zu werden. Er holte alles nach, was er in der Schule versäumt hatte. Er war beinahe fünfzehn.

Neun Monate später wurde Ernie Buist aus Drumbain entlassen, und jeder wunderte sich darüber, wie es zu dieser Haftverkürzung hatte kommen können. Er war kein geläuterter Mann. Craig wurde unverzüglich vom Lovatt-Hof weggeholt und *zu Hause* mit Arbeit überschüttet, während sein Vater fest entschlossen schien, die verlorene Zeit des Trinkens konsequent aufzuholen.

Drei Monate nach diesem denkwürdigen Tag überholte Alec Stirling den Jungen auf der Linn Road.

Es war später Nachmittag. Alec hatte bei der Postamtsvorsteherin und Ladeninhaberin Shona Gibb die Post abgeholt und befand sich nun auf dem Weg nach Craigard. Allerdings humpelte der Buist-Junge, wie er mit einem zweiten Blick in den Rückspiegel feststellte, wirklich *ganz gewaltig*. Der Postbote bremste, hielt an und ließ ihn aufholen.

»Hey, willst du mitfahren?«

Craig stoppte und sah ihn argwöhnisch an. Er hielt das Gesicht gesenkt und schüttelte den Kopf. Alec bemerkte den blauen Fleck auf seiner Wange trotzdem.

»Was ist mit deinem Bein?«

»Nichts. Hab's nur verletzt.«

»Komm schon, hüpf rein. Ich fahre nach Craigard. Das erspart dir eine lange Wanderung.«

»Ich geh' nicht dahin.« Der Junge hatte einen entschlossenen Ausdruck auf dem Gesicht. Seine Stimme klang sanft, doch Alec, dem es nie an irgend etwas gefehlt hatte, bemerkte den ernsten Unterton.

Er stellte den Motor ab und stieg aus dem Lieferwagen.

»Netter Tag für einen Spaziergang, da hast du recht«,

sagte er gewinnend. »Ich denke, ich hab' eine Pause nötig.«

Er schlenderte zum Straßenrand hinüber und setzte sich ins Gras. Craig Buist zögerte einen Moment lang, dann machte er Anstalten, weiterzugehen.

»Hey, warum die Eile? Komm her, rauchen wir eine zusammen.« Alec versuchte es mit Trick Nummer zwei. Normalerweise bot er *Kindern* keine Zigarette an, aber er spürte, daß der Junge hier mehr als nur seinen abgenutzten Rucksack auf den Schultern trug.

Craig spähte die Straße entlang, als erwarte er, dort jemanden zu entdecken, der ihm folgte. Schließlich kam er herüber und setzte sich neben den Postboten. Er nahm die Zigarette und wölbte die Hände darüber, während Alec ihm Feuer gab, dann nahm er einen langen, tiefen Zug. Aus dieser Nähe gesehen, verriet der blaue Fleck auf Craigs Wange eine ganze Menge; das waren eindeutig die Umrisse von Knöcheln. Er war *hart* geschlagen worden.

»Wer hat dir das angetan?«

»Bin gefallen«, erwiderte Craig. »Bin mit dem Gesicht gegen die Scheunenwand gekracht.«

Alecs Brille war bis zur Nasenspitze herabgerutscht. Er sah Craig über den Rand der Gläser hinweg an und sagte nichts. Dann schob er das Brillengestell mit dem Zeigefinger an Ort und Stelle zurück.

»Und was ist mit deinem Bein passiert? Hat dich eins der Hühner getreten?«

Der Junge nahm noch einen tiefen Zug und blies den Rauch langsam aus. Und dann sah er Alec Stirling an – und lächelte plötzlich jungenhaft. Einen Moment lang war das Gesicht Craigs völlig verändert, war der verschlossene Junge ein gutaussehender junger Mann. Alec mußte an die junge Tina Buist denken; sie war so schön gewesen, bevor das Leben mit Ernie sie zu einem dürren und abgehärmten menschlichen Wrack gemacht hatte.

»Aye, genau das ist passiert. Bin über einen Strohhalm gestolpert, und eine Henne hat mich getreten. Ich muß besser aufpassen, wohin ich gehe.«

»Und wohin *gehst* du mit diesem Rucksack und einem verletzten Bein?«

»Weg von hier.«

»Ärger zu Hause?«

»Das ist niemals was anderes als Ärger, Mr. Stirling. Aber das weiß ja jeder. Er bringt mich um, wenn er hört, daß ich das gesagt habe. Aber . . .«

Der Junge wandte sich ab. Alec legte ihm eine Hand auf die Schulter und zog ihn sanft herum. Er konnte die Zukkungen unter den Fingern spüren.

»Eines Tages bringt er mich sowieso um. Ich wünschte, er wäre im Gefängnis *gestorben*.«

Craig nahm einen weiteren Zug und saugte ihn tief in seine Lungen hinein. Er hielt die Luft an, und Alec spürte, daß er dies nur tat, um die Tränen zurückzuhalten. Als er den Rauch schließlich ausatmete, klang das wie ein Seufzen.

»Sagen Sie ihm nicht, daß Sie mich gesehen haben, Mr. Stirling, bitte.«

»Nein, natürlich nicht. Und sag Alec zu mir, wie alle andern auch.«

»Ich dachte, die nennen Sie *Knüller*.«

»Aye, das auch. Aber mach dir darüber keine Sorgen. Was ist mit dir? Wo willst du hin?«

Der Junge zuckte die Schultern. »Irgendwohin. Vielleicht Levenford, vielleicht Glasgow. Irgendwohin, wo er nicht nach mir sucht.«

»Gibt es jemand, bei dem du bleiben kannst? Hast du Geld?«

»Zehn Pfund. Ich hab' sie ihm gestohlen. Er wird es sowieso nie merken. Er wird denken, daß er's versoffen hat. Meine Mutter hatte ein Tantchen in Glasgow. Mal sehn, vielleicht kann die sich um mich kümmern. Ich will meine Prüfungen bestehen und aufs College gehen. Der alte Mann kann nicht mal *lesen*.«

»Warum gehst du nicht einfach zu Willie Adam und sagst ihm alles. Dein Bein da sieht übel aus.«

»Aye, und dann sperren sie ihn für ein paar Monate ein, und ich geh' nach Hause, und wenn er wieder rauskommt, nimmt er eine Schaufel und schlägt sie *mir* auf den Schädel.«

Dies hielt Alec für die tödlichste, entsetzlichste Bestandsaufnahme, die er in seinem ganzen Leben von einem Jungen gehört hatte. Und sie entsprach höchstwahrscheinlich *verdammt* der Wahrheit.

Allein dieser Gedanke machte ihn sehr, sehr traurig.

»Hör zu, du kannst bei meiner Schwester oben in Craigard bleiben. Sie hat genügend Platz. Sie wird dich aufnehmen, bis du in Ordnung bist.«

»Sie verstehen nicht, Mr. Stirling. Er hat mir gestern fast das Bein gebrochen. Er hat mich auf der Treppe zum Futterspeicher so geschlagen, daß ich beinahe hinabgefallen bin. Ich hätte mir den Hals brechen können. Ich darf ihm nicht noch eine Chance geben. Craigard ist zu nahe. Da findet er mich, und ehrlich, ich habe wirklich Angst vor dem, was er dann mit mir anstellt.«

Alec konnte die tödliche Ernsthaftigkeit in den Augen des Jungen sehen. Er *hatte* Angst.

Das Geratter eines Traktormotors beendete die Unterhaltung ein für allemal.

Craig Buist sprang wie eine Katze auf die Füße, schlagartig wich alles Blut aus seinem Gesicht.

»Das ist *er*«, stieß er heraus. Die Stimme des Jungen vibrierte vor namenlosem Entsetzen. Alec versuchte seine Schulter zu ergreifen, doch er wand sich frei, riß den Rucksack hoch und rannte hinkend los. Alec sah ihn über die gestutzte Weißdornhecke hinwegsetzen; sah, daß Dornen an den geflickten Jeans zupften. Dann war der Junge auf der anderen Seite und stürmte durch hüfthohe Disteln zum Fluß und nach Fasach Wood hinab. Alec Stirling machte sich die schlimmsten Vorwürfe – hätte er ihn nicht aufgehalten, dann wäre er jetzt bereits eine Meile weiter weggewesen und, sobald er das Tuckern des alten Traktors gehört hätte, einfach in eine andere Richtung gelaufen.

Möglicherweise hatte ausgerechnet seine gute Absicht das Schicksal des Jungen besiegelt. Unglück und Glück kamen Hand in Hand einher an diesem Sommertag. Denn – hätte Alec Stirling nicht angehalten, um mit dem Jungen zu reden und ihm eine Zigarette zu geben, dann wäre möglicherweise auch niemals dieser Schlüssel im Tor des Geheimnisses um Fasach Wood herumgedreht worden; wäre vieles, was danach im Tal geschah, ganz anders ausgegangen.

Ernie Buist stoppte den Traktor einen knappen Inch von der hinteren Stoßstange des Postautos entfernt. Ein hartes metallisches Getriebekreischen war zu hören, dann ein tierhaftes Ächzen und Japsen – und dann stand das rostige Ungetüm tatsächlich.

»Wo steckt dieser verfickte kleine Bastard?« brüllte Ernie völlig außer sich.

»Wer?«

»Du weißt schon, wer, Stirling. Spiel hier nicht den Klugscheißer. Und schaff deine Karre weg, bevor ich drüberfahre.«

»Das hier ist eine öffentliche Straße, Buist. Wenn du das tust, kriegst du fünf Jahre im *Drum*«, sagte Alec ganz ruhig. Ernie Buist war ein unheimlicher Geselle, und Alec nicht einmal ansatzweise eine Kämpfernatur, aber in dieser Sekunde empfand er eine ganz verdammte Wut auf diesen Kerl, der mit Vorliebe Frauen und sein eigenes Kind verprügelte.

»Versuchst du gerade, witzig zu sein?«

Alec lächelte ihn freundlich an und sagte: »Ist das wirklich *dein* Gesicht oder ein Arsch mit Zähnen darin?«

Sobald die Worte ausgesprochen waren, begriff Alec, daß er möglicherweise einen Fehler gemacht hatte. Andererseits: Wenn er Buist nur lange genug aufhielt, schaffte der Junge vielleicht noch eine Meile, und mit einem Zehner in der Tasche und seiner ganzen Welt in diesem ramponierten Rucksack war es gewiß besser, weit weg zu sein, wenn die einzige Alternative darin bestand, von diesem rotgesichtigen Rohling von einem Vater über den Haufen gefahren zu werden.

Ernie Buists Gesicht lief purpurrot an vor jähem Zorn. Im Licht des Spätnachmittags konnte Alec die Farbe von dem bulligen Hals hochsteigen und in die ohnehin schon geröteten Wangen schießen sehen. Der Kopf des Mannes schien plötzlich ein Luftballon zu sein, und ein Unsichtbarer blies ihn auf. Noch ein bißchen, dachte Alec, dann gibt es einen Riesenknall. Ein jähes, wildes Kichern prickelte in dem Postboten und platzte in einem schallenden Gelächter heraus. *Ein Arsch mit Zähnen?* dachte er. *Wo zur Hölle hab' ich das her?*

»Holla, du bist ein lustiges Kerlchen, was?« schnappte Buist.

Er stieß sich aus seinem Traktorsitz hoch; bewegte sich auf eine Art und Weise, wie dies nur schweren, betrunkenen und ziemlich wütenden Menschen möglich war. »Ich werd' dir zeigen, was wirklich lustig ist.«

Alec wich zurück und überlegte sich, wie sein nächster Zug aussehen mußte. Er hatte gerade das Heck des Lieferwagens erreicht, als Buist nach einem gewagten Satz mit beiden Füßen auf der Straße landete. Der Mann zog sich mit einem wütenden Ruck seine Kappe in die Stirn – eine Revolverhelden-Geste – und stampfte los. Kleine Steinchen knirschten dramatisch unter den Sohlen der altmodischen Stiefel. Buists Fäuste waren wie zwei gewaltige Abrißbirnen.

Alec begriff, daß keine Zeit mehr blieb, um einfach einzusteigen und davonzufahren. Buist streckte eine schwielige Hand aus und packte zu. Alec wurde herumgerissen, und seine Brille rutschte Richtung Nasenspitze und, der Zentrifugalkraft folgend, weiter – und fiel zu Boden. Unverzüglich verschwamm die Welt vor seinen Augen. Und genauso unverzüglich bückte er sich mit dem Instinkt des Kurzsichtigen, um die Brille aufzuheben, was ihn eindeutig vor dem ungestümen Schwinger rettete, den Ernie Buist ohne jede Vorwarnung auf seinen Kopf abgefeuert hatte.

Dann krachte es irgendwo *über* ihm, und ein lautes, hohles *Klonk* ließ seinen Kopf wie unter einem Glockenschlag widerhallen. Er wußte, nicht *er* war getroffen worden. Gleichzeitig stellte er befriedigt fest, daß Ernie Buist in einer Mischung aus Schmerz und *noch mehr* Wut im Falsett heulte, da seine Knöchel mit der Karosserie des Lieferwagens kollidiert waren. Buist hatte natürlich nicht damit gerechnet, daß sein *Opfer* irgendwie ausweichen könnte, und um der Wahrheit die Ehre zu geben: Sein Opfer war ja auch nicht ausgewichen, zumindest nicht *willentlich.* Der große Bauer hatte genügend getrunken; seine Reflexe waren so schläfrig, daß er die Schlagrichtung nicht mehr ändern konnte. Wie auch immer – eine halbe Flasche Whisky war nicht genug, um auch noch die Schmerzen in seiner Hand einzuschläfern. Ernie Buist spürte den Knöchel seines Mittelfingers brechen, und Schmerzen wie von zersplittertem Glas tobten seinen Unterarm hinauf.

Alecs ausgestreckte Finger tasteten durch den Nebel zu seinen Füßen, fanden die Brille und ergriffen sie und plazierten sie in einer lange geübten Bewegung wieder dort, wo sie hingehörte. Er war pfiffig genug, um sehr genau zu wissen, wieviel Glück er gehabt hatte. Doch jetzt erst bemerkte er den seltsamen kleinen Tanz, den Buist aufführte.

»Scheiße! Oh, du – «, stöhnte der Bauer. »Du hast mir meine verfickte *Hand* gebrochen, du – « Er wiegte sich vor und zurück, als könne ihm dies die Schmerzen nehmen. Alec warf einen kurzen Blick auf die recht beachtliche Delle in der Seitenwand des Postautos.

»Warte, bis ich dich in die Finger kriege, du *Bastard!*« schrie Buist. Nun, es stand nicht zu befürchten, daß von *diesen* Fingern allzu große Gefahren ausgingen, jedenfalls nicht in den nächsten beiden Tagen, vielleicht sogar länger.

Alec trat zurück und beobachtete den anderen Mann eine Weile bei seinem bizarren kleinen Kriegstanz und stellte fest, daß das vierschrötige Gesicht des Bauern eine ganz überraschende Befähigung für die unterschiedlichsten Grimassen zeigte.

Der Postbote genoß den Anblick mehrere Sekunden lang, dann fachte ein inwendiger Windstoß seinen ohnehin bereits rechtschaffenen Zorn auf diesen Kerl noch mehr an. *Er hat seine Frau regelmäßig mißhandelt, und jetzt ist sie tot, und das reicht ihm noch immer nicht, und deshalb macht er seinem Sohn das Leben zur Hölle und –*

Alec Stirling war kein Kämpfer. Er hatte noch nie in seinem Leben Streit gesucht, und dank seiner unbekümmerten Art war er auch nur selten in einen solchen verwickelt worden. Nichtsdestotrotz kochte sein Ärger jetzt über. Plötzlich war er *stinksauer* auf Buist. Der große Mann tappte rückwärts, er hielt noch immer seine Hand, als sei sie gebrochen. Sein Gesicht war verzerrt, seine Augen fest zusammengepreßt. Die Sturzflut der Schmerzen hielt ihn noch immer gepackt und trug ihn auf einem tosenden Wellenkamm dahin.

Der Briefträger machte zwei Schritte vorwärts und trat Buist in die *Bälle.*

Es gab ein fleischiges *Klatschen.* Alec spürte einen kurzen, weichen Kontakt und eine wundervolle Befriedigung. Der Bauer stieß ein *Ouuuuufff!* aus und sackte wie ein Aberdeen-Angus-Bulle beim Abdecker in die Knie. Sein Mund war rund wie ein Doughnut, gleich darauf war ein weiterer kleiner, ganz hoher kieksender Laut zu vernehmen.

»Wie bitte?« erkundigte sich Alec.

»Ung!«

»Bedauere, hab' dich nicht verstanden«, sagte Alec, immer noch grinsend, enorm zufrieden und von sich selbst überrascht.

Buist gurgelte etwas, und sein schwammiges Gesicht war sehr blaß geworden. Alec spielte mit der Idee, ihm noch eine kleine Zugabe zu verpassen, aber dann verbannte er diese Regung. Kein Zweifel, in irgendeiner dunklen Nacht würde Ernie Buist sich aus irgendeinem Torweg heraus auf ihn stürzen und ihn *büßen* lassen.

Er sah zu, wie der Kerl langsam wieder auf die Füße

kam. Seine Augen waren noch immer glasig. Er preßte die Hände so fest in seinen Schritt, als müsse er dort unten alles zusammenhalten. Er torkelte ein paar Schritte auf Alec zu, und sein Gesicht verzog sich in offensichtlichem Schmerz. Das gab den Ausschlag – plötzlich tappte er über die Straße und fiel gegen die niedrige Hecke. Er stieß ein paar Grunzlaute aus, die Alec zuerst für ein Stöhnen hielt.

»Bastard!«

Alec ging davon aus, daß *er* damit gemeint war und hatte bereits eine scharfe Erwiderung auf der Zunge, als er begriff. Der Bauer redete keinesfalls mit ihm.

Buist richtete sich auf, hob eine Hand und zeigte über die Hecke hinweg.

»Ich seh' dich, komm her!« brüllte er, und zwar überraschend laut, wenn man bedachte, daß er noch vor kaum einer Minute nicht einmal richtig hatte sprechen können.

Weit unten, nahezu am Fuß des weiten Abhangs, sah er Craig inmitten von Disteln und Kreuzkraut, und es war, als gebe es nur mehr den auf und ab hüpfenden Kopf des Jungen.

Ernie Buist schien den Postboten schlagartig vergessen zu haben. Er stolperte schwerfällig an der Hecke entlang, bis er eine Stelle fand, wo sie niedrig genug war. Er machte sich nicht die Mühe, hinüberzusteigen; er brach einfach *durch sie hindurch,* ohne auf die Weißdornstacheln zu achten. Drei, vier Schritte weiter fiel er in einen seltsam taumelnden Lauf und nahm – eine Hand noch immer gegen seine Hoden gepreßt – die Verfolgung seines fliehenden Sohnes auf. Alec grinste. Bei dem Tempo, das der Kerl vorlegte, brauchte man sich um Craig keine Sorgen zu machen.

Alec blieb stehen und beobachtete den Fortgang der Ereignisse. Der große Bauer bewegte sich wie ein verletzter Stier, trampelte durch Disteln und Flockenblumen und krakeelte seinen Zorn hinaus. Weit voraus, ziemlich nahe am Wald, rannte der Junge wie der Wind.

Ein plötzliches Hupen erschreckte Alec so sehr, daß er

fast aus den Stiefel hüpfte. Er war so ausschließlich auf diese ungleiche Jagd konzentriert gewesen, daß er den Gas-Tanker gar nicht bemerkt hatte, der hinter ihm die Linn Road heraufgedröhnt kam. Der Fahrer hämmerte die Handballen auf die Hupe, und der große Lastzug *röhrte* zweimal in rascher Folge.

»Hast du nichts zu tun?« rief Jock Weir und lehnte sich aus dem Fahrerhaus.

Alec winkte dem Fahrer zu. Sie hatten in der Douglas-Arms-Bar schon manches Bier gemeinsam *weggezaubert.*

Der weiße Tanklaster ließ ein aggressives Zischen hören, als Jock auf die Druckluftbremse trat. Er stieß die Fahrertür auf und schwang sich auf das Trittbrett heraus.

»An deinem Pritschenwagen komm' ich vorbei, aber dieser Traktor muß weg«, sagte er. »Hat der alte Ernie wieder in der Gegend herumgepißt?«

»Könnte man fast sagen. – Ich seh' zu, daß ich das Ding wegkriege.«

Alec schwang sich auf den Schalensitz und drückte den Starterknopf. Der Traktor war so alt, daß es nicht einmal einen Zündschlüssel gab. Der Motor spotzte, dann erwachte er zu brüllendem Leben. Schwarzer Qualm schoß aus dem Auspuff, und Alec rammte den Gang ins Getriebe und gab Gas. Er setzte den altersschwachen Koloß etwa hundert Yards weit zurück, bis er das Tor erreichte; dahinter begann Buists *Brachland,* ein zerklüfteter Flecken, der von Haufen großer Traktorreifen und Unkraut verschandelt wurde. Alec kurbelte mit einiger Mühe am Lenkrad, fuhr das Monstrum rückwärts von der Straße auf den Grünstreifen vor dem Tor und schaltete den Motor aus.

»Dieser Buist gehört eindeutig ins Gefängnis. Der ist doch nicht ganz dicht, wenn du mich fragst!« brüllte Jock, dann winkte er ihm ein Dankeschön zu. Die Luftdruckbremsen zischten wieder, der Tanker zog an.

Alec schlenderte gemächlich zu seinem Postauto zurück. Er dachte an den weichen, fleischigen *Treffer,* den er vorhin so mühelos erzielt hatte, und grinste noch breiter.

Dann stieg er in seinen Dienstwagen, drehte den Zündschlüssel, gab Gas und fuhr den Berg hinab, zur Loch Shore Road und dann hinauf nach Craigard.

Unterwegs dachte er an den Jungen, der vor diesem Mistkerl von einem Vater davonlief.

»Verfluchte Schande!« sagte er laut.

*****

Craig rannte und ignorierte die Schmerzen in seinem Hüftgelenk.

So, wie es aussah, war der alte Mann an diesem Nachmittag noch verrückter als sonst. Er war über den Besen gestolpert, mit dem Craig die Hühnerscheiße auf dem Hof zusammengekehrt hatte. Craig schloß kurz die Augen; er sah es vor sich, wie er den Besen ordentlich gegen die zerbrökkelnde Mauer des Bauernhauses lehnte. Der alte Mann war trotzdem darübergestolpert. *Vielleicht wollte er es. Weil er so einen Grund hatte für seine blinde Wut.*

Als das Gebrüll losgegangen war, hatte sich der Junge unwillkürlich geduckt. Craig war im Kornspeicher oben gewesen. Als kleiner Junge hatte er dort oft gespielt und mit der Luftpistole Ratten abgeschossen. Heute nutzte er diesen Ort als Zuflucht. Der alte Mann haßte den Gedanken, daß Craig eine Ausbildung erhielt, und er haßte ihn hauptsächlich deshalb, weil er sich niemals um seine eigene Ausbildung gekümmert hatte, sondern stets der Meinung gewesen war, ein Bauer brauche einen breiten Rücken, und ansonsten müsse er nur noch über Kühe Bescheid wissen, und darüber, wie man auf dem Markt Vieh verschacherte.

Craig dachte nicht daran, Bauer zu werden, und insbesondere nicht auf diesem kargen Flecken Land, das den Buists schon seit der Jahrhundertwende gehörte. Er hatte diese Bilder gesehen, an den Wänden der Volksschule; darauf sah das Tal grün und üppig aus, aber er wußte so gut wie alle anderen, daß es mit der Landwirtschaft hier draußen schon seit zehn Jahren zu Ende ging.

Eines kalten, strahlendhellen Morgens kurz nach seinem elften Geburtstag – damals hatte seine Mutter noch gelebt – war er aufgestanden und hatte die beiden Kampfflugzeuge das Tal heraufdonnern sehen ... Ihre Schwingen kappten beinahe die Spitzen der Bäume am Rand von Fasach Wood und verursachten majestätische Strudel in den silbernen Morgennebeln. Er war wie benommen gewesen. Er hatte ihnen hinterhergestarrt, wie sie immer noch mehr beschleunigten und in einem *phantastischen* Tempo davonbrausten, tödlich *schöne* Maschinen, die auf einer Bugwelle aus Donner ritten, und seine Nackenhärchen hatten sich in der plötzlichen Erkenntnis seines Schicksals aufgerichtet.

Das war es, was er wollte. *Fliegen können!* Diese Macht. Diese *Freiheit.* Eine Woche später hatte er sich per Anhalter nach Levenford durchgeschlagen, das Büro des *Air Trainings Corps* aufgesucht und dort von einem untersetzten Mann mit einem dünnen, blonden Schnurrbart erfahren, daß Piloten Mathematik und Physik studieren mußten – Fächer, von denen er noch nicht einmal *gehört* hatte.

Überhaupt – man mußte eine *ganze Menge* studieren, und absolute *Bestnoten* haben.

In den folgenden Monaten fiel seiner Klassenlehrerin Miß Finn, die alle ganz liebevoll nur *Old Huck* nannten, voller Erstaunen eine ganz gewaltige Veränderung an dem jungen Craig auf. Bisher war er einer der Handvoll Schüler gewesen, die ganz hinten saßen und Comics tauschten und aus dem Fenster sahen, doch nun ließ er seine desinteressierten Freunde, wo sie waren, und setzte sich nach vorn, in die erste Reihe. In einem Zeitraum von nur vier Monaten holte er – nicht ohne Schwierigkeiten, nicht ohne Schweiß und hartes Büffeln – den Wissensunterschied zum Rest der Klasse auf und *überholte* ihn. Er verbrachte Stunden im Kornspeicher oben, von dessen Treppe seine Mutter schon in drei Jahren in den Tod stürzen (*oder gestoßen werden*) würde; er rasselte das kleine und das große Einmaleins herunter, bis er beide wie im Schlaf kannte. Er schlug sich mit Verben herum, und mit Substantiven und Pronomen, und schließlich hatte er auch mit den Apostrophen den Dreh raus, und so absolvierte er die Prüfungen als Drittbester der Klasse. Auf der Lochend High strengte er sich trotz seiner beunruhigend häufigen Abwesenheitszeiten genauso an und blieb unter den besten fünf Prozent. *Besonders in Mathematik und Physik.*

Und nun saß er an seinem auf Böcke gestellten Zeichentisch und kämpfte sich durch eine besonders komplizierte Algebraaufgabe – und hörte den Radau, den sein Vater veranstaltete. Er duckte sich unwillkürlich. Er schätzte automatisch ab, was besser war – sich einfach ganz still zu verhalten und darauf zu vertrauen, daß der alte Mann wieder davonstapfte und ihn vergaß, oder so schnell es nur ging die Treppe hinabzulaufen, es hinter sich zu bringen, den Schaden auf lediglich eine Ohrfeige zu begrenzen. Ernie Buist nahm ihm die Entscheidung ab. Jetzt brüllte er bereits am Fuß der steinernen Treppe.

»Ich weiß, du bist da oben, Junge.« Seine Stimme krächzte – also hatte er wieder getrunken. »Elender Weicharsch. Du mit deinen Büchern. Komm da runter, aber *ein bißchen plötzlich!*«

Als Craig auf den obersten Treppenabsatz hinaustrat, war sein Vater bereits *da* – und schlug ihm die geballte Faust ins Gesicht. Sterne explodierten und rasten in einem bizarren Orbit um ihn herum, und der Junge verlor das Gleichgewicht und seine Arme kreisten wie Windrädchen. Von diesem Treppenabsatz bis zum Kopfsteinplaster hinab war es ein Zwölf-Fuß-Sturz. Craig kippte vornüber. In diesem Bruchteil einer Sekunde *wußte* er, wie sich seine Mutter gefühlt hatte, damals, vor über einem Jahr, als sie von dieser Stelle aus in die Tiefe gefallen war . . . Er empfand genau die gleiche *Panik.* Und aus diesem Aufruhr aus Verwirrung und Schrecken heraus sprang ihn ein einzelner, nachtschwarzer Gedanke an: *Er MUSS sie gestoßen haben!*

Craig hätte zweifellos dasselbe Schicksal ereilt, wäre da

nicht die blinde Wut seines Vaters gewesen. Er kippte bereits vornüber, als ihn eine riesige Hand wie ein Schraubstock am Kragen seiner Denimjacke packte und zurückriß. Allerdings hatte Ernie Buist keinesfalls beabsichtigt, seinen Sohn vor einem gebrochenen Genick zu bewahren. Tatsächlich war alles so schnell gegangen, daß er den drohenden Sturz seines Jungen nicht einmal richtig mitbekommen hatte. Er hatte nur zugepackt, weil er das *immer* tat, wenn Craig reif war für seine Tracht Prügel, und an diesem Nachmittag im Sommer war er das.

Er schleifte den Jungen die Treppe hinab; er riß ihn fast aus seiner Jacke.

»Werd' dir beibringen, faul rumzuhängen und überall Handwerkszeug liegenzulassen«, krächzte er, als sie unten ankamen, und begleitete jede Silbe mit einem Schlag. Craig kauerte sich instinktiv zusammen. Die kräftigen Hiebe prasselten auf seine Schultern ein, schmerzhaft, jedoch ohne Schaden anzurichten. Er schrie bei jedem neuen Schlag, nur um den Alten wissen zu lassen, daß er ihn spürte. Eine lange Praxis hatte ihn gelehrt, daß es immer das beste war, Ernie Buist zu beschwichtigen.

»Hab' mir fast den verdammten Fuß an diesem Besen gebrochen. Hätte zum Krüppel werden können, und wo wären wir dann, eh?«

Sein Sohn hütete sich, ihm zu sagen, daß ihm allein schon die Aussicht auf einen *verkrüppelten* Ernie Buist wie Weihnachten, Neujahr und Faschingsdienstag gleichzeitig vorkam. Statt dessen fuhr er darin fort, zu stöhnen und seinem Vater zu versichern, daß es ihm leid tat und daß er es nie wieder tun würde.

Schließlich schüttelte Ernie Buist den Jungen ein letztes Mal grob durch und ließ ihn los. Craig stieß sich hoch und taumelte davon. Sein Vater zielte mit einem seiner großen, genagelten Schuhe auf die Kehrseite des Jungen, doch die Schuhspitze traf *nur* das Hüftgelenk. Rasende Schmerzen explodierten darin und sandten reißende, pochende Pulsschläge durch seine Taille und ins Knie hinab. Das Bein gab unter ihm nach. Craig stürzte der Länge nach in die noch nicht zusammengekehrte Hühnerscheiße.

Die Schmerzen waren so ungeheuerlich, so allgegenwärtig, daß der Junge nicht einmal mehr imstande war zu schreien. Es war, als halte diese Pein seinen Atem an, als habe sie ihm die Stimme geraubt. Er blieb mehrere Sekunden lang in dem Kot liegen, und die Welt drehte sich um ihn herum, war da und verschwand und war wieder da. Hinter ihm sagte Ernie Buist etwas, aber es klang fern und schwach, und Craig fuhr noch immer Achterbahn, so daß er nicht einmal instinktiv wegkriechen konnte. Sein Vater trat ihn nicht mehr. Statt dessen entfernten sich seine Schritte. Ein paar Sekunden später schlitterte der Besen über die Pflastersteine heran und kam nur ein paar Inches vom Gesicht des Jungen entfernt zu liegen.

»Wenn ich dir sag', du kehrst den Hof, dann meine ich, setz deinen Arsch in Bewegung«, rasselte sein Vater. Dann bog er um die Ecke und war verschwunden. Craig blieb weitere fünf Minuten liegen und ignorierte die Scheiße und den Gestank, spürte nur die Schmerzen in seinem Bein und versuchte sie unter Kontrolle zu bekommen, nicht zuzulassen, daß sie schlimmer wurden und ihn ganz überwältigten. Schließlich verklangen sie ein wenig. So konnte er es aushalten *und* nachdenken. Er mühte sich ganz langsam auf die Füße; er stützte sich auf den Besen und schaffte es bis zur Wand. Dort stand er zehn Minuten lang und atmete heftig, mit weitgeöffnetem Mund. Tränen strömten über sein Gesicht, aber er würde niemandem die Genugtuung geben, ihn laut weinen zu hören, seinem Vater schon gar nicht.

In diesem Augenblick faßte Craig Buist seinen Entschluß. Er würde weggehen von hier und von diesem Schläger, der behauptete, sein Vater zu sein. Die Tränen waren für ihn und für seine Mutter. In diesem Augenblick und erst fünfzehn Jahre alt wußte Craig Buist mit absoluter Gewißheit, daß der Sturz seiner Mutter *kein* Unfall gewesen war. Sie war von dieser Treppe hinuntergestoßen oder – noch wahrscheinlicher – *hinuntergeprügelt* worden. Und die Wucht des Aufpralls auf diesen Pflastersteinen hatte ihr den Kopf zerschmettert.

Nachdem sie jahrelang mit einem Ungeheuer wie Ernie Buist zusammengelebt hatte, mußte das eine Erlösung gewesen sein.

Es ist so lange her. Denk an jetzt. *JETZT.* Craig Buist hetzte über das weite Feld auf die Linie der Weiden und wuchernden Stechginsterbüsche zu, die den Verlauf des Corrie bezeichneten und sich mit dem Südende von Fasach Wood vereinten.

Er rannte schneller. Er dachte an die Mathematik- und Physikbücher in seinem Rucksack, und an seinen einzigen Schatz, an dieses tolle, illustrierte Buch über Kampfflugzeuge, ein Buch, das seine *Bibel* war, ein Buch, in dem er nachts im Dämmerlicht las und das ihn stets hinaufbeförderte ins Cockpit eines *Jaguar Fighters* und ihn mit Mach Zwei über das Tal donnern und das kleine Gehöft weiß inmitten der Brauns und Grüns sehen ließ. Manchmal sah er in diesen abendlichen Wachträumen das Weiß in einem blutroten Fadenkreuz, manchmal fühlte er seinen Daumen auf dem roten Knopf des Steuerknüppels ...

Er hörte seinen Vater brüllen. Er hoffte verzweifelt, den Schutz der Bäume noch erreichen zu können. Wenn er die Bäume erreichte, konnte er für ein paar Stunden verschwinden, wenn es sein mußte, und dann an einer der Untiefen über den Corrie oder zum *Hexenkessel* hinauf und dann quer durch den Wald und wieder zur Straße zurück.

Er sah sich nicht um. Er *wußte,* daß sein Vater hinter ihm her war. Und dann, nach einer Ewigkeit, erreichte er den Wald. Ein paar Minuten später kam sein Vater, kochend vor Wut, und folgte ihm in die Tiefen von Fasach Wood.

Craig hörte das Röcheln hinter sich und schlug Haken und rannte Richtung Fluß. Er atmete jetzt schwer. Es war kühl unter den Bäumen, die Luft war ganz still. Wenig später wetteiferte das Geräusch fließenden Wassers mit dem

Herzschlag in seinen Ohren. Craig ignorierte beides. Er kannte diesen Wald seit er ein kleines Kind war. Er fand einen alten, vertrauten Wildwechsel und folgte ihm. Hinter sich konnte er das Krachen von Gestrüpp hören, über das sein Vater hinwegpflügte.

Hundert Yards weiter verließ der Junge den Pfad und wandte sich nach rechts, wo das Unterholz dichter war. Er erreichte eine moosbewachsene Grenzmauer und kletterte darüber und stürmte in einen nahezu undurchdringlich scheinenden Wald hinein. Er legte weitere fünfzig Yards zurück.

Dann wußte Craig Buist nicht mehr, *wo* er war.

Gigantische Bäume mit knorrigen, muskulösen Wurzeln erhoben sich ringsum wie Mauern. Vor sich sah er rote und gelbe Pilze, die mehr als einen Fuß hoch waren. Er hielt an, stützte sich mit einer Hand an einem Baum ab und blieb ganz still stehen, um wieder zu Atem zu kommen. Etwas huschte über seine Finger, und er ruckte den Kopf hoch und sah einen sechs Inches langen Tausendfüßler in einem Spalt der rauhen Rinde verschwinden. Er riß seine Hand weg, spürte instinktiv, daß irgend etwas *falsch* war.

Dies hier war ein Teil von Fasach Wood, den der Junge noch niemals *gesehen* hatte. Ein merkwürdiger Geruch hing in der Luft, nicht der normale Sommerwald-Geruch aus Harz und Saft und grünen Blättern und Pollen. Hier war die Luft erfüllt von einem zähflüssigen, süßlichen Hauch, der von wildem Wachstum und schnellem Verfall kündete.

Zwanzig Fuß entfernt schwoll einer der Pilze ganz unheimlich an, es war, als sei er von tierhaftem Leben erfüllt; er war groß und nicht braun, sondern rot, mit leuchtend gelben Tigerstreifen auf der warzigen Haut, und jetzt öffnete sich ein amphibisches goldenes Auge. Über Craig schwirrte ein Insekt mit flirrenden Schwingen umher, und unter seiner Haut fühlte er den Baum plötzlich *zucken.*

Vielleicht war es Craig Buists sensibleres Gespür fürs Überleben angesichts der Verfolgung durch seinen Vater, das ihm nun abrupt die Gefahr *bewußt* machte. Mit hellwachen Sinnen konzentrierte er sich . . . und *witterte* eine entsetzliche, allgegenwärtige Verderbtheit. Diese Gefahr ging nicht von seinem Vater aus.

Es ist der Wald.

Er stolperte ein paar Schritte von dem Baum weg, drehte sich um die eigene Achse und bahnte sich dann einen Weg durch einen Vorhang aus seltsamen, fleischigen, einen Yard langen Blättern und weiter, am Stamm einer uralten Eiche vorbei. Er war mißtrauisch genug, um sich von den haarähnlichen Strähnen fernzuhalten, die auf der narbigen Rinde in üppiger Vielfalt wucherten. Er spähte nach oben.

Zuerst sah er gar nichts; dann, ganz übergangslos, bemerkte er einen Schemen, eine *Silhouette* – so, wie man plötzlich in einem Durcheinander aus Linien und Spiralen den Umriß eines Gesichts erkennen konnte. Und dann sah er, ohne jede Warnung, *tatsächlich* ein Gesicht – direkt vor sich, in dem Gewirr aus Ästen und Blättern. Es war weiß und seltsam mißgestaltet . . . Knochen und dunkle Augenhöhlen! Er fror. Er stand stocksteif. Es war ein menschlicher Schädel, ein *zerquetschter* menschlicher Schädel, und er preßte sich aus der Rinde des Baumes heraus, und von der gesplitterten Stirn hingen noch lange, verfilzte blonde Haarsträhnen. Er mußte unweigerlich an Rattenschwänze denken. Und dieser fürchterliche Kopf wurde wie von hölzernen Lippen gehalten. Lange Knochenarme baumelten auf jeder Seite des dicken Stammes. Ein Lichtreflex huschte über ein schweres, goldenes Armband.

Dem Jungen stockte der Atem. Irgendwo hinter sich hörte er das Brüllen seines Vaters – es wehte wie aus einem Traum herüber; es war, als höre es jemand anderer.

Ein überwältigender Instinkt kreischte ihm zu, von hier zu verschwinden.

Er konnte seine Blicke nicht losreißen von diesem gräßlichen Anblick . . ., diesem Körper, den der Baum *verschluckt* hatte. Aber er machte einen Schritt zurück, er zwang seinen gelähmten Fuß, sich zu bewegen. Er folgte seiner eigenen Spur, wich rückwärtsgehend Schritt um Schritt zurück, und ließ diesen dunklen und *unnatürlichen* Ort nicht aus den Augen. Die Haare und der Flaum an der Schädelbasis bewegten sich wie lebendig. Das Gefühl jäher und schrecklicher Gefahr war jetzt *enorm.*

Schließlich war er weit genug entfernt von diesem grauenhaften Ort; er zwang sich, herumzuwirbeln und zu rennen. Er fand einen Weg und folgte ihm und kam wieder an die alte Trockensteinmauer und entdeckte eine Bresche; er zwängte sich ohne nachzudenken in den engen Spalt, preßte sich dicht an die glitschige Nässe auf den Steinbrokken und verbarg sein Gesicht in den Schatten. Er öffnete den Mund weit, und das Rasseln seines Atems verging. Seine Hände zitterten noch immer, und er klammerte sie zusammen, um es zu unterbinden. Zusammengekauert und zitternd wie ein erschrecktes Kaninchen wartete er.

Drei Minuten später hörte er einen dumpfen Aufprall und ein metallisches Kratzen auf den Steinen – nur ein paar Fuß von seinem Kopf entfernt. Ein dunklerer Schatten tauchte auf den Steinen auf.

»Elendes Muttersöhnchen«, grollte Ernie Buist; die Worte waren kaum zu verstehen. »Ich bring' den kleinen Bastard um.«

In diesem Augenblick wußte der Junge, daß sein Vater dies todernst meinte. Der Alte war völlig verrückt. Craig nahm an, daß er *zu* lange in der Nähe dieses Mannes gewesen war; er hatte es einfach nicht erkennen können. Vielleicht hatte er die Gewalttätigkeiten seines Vaters auch nur für *normal* gehalten, da er seit seiner Geburt nichts anderes kannte. Doch jetzt, in diesen Sekunden absoluter, niederschmetternder Angst, sah er alles wie aus großer Ferne und dennoch scharf umrissen. *Total wahnsinnig,* dachte er und war völlig losgelöst von dieser Welt. Der intensive Terror, der ihn an diesem dunklen Ort im Wald durchrast hatte, wuchs und wuchs beständig in ihm weiter, das absolute Grauen vor dem Übernatürlichen ringelte sich in jenen primitiven Teil seines Geistes voran, in dem die Angst vor dem Dunkel und vor Krallen in der Nacht lauerte. Craig Buist akzeptierte vollkommen und absolut, daß dieser Wald zutiefst *böse* war.

Ernie Buist kletterte von seinem Aussichtsposten auf der Mauer herab und stapfte in den dichten Wald hinein. Craig rührte keinen Muskel. Er verhielt sich so still wie die Steine, die ihn umgaben.

Der Mann stieß Flüche und blutrünstige Schwüre aus und bahnte sich seinen Weg zwischen den gewaltigen Stämmen. Craig beobachtete sein stierhaftes Vorwärtspreschen mit großen Augen. Er sah seinen Vater schwerfällig durch einen Saum merkwürdig grüner Farne tappen und stehenbleiben. *Jetzt sieht er die Pilze.*

Von der Mauer aus sah Craig deutlich, was geschah. Er hörte den Alten sogar nach Luft schnappen. Hinter ihm bewegte sich etwas. Allerdings war sich der Junge nicht ganz sicher, da er kaum wagte, die Augen zu verdrehen. Ernie Buist hob herausfordernd den Kopf und drehte sich halb herum. Craigs Blicke huschten zu der Bewegung hin. Es war der große Pilz; doch jetzt war er bereits auf das Doppelte seines ursprünglichen Umfangs angeschwollen ... Und er wuchs weiter. Eine Reihe von Zuckungen kräuselte die schleimige Haut des roten und gelben Schirmes, es sah aus, als würden sich Muskeln anspannen.

Lauf weg. Laufweglaufweglaufweglaufweg ...

Die drängende Stimme plapperte direkt im Kopf des Jungen, doch er bewegte sich keinen Inch. Seine Fingerspitzen gruben sich so tief in das Moos, daß er das kalte Gestein *darunter* spüren konnte.

Der Pilz bewegte sich mit einem Ruck. Ein lautes, platzendes Geräusch war zu hören, als würde man eine mit Luft gefüllte Papiertüte zerschlagen. Silberne Flecken sprenkelten die Luft zwischen den Bäumen. Der Junge sah, daß der Kopf seines Vaters heftig zurückruckte. Die Luft war voller Silberstreifen. Der zerfetzte Pilz spie kleine Lichtpunkte aus. Es war wie ein Feuerwerk. Scherben aus

Helligkeit wirbelten und zogen zarte Kometenschweife hinter sich her.

Craig hörte seinen Vater grunzen, dann machte er eine weitere ruckartige Bewegung. Seine Gestalt war jetzt nur mehr Schemen unter Schemen. Dieses Mal verrenkte sich der Körper, als habe ihn etwas gestochen. Ernie Buist tat zwei rasche Schritte nach hinten. Seine Hände waren erhoben, als versuche er etwas abzuwehren. Craig sah kleine silberne Knötchen auf den Wangen seines Vaters landen; und er hörte den Alten schreien.

Ernie Buist gab einen kleinen Tanz zum besten und schlug um sich. Sein Kopf flog in den Nacken, und seine Kappe fiel zu Boden und rollte hinter einen Baum. Er brüllte wieder, dieses Mal lauter. Es war ein Aufheulen voller Angst und Überraschung und Verständnislosigkeit. Craig quetschte sich tiefer in den Spalt zwischen den aufgehäuften Mauersteinen. Doch seine Augen waren unverwandt auf das gerichtet, was dort in einiger Entfernung geschah. Er beobachtete, wie sein Vater zurückwich. Die Fäden überzogen bereits seine ganzen Hände, seine Wangen. Ernie versuchte, sie immer noch wegzuwischen. Jetzt schrie er ununterbrochen. Craig hatte noch nie zuvor einen Mann so schreien hören, und seinen Vater schon gar nicht. Plötzlich wußte er, daß er gleich *ebenfalls* loskreischen würde und preßte sich die Knöchel der rechten Hand in den Mund und biß *fest* darauf. Der hochzuckende Schmerz erstickte seinen Schrei.

Ernie Buist taumelte von der Eiche weg und schlug beide Hände vor die Augen. Sein Gebrüll verwandelte sich in ein kehliges Gurgeln. Craig sah ihn rückwärts stolpern und gegen eine Lärche krachen. Der Kopf seines Vaters schmetterte gegen die Rinde; der Alte schien es nicht einmal zu bemerken.

Der Stamm der Lärche wurde dunkel, als sei er plötzlich naß geworden. Binnen weniger Sekundenbruchteile quoll überall Saft aus der Rinde. Er hatte eine rötlich-goldene Färbung, und selbst von dort, wo Craig kauerte und das

Gesicht gegen das muffig riechende Moos preßte, konnte er den überwältigend starken Duft von Harz wahrnehmen. Er sah, wie sich sein Vater, die Hände noch immer auf seine Augen gepreßt, bückte. Lange, klebrige Fäden verbanden seinen Hinterkopf bereits mit dem Baum. Sie rissen ihn hoch und zurück. Craig hörte ein elastisches *Schnappen.* Sein Vater krachte erneut gegen eisenharte, schleimige Rinde und grunzte schmerzerfüllt. Er griff nach seinem Hinterkopf. Der Junge sah den Arm zucken, dann schien er wie in einer Ehrenbezeigung zu erstarren. Harz ergoß sich in Strömen über Ernie Buists Kopf, Gesicht und Schultern und erstarrte. Neue Bernsteinfluten entstanden und quollen über die bereits feste Masse weiter und überzogen Brust und Arme. Craig beobachtete fasziniert – *entsetzt* –, wie sich die Bewegungen seines Vaters verlangsamten. Der Arm, der vorhin hochgerissen worden war, hörte auf zu zucken. Das Gurgeln verstummte. Die andere Hand verharrte auf dem Gesicht. Ernies Beine zappelten, bis die Ströme aus Harz auch sie wie mit einem honigfarbenen Lack überzogen.

Das Harz floß weiter, und irgendwann war Ernie Buist nur mehr eine Bernsteinstatue im Dunkel des Waldes. Ein großes Insekt schwirrte aus den Bäumen herab und landete auf Ernies Schulter und war gefangen. Die Schwingen flatterten hektisch, dann stürzten neue Ströme von Harz herab und bedeckten die Kreatur, verwandelten sie in eine zerbrechliche Brosche auf der Jacke des toten Mannes. Es wurde sehr still im Wald.

Craig Buist kauerte mindestens fünfzehn Minuten lang mit weit offenem Mund, die Augen starr auf die Grimasse unter der wie mit Juwelen besetzten Glasur gerichtet, in der Mauernische.

Über ihm bewegte ein zephirischer Wind die Baumkronen, und Scherben aus Sonnenlicht entstanden und vergingen. Craig glaubte in jedem Schatten Bewegungen zu sehen. Seine Finger waren noch immer in das Moos gekrallt. Er hatte das Gefühl, daß der ganze Wald ihn beobachtete . . ., auf eine Bewegung von ihm lauerte. Und, merkwürdig, die Tatsache, *daß* sein Vater tot war, schockierte ihn weit weniger als die Art und Weise, auf die es ihn erwischt hatte. Dieses *Strömen* war so gräßlich gewesen, so fremdartig und *unnatürlich,* daß er noch immer eine eisige Klauenhand auf seinem Herzen spürte. Sein Atem war in ein fassungsloses Keuchen verwandelt, als sei er lange und weit gelaufen; seine Lungen schmerzten vor Anstrengung, doch er konnte nichts dagegen tun.

Dann bemerkte er eine neue Bewegung, nur ein paar Fuß entfernt. Sie vollzog sich so langsam und harmlos, daß es volle zehn Sekunden dauerte, bis er begriff, daß sie Wirklichkeit war.

Ein zierlicher, recht hübsch anzusehender Trieb sproß aus dem Gewirr der Geißblattranken, die sich um den schmalen Stamm eines Ebereschenschößlings wanden. Jeweils zwei Blätter bildeten sich auf jeder Seite aus. Der Trieb wuchs, verwandelte sich in einen sehnigen kleinen Stiel. Zuerst hielt Craig die beiden Blätter für einen Schmetterling, dann entstand ein zweites Paar etwa sechs Inches hinter dem ersten, gleich darauf ein drittes und ein viertes. Sie bewegten sich sehr langsam, wie Nachtfalter, die der Reihe nach über welke Blätter kriechen. Aus dem Stiel wurde eine Ranke, wurde ein Tentakel.

Er wuchs unablässig. Er kroch auf ihn zu. Der Junge bemerkte es noch immer nicht richtig. Die Bewegung war so sanft, sie konnte unmöglich eine Gefahr bedeuten. Innerhalb weniger Sekunden erreichte die Spitze des Kriechers seinen Stiefel und schlang sich träge um ihn herum und glitt suchend spiralförmig höher. Erst als die weiche, grüne Knospe die Haut berührte, riß Craig seinen Fuß zurück. Der Tentakel spannte sich mit bemerkenswerter Kraft und zerrte ihn mit einem mörderischen Ruck aus der Nische. Ganz am Rande seines Sichtfeldes bemerkte er jetzt weitere Tentakel, und sie sahen allesamt überhaupt nicht harmlos aus, sondern wie dünne, tödliche Schlangen.

Der Junge kreischte vor Angst, wälzte sich zur Seite und

trat wie von Sinnen um sich. Die metallischen Halbmondbeschläge, die er sich auf die Stiefelabsätze genagelt hatte, fuhren herab und schnitten den Geißblattkriecher entzwei. Das unheimliche Gewächs schnellte wie eine Peitschenschnur davon, und Craig stieß sich hoch und taumelte in die entgegengesetzte Richtung, prallte gegen die alte Mauer und krabbelte darüber und ließ den dichten, unheimlichen Wald hinter sich. Die Schmerzen in seiner Hüfte waren völlig verschwunden, und er sauste wie ein Hase zwischen den Bäumen dahin. Er erreichte das Feld und stürmte ohne anzuhalten durch Disteln und Kletten und Flockenblumen weiter, den Hang hinauf und durch die Hecke und die Straße entlang, bis zu dem Tor, vor dem der Traktor seines Vaters stand, rot und rostend im Sonnenschein. Er schaffte es tatsächlich bis zum Haus und platzte hinein und schmetterte die alte Holztür hinter sich zu. Er drehte den großen, schwarzen Schlüssel zweimal im Schloß, dann erst kauerte er sich, mit dem Rücken gegen die Tür gestützt, nieder. Es gelang ihm nicht, den Anblick seines sterbenden Vaters aus dem Kopf zu bekommen.

Eine Stunde lang saß er völlig reglos da. Er starrte auf seine Stiefel. Ein Teil der Ranke war noch immer so fest darumgeschlungen, daß er eine Kerbe in das Leder drückte. Craig Buist taumelte auf die Füße, stürzte in die Küche und kramte in der Besteckladе, verstreute Gabeln und Löffel, bis er endlich das Brotmesser mit der gezackten Klinge fand. Mit zwei raschen Bewegungen schnitt er das *Ding* von seinem Stiefel. Er hob es mit der Kohlenzange auf, schob mit der freien linken Hand den gußeisernen Deckel vom Herd und warf es auf die heißen Kohlen. Es verging mit einem Zischen.

Craig setzte sich an den Küchentisch, legte den Kopf auf die Hände und begann sehr leise zu weinen. Zeit verging. Schließlich stand er auf, ging nach oben und schloß in jedem Zimmer die Fensterläden. Dann kam er wieder herab und tat dasselbe in der kleinen Küche und im Wohnzimmer. Erst nachdem das Haus gesichert war, fiel ihm auf, daß er seinen Rucksack und seine Mathematik- und Physikbücher – und sein Lieblingsbuch über die Kampfflugzeuge! – im Wald zurückgelassen hatte. Wieder schossen ihm Tränen in die Augen.

Keine einzige davon galt seinem toten Vater.

— 21 —

Während Ernie Buist in Fasach Wood sein wohlverdientes Ende fand, kam die Linnvale-Vereinigung für Naturschutz im Gemeindesaal der Kirche zu einer Dringlichkeitssitzung zusammen.

Gail Dean wartete, bis alle Frauen Platz genommen hatten und das Inferno des Stühlerückens verklang, dann tippte sie mit einem Löffel gegen ein Glas Wasser. Der glockenhelle Ton sorgte augenblicklich für eine erwartungsvolle Stille.

»Guten Abend, Ladies. Sie alle wissen, warum wir hier sind«, begrüßte Gail die Anwesenden und hob das braune Kuvert mit dem offiziellen schwarzen Aufdruck. »Das Innenministerium lehnt es ab, eine Kommission einzuberufen, und das bedeutet, daß wir diese Runde verloren haben.«

Ein Schwall aus Gemurmel ergoß sich durch den Saal. Köpfe wurden gedreht, jeder redete mit jedem. Gail tippte erneut gegen das Glas, und das Getuschel erstarb.

»Was heißt das im Klartext?« fragte Fiona Herron, die Gail am Tisch gegenübersaß.

»Im Grunde nichts anderes, als daß das Genehmigungsverfahren Sache der örtlichen Behörden ist. Das Haldane-Projekt kann demnach unverzüglich vorangetrieben werden. Ergo: Er darf die Bäume roden und dann bauen.«

»Und es gibt nichts, was wir tun können? Vielleicht eine gerichtliche Verfügung erwirken?« Dies kam von der

Schullehrerin Molly Carr, deren Gesicht noch eine Spur verkniffener und zorniger wirkte als üblich.

»Wir können uns natürlich um eine Einstweilige Verfügung bemühen, aber man hat mir bereits mitgeteilt, daß kaum eine Aussicht auf Erfolg besteht. Darüber hinaus würde dies auch ein Vermögen kosten, und wir haben das Geld nicht. Ich fürchte, wir werden ihn gewähren lassen müssen.«

»Wie wär's, wenn wir einen Protestmarsch veranstalten?« schlug Agnes Gillon vor. »Vielleicht können wir sogar die Leute daran hindern, zu dem Hof zu gelangen.«

»Selbstverständlich können wir auch das versuchen«, sagte Gail und strich sich mit einer Hand durch die kurzen, nunmehr bereits wieder überwiegend goldblonden Haare.

»Ich glaube nicht, daß das viel bringt«, stellte Fiona Herron fest. Sie stützte die Ellbogen auf den Tisch und legte die Fingerspitzen zu einem Kirchturmdach zusammen. Die schmerzhaft aussehenden Schwellungen der Gelenke hatten sich bereits ganz beträchtlich zurückgebildet. Die bösartige Rötung der Haut war zu einem nahezu normalen Farbton verblaßt. Gail sah auf Fionas Hände und lächelte. Die Schmerzen, die im Sommer stets nachgelassen hatten, mußten inzwischen so gut wie ganz verschwunden sein, und sie freute sich, daß Fiona heute sogar die zarten schwarzen Handschuhe verschmäht hatte, mit denen sie normalerweise ihre entstellten Finger verbarg.

»Er wird diese Hütten zum größten Teil selbst bauen«, fuhr Fiona fort. »Wenn dort draußen ein paar von uns mit Plakaten herumlaufen, wird das seine Zulieferer wohl kaum aufhalten, und von den Männern ist gewiß keine Unterstützung zu erwarten.«

»Das ist eine Tatsache«, warf Molly Carr ein. »Die waren uns bisher überhaupt keine Hilfe. Die scheren sich einen Dreck um das ganze.«

»Nun, wie es aussieht, können wir nur wenig unternehmen«, faßte Gail zusammen, und das Gemurmel hob von neuem an, als die Frauen ihrem Ärger über den verlorenen Kampf freien Lauf ließen.

»Wir mögen formell verloren haben«, sagte Sheila Garvie in diesem Augenblick sehr gefaßt vom Eingang her. »Doch das bedeutet nicht, daß wir gänzlich verloren haben.«

Eine seltsame Stille breitete sich aus.

»Ihr alle seid euch darüber im klaren, wie wichtig dies hier ist, und deshalb werden wir nicht aufgeben«, sagte Sheila. »Wir geben *niemals* auf.«

Sie ging langsam an den leeren Stuhlreihen entlang, ließ ihre Worte wirken. Die Frauen starrten sie an, groß und weißhaarig und elegant gekleidet, wie sie war. Tatsächlich schimmerte dieser hellgrüne Mantel wie Seide. Sie trug keinen Schmuck.

»Aber was können wir tun?« stieß Molly Carr heraus.

»Du *weißt,* was wir tun können«, antwortete Sheila. Sie erreichte den Tisch, ließ sich auf dem einzigen leeren Stuhl nieder und legte beide Hände vor sich hin. »Du weißt, was *ich* tun kann. Jede einzelne von euch weiß dies.« Und sie sah sie alle der Reihe nach an.

»Du siehst gut aus«, lobte sie Jean Fintry, die Eigentümerin des Eckladens. Jeans Haare schimmerten fast so schwarz wie vor zwanzig Jahren. Ihnen allen war in den letzten Wochen aufgefallen, daß Jean abnahm und überhaupt nicht mehr pummelig wirkte. Sie sah mindestens zehn Jahre jünger aus als noch vor zwei Monaten. Und sie trug auch nicht mehr diese zeltartigen Kleider, die jahrelang ihr Markenzeichen gewesen waren. Heute hatte sie sogar ein wenig Make-up aufgelegt.

»Danke, Sheila.« Jean strahlte, dann errötete sie.

»Und Fiona, wie hübsch deine Hände aussehen.«

Fiona Herrons Blick schnellte zu ihren Fingern hinab und sogleich wieder zurück zu Sheila Garvies Gesicht. Sie hob die Hände ein wenig an, streckte sie aus und ballte sie dann langsam zu Fäusten. Noch im Frühjahr wäre ihr dies unmöglich gewesen. Sie lächelte die anderen Frauen an, sagte jedoch nichts.

»Ihr alle kennt mich. *Ihr alle*«, sagte sie sanft und deutlich und wandte sich Gail Dean zu. »Jede einzelne von euch ist zu mir gekommen, habe ich recht?«

Jean Fintry nickte und errötete wieder. Fiona Herron lächelte breit. Molly Carr mühte sich, ihr Gesicht unbewegt zu halten, doch um ihre Lippen spielte ein seltsames Zukken, das Fiona sehr wohl bemerkte. *Was um alles hat Sheila Garvie für* dich *getan?* fragte sie sich.

»Ihr seid alle zu mir gekommen. Ihr habt mich um Hilfe gebeten, und ich habe euch diese Hilfe zuteil werden lassen. Einigen von euch – « und jetzt sah sie Gail Dean geradewegs in die Augen – »*wird* geholfen werden. Ihr alle werdet bekommen, was ihr euch wünscht. Das *wißt* ihr.«

Sie alle nickten, aber niemand sprach.

»Ihr habt mir vertraut, und ich habe an euch geglaubt. Es muß *nicht* so weit kommen, daß Fasach Wood entweiht wird. Ihr braucht mich, und ich brauche euch . . ., euch alle, denkt daran.«

Sie nickten wieder.

»Sorgt euch nicht, die Pläne sind bereits geschmiedet. Die Zeit ist nahezu reif. Was wir miteinander geschaffen haben, ist wundervoll, und wir können jetzt nicht aufhören. Vertraut mir, und euch allen wird gegeben werden, was ihr euch wünscht, *und* wir werden den Fasach retten.«

Stille kehrte ein. Mehr als eine Minute lang sprach niemand.

Schließlich ergriff Sheila noch einmal das Wort: »Überlaßt diese Angelegenheit für den Moment mir allein. Es ist wichtig, daß ihr die andere Arbeit vorantreibt. Habt ihr die Vorbereitungen für den *Ceilidh* abgeschlossen?«

»Oh, ja!« antwortete Jean Fintry rasch und erleichtert darüber, etwas sagen zu können und zu dürfen. »Alles ist bereit. Es wird ein wunderbarer Abend werden.«

Der Ceilidh hatte eine lange Tradition im Tal, schon seit Menschengedenken. In den *alten Tagen* war er einmal im

Jahr stets zur Mittsommernacht abgehalten worden, doch in der jüngeren Vergangenheit, etwa seit dem Ersten Weltkrieg, wurde es mehr und mehr Brauch, ihn auf den darauffolgenden Samstag zu legen. In diesem Jahr wollte es der Zufall, daß der längste Tag auf einen Samstag fiel.

Die Frauen des Dorfes und der umliegenden Häuser und Berghöfe bemühten sich stets um sein Gelingen; Kuchen wurden gebacken und Liköre angesetzt. Das Douglas Arms spendete regelmäßig ein paar Fäßchen Bier, und die Ardbeg-Brennerei steuerte genauso regelmäßig und großzügig eine Kiste besten Malt bei.

Auch in diesem Jahr würde, wie im letzten und in all den Jahren davor – selbst in jenen vor Bonnie Prince Charlies Zeit – ein gewaltiges Mittsommernachtsfest im Tal stattfinden, eine Feier, wie sie während und nach der Reformation überall im Lande mißbilligt worden war. Das ganze hatte einen allzu heidnischen Beigeschmack, doch darum hatten sich die Leute von Linnvale nie gekümmert. Ihr Tal war zu lange vom Rest des Landes isoliert gewesen. Der Bau der Loch Shore Road mochte die Zivilisation gebracht haben – der *alte Geist* jedoch war damit nicht gestorben.

Wie auch immer – es gab einigen Anlaß zu Spekulationen, ob die diesjährige Sommer-Zusammenkunft so spektakulär ausfallen würde wie die zurückliegenden, wobei *ein* Maßstab hierbei zweifellos die Anzahl der Männer war, die am darauffolgenden Morgen *nicht* aus dem Bett und zur Arbeit oder in die Kirche kamen. Hector Ritchies zweitältester Sohn Norrie zum Beispiel war der beste Dudelsackspieler im Tal und galt seit seinem fünfzehnten Geburtstag als einer der Stars des Ceilidh: Keiner spielte zu den Gigues und Reels auf wie er, und wenn er später, nachdem er genügend getrunken hatte, die alten Klagelieder zum besten gab, dann funkelten, wie nicht wenige behaupteten, sogar in Molly Carrs Augen Tränen. Doch niemand rechnete damit, daß Norrie in diesem Jahr spielte. Er war Mitte April einfach verschwunden. Genau wie

Donnie MacKinnons Frau Betty. Und die Leute hatten zwei und zwei zusammengezählt. Es kursierten noch immer eine ganze Menge Gerüchte über Hectors Sohn und die relativ junge Frau des ehemaligen Bauern, der in einer Zeit, in der die Ölpreise immer höher stiegen und das Verlegen einer Naturgas-Pipeline unerschwinglich war, mit seinem Butangas-Betrieb genau den richtigen Riecher gehabt hatte. Donnie MacKinnon hatte Betty Dunn in den frühen Siebzigern geheiratet, zwei Jahre, nachdem er Witwer geworden war. Er war zweiundvierzig gewesen und sie zweiundzwanzig, und während die Leute sich darüber den Mund zerrissen hatten, war Zeit ins Land gezogen. Manchen war der Altersunterschied schließlich ganz und gar *entfallen* . . .

. . . genau bis zu jenem Tag im Frühling, als die ersten Gerüchte über Betty MacKinnon und Hectors Jungen die Runde gemacht hatten. Ritchie war erst achtundzwanzig und bei MacKinnon Verkaufsmanager. Man hatte ihn und Betty in Callander – das lag dreißig Meilen entfernt, auf der anderen Seite des Lochs – bei einem indiskreten Lunch gesehen. Donnie MacKinnon hatte schließlich als letzter von dem Verhältnis seiner schlaksigen, blonden Frau mit Hectors Jungen erfahren – und das auch erst, nachdem beide verschwunden waren.

Eines Nachmittags war er von einem Treffen mit Lieferanten aus Glasgow zurückgekommen, und sie war nicht mehr dagewesen. Ihr Sportwagen stand auf der geschotterten Auffahrt. Also nahm er an, daß Betty an diesem schönen Frühlingsmorgen einen kleinen Spaziergang ins Dorf hinab gemacht hatte, und dachte sich nichts weiter dabei. Was ihn *wirklich* beunruhigte war, daß auch Norrie Ritchie nicht da war, und mit dem hatte er einige wichtige geschäftliche Dinge zu besprechen.

Als Norrie gegen 18 Uhr noch immer nicht zurückgekommen war, rief Donnie den alten Hector an, und der erzählte ihm, er habe seinen Sohn bereits seit ein paar Tagen nicht mehr gesehen. Ein Anruf im Douglas Arms erbrachte nur, daß Ritchie auch dort den ganzen Tag über nicht aufgetaucht war. Und das Mädchen an der Rezeption hatte sich *sehr* merkwürdig verhalten – ein erster Hinweis darauf, daß es Geheimnisse gab, die bis auf ihn jeder kannte.

Donnie blieb weiterhin so sehr von seinen Plänen in Anspruch genommen und von seiner Verärgerung über die Abwesenheit des Verkaufsmanagers, daß er seine Frau gar nicht richtig vermißte. Erst als er hungrig wurde und in die Küche ging und dort kein Abendessen und erst recht keine Betty vorfand, dämmerte ihm, was hier gespielt wurde.

Gegen elf Uhr abends benachrichtigte er schließlich halb betrunken die Polizei. Willie Adam sah bei Norries Cottage auf der anderen Seite des Tales vorbei und klingelte. Nichts regte sich. Niemand öffnete ihm. Die beiden waren verschwunden. Irgend jemand erzählte Donnie von den Gerüchten. Daraufhin verbrachte er eine geschlagene Woche mit dem Versuch, den gesamten Bestand seiner beachtlich wohlsortierten Bar zu eliminieren. Am Ende dieser Woche tauchte er unrasiert im Dorf auf und sah genau so alt aus, wie er tatsächlich war, doch er schien sich bereits zu erholen. Zwei Wochen später beförderte er seinen Verkäufer zum Manager, stellte einen anderen Burschen als Verkäufer ein und ging daran, seine Pläne von einer Zweigniederlassung seines Betriebes zu verwirklichen. Er wurde nie wieder im Douglas Arms gesehen; selbst ins Dorf kam er nur noch selten. Jeder akzeptierte die schlichte Tatsache, daß der junge Norrie und Betty MakKinnon durchgebrannt waren. Die Frauen tuschelten noch eine Weile darüber – und über die Torheit älterer Männer und junger Frauen. Die Männer hielten Norrie Ritchie für einen glücklichen Bastard, und mancher von ihnen hätte recht gerne mit ihm getauscht, denn Donnie MacKinnons junge blonde Frau war wirklich *sehr sexy.*

Auch auf John Byrne, den Mann, der – wie schon sein Vater und eine ganze Reihe seiner Vorfahren – die Trokkenstein-Grenzwälle in Schuß hielt, würde man dieses

Jahr beim Ceilidh wohl verzichten müssen. Seit Monaten schon hatte ihn niemand mehr zu Gesicht bekommen, obgleich das keine Überraschung darstellte. Mauern lediglich aus Steinen und ohne Mörtel zu errichten, war ein altes Handwerk, und ein aussterbendes. Der große bärtige Bursche, der unter allen Männern im Tal die breitesten Schultern hatte, verbrachte eine Hälfte des Jahres in Linnvale und die andere unterwegs. Mit seinem uralten Army-Jeep und dem daran angehängten kleinen Wohnwagen pflegte er die Gehöfte abzuklappern und Aufträge einzuholen – den Bau einer neuen Grenzmauer oder die Reparatur einer alten. Manchmal war John monatelang unterwegs. Bisher war er immer wieder aufgetaucht, aber dieses Jahr sah es ganz danach aus, als würde er den Ceilidh verpassen, und das bedeutete: *Keine Mundharmonika, keine Highland-Weisen . . . kein Blues.*

Im Kirchengemeindesaal waren die Frauen des Komitees mit den allerletzten Vorbereitungen beschäftigt und erstellten Listen von Leuten, die etwas beizutragen oder zu spenden versprochen hatten. Die Band, ein Akkordeon, eine Fiedel und ein Schlagzeug, war die gleiche wie letztes Jahr, die beiden Wallace-Jungen und Danny Dunbar. Jean Fintry würde selbstgebackenes feines Gebäck beisteuern, einige der älteren Frauen würden Kuchen backen. Sheila Garvie hatte selbstgemachten Wein versprochen.

Während die Diskussion andauerte und jede der anwesenden Frauen das Kunststück vollbrachte, gleichermaßen mindestens drei Gesprächen zuzuhören und darüber hinaus auch noch selbst zu reden, legte Sheila sanft die Hand auf Gails Handgelenk und bedeutete ihr, mitzukommen. Die Frau des Pfarrers folgte ihr, völlig unbemerkt von den anderen. Sie und Sheila verschwanden hinter dem Vorhang der kleinen Bühne und betraten den dahinterliegenden staubigen Raum.

»Es gibt keinen Grund zur Sorge«, sagte Sheila.

»Nein. Alles läuft gut. Es wird ein wunderbares festliches Ereignis werden.«

»Nein. Nicht das. Die andere Angelegenheit. *Deine* Angelegenheit. *Unsere* Angelegenheit.«

Gail Dean öffnete den Mund, um etwas zu erwidern, doch Sheila Garvie hob die Hand. »Du wirst bekommen, was du dir gewünscht hast. Die Zeit ist nahezu reif. *Du* bist nahezu reif.«

Sie senkte langsam die Hand und legte sie auf Gails Unterleib. Die Frau des Pfarrers und Sheila Garvie waren ungefähr gleich groß, doch Gail war kräftiger gebaut. Unter der Berührung der anderen Frau atmete sie beinahe keuchend ein, und ihre großen Brüste hoben sich.

»Ja. *Bald* ist es so weit. Du nimmst alles ordnungsgemäß ein?« erkundigte sich Sheila mit einem leichten Lächeln. Ihre Hand preßte sich wieder auf den Leib der anderen Frau. Durch das dünne Kleid konnte sie die weiche Haut spüren, und die Wärme.

»Ja, natürlich. Genau, wie du es mir gesagt hast, es ist morgens das erste und abends das letzte. John bekommt es in seinen Kakao. Er hat nichts bemerkt.«

»Und das sollte er auch nicht«, sagte Sheila, und ihr Lächeln wirkte wie gefroren. »Da ist noch etwas ... Es gibt Muster, weißt du.«

»Wie bitte?«

»Muster. Dinge, die zueinander passen, und andere Dinge, für die kein Platz ist. Ich fürchte, John paßt nicht in dieses Muster ..., in *unser* Muster.«

»Ich verstehe nicht«, hauchte Gail ein wenig ängstlich.

»Nein, Gail, Liebe. Sei unbesorgt. Ich hab's dir *gesagt*«, beschwichtigte Sheila sie. »Es ist nur so, daß ich das, was du mir gebracht hast, untersucht habe. Dein Mann ... Ich meine ...«

Sie unterbrach sich und sah Gail voller Betroffenheit an.

»Ich will damit sagen, daß es bei *dir* wirkt, aber leider nicht bei *John.* Es tut mir leid.«

Gail sah aus, als habe ihr jemand das Blut aus dem Gesicht gesaugt.

»Heißt das, daß ich . . .?« fragte sie ganz erschrocken.

»Nein, natürlich nicht. Du *kannst.* Und du *wirst.*«

»Aber wenn John nicht kann . . . Ich verstehe nicht.«

»Du bist nahezu *reif.* Der *eine* Moment ist ganz nahe. Erinnere dich, es gibt mehr als eine Macht, und jene Mächte, die wir suchen, sind die stärkeren. Immerwährend. Dein Wunsch wird in Erfüllung gehen. Du vertraust mir doch, oder nicht?«

»Natürlich tue ich das.«

»Schau dich nur an. Deine Haare sind nicht mehr grau, sondern wieder golden. Ich gebe dir deine Jugend zurück. Du wirst ein Kind haben. Ich werde dafür sorgen, und dein Mann wird es *niemals* erfahren.«

»Aber ich kann das nicht tun. Ich habe *niemals* mit einem anderem geschlafen, seit – « Ihre Stimme versagte.

»Oh, Gail, Schatz. Du *hast* da einige recht wunderliche Ansichten, meinst du nicht auch? Ich sehe, meine missionarische Tätigkeit war noch nicht ganz erfolgreich.«

Gail machte Anstalten, etwas zu erwidern, doch die ältere Frau hinderte sie daran.

»Nur keine Sorge. Alles wird gut. Du mußt nichts tun, das du nicht tun *willst*«, sagte Sheila mit einem hellen Lachen. »Vergiß nicht, du bist meine Freundin, und du bist wichtig für uns alle. Es gibt mehr als eine Macht, und *unsere* Macht ist die ältere und stärkere. Vertrau mir, und dein Herzenswunsch wird in Erfüllung gehen.«

Sie bedachte Gail mit einem breiten Lächeln, zeigte die perfekten Zähne. Die Frau des Pfarrers erwiderte das Lächeln langsam. Sheila drückte ihre Hand fest gegen den Leib der Frau – dicht unterhalb des Nabels – und massierte die weiche Haut. Gails Fleisch begann zu zucken und zu prickeln, sie *fühlte* die Stärke der anderen Frau in sich hineinfließen.

»Ich *vertraue* dir, Sheila. Ich *glaube*.«

»Und alles wird gut werden – für uns alle«, sagte Sheila Garvie. Sie nahm ihre Hand weg, und Gail Dean spürte das warme Kribbeln noch immer. »Ich muß nun gehen. Ich habe noch einiges vorzubereiten. Wir werden uns am Ceilidh sehen – ich freue mich sehr darauf.«

»Und was ist mit Duncan Haldane?«

»Oh, wir haben einen Kampf verloren, aber es gibt andere Mittel und Wege. Laß mich das ganze überdenken. Letzten Endes werden wir gewinnen, und du weißt das.«

Sheila winkte ihr zu und ging. Es sah aus, als habe der grüne Bühnenvorhang sie verschluckt. Gail Dean wartete noch ein wenig, bis sie in den Saal zurückging. Tief in ihr *preßte* sich etwas drängend zusammen . . . und verebbte.

Als sie den Saal betrat, schwatzten die Frauen noch immer lebhaft. Sheila Garvie war spurlos verschwunden.

*****

Martin Thorntons Finger hämmerten auf das Keyboard ein. Das Telefon bimmelte. Er tippte ungerührt weiter, nahm gleichzeitig den Hörer ab und klemmte ihn zwischen Schulter und Kinn. Noch eine halbe Stunde bis zum Ablieferungstermin – er hatte keine Zeit zu vergeuden.

Andrew Toye sprach direkt an seinem Ohr.

»Hab' die Story noch nicht gesehen, Martin. Irgendwas schiefgelaufen?«

»Eine Million Dinge, Andy.«

»Nun, wenn du noch mehr Informationen benötigst – «

»Andy, ich brauche *irgendeine* Information. Ich brauche ein paar Fakten. Ich seh' nirgends welche, und ich werde dem Chefredakteur keine Story anbringen, die ich nicht untermauern kann. Wir würden beide wie Idioten dastehen.«

Er bereute es, sobald er es ausgesprochen hatte. Andy war ein anständiger Bursche und kein Idiot.

»Tut mir leid, Andy«, fuhr er rasch fort. »Ich bin die nächste halbe Stunde bis über beide Ohren eingespannt. Kann ich dich zurückrufen?«

»Du kannst mir ein Bier zahlen.«

»Mit Vergnügen.« Sie verabredeten sich, und Martin

legte auf. Er hatte während der ganzen Unterhaltung keine Sekunde lang *nicht* getippt.

Andy Toye saß am anderen Ende der Bar, die in einer Seitenstraße der Byres Road lag und überwiegend von Professoren und Studenten frequentiert wurde. Als Martin Thornton eintrat, las er gerade eine Zeitung. Der jüngere Mann glitt auf den Hocker neben ihn und bestellte zwei Halbe und ein paar getoastete Sandwiches.

»Tut mir leid wegen vorhin. Ich mußte mich mit Lachs-Fäkalien herumschlagen.«

»Ich dachte, du hättest einen Artikel geschrieben.«

»Hab' ich auch. Über eine Fischzuchtanlage. Lachs-Scheiße ist schlecht für die Umwelt.«

Andy hob skeptisch die Augenbrauen.

»Es ist wahr. Es gibt ein paar Sachverständigengutachten, die das beweisen ... *Fakten.* Das, was uns bei unserer Poltergeist-Sache fehlt.«

»Nun, ich habe diese Angelegenheit ein wenig weiterverfolgt«, sagte Andrew. »Ich habe das Videoband von einem Elektronik-Spezialisten untersuchen lassen. Behauptet, es sei nicht *normal* gelöscht worden. Er tippt auf eine Art elektromagnetischen Impuls.«

»Und was beweist das?«

»Wie gesagt ..., eine Atombombe zeitigt derartige Auswirkungen.«

»Das kauft mir der Redakteur nicht ab«, sagte Martin, und beide Männer brachen in schallendes Gelächter aus. Andy nahm einen beherzten Bissen von seinem Toast und war gezwungen, eine ganze Weile darauf herumzukauen, bis er wieder reden konnte.

»Der Mann war völlig aus dem Häuschen. Sagte, unter normalen Umständen könne es so etwas gar nicht geben. Der war *ratlos.* Da kam mir eine Idee. Was Poltergeister betrifft, hat Fernwood in Tennessee anläßlich mehrerer konkreter Fälle äußerst interessante Experimente durchgeführt. Stets waren junge Mädchen involviert. Seinen Berichten zufolge haben die Geräte jedesmal einen Anstieg elektromagnetischer Energie verzeichnet. Es gab keine sichtbare Energiequelle, und Fernwood vertritt nun die Auffassung, daß *die Mädchen* – aus welchem Grund auch immer – diese Energie *erzeugt* haben.«

»Und was beweist das?«

»Wenn ich das herausfinde, gewinne ich den Nobelpreis und bringe jede Menge Wissenschaftler ins Schleudern.«

»Was ist mit dem Tonband?«

»Zum Großteil nur Atmen. Dann ein paar Laute, die sich wie ein Pochen anhören, und leise Geräusche, dann lautere Geräusche. Ich hab's abgestoppt. Es stimmt genau mit dem Zeitpunkt überein, in dem das ganze losging und die Mädchen hochgeschleudert wurden. Man hört, wie sie losschreien, zumindest Kim. Es bereitet einige Schwierigkeiten, weil dies auch der Punkt ist, an dem eine Menge statischer Geräusche auf dem Band sind.«

»Also, mit anderen Worten – wir haben nicht gerade viel?«

»Es ist nicht empirisch, nein.«

»Ich kann nicht darüber schreiben. Und ehrlich, selbst wenn ich könnte, wüßte ich noch nicht, ob ich darüber schreiben *würde.* Was immer da oben passiert ist, es hat mir eine höllische Angst eingejagt.«

»Oh, ich dachte, du wärst ein großer, tougher Zeitungsmann.«

»Sehr witzig. Wir haben alle unsere wunden Punkte. Ich hab' meinen gerade entdeckt. Ich fühle mich nicht sonderlich wohl mit diesem übernatürlichen Zeug.«

»Heißt das, du *glaubst,* daß etwas passiert ist?«

»Ich weiß nicht, *was* ich glaube. Ich bin da an etwas nahe herangekommen, das ich nicht verstehe, und es gefällt mir nicht sonderlich.«

»Den Fehler machen die meisten Leute. Sie etikettieren Vorfälle mit *übernatürlich* und *paranormal,* obwohl es möglicherweise eine sehr *natürliche* Erklärung für alles gibt.«

»Das sagt mir ausgerechnet ein *Professor* für das Paranormale.«

»Nein, ich bin Professor für Keltische Mythologie. Das Paranormale ist lediglich eine Nebenbeschäftigung. Ich sehe mich mehr als *Entlarver* oder, noch besser, als jemand, der nach Wissen sucht. Ich glaube nicht an Geister und Dämonen. Ich glaube nur, daß es Dinge gibt, die wir bisher noch nicht verstehen. Zeig einem Eingeborenen aus Neu-Guinea einen Film im Fernsehen, und er wird seinen Freunden zu Hause von Geistern in einer Kiste erzählen. Wir wissen es besser, trotzdem sind wir gar nicht so weit von ihm entfernt. Das ist der Grund, warum es in jeder Zeitung, inclusiver deiner, eine Seite mit Horoskopen gibt, und warum sich von Dänikens Bücher in jedem Flughafen verkaufen.«

Andrew trank einen großen Schluck Bier, stellte das Glas ab und wischte sich mit dem Handrücken über den Mund. Die Bar füllte sich zunehmend mit Studenten; am anderen Ende standen einige Akademiker dicht gedrängt beieinander.

»Komm«, sagte Andy. »Gehen wir zu mir. Ich muß dir noch ein paar Sachen zeigen.«

»Keine Poltergeist-Jagd mehr?«

»Bisher gab es tatsächlich keine Vorfälle mehr. Das Mädchen hatte seine erste Periode, und das ganze scheint aufgehört zu haben. Ich denke, das deutet *wirklich* auf eine menschliche und keine übernatürliche Kraft hin. Das Gehirn ist ein wundervolles Organ.«

Später, zu Hause, legte der Professor ein paar Schweinekoteletts auf den Grill. Er werkelte in der Küche herum, dann brachte er Martin ein Glas Wein und ein Buch, ein recht altes und zerfleddertes Exemplar.

Martin hatte den Fernseher eingeschaltet. Er öffnete das Buch und las den Titel auf dem Vorsatzblatt. *Feldlinien und die Macht der Druiden.* Darunter war ein Bild des Autors J. R. Friel abgedruckt – ein dünner Mann mit einem drahtähnlichen Brillengestell auf der Nase.

Andrew hatte etwa in der Mitte ein Lesezeichen zwischen die Seiten gesteckt. Martin schlug das Buch an dieser Stelle auf. Er nippte an seinem Wein und las.

Gleann Linn, welches seit dem späten 19. Jahrhundert als Linnvale bekannt ist, gilt bereits seit vorromanischen Zeiten als Herzstück druidischer Kultur. Es steht zu vermuten, daß jenes Tal bereits vor der Einwanderung irischer Kelten – der Schotten – ein Kultzentrum der Pikten war. Fünf Schalen- und Ringsteine markieren den Verlauf der Feldlinien, von welchen bis zum heutigen Tage angenommen wird, daß sie sich in den Tiefen unter jenem Walde kreuzen, der als der Fasach bekannt ist.

Während über die Rituale der Pikten nur wenig bekannt ist, erwähnen die Volkssagen jener Gegend bis ins späte 18. Jahrhundert stets aufs neue die zentrale Gestalt in der druidischen Hierarchie, nämlich die Hohepriesterin Seilach Garbh-aidh. Aus dem Gälischen übersetzt, bedeutet dies Wilde Weide, wobei es sich möglicherweise um eine Referenz gegenüber der heilenden Natur der Pflanzen sowie deren Bedeutsamkeit in der keltischen Kultur handelt. Die Seilach war Wächterin der Feldlinien – oder Drachen- oder Feenwege –, welche von Kelten und Druiden gleichermaßen als Adern des Planeten, als Netzwerk für den Pulsschlag der Energie verstanden wurden (siehe ebenso Glastonbury, Stonehenge und Callanish). Diese Linien waren wohlversiegelt, um die darin befindlichen Kräfte zu verkapseln, und die Option, sie zu öffnen, war allein der Seilach übertragen. Dort, wo sich jene Linien kreuzten, war die Macht in höchstem Maße konzentriert, nirgendwo war dies mehr der Fall als in Gleann Linn, wo die fünf Linien ein exaktes Pentagramm bilden, einen Fünfstern.

Zusätzlich zu den Schalen- und Ringsteinen, welche möglicherweise für rituelle Blutopfer herzuhalten hatten, findet sich hier auch eine beachtliche Anzahl keltischer Monolithen. Diese umschließen verschiedene megalithi-

sche Standing Stones *und tragen allesamt zahlreiche Piktogramme – überwiegend Darstellungen von ineinander verwundenen Schlangen sowie seltene Bildnisse von Cernunnos, dem Gott mit dem Hirschgeweih, welcher auch als* Herne der Jäger *bekannt ist. Unglücklicherweise bleibt festzuhalten, daß mehrere der Steine im 17. Jahrhundert entfernt wurden. Ein Teil der darauf befindlichen gemeißelten Bildwerke jedoch ist als Holzschnitt erhalten und kann im Museum zu Kelvingrove besichtigt werden.*

Andrew pfiff vor sich hin, während er in der Küche rumorte. Schon bald wehte ein unwiderstehlicher Duft nach gebratenem Schweinefleisch heran. Martin seufzte und sah auf. Er interessierte sich nicht allzu sehr für keltische oder druidische Kultur, dennoch hatte irgend etwas an diesem Buch seine Aufmerksamkeit geweckt – und sei es auch nur, weil *dies hier* ein Gesprächsthema war, wenn er Caitlin Brook das nächste Mal besuchte. Er war fest entschlossen, sein Versprechen zu halten und ihre Küche rollstuhlgerecht umzubauen. Und er kannte sich gut genug, um zu wissen, daß das nur ein Vorwand war. Er *wollte* diese Geschichte noch immer schreiben – eine *echte* Geschichte darüber, wie Caitlin ihr *neues* Leben und alle Veränderungen bewältigte, aber davon abgesehen hatte diese rothaarige junge Frau etwas an sich, das ihn ganz einfach anzog. Da war etwas, das sie beide miteinander verband. Es war vom ersten Augenblick an dagewesen, schon in dieser elenden Nacht vor über einem Jahr. Er wußte nicht, was es war, und er hatte keine Ahnung, wie er damit umgehen sollte; er wußte nur, er wollte sie wiedersehen. Die Tatsache, daß sie im Rollstuhl saß, änderte nicht das geringste daran.

Der Fernseher war noch immer eine ferne, ablenkende Geräuschkulisse. Martin legte das Buch aufgeschlagen über die Sessellehne und stemmte sich hoch, um das Gerät auszuschalten. Als er die Hand ausstreckte, wechselte das

Bild, und sein Herz machte einen kleinen *Hüpfer.* Die Glasaugen eines Teddybären zwinkerten ihm pechschwarz zu. Reflexartig riß Martin die Hand zurück; es war, als sei er gestochen worden. Gleichzeitig sah er dieses *andere* Kuscheltier wieder vor sich, dieses *Ding* aus der abgedunkelten Blackhale-Wohnung, aus Andrews Kofferraum.

Die Kamera schwenkte herum und fuhr zurück. Ein junges, sehr trendy aussehendes Mädchen ergriff die ausgestreckten Stummelarme des Teddys und ließ ihn einige bizarre, hüpfende Bewegungen vorführen. Sie sang dazu mit nasaler Stimme *The Teddy Bears' Picnic*, und es klang wie eine Warnung. *Geht heutzutage in den Wald, und ihr werdet eine große Überraschung erleben . . .*

Martin starrte mehrere Sekunden lang auf den Bildschirm, dann schüttelte er den Kopf. Es war nur ein Stoffspielzeug. Aber *der andere* war auch nur ein Stoffspielzeug gewesen.

Wie ist er in den Kofferraum gekommen? erkundigte sich eine Stimme in seinem Kopf. Er schüttelte den Gedanken ab. Er wußte nicht, wie das *Ding* dorthin gekommen war. Er *wollte* es auch gar nicht wissen. Er war Realist. Er stand mit beiden Füßen auf dem Boden, er war ein Zeitungsmann durch und durch, er wollte nicht in Geschichten verwickelt werden, die er nicht verstand. Er drückte mit einer ungeduldigen, fast hektischen Bewegung auf die Aus-Taste. Das Bild des Teddybären flackerte und schrumpfte zu einem kleinen Punkt zusammen und verschwand.

Andrew kam mit einem Tablett herein. »Ich dachte, wir essen hier – wenn das für dich in Ordnung geht.«

Martin wandte sich um.

»Was ist los?« fragte Andrew.

»Nichts.« Martin schüttelte den Kopf und stapfte zu seinem Sessel zurück. »Ich hab' nur den Fernseher ausgemacht.«

»Ich seh' kaum mal rein. Nur die Nachrichten und alles von David Attenborough. – Schweinekoteletts und Apfelkompott gefällig?«

Martin nickte. Er zwang sich, nicht mehr an den Teddybären zu denken, er war verärgert, weil er sich von etwas derart *Harmlosem* so aus dem Gleichgewicht bringen ließ.

»Toll. Ich sterbe vor Hunger«, sagte er ein wenig lahm. Andrew strahlte vor lauter Freude.

Sie aßen an dem Tisch beim Fenster. Das Kotelett schmeckte köstlich.

»Faszinierendes Buch, eh?«

»Interessant. Feldlinien. Wohin führen sie?«

»Das wollen alle wissen. Die Kelten glaubten, daß es Wege in die Unterwelt sind, und aus der Unterwelt heraus. Unten, bei Creggan, am Clyde-Ufer, liegt ein weiterer solcher Ort, früher gab es dort auch einen Steinkreis, und er hatte genau dieselbe Reputation. Vor ein paar Jahren kam es dann zu einem recht merkwürdigen Unfall. Einige Häuser stürzten ein und begruben ihre Bewohner unter sich.«

»Ich erinnere mich. Das war in Corrie oder Crombie, richtig?«

»Ja, glaube ich auch. Jedenfalls: Irgendwer hatte die *Standing Stones* ausgegraben und als Baumaterial verwendet. Die Einheimischen führen die Katastrophe auf den Fluch zurück, der auf einen solchen Steinkreis gelegt ist. Ich erinnere mich nicht an alle Einzelheiten, aber Friel erwähnt den Kreis in seinem Buch. Große Spezialisten für den Kontakt mit der Unterwelt, diese Kelten. Und die Pikten standen ihnen in nichts nach.«

»Was ist mit heute? An das Zeug glaubt doch heute niemand mehr, oder?«

»Aber natürlich. Das Okkulte ist eine Multi-Millionen-Pfund-Industrie. Zahlt mir einen guten Teil meines Salärs, stellt mein Equipment und sorgt dafür, daß ich mich meinem Hobby widmen kann. Die Buchhandlungen sind voll mit diesem Zeug. Es gehört zu unserer heutigen Kultur. Die Leute stehen viel zu sehr unter Druck, alles ist viel zu nüchtern. Und jeden Abend sehen sie im Fernsehen Kriege und Unterdrückung und Armut. Sie sehnen sich nach den friedvolleren und einfacheren Zeiten zurück, als man einen Ehepartner noch dadurch fand, daß man sich das Gesicht ein paarmal mit Morgentau gewaschen hat.«

»Wie steht's mit dir?«

»Ich bin für alles offen. Wissenschaftler haben das Magnetfeld der Erde entdeckt. Sie haben herausgefunden, daß sich die Polarisation der Pole dann und wann von Norden nach Süden hin verschiebt. Wer weiß? Vielleicht gibt es noch eine ganze Menge anderer Kräfte und Zusammenhänge? Man sagt, Tauben finden deshalb stets ihren Weg nach Hause, weil sie einen *Kompaß* im Kopf haben, der sich am Magnetfeld der Erde ausrichtet. Ganze Horden von Physikern forschen den Auswirkungen der Atomenergie hinterher. Warum sollte es da nicht noch ein paar Kräfte und Energien geben, von denen wir bisher nur noch nichts wissen?«

»Also glaubst du an diese Feldlinien?«

»*Die Leute* glauben daran. Ich glaube an gar nichts – bisher. Die Betonung liegt auf *bisher.*« Er versorgte sich mit einem weiteren Löffel Kompott und bot Martin noch grüne Bohnen an. »Aber *du* glaubst daran, viel mehr als ich.«

»Du bist verrückt.«

»Ich hab' dich in der Reid-Wohnung gesehen. Du weißt, was in diesem Zimmer vorgefallen ist. Geister und Dämonen . . . pah! Ich denke, es muß eine viel bessere Erklärung geben, eine *menschliche* Erklärung. Du warst halb verrückt vor Angst – wenn ich das so sagen darf.«

»Red nur weiter«, sagte Martin mit triefendem Sarkasmus. »Sag mir die Wahrheit.«

»Oh, steig schon herab von deinem hohen Roß. Wir sind lange genug Freunde.«

Dem stimmte Martin zu. Er lächelte jungenhaft.

»Also gut. Ich gestehe. Ich hatte wirklich eine verdammte Angst, und ich hab' schon eine Menge übler Dinge gesehen. Vielleicht hängt es mit einem traumatischen Erlebnis in meiner Kindheit zusammen, oder mit irgend etwas, an das ich mich nicht mehr erinnern kann. Es hat mir nicht *gefallen.*«

»Das findet man bei vielen Skeptikern. Bevor sie zugeben, vor etwas Angst zu haben, behaupten sie lieber, daß dieses Etwas gar nicht existiert. Angst ist eine wunderbare Emotion. Sie hält uns an der Spitze der Evolution. Trotzdem gibt es im allgemeinen für alles eine hübsche Erklärung, wenn man nur aufmerksam genug danach sucht.« Andrew zeigte mit seiner Gabel auf Martin. »Nehmen wir diese Sache, letztes Jahr, du weißt schon, mit deiner Freundin von der Polizei. Da ist dir etwas Absolutes passiert. Es war *real,* und dennoch versuchst du, es einfach zu ignorieren.«

»Meinetwegen. Ich hab' nicht darum gebeten, daß das passiert.«

»Aber es hat dich *erschreckt*. Du hast dich nie damit auseinandergesetzt, du hast keinen Gedanken daran *verschwendet*, daß das menschliche Gehirn mit elektrischen Impulsen arbeitet, es ergo also zumindest denkbar wäre, daß ein Gehirn Signale von einem anderen Gehirn empfangen könnte – wie Radiowellen. Theoretisch könnte es also tatsächlich zu Telepathie, oder Tel-*empathie* kommen, vielleicht sogar zu präkognitiven Erfahrungen – immer vorausgesetzt, natürlich, das Signal ist stark genug, aber ich kann mir vorstellen, *daß* es das ist, wenn man in den Rücken geschossen wird und in die Tiefe stürzt. Viele Tiere haben die Fähigkeit, eine Gefahr vor der Zeit zu spüren. Warum nicht auch wir? Es könnte eine natürliche Überlebensfunktion sein. Aber du läufst lieber davor weg, anstatt das Ganze als faszinierende Idee zu betrachten. Und da bist du nicht der erste, und du wirst auch nicht der letzte sein.«

»Gut, was versuchst du mir damit zu sagen?«

»Nichts, wirklich nicht. Aber ich bin nach wie vor davon überzeugt, daß diese Poltergeist-Sache eine gute Story ist. Es würde mich überhaupt nicht wundern, wenn du sie in deiner Kolumne unterbringst.«

Martin lachte los. »Du beleidigst mich, und dann erwartest du, daß ich dir einen Gefallen tue?«

»Natürlich. Dazu sind Freunde da, nicht wahr?« sagte Andrew mit einem boshaften Grinsen.

»Also gut, ich denke darüber nach, aber nur, weil du's bist. Was für eine verrückte Welt! Die einen würden ihre Geschichte am liebsten einmauern, und die anderen arbeiten mit *Psychotricks*, um sie an die Öffentlichkeit zu bringen. Ich kann nie gewinnen.«

»Aber du kannst deine Freundin jetzt mit deiner neugewonnenen Ortskenntnis beeindrucken.«

Martin lachte wieder.

Später, als er die Levenford-Umgehungsstraße entlangfuhr, ertappte er sich dabei, daß er die unangenehme, aufdringliche *Teddybären*-Melodie vor sich hin summte, die er im Fernseher gehört hatte. Der Text des Liedes purzelte aus einem lange verschlossenen geistigen *Wäscheschrank*. Sobald ihm bewußt wurde, was er da sang, erwachte auch die Erinnerung an das Blackhale-*Ding* wieder zum Leben, und er befand sich von neuem in diesem Zimmer, und das blasse Mädchen kauerte auf dem Bett und flüsterte ...

»Sie ertrinkt. Sie ist im Wasser, und sie kann nicht schwimmen. Ihre Beine werden sich nicht bewegen, sie ertrinkt.« Martin sah die geweiteten, dunklen, blind starrenden Augen, und die Hände, die in der Luft Schwimmbewegungen machten. Und das rauhe, krächzende, *erstickte* Husten.

»Ein Bach. Ein Fluß. Ein Baum. Eine Weide. Sie ertrinkt. Sie kann nicht atmen, und das Wasser ist so kalt. Die Weide will sie packen, aber sie ertrinkt, sie ertrinkt.«

Diese schwarzen Augen ... Er tauchte darin ein, versank darin.

»Da ist immer noch Leben. Stilles Leben. Leben und Tod. Leben im *Tod.«*

*****

Es war Samstagmorgen, und Martin hatte ein langes Wochenende fern aller Arbeit vor sich. Er würde nicht vor

Dienstag ins Büro zurückkehren. Den Großteil der Nacht hatte er noch in Andrews Wohnung verbracht; sie waren die Tonbänder zusammen durchgegangen, und Martins Interviewnotizen mit den Eltern, den Mädchen und dem Priester. Letzten Endes hatte er sich doch noch breitschlagen lassen, über die Sache zu schreiben – irgend etwas mit offenem Ende, und definitiv nur für die Wochenendbeilage.

Andy schien damit zufrieden zu sein. Sie hatten noch ein wenig Wein getrunken, dann war der Professor zu Brandy übergewechselt. Martin hatte abgelehnt. Er war lange genug der *Whisky-Mann* gewesen. Er spendierte sich eine kostspielige Taxifahrt nach Hause und erwachte mit Kopfschmerzen.

Nach mehreren Tassen Kaffee war er in seinen Landrover gestiegen und nach Levenford hinausgefahren, um seine Werkzeuge aus dem alten Bungalow zu holen. In der Werkstatt, die sein Vater an die Holzgarage angebaut hatte, als Martin gerade drei Jahre alt gewesen war, duftete es nach Tischlerhandwerk. Noch immer lagen Hobelspäne herum, noch immer roch es intensiv nach Harz. Martin drehte sich um die eigene Achse und betrachtete die Werkzeuge seines Vaters – sie waren ordentlich aufgehängt oder lagen in Reih und Glied in den Regalen: alte Sägen, mit Handgriffen, die vom häufigen Gebrauch glattgeschliffen waren, eine uralte Bohrleier, der eigenartige, kleine Schabhobel, mit dem er sich damals aus einem Eibenast einen ordentlichen Bogen zurechtgeschnitzt hatte. Er sah seinen Vater über die Werkbank gebeugt vor sich, erinnerte sich an diesen besonderen Tag, an dem er ihm gezeigt hatte, wie man eine Gehrungsfuge anbrachte; starke Finger führten den scharfen Meißel sehr sanft, dann erfolgte der plötzliche Schlag mit dem Handballen, ein hölzerner Würfel flog davon. *Es gehörte Geschick dazu. Gute, alte Handwerkskunst.* Sein Vater hatte ihn immer ermutigt, die Werkzeuge zu benutzen, ebenfalls diesen Beruf zu ergreifen, doch er war seinen eigenen Weg gegangen, und der alte Mann hatte es mit einem Achselzucken – und vielleicht ein bißchen traurig – akzeptiert und ihn gehen lassen. Die Werkzeuge waren immer noch da. Sein Vater, mittlerweile über sechzig, war in seinem selbstgebauten Boot mit dem neu angebrachten Außenborder unterwegs und frönte seiner Leidenschaft – dem Angeln. Als Martin ihn angerufen und um die Werkzeuge gebeten hatte, war er sehr erfreut gewesen; er hatte ihm ans Herz gelegt, eine gute Arbeit zu tun und die Daumen vom Hobelrand fernzuhalten. Das hatte er schon zu ihm gesagt, als er noch ein kleiner Junge gewesen war. Martin hatte sich oft in der Werkstatt aufgehalten und den Geruch von rotem Zedern- oder Kiefernholz und Leinsamenöl genossen.

Er atmete tief durch, öffnete die hölzerne Werkzeugkiste und stapelte seine Ausrüstung hinein, jedes einzelne Werkzeug lag ihm gut und vertraut in der Hand.

*****

Caitlin Brook sah überrascht hoch, als er um die Ecke bog. Aus dem heißen Frühsommerwetter war eine Hitzewelle geworden. Caitlin saß im Schatten der Birke, und das übermütige Rauschen des Flusses war zu einem Rieseln verstummt; die Trockenperiode hatte den Wasserstand ganz gehörig schrumpfen lassen. Ein warmer Windhauch bewegte die Blätter, und die Schatten veränderten sich, streuten kleine Flecken über ihr Gemälde, ließen es beweglich . . ., *lebendig* erscheinen. Eine Sekunde lang schien Caitlin durcheinander, als habe sie jemand anderen erwartet, dann erkannte sie ihn und strahlte ihn mit einem breiten Lächeln an.

»Hi, Fremder«, rief sie ihm zu.

»Ebenfalls hallo«, erwiderte er und lächelte zurück.

Er schleppte – nicht ohne eine gewisse Mühe – die große Werkzeugkiste an den Ledergriffen vor sich her.

»Was, kein Wein dieses Mal?«

»Handwerker werden *verpflegt*«, gab er zurück. »Sie können schon mal den Wein bereitstellen.«

»Was ist denn in dieser Kiste?« Caitlin nahm ein kleines Tuchstück und säuberte den Pinsel damit. Nachdem dies getan war, tauchte sie die Borsten in ein kleines Gefäß mit Spiritus. Spuren dunkelgrüner Farbe verströmten sich in einer zarten Wolke und verdunkelten die klare Flüssigkeit.

»Werkzeuge. Ich hab' Ihnen versprochen, Ihre Küche umzubauen – richtig?«

»Ich dachte, das sei eine Kriegslist.«

»Kriegslist hin oder her, jetzt habe ich sie mitgebracht. Wie stehen die Chancen für einen Kaffee?«

Caitlin drehte sich zu ihm herum, und ihre roten Haare flogen und leuchteten in der Sonne. »Nicht schlecht.«

Sie stieß den Rollstuhl von der Staffelei zurück, und Martin sah sich das Bild an – eine Waldszene, mit Bäumen am rechten und linken Rand und voller zerfließender Sommerschatten. Im Zentrum schimmerte eine Lichtung; rostbraunes Laub bedeckte den Boden, und ganz weit im Hintergrund reckte sich ein gewaltiger Baum empor, möglicherweise eine Eiche. Sein ungeheurer Stamm, seine riesenhaften, knorrigen Hauptäste beherrschten das ganze Bild. Fast schien es, als dränge er sich aus weiten Fernen mehr und mehr in den Vordergrund. Martin fiel auf, wie geschickt die Pinselstriche gesetzt waren, um den schräg einfallenden Schatten ätherische Realität zu verleihen; und vor allem dieses nebelhafte, gestreifte Dunkel war es, das den Blick in die Mitte des Bildes zwang. Das Gemälde sah so *lebendig* aus, daß er beinahe den Wind in den gefallenen Blättern rascheln hören konnte. Selbst die große, skeletthafte Eiche schien voller Leben. Er beugte sich vor und starrte sie aus der Nähe an. Der Baum trug kein einziges Blatt. Es war ein Gigant des Waldes, doch er schien bereits vor langer Zeit gestorben zu sein. Dann bemerkte er die winzigen Tüpfelchen, die wie mit zögernden Pinselbewegungen aufgetragen aussahen. Sie glichen sehr zierlichen Knospen, unmittelbar, bevor sie sich öffneten.

»Kommen Sie«, rief Caitlin über die Schulter zurück. Martin riß sich los, bückte sich, hob die Werkzeugkiste hoch und folgte ihr in die kühle Küche.

Caitlin drehte den Rollstuhl herum, stellte eine Keksdose auf den Tisch und ließ ihn den Kessel aufsetzen.

»Bleiben Sie zum Mittagessen?«

»Wetten? Und auch zum Abendessen. Dieses *Unternehmen* hier wird den ganzen Tag dauern. Mindestens.«

»Oh. Ich hab' nichts eingekauft.«

»Dann dürfen Sie mich ins Douglas Arms einladen. Macht mir nichts aus.«

»Schon mal was von armen Künstlern gehört?«

Martin wandte sich vom Herd ab. Der Scheck lehnte noch immer an diesem Kochbuch auf dem unteren Regal.

»Sie haben ihn nicht eingelöst?«

»Nein. Ich hab' Ihnen gesagt, daß ich ihn nicht will«, erwiderte sie gelassen.

»Dafür hätten Sie sogar eine warme Mahlzeit bekommen«, meinte er und grinste ziemlich unverschämt.

»Ich hab' Ihnen gesagt, daß ich nicht daran interessiert bin, *noch* eine Geschichte über mich in der Zeitung zu sehen.«

»Und ich hab' Ihnen gesagt, daß das nichts damit zu tun hat. Vielleicht versuche ich Sie irgendwann mal zu überreden ... Aber das steht auf einem anderen Blatt. Ich will Sie nicht belästigen. Lösen Sie das verdammte Ding, ein und kaufen Sie sich ein paar neue Pinsel.«

»Ich brauche keine«, sagte sie, aber sie lächelte.

»Gut, dann einen Motor für dieses verdammte Ding«, brummte er und deutete auf den Rollstuhl. »Ich mag schnelle Frauen.«

Caitlin lachte mädchenhaft und schüttelte den Kopf. Martin machte zwei Tassen Pulverkaffee und setzte sich neben sie. Er nahm einen Keks, tunkte ihn in seinen Kaffee und schob ihn in den Mund. Sie rümpfte die Nase.

»Okay. Zuerst einmal möchte ich, daß Sie sich im Raum umherbewegen, damit ich sehe, was am bequemsten ist für

Sie.« Er klopfte auf den Tisch und bat sie, sich draufzulehnen. Sie mußte die Ellbogen ein wenig anheben. »Für den Anfang werde ich den hier um drei Inches niedriger machen.« Dann zeigte er auf die Spüle. »Sie haben Glück. Ich habe sogar meine Rohrsäge und ein paar Ersatzteile für eventuelle Klempnerarbeiten dabei. Wenn ich den Sockel da kürze, dann müssen Sie sich nicht mehr herumquälen. Jemals an eine Geschirrspülmaschine gedacht?«

»Nur in meinen Träumen«, gestand Caitlin.

»Nun, bringen Sie das da zur Bank und besorgen Sie sich eine. Sie werden für immer Mädchenhände haben.«

Er nahm ein Maßband aus der Tasche seiner abgeschabten alten Lederjacke. Sie sah zu, wie er rasch die Maße nahm und dabei vor sich hin murmelte.

»Der Herd ist in Ordnung. Kann bleiben, wo er ist. Die Geschirrschränkchen an der Wand sind nutzlos. Drei Fuß runter. Diese Anrichte ... Mal sehen, ob der Aufsatz geschraubt ist. Wenn nicht ...« Er ergriff den gläsernen Geschirrschrank. Er ließ sich leicht genug herunterheben. Nach etwa fünfzehn Minuten kam er zurück und setzte sich.

»Am besten, Sie machen ein paar Sandwiches zum Mittagessen. Für den Rest des Tages ist das Betreten der Baustelle verboten.«

Gegen zwei Uhr nachmittags brachte sie ihm einen kleinen Imbiß. Er weigerte sich, sie in die Küche zu lassen, und bestand darauf, daß sie draußen im Garten aßen. Er verlor keine Zeit; er schlang die Salatsandwiches hinunter und brannte darauf, an die Arbeit zurückzukehren. Sie sah das Sägemehl in seinen Haaren, als er nach dem Salatdressing griff. Er roch nach trockenem Holz und Männerschweiß. Es war nicht unangenehm. Sie erzählte ihm von ihrem katastrophalen Sturz den Hang hinab und in den Fluß, wiederholte die Geschichte von dem Tier, das auf sie losgegangen war, und wie sie durch die Äste dieses Baumes in die Tiefe gesaust und schließlich ins Wasser geschlagen war. Er saß im Schatten und hörte ihr zu, und sie erzählte weiter; von ihrer Angst, zu ertrinken und zu sterben, und davon, wie sie Sheila Garvie kennengelernt hatte. Er revanchierte sich mit seinen und Andrew Toyes Abenteuern in Blackhale, und als er ihr gestand, daß der harte Zeitungsmann in dieser Wohnung absolut nicht mehr hart gewesen war, mußte sie unweigerlich loslachen.

»Ich dachte, ihr Reporter hättet nie Angst«, neckte sie ihn.

»Das ist nur ein Gerücht, das wir selbst in die Welt gesetzt haben. Ist auf der Straße manchmal sehr nützlich«, fügte er mit einem beinahe verlegenen Grinsen hinzu.

Dann verschwand er wieder in der Küche, und das Hämmern und Sägen begann von neuem. Caitlin arbeitete an den Details ihres Bildes weiter. Vor ein paar Tagen hatte sie sich *getäuscht*. Es war noch nicht fertig, o nein. Noch lange nicht. Es zog sie immer und immer wieder an die Arbeit zurück. Sie war sich kaum bewußt, wie sehr der Baum, der anfangs nur ein Schemen und kaum erkennbar gewesen war in den Nebelschwaden, mehr und mehr zu einem immer deutlicher umrissenen und das gesamte Bild dominierenden Mittelpunkt wurde. Es schien, als sei sie benommen; ihre Hand arbeitete völlig eigenständig, und mit jedem Pinselstrich, mit jedem Tupfer, kam das Zentrum des Bildes dem Leben näher.

Es war kurz vor fünf Uhr nachmittags, als Sheila Garvie lautlos über die Steinplatten herankam.

»Hallo, Liebes«, rief sie sanft, und Caitlin ruckte herum.

»Oh, du bist es«, sagte sie und begrüßte die ältere Frau mit einem Lächeln. »Ich hab' dich gar nicht gehört.«

Es fiel ihr kaum auf, wie vertraut sie inzwischen miteinander umgingen; es war irgendwie *selbstverständlich*.

»Kein Wunder, bei dem Radau«, sagte Sheila. »Klingt, als würde eine ganze Koboldhorde dein Haus umbauen.«

»Nur die Küche. Es ist ein . . . ein Freund von mir. Er versucht, mir das Leben ein bißchen leichter zu machen.«

»Gut für ihn«, versetzte Sheila. Genau in diesem Moment kam Martin aus dem Haus. Er trug ein Brett auf der

Schulter und lehnte es gegen die Wand. Dann bemerkte er die andere Frau. Er kam herüber. Schweißtropfen glitzerten auf seinem Gesicht. Er wischte sie mit dem Ärmel seines alten Arbeitshemdes weg.

»Martin, dies ist Sheila Garvie. Ich hab' dir von ihr erzählt.«

Sie hatte ganz bewußt auf das distanzierte Sie verzichtet – und genoß seinen kurzen, ein wenig verblüfften Blick.

Sheila streckte ihm die Hand entgegen, und er wischte seine an den Jeans ab, bevor er sie ergriff und schüttelte. Ihr Griff war warm und sanft und dennoch energisch. Ihr Gebiß war bemerkenswert perfekt, und diese strahlenden, schwarzen Augen –

»Sie sind also Caitlins Lebensretterin. Nett, Sie kennenzulernen.«

»Oh, ich war nur zur richtigen Zeit am richtigen Ort«, wehrte Sheila ab. »Sie befand sich in einem üblen Zustand.« Und damit wandte sie sich Caitlin zu. »Wie geht's dir heute?«

»Wunderbar. Die Flecken sind alle weg.«

»Und du nimmst deine Medizin trotzdem brav weiter?«

»Klar.«

»Gut. Ich bin gerade vorbeigekommen und dachte, ich schaue kurz zu dir herein.« Sie spähte über Caitlins Schulter; stand da, eine Hand am Kinn, und betrachtete prüfend das Gemälde. »Es wird ständig besser. Es ist wirklich wundervoll. Du würdest mir eine große Freude machen, wenn ich ein Vorkaufsrecht haben könnte.«

Caitlin lachte. »Meine erste Option! Du bist vorgemerkt.«

Doch kaum hatte sie dies ausgesprochen, da verspürte sie einen heftigen Stich des Bedauerns über ihren Enthusiasmus. Dieses Bild war so gut, das beste, das sie jemals gemalt hatte. Plötzlich war sie sich gar nicht mehr so sicher, ob sie sich überhaupt davon trennen *wollte*.

Sie plauderten noch einige Minuten, dann kehrte Martin an die Arbeit zurück, und Sheila verabschiedete sich. Das

Mädchen beugte sich bereits wieder zu ihrer Staffelei vor, als Sheila Garvie unter dem wilden Wein stehenblieb und sich noch einmal umdrehte. Ein kleines Lächeln spielte um ihre Lippen, während sie schweigend beobachtete. Dann zerstörte das Hämmern aus der Küche den Moment. Sie runzelte die Stirn, wandte sich ab und war verschwunden.

Eine Stunde später bat Martin Caitlin in die Küche. Eine kleine Rampe führte über die Türschwelle, so daß sie den Rollstuhl nicht mehr hochrucken mußte, um ins Innere zu gelangen, sondern einfach hinein*sausen* konnte. Es roch, als würde etwas *anbrennen.*

»Ich bin noch nicht ganz fertig, aber beinahe. Wo früher die Wandregale waren, muß ich noch die Löcher vergipsen, und das Ganze könnte vielleicht auch noch einen Anstrich vertragen, aber es dürfte jetzt bereits leichter für Sie sein.«

»Für dich«, sagte sie.

Er lächelte und nickte. »Für dich.« Er räusperte, war nicht bereit, sich ablenken zu lassen. »Ich muß noch die Rohre zurechtschneiden und verlöten, und ich hab' die Rückwand der Spüle mit der Lötlampe angekokelt, aber in einer Stunde riechst du nichts mehr.«

Caitlin sah sich um. Der Geruch nach Sägemehl überlagerte den Hauch des versengten Holzes. Dort, wo bisher der hohe Kommodenaufsatz und die Regale gewesen waren, prangten jetzt merkwürdige ausgebleichte Markierungen an den Wänden. Der gesamte Raum wirkte *anders*, und sie brauchte ein paar Sekunden, bis sie erkannte, wie sehr er verändert war.

Arbeitsflächen, Spüle und Wasserhähne waren tiefergesetzt worden, und Martin hatte ein Brett zurechtgeschnitten und den Bereich unter dem Fenster damit verkleidet – es paßte perfekt zu den anderen hölzernen Oberflächen. Die Geschirrschränkchen und Regale, die bisher in Augenhöhe angebracht und für sie nicht zu benutzen gewesen waren, hatte er in einer Reihe an der Wand neben dem Tisch plaziert. Das Meisterstück aber war der Aufsatz der walisischen Anrichte, der jetzt neben der Tür an der Wand stand. Martin hatte sogar bereits die Gläser eingeräumt. Alles – *alles!* – war jetzt auch für sie mühelos zu erreichen.

»Ich kann nicht glauben, daß du das alles gemacht hast«, sagte Caitlin voller Entzücken und Staunen. Sie rollte in ihrem *Ufo* an die Spüle hinüber und drehte das Wasser an. Es ging ganz leicht, sie hatte sich nicht mehr auf einer Lehne aus dem Rollstuhl hochstemmen müssen; plötzlich war es ein *ganz normaler* Handgriff und keine Anstrengung mehr.

»Ich auch nicht«, gab Martin zu. »Es war leichter, als ich dachte. Wenn du willst, kannst du ein paar Bilder über diese Löcher in den Wänden hängen, bis ich Gips besorgt habe.«

»Es ist wunderbar«, sagte sie ihm, und ein begeistertes Lächeln zerknitterte ihr Gesicht. Sie wirbelte den Rollstuhl herum und raste auf ihn zu. Sie nahm seine Hand und drückte sie ganz fest.

»War mir ein Vergnügen«, brummte Martin, und ihre Freude erfüllte ihn mit einem warmen Glühen. »So, und jetzt könnte ich eine Dusche vertragen, damit ich diesen Staub loswerde. Und dann darfst du mich zum Abendessen ausführen.«

»Gern!« Caitlin strahlte ihn noch immer an. »Nur hab' ich leider keine Dusche. Ich komm' in die *Dinger* nicht rein.«

»Eins nach dem andern«, sagte Martin. »Ein Bad hast du doch?«

Martin schrubbte sich in lauwarmem Wasser und zog frische Kleider an. Caitlin verbrachte eine geraume Zeit vor dem Spiegel. Sie bürstete die Haare und legte Make-up auf. Es war so ungewohnt!

»Auf deine Rechnung oder meine?« erkundigte er sich, als er aus dem Bad kam; er hatte die Haare aus der Stirn zurückgekämmt und sah sehr sauber aus.

»Meine, natürlich.«

»Das werde ich nur dann akzeptieren, wenn du den Scheck einlöst«, erklärte er und nickte zu der Anrichte hin.

»Also gut, einverstanden«, nuschelte sie in gespielter Resignation. »Und vielleicht lasse ich dich sogar diesen Artikel schreiben.«

»Später. Jetzt gehen wir erst essen.«

»Sollen wir den Wagen nehmen?« fragte Martin draußen.

»Es ist so ein schöner Abend. Ich würde lieber zu Fuß gehen.«

Er warf ihr einen raschen Blick zu.

»Es ist nur eine Redensart«, verteidigte sie sich. »Ich würde lieber *rollen,* hört sich doch wirklich zu dämlich an, findest du nicht?«

Sie folgten der geraden Straße, und als sie aus den Schatten der Bäume am Straßenrand hinaustraten, spürten sie die Wärme der Abendsonne auf der Haut. Irgendwann legte Martin seine Hand auf die Rücklehne des Rollstuhls – und es war eine ganz selbstverständliche Geste, keine *Hilfsmaßnahme.* Caitlin sagte nichts. Ein wenig später schob er den *Flitzer*, und Caitlins Hände lagen im Schoß. Sie lächelte, ließ es ihn jedoch nicht sehen.

Dann saßen sie im Douglas Arms beieinander, und die frischgeräucherte Forelle schmeckte bemerkenswert gut. Sie tranken einen trockenen Weißwein dazu. Das Restaurant war nahezu leer, und sie genossen ihre Zweisamkeit und unterhielten sich, und draußen wurden die Schatten länger.

Er erfuhr, daß sie als Krankenschwester gearbeitet hatte, bevor sie sich für das *Cop-Angel-Projekt* der Stadt gemeldet hatte. Über ein Jahr lang war sie mit desillusionierten Polizisten in den übelsten Wohngegenden der Stadt auf Streife gewesen und hatte sich um verprügelte Frauen und mißbrauchte Kinder gekümmert.

Sie erfuhr, daß er seit seinem achtzehnten Geburtstag im Zeitungswesen tätig war. Er hatte beim *Kirkland Herald* angefangen und sich dann langsam zu den landesweit erscheinenden Blättern hochgeschrieben. Er erzählte ihr, daß er manchmal ans Aufhören dachte, weil sich das Ganze so verändert hatte. Weil es keinen Spaß mehr machte. Weil alle Zeitungen mittlerweile irgendwelchen Größenwahnsinnigen gehörten, die nur noch eines interessierte: *Geld.* Und weil nur ganz wenige Redakteure noch das Gehirn hatten, mit dem sie geboren worden waren, und den Mut, sich mit den Besitzern anzulegen. Sie fragte ihn, warum er so zynisch wurde, und er schlug ihr vor, irgendwann einmal ein paar Tage lang bei einer Zeitung zu arbeiten. Sie spürte eine Anwandlung später Reue bei ihm; vielleicht, weil er *nicht* in die Fußstapfen seines Vaters getreten und ihn damit enttäuscht hatte. Er mußte ihn sehr verehren und lieben.

Sie beobachtete die Regungen in seinem Gesicht; war er ernst, kamen die Augenbrauen über den blauen Augen fast zusammen, und sooft er über etwas Lustiges lächelte, vertieften sich die Lachfalten an seinen Mundwinkeln. Sie ertappte sich wieder dabei, daß sie ihn sympathisch fand, und fragte sich, ob das eine gute Idee war. Sie schüttelte den Gedanken ab. Caitlin fühlte sich *wohl.* Sie war zum ersten Mal seit einem Jahr wieder ausgegangen. Es war *nett.* Zu nett, um sich über irgend etwas Sorgen zu machen.

Er sah ihr zu, als sie den Scheck ausstellte, dann verließen sie das Hotel. Auf der Brücke über den Corrie hielten sie an und beobachteten eine Weile die späten Sonnenstrahlen, die sich im herabstürzenden Wasser spiegelten. Dann machten sie sich wieder auf den Weg zurück zum Bungalow.

Auf halber Strecke schlug Martin ihr ein *Wettrennen* bis zum Gartentor vor, und Caitlin stieß ohne ein Wort zu sagen die Räder ihres *Flitzers* an und schoß davon. Die untergehende Sonne ließ Funken über ihre rote Mähne wirbeln. Martin genoß den Anblick und folgte ihr. Er ließ sie gewinnen, und sie wußten es beide, aber sie lachten trotzdem ununterbrochen. Am Tor angekommen, sagte sie ihm, daß noch eine Flasche Wein im Kühlschrank sei, aber er schüttelte den Kopf. »Ich habe mein Fahrlimit erreicht.« Er erzählte ihr, daß er am nächsten Tag jemanden in Glasgow treffen müsse, und fragte, ob er seine Werkzeuge bis zum Abschluß der *Aktion* bei ihr lassen dürfe. Sie stand im Schatten; er bemerkte das Bedauern nicht, das über ihr Gesicht huschte.

Er öffnete das Tor für sie, und gerade als sie Anstalten machte, ihr *Ufo* vorwärtszutreiben, legte er eine Hand auf die Rückenlehne des Rollstuhls und beugte sich rasch herab, um sie auf die Wange zu küssen. Sie sah im gleichen Moment hoch, und für einen Sekundenbruchteil berührten sich ihre Lippen.

»Danke für einen wundervollen Abend«, sagte sie sanft.

»Es war mir ein Vergnügen«, sagte er leise, dann wechselte sein Tonfall, und dieser ganz besondere Moment verging. »Du hast bezahlt.«

»Frecher Kerl«, schoß sie zurück, aber da perlte bereits Lachen in ihrer Stimme.

»Stimmt.«

Er schloß das Tor hinter sich. Sie sah ihm nach, wie er zu seinem Landrover ging, und wollte sich bereits ebenfalls abwenden, als ihr eine Idee kam.

»Martin?« rief sie. Er drehte sich um und kam ans Tor zurück.

»Ja?«

»Hättest du Lust, nächsten Samstag mit mir zu einem Ceilidh zu gehen?«

»Wenn das eine Einladung war, dann nehme ich an. Wo und wann?«

»Gemeindesaal, zwanzig Uhr.«

»Muß ich einen Kilt anziehen? Meine Beine sind ziemlich dünn.«

»Zieh einfach an, was du magst.«

»Also gut. Samstag. Wir haben eine Verabredung.«

Er schlenderte pfeifend davon. Caitlin ging ins Haus und lächelte vor sich hin. Sie entschied, *daß* sie Martin Thornton mochte. Sie war froh, daß sie ihn gefragt hatte. Sie fuhr in ihre neue Küche und blickte sich um. Er hatte wirklich gute Arbeit geleistet. Der Raum war *perfekt.* Sie lehnte sich einen Moment zurück, rief sich den Ausdruck auf seinem Gesicht in Erinnerung, als ihm klargeworden war, daß sie ihn ausfragte. Dann dachte sie über die Melodie nach, die er gepfiffen hatte. Sie kam ihr so bekannt vor! Dann fiel ihr ein, daß es ein Kinderlied war – *The Teddy Bears' Picnic.* Caitlin lachte laut auf. Dieser Martin Thornton war wirklich ein ganz hartgesottener Reporter. Bevor sie das Licht in der Küche ausknipste, nahm sie den Scheck von der Anrichte. Die Unterschrift war nur ein schwarzer Schnörkel. Sie steckte den Scheck in ihre Handtasche, ihr Entschluß stand fest.

— 22 —

Caitlin Brook mischte das Pulver, das sie von Sheila Garvie erhalten hatte, in ein Glas Wasser und trank alles in einem köstlichen Zug leer. Kribbelnde *Wärme* breitete sich in ihren Armen aus. Der Wein trug das Seine dazu bei, daß sie kicherte, und das tat sie immer noch, als sie sich schließlich an ihrem Trainingsgerät den Armübungen widmete. Danach massierte sie die Wadenmuskeln, um die Blutzirkulation anzuregen. Die Haut unter ihren Fingern war warm und glatt – und völlig gefühllos. Sie schwang sich aus dem Rollstuhl und ins Bett hinüber und manövrierte sich mit den Ellbogen in eine bequeme Lage, bevor sie die Daunendecke bis an die Taille hochzog. Dann lag sie in der sich vertiefenden Dunkelheit, dachte daran, was für ein Vergnügen dieser Abend gewesen war, und glitt ganz gemächlich in den Schlaf hinüber.

Sie *rannte* wieder, rannte die Straße entlang und dann hinab in den Wald, und es war, als berste sie vor Energie. Unbeschwerte Heiterkeit sprudelte in ihr hoch. Ihre Füße katapultierten sie in einen geschmeidigen Trab; ihre Schritte waren ein weicher Trommelschlag auf dem Erdreich des Pfades. Bäume wischten an ihr vorbei, sie bewegte sich wie ein Sommerwind. Der Wald war dunkel, aber da gab es einen bleichen Nebel, in dem sich die Helligkeit des Mondes fing. Caitlin bewegte sich geschmeidig und voller Anmut. Sie konnte ihren Atem hören, leicht und kräftig gleichermaßen, und die großen Muskeln in ihren Oberschenkeln spannten und dehnten sich und waren voller Wärme. Der Pulsschlag des Herzens erfüllte ihre Adern.

In diesem Traum war sie vollkommen *lebendig* und bis zum Platzen erfüllt mit wilder Lebenskraft. Ihr Körperrhythmus war eins mit purer Freude, und sie gab sich ihm ganz hin und wurde schneller und rannte wie ein Reh den Pfad entlang und tief hinein in den Wald. Schließlich erreichte sie die Stelle, an der sich der Weg gabelte. Sie bog nach links ab, sprang zwischen zwei dicht beieinanderstehenden Bäumen hindurch und wischte dichte, dunkle Geißblattwucherungen beiseite und atmete – bereits im Weiterlaufen – ihren berauschenden Duft ein. Ihre Füße fanden den Weg mit traumwandlerischer Sicherheit. Keine Wurzel behinderte sie, keine Dornenranken peitschten auf sie ein. Sie rannte durch einen magischen Wald, und sie fühlte den *Sog*, der sie tief hineinriß in das Herz dieses Waldes.

Sie stürmte eine kleine, moosbewachsene Anhöhe hinauf und gleich darauf die flach auslaufende Neigung hinab und sprang geschickt über den zerfallenden, uralten Grenzwall und ein hohes Gewirr fleischiger, tropischer Blätter, und gleich darauf setzte sie auch über die massigen, märchenhaften Pilze hinweg, die den enger werdenden Weg versperrten. Das Brüllen des Wassers wurde lauter, als sie dem Fluß näherkam, und dann rannte sie an seinem Ufer entlang. Der Pfad schlängelte sich vor ihr her, folgte dem Lauf der versilberten Fluten und endete abrupt. Caitlin hielt nicht an. In ihrem Traum wußte sie genau, was zu tun war. Ein großer Schritt trug sie auf den ersten einer ganzen Reihe von glatten Steinen hinüber, und ihr Schwung beförderte sie sogleich zum nächsten weiter und zum übernächsten, und dann hatte sie das Wasser überquert. Vor ihr setzte sich der Weg fort, als habe es die Unterbrechung durch den Strom niemals gegeben, und sie jagte ihn entlang, und ihr Atem war jetzt hoch und schnell. Sie konnte die Macht des Waldes *fühlen.* Die Nachtluft war erfüllt von tausend verführerischen Gerüchen. Schließlich ließ sie die Bäume hinter sich und erreichte die Lichtung und *sah* ihn.

Der ungeheuerliche Baum breitete seine Äste wie Arme vor dem Samthimmel aus. Er war kahl und dennoch beeindruckend, ein hölzernes Monument, ein Gigant. Der riesenhafte Stamm gabelte sich in gewaltige Hauptäste. Ein Gewirr knorriger Wurzeln, jede einzelne so dick wie der Oberkörper eines Mannes, war mit dem Erdreich verwachsen. Caitlin wurde langsamer. Unter ihren Fußsohlen konnte sie ein nachhallendes *Pochen* spüren – wie von monströsen Schritten, wie von einem titanischen Herzen, das tief unter der Oberfläche der Welt schlug.

Sie blieb stehen und starrte auf den Baum. Er stand völlig allein, ein dunkles Kunstwerk der Natur, das sie unbarmherzig anzog. Ringsumher waren Bewegungen, unsichtbar, kaum zu hören. Es war, als schaudere der ganze *Wald* voller Freude über diese seltsame Begegnung in der finsteren Lichtung.

Caitlin verspürte keine Angst. Es kam ihr vor, als *gehöre* sie an diesen Ort, den sie auch in wachem Zustand noch niemals zuvor gesehen hatte. Sie schritt langsam auf den Baum zu, und das Pochen in den Tiefen wurde stärker, ein dunkler, seismischer Rhythmus, der sich bis in ihr Herz hinein übertrug. Schließlich blieb sie abermals stehen – ein Akolyth im Angesicht der uralten Eiche. Die Rinde war an zahlreichen Stellen von dem skeletthharten Holz abgefallen. Die entblößten Flächen waren von spiralförmigen Mustern überzogen – wie menschliche Haut. Der Stamm, den sie nicht einmal mit ausgestreckten Armen auch nur annähernd hätte umfassen können, ragte turmhoch über ihr auf und teilte sich dann in zwei kolossale Gabeln, die den Nachthimmel selbst abzustützen schienen. Der Baum trug kein einziges Blatt, doch sie spürte das *Leben*, das in ihm pulsierte. Sie trat vorwärts und streckte die Hände aus; sie wollte den Giganten berühren. Ihre Finger waren gespreizt und nur mehr Inches von der *Holzhaut* entfernt, als sie ein eindringliches Wispern hörte.

»Caitlin!«

Ihr Körper drehte sich um und den Schatten zu. Da war niemand.

»Caitlin! Caitlin!«

Sie bemerkte ein weiteres Zerren und begann davonzutreiben – fort von dem Baum, von der Lichtung. Der unterirdische Herzschlag entfernte sich von ihrem Traumbewußtsein.

Nun reiste sie den Weg zurück, den sie gekommen war; sie rannte nicht, sie *schwebte* dahin wie eine Wolke. Hinter sich spürte Caitlin weiterhin den Magnetismus der gewaltigen Präsenz des Baumes, doch etwas anderes zog unwiderstehlich an ihr. Sie ließ es geschehen und glitt über das Wasser und die Pilze und, mit größerer Geschwindigkeit, über das verstreute Gestein der alten Mauer. Hier war der Wald nicht mehr so dicht, und schließlich berührten ihre Füße wieder festen Boden.

Ein Mann stand an der grünen Grenze. Sie eilte auf Martin Thornton zu, und er breitete seine Arme aus. Ohne nachzudenken fiel sie ihm um den Hals. Ihre Lippen trafen sich, und das Schlagen ihres Herzens wurde zu einem schnellen Hämmern. Hitze raste an ihrem Rückgrat entlang, fauchte durch ihre Adern.

Caitlin Brook erwachte in ihrem Brett und spürte den Orgasmus kommen.

Der intensive *Zugriff* der Hitze in ihr zerbarst und schwemmte sie auf einer Flutwelle aus quälendem Genuß davon. Ihre Hände bewegten sich ruckartig, ihre Hüften zitterten. Die Intensität des Gefühls war überwältigend, unbeschreiblich. Caitlins Augen öffneten sich, der Raum verschwamm und war gleich darauf deutlich zu sehen. Sie stieß ein kleines Keuchen aus, und dann, als dieses eine Gefühl wiederkam, sie von neuem erfüllte und emportrug und gleich einer köstlichen Frucht zerplatzte, einen lauten Schrei.

Sehr langsam glitt sie aus den Höhen in sich selbst zurück und seufzte leise und zittrig. Tränen stiegen ihr in die Augen, und es waren keine Tränen des Schmerzes oder der Traurigkeit.

*****

Weniger als fünf Minuten nach seinem Aufbruch von Caitlin Brooks Cottage wäre Martin Thornton beinahe gestorben.

Er fuhr zügig und pfiff noch immer diese unsägliche, sich stets wiederholende Teddybärenmelodie, und fragte sich, was er da eigentlich tat. Er hatte Caitlins Anziehungskraft vom ersten Moment an gespürt; schon als er das Haus umrundet, den Garten betreten und sie im Schatten des Baumes malen gesehen hatte. Sie war wirklich aufsehenerregend hübsch; sie war sogar verdammt *schön.*

Aber er war nicht nach Linnvale gekommen, um ihr ein paar Probleme zu bescheren. Trotzdem. *So* war es noch nie gewesen. Irgend etwas hatte sein Bewußtsein gepackt und sein Gewissen. Irgend etwas war *zwischen* ihnen, und zwar schon seit mehr als einem Jahr. Es war in dem Moment entstanden, in dem er ihre Beine bewundert hatte – damals; in dem Moment, in dem sie zielstrebig und unschuldig an ihm vorbeigegangen und geradewegs in einer Tragödie gelandet war.

Sein Verstand war ein Wirbel aus Gedanken und Stimmungen und Gefühlen. Sie hatten sich geküßt, nur kurz zwar, doch er hatte den Hunger in diesem Kuß gespürt.

Er wußte, er würde sich damit auseinandersetzen müssen, bevor er überhaupt irgend etwas anderes tat.

Er zog den Wagen in die nächste Kurve; jetzt säumten Bäume die Straße.

Etwas Großes und Schwarzes schoß aus dem Dunkel des Waldes und auf die Straße heraus und schmetterte gegen die Fahrertür. Ein dumpfer Schlag erschütterte den Jeep bis in die Stoßdämpfer.

Martin bekam den Schreck seines Lebens. Instinktiv ruckte er von der schwarzen Gestalt am Fenster weg, und der Landrover schlingerte zur anderen Straßenseite hinüber. Er riß das Lenkrad wieder herum und versuchte noch, das Schlimmste zu verhindern, doch es war längst zu spät. Auf der Beifahrerseite pflügte das Vorderrad durch die weiche Erde vor den Bäumen, dann sprang ihn das *Ding* wieder an. Er hörte ein schmetterndes Kreischen; Glas schien sich nach innen zu wölben.

Martin erhaschte noch einen Blick auf ein blutrotes Maul und weiße Zähne, dann neigte sich der Jeep zur Seite. Alles geschah so rasend schnell, daß er kaum begriff, was geschah. Plötzlich lag er im Fußraum unter dem Lenkrad, und die ganze Welt wackelte. Sein Herz hämmerte ziemlich weit oben im Hals. Da war ein schrilles Aufheulen. Er *lag* auf dem Gaspedal und *beschleunigte*, wo es längst nichts mehr zu beschleunigen gab. Ein mörderischer Ruck durchlief den Wagen. Martin wurde zur Seite gedroschen, und seine Schulter gab das Gaspedal frei. Das Heulen erstarb, und der Motor stotterte und ging aus. Der Wagen saß auf einer Bodenwelle auf, die Helligkeit des Abblendlichtes zeigte nach unten.

Drei oder vier Sekunden lang fühlte sich Martin völlig desorientiert und ein wenig benommen. Er tastete langsam nach oben und hielt sich am Lenkrad fest; dann zerrte er sich, nach Atem ringend, hoch und kauerte sich in den Sitz. Sehr langsam und besorgt hob er den Kopf – allerdings gerade so weit, daß er problemlos hinausspähen konnte. *Nichts zu sehen.* Jedenfalls nichts, was sich *be-*

wegte, aber das wollte nicht viel heißen, da nur drei Inches vom Türfenster entfernt ein Baum stand.

Eine gezackte Linie verlief über die Scheibe und verästelte sich zu einem ganzen Rissedelta. Vorsichtig, alle Sinne angespannt, richtete er sich weiter auf. Noch immer sprang nichts Großes, Schwarzes aus dem Unterholz.

»Was zur Hölle war das?« stieß er hervor. *Doch nicht nur ein Tier? – »Aber was dann?* Er hatte das Ding nicht einmal richtig gesehen. Es war wie aus dem Nichts plötzlich dagewesen, ohne Vorzeichen oder Warnung; ein schnelles, schwarzes Etwas, das immerhin hoch genug springen konnte, um zweimal direkt neben seinem Gesicht auf das Fenster einzuschlagen, und den Jeep durch seinen Ansturm beinahe umgeworfen hatte.

Es dauerte Minuten, bis seine Hände nicht mehr zitterten und er genügend Mut gesammelt hatte, um etwas zu unternehmen. Die Tür auf der Fahrerseite war nicht zu öffnen, also drückte er behutsam die Beifahrertür auf. Das Schloß gab ein lautes Klicken von sich, und er erstarrte. Noch immer rührte sich nichts. Kein plötzliches geiferndes Grollen, kein aus dem Dornengestrüpp hochschnellender Schatten. Er atmete ein und öffnete die Tür und hoffte, sie würde nicht quietschen. Tat sie nicht.

Martin glitt hinaus, sah sich hastig um, bückte sich rasch und hob einen dicken Ast auf. Er war hart und stabil und etwa einen Yard lang. Er dachte lieber nicht daran, was er damit anstellen konnte, *wenn* etwas aus den Büschen brach; wichtig war in diesem Augenblick nur, daß er sich *so* wesentlich besser fühlte. Er tastete sich um die Motorhaube des Jeeps herum und besah sich den Schaden. Die Räder saßen auf einem umgestürzten Baum auf. Direkt dahinter, nur fünf Fuß von der Stelle, an der der Wagen zum Stehen gekommen war, fiel der Boden steil ab. Irgendwo dort unten mußte der Fluß sein. Seltsam fern und gedämpft konnte er das Rauschen von Wasser hören.

Er kehrte zum Heck des Landrovers zurück. Dort hatte sich ein weiterer Ast wie ein Keil unter die Achse geklemmt. Er stocherte und stieß und schlug mit seinem Prügel darauf herum und bekam ihn tatsächlich weg. Der Jeep war nicht allzu schlimm beschädigt. In der Fahrertür war eine leichte Delle. Außerdem entdeckte er einen neuen Kratzer – aber der fiel unter all den anderen, um die er sich nie gekümmert hatte, kaum auf. Der Wagen hing in einem bizarren Winkel auf dem Erdbuckel und dem umgestürzten Baum, aber davon abgesehen, konnte Martin keine weiteren größeren Hindernisse sehen. Schließlich stieg er wieder ein. Er zögerte einige Sekunden, bevor er den Motor startete. In seiner Magengrube pulsierte immer noch ein eiskalter Klumpen aus purer Angst. Dann drehte er den Zündschlüssel. Der Motor kam sofort. Martin rammte den Rückwärtsgang ins Getriebe und gab Gas. Die Räder drehten durch. Laub wurde hochgewirbelt. Der Jeep ruckte ein wenig, aber er kam nicht frei. Martin versuchte es noch einmal, schaltete auf Vierradantrieb und gab ganz behutsam Gas, aber der Winkel war zu steil und der Boden zu weich. In diesem Moment verschwand die Sonne hinter den Dumbuie Hills, und der Wald wurde um einiges dunkler.

Martin überlegte seinen nächsten Schritt. Er konnte entweder bis zum Morgen hierbleiben – ein Gedanke, der ihm überhaupt nicht gefiel –, oder aber zur Straße hinaufgehen und versuchen, einen Wagen anzuhalten. Und sein Glück über alle Maßen strapazieren. Er schluckte trocken und entschied sich für Möglichkeit Nummer zwei. Er stieg aus, faßte in der sich sammelnden Düsternis den Prügel fester und machte sich vorsichtig auf den Weg.

Die Dornen bescherten ihm einige Kratzer, aber davon abgesehen, erreichte er die Straße ohne Zwischenfälle. Er blickte nach rechts und links und wieder nach rechts – allerdings nicht wegen eines tiefverwurzelten, pedantischen Verkehrssicherheitsdenkens, sondern weil er noch immer davon ausging, daß hinter irgendeinem Baum oder Busch eine schwarze Gestalt lauerte. Schließlich war er beruhigt genug – aber keinesfalls weniger vorsichtig –, und marschierte in die Richtung zurück, aus der er gekommen war. Kaum fünf Minuten später erreichte er Caitlins Haus. Er öffnete das Gartentor, ging nach hinten und klopfte behutsam an die Tür.

Er erhielt keine Antwort. Das Cottage lag in völliger Dunkelheit.

»Vielleicht schon zu Bett gegangen«, murmelte er vor sich hin.

Er klopfte wieder, mehrmals, doch es gab keinerlei Reaktion. Schließlich bückte er sich und drückte den Deckel des Türbriefkastens nach innen. Dann brachte er den Mund ganz dicht an den schmalen Schlitz und rief ihren Namen in den dunklen Flur hinein.

Am Ende dieses Flurs, im letzten Zimmer links, lag Caitlin in ihrem Bett und schlief und träumte. Sie hob die Hand dem uralten Baum entgegen und hörte jemand ihren Namen rufen und schwebte davon, und sehr bald darauf kam die wunderbare Woge und überschwemmte sie. Draußen kniete Martin Thornton auf der Türschwelle und hörte sie im Schlaf aufschreien.

Er überlegte, ob er an ihr Schlafzimmerfenster klopfen sollte, doch dann verwarf er diesen Gedanken. Er wollte sie nicht erschrecken. Er richtete sich auf, wog den Prügel in der Hand und verließ den Garten. Das Douglas Arms lag weniger als eine halbe Meile entfernt, doch das wurden die längsten paar hundert Yards, die er in seinem ganzen Leben zurückgelegt hatte. Er rechnete ständig mit einem weiteren Angriff. Die Schatten vertieften sich, und er sah *Bewegungen* am Rande seines Blickfeldes. Mehrmals wirbelte er herum und riß den Stock abwehrbereit hoch. Er glaubte etwas Vierschrötiges und Böses hinter den Weidenröschen und Brombeerhecken erahnen zu können; etwas, das sich bereitmachte, ihn anzuspringen. Als die Lichter des Dorfes in Sicht kamen, stieß er einen erleichterten Seufzer aus, doch er hielt den Prügel umklammert, bis er das Hotel betrat.

Er nahm ein Zimmer und trug sich ein, und dann suchte

er sofort die Bar auf und bestellte sich einen großen Brandy, den er in einem Zug hinabstürzte.

*****

Craig Buist verbrachte diese Nacht ganz allein in dem stillen Bauernhaus. Er hatte sich in seinem Zimmer verbarrikadiert, doch er schlief erst in den frühen Morgenstunden ein, als sich der Himmel im Osten bereits rosarot färbte. Zusammengekauert, eine Decke bis an die Schultern hochgezogen, lag er auf dem alten Sofa und döste unruhig. Er träumte von Bäumen, die sich bewegten, und von kriechenden Pflanzen und einer goldenen Statue mit gräßlich geweiteten Bernsteinaugen.

Der Junge erwachte mit einem Ruck und zitterte vor Kälte. Seine Augen waren rotgerändert. Für eine Weile blieb er ganz ruhig in der Düsternis des Zimmers sitzen, dann stand er auf und tappte sehr langsam zu dem geschlossenen Fenster hinüber. Er schob den Riegel zurück und öffnete einen der hölzernen Fensterläden. Sommersonnenschein blendete ihn, und seine Augen füllten sich mit Tränen. Er blinzelte sie weg und starrte in den Hof hinab. Die Welt sah frisch und sauber aus. Aber von hier oben konnte der Junge auch den Rand des Fasach sehen, und er *haßte* diesen unheimlichen, mörderischen Wald.

Craig Buist war so dicht an einem völligen Zusammenbruch, wie man nur sein konnte. Aber er war ein starker Junge und ein gescheiter. Er hatte diese Nacht überstanden, und er fühlte sich ausgeruht genug, also stieß er die Fensterläden auf und ging dann die Treppe hinab. Im Hof draußen waren Hühner, auf dem Feld hinter dem Kuhstall zwei alte Kühe und im Schuppen Kartoffeln. Er hatte genug, um hier eine ganze Weile leben zu können, ohne irgendwohin gehen zu müssen. Dort draußen waren Bäume und Dornenhecken und Weißdornbüsche. *Er traute ihnen nicht.*

Der fünfzehn Jahre alte Junge war jetzt völlig allein auf

der Welt, und so ging er in die Küche und machte Inventur. Da waren drei Büchsen mit Bohnen und zwei mit Corned beef. Im Gefrierfach lagen vier Brotlaibe.

Bevor Craig daranging, die Kühe zu melken und die Hühner zu füttern, ging er in die Scheune hinüber und lud ein paar Sachen in den alten, verrosteten Schubkarren. Unter anderem ein Zehn-Gallonen-Faß Unkrautvernichtungsmittel. Solchermaßen ausgerüstet, umrundete er das Haus, öffnete den Verschluß des Fasses und schob den Schlauch einer Handpumpenspritze hinein. Die folgende Stunde verbrachte er damit, die Klematis und den wilden Wein einzusprühen, die an der Sonnenseite des alten Bauernhauses emporwuchsen. Seine Mutter hatte die hübschen Kletterpflanzen eingesetzt, als er noch ein Baby gewesen war, und mittlerweile bedeckten sie die gesamte Wand; zarte Ranken schlängelten sich über die Dachrinne und hingen wie ein Schleier vor ihrem Schlafzimmerfenster. Craig wußte, sie hatte es geliebt, die Klematis blühen zu sehen. Und wenn sich im Herbst die Blätter des wilden Weins rot gefärbt hatten, war sie oft ganz andächtig geworden vor lauter innerer Freude. Es tat ihm *weh*, sie mit dieser Killer-Chemikalie zu besprühen und zu sehen, wie die Blätter welkten und verhutzelten.

Aber nachdem diese Arbeit getan war, wandte er sich genauso entschlossen der Weißdornhecke zu, die sich bis zur Koppel erstreckte, und dann der anderen Hecke, die beinahe den ganzen Hof umschloß, und *tötete* sie ebenfalls. Dann holte er die große Axt seines Vaters und fällte sämtliche im Lauf der letzten Jahre auf dem Hof gewachsenen Birkenschößlinge und Eschen. Sie waren noch grün und dünn. Sie fielen rasch.

Erst als er die Kühe wegen der vollen Euter vor Qual schreien hörte, stellte er die Axt neben die Haustür, wo er sie rasch zu fassen bekommen konnte. Er nahm einen Eimer und ging zum Stall. Um diese Zeit gab es in einem Umkreis von vierzig Yards um das Haus keine lebende Pflanze mehr; kein Unkraut, keinen Baum, keinen Busch.

Craig Buist hatte seine ganz persönliche Grenze gezogen. Er war entschlossen, *jede* Pflanze zu vernichten, die sich innerhalb dieses Kreises aus dem Boden wagte.

*****

In derselben Nacht saß Gail Dean oben im Pfarrhaus in dem kleinen, an das Schlafzimmer angrenzenden Ankleideraum und starrte in den Spiegel. Wie an jedem Abend während der letzten beiden Monate hatte sie die geheimnisvolle, bitter schmeckende Mixtur getrunken. Die Helligkeit der Lampe über dem Spiegel ließ die goldblonden Haarsträhnen wie flüssig schimmern, und sie strich behutsam über die kurzen Wellen. Selbst die Struktur hatte sich verändert. Ihre Haare fühlten sich weicher an, irgendwie *jünger*. Sie hob das Gesicht an, registrierte, daß sich die Rundung unter ihrem Kinn gefestigt hatte und ihr damit ein um zehn Jahre jüngeres Gesicht gegeben war. Es gab zwei Grübchen in ihren Wangen zu bewundern. Vor wenigen Wochen war sie dort noch recht füllig gewesen; es hatte nicht unangenehm ausgesehen, aber ihr war es irgendwie matronenhaft vorgekommen. Ihr Mann John hatte bisher nichts dazu gesagt. Vielleicht war es ihm noch gar nicht aufgefallen.

Dieses Jahr würden sie ihren zwanzigsten Hochzeitstag feiern. Sie hatte sich von Anfang an zu dem asketischen jungen Theologiestudenten hingezogen gefühlt – trotz aller Unterschiede. Sie dachte gerne an diese Zeit zurück. Sie war schlank und recht hübsch gewesen und fröhlich und extrovertiert. Er still und distanziert und ernst. Sie war keine Jungfrau mehr, als sie sich begegneten, sie war nicht einmal religiös, während er einen sehr starken Glauben hatte. Sie hatten sich bei irgendeiner Universitätsdebatte getroffen, er war ihr direkt gegenübergesessen. Danach waren sie ein Jahr lang miteinander ausgegangen. Anfangs war er sehr schüchtern gewesen. Sie hatten im gleichen Jahr geheiratet, in dem er mit der Betreuung einer Landkirche beauftragt worden war, und Gail hatte sich langsam an das Leben einer Pfarrersfrau gewöhnt.

Nach fünf Jahren waren jene Kinder noch immer nicht gekommen, die sie sich so sehnlich wünschte. Gail hatte sich einer ganzen Reihe von Tests unterzogen und erfahren, daß sie an einer Unterproduktion von Eizellen litt. Die Ärzte waren dennoch zuversichtlich. Eine Schwangerschaft, so der allgemeine Tenor, sei hierdurch keinesfalls unwahrscheinlich oder gar unmöglich, sie müsse sich nur Zeit lassen. Um ganz sicherzugehen, erbaten sie eine Spermaprobe ihres Mannes. John hatte abgelehnt. Er war peinlich berührt und sehr empört gewesen. Die Art und Weise, auf die eine solche Probe zustande kam, hatte sich nicht mit seinem religiösen Glauben vereinen lassen.

Gail saß in ihrem Ankleideraum, die Arme über den Brüsten gekreuzt, die Hände sacht auf die Schultern gelegt. Ihr Mann war bereits zu Bett gegangen, und so lauschte sie kurz seinem leisen Schnarchen. Er war kein gemeiner Mann, kein *schlechter* Mann. Doch tief in sich hegte sie trotz ihres gutmütigen Wesens einen nicht geringen Groll gegen ihn, weil er sich standhaft weigerte, die Dringlichkeit ihres Bedürfnisses zu erkennen. In den letzten zehn Jahren hatten sie immer seltener Sex miteinander gehabt. Ihm war dies ohnehin nie sehr wichtig gewesen, nicht einmal in der ersten Zeit, doch mittlerweile schien er jedes auch noch so geringe Interesse daran verloren zu haben.

Sie drehte den Kopf, bewunderte ihr Profil im Spiegel, genoß die nunmehr wieder sehr deutlich umrissenen Wangen- und Kinnpartien. Ihre Hände glitten langsam von den Schultern herab, streichelten die Haut unter der Seide ihres Nachtgewandes. Ihre Finger bewegten sich über die Wölbung der beträchtlich großen Brüste und sandten einen Schauder durch ihren ganzen Leib. Sie kamen ihr fester vor, empfindlicher. Vor einem Jahr hatten sie sich der Schwerkraft ergeben, doch jetzt war auch dieser Prozeß rückgängig gemacht. Ihre Hände strichen tiefer und verharrten auf dem Bauch. Die Haut prickelte unter ihrer Berührung. Sie preßte ganz fest gegen die Muskelwand und spürte in sich ein *Ziehen*, den winzigen Stich eines knospenden Bedürfnisses. In diesem ihrem Leib würde sich neues Leben regen. Sie konnte fühlen, daß sich ihr Körper bereits darauf vorbereitete.

John schnarchte kurz lauter und drehte sich im Schlaf auf die andere Seite. Heute abend hatte sie ihm Sheilas Mixtur nicht mehr in den Kakao gemischt. In den letzten beiden Wochen hatte sie fest mit einer Veränderung gerechnet, sie hatte sogar darum *gebetet*. Es war alles umsonst gewesen. Die Mixtur hatte nichts bewirkt. Er *reagierte* nicht. Er war distanziert gesellig, fast brüderlich, doch so sehr sie sich auch um ihn bemühte – er reagierte nicht.

Gails biologische Uhr hatte im letzten Jahr eine sehr kritische Zeit angezeigt. Sie hatte gesehen, wie sehr sich das, was sie im Spaß als *Lachfältchen* bezeichnete, um ihre Augen herum ausbreitete. Und an ihren Brüsten waren Dehnungsstreifen entstanden. Ihr Menstruationszyklus verdiente diesen Namen nicht mehr länger; er war nur noch ein scheinbar wahllos auftretendes Vorkommnis.

Erst Sheila Garvie hatte ihr wieder Mut gemacht; hatte ihr gesagt, daß alles gut werden würde. Gail lächelte dem eigenen Spiegelbild zu.

»Es gibt mehr als nur eine Macht, doch alles ist eins.« Gail hatte John nichts von ihrer *Umwandlung* erzählt und nichts davon, was der Frauenzirkel tat – er würde es ohnehin nicht verstehen. Es war auch keine richtige Umwandlung. Es war mehr ein *Wechsel* in der Sicht der Dinge. Gott, *ihr Gott*, manifestierte sich nicht nur in der Kirche, während der Eucharistie, sondern in seiner gesamten Schöpfung. Sheila Garvie sagte, er habe die Welt geschaffen und die Pflanzen, und den Menschen sei es zuteil geworden, sie zu verwalten. Den Pflanzen und Bäumen aber war Macht gegeben. Sheila Garvie hatte es ihnen allen demonstriert.

Und während Gail vor dem Spiegel saß, allein mit ihren Gedanken, konnte sie fühlen, daß ihr ganzer Körper vor Energie vibrierte und vor einer ungeheuren Freude auf die bevorstehende Mutterschaft.

»Es wird geschehen. Es wird geschehen«, flüsterte sie ihrem Spiegelbild zu.

*****

Ebenfalls in dieser Nacht las Jean Fintry im Bett in einem Hochglanzmagazin. Sie hatte einige Zeit damit verbracht, ihre nun wieder schwarzen und glänzenden Haare zu bürsten und schließlich ihr neues Kleid aus der Verpackung geholt. Sie hatte es bei einem Londoner Modehaus bestellt und erst heute morgen bekommen. Es saß perfekt. Sie war sehr, sehr lange vor dem Spiegel gestanden und hatte sich bewundert.

Nun sah sie sich die Bilder der langbeinigen Models an und lächelte vor sich hin. So viele Jahre war sie nur die *fette* Jean gewesen, und jetzt verlor sie buchstäblich zauberhaft rasch ein Pfund ums andere. Ihre rundlichen Wangen hatten sich gestrafft, sie sah nicht mehr wie ein Landei aus; sie trug Lippenstift. Sie hatte all diese zeltgroßen Kleider mit den gräßlichen Blumenmotiven ausgemustert und mit großem Vergnügen im Garten hinter dem Haus in einem Freudenfeuer verbrannt. Sie legte sich zurück und sah sich selbst auf dem Laufsteg, hörte die Jubelrufe und das Pfeifen. Sie sah die Blitzlichter der Kameras und lächelte und lächelte.

*****

Fiona Herron saß an ihrem Küchentisch und hatte beide Hände in eine schwarze, nahezu teerartige Flüssigkeit getaucht, die eine hübsch verzierte, irdene Schüssel bis zum Rande füllte. Der ganze Raum roch nach Laub und bitteren Früchten. Die Flüssigkeit war warm, und Fiona bewegte langsam die Finger und verursachte kleine Wellen auf der schlammigen Oberfläche. Seit zwei Monaten war dies ihr allabendliches Ritual, und das Brennen hatte sich nach und nach besiegen lassen und sich aus ihren häßlichen Fingern zurückgezogen. Mittlerweile war sie nahezu völlig von ihrer einst allgegenwärtigen, zermürbenden Pein erlöst. Die verdrehten, abscheulich geschwollenen Gelenke hatten ihre ursprüngliche Form zurückgewonnen. Die klauenartigen Finger hatten sich gestrafft und sahen wieder *normal* aus und nicht mehr wie anstößige Hexenkrallen.

Nach einer Weile zog sie ihre Hände heraus und sah zu, wie die klebrige Flüssigkeit gemächlich abtropfte. Sie streckte die Finger, genoß die glatte Bewegung. Sie schloß die Augen und dankte ihrem Glück, daß sie eine Freundin wie Sheila Garvie gefunden hatte. In diesem Moment hätte sie *alles* für sie getan.

*****

Molly Carr war kurz vor Sonnenuntergang mit ihrem Hund spazierengegangen. Sie schlenderte die Linn Road entlang und aus dem Dorf hinaus. Weit voraus erhoben sich die Dumbuie Hills. Der kleine Spaniel sprang übermütig vor ihr her und schnüffelte und schnupperte an der Hecke, die die Straße säumte. Sie beachtete es kaum; sie hatte bereits den ganzen Tag über gespürt, wie das *Bedürfnis* in ihr anwuchs, und mittlerweile *wimmelte* eine heiße Aufregung unter ihrer Haut und löschte alles andere aus.

Molly war eine knochige, flachbrüstige Frau. Ihre Haare waren dunkel, beinahe schwarz, und sie pflegte sie in einem strengen Knoten zusammengefaßt zu tragen, da sie annahm, dies verleihe ihr ein intellektuelleres, *bedeutenderes* Aussehen. Sie hatte nie geheiratet. Am College hatte sie ein paar Freunde gehabt, aber keine dieser Beziehungen war von langer Dauer gewesen. Sie war zu besitzergreifend gewesen, zu herrisch. Dann hatte sie davon geträumt, hübsch zu sein und einen netten jungen Mann kennenzulernen, der sich nach ihr verzehrte, aber dieser Traum war niemals in Erfüllung gegangen. Sie schien etwas an sich zu haben – eine Art *Magnetfeld* vielleicht –, das nette junge Männer recht erfolgreich in die Flucht schlug.

Sie nahm den Hund an die Leine und ging zurück. Am Ortseingang standen ein paar Teenager beieinander; sie kannte sie alle, da sie in ihre Klasse gegangen waren. Die beiden Mädchen grüßten, doch die drei Jungen in ihren abgenutzten Lederjacken sahen sie nur mürrisch an. Sie ließ sich dazu herab, ihnen zuzunicken. Als sie an ihnen vorbeiging, hörte sie einen von ihnen tuscheln – er hieß Peter Bain, wenn sie sich nicht täuschte, und war schon von frühester Kindheit an ein Tunichtgut. Eines der Mädchen kicherte, und Molly verspürte ein kurzes Aufblitzen von Ärger.

Sie war nun bis zum äußersten angespannt. Das Bedürfnis riß und zerrte tief in ihr. Sie fühlte sich heiß und erregt, und ihre Hände zitterten kaum merklich vor lauter Vorfreude. Sie bog in die schmale Straße ab, die zu ihrem Haus führte, und wäre beinahe in den Mann hineingelaufen, der ihr hier entgegenkam.

»Oh, tut mir leid, Miss Carr«, sagte der große Kerl und trat aus dem Weg.

Sie lächelte in sich hinein. *Miss Carr.* Sie hatte in ihm stets nur den *Jungen* gesehen. Es schien höchste Zeit, dies zu korrigieren.

»Ah, hallo, Thomas«, grüßte sie ihn. »Dich habe ich ja schon lange nicht mehr zu Gesicht bekommen.«

Tom Cannon war einer ihrer weniger begabten Schüler gewesen. Groß und robust und freundlich; wie geschaffen für ein Leben in der Mittelmäßigkeit.

»Ja nun, ich fahr' für Aitkenbar die großen Laster. Das Geld stimmt.«

»Freut mich zu hören.« Sie musterte ihn immer noch. Er war einen Kopf größer als sie und recht gut gewachsen. Er hatte die Schultern und Unterarme eines Lkw-Fahrers. Sie konnte den Biergeruch in seinem Atem *wittern*.

»Hör zu, Thomas, würdest du mir einen Gefallen tun? In meinem Haus muß eine Glühbirne gewechselt werden, und ich kann sie einfach nicht erreichen. Glaubst du, du könntest . . .?«

»Ah klar, Miss Carr«, sagte der große Kerl. »Kein Problem.«

»Ich halte dich doch nicht auf?« erkundigte sie sich und nahm seinen Ellbogen und ging langsam auf ihr Haus zu. Die Nerven in ihren Beinen begannen zu flattern. Sie war davon überzeugt, daß er mißtrauisch werden würde; daß er das Zittern in ihrer Stimme bemerkte und –

Er bemerkte es nicht.

Er sagte: »Nein, Sie halten mich nicht auf. Ich hab' nur ein Bier getrunken. Muß morgens bald raus.«

»Oh, gut. Es ist solch eine Plage, wenn eine Glühbirne kaputtgeht. Jagt mir immer einen Schrecken ein.«

Tommy lachte. Schwer vorstellbar, daß es da *irgend etwas* gab, das seiner alten Lehrerin angst machte. Als er noch klein gewesen war, hatte *sie* allen angst gemacht. Doch hier und heute ging er einfach so neben Molly Carr her.

Sie öffnete die Haustür und zerrte den kleinen Spaniel mit sich hinein. Tommy zögerte, über die Schwelle zu treten.

»Nun, komm herein, Thomas«, befahl sie. Er putzte sich die Schuhe ab und gehorchte, und seine massige Gestalt verdunkelte den Flur. Molly machte Licht an, ging mit dem Hund vor ihm her und verschwand in einem Zimmer. Er hörte, wie eine Tür geöffnet und geschlossen wurde, dann kam sie wieder heraus – ohne ihren Mantel, ohne den Spaniel.

»Ich habe leider kein Bier im Haus, aber einen Whisky, wenn du möchtest?« sagte Molly.

»Nein, ist schon recht, Miss Carr.«

»Ach, sei nicht dumm. Du tust mir einen Gefallen, also hast du dir auch eine Belohnung verdient.«

Der große Bursche nickte.

»So ist es recht. Komm mit.« Sie führte ihn in die Küche und nahm eine Karaffe von einem Regal. »Allein genehmige ich mir kaum einmal ein Gläschen, aber ich hätte schlechte Manieren, wenn ich dich *jetzt* alleine trinken lassen würde.«

Sie lächelte, und ihre dünnen Lippen zogen sich von den ungleichen Zähnen zurück. Sie *verkrampfte* sich vor Anspannung. Sie füllte die beiden Gläser ordentlich bis zum Rand, dann reichte sie eines davon Tommy. Als er danach griff, berührten sich ihre Finger, und dies durchfuhr sie wie ein Stromstoß.

Tommy sah ihr überrascht zu, wie sie ihr Glas in einem Zug leerte.

»Komm schon, Thomas, trink es aus.« Er gehorchte abermals. Es war ein kräftiger Malt, er brannte ihm in der Kehle, und gleich darauf in der Brust. Da war ein eigentümlicher Nachgeschmack, nicht unangenehm. Er schmatzte genießerisch und stieß ein lobendes Seufzen aus.

»Oh, ich weiß schon. Ich bin ein alter Dummkopf. Hier, noch einer«, sagte Molly. Bevor er reagieren konnte, hatte sie sein Glas bereits wieder gefüllt. Er bedankte sich und trank es mit einem einzigen Schluck halb leer.

»Nun enttäusch mich nicht, trink aus.« Tommy stürzte den Rest hinab und stellte das Glas beiseite.

»Guter Junge.«

»Wo ist diese Birne?« fragte Tommy. Die Hitze breitete sich in ihm aus, sie raste durch seine Adern, und er fragte sich, was für eine Art Whisky *das* gewesen war. Der Nachgeschmack war würzig, aber er fühlte sich bereits jetzt ziemlich betrunken. Für einen kurzen Moment verschwamm alles vor seinen Augen, dann sah er wieder klar und deutlich.

»Hier entlang«, sagte Molly Carr. »Komm mit.«

Er folgte ihr. Sie verließ die Küche und ging den Flur entlang. Ihre Absätze klapperten auf dem Parkettboden. Er bemerkte, daß sie lange, ganz dürre Beine hatte; und sie trug einen strengen, schwarzen Rock und eine weiße, gouvernantenhafte Bluse. Von hinten sah ihr Haarknoten wie eine harte Masse aus. Eine weitere kurze Woge aus Benommenheit spülte durch ihn hindurch, und er schüttelte den Kopf. Tommy nahm an, daß er den Whisky ein wenig zu schnell getrunken hatte.

Molly Carr ging rasch die Treppe hinauf. Er hielt sich am Geländer fest und tappte hinter ihr her und sah, daß sie sich die Bluse aus dem Rock zupfte. Drei Schritte weiter zog sie sich das Ding mit einer raschen Bewegung über den Kopf und ließ es – ohne stehenzubleiben – einfach fallen. Er begriff kaum, was sie da tat, bis er auf den dünnen, weißen Baumwollstoff trat. Er starrte ziemlich verwirrt darauf, dann durchraste die Hitze seinen Kopf wie ein Fiebersturm. Vor seinen Augen flackerte alles – und war wieder normal; er machte noch zwei Schritte. Molly Carr griff mit beiden Händen hinter sich, ließ sie über ihren langen, dünnen Rücken nach oben gleiten und öffnete den Verschluß ihres weißen BHs. Ganz fern bemerkte er, daß ihre Rippen links und rechts wie Stäbe herausstanden.

»Oh, Miss Carr«, versuchte er zu sagen, aber die Worte kamen ihm einfach nicht über die Lippen. Ganz unvermittelt war sein Atem heiß und gepreßt.

Sie stand am oberen Ende der Treppe und sah zu ihm herab; sie trug nur noch ihren Rock. Er starrte sie an, und sie bedachte ihn mit einem dünnen, hungrigen Lächeln. Ihre kleinen Brüste standen weit auseinander. Die dunklen Warzen waren aufgerichtet, die Haut ringsum hatte sich zusammengezogen.

»Komm schon, Thomas, beeil dich jetzt«, befahl sie kurz angebunden. Sie wandte sich um und verschwand in einem Zimmer. Er folgte in einem dumpfen, rauschhaften Zustand, in seinem Kopf drehte sich alles, und sein Herz hämmerte, und er war nicht imstande, umzukehren und davonzulaufen. In seinem Unterleib breitete sich ein immenser Druck aus. Er erreichte das Ende der Treppe und taumelte rechtzeitig genug in das Zimmer, um zu sehen, wie sie aus dem schwarzen Rock stieg. Sie bückte sich schnell, zog ihr weißes Höschen nach unten, trat heraus und schleuderte ihre Schuhe von sich. Er stierte ihren langen, kantigen Körper an. Ihre Hände zogen die Nadeln aus ihren Haaren. Sie schüttelte den Kopf, und der Knoten entrollte sich zu einer ganz überraschenden Lockenfülle. Der Druck in Thomas' Unterleib war zu einer unsäglichen Pein angeschwollen. Sie drehte sich herum und sah ihn von Kopf bis Fuß an und leckte sich die Unterlippe – hastig, beinahe reptilienhaft. Sie kam auf ihn zu, eine hagere, jetzt irgendwie *barbarische* Frau. Ohne das geringste Zaudern griff sie nach unten und öffnete seinen Reißverschluß. Sie zwängte beide Hände hinein und zerrte seine Hose und die Boxershorts nach unten. Gleich darauf fühlte er warme Hände an seinem Allerheiligsten. Er gab ein hektisches Keuchen von sich, in seinem Kopf kreiste noch immer alles. Es fühlte sich an, als sei er mit heißem Rauch gefüllt.

Molly Carr drehte sich um, allerdings ging sie nicht zum Bett, sondern zu dem Sessel direkt vor dem Fenster; die Vorhänge waren weit geöffnet und ließen das Mondlicht hereinfluten.

»Jetzt, Thomas. Mach es jetzt.«

Er bewegte sich vorwärts, er war unfähig stehenzubleiben. Sie beugte sich nach vorn, über den Sesselrücken, ihre Hände ergriffen die gepolsterten Armlehnen. Sie spreizte die Beine, und in dem Dämmerlicht konnte er die beiden bleichen Halbmonde ihres dürren Hinterteils leuchten sehen. Er erreichte sie, er schlurfte dicht an sie heran, fühlte, daß er sie berührte. Sie wand sich in die richtige Position, dann preßte sie sich gegen ihn. Er fühlte, wie er in die samtige Wärme hineinglitt, und dann bäumte sie sich auf, und ihre Muskeln umfaßten ihn mit einem festen, rhythmischen Griff.

Sie schloß die Augen, und das erstaunliche, alles *versen-*

gende Vergnügen begann. Sie öffnete sie wieder und starrte den Mond an und grunzte wie ein Tier, während sich hinter ihr der Mann bewegte.

Alles drehte sich fort von ihr; jetzt existierten nur mehr seine und ihre Bewegung und das rasende Zupacken in ihr. Er legte die Hände auf ihre Hüften, grub seine Finger in ihr weiches Fleisch und hob sie an. Sie stöhnte laut und spürte ihre eigenen Stöße wie gewaltige Pulsschläge, die mehr und mehr mit den seinen gleichkamen, und sie zuckte unter ihrer Gewalt.

Schließlich brach er über ihr zusammen, und sie wand sich rasch weg. Er ächzte und stützte sich erschöpft auf der Sessellehne ab. Sie durchquerte das Zimmer, nahm ihr Höschen auf und zog es so schnell wieder an, wie sie es ausgezogen hatte; ebenso den Rock und die Bluse. Hastig schloß sie die Knöpfe. Sie hatte bereits begonnen, ihre Haare zu frisieren, als sie sich daran zu erinnern schien, daß er noch immer da war. Sie drehte sich zu ihm um. Er wirkte wie *ausgeschaltet*; er kauerte tölpelhaft, entblößt, Hose und Boxershorts bis zu den Knöcheln herabgezogen, in dem Sessel.

»Thomas!« sagte sie mit schneidender Stimme.

»Ja, Miss Carr?« murmelte er vage.

»Du wirst alles vergessen, was hier geschehen ist, hast du das verstanden?«

»Alles vergessen, Miss Carr«, bestätigte er schläfrig.

»Guter Junge. Und jetzt zieh dich an und geh nach Hause und schlaf dich aus.« Er nickte, richtete sich langsam auf und zog seine Unterhose hoch – ein ungeschickter Schuljunge. Sie führte ihn zur Treppe und nach unten und an die Tür. Er stapfte ohne ein Wort zu sagen davon. Sie sah ihm nach und lächelte. Sie konnte noch immer die Reibungshitze in sich spüren, doch die Gier, dieser schreckliche, drängende Reiz, war vergangen.

Sie ging in ihr Wohnzimmer und nahm ihr Tagebuch aus dem Regal, schlug es an einer gekennzeichneten Stelle auf und begann alles niederzuschreiben. Als sie damit fertig war, blätterte sie ein paar Seiten zurück und starrte auf ihre Strichliste. Dreiundzwanzig Namen standen dort.

»Nicht schlecht für eine häßliche Jungfer«, flüsterte sie amüsiert vor sich hin.

Tom Cannon stolperte benommen nach Hause. Er weckte seine alte Mutter, als er die Tür aufstieß und hinter sich zuschlug. Er ignorierte ihren Protest und polterte die Treppe hinauf und trottete schwerfällig in sein Zimmer. Am nächsten Morgen erwachte er erst um neun; er hatte den übelsten Kater seines ganzen bisherigen Lebens und würde eine Stunde zu spät zur Arbeit kommen. Er fragte sich, was um alles in der Welt er gestern nacht getrunken hatte, doch selbst wenn ihn dies das Leben gekostet hätte – es fiel ihm nicht mehr ein. Seine Mutter, die ihn eine Stunde lang vergebens aus den Federn zu bekommen versucht hatte, sorgte dafür, daß er einen großen Teller Speck und Eier verputzte. Sobald sie die Küche verließ, stürzte er in die Toilette und übergab sich in einem riesengroßen, erleichternden Schwall.

— 23 —

Etwa zur gleichen Zeit, als Tom Cannon zur Arbeit ging und sich noch immer wie tot fühlte, umrundete Martin Thornton seinen Jeep und staunte von neuem darüber, daß er dazu noch imstande war. Nur ein paar Inches weiter fiel der Hang wirklich verdammt steil ab. Alec Stirling hatte Jock Weir gestoppt, der gerade mit einem leeren Tanklaster herbeigedonnert war, und der Fahrer war gutmütig genug, um ihnen zur Hand zu gehen. Nach mehreren fehlgeschlagenen Versuchen gelang es ihnen schließlich, den Landrover aus dem Unterholz herauszuschleppen. Martin stieg ein, startete den Motor und ließ ihn ein paar Sekunden laufen, bevor er in den Rückwärtsgang schaltete. Dieses Mal griffen die Räder, und er fuhr langsam, den Kopf nach hinten gedreht, rückwärts zur Straße hinauf.

»Du schuldest jedem von uns mindestens einen halben Liter«, stellte Alec klar, obwohl er nur zugesehen hatte.

»Du überraschst mich«, versetzte Martin und schüttelte den Kopf. Er bedankte sich bei Jock Weir, der nur gutmütig den Daumen hob, in sein Fahrerhaus zurückkletterte und in einer Wolke aus blauem Dieselgestank davonfuhr.

»Fünf Fuß weiter und ich wäre im Fluß gelandet. Das ist ein Fünfzig-Fuß-Sturz da runter.«

»Aye, du hast Glück gehabt«, stimmte Alec zu. Er riß sich am Dach seines roten Postautos ein Zündholz an und hielt die kleine Flamme routiniert an die Zigarettenspitze. »Und du weißt wirklich nicht, was es war, ein Hund oder was?«

Martin hatte ihm die ganze Geschichte bereits erzählt.

»Ich weiß es nicht. Ich hab' das *Ding* nicht richtig gesehen. Es war nur ein Schemen. Es hat den Wagen zweimal angesprungen. Hat mir einen elenden Schrecken eingejagt.«

»Das kann ich mir vorstellen. Hör zu, es könnte John Lovatts Schwein gewesen sein. Ist vor einem Monat oder so abgehauen. Denk mir, daß es ziemlich wild geworden ist in der Zwischenzeit, so ganz allein im Wald. Duncan Haldane hat oben, auf seinem Land, Spuren gefunden, die das untermauern. Soweit ich mich erinnere, war das ein ganz übles Mistvieh – Lovatts Schwein, meine ich. So groß wie ein Pony und schwärzer, als wenn du zwei Yards weit durch einen Kamin kriechst.«

»Können Schweine überhaupt *so hoch* springen?«

»Will verdammt sein, wenn ich das weiß. Falls das Ding hinter mir her wäre, *ich* würde hoch springen, soviel steht fest.«

»Caitlin Brook ist letzte Woche dasselbe passiert. Irgendwas stürzte sich aus einer Hecke heraus auf sie und hat sie von der Straße gedroschen. Sie *ist* im Fluß gelandet und beinahe ertrunken.«

»Niemals!« protestierte Alec. »Ich hab' nichts davon gehört.«

»Also weißt du doch nicht alles. Toll.«

»Und wie ist sie aus dem Wasser herausgekommen? Das Mädchen kann nicht laufen.«

»Eine Frau. Ich habe sie gestern kennengelernt. Sheila irgendwas. Sie hat sie aus dem Fluß gefischt und wieder nach Hause gebracht.«

»Sheila Garvie. Die weiße Hexe.«

»Die *was*?«

»Och, die Jungs im Pub nennen sie so. Wir haben auch schon über sie gesprochen, weißt du noch? Die Kräutertante. Es heißt, daß sie hinter der Sache mit Dunky Haldane steckt, aber sie ist harmlos.«

»Kam mir ganz okay vor. Und sie sieht immer noch toll aus.«

»Hat für meinen Geschmack zu viele Haare auf den Zähnen«, brummte Alec. »Und sie ist *komisch*. Sie züchtet Pflanzen und was weiß ich nicht alles. Läßt niemanden ins Haus, mich schon gar nicht, und eine Tasse Tee für all die Mühe, die man mit ihr hat, gibt's auch nie. Ich hab' mal durch eines ihrer Fenster geguckt, als sie nicht da war. Da drin sieht's aus wie in einem Chemikerparadies, überall Flaschen und Reagenzgläser und so weiter. Und dann steht sie plötzlich hinter mir und tippt mir auf die Schulter. Ich bin fast eine Meile hoch gesprungen. Und ich hab' das Paket fallen lassen – es kam aus Indien oder Bolivien. Es ist aufgeplatzt, und darin war ein Haufen verdorrter alter Wurzeln. Der Gestank hätte dir die Nase abfallen lassen.« Alec verzog das Gesicht. »Sie hat mich richtig böse angesehen und dann verlangt, daß ich alles aufhebe. Auf das Dankeschön warte ich heute noch. Und dann, ihr Kater. Als ich ging, saß er auf einem der Zaunpfosten. Der größte Kater, den ich je gesehen habe. Und *er hat nach mir geschlagen*. Das war ein richtiger *Prankenhieb*, sag' ich dir. Hätte mich ein Auge kosten können, aber zum Glück hab' ich ihn kommen sehen.«

»Sie kann nicht nur schlecht sein. Wenn sie nicht gewesen wäre, hätte Caitlin keine Chance gehabt in diesem Fluß.«

»Oh, ich sage nicht, daß sie *schlecht* ist. Aber sie ist *unheimlich*. Ich sehe die Frauen ständig zu ihr hinabpilgern. Wie man hört, kriegen sie Pillen und Zaubertränke für ihre Frauensachen, du weißt schon, diese *Beschwerden*. Und es gibt Gerüchte, daß ein paar Männer etwas in ihren Tee bekommen. Einige, damit sie ihren Frauen vom Leibe bleiben, und einige, damit sie *auf Touren* kommen, wenn du verstehst, was ich meine.«

Martin lachte. »Ich hab's kapiert«, beruhigte er Alec. »Aber das ist nichts Ungewöhnliches. Es gibt auf der ganzen Welt Läden, die auf diese Art und Weise das große Geschäft machen. Daran sind die Konservativen schuld. Wenn die das Gesundheitswesen nicht so konsequent auf den Hund gebracht hätte, müßten sich die Leute heutzutage nicht nach Alternativen umsehen.«

Martin versprach, seine *Bier*-Schulden am kommenden Samstag, auf dem Ceilidh, zu begleichen. Der Postbote meinte, notfalls werde er ihn schon daran erinnern, und er freue sich jetzt schon darauf, ihn nach ein paar Drinks einen *Strip-the-Willow* tanzen zu sehen. Martin spielte mit dem Gedanken, bei Caitlin vorbeizusehen, aber dann entschied er sich anders. Er dachte an ihren Kuß vergangenen Abend. Er wollte darüber nachdenken, bevor er sie wiedersah. Also fuhr er die Linn Road hinab und bog nach rechts ab, Richtung Lochend und Glasgow. Alec blinkte nach links – Craigard.

Erst als Martin seine Wohnung betrat, erinnerte er sich wieder an das Buch, das Andrew Toye ihm geliehen hatte. Er hatte einen vollen Tag Vorsprung. Er würde den Poltergeistartikel schreiben und im Büro dem Redakteur zur Kenntnisnahme in die Hand drücken. *Mal sehn, wie er* das *Ding aufnimmt*. Aber er hatte Andrew versprochen, es wenigstens zu versuchen. Der kleine Professor war auf der Jagd nach weiterem Grundlagenmaterial, dementsprechend war er für jede nur erdenkliche Publicity dankbar. Und Martin hielt eine ganze Menge von Quidproquo – oder, populärer ausgedrückt, *eine Hand wäscht die andere*. Andrew hatte ihm schon eine Menge guter Stories beschert.

Er arbeitete aufmerksam seine Notizen durch, markierte die wirklich relevanten und begann schließlich zu tippen. Und erinnerte sich an dieses entsetzliche, schleichende Gefühl von *Angst*, das ihn in Blackhale hatte zittern lassen. Er schüttelte den Kopf. Jetzt, im hellen Licht des Sommernachmittags, hielt er das für eine recht überzogene und dumme Reaktion. Andrew hatte recht – natürlich. Es gab für alles eine logische Erklärung. Er wußte nur nicht, wie diese Erklärung aussehen sollte.

Als er später an diesem Nachmittag fertig war, hielt er seine Arbeit immerhin für ausgewogen und interessant genug, um in der Samstagbeilage durchgehen zu können. Er ging in die Küche hinüber und brühte sich einen Kaffee auf. Als er in das kreative Chaos seines Arbeitszimmers zurückkehrte, nahm er das alte rote Buch zur Hand und schlug es dort auf, wo Andrew sein Lesezeichen hinterlassen hatte.

Martin trank einen Schluck Kaffee, kommentierte die bittere Brühe mit einer Grimasse und begann zu lesen.

Im Jahre 1513 setzten Lord Lennox sowie das Oberhaupt der Colquhouns ihre Namen unter eine Petition, in welcher die jährlich wiederkehrenden Zeremonien als heidnische Gotteslästerungen bezeichnet waren und der Erzbischof höchstpersönlich um ein hiergegen gerichtetes Vorgehen ersucht wurde. Daraufhin marschierte der Abt von Inchmurrin in Begleitung eines Profos sowie bewaffneter Männer in Gleann Linn ein, und es wurde eine gerichtliche Untersuchung abgehalten. Die Bewohner des Dorfes leisteten lediglich dadurch Widerstand, indem sie erklärten, nichts von irgendwelchen Ritualen gehört zu haben. Häuser und Gehöfte wurden durchsucht und mehrere in Holz geschnitzte Götzenbildnisse zutage gefördert, worauf seltsame Tiere und phantastische Kreaturen dargestellt waren, einige mit den Hinterläufen und dem Geweih eines Hirsches. Sämtliche Häuser, in welchen man solche Artefakte aufspürte, wurden den Flammen übergeben, desgleichen die dazugehörigen Felder. Die Gotteslästerer wurden mitsamt ihrem weltlichen Besitz verbrannt.

Von der Seilach Garbh-aidh, der Anführerin des Kultes, nahm man an, sie sei in den nahen Wald von Fasach geflohen, welche von einem Steinwall umgeben ist. Männer wurden ausgesandt, um diese Person vor den Abt zu schaffen, doch nach zwei Tagen kehrten sie wieder und berichteten, daß niemand in jenem Walde gefunden worden sei. Von den in jenen Tagen in Gleann Linn lebenden dreihundertzwanzig Menschen waren sechsundfünfzig zu Tode gekommen. Fünf Soldaten, welche damit befaßt waren, den Wald zu durchsuchen, wurden niemals wiedergesehen. Der Profos nahm an, sie seien desertiert, doch der Abt vertrat die Meinung, daß die Gotteslästerer sich verschworen und sie in einen Hinterhalt gelockt hatten. Im weiteren Verlauf seiner Inquisition starben vier Männer beim Verhör, und zwei Frauen wurden ertränkt. Daraufhin sah sich der Abt imstande, seinem Erzbischof zu berichten, daß Dorf sowie Umgegend geläutert seien und er nunmehr für den Bau einer christlichen Kirche auf jenem Boden eintrete, welchen er zu diesem Zwecke bereits gesegnet habe. Dem wurde beigepflichtet und die Kapelle alsbald erbaut, wobei die Hälfte der Kosten ein Legat aus dem Lennox-Geldbeutel darstellte. – Auszug aus Aufzeichnungen aus dem Lennox-Nachlaß, 1823.

Martin blätterte einige Seiten weiter. Trotz der Kapelle und des evangelisierenden Eifers ganzer Heerscharen von Pfarrern schien das Tal letzten Endes doch wieder dem Aberglauben anheimzufallen. 1720, zweihundert Jahre nach dem Massaker, kam es zu neuen Vorwürfen von Hexerei in Linnvale, wie es nun genannt wurde, da mehr und mehr Leute ihre gälische Muttersprache zugunsten des Flachland-Englischs aufgaben. Den Vorsitz bei diesen neuen Verhandlungen führte ein gewisser Stadtverordneter Crawford. Die Ähnlichkeiten zwischen diesem sogenannten Gerichtsfall und den Salemer Hexenprozessen im 17. Jahrhundert waren sehr offensichtlich. In Linnvale wurden fünf Kinder beschuldigt, an fremdartigen Ritualen im Wald beteiligt gewesen zu sein. Sie sagten aus, eine hölzerne Gestalt, die sie die Garbh-aidh nannten, habe ihnen einen Zaubertrank eingeflößt und in einer Lichtung Dämonen heraufbeschworen. Sie berichteten von wilden Tänzen und davon, daß die Dämonen ihre Gestalt gewechselt und unzüchtige Dinge mit ihnen und ihresgleichen getrieben hatten. Als man sie fragte, ob sie die Garbh-aidh wiedererkennen oder beschreiben könnten, erklärten sie, es sei eine alte Frau. Sie behaupteten, diese Frau habe ihnen von der hohen Macht des Waldes erzählt, dem höchsten Geist, der in all seiner Glorie durch ihre Beschwörung erweckt werde. Die gerichtliche Untersuchung weitete sich aus. Eine über achtzig Jahre alte Frau, eine zahnlose, halbtaube Witwe, deren Geist sich nach einem Fieber vor über zwanzig Jahren verwirrt hatte, wurde vor das Untersuchungskomitee geschleppt. Man machte ihr den Prozeß. Martin las die Gerichtsaufzeichnungen fassungslos zu Ende. Dieser Frau war eindeutig nicht einmal bewußt gewesen, was da vorging. Sie hatte wie aufs Stichwort gegakkert und genickt und gesabbert – und dann war sie an das Mühlrad gebunden und wie ein Tier ersäuft worden. Die Dorfbewohner hatten zugesehen, wie ihr alter, grauer Kopf unter Wasser verschwunden war; wie ihre Hände noch winkende Bewegungen gemacht hatten. Ihr Tod hatte ihre Unschuld bewiesen und eine Panik in der kleinen Gemeinde ausgelöst, da nunmehr jeder der nächste sein konnte.

Von einer Mutter von fünf Kindern – die möglicherweise eine Epilektikerin war – hieß es, sie habe während eines Anfalls in verschiedenen Sprachen gesprochen. Man untersuchte sie nach Hexenmalen und ertränkte sie am darauffolgenden Morgen. Die Männer des Stadtverordneten Crawford gingen jedem Gerücht nach, jeder Anschuldigung. Schließlich stießen sie auf eine Frau, die in einem baufälligen Cottage neben der Mühle wohnte. Sie hieß Meg Moine und war nicht im Tal geboren, sondern lebte erst seit dem Tod ihrer Großmutter vor zehn Jahren in dem Haus. Der Stadtverordnete stürzte sich auf die Tatsache, daß sie bekannt dafür war, in den Wäldern häufig Pilze und Heilkräuter zu sammeln. Als die Männer bei ihrem Haus ankamen, erschien sie gerade – aus dem Nichts, wie sie sagten – mit einem einfachen Besen im Garten. Sie weigerte sich, die Fragen des Stadtverodneten (der immerhin beinahe richterliche Autorität besaß) zu beantworten und strafte dic Männer damit, wie es hieß, *hochmütiger Verachtung.* Sie zuckte mit keiner Wimper, als sie ihr Nadeln in das Teufelsmal – einen schwarzen Leberfleck – auf dem Arm stachen, und sie zeigte auch nicht die geringste Regung, als sie sie auf den Stuhl gurteten und in den schwarzen Fluten des Mühlbachs versenkten. Kaum war dies geschehen, so der Bericht weiter, da erhob sich ein großer Wind und peitschte die Wasser in gewaltigen Wirbeln, und es fehlte nicht viel und alle Zuschauer wären hineingefegt worden. Das Mühlrad, an dem der Stuhl befestigt war, drehte und drehte sich, und dann und wann bemerkte man ein Zappeln unter der Wasseroberfläche. Plötzlich zerbrach das Mühlrad, und von Meg Moine war nichts mehr zu sehen. Die Männer holten sich vom Huf schmied Haken und stocherten damit im Wasser herum. Irgendwann fischten sie den Stuhl heraus. Die Gurte waren unversehrt, doch von Meg Moine fehlte jede Spur. Der Stadtverordnete gab in seinem Rapport an, er habe darin Erfolg gehabt, eine Hexe zu vernichten; sie sei im Wasser umgekommen und vom Vater aller Dämonen in die tiefsten Höllenpfuhle zurückberufen worden. Damit war der Fall zu einem offiziellen *guten* Ende gebracht. Um die unschuldig ertränkten Frauen wurde keine Träne vergossen. In jenen Zeiten war dies offenbar ein nebensächlicher Verlust.

Martin schloß das Buch mit einem Knall. Er hatte fast eine Stunde lang darin gelesen und völlig die Zeit vergessen. Er nahm sich vor, einige dieser *Geschichten* am Samstag in Linnvale, auf dem Ceilidh, zum besten zu geben. Alec Stirling würde begeistert sein.

*****

Caitlin hörte das Klopfen an der Tür und erwachte. Sie hievte sich an den Haltestangen des Trainingsgerätes über ihrem Bett hoch und in den Rollstuhl hinüber. Vor der Tür stand Sheila Garvie und wünschte ihr freudestrahlend einen guten Morgen und drückte ihr einen Strauß frischgepflückter Lilien in die Hand.

Seit ihrem dramatischen ersten Treffen war Sheila jeden Morgen bei Caitlin vorbeigekommen, und stets hatte sie ihr ein kleines Geschenk mitgebracht, an einem Tag Pilze, am anderen Walnußmus. Und jedesmal hatte sie sich vergewissert, daß sie ihre Medizin einnahm. Schließlich war Caitlin dazu übergegangen, zumindest morgens das Pulver in Sheilas Anwesenheit aufzulösen und zu trinken. Es schmeckte nach wie vor köstlich, und ihre Gönnerin betonte, daß es alle möglichen Leiden besserte. Dem pflichtete Caitlin ziemlich begeistert bei. Sie fühlte sich so gut wie schon seit Jahren nicht mehr, und gestern nacht – *gestern nacht* war diese völlig verrückte *wundervolle* Sache geschehen. Es kam ihr noch immer wie ein Traum vor; sie war davon überzeugt gewesen, *so etwas* nie wieder erleben zu dürfen. Im Lauf der Woche erzählte Sheila ihr ein wenig von sich und wie sie wieder in das Tal zurückgekommen war, um hier zu leben, wo sie geboren war. Sie hatte die ganze Welt bereist und Botanik studiert, war Mitglied der *Freunde der Erde* und Anhängerin der Gaia-Theorie, der zufolge alles Leben kunstvoll mit dem Planeten selbst verwoben war. Sie erzählte Caitlin, daß sie an einem Buch über Kräuter und Heilmittel arbeitete. Sie erzählte Caitlin, daß die Wälder der ganzen Welt selbst heute noch Geheimnisse bewahrten, die dem modernen Menschen schon lange abhanden gekommen waren. Das alte Volk, so sagte sie, habe alles über die Kraft der Pflanzen gewußt.

An diesem Morgen nahmen sie ein leichtes Frühstück miteinander ein.

»Ich dachte mir«, sagte Sheila, nachdem Caitlin ihre Morgentoilette beendet hatte, »heute zeige ich dir meinen Wald. Morgens ist es dort herrlich kühl und wunderschön. Und überall duftet es nach gelben Schlüsselblumen.«

Caitlin war begeistert – aber dann beichtete sie ihre Angst vor dem Tier, das sie angegriffen hatte.

»Unsinn. Ich gehe schon so lange in diesem Wald spazieren. Da gibt es nichts, das uns etwas antun könnte.«

Und damit ergriff sie den Rollstuhl und schwang ihn samt Caitlin herum und fegte mit ihr aus dem Haus und über die Straße. Dort führte ein Pfad einen sanften Abhang hinab. Zu beiden Seiten erhoben sich hohe Lärchen wie graue Pfeiler in den Himmel. Sobald sie den Waldrand hinter sich ließen, wurde die Luft ganz still und kühl. Es roch nach Blütenstaub. Über ihnen schwirrten unzählige Insekten.

»Das hier ist es, was wir beschützen wollen«, sagte Sheila. »Es ist ein wunderschöner Ort. Schau. Das sind gelbe Schlüsselblumen. Sie wachsen bevorzugt an feuchten Stellen. Und der Löwenzahn, an dem wir vorhin vorbeigekommen sind, der ist gut gegen Warzen.«

Während sie dem Waldweg folgten – der weit weniger zerklüftet war, als Caitlin angenommen hatte –, zeigte Sheila auf Bäume und Sträucher und nannte ihre umgangssprachlichen Namen. Sie kamen in die Nähe des Flusses, und hier gab es einige morastige Stellen. Caitlin erfuhr, daß ein Ringelblumenaufguß bei Augenentzündungen wahre Wunder wirkte und daß Schachtelhalme zur Gattung der Farnpflanzenfamilie Equisetazeen gehörten und Knochen gut heilen ließen.

»Dieses Pulver, das ich dir gegeben habe, enthält alle möglichen Wohltäter, Eisenkraut, Baldrian und und und. Das Beste für die Nerven. Sie entspannen und stimulieren und *restaurieren*. Es ist ein sehr altes Rezept. Deshalb fühlst du dich so wohl in deiner Haut.«

Caitlin lächelte. »Es schmeckt wundervoll. Ich könnte süchtig danach werden.«

»Oh, das kommt daher, weil die Mischung insgesamt stimmt, es sind so viele Köstlichkeiten. Glaub mir, wenn du die Pflanzen einzeln probieren würdest, dann hättest du einige Probleme mit dem Schlucken.«

Sie gingen durch die kühle Morgenluft weiter; Sheila schob den Rollstuhl und plauderte und verblüffte Caitlin stets aufs neue mit ihrem umfassenden Wissen. Nach einer Weile kamen sie an eine Weggabelung. Caitlin stockte der Atem.

»Stimmt etwas nicht, meine Liebe? Dir ist doch nicht kalt?«

Caitlin zeigte geradeaus; sie war völlig überrascht. »Dieser Ort. *Ich war schon einmal hier.* Ich habe ihn *gesehen.*«

»Wirklich? Ich dachte –«

»Nein. Ich habe ihn *richtig* gesehen«, unterbrach Caitlin. »Es ist alles wie –«

»Wie *was*?«

»Ich habe *geträumt*, und in diesem Traum war ich hier. Es ist verrückt. *Es stimmt alles.* Ich *glaube* das einfach nicht.«

Sheila lachte kehlig. »Warum denn nicht?«

»Weil ich noch nie zuvor hier gewesen bin. Niemals, nicht einmal als Kind.«

»Glaubst du denn nicht an die Macht von Träumen?«

»Ich mache keinen Spaß, Sheila. Ich hab' schon so oft davon geträumt. Ich bin hier heruntergekommen. Ich bin unter diesen Bäumen gelaufen, und dann kam diese Stelle, und ich mußte mich für einen Weg entscheiden.«

»Und welchen hast du genommen?«

»Den da«, sagte Caitlin und deutete auf die nach links in den dunklen Teil des Waldes führende Gabelung.

»Und dann, was hast du gesehen?«

»Es ist *anders* dort, nicht mehr wie in einem wirklichen Wald. Es ist mehr eine Art Urwald. Es ist wärmer, und die Pflanzen sind *seltsam*. Größer, und sie haben weitauslandende Blätter. Es ist feuchter. Ich erinnere mich – *oh, es ist so lebendig!*–, daß es dort riesige Pilze gibt, und Spinnweben zwischen den Bäumen. Alles ist so real in diesem Traum. Selbst die Luft schmeckt anders, feuchter und *heißer*. Dann komme ich an einen Fluß.«

Es war, als laufe sie wieder durch den Wald. Sie schloß die Augen, konzentrierte sich, rief sich die Träume ins Bewußtsein. »Da gibt es ein paar Steine, die über den Fluß führen. Ich glaube, zu einer Insel, und auf dieser Insel steht ein Baum, ganz allein. Er sieht tot aus, aber irgend etwas zieht mich zu ihm hin.«

»Interessanter Traum. Wie lange geht das schon so?«

»Seit dem Unfall. Ich träume, daß ich laufe, schnell laufe, renne. Ich habe nichts dagegen. Es ist in Ordnung, es ist ein gutes Gefühl. Aber diesen Weg zum Fluß hinab habe ich erst letzte Woche entdeckt. Ich . . . war erst einmal dort. Als ich diese Gabelung gesehen habe, war alles wieder da.« Sie sah zu Sheila hoch. »Wie ist es dort unten? *Gibt* es diese Insel?«

Sheila lächelte. »Es gibt vieles am Ende dieses Pfades. Es gibt viele Pfade und viele Wege. Alle führen sie irgendwohin, und manche von ihnen führen ins Herz des Waldes. Eines Tages muß ich es dir zeigen. Es wird dir gefallen.«

»Aber die Insel. Ist da eine Insel wie in meinem Traum?«

»Du wirst es herausfinden«, antwortete Sheila geheimnisvoll. »Ich verspreche es dir.«

»So etwas habe ich noch nie zuvor erlebt.«

»Du solltest stolz darauf sein. Nur wenige Leute besitzen die Gabe, ihre Zukunft zu träumen. Es gibt einen Stamm in der Wüste von Mexiko . . . Diese Menschen leben ihr ganzes Leben durch ihre Träume. Sie glauben, daß die Träume real und alles andere nur Träume sind. Die Ureinwohner von Australien glauben dasselbe. Sie stehen der Erde noch nahe. Sie wissen um das Einssein allen Lebens. Ich glaube, das ist es, was wir zurückbekommen müssen. Und deshalb ist es wichtig, diesen Wald zu retten. Dies hier ist alles, was von dem einen großen Wald übriggeblieben ist, weißt du? Wenn er vergeht, dann stirbt auch eine wundervolle Macht der Natur.«

»Glaubst du daran, daß Träume wahr werden?«

»Natürlich tu' ich das. Es gibt viele Wege, und Träume sind einer davon. Sie sind unsere Straße zu dem, was kommt. Sie zeigen uns, wohin wir gehen müssen.« Sheila klopfte ihr auf die Schulter. »Sie sind sehr wichtig. Du solltest an sie glauben, denn sie werden wahr.«

»Ich wünsch' es mir so sehr«, sagte Caitlin wehmütig.

»Oh, das werden sie, meine Liebe. Das werden sie.« Sheila wendete den Rollstuhl, und so entfernten sie sich von dem schattigen Teil des Waldes. Caitlin hörte das *Rat-a-tat* eines Spechts auf einem hohlen Baum.

Als sie wieder in dem Cottage waren, bestand Sheila darauf, Kräutertee zu machen. Während das Wasser kochte, nahm sie einen kleinen Beutel aus der sperrigen Handtasche, die sie stets bei sich trug, und legte ihn in die Schatulle, die sie Caitlin gegeben hatte.

»Ich glaube nicht, daß ich das noch brauche«, meinte Caitlin. »Die Quetschungen sind verschwunden, und auch von den Kratzern ist fast nichts mehr zu sehen.«

»Natürlich sind sie verschwunden. Es gibt nichts Stärkeres als den Saft der richtigen Pflanzen, man muß wissen, welche zu pflücken sind. Dies hier ist etwas anderes. Dies hier wird dir *wirklich* helfen.«

»Wie?«

»Es ist sehr mächtig. Es wird dich schlafen lassen, und

deine Träume werden lebendiger werden, *realer*, und . . .« Sie unterbrach sich, als müsse sie die richtigen Worte wählen.

»Und – was?«

»Willst du wieder laufen . . ., richtig laufen? Und rennen?«

Caitlin hatte Cottage-Käse auf Brötchen gestrichen – und erstarrte jetzt, als habe sie ein plötzlicher Windstoß getroffen.

»Was hast du gesagt?«

»Ich habe dich gefragt, ob du wieder laufen willst.«

»Ich weiß, ich –« Caitlins Gesicht war sehr blaß geworden. »Ich denke, das ist nicht fair.«

»Warum denn nicht?«

»Weil das unmöglich ist. Ich werde nie wieder gehen können. Ich werde nie wieder rennen können. Die Ärzte haben mir die Röntgenbilder gezeigt. Hoffnung oder irgendwelche Wünsche . . . Ich darf das nicht *zulassen*. Sie haben es mir immer wieder eingeschärft. Es ist das erste, was du lernst, wenn du dir den Rücken gebrochen hast. Du bist *kaputt*. Für immer.«

Sheila sah aus, als habe Caitlin sie ins Gesicht geschlagen. »O meine Liebe, bitte. Ich wollte –«

»Ich weiß nicht, was du gewollt hast. Es ist mir *egal*, was du gewollt hast. Du weißt nicht, wie das ist, wenn man in diesem Ding sitzt, mit diesen verdammten Beinen. Schau!« sagte sie aufgebracht und schlug sich heftig auf den Oberschenkel. »Nichts. Sie spüren nichts, und sie funktionieren nicht, und das wird immer so bleiben. Man hat mir gesagt, wenn ich das nicht akzeptiere, werde ich es nicht durchstehen. Hoffnung ist ein Wort, das niemand verwendet. Du kannst nicht hoffen, weil es *keine* Hoffnung gibt.«

Plötzlich brach Caitlin in Tränen aus, und Sheila rückte ihren Stuhl zu der verzweifelten jungen Frau hinüber und nahm sie in die Arme. Caitlin versuchte sie abzuschütteln.

»Nicht«, sagte sie weinend.

Sheila ignorierte es und umarmte sie nur nachdrücklicher; sie zog Caitlins Kopf an ihre Brust, grub die Finger in die rote Mähne und hielt sie fest.

»Es tut mir so leid«, flüsterte sie, als sich das heftige Zukken der Schultern ein wenig beruhigte. »Ich wollte dich wirklich nicht verletzen oder aufregen. Bitte, verzeih mir.«

Caitlin sagte nichts.

»Bitte. Ich würde niemals etwas tun, das dich verletzt. Nicht um alles in der Welt«, fuhr sie fort und drückte sie noch immer an sich und tätschelte ihr mit der freien Linken gütig, *mütterlich*, den Rücken.

»Du weißt nicht, wie das ist«, hauchte Caitlin schließlich. »Du *kannst* es nicht wissen.«

»Vielleicht nicht, aber ich kann es versuchen, und einige Dinge *weiß* ich«, sagte Sheila sanft – überzeugend. »Erinnerst du dich, wie schnell deine Kratzer und Prellungen geheilt sind, und wie die Schmerzen nachgelassen haben . . .«

Caitlin war einen Moment lang ganz still, aber dann nickte sie. Sheila spürte die Bewegung an ihrem Schlüsselbein.

»Vielleicht kann ich das, was dir weh tut, *nicht* kurieren, aber glaub mir, was ich tun *kann*, kann helfen.« Sie bekräftigte diese Behauptung mit einem raschen, ermutigenden Drücken. »Ich würde dich niemals verletzen, aber ich *kann* dir auf vielerlei Art und Weise helfen. Hmm?«

Sie ließ die Schulter der jungen Frau los, nahm eine Prise des pfefferartigen Pulvers und streute sie in ein auf dem Tisch stehendes Glas. Geschickt goß sie Wasser aus einem Krug darüber und beobachtete, wie es eine tiefe Rotweinfärbung annahm.

»Hier. Trink das aus, und du wirst dich besserfühlen«, ordnete sie an; sie sprach sehr leise – auf eine Art, wie eine Mutter mit ihrem bedrückten Kind geredet hätte.

Tatsächlich wich die Anspannung aus Caitlins Schultern. Die junge Frau richtete sich aus ihrer kauernden Stellung auf. Sie zog ein Taschentuch hervor und putzte sich vernehmlich die Nase. Sie tupfte sich die Augen ab und sah Sheila an und blinzelte.

»Mir tut's auch leid. Ich hätte nicht so auf dich losgehen sollen. Du hast so viel für mich getan.«

»Nicht genug«, sagte Sheila und lächelte sie breit an.

»Es ist nur so . . .« Sie stockte. »Ich darf nicht zulassen, daß ich an so etwas denke, weißt du. Es ist *schlecht* für mich.«

»Nun, wir sollten ausschließlich das tun, was gut ist für dich. Komm, trink deine Medizin.«

Sie reichte Caitlin das Glas; sah zu, wie es die junge Frau mit beiden Händen umfaßte. Dieser Aufguß hier war *dunkler* . . ., anders als all die anderen, die sie seit ihrem Sturz in den Fluß Tag und Nacht zu sich genommen hatte.

»Für was ist das?«

»Es sorgt dafür, daß du dich auf jede nur erdenkliche Art und Weise besserfühlst.«

Caitlin schnupperte daran. Ein intensiver Duft stieg ihr entgegen.

Sie kostete einen kleinen Schluck. Die Flüssigkeit war *kühl*. Sie prickelte an den Seiten ihrer Zunge. Sie schmeckte sehr aromatisch; intensiver als bisher; dieses Aroma durchflutete sie, und sie schluckte wie in einem Reflex. Wärme ergoß sich durch ihre Kehle, und aus der Wärme wurde eine explodierende Hitze. Beinahe augenblicklich überkam sie ein unermeßliches Wohlbefinden und vertrieb alle Seelenqualen. Ohne zu zögern hob sie das Glas und trank es leer.

»So ist es besser, hm?«

»Viel besser. Es schmeckt wirklich toll.«

Sheila umschloß ihre Finger mit beiden Händen und drückte sie fest.

»Immer noch Freunde?«

»Natürlich. Und es tut mir leid.«

»Nein. Ich bin diejenige, der es leid tut. Es war dumm von mir. Bitte, verzeih mir.«

»Ehrlich, Sheila. Ich hab' falsch reagiert. Manchmal explodiere ich einfach. Ich hätte dich nicht anschreien dürfen, verflixt, du hast mir das Leben gerettet.«

»Und ich bin froh, daß ich das getan habe«, betonte Sheila. »Es tut so gut, eine neue Freundin zu haben.«

Caitlin nickte, dann beugte sie sich vor und umarmte die Frau fest. »Ja. Wir *sind* Freundinnen«, flüsterte sie.

»Vertrau mir«, sagte Sheila eindringlich, als sie schließlich ging. »Nimm dreimal täglich eine Prise davon ein, und du wirst sehen, wie gut du dich fühlst. Und wenn du irgend etwas brauchst, dann denk daran, daß ich gleich dort unten, im Mühlenhaus, wohne. Du kannst jederzeit kommen.«

Später an diesem Nachmittag fühlte sie sich *wirklich* besser. Ihre Panik versickerte; ihre plötzliche Verzweiflung löste sich auf. Sie eilte geschäftig in der Küche umher – sofern man in einem Rollstuhl umhereilen *konnte* –, und genoß das neue Gefühl von Freiheit, das ihr die tiefer gesetzten Arbeitsflächen vermittelten. Martin Thornton hatte verdammt gute Arbeit geleistet. Plötzlich fühlte sie sich hier *zu Hause*; plötzlich hatte sie einen Ort gefunden, der exakt zu ihr paßte. Gegen Abend beendete sie die Arbeit an ihrem *großen* Bild und beschloß, einige Skizzen anzufertigen. Es ging ihr gut. Sie fühlte eine ganz ungewohnte Vitalität in sich. Sie nahm die Schachtel mit der Zeichenkohle und begann energische Linien zu Papier zu bringen; sie zeichnete die Gabelung des Waldweges aus dem Gedächtnis heraus. Ihre Hände bewegten sich sehr schnell, skizzierten die groben Umrisse; dann hielt sie den Kohlestift schräg und brachte die Schattierungen an. Dies hier würde ihr nächstes Motiv sein. Als die Skizze fertig war, zog sie ein weiteres Blatt aus der Mappe. Es war dieses kleine Porträt von Martin Thornton, das sie am Tag nach seinem ersten Besuch gezeichnet hatte. Sie hielt es hoch, dann legte sie es auf das hölzerne Zeichenbrett. Sie hatte die Ähnlichkeit ziemlich gut getroffen, aber es war trotzdem nur ein Entwurf. Sie spielte eine Weile daran herum; arbeitete die Schultern aus, und die alte Lederjacke, so daß sie *echt* wirkte; dann nahm sie sich seine Haltung vor, und es wurde eine vieldeutige Pose – drehte er sich dem Betrachter zu oder wandte er sich von ihm ab? Caitlin nahm an, daß ihn das am allerbesten charakterisierte. Er war ein Fremder, jemand, der auftauchte, eine kurze Weile blieb und dann wieder ging.

Ihre Gedanken wanderten zu dem Abend zurück, an dem sie sich geküßt hatten. Caitlin schmunzelte in sich hinein, und obwohl sie allein war, spürte sie, daß sie rot wurde. Sie arbeitete zügig weiter. Sie hatte seinen Gesichtsausdruck richtig *eingefangen*. Diesen ein wenig spöttischen Blick; die perfekte Mischung aus vagem Zynismus und schwarzem Humor. Sie benutzte die Fingerspitze, um die Linien auf jeder Seite seines Mundes aufzuhellen; sie blieben unverändert, aber waren sanft, nicht mehr so streng.

Sie mußte an ihren Traum denken – wie sie die Gabelung im Wald erreichte und sich für eine Richtung entschied . . . Und heute hatte sie erfahren, daß es diesen Ort *wirklich* gab.

»Träume können wahr werden . . .«

Und jetzt wurde Caitlin richtig rot. Sie erinnerte sich nur zu gut an das Gefühl in der vergangenen Nacht – als sie aufgewacht war. Sie war mit Martin zusammengewesen. Sie war auf ihn zugelaufen, und er hatte sie umarmt, und dann war diese überwältigende Woge aus purem Entzükken über sie hereingebrochen und hatte sie herumgewirbelt und mitgerissen, und wenn sie nur daran dachte, spürte sie bereits eine andere Woge heranstürmen – und zwar eine aus Verlegenheit und Verwirrung.

Nun, das *war* ein Wunder gewesen. Sie spürte, wie sich die Rötung auf ihrem Gesicht ausbreitete.

Schon vor dem Unfall hatte sie nicht an die ganz, ganz große Erfüllung geglaubt, und danach war dies ohnehin kein Thema mehr gewesen. *Du wirst es nie erfahren. Nie.* Und *jetzt* war es geschehen. Es war unglaublich. *Unmöglich.*

In den ersten Wochen nach dem Sturz war sie in selbstmörderischen Depressionen versunken, und die Ärzte hatten ihr gesagt, dies sei völlig normal; sie waren sehr sachlich gewesen und rücksichtsvoll und brutal – alles gleichzeitig. Sie wollten, daß sie begriff. *Caitlin, Sie müssen ganz genau verstehen, was passiert ist. Und Sie müssen es akzeptieren. Es ist lebenswichtig für Sie. Nur so können Sie beginnen, damit zu* leben.

Der Neurologe war neben ihr auf der Bettkante gesessen und hatte ihre Fragen ohne jede Beschönigung beantwortet.

Nein, Sie werden nie wieder gehen können.

Das war die *große* Antwort gewesen. Die eine, die alle anderen wie eine undurchdringliche, unbezwingbare Bergkette überragt hatte. Verglichen mit ihr waren die anderen Antworten sanfte Hügel.

Dr. MacDonald – nennen Sie mich Clive, bat er – erzählte ihr, daß das Jucken und Prickeln, das sie momentan wahrnahm, vergehen würde. Kurz nach dem Sturz hatte sie überhaupt nichts mehr spüren können, und jetzt schien alles besser zu werden, aber er erklärte ihr, daß es sich dabei lediglich um eine Rest-*Parese* handelte, um einzelne Gefühlsimpulse in den Verästelungen des Nervengeflechts. Phantomschmerzen. Sie würden verschwinden, irgendwann; er konnte keine genauere Zeitangabe machen. Aber er brachte ihr behutsam bei, daß es bei allen Rückgratverletzungen zu derartigen Symptomen kam; und daß man sie fälschlicherweise oft für eine Gesundung hielt.

»Sie werden Muskelspasmen bekommen, und Sie werden glauben, wir hätten uns getäuscht, aber unsere Kameras täuschen sich nicht. Es sind Nachwirkungen von früher. Die Nerven übermitteln den Muskeln falsche Botschaften, und diese Spasmen können sehr extrem ausfallen. Wenn es soweit ist und Sie Zweifel haben, dann schlagen Sie auf Ihr Knie. Es wird keine Reflexe geben, und das ist das *reale* Zeichen. Ich weiß, es ist hart, aber Sie müssen lernen, damit umzugehen.«

Der Arzt hatte ihr auf dem Lichtpult die großen Röntgenaufnahmen gezeigt. Caitlin hatte zwei, drei Sekunden gebraucht, bis sie begriff, daß sie auf ihr eigenes Rückgrat starrte. Bis zu diesem Augenblick hatte sie nicht gewußt, wie katastrophal die Brüche waren.

»Links sehen Sie die Aufnahmen, die wir vor der Operation gemacht haben«, sagte er. »Rechts die danach. Diese Schienen tarnen den Schaden ziemlich gut.« Er tippte mit einem langen Finger dagegen. »Hier können Sie den *Lumbal-Lendenwirbel* sehen. Es gibt fünf davon. Bei Ihnen waren zwei völlig zertrümmert. Dort, auf der anderen Aufnahme, sehen Sie, wo wir Ihre Knochen mit einer Stahlklammer stabilisiert haben. Sie wird da drinbleiben. Wenn Sie ganz genau hinschauen, können Sie den Verlauf des Bruches erkennen. Wir haben Ihnen eine kleine Menge einer strahlenundurchlässigen Flüssigkeit injiziert. Die Nervenenden sind durchtrennt. Sie werden sich nicht regenerieren, ganz gleich, was Sie in irgendwelchen Wissenschaftsmagazinen lesen. Ratten und ein paar andere Nagetiere besitzen diese Fähigkeit, ebenso einige Amphibien und Reptilien.« Er drehte sich um und sah sie direkt an. Seine Augen waren freundlich, aber ernst. »Wir Menschen besitzen sie nicht.«

Die Worte fielen wie Schläge auf sie herab. Caitlin nahm nur die Erschütterungen wahr.

»Was sind das für weiße Punkte?« fragte sie und versuchte, *diesen* Teil der Lektion hinter sich zu lassen. *Drei weiße Punkte,* dachte sie, nur um sich abzulenken. *Unterhalb des Bruchs, fast wie ein Dreieck.*

»Sie sind weiß, weil das hier ein Negativ ist. In Wirklichkeit sind sie schwarz, und sie werden ebenfalls dort verbleiben müssen, weil sie zu tief sitzen. Wir haben fünfzehn Schrotkugeln aus ihrem Rücken herausgeholt, aber diese drei hier sind in den *Sakralwirbel* eingedrungen. Im Moment können wir noch nicht exakt sagen, welche Auswirkungen dies haben wird, da die Wunde noch angeschwollen ist, aber einige der Körperfunktionen, die Sie verloren haben, kehren möglicherweise zurück.«

»Ich verstehe nicht«, hauchte Caitlin.

»Nun«, fuhr Dr. MacDonald geduldig fort. »Sie haben sicherlich bemerkt, daß wir Sie katheterisieren?«

Caitlin starrte ihn ausdruckslos an.

»Es ermöglicht Ihnen zu urinieren. Im Moment können Sie dies nur mit einer gewissen Hilfeleistung. Wir hoffen sehr, daß Sie Glück gehabt haben und diese Fähigkeit wiedererlangen. Möglicherweise haben diese Kugeln überhaupt keinen Schaden verursacht.«

»Glück gehabt?« wiederholte Caitlin fassungslos.

»Meine Wortwahl mag Sie überraschen, aber ich denke, irgendwann werden Sie *verstehen.* Im Sakralbereich des Nervensystems werden Darm- und Blasenfunktionen gesteuert, während das obere Ende zusammen mit dem unteren Teil des Lumbalsektors für die motorischen Funktionen der Beine sowie das Gefühl im Genitialbereich zuständig ist. Nun, es gibt viel mehr Menschen in Ihrer Situation, als Sie sich dies vielleicht vorstellen können. Wir haben einige recht detaillierte Erhebungen angestellt, und so kann ich Ihnen versichern, daß alle diese Menschen das gleiche wollen. An der Spitze der Wunschliste steht die normale Bewegungsfähigkeit der Beine. Sie wollen wieder gehen können. Aber ob Sie's glauben oder nicht, gleich danach kommen normale Darm- und Blasenfunktionen. Manchmal stehen sie sogar an erster Stelle. Wir hoffen, Sie haben Glück gehabt. Es macht einen großen Unterschied.«

»Was kommt an dritter Stelle?«

»Die normale Funktion der Geschlechtsorgane. Überraschend genug, aber auch gut. Jede komplette Schädigung irgendeines Teils der Wirbelsäule bewirkt auch mit großer Sicherheit eine Beeinträchtigung der Geschlechtsorgane. Ich hasse diesen Spruch, aber ich fürchte, das werden Sie ins Auge fassen müssen«, sagte Dr. MacDonald sehr mitfühlend. »Andererseits . . .Wenn Ihr Körper nur um ein paar Inches versetzt auf dieser Balustrade aufgeschlagen wäre, dann hätten Sie zu allem anderen auch sämtliche Armfunktionen verlieren können. Wäre der Bruch weiter oben erfolgt, hätte dies ihre Atmung beeinträchtigt. *Diese Verletzung wird Sie nicht daran hindern, ein erfülltes und mobiles Leben zu führen. Es wird Einschränkungen geben, aber Sie werden nicht hilflos sein.«*

Nach dieser harten Lektion folgten weitere *Unterhaltungen.* Zug um Zug lernte Caitlin ihr neues Leben kennen. Die Therapeuten wiesen darauf hin, daß sie in Zukunft sehr genau auf ihre Körpertemperatur achten mußte, da ihre Beine weder Kälte noch Hitze spüren konnten. Sie würde darüber hinaus ein ordentliches Trainingsprogramm für ihre Beinmuskulatur sicherstellen müssen, damit der Blutkreislauf aufrechterhalten blieb und das Kalzium ihrer Knochen nicht resorbiert wurde. Man informierte sie über Hyperästhesie, eine zunehmende, sehr gesteigerte Empfindlichkeit gegenüber Berührungsreizen an den nicht betroffenen Körperstellen. Vor allem hiermit schloß sie recht bald Bekanntschaft. Manchmal, wenn sie über ihren Unterarm rieb, verursachte dies ein sehr intensives, sehr angenehmes Prickeln. Später entdeckte sie noch mehr solcher *heftig sensibler* Bereiche an sich. Manchmal, im Bett, spürte sie den weichen Stoff ihres Nachthemds überdeutlich auf den Brüsten; spürte sie ein Kribbeln, ein Gefühl, das fast so stark war wie die wenigen Orgasmen, an die sie sich erinnerte.

Die Therapeuten brachten ihr Trainingsprogramme für ihren Körper bei und schärften ihr ein, die Hautpflege ernst zu nehmen und unnötige Körperschädigungen zu vermeiden. Schmerz, so lautete *diese* Lektion, sei eine Botschaft, daß irgend etwas nicht stimmte. Da ihre Beine keinen Schmerz mehr empfinden konnten, war sie Schnitten, Verbrennungen, Quetschungen und so weiter hilflos ausgeliefert. Sie würde nichts davon bemerken – bis es möglicherweise zu spät war. *Sie werden sehr genau auf Ihre Umwelt achten müssen, haben Sie das verstanden?*

Natürlich hatte Sie das.

Und ganz zuletzt kam die Assistenzneurologin Dr. Lei zu ihr, eine zierliche Orientalin mit dem gütigsten Gesicht, das Caitlin je gesehen hatte, und redete mit ihr über den Verlust ihres Menstruationszyklus und versicherte, daß dies nur vorübergehend sei. Sie hatte sie nicht belogen.

Von Dr. Lei wußte sie auch, daß ein Phantomorgasmus durchaus möglich war und daß Orgasmen im Traum so lebendig und intensiv sein konnten wie in der Wirklichkeit.

Damals hatte Caitlin ihr nicht geglaubt. Sie hatte noch niemals einen Orgasmus *geträumt*.

Jetzt begriff sie, wovon Dr. Lei gesprochen hatte. Letzte Nacht, das war *sehr* lebendig und intensiv gewesen. Das war ein Regenbogenfarbfilm in 3-D und mit Sensurround-Ton und Laserstrahlen. Es war ein *Supernova*.

Sie rieb gedankenverloren an einer Schattierung der Skizze herum. Sie erinnerte sich genau, daß sie *ihn* gesehen hatte, als dieses riesige Erdbeben losgegangen war, und jetzt lächelte sie in sich hinein. Er *ahnte* nicht einmal, was er angerichtet hatte. Sie fragte sich, wie er wohl reagieren würde, wenn sie ihn einweihte.

Auf ihrem Bild sah er noch immer so aus, als würde er sich gerade abwenden oder vielleicht irgend etwas über die Schulter rufen oder sich zu ihr umdrehen. *Dieses angedeutete Schmunzeln.* Er sah aus, als *würde* er etwas ahnen.

*****

Während Caitlin Brook mit der Skizze beschäftigt war und ihre Gedanken schweifen ließ, beobachtete Duncan Haldane mit seinem Sohn Ben, wie der stählerne Greifarm des gewaltigen Lkws vom Sägewerk auf die Buchenbretter herabfuhr, zupackte und sie an einem Ende hochzerrte und mit einem lauten BUMM auf der Ladefläche absetzte. Ben glaubte jedesmal, den Boden unter seinen Füßen zittern zu spüren.

Er hatte nicht protestiert, als er von seinem Vater gerufen worden war. Er hatte versprochen, ein guter Junge zu sein und Dorrie keine Angst mehr zu machen. Sie schien bereits alles vergessen zu haben, was passiert war, aber

Ben wußte, das kam nur daher, weil sie jünger war, außerdem hatte sie nicht das gesehen, was *er* gesehen hatte. Ben wußte, was er gesehen hatte. Es war kein Traum gewesen. Und er hatte es sich nicht nur eingebildet.

Der Blätter-Mann war hinter ihm hergewesen.

In seinen Träumen hörte er das unheimliche, geisterhafte Rascheln noch immer, und er *wußte*, daß er niemals aufhören würde, ihn zu verfolgen, daß er seine Zweigfinger ausstreckte und mit seinen Eichelaugen haßerfüllt auf ihn starrte und daß das Knirschen und Scharren und Knistern näher kam, immer näher kam.

Abends, vor dem Zubettgehen, schloß Ben stets sorgfältig den Schrank ab und räumte alles weg, all seine Spielsachen und Bücher und seinen Fußball, so daß nichts mehr herumlag, das im Dunkeln zu einem Schatten werden konnte. Sein Zimmer war jetzt fast leer, und es gefiel ihm. In der Nacht nach dem schlimmen Erlebnis war er mit einem Ruck und vor Angst zitternd hochgefahren, *sein Herz hatte ganz hoch in seinem Hals wie verrückt geschlagen*, und er war davon überzeugt gewesen, daß er jetzt nie wieder atmen konnte. Da war ein Schatten in der Ecke, ein großer, seltsam buckliger Schatten. Und er saß da, die Augen aufgerissen und vorquellend, die Decke bis zum Hals hochgezogen. Er konnte nicht schreien. Wenig später zog die Wolke weiter, die den Mond verdeckt hatte, und hinter den Vorhängen wurde es ein wenig heller – und das Monster in der Ecke war nur mehr eine Sommerjacke, die nicht in der Garderobe hing, wie seine Mutter das immer predigte, sondern achtlos über den Bogen geworfen war, den er sich aus einem Ast gemacht und in die Ecke gestellt hatte. Von dieser Nacht an räumte Ben seine Sachen penibel ordentlich weg. Die Ecke war *schattenfrei.*

Der Mann vom Sägewerk brauchte nicht einmal ganz eine Stunde, um seinen Lkw vollzuladen, dann wendete er in einem weiten Bogen und schaltete und fuhr mit seiner schweren Last den Hang hinauf. Der Tieflader ächzte und stöhnte wie ein alter Mann, und schließlich war er oben.

Der Fahrer winkte ihnen noch einmal zu, dann kurbelte er an seinem großen Lenkrad und steuerte den gewaltigen Wagen zielsicher durch das Tor. Links und rechts war höchstens noch ein Inch Platz. Ben wünschte sich, mitfahren und das Tal weit hinter sich lassen zu können.

Dort, wo die Buche gefallen war, sah der Boden zerfetzt und narbig aus. Ben wußte, das waren die Äste des stürzenden Giganten gewesen. Aber da gab es auch noch diese anderen Risse, die merkwürdigen, dort, wo er in dieser düsteren Nacht die kleinen Bäume zu sehen geglaubt hatte. Komisch – jetzt, wo der gefällte Baum nicht mehr dalag, kamen sie ihm gar nicht mehr so auffällig vor.

Er hatte seinem Vater recht gegeben. Er hatte gesagt, alles sei in Ordnung, und das war akzeptiert worden. Aber tief in Ben waren die Zweifel noch immer riesengroß. Vielleicht hatte er es sich nur eingebildet, daß diese Bäume an Stellen standen, wo sie noch niemals gewesen waren. *Vielleicht.* Aber er *hatte* den Blätter-Mann gesehen, und er *hatte* die Knochen im Wald gesehen. Er wußte, mit Fasach Wood stimmte etwas nicht, und er würde sich mächtig anstrengen, um ihm nicht mehr in die Nähe zu kommen. Seine Eltern hatten sich so darüber gefreut, den Kampf um die Häuser gewonnen zu haben – aber Ben sah das ganz anders. Er wäre um einiges glücklicher gewesen, wenn sein Vater diese Sache verloren und sie alles verkauft und das Tal verlassen hätten.

Ben wollte nicht mehr hierbleiben. Der Wald da unten – und er hielt den Blick konsequent abgewandt – war wie eine schattenhafte Drohung. *Er* würde nicht verschwinden.

»Willst du einen Versuch mit der Säge, Ben?« rief ihm sein Vater zu. Der Junge wirkte noch immer viel zu still und reserviert, doch mittlerweile machte sich der große Bauer darüber keine Sorgen mehr. Er wußte, Ben brauchte nur ein wenig Zeit, dann würde er wieder kerngesund sein, und wenn erst einmal die Hütten standen, dann konnte er sich auch wieder ein paar von den Dingen leisten, auf die sie im letzten Jahr hatten verzichten müssen, etwa ein neues Mountainbike für seinen Sohn, damit er mehr Freiheiten hatte und nicht nur zu Hause herumsaß.

Ben tappte langsam den Hang hinab und zu seinem Vater, der am Rand des kleinen Waldes auf ihn wartete. Die etwa hundert Eichen und Ulmen hier waren vor fast einem Jahrhundert von Bens Großvater gepflanzt worden. Auf der anderen Seite, jenseits der Hill Lane, wucherte nur noch Gestrüpp. Die geradegewachsenen Lärchen dort hatte sein Vater bereits vor einem Jahr gefällt. Die Stämme lagen weiter oben am Hang in ordentlichen Reihen zum Trocknen aus. Gutes Bauholz mußte abgelagert sein; die Außenwände der Hütten sollten einmal aus diesen Stämmen bestehen. Sie waren *perfekt* geeignet. Jetzt mußte er nur noch einige Eichen schlagen – doch sie würden direkt ins Sägewerk transportiert werden. Das Sägewerk war Duncan Haldanes Bank für dieses Unternehmen. Fünfzig abgelagerte Bäume würden genügend einbringen, um den gesamten ersten Bauabschnitt zu finanzieren.

Duncan nahm die Sicherheitsbrille ab und gab sie Ben. Er sah ihm zu, wie er sich das Gummiband über den Kopf streifte und die Gläser zurechtrückte. Duncan zog die Krempe seiner Kappe nach unten und hob die Kettensäge an. Er mußte dreimal an der Leine reißen, bis das Ding losratterte. Die Sägezähne drehten sich in rasender Geschwindigkeit. Duncan hob den rechten Ellenbogen, und Ben schlüpfte unter seinen Arm. Er legte seine Hände – klein und bleich neben den starken Fingern seines Vaters – auf die Griffstücke. Seine Arme wurden durchgeschüttelt, seine Zahnreihen klapperten aufeinander. Duncan Haldane schob das Sägeblatt nach vorn, und die gezackte Klinge fuhr in die dicke Rinde. Dunkle Splitter wirbelten davon, dann hellere, als die Säge durch das Hartholz fuhr. Ben hörte den Unterschied. Und jetzt war die Maschine auch schwerer zu führen – obwohl er sie natürlich nicht selbst führte; aber es fühlte sich *fast* so an. Er fühlte den kräftigen Körper seines Vaters beschützend nahe bei sich; dann zogen seine muskulösen Arme die Klinge aus dem Holz und setzte sie in einem steilen Winkel von neuem an. Sägemehl sprühte, und dann flog ein keilförmiges Stück Eichenholz nach links und landete auf dem Boden. Duncan bewegte sich nach rechts, um den entscheidenden Schnitt durchzuführen, und der weiße Spalt in dem Baum grinste wie ein Mund. Er setzte das Sägeblatt wieder an, und es fuhr wie von selbst in die Eiche, und Bens Herz schien plötzlich *doppelt* zu schlagen.

Aus dem Schnitt quoll zähflüssiges Blut.

Es war kein Saft, kein Harz. Es war *Blut*. Es strömte schwerfällig heraus, als werde es von einem großen, trägen Herzen an die Oberfläche gepumpt. Es floß über die Klinge, und selbst das wegspritzende Sägemehl war so rot wie frischgehacktes Rindfleisch. Ben schrie auf, aber das Lärmen der Säge war so überwältigend laut, daß nicht einmal *er* es hörte. Wenn Duncan Haldane das Zurückzucken seines Sohnes spürte, so ließ er dies nicht erkennen. Seine Augen waren auf die Schnittlinie konzentriert.

Ben starrte voller Entsetzen und Abscheu auf die Säge und das Blut. Jetzt füllte es schon den ganzen Spalt aus, dann quoll es über und rann klebrig in den Rissen und Furchen der Rinde nach unten. Es floß über die Wurzeln und bildete rings um Bens Füße eine Pfütze. Der dumpfe, unangenehme Geruch sammelte sich ganz hinten in seinem Hals. Er hatte so etwas schon einmal gerochen – damals, als sein Vater den letzten Ochsen ihrer schrumpfenden Herde in den Schlachthof nach Craigard gebracht hatte. Die Luft war heiß gewesen vom Gestank des Blutes, das in Strömen zu den Ablaufrinnen floß. Ein rasendes Schwindelgefühl ließ Ben taumeln; plötzlich konnte er nicht mehr richtig sehen, plötzlich gab es nur noch diesen fürchterlichen Blutgeruch.

Er war gefangen.

Er konnte sich nicht bewegen. Vor ihm *blutete* der Baum in heftigen Stößen. Duncan Haldane hatte sich achtsam über den Jungen gebeugt und arbeitete konzentriert; Bens Hände lagen auf der Kettensäge, doch er führte sie. Seine Körpermasse, seine Arme, verhinderten, daß Ben zurückweichen konnte.

Duncan führte die gezackte Klinge nach oben, und Sägemehl spritzte in roten Klumpen über ihn und seinen Sohn. Etwas Heißes und Nasses klatschte ins Gesicht des Jungen, rann ihm über den Mund. Er preßte die Lippen augenblicklich fest zusammen, aber der warme Kupfergeschmack sickerte bereits in seine Zunge ein. Ein weiterer Sprühregen kam über ihn, und *Dinge* prasselten auf sein T-Shirt. Er senkte den Kopf und starrte durch die Schutzbrille nach unten und auf rostrote Flecken. Er geriet in Panik.

Der Baum war lebendig. Er *blutete.*

Und plötzlich begriff Ben – er mußte weg. *Schnell.* Er machte einen Schritt zurück, einen geduckten, ängstlichen Schritt. Er hatte wahnsinnige Angst. *Nur weg!* Er ließ die Haltegriffe der Kettensäge los. Duncan Haldane schien es gar nicht zu bemerken. Die Maschine war schwer, und er mußte sie mit angewinkelten Ellbogen und seiner ganzen Kraft halten, um zu verhindern, daß sie vom eigenen Schwung aus dem Stamm gerissen wurde.

Dann spürte Ben das pochende Vibrieren unter seinen Füßen. Es pflanzte sich durch ihn hindurch fort, und gleichzeitig schoß ein weiterer Blutschwall aus der Wunde des Baumes. Die Erde bebte. Ben drehte sich halb herum und sah eine Bewegung direkt neben dem Fuß seines Vaters. Das Gras teilte sich. Eine Wurzel tastete sich aus dem Boden – ein knorriges, moosbewachsenes, warziges *Ding.* Ben hörte sich alarmiert keuchen. Duncan Haldane bewegte sich mit der Säge – und seinem Sohn – weiter nach links, die Augen unablässig auf die Sägelinie gerichtet. Sein Absatz verfing sich in der Wurzel. Da er Ben zwischen den Armen hatte, verlor er das Gleichgewicht. Er versuchte den Sturz noch abzufangen, doch das war unmöglich; er kippte bereits vornüber. Die Kettensäge in seinen Händen ruckte heftig, als er sie mit seinem Gewicht nach unten drückte. Dann geriet alles außer Kontrolle. Das Sägeblatt flirrte in einem Silberstreif aus dem Spalt. Blut spritzte und bedeckte die Sicherheitsbrille und verwandelte Bens Welt in krankmachendes Rot.

Duncans Haldans Stiefelabsatz war noch immer in der Wurzelschlinge gefangen. Während er stürzte, versuchte er die kreischende Säge von seinem Sohn wegzuhalten. Irgendwie gelang es ihm, sich im Fallen herumzuwerfen. Ein scharfer Schmerz durchzuckte seine Kniekehle. Die Säge wischte über Bens Kopf hinweg. Der Junge schlüpfte unter seinen Armen hindurch, stürzte und rollte über das Gras. Ben spürte schlüpfriges Blut unter seinen Knien. Er versuchte wegzukriechen, doch seine Hände, Knie und Füße fanden keinen Halt; es war wie in einem Alptraum – er bewegte sich wie rasend und kam nicht vom Fleck.

Hinter ihm schlug sein Vater mit einem dumpfen Laut zu Boden. Die Säge bäumte sich auf, und sein Griff löste sich. Duncan stieß einen warnenden Schrei aus.

»Ben!«

Die Säge wirbelte in hohem Bogen durch die Luft und raste auf Ben hinab.

Das Aufbrüllen seines Vaters übertönte das allgegenwärtige Geratter mühelos. Ben riß den Kopf herum; der Schwung ließ ihn endgültig den Halt auf der glitschigen Fläche verlieren. Plötzlich waren seine Hände nicht mehr *unter* ihm. Seine Schulter sackte vor und prallte gegen den Boden; er wälzte sich auf den Rücken. Die Kettensäge kreischte herab und bohrte sich genau an der Stelle in die Erde, an der soeben noch Bens Hals gewesen war. Die Sicherheitsbrille rutschte von seinen Augen, und er sah, wie Grasbüschel und kleine Steine hochgeschleudert wurden. Das Ding steckte nur Inches von seinem Gesicht entfernt im Boden und ruckte und bockte und traf unterirdisch auf irgend etwas Festes – und kam frei und schwirrte mit einem peinigenden Kreischen auf ihn zu.

Dann zuckten die Hände seines Vaters heran und packten zu; die rechte Hand erwischte einen der Haltegriffe, die andere hieb mit der Wucht eines Hammers auf den Schalter. Das Kreischen verstummte sofort. Einige Erdbrocken flogen noch durch die Luft, aber die schwirrende Bewegung des Sägeblatts stoppte bereits. Ben hatte nur Augen für das *Blut* auf der Klinge und überall rings um sich herum im Gras.

Duncan Haldane stieß ein angespanntes, zittriges Seufzen aus. Ben blinzelte zu ihm hoch und sah das Grauen, das seinem Vater noch immer ins Gesicht geschrieben stand. Seine gesunde, wettergegerbte Haut war grau.

»O Ben!« murmelte Duncan, als er schließlich wieder zu Atem gekommen war. Er riß ihn hoch und hielt ihn fest gegen sich gepreßt. »Das war verdammt dumm von mir, Junge. Um Gottes willen, ich hätte dich beinahe –«

Ben *wußte*, was beinahe passiert wäre. In seinem Kopf kreiste ein Strudel aus Angst und Erleichterung, und sein Magen war nur noch eine verkrampfte Masse. Trotzdem konnte er nur an das Blut denken, an das Blut, das *er* jetzt an die Jacke seines Vaters schmierte. *Das Blut des Baumes*. Duncan drückte ihn noch immer, und Ben spürte, daß sein Vater zitterte. Zwei oder drei Minuten lang standen sie so beieinander, dann lockerte Duncan seine Umarmung und setzte den Jungen sanft auf den Boden zurück.

»Ich denke, wir sollten eine kleine Pause einlegen, Sohn«, krächzte er. »Schau dich nur an, du bist voller Schlamm.«

Zuerst dachte der Junge, sein Vater habe *Blut* gesagt, und er sah auf sein T-Shirt hinab, auf die roten, verschmierten Spritzer. Der Kupfergeschmack hing noch immer schwer und warm in der Luft. Zu Bens Füßen gerann das Blut des Baumes.

Duncan hob die Kettensäge auf. Speichelähnliche blutige Fäden troffen zu Boden.

»Muß den Schlamm wegputzen, bevor wir weitermachen können«, sagte er.

Schlamm. Das hatte sein Vater gesagt. *Schlamm*, nicht *Blut.*

Das Begreifen überkam Ben wie ein schweres Gewicht.

Er sieht es *nicht.*

Wie um seine Blindheit gegenüber dem monströsen *unmöglichen* Strömen unter Beweis zu stellen, hob Duncan jetzt die Hand und streckte sie aus und legte sie direkt in den Spalt. Das Blut floß noch immer, wenn auch langsamer. Ben sah die Finger seines Vaters in die nässende *Wunde* eintauchen. Mehr denn je kam ihm der Spalt wie ein Mund vor; sekundenlang überfiel ihn ein *absolutes* Grauen, er glaubte zu *wissen*, daß dieser Mund zuschnappen und die Hand seines Vaters *abbeißen* würde. Ein riesiger Schrei blubberte in ihm hoch, aber da zog Duncan seine Hand bereits zurück. Rote Tropfen wirbelten zu Boden, aber er wischte seine Finger nicht ab, er schien weder das Strömen noch den Gestank zu bemerken.

»Ich weiß nicht, wie das passieren konnte, aber wir haben Glück gehabt, *verdammtes* Glück«, brummte er, wandte sich um und suchte den Boden ab.

Die Wurzel, dic sich um seinen Stiefel geschlungen hatte, war verschwunden.

»Die Säge muß auf einen Astknoten gestoßen sein. Ich glaube, es ist besser, wenn ich das hier alleine fertigmache. Gib mir die Brille, Ben.«

Der Junge zog sie sich über den Kopf und reichte sie ihm; seine Hand zitterte noch immer. Duncan bemerkte es, sagte jedoch nichts. Vor seinem geistigen Auge sah er das kreischende Sägeblatt das Erdreich aufreißen – nur Inches vom Kopf seines Sohnes entfernt –, und eisige Schauder durchfuhren ihn.

»Du gehst jetzt ins Haus. Trink einen Saft. Deine Mutter wird einen Anfall kriegen, wenn sie all diesen Schlamm sieht.«

Wieder *Schlamm*, dachte Ben, und das quälte ihn mehr als alles andere. Der Baum hatte *gelebt.*

Er hatte dafür gesorgt, daß diese Wurzel wie eine

Schlange aus dem Boden gekommen war. Er hatte seinen Vater stolpern lassen. Er hatte versucht ihn zu töten. Und sein Vater bekam es nicht einmal mit.

Er ging rückwärts, die Augen noch immer auf den Baum gerichtet. Er zögerte.

»Geh schon, Junge. Du legst eine Pause ein. Zieh dir saubere Sachen an. Sag deiner Mutter nur, daß es schlammig war, hier unten, erzähl ihr nichts von dem Unfall. Das werd' ich ihr beibringen.«

Ben wollte seinem Vater sagen, daß er den Baum nicht fällen durfte. Er wollte ihm die Pfütze aus Blut zeigen und das rote Strömen auf der schorfigen Rinde. Aber er schaffte es nicht. Sein Vater konnte es nicht sehen. Nur er, Ben, konnte das. Der Junge fragte sich zum ersten Mal, ob möglicherweise doch mit *ihm* etwas nicht stimmte. Aber da war dieser Schlachthofgeruch, und er *wußte*, das bildete er sich nicht nur ein. Der Wald *sprach* zu ihm. *Er offenbarte sich ihm.* An dem Tag, an dem er mit Dorrie da unten herumgeirrt war, hatte er ihm gezeigt, daß ein Teil von ihm *fremd* war, angsteinflößend *seltsam.* Jetzt zeigte er ihm, daß er richtig *lebte*. Und daß er ihn *umbringen* wollte.

Ben tappte weiter; er war sich seiner Sache jetzt völlig sicher, und plötzlich hatte er noch mehr Angst. Er konnte sich nicht dazu durchringen, es seinem Vater zu sagen. Er wußte, *er* würde nichts sehen. Er würde ihm auch nicht glauben. Er würde nicht einmal *zuhören.*

In diesem Moment hatte der Junge entsetzliche Angst um seinen Vater, und dennoch fühlte er sich machtlos. Langsam drehte er sich um und ging den Hang hinauf. Als er an der Haustür ankam, hörte er die Kettensäge wieder losheulen. Er schloß kurz die Augen und glaubte, das Sägeblatt in das Holz fahren, glaubte noch mehr Blut fließen zu sehen. Seelischer Schmerz hüllte ihn ein wie ein kalter Nebel.

Seine Mutter war in der Küche. Sie warf ihm einen langen, langen Blick zu, dann sagte sie ihm, er solle das T-Shirt ausziehen.

»Sieht so aus, als hättest du dich im Dreck gewälzt«, sagte sie kopfschüttelnd. »Du mußt besser aufpassen, hörst du?«

Sie konnte es auch nicht sehen. Bens Verzweiflung wurde noch größer.

— 24 —

In der Woche vor dem Ceilidh geschah nicht mehr viel. Ernie Buists rostiger Traktor stand noch immer gegen die Hecke zurückgesetzt am Straßenrand. Alec Stirling kam jeden Morgen daran vorbei. Vom Vater wie auch vom Sohn fehlte jede Spur. Er wünschte dem Jungen in Gedanken viel Glück.

Sheila Garvie besuchte Caitlin jeden Nachmittag. Manchmal saß sie nur bei ihr und redete, während sie malte; manchmal gingen sie zusammen im Wald spazieren. Das Mädchen nahm sich ihren Skizzenblock mit und fertigte geübt Zeichnungen jener Pflanzen an, die Sheila am Wegesrand pflückte. Das Wissen der älteren Frau begeisterte sie. Es kam ihr vor, als kenne sie jede Blume, jede Wurzel. Und Tag für Tag ermunterte Sheila das Mädchen, mehr von ihrer Medizin einzunehmen. Caitlin hörte Sheila zu, wenn sie ihr von ihrem Glauben an die heilende Kraft von *Gaia*, der Mutter Erde, erzählte, und von der Macht, die jedem Gewächs innewohnte. Mit jedem Tag, der verging, überzeugten Sheilas Argumente sie mehr und mehr. Sie fühlte sich gesünder als jemals zuvor. Sie erwachte schon in aller Frühe, zog sich an dem Trainingsgerät aus dem Bett und absolvierte ihre Übungen. Dann genoß sie ein warmes Bad. Sie strotzte vor Energie, und ihr Wohlbefinden schien immer noch zuzunehmen.

Zwei Tage vor dem Ceilidh fuhr Caitlin gerade in die Küche, als sie ein energisches Klopfen an der Tür hörte.

Sie wandte sich rasch herum und stieß mit dem Knie hart gegen ein Tischbein. Caitlin bugsierte den Rollstuhl zurück und schubste die Räder an und sauste den Flur entlang und zur vorderen Tür. Alec Stirling stand unter dem Vordach und streckte ihr ein ganzes Bündel Briefe entgegen. Erst später dachte sie an diesen Zwischenfall zurück. Sie lag im Bett und hielt sich eine kalte Kompresse auf die Prellung – das tat sie immer, wenn ihr so etwas passiert war. Sie erinnerte sich an den *Zusammenstoß* ... und glaubte, ein kurzes Aufflackern von Schmerz gespürt zu haben. Sie schüttelte den Kopf. Sie hatte seit achtzehn Monaten keinen Schmerz mehr in den Beinen gespürt. Bevor sie einschlief, trank sie ein weiteres Glas von Sheilas Mixtur. Am Morgen war die Prellung verschwunden. So schnell waren derartige Verletzungen noch *nie* geheilt.

Duncan Haldane nutzte die Tage vor dem Ceilidh, um zehn Eichen zu fällen und zu entasten und sie zu dem felsigen Buschland am Rande des Waldes zu schleppen und dort aufzustapeln. Er arbeitete völlig allein. Er hatte die Beinahekatastrophe mit Ben keine Sekunde lang vergessen, und allein der Gedanke daran verursachte ihm körperlichen Schmerz. Im Laufe der Woche kam der Tieflader des Sägewerks und holte die Eichenstämme ab, und Duncans Baukonto war um einen weiteren ordentlichen Betrag aufgestockt.

Bob McCourt lag nach wie vor im Krankenhaus und erholte sich nur sehr langsam von seinem Rendezvous mit dem Tod; von Zeit zu Zeit schreckte er aus grausigen Alpträumen hoch, in denen er durch einen lebenden Wald irrte und Leichen sah, die von Bäumen herabbaumelten oder *mit den Bäumen verwachsen waren.*

Spät nach Mitternacht, wenn im Dorf alles schlief, hätte ein heimlicher Beobachter einzelne oder paarweise Gestalten zu der alten Mühle hinabeilen sehen können, wo sie sich versammelten und schließlich gemeinsam in den Wald begaben. Wäre ihnen dieser heimliche Beobachter zu dem alten Grenzwall gefolgt, der den ursprünglichen Fasach

Wood umzog, so hätte er bereits kurze Zeit später Frauenstimmen vernommen, die sich in einem monotonen Singsang erhoben. Doch da war niemand, der sie hörte.

In jenem tiefen Teil des Waldes, der nur über einen der schattigen Pfade erreicht werden konnte, die geradewegs in das dunkle Herz abbogen, verstummte das sanfte Singen schließlich kurz vor dem Morgengrauen, und bald darauf kehrten die Gestalten einzeln oder paarweise zu ihren Häusern zurück, während das Dorf weiterhin schlief. So ging das Nacht für Nacht.

Und dann war es Samstag, und Martin Thornton *wußte* bereits, daß er zu spät nach Linnvale kommen würde. Er hatte noch einen Artikel umarbeiten müssen, und als er nach Hause kam und sich duschte und rasierte, lief ihm die Zeit bereits davon. Er zog sich an, schlüpfte in ein leichtes Tweedjackett, das modern genug war, ohne ihn *overdressed* daherkommen zu lassen, stopfte einige legere Kleider in seine Reisetasche und saß eineinhalb Minuten später in seinem Jeep. Sobald Levenford hinter ihm und die Landstraße einsam und verlassen vor ihm lag, drückte er das Gaspedal ins Bodenblech.

Nördlich von Lochend führte die Straße dicht am Ufer von Loch Corran entlang. Um diese Jahreszeit – und zu dieser vorgerückten Stunde – lagen die Fluten völlig ruhig und spiegelten das Blau des hellen Sommerabendhimmels. Weit draußen zog ein Schnellboot eine weiße Linie in die gläserne Fläche. In einiger Entfernung im Norden, wo sich die breiten Wasser verengten und vertieften und blauschwarz wurden, ganz gleich, wie still oder sonnig der Tag war, ragten steile, mit Eichen bewachsene Hänge empor.

Der Frieden täuschte. Seismische Untersuchungen hatten ergeben, daß es drei Meilen unter den stillen Wassern ein gewaltiges Ölvorkommen gab. Spätestens in zwei Jahren würde am gegenüberliegenden Ufer des Loch Corran mit dem Bau einer gigantischen Förderanlage begonnen werden. Und der Kampf gegen *diese* Unternehmung würde die Differenzen zwischen der Linnvale-Vereinigung für Naturschutz und Duncan Haldane wie einen lächerlichen kleinen Austausch von Höflichkeiten erscheinen lassen.

Martin fuhr so schnell, wie es der betagte Dieselmotor erlaubte. Der Landrover war uralt und trug die Narben zahlreicher Kämpfe, und demgemäß schaukelte er auf protestierenden Stoßdämpfern dahin. Aber er fuhr dieses Wrack jetzt bereits seit sieben Jahren, und es kam ihm längst wie ein alter, eigenwilliger Freund vor.

Eine Meile hinter Ardoch, einer kleinen Ansammlung von Häusern jenseits der alten Colquhoun-Ländereien, bog die Straße nach links und gleich darauf scharf nach rechts, bevor sie wieder geradeaus führte. Der Eingang des Linnvale-Tales wurde, wie auch das Bett des Corrie, zu beiden Seiten von hohen, zerzausten Linden flankiert, und Martin Thornton nahm an, daß er hier die letzten Ausläufer von Fasach Wood vor sich hatte.

Er fuhr etwa eine Meile weit und hielt nach dem Wegweiser Ausschau. Als die Straße schließlich in zahlreichen Schlangenlinien dem Verlauf des Ufers folgte, begann er zu ahnen, daß er die Abzweigung nach Linnvale verpaßt hatte. Ein paar Yards weiter fegte der Landrover über eine Brücke, und jetzt *wußte* er, daß er an der Linn Road vorbeigefahren war. Vor sich hin fluchend stoppte er am nächsten Hoftor, wendete und fuhr zurück. Das Loch Corran lag jetzt zu seiner Linken, und rechts schienen die hohen Bäume immer dichter zusammenzurücken. Er fuhr langsamer. Es gab keine Abbiegung. Es gab kein Straßenschild. Martin fuhr bis ans Ende der geraden Strecke und verbrachte fünf verwirrende Minuten damit, einen Wendeplatz zu finden. Als er wieder in nördlicher Richtung unterwegs war, schüttelte er den Kopf.

Er befand sich hier in Schottland, und eine schottische Uferstraße konnte durchaus wie die andere aussehen; ganz besonders sogar für Gelegenheitsbesucher wie ihn. Letzte Woche hatte er dem Tal gerade einmal seinen zweiten Besuch abgestattet. Trotzdem. Er konnte sich nicht erinnern, irgendwelche Schwierigkeiten gehabt zu haben. Also fuhr er auf einen Feldweg und versuchte minutenlang, seine Route zu rekonstruieren – und gab schließlich auf. Je länger er darüber nachdachte, desto unsicherer wurde er. Jetzt wußte er nicht einmal mehr, ob die Linn Road vor oder *nach* dieser Corrie-Brücke kam.

Er kurbelte am Lenkrad und stieß den Wagen rückwärts aus dem Feldweg heraus, sah das Aufblitzen großer Scheinwerfer bleich im Abendlicht und stieg auf die Bremse; nur Sekunden später brauste ein großer, weißer Tanklastzug hinter ihm vorbei, auf dessen Seite in auffälligen schwarzen Buchstaben *MacKinnon* stand. Der Fahrer winkte ihm, doch Martin konnte nicht sagen, ob das eine freundliche Geste war oder ein Ausdruck von Ärger. Er tippte auf letzteres. Der Tanklastzug donnerte die Loch Shore Road entlang und verursachte einen Luftsog, der den Jeep durchschüttelte. Martin schaltete und gab bereits Gas und fuhr auf die Straße zurück. Der große Laster war eindeutig nach Linnvale unterwegs.

Er beeilte sich, ihn einzuholen. Er brachte die Slalomstrecke hinter sich und war wieder auf der Geraden – und sah weit voraus das große weiße Heck auftauchen. Er trat das Gaspedal durch. Vor ihm leuchtete es rot und orange. Der Tanker wurde heruntergebremst. Dann bog er ab und verschwand zwischen den Bäumen. Martin war noch etwa eine Viertelmeile entfernt. Als er die Stelle erreichte, bremste er auf Schrittempo ab und runzelte die Stirn. Zuerst schien es da nur diesen ununterbrochenen Verlauf des Waldrandes zu geben. Er fuhr langsam, verwirrt, weiter, und dann, ganz plötzlich, sah er die Linn Road vor sich und gab wieder Gas. Die Äste der großen Linden waren jetzt dicht mit Blättern bewachsen und hingen tief auf den Boden herab oder bildeten mit anderen Ästen ein dichtes Flechtwerk, eine nahezu undurchdringliche Barriere. Die Straße war perfekt verborgen. Martin dachte an seinen letzten Besuch zurück. Diese Bäume . . .*Sie waren nicht so nahe an der Straße gewesen*. Er bog in die Linn Road ein, und jetzt bemerkte er auch den Wegweiser, dessen blauer Pfeil geradewegs in den Spalt im Waldrand deutete. Buschiges Efeu war an dem Pfosten hochgewachsen und hatte flaschengrüne Ranken mit wächsernen Blättern über die Beschriftung gebreitet.

Martin schmunzelte in sich hinein. Er fuhr zwischen den Bäumen hindurch. Die tiefhängenden Äste und Zweige kratzten über den Jeep, klopften wie Knöchel gegen das Dach. Er nahm an, daß der Fahrer des wesentlich höheren Tanklastzuges Nerven wie Drahtseile benötigte, sooft er durch dieses *Dickicht* brauste ... und eine ganze Menge Pferdestärken.

Auf halbem Wege nach Linnvale holte er ihn ein. Er hielt es noch immer für eine gute Idee, einen Baumdoktor zu alarmieren und ihn diese Bäume hier zurückstutzen zu lassen – andernfalls würde die Straße nach Linnvale ziemlich bald völlig zugewachsen sein.

Caitlin war fertig und wartete bereits auf ihn, als er endlich an ihre Haustür klopfte. Sie erwähnte seine Verspätung mit keinem Wort; sie sah ihn nur strahlend an.

»Du siehst sehr gut aus«, lobte sie. »Gut, aber lässig. Genau richtig.«

Er ergriff ihre Hand und ging in die Hocke, so daß sie nicht zu ihm hochsehen mußte. »Und du – du siehst *phantastisch* aus!«

Caitlin trug ein grünes Top aus Seide, das perfekt zu ihren Augen paßte; ihre feuerroten Haare waren hochgesteckt. Die Bernsteinkette um ihren Hals schimmerte in einem seltsamen Honiglicht. Jetzt strahlte er sie an. Doch bevor es allzu peinlich werden konnte, räusperte er sich.

»Okay. – Fahren wir, oder veranstalten wir wieder ein Wettrennen?«

»Keins von beiden. Wir schlendern elegant dahin.«

Sie ließ zu, daß er den Rollstuhl schob. Unterwegs zeigte sie auf die Blumen entlang der Hecken und erzählte ihm von ihren Waldspaziergängen mit Sheila Garvie.

»Sie wird heute abend auch da sein«, kündigte sie an.

»Sie hat Wein gemacht. Alle sagen, er ist stark genug, daß einem die Schädeldecke wegfliegt.«

»Ich glaube, ich *mag* sie.«

»Denk nur daran, daß du *mich* heute nacht heimbringst«, sagte Caitlin und mußte wieder an ihren Traum denken. *An den* Höhepunkt *ihres Traumes.* Plötzlich wurde sie sehr mädchenhaft rot. Sie sah starr geradeaus, so daß es ihm nicht auffiel.

Beide behielten sie ganz instinktiv und ohne darüber nachzudenken den Straßenrand und die Hecken im Auge. Martin hatte Caitlin nichts von seinem kleinen *Unfall* erzählt und davon, daß er samt Jeep beinahe wie sie im Fluß gelandet wäre. Sie sollte sich nicht ängstigen – nicht ausgerechnet jetzt; aber später würde er sie vor größeren einsamen Spritztouren warnen. Was Caitlin betraf, so hatte sie das kehlige Knurren und den heftigen Schlag, mit dem das schwarze Tier gegen ihren Rollstuhl gekracht war, noch längst nicht vergessen.

Schließlich kamen sie an die Brücke und überquerten sie, und die Hecken blieben hinter ihnen zurück. Da Martin die Frau des Pfarrers interviewt hatte, kannte er den Weg zum Kirchengemeindesaal. Als sie dort eintrafen, war die Musik bereits laut genug, um die Dachplatten klappern zu lassen.

Für die meisten von ihnen war dies eine Nacht, wie es schon lange keine mehr gegeben hatte.

Alec Sterling saß an der Tür und verkaufte Eintrittskarten. Er hieß Caitlin und Martin mit der vergnügten Jovialität eines Mannes willkommen, der bereits etwas getrunken hatte und fest entschlossen war, noch eine ganze Menge mehr zu trinken und so die eigene Kondition zu testen.

»Alles nicht für die Öffentlichkeit bestimmt, Boß«, ließ er Martin wissen. »Keine Notizbücher heut nacht, und wenn du mich mit irgend jemandem tanzen siehst, mit dem ich nicht tanzen sollte, dann will ich nirgendwo was darüber lesen.« Er wandte sich Caitlin zu. »Und du schraubst die Bremsen von deinem *Ufo*, und dann zeigen wir denen, was ein *Boogie* ist.« Er blinzelte ihr ziemlich unverschämt zu. Alec hielt ohnehin nur wenig von feiner Zurückhaltung. Ein paar Halblitergläser Starkbier konnten diesbezüglich also nur noch katastrophale Folgen zeitigen. Allerdings gehörte er zu der Sorte Männer, die sagen konnte, was sie wollte, und doch niemals verletzend wurde.

»Du könntest nie im Leben mit mir mithalten«, erwiderte Caitlin mit einem Lachen.

»Nun, aber wenn ich's schaffe, dann leihst du mir deine Rädchen und paßt auf, daß ich heil nach Hause komme. Ich meine, man trinkt ein bißchen was, und schon wollen einem plötzlich jede Menge Frauen Geleitschutz geben ... Das kann gefährlich werden.«

Alec winkte sie durch, griff unter den Kartentisch und beförderte seinen Bierhumpen zutage. Er war soeben mit einem wahrhaft meisterlichen Schluck befaßt, als Molly Carr und Fiona Herron eintraten. Es war nicht leicht, das *Beweisstück* verschwinden zu lassen, eine Riesenflut Bier hinterzuwürgen, ununterbrochen weiterzulächeln und dazu noch Karten zu verkaufen.

Der Saal war bereits brechend voll. Caitlin winkte einigen Bekannten zu. Martin stand hinter ihr und fühlte sich ziemlich verlegen, da er nur sehr wenige der Leute kannte. Schließlich bemerkte er Duncan Haldane und dessen Frau; sie saßen mit einem anderen Paar dicht beim Eingang. Er winkte ihnen und bekam eine fröhliche Erwiderung. Rose Haldane sah ein ganzes Stück sorgloser aus als bei ihrer ersten Begegnung. Er nahm sich vor, den beiden zu ihrem Sieg zu gratulieren; allerdings diskret. Caitlin hatte auf beiden Seiten der *Trennlinie* Freunde.

Sie setzten sich zu einer Gruppe jüngerer Paare an den Tisch, und Caitlin stellte Martin vor. Caroline Petrie und Melanie Cuthbert waren Freundinnen von Caitlin. Die drei jungen Frauen halfen, das Sommerferienprogramm für die kleineren Kinder zu organisieren. Er schüttelte Hände, und einer der Männer lud ihn auf ein Bier ein, was er gerne akzeptierte. Es war ziemlich heiß in dem Saal, und die Temperaturen stiegen weiter an. Drei junge Burschen in weißen Hemden und mit Frackfliegen spielten ganz passabel Piano, Akkordeon und Schlagzeug. Der Abend nahm seinen Lauf. Dann und wann war lautes Lachen aus dem Nebenzimmer zu hören – dort fand die Kinderparty statt. Die Teenager schließlich feierten in einem Anbau, der während des Zweiten Weltkrieges als Quartier für jene Soldaten errichtet worden war, die das Treibstoffdepot bewachten. Sie hatten ihre eigene Disco – allerdings unter den wachsamen Augen zweier Kirchenältester.

Dem ersten Bier folgte ein weiteres. Die nächste Runde spendierte Martin. Caitlin hatte ein Glas von Sheila Garvies Wein vor sich stehen und erklärte, er schmecke wunderbar. Einer der jungen Männer holte einen Steinkrug aus der beachtlich großen Handtasche seiner Frau und machte sich daran, jedem einen Schluck daraus einzuschenken. Die Flüssigkeit war so dunkel, daß sie fast wie Karamel aussah. Martin brachte es nicht übers Herz, ihm beizubringen, daß er dem Whisky abgeschworen hatte.

Er nippte nur ein wenig daran. Er schmeckte wie ein kräftiger Malt, und Martin verspürte plötzlich eine unbändige Gier danach, ihn einfach hinabzustürzen. Nach einem konspirativen Wink, näher zu rücken, teilte der junge Mann im Verschwörertonfall mit, daß er fünf Jahre lang tief unter den Dumbuie Hills in Eiche gereift sei und daß es da noch fünf Fässer gab, die trotz unzähliger behördlicher Durchsuchungen in Würde alterten, und daß diese Durchsuchungen für seine Familie bereits seit zweihundert Jahren zum Alltag gehörten. All dessen ungeachtet, hatte der Whisky einen rosigen Farbton und die Wirkung eines zornigen Bullen. Martin schob sein Glas entschlossen auf Armeslänge von sich. Er hatte genügend Zeit damit verbracht, irgendwelche Flaschenböden anzustieren.

Sheila Garvie kam kurz zu ihnen und schenkte Caitlin nach. Als sie den schlanken Arm ausstreckte, bemerkte

Martin ein kleines Muttermal an ihrer Armbeuge – schwarz auf der glatten Haut. Für einen Sekundenbruchteil kam ihm die Form seltsam vertraut vor, dann unterbrach Caitlin seinen Gedankengang und bot ihm ihr Glas an. Martin trank einen Schluck, doch nach dem Whisky schmeckte ihm der Wein zu fruchtig. Sheila kostete von Martins Glas und rümpfte die Nase.

»Zu viel Torf«, erklärte sie, griff in ihre Tasche und beförderte eine zierliche, silberne Flasche zutage. Bevor er protestieren konnte, goß sie eine klare Flüssigkeit in den Whisky.

»So. Versuchen Sie ihn jetzt.«

Es blieb ihm nichts anderes übrig. Die dunkle Flüssigkeit hatte sich verfärbt und sah jetzt wie *richtiger* Whisky aus. Er führte das Glas an die Lippen und nippte daran. Sofort breitete sich eine phantastische Glut in seinem Mund aus und ergoß sich in seinem Hals. Was immer Sheila in das ursprüngliche Gebräu gegeben hatte – es rundete den Geschmack absolut perfekt ab.

»Nun, *das* ist ein Whisky«, lobte er. »Sie haben den falschen Beruf.« Sheila bedachte ihn mit einem langsamen Schmunzeln. Martin nahm einen weiteren Schluck, und die berauschende Wirkung breitete sich bis unter seine Rippen aus.

Ein Dudelsackspieler betrat das Podium, und die Musik wurde lauter. Jemand verlangte lautstark nach einem *Strip-the-willow*, und einige der jüngeren Gäste eilten zur Tanzfläche und nahmen ihre Plätze ein. Dann erhob sich die Melodie, und die Formationen begannen sich zu drehen. Caitlin klatschte den Rhythmus enthusiastisch mit, und ihre flammendroten Haare leuchteten wie heiße Kohlen. Martin beobachtete sie, und ein Schatten huschte über sein Gesicht. Caitlin lächelte; sie war sich der Tatsache gar nicht bewußt, daß diese jungen Paare hier etwas taten, von dem sie nicht einmal träumen konnte. Ganz unvermittelt wollte er ihre Hand nehmen und sie hochziehen; *wollte* er, daß ihre Verletzung verschwand. Und noch während er dies dachte, begriff er – nicht ohne ein nervöses Stechen in der Magengrube –, daß er sich in diese Frau ernsthaft verlieben konnte.

Als der Tanz beendet war und die jungen Leute Hand in Hand und mit schweißüberströmten Gesichtern zu ihren Tischen zurückgingen, stapfte ein großer Mann mit bulligen Schultern nach vorn und setzte sich an den Rand der kleinen Bühne. Er zog eine schlicht aussehende Flöte aus der Hosentasche und begann eine schwermütige Melodie zu spielen. Die meisten Leute im Saal lauschten schweigend. Zwei oder drei Paare erhoben sich und tanzten wie in einem Traum versunken ganz langsam miteinander. Die Frau des Mannes mit dem niemals versiegenden Whiskynachschub forderte Martin auf. Caitlins Kopf ruckte herum; ihre Blicke beorderten ihn auf die Tanzfläche.

Der Abend nahm seinen Fortgang, und im Saal wurde es heißer. Martin zog sein Jackett aus, bald darauf legte er auch die Krawatte ab. Er öffnete sein Hemd, zwei oder drei Knöpfe weit. Sooft Sheila Garvie vorbeikam, um Caitlin Wein nachzuschenken, bedachte sie ihn mit ihrer farblosen *Spezialflüssigkeit.* Das erste Glas Whisky, dachte er seltsam vage und spürte bereits, daß er die Kontrolle verlor. Bald darauf trank er ohne nachzudenken.

Gail Dean kam zu ihm herüber und lobte seinen Artikel. Ihre Wangen waren ein wenig gerötet – ein deutlicher Hinweis darauf, daß sie bei den flotten Tänzen keinesfalls tatenlos abseits stand.

»Glauben Sie, daß Sie den hier können?« fragte sie.

»Nur, wenn es mir gelingt, mich an meine Pfadfinderzeit zu erinnern«, meinte Martin zögernd.

»Gut. Ich war auch bei den Pfadfindern.«

»Ich hab' mir große Mühe gegeben. Dann fiel mir im Zelt die Fackel aus der Hand. Sie haben mich rausgeworfen.«

»Schlimmer Junge«, tadelte Gail und lächelte breit.

Sie ergriff seine Hand und zog ihn zum Tanzboden. Er nahm sie in den Arm, und sie kam sehr nahe heran und schmiegte sich an ihn. Sie war fast so groß wie er, und sie hatte ein attraktives, hübsch geformtes Gesicht – und Grübchen, wenn sie lächelte. Ihre Augen glitzerten in einem tiefen Blau. Ihr Haar war goldblond. Martin fand, daß nur Caitlin *noch* besser aussah als sie.

Sie tanzten langsam im Kreis. Als sie an der Tür vorbeikamen, tappte gerade Alec Stirling herein – er hielt ein großes Bierglas in der Rechten und wirkte bereits recht unsicher auf den Beinen.

»Hey, Wirbelwind«, rief er heiser und so laut er konnte. »Und jetzt ein *Pas de deux!*« Er hob sein Glas und nahm einen großen Schluck. »Los geht's, Heulende Gail, laß die Röcke fliegen!«

Alle Männer lachten. Einige der Frauen kicherten verlegen.

»Die denken, ich sei ein bißchen übermütig, aber, wie die Jüngeren sagen, wenn's Spaß macht, mach mit.«

Sie lachte, und Martin fühlte das Zucken ihrer Muskeln. Gleich darauf zog sie ihn noch ein wenig näher an sich heran. Jetzt konnte er die Hitze ihres Körpers durch sein Hemd spüren.

Sie tanzten ein weiteres Mal um die dichtbevölkerte Tanzfläche herum. Irgend jemand stieß gegen Martin, und er stolperte vorwärts und fühlte sich gegen die Frau des Pfarrers gedrängt. Sie zog ihn *noch* näher an sich. Und dann, völlig überraschend, wand sie sich heran und stieß ihre Brüste hart und fordernd gegen ihn. Er spürte die sanfte Wölbung ihres Bauches dicht an sich. Zuerst glaubte er noch immer, es sei nur eine zufällige Bewegung gewesen, aber dann wiederholte sich das Ganze, und jetzt fühlte er durch den dünnen Sommerstoff ihres Kleides und den zarten BH hindurch die unmißverständliche Berührung ihrer Brustwarzen.

Er wurde augenblicklich rot. Er tanzte mit der Frau des *Pfarrers*. Unvermittelt kam er sich wie ein linkischer Schuljunge vor. Es geschah selten, daß ihn die Aufmerksamkeit einer Frau aus der Ruhe brachte, doch hier, inmitten eines Raumes voller Fremder, und mit Caitlin Brook, die zu ihnen herübersah –

Genau in diesem Moment war der Tanz zu Ende. Gail Dean sagte etwas zu ihm, doch er verstand die Worte nicht. Der Akkordeonspieler rief den nächsten Tanz aus – und er verstand auch dies nicht –, und dann veränderte sich die Musik, und der Rhythmus wurde hart und schnell. Gail wirbelte von ihm weg, packte seine Hand und riß ihn mit sich, und schon tanzten sie eine übermütige Gigue. Martin fühlte sich ziemlich erleichtert. Nach der ersten Runde, als ihm der Schweiß über den Schläfen herabfloß, war er davon überzeugt, sich alles nur eingebildet zu haben. Er hatte die Frau nicht ermutigt.

An der Stirnseite des Saales wendeten sie, und er bemerkte Caitlins Blick. Sie klatschte noch immer den Rhythmus mit und schenkte ihm ein strahlendes, aufmunterndes Lächeln.

Die Musik wurde lauter und schneller, und er wirbelte mit der Frau des Pfarrers über die Tanzfläche. Sie raunte ihm etwas zu, das jedoch von dem allgegenwärtigen Lärmen verschluckt wurde, und dann, ganz unerwartet, verlangsamte sich der Rhythmus. Die Musik verwandelte sich in ein kurioses Doppelgeräusch, als höre er mit dem linken Ohr alles Sekundenbruchteile schneller als mit dem rechten. Die Akkordeonmelodie wurde zu einem dumpfen Baßdröhnen; es war, als habe jemand einen Schalter umgedreht – so mußte es sich anhören, wenn eine Schallplatte ganz, ganz langsam zum Stillstand kam. Die Lichter über ihm flackerten. Die Helligkeit schmerzte ihm in den Augen. Dann wechselte ihre Farbe; aus einem strahlenden Weiß wurde Orange, wurde ein seltsamer blaßrosa Farbton.

»Was zur Hölle – ?« begann Martin zu denken.

Die Tanzenden um ihn herum bewegten sich wie durch einen Sirup. Martin und Gail schwebten mühelos an ihnen vorbei. Sie passierten eine Frau, und Martin sah das langsame Entstehen eines Lächelns auf ihrem Gesicht, als sie sich an ihren Partner schmiegte. Zu seiner Linken hüpfte Alec Stirling zeitlupenhaft in die Höhe. Das Bier schwappte über den Rand des Glases und stürzte hundert Jahre lang in einem wogenden Schwall lautlos zu Boden. Sie erreichten die gegenüberliegende Seite des Saales. Caitlins Lächeln war noch immer strahlend breit. Martins Blick tauchte in ihre Augen. Sie wirkten dunkelbraun in diesem seltsamen Licht. Er sah ihre Hände zusammenkommen und auseinanderschweben und wieder zusammenkommen. Er hörte das doppelte Pochen seines Herzens in den Schläfen. Caitlin beendete ein weiteres lethargisches Klatschen, dann bemerkte Martin noch etwas. Ihr rechter Fuß bewegte sich wie ihre Hände im Takt der Musik.

Die Richtung des Tanzes wechselte, und Gail und Martin glitten weiter. Neben sich hörte er jemanden lachen – ein lautes, tiefes Dröhnen, kaum mehr menschlich. Er *spürte* die Vibrationen in den Schädelknochen.

Dann sagte Gail etwas.

»Oh, es ist so heiß!«

Ihre Stimme klang träge und dunkel, aber er konnte immerhin verstehen, was sie sagte. Ihre Stimme klang normal.

»Ich glaube, ich brauche etwas Kühles zu trinken«, sagte sie und lächelte ihn an. Ihre Wangen waren jetzt voller Farbe. Die Grübchen links und rechts ihres Mundes erinnerten an dunkelrote Höhlungen. Ihre Augen funkelten in dem blutigen Glühen des Lichts. Sie wandte sich um, eine Hand noch immer um Martins Hütte gelegt, und führte ihn geradewegs in einen angrenzenden Raum. Das Hämmern in seinen Ohren war wie ein träger Unterwasserpulsschlag.

Martin folgte ihr durch das unheimliche, blutige Licht und spürte, wie die Benommenheit stärker wurde und sein Sehvermögen beeinträchtigte. Der Raum war leer. Gail ging zu der Spüle und schenkte sich ein Glas Wasser ein. Sie griff in eine dekorative Tasche, nahm ein winziges

Fläschchen heraus und träufelte eine helle Flüssigkeit in das Glas. Das Wasser färbte sich augenblicklich dunkel.

Gail leerte das Glas bis auf die Hälfte. Sie spitzte die Lippen und reichte es Martin.

»Trink das. Es wird dich erfrischen.«

Martin griff nach dem Glas, und als er es umfaßte, berührten sich ihre Finger. Ein heftiger Ruck durchlief ihn; Energie knisterte zwischen ihnen. Ohne nachzudenken, hob er das Glas und trank.

Sterne glühten vor seinen Augen, und ein bitterer Geschmack ließ seine Zunge in jäher Hitze brennen.

Gail glitt hinter ihn. Er hörte einen dumpfen Laut. Der Raum verschwamm vor seinen Augen, seine Lungen gierten nach Luft. Eine Sekunde lang glaubte er ohnmächtig zu werden. Die Frau nahm ihm das Glas aus den Fingern und stellte es auf der metallenen Fläche neben der Spüle ab. Das Geräusch, das dabei entstand, klang wie ein Schritt. Martin drehte sich um. Sie tat etwas, und zuerst konnte er nicht ausmachen, was. Die Hitze in seinem Kopf strömte tiefer, in die Brust, in den Bauch. Seine Haut fühlte sich seltsam taub an – und gleichzeitig prikkelte sie.

Mit einer langsamen, entschlossenen Bewegung zog Gail Dean ihr Kleid über den Kopf und legte es auf den Tisch. Sie wandte sich um und lächelte ihn verzückt an.

»Es ist Zeit«, hauchte sie wie ein aufgeregtes Schulmädchen.

Martin versuchte etwas zu sagen, doch die Worte wollten nicht kommen. Er stand nur da, eine bestürzte Statue. Sie streifte den hauchzarten BH von ihren großen, festen Brüsten. Ihre Haut war glatt wie Seide, und das merkwürdige Licht färbte sie rosarot. Sie bückte sich und stieg geziert aus ihrem seidenen Slip. Sie legte ihn neben ihre Kleider und kam zu ihm.

»Es ist Zeit«, sagte sie. *»Jetzt, John.«*

»Aber ich bin nicht – «, versuchte Martin zu sagen, doch sie preßte bereits ihren Mund auf den seinen. Ihre

Zunge zwängte seine Lippen auseinander. Sterne explodierten hinter seinen Augenlidern. Er spürte ihre Wärme so nahe an sich. Hände zerrten gierig an seinen Kleidern, und er war *verloren.*

Er konnte nicht mehr denken. Berauschende Nebel füllten seinen Kopf. Sie zog ihn mit sich, behielt ihn gegen sich gepreßt. Sie erreichte den Tisch und lehnte sich zurück. Ihre Beine kamen hoch, und Martin Thornton verging in der Hitze unter dem Donnern seines Pulsschlags hinter seinen Ohren und dem Hämmern ihres Herzens an seiner Brust. Irgendwann schrie sie auf, dumpf und fordernd, doch er hörte nichts.

*****

Caitlin sah Martin an sich vorbeiwirbeln und klatschte laut und beobachtete, wie Gail Dean mit ihm davontanzte. Sie dachte noch: Er sieht richtig hilflos aus im Vergleich zu ihrer umwerfenden Begeisterung. Gail raunte ihm etwas zu, das er offensichtlich gar nicht hörte. Als sie sich drehten, sah er zu ihr herüber, und ihre Blicke begegneten sich. Sein Gesicht war gerötet, Schweißtropfen schimmerten auf seinen Schläfen.

Der Reel dauerte an und an. Neben ihr sagte jemand etwas, und sie drehte sich, noch immer klatschend, um.

»Ein wundervolles Vergnügen«, wiederholte Sheila Garvie. Auch sie wiegte sich zu der Musik. Ihre Blicke folgten den Tanzenden.

»Es ist wie auf einem richtigen Ball«, sagte Caitlin. Sie hatte mehrere Gläser von Sheilas Wein getrunken und fühlte sich warm und erhitzt.

»Du wirst bei ihnen sein«, flüsterte Sheila, und ihre Augen glitzerten. Ein ausgelassenes Lächeln lag auf ihrem Gesicht. »Ich werde dich tanzen sehen, kleine Caitlin«, murmelte sie, gerade laut genug, um trotz der Musik gehört zu werden.

»Was –?«

Sheila legte einen Finger auf Caitlins Lippen und bedeutete ihr mit einem Blick, nach unten zu schauen.

Caitlin gehorchte – und dann weiteten sich ihre grünen Augen wie unter einem Schock.

Ihr Fuß bewegte sich zum Rhythmus der Musik.

Er *bewegte* sich. Es war nur ein kleines Auf- und Abwippen, allerdings deutlich genug, um klarzumachen, daß es nicht nur von den Erschütterungen der Tanzfläche herrührte.

Sie fuhr herum, ihr Mund formte ein Oval; sie war völlig fassungslos.

Sheila legte ihre Finger rasch wieder auf die Lippen der jungen Frau.

»Nicht jetzt, *Bäumchen*«, wehrte sie hastig ab.

In Caitlins Verstand drehte sich alles. Es war *unmöglich*. Es war völlig, absolut *unmöglich*.

Eine furchtbare Angst fraß sich in ihre Gedanken. Sie *mußte verrückt werden*. Sie mußte *halluzinieren*. Sie sah wieder hinab. Die Bewegung hatte sich zu einem Zucken verlangsamt, aber es *war* eine *Bewegung*. Obwohl die Ärzte behauptet hatten, so etwas könne *niemals* geschehen.

»Was passiert, Sheila? Was *passiert* mit mir?« stieß sie viel zu laut hervor. Auf der anderen Seite des Tisches drehten ihre beiden Freundinnen den Kopf und schauten herüber, bevor sie ihre Unterhaltung fortsetzten.

»Vertrau mir, Caitlin. Den Pflanzen ist mehr Macht gegeben, als du ahnst.«

Das Mädchen starrte sie ausdruckslos an. In ihrem Innern flammte Hoffnung empor – und entsetzte sie. Es war ihr nicht *gestattet* zu hoffen. Es verstieß gegen alle Regeln.

»Nein, du wirst nicht verrückt«, hauchte Sheila dicht an ihrem Ohr. Sie nahm Caitlins Hände in die ihren.

»Ganz gleich, was sie sagen, es gibt *immer* Hoffnung. Wo Tod ist, da ist auch *Leben*. Du wirst wieder du selbst sein, Caitlin – wenn du mir vertraust. Und du wirst *perfekt* sein.«

Sie drückte Caitlins Hände und hielt sie, bis das Zittern in ihren Fingern nachließ.

*****

Martin Thornton erwachte auf dem Rücksitz seines Landrovers. Die Sonne stand hoch am Himmel, und als er die Augen öffnete, war die Helligkeit wie ein Dolchstoß mitten in die Pupillen. Hastig preßte er die Lider zu. Dann stemmte er sich sehr langsam in eine sitzende Stellung hoch und öffnete die Augen wieder; er achtete darauf, sie von dem Gleißen abgewandt zu halten. Die Bewegung stachelte tief in ihm einen gewaltigen Brechreiz an. Er lehnte sich gegen die Tür, stieß sie auf, kippte halb heraus und würgte trocken. Das monströse Pochen in seinem Schädel kündigte von einem verheerenden Kater.

Er hatte keine Ahnung, wie er in den Wagen gelangt war. Er wußte überhaupt nichts mehr von der vergangenen Nacht. Irgend jemand hatte ihm ein undurchdringliches nebliges Gespenst in den Schädel gestopft. Er kletterte aus dem Wagen und stand schwankend zwischen Hecke und Straßenrand. Er erinnerte sich, daß er den Jeep gestern *genau hier* geparkt hatte. Caitlins Haus stand noch an Ort und Stelle. Jede Bewegung war die Hölle. Das Klopfen in seinem Kopf verwandelte sich mehr und mehr in das Krachen eines gigantischen Stahlhammers. Er stöhnte und versuchte sich zu erinnern. Es kam nicht viel; ein Bier mit Alec Stirling und Jock Weir; er hatte seine *Schulden* bezahlt und mit ein oder zwei Frauen getanzt, aber die meiste Zeit über war er bei Caitlin gewesen.

Er wußte wirklich nicht, wie er in den Landrover gekommen war – völlig angezogen, jedoch ohne sein Jackett.

Martin drückte das Gartentor auf. Es quietschte durchdringend, und er zuckte zusammen, als sich das Geräusch in ihn hineinbohrte. Er brauchte zwölf Schritte bis zur Vordertür; jeder einzelne davon war ein dumpfer Schlag in seinem Kopf, und er fragte sich, wie er in diesem Zustand gegen das Eichenholz der Tür klopfen sollte. Es würde zweifellos ein Martyrium darstellen. Er täuschte sich nicht. Das Hämmern in seinem Kopf *beschleunigte* ganz beträchtlich. Er drückte die Augen zusammen und wartete darauf, daß die Schmerzen nachließen.

Er hörte Bewegungen im Haus. Die Tür öffnete sich. Caitlin sah zu ihm hoch.

»Wo in aller Welt warst du?« fragte sie ärgerlich – und sehr laut.

Er hob beide Hände, dann brachte er einen Finger an den Mund, um anzuzeigen, daß er einen normalen Umgangston sehr zu schätzen wissen würde.

»Du verflixter Kerl hast mich allein auf dem Ceilidh zurückgelassen und bist mit Alec Stirling und seinen Freunden losgezogen, hab' ich recht?«

Martin schüttelte den Kopf – und wünschte sich augenblicklich, genau das *nicht* getan zu haben.

»Ich weiß nicht, was passiert ist«, stöhnte er gereizt. »Ich muß im Rover geschlafen haben.

»Geschieht dir recht, wenn du betrunken warst. Du hast mit Gail Dean getanzt, und dann warst du verschwunden«, sagte Caitlin, und ihre Augen blitzten noch immer.

Gail Dean. Da war etwas, an das er sich *erinnern* sollte. Er tastete hilflos nach der Bedeutung dieses Gedankens, doch er entzog sich ihm mühelos. Aus irgendeinem Grund flackerte ein Schatten aus Schuld – oder auch Verlegenheit – in ihm hoch und verblaßte sogleich wieder. Er war nicht in der Verfassung, das hier richtig anzupacken.

»Darf ich reinkommen?« krächzte er.

»Ich weiß nicht, ob das gut wäre. Sheila Garvie und einige der anderen Frauen mußten mich nach Hause bringen. Es war ziemlich peinlich.«

»Schau. Es tut mir leid«, sagte er so laut es ihm möglich war, und jedes Wort brachte ihn fast um. »Ich wollte mich nicht betrinken. Es war ein toller Abend . . . Glaube ich jedenfalls. Ich weiß wirklich nicht, was passiert ist.«

Sie saß schweigend da, und er hielt sich mit beiden Händen am Türrahmen fest. Sein Gesicht war hager und grau. Seine Augen waren rot und entzündet. Er sah aus wie ein Alkoholiker, der von einem Monumentalkater geplagt wurde. Er wertete ihr Schweigen als Ablehnung. Er zuckte übertrieben die Schultern, dann drehte er sich herum und ging.

Sie wartete, bis er das Gartentor aufzog und unter dem Quietschen der Scharniere zusammenzuckte, dann rief sie ihn zurück.

»Oh, sei nicht so verflixt dumm. Komm schon, ich mache dir einen Kaffee.«

Er wandte sich langsam um; sie war bereits im Haus verschwunden. Er erreichte die Tür, bevor sie zufiel.

Er hatte in seinem ganzen bisherigen Leben nichts Besseres getrunken. Er nahm die große Tasse und schaufelte vier Löffel Zucker hinein, dann hob er sie an den Mund. Der Kaffee war süß und stark, und er trank ihn trotz der Hitze wie ein Verdurstender. Caitlin schenkte ihm eine zweite Tasse ein.

»Du siehst entsetzlich aus, aber das geschieht dir recht.«

»Ich fühle mich auch entsetzlich. Was zur Hölle hab' ich letzte Nacht getrunken?«

»Ein paar Bier. Dann Whisky. Dann mit Alec Stirling in der Bar Gott weiß was.«

»Aber ich trinke keinen Whisky mehr.«

»Gestern abend schon.«

»Ich dachte wirklich, ich hätte alles ziemlich gut im Griff.«

»Alec und seine Kumpane müssen dich hergebracht haben. Du hast dich ins Spülbecken übergeben. Gott, ich war so verlegen.«

Martin spürte, daß er rot wurde.

»Ich war irgendwie . . . krank.«

»Du warst irgendwie betrunken. Ich dachte, sie schaffen dich in Alecs Wohnung.«

»Sieht so aus, als hätten sie das nicht getan. Ich bin gerade draußen auf dem Rücksitz aufgewacht. Ich hab' mein Jackett verloren.«

Caitlin sah ihn finster an, dann wurde ihr Gesicht weich. »Du fühlst dich wirklich nicht sehr gut, stimmt's?«

»Ehrlich gesagt, fühle ich mich wie tot.«

»So siehst du auch aus. Warum legst du dich nicht für den Rest des Morgens hin und versuchst dich zu erholen?«

Diese Idee klang wirklich ganz großartig, fand Martin Thornton. Er stürzte seinen dritten Kaffee hinunter, schluckte die Aspirintabletten, die sie ihm in die Hand drückte, und ließ sich zu ihrem Bett führen. Er legte sich auf die Decke und war fünf Minuten später bereits eingeschlafen.

Er träumte, er sei auf dem Ceilidh und tanze mit Gail Dean. Ringsum klatschten Menschen in die Hände, und sie wirbelte ihn über die Tanzfläche und zu einem Hinterzimmer am anderen Ende des Saales. Er sah Sheila Garvie in der Menschenmenge; sie lächelte, und in ihren Augen funkelte es triumphierend. Sekundenlang glaubte er, in die Doppelläufe eines Schrotgewehrs zu starren, das geradewegs auf sein Herz zielte.

Dann öffnete Gail die Tür und zog ihn mit sich – und sie traten in den Wald hinaus. Der Geruch von Blütenstaub erfüllte die Luft wie ein betäubendes Parfüm. Sie sagte etwas zu ihm, und als er sie ansah, war es Caitlin, die vor ihm stand; doch die Worte waren nur ein fernes Wispern. Sie sah über den Fluß, und er folgte ihrem Blick und spähte ebenfalls zu der Insel hinüber. Nebel schwebte auf dem Wasser und verwandelte die Bäume am anderen Ufer in gespenstische Schemen. Plötzlich kannte er ihr Ziel, doch allein der Gedanke daran bedrückte ihn schon. Als sie ihn berührte, wandte er sich um, und jetzt stand er bei einem Bäumchen, das hoch und grün emporragte. Es waren Linien und Muster in der Rinde, und noch während er daraufstarrte, veränderten sie sich und wurden zu einem Gesicht. Zwei Augen öffneten sich und starrten ihn an. Er glaubte einen krächzenden Laut zu hören. Die Rinde brach auf, und ein Mund formte sich, und dann hörte er Caitlin aus dem Baum heraus zu sich sprechen, und blankes Entsetzen schnürte ihm die Kehle zu und ...

... er erwachte schweißüberströmt, mit einem in seinen Lungen eingesperrten furchtbaren Schrei.

Caitlin schüttelte ihn sacht.

»Huh?« brummte er ziemlich stumpfsinnig und versuchte sich zurechtzufinden, während der Eindruck des Traumes zersplitterte und sich auflöste. »Wie spät ist es?«

»Essenszeit. Du hast drei Stunden gehabt«, antwortete sie. »Wie fühlst du dich?«

Er schwang die Beine über den Bettrand. Sein Mund kam ihm völlig ausgedörrt vor, und einen Moment stützte er den Kopf in beide Hände und dachte: *Muß mich orientieren, muß mich zurechtfinden.*

»Ganz gut, glaube. Die Kopfschmerzen sind verschwunden.«

»Prima. Obwohl ich immer noch meine, daß du's verdient hast.«

»Hör zu. *Es tut mir leid* wegen gestern abend. Aber ich kann mich trotzdem an nichts mehr erinnern.«

»Schwamm drüber. Das wußte ich schon, als ich dich heute morgen gesehen hab'.«

»Ich fühl' mich wirklich beschissen, weil ich dich allein gelassen habe.«

»Oh. Ich war nicht allein. Ich kannte alle, die da waren. Außerdem gab es noch ein paar andere *Opfer*. Den alten Hector Ritchie mußten sie hinaustragen. Selbst der Pfarrer war ein bißchen wackelig auf den Füßen.«

»Sieht so aus, als wäre ich in guter Gesellschaft *abgestürzt*.«

Sie lachte und zerstrubbelte ihm die Haare, als wolle sie ihm so bedeuten, daß er zwar ein böser Junge gewesen, ihm nun aber vergeben war.

»Hoch mit dir. Ich habe gekocht. Ich hoffe, du kannst etwas essen?«

Martin dachte einen Moment lang darüber nach. Der

Kater war verschwunden. Plötzlich fühlte er sich sehr hungrig.

»Ich hab' einen Bärenhunger«, erklärte er.

Er folgte ihr in die helle Küche, setzte sich, sah zu, wie sie seinen Teller füllte, und dann fiel er mit einem gewaltigen Enthusiasmus darüber her. Er aß alles auf. Danach fühlte er sich wieder wie ein menschliches Wesen.

Am Nachmittag unternahmen sie einen kleinen Spaziergang. Caitlin steckte ihren Skizzenblock in eine Tasche, hängte sie über die Rücklehne des Rollstuhls und eröffnete ihm, sie wolle den alten Kirchhof besuchen. Er schloß sich ihr an. Der Tag war genau richtig, um mit Nichtstun verbracht zu werden.

Der Friedhof lag hinter der kleinen Kirche. Ein sich dahinschlängelnder Weg führt zu einem alten, schmiedeeisernen Tor. In der Nähe des Eingangs befanden sich Grabsteine jüngeren Datums, doch als Caitlin und Martin weiterschlenderten und dorthin kamen, wo die Eiben ihre breiten, flaschengrünen Äste über die alten Schiefergrabsteine breiteten, änderte sich dies zunehmend. Hier war alles alt – *richtig alt*. Selbst der Schatten in den Ecken wirkte wie mit Patina besetzt und war kühl und erfüllt von einem harzigen Geruch. Caitlin nahm ihren Block und skizzierte sehr rasch und professionell die Eckmauer mit ihrem Efeugewirr und einen alten, schrägstehenden Grabstein, der von dem durch die Bäume fallenden Licht erhellt wurde. Martin ging ein paar Schritte weiter und sah sich die Grabinschriften an. Einige waren so alt, daß die eingravierten Worte wie überschliffen wirkten. Andere lagen unter einer dicken Moosschicht verborgen, die er mit einem Zweig wegkratzte. Der Großteil war in einer Mischung aus Latein und Gälisch verfaßt. Selbst einige der Namen waren schwer zu übersetzen.

»Sie hatten große Familien in der guten alten Zeit«, sagte er halblaut, doch Caitlin hörte ihn in der Stille des Friedhofes.

»Neun oder zehn Kinder waren üblich.«

»Und die meisten haben's nicht geschafft.« Martin starrte den Stein an, auf dem elf Kinder verzeichnet waren, und jedes einzelne war bereits im frühen Kindesalter gestorben. Eines war ertrunken, zwei hatten ein Fieber, und die anderen waren – der Inschrift zufolge – einfach nicht mehr aufgewacht.

Er spazierte weiter, verweilte hier und da. Schließlich erweckte ein Grabstein seine Aufmerksamkeit, der ganz an die Mauer gesetzt worden war.

»Der hier ist ja merkwürdig«, rief er ihr zu. »Da steht, ein Bauer namens MacFarlane sei von seinem eigenen Zuchtstier umgebracht worden.«

»Ich habe davon gehört. Sheila hat's mir erzählt ... Ihre Mutter muß noch versucht haben, ihn wieder gesundzumachen, aber es war bereits zu spät.«

Martin bückte sich und schaute sich die Inschrift genauer an.

»Muß jemand anders gewesen sein. Das Ganze ist 1720 passiert. MacFarlane vom Ardbeghof.«

»Doch, das ist er«, rief Caitlin zurück. »Ihre Mutter war eine Art Heilerin. Du mußt es falsch gelesen haben.«

Er ging in die Hocke und schob eine kleine Flechte von der in den Stein gemeißelten Jahreszahl. 1720. Nicht 1920. Es war ganz deutlich zu sehen.

»Bingo. Definitiv 1720. Beinahe dreihundert Jahre.«

»Dann muß sich die Geschichte wiederholt haben.«

Er richtete sich auf.

Es gab noch einige andere MacFarlane-Grabsteine, alle vom Ardbeghof. Der Sohn des Toten hatte acht Kinder; nur zwei davon, ein Sohn und eine Tochter, waren am Leben geblieben. Der Sohn hatte drei Töchter, zwei davon erreichten ein recht hohes Alter. Die älteste heiratete einen Mann names MacPhail. Danach versickerte die MacFarlane-Linie.

»Es gibt keine anderen MacFarlanes«, protestierte Martin. »Das war er. Sie muß sich geirrt haben.«

»Bestimmt nicht. Sie war selbst dabei.«

»Nun, dann ist sie ein paar Jährchen älter, als sie aussieht.«

Caitlins Lachen hallte über den Friedhof.

Während sie weiterarbeitete, ging er an der Mauer entlang und entdeckte das alte verrostende Tor. Er stieß es auf, ignorierte den kreischenden Protest, und fand sich in einem Teil des Friedhofs wieder, der vom Rest völlig abgetrennt war. Gewaltige Eiben warfen tiefe Schatten. Die wenigen Grabsteine waren ausnahmslos umgestürzt.

Alles wirkte feucht. Er glaubte Moder riechen zu können. In einem Spinnennetz, das zwischen zwei Steinen in der kühlen Luft schaukelte, glitzerten noch Tautropfen. Die Grabsteine selbst wirkten uralt und morsch. Sie lagen wie von Urgewalten niedergerissen und verstreut da. Er ging vor einer weiteren Inschrift in die Hocke und zupfte mit spitzen Fingern das Moos beiseite.

Die eingemeißelten Buchstaben waren kaum mehr vorhanden. Es schien, als habe sich die Oberfläche darüber geschlossen – wie eine unheimliche Haut sich über einer Wunde schließen mochte. Martin konnte nur noch einige Furchen erkennen, und ein Datum – sechzehnhundertnochetwas. Aber er war sich nicht ganz sicher. Darunter stand ein schemenhafter Name. Die Vertiefungen der Buchstaben waren hier nahezu ganz verschwunden. Er versuchte sie mit einem Finger nachzuziehen.

Schließlich setzte er das Puzzle im Kopf zusammen.

Seilach.

Der Name kam ihm bekannt vor. *Vertraut.* Als habe er ihn erst vor kurzem gelesen. Er dachte darüber nach – und dann wußte er es wieder. *Dieses Buch ... Andrew Toyes Buch.* Er beugte sich noch einmal zu dem Stein hinab und starrte auf die Inschrift. Die Linien waren zu undeutlich. Er schüttelte den Kopf. Wahrscheinlich hatte er sie falsch gedeutet. Daneben stand ein besser erhaltener Stein. Martin ließ sich davor nieder und versuchte die alte, gestelzte Sprache in normales Englisch zu übersetzen. Dieses Grab war einem Mann namens Corrie zugeeignet, einem Bauern. Glaubte man der Inschrift, so war er zwei Wochen nach seiner Hochzeit mit einer gewissen Seila Moine gestorben. Das Schicksal der Braut blieb im ungewissen; die Gravuren gaben keinerlei Hinweis darauf. Das war seltsam. In den anderen Teilen des Friedhofs waren die meisten Grabsteine mit einer kompletten Familienchronik versehen – oft sogar über Generationen hinweg. Martin wanderte zwischen den schrägstehenden Steinen weiter. Soweit er das feststellen konnte, waren dies hier ausnahmslos Ruhestätten von Männern. Er fragte sich vage, was mit ihren Frauen passiert sein mochte.

Als er in den großen Kirchhof zurückkam, beendete Caitlin gerade ihre Skizze. Martin sah ihr über die Schulter; beobachtete, wie sie mit den Fingerspitzen die Kohlestriche verrieb und in beinahe *echt* aussehende Schatten verwandelte. Diese Schwarzweißzeichnung gab die Friedhofsecke perfekt wieder.

»Jetzt mußt du nur noch ein Klagelied schreiben, das dazu paßt«, sagte er. »Es ist verdammt gut.«

»Ja. Vielleicht mach' ich ein richtiges Bild daraus. Ein bißchen mehr Sonnenlicht, damit es nicht so düster ist. Die Leute mögen Bilder von schattigen Friedhöfen nicht so gerne – jedenfalls nicht an der Wand ihres Wohnzimmers.«

Sie verließen den Friedhof durch das schmiedeeiserne Tor. Als sie wieder auf der Straße waren, legte Martin eine Hand auf die Rücklehne ihres Rollstuhls und schob ihn mühelos.

»Wie geht's deinem Kopf?« erkundigte sie sich, wandte sich um und sah zu ihm hoch.

»Besser, solange man ihn nicht an meine Schmach und Schande erinnert.«

»Oh, keine Bange. Ich hab' dir verziehen. Ich bin in Geberlaune.«

»Irgendwelche Gründe?«

»Einen zeige ich dir, wenn wir zurück sind«, sagte sie. Er sah das Lächeln in ihren Mundwinkeln und gab sich damit zufrieden.

Zu Hause angekommen, fuhr sie ihm in den Garten voraus. Es roch intensiv nach Steinkraut. Das Wasser des Flusses plätscherte träge. Caitlin schwang ihren Rollstuhl herum. Martin setzte sich auf die Gartenbank.

Caitlin warf ihm einen seltsam konzentrierten Blick zu, als versuche sie seine Gedanken zu lesen.

»Mal sehen, ob es noch funktioniert ... Aber du mußt mir versprechen, daß du niemandem etwas verrätst. Keiner Menschenseele. Versprochen?«

Er sah sie verdutzt an.

»Versprich's mir, Martin. Sonst versuch' ich's nicht mal.«

»Also gut. Hiermit *gelobe* ich, keiner Menschenseele etwas zu sagen.«

Sie starrte ihm noch immer forschend in die Augen.

»Ich glaube dir«, erklärte sie schließlich. Sie umklammerte die Armlehnen des Rollstuhls. Sie schloß die Augen.

»Jetzt schau genau hin.«

»Auf *was*?«

»Meine *Füße*«, sagte sie durch fest zusammengebissene Zähne hindurch.

Er schaute genau hin. Nichts geschah.

»Ich sehe nichts«, brummte er verwirrt. Caitlin öffnete die Augen, beugte sich vor und streifte ihre Schuhe ab. Sie richtete sich auf und nahm wieder diese seltsame Haltung angespannter Konzentration ein. Er hörte, daß ihr Atem schneller wurde, als unternehme sie eine große physische Anstrengung. Ihr Gesicht war nach oben gereckt und ganz straff, die Haare fielen ihr in roten Kaskaden in die Stirn. Dann ließ er seinen Blick tiefer gleiten. Über ihre Brüste, zu ihren Knien, ihren Waden, und dann zu ihren nackten Füßen auf der Stützplatte des Rollstuhls.

Sie stieß ein winziges Geräusch aus, dann hielt sie den Atem an; und er sah die *Bewegung*. An ihrer Wade. Unter der Haut. Es war eine Art Zittern, als kräusle sich eine Wasserfläche.

Dann *bewegten* sich die Zehen ihres rechten Fußes.

Es war eine winzige, zerbrechliche Bewegung. Kaum mehr als ein Zucken, kaum wahrnehmbar.

»Siehst du's?« vergewisserte sie sich, nach Luft schnappend.

Er starrte wieder hin, und die Zehen hoben und senkten sich jeweils um den Bruchteil eines Inchs – alle zusammen. Ihr linker Fuß schob sich kaum merklich nach vorn, schwebte einen oder zwei Millimeter weit empor und sackte wieder nach unten.

»Kannst du's *sehen*?« krächzte Caitlin, und dann stieß sie in einem heftigen Ausatmen alle Luft aus sich heraus.

»Ich hab's gesehen. Du hast mit den Zehen gewackelt. Ein bißchen.« Er verstand überhaupt nichts von der Ungeheuerlichkeit des Augenblicks.

»Ich wußte, daß ich es mir nicht nur einbilde«, sagte Caitlin und brach plötzlich in ein begeistertes Lachen aus. »Sie *haben sich bewegt*, Martin. Zum ersten Mal nach fast zwei Jahren. Und ich hab's *gefühlt*. Ich hab' sie bewegt.«

»Aber ich dachte, die Ärzte hätten gesagt –«

»Haben sie auch«, unterbrach Caitlin. »Und sie haben mir die Röntgenaufnahmen gezeigt und mir erzählt, daß es niemals geschehen kann. Aber Sheila Garvie, sie hat mir diese Medizin gegeben. Aus Heilkräutern. Und sie *wirkt*.«

»Ich versteh' nicht«, sagte Martin fast tonlos. Er konnte sehen, wie aufgeregt sie war, und ihre Begeisterung war ansteckend, aber er begriff einfach nicht, was sie meinte.

»Sie ist eine *Heilerin*. Ich habe diese Kräuter genommen, sie sind zu einem Pulver verarbeitet. Sie macht es aus Pflanzen und anderen Zutaten. Es schmeckt wundervoll, und ich fühle mich wirklich viel besser. Es ging schon nach meinem kleinen Bad im Fluß los. Alle Kratzer und Blutergüsse heilten in Rekordzeit. Sie sagte mir, ich soll es weiter nehmen, es würde mich wiederherstellen. Ich meine *richtig* wiederherstellen. Ich hab' ihr nicht geglaubt, ich bin richtig wütend geworden, aber dann, gestern abend, auf dem Ceilidh, hab' ich nach unten gesehen, und meine Füße haben sich richtig zur Musik bewegt. Ich hab's gar nicht *bemerkt*. Zuerst dachte ich, ich sei betrunken. Ich dachte, ich würde mir das nur einbilden, und da hörte es auf. Aber dann, heute, fiel mir noch etwas ein. Daß ich mir das Knie angeschlagen habe und daß ich das auch schon *gespürt* habe.«

Der Sturzbach ihrer Worte versiegte, und sie holte Luft.

»Ich hab's *gespürt*, Martin. Ich meine, ich habe etwas in meinem Bein gespürt. Und jetzt kann ich meine Zehen bewegen. Es ist ein Wunder.«

»Ich versteh' noch immer nicht«, sagte Martin. »Ehrlich.«

Sie schüttelte ungeduldig den Kopf.

»Hör zu, du Dummer. Als ich auf diese Mauer gestürzt bin, hab' ich mir den Rücken gebrochen. Meine Wirbelsäule, ganz unten. Die Nerven waren komplett durchtrennt. Das bedeutete, ich hatte unterhalb dieser Stelle kein Wahrnehmungsvermögen mehr, nichts, nicht das geringste Gefühl. Kein Gefühl, keine Bewegungen. Und es gibt absolut keine Heilung. Das hier«, sagte sie und schlug auf die Armlehne des Rollstuhls, »ist ein Feind fürs ganze Leben.« Sie unterbrach sich, bannte ihn mit ihren Augen. Sie waren geweitet und strahlend grün. »Und jetzt hab' ich diese Berührung gespürt.« Sie klopfte mit den Knöcheln auf ihr Knie und hob ihr Gesicht und konzentrierte sich wieder. »Es ist fern, wie eine Berührung mit einer Feder, aber ich kann es *spüren*.«

Sie stieß ein wildes Lachen aus. »Und das hier, das ist bereits das *dritte* Mal, der *dritte* Beweis. Du hast es gesehen, es war nicht nur Einbildung. Meine Füße haben sich bewegt, richtig?«

Er nickte. »Ja. Da war etwas . . . Ein Zucken.« Er sah hoch und in ihre lächelnden Augen. »Und was war *Beweis* Nummer eins?«

»Beweis Nummer eins war mein . . . Ich meine, in dieser Nacht, als ich –« Sie unterbrach sich. Plötzlich war ihr Gesicht so rot wie ihre Haare.

»Hmmm?« ermunterte er sie.

»Nichts«, sagte sie und wandte die Augen ab. Sie war schrecklich verlegen.

»Komm schon.«

Sie schüttelte wieder den Kopf. Mehrere Sekunden lang sprach keiner von ihnen. Schließlich sah sie ihn doch wieder an, fast trotzig.

»Ich habe dir gesagt, daß es von hier abwärts kein Gefühl mehr gab – richtig?« Sie tippte auf den unteren Bereich ihrer Wirbelsäule.

Er nickte.

»Nun. Das ist wahr. Keine Gefühle von da bis zu meinen Füßen. Du weißt, was ich meine?«

Er nickte stumm und schaffte es nicht, ihr zu folgen.

Sie schenkte ihm ein knappes Lächeln.

»Wenn du von der Hüfte abwärts komplett gelähmt wärst, was würdest du am meisten vermissen?«

Sein verständnisloser Blick ärgerte sie.

»Oh, denk nach, Martin. Du bist ein Mann, oder?«

Jetzt dämmerte es ihm.

»Oh«, sagte er. »Du meinst . . . ?«

Sie nickte langsam. »Exakt. Nichts. *Für immer.*«

»Jesus, ich hatte keine Ahnung. Oh, das ist furchtbar.«

»Ist es. Glaub mir.«

Jetzt war Martin an der Reihe, verlegen zu sein.

»Ich hatte einen Traum«, sagte sie mit einem schiefen Lächeln. »Du bist auch darin vorgekommen. Ich bin aufgewacht, und ich . . . ich hab' etwas gefühlt.«

»Etwas gefühlt«, wiederholte er und starrte sie an.

»O lieber Gott, Martin. Ich hatte einen verdammten *Orgasmus*«, fauchte Caitlin beinahe wütend.

Sie richtete ihre grünen Augen auf ihn. Mittlerweile war sein Gesicht flammend rot.

Sobald sie das sah, lachte sie los; ein kehliges, übermütiges Kichern. »Oh, mach dir keine Sorgen. Es war wundervoll!«

Er grinste schüchtern.

»Und wie war's für mich?« fragte er.

Jetzt kicherten sie beide. Caitlins Schultern bebten unter der Lachsalve. Martin hielt sich den Bauch. Sie beugte sich vor und schlang ihre Arme um seinen Hals, und er rückte zu ihr hin, und plötzlich waren sie sich so nahe wie noch niemals zuvor. Er *spürte* ihr Lachen jetzt mehr, als daß er es sah oder hörte, und war der Macht dieses Lachens vollkommen hilflos ausgeliefert. Ihr Kopf lag an seiner Schulter, sein Gesicht war in ihren Haaren vergraben. Es dauerte lange, bis sie wieder ernst wurden. Caitlin richtete sich auf, zog sich zurück, und er sah in das Grün ihrer Augen. Sie schloß sie langsam.

Caitlins Gesicht war so nahe. Martin küßte sie; zuerst ganz sanft, dann hob er seine Hand und zog sie fester an sich. Sie stöhnte leise und schloß ihn wieder in die Arme.

— 25 —

Susan Herron war blond und hübsch, und damit zumindest indirekt für Paul Thomsons Unglück verantwortlich. Es gab noch einige zusätzliche Faktoren, aber die Tatsache, daß Susan mit sechzehn bereits so groß war wie ihre Mutter und darüber hinaus ein hinreißendes, herzförmiges Gesicht und ein absolut verwirrendes Lächeln hatte, erhob sie weit über die anderen Teenager von Linnvale und sorgte letzten Endes dafür, daß die Katastrophe möglich wurde. Paul Thomson war achtzehn und lebte in Lochend, ein Stadtjunge, im Vergleich zu den Dorf-Jugendlichen. Susan hatte viele Verehrer. Sie trug enge Jeans, um ihren fohlenartigen Gang zu betonen, und da sie um ihre Wirkung wußte, fiel es ihr um so leichter, einen kühlen Kopf zu bewahren. Paul studierte in Glasgow. Er war nur einen Kopf größer als sie; er hatte dunkle Haare und braune Augen und eine lässige, selbstbewußte Art. Verglichen mit einigen gleichaltrigen Jungen aus Linnvale war er weltgewandt und gebildet.

Nicht lange nachdem Martin Thornton auf den Rücksitz seines Landrovers gekrochen und ohnmächtig zusammengesackt war, und etwa eine Stunde nachdem Caitlin Brook bemerkt hatte, daß sich ihre Zehenspitzen bewegten, verließen Paul und Susan Hand in Hand die Teenager-Disco. Obgleich Paul alt genug war, hatte er keinen Alkohol getrunken, sondern sich – wie Susan – mit einer Coke zufriedengegeben. Die Musik war viel zu laut und hämmernd und überhaupt nicht nach seinem Geschmack gewesen, aber sie hatten es genossen, miteinander zu tanzen. Es war bereits nach elf, als das Saalkomitee das ganze beendete. Die blitzenden bunten Lichter wurden ausgeschaltet, und die Jugendlichen strömten hinaus, meist in kichernden Gruppen. Paul und Susan hielten sich ein wenig abseits und schlenderten Richtung Corrie-Hotel; ihre Ohren klingelten und dröhnten von dem drei Stunden andauernden Lärm.

Susan wußte, daß ihre Mutter noch auf dem Ceilidh war und bestimmt nicht vor ein Uhr morgens nach Hause kam, und so schlenderte sie mit Paul – immer noch Hand in Hand – ganz beruhigt den schmalen, auf beiden Seiten von Ligusterhecken gesäumten Feldweg entlang. Als die letzten Häuser von Linnvale hinter ihnen zurückblieben, wurde der Weg zu einem Pfad. Bald darauf erreichten sie einen Zauntritt, der die Feldmauer wie eine Brücke überspannte, und Paul ließ sich auf einer der hölzernen Sprossen nieder. Ohne ein Wort zu sagen, kam sie zu ihm und setzte sich auf sein Knie. Vielleicht hätten sie die nächste halbe Stunde nur mehr damit verbracht, sich in dem Schatten zu küssen, bevor Paul den langen Weg zur Loch Shore Road antreten und danach per Anhalter nach Lochend hinab *reisen* mußte.

Sie kuschelte sich an ihn; ihre Lippen berührten sich. Er konnte das Parfum riechen, das er ihr geschenkt hatte, und die zarte Süße ihres Schweißes.

»Schau, schau«, sagte eine Stimme in der Finsternis.

Ein Licht flackerte ganz in der Nähe auf, und die

Streichholzflamme beleuchtete ein Gesicht; dann wurde eine Zigarette daran angezündet.

»Was haben wir denn da? Liebe in der frischen Luft?«

Paul verdrehte die Augen. Eine kleine Auseinandersetzung mit irgendwelchen Lokalmatadoren hatte ihm wahrhaftig gerade noch zu seinem Glück gefehlt.

»Was willst du, Pete Bain?« schnaubte Susan gereizt.

»Was *er* gerade kriegt«, antwortete eine andere Stimme von rechts. Die Glut einer Zigarette leuchtete auf, eine rote Nadelspitze im Dunkel neben einer Esche. Jemand lachte.

»*Er* will sowieso gerade verschwinden«, sagte Pete Bain. »Hab' ich recht, Schlaukopf?«

Er stapfte heran, noch immer eine Schattengestalt.

»Immer das gleiche. Die kommen hier rauf und schnappen sich unsere Frauen. Denken, wir sind nur eine Horde Bauerndeppen.«

»Kommt schon, Jungs«, sagte Paul und schob das Mädchen behutsam von seinem Knie. Bain und Company waren ihm wohlbekannt, doch bisher hatte der ganze Ärger nur aus einigen Schimpfworten bestanden und einem gelegentlichen Anrempeln auf dem engen Gehsteig vor Susans Haus. Er hoffte, daß es dabei blieb.

»Komm schon – *wohin*?« Der massige Bursche hielt erst dicht vor ihm an. Er saugte an der Zigarette und tat, als müsse er diese Äußerung überdenken. »*Wir* gehen nirgendwo hin. *Wir* leben hier.«

»Und ich auch«, legte Susan los. Paul berühte sie sanft am Arm.

»Aber der kleine Schmusekater hier nicht. Der kommt aus Lochend, stimmt's? Und wir mögen solche Typen nicht hier oben. Erst recht nicht, wenn sie mit unseren Frauen irgendwelchen Scheiß anstellen.«

»Ich bin nicht *deine* Frau«, erwiderte Susan angriffslustig.

»Aye. Das sehen wir. Nicht gut genug für jemand wie dich. Du mußt sie dir importieren, eh?«

»Hör zu«, sagte Paul, »ich will keinen Ärger.« Er hatte nicht wirklich Angst, allerdings waren sie zu dritt, und er war allein.

»Oh, sehr gut«, meldete sich eine weitere Stimme von links. »Ich will keinen Ärger.«

Die beiden anderen kamen nun ebenfalls langsam näher, bis sie Schulter an Schulter vor ihm standen. Paul glitt von der Sprosse des Zauntritts und richtete sich auf. Er war etwa gleich groß wie sie, doch Pete Bain war kräftiger gebaut und bulliger. Er hatte die Hände in die Taschen seiner Motorradjacke gerammt. Seine Haare waren so kurz geschnitten, daß sie wie aggressive Stacheln wirkten.

»Kein Ärger, Mann, wenn du deinen Arsch schnell genug von hier wegschaffst.«

»Er wird *nirgendwohin* gehen«, schrie Susan. »Haut ab. Laßt uns in Ruhe.«

Pete Bain wandte sich ihr zu.

»Er könnte dir Gott weiß was antun auf diesem dunklen Feldweg, wenn wir dich allein lassen.«

»Wir tun nichts!«

»Aye, nichts, was du mit einem Jungen aus Linnvale tun würdest. Aber die Typen aus Lochend, die sind was ganz *Spezielles.* Verrätst du mir mal, was die haben, und wir nicht?«

»Ein Gehirn. Und *Manieren.*«

Die drei Burschen lachten.

»Holla, man braucht also ein Scheiß-Gehirn, um nach Linnvale zu finden, he? Und Scheiß-Manieren, um die kleine Miss Knackarsch hierher zu kriegen und ein bißchen unter ihrem Hemdchen herumfummeln zu dürfen.«

Paul atmete ein. »Das reicht«, sagte er gereizt. Seine Hände zuckten; Adrenalin schoß in seine Adern und machte ihn bereit für den Kampf – oder die Flucht. Das hier sah ziemlich übel aus. Er ergriff Susans Arm, zog sie zu sich heran.

»Komm, Susan, ich bringe dich heim.« Er hielt sie hinter sich und außer Reichweite der drei und schob sich an ihnen vorbei. Rory McIntyre, ein derb aussehender Junge mit einem zottigen Schnurrbart, rempelte ihn aggressiv an. Paul ignorierte es und schaffte es tatsächlich, an ihnen vorbeizukommen. Pete Bain legte eine Hand auf Rorys Arm.

Susan und Paul erreichten das Ende des Pfades und die erleuchtete Straße. Sein Herz schlug wie rasend; er fühlte sich ein wenig zitterig. Als sie ihr Haus erreichten, hatte er sich jedoch schon wieder einigermaßen gefangen; trotzdem hielt er sich nicht zu lange damit auf, sie vor der Haustür zu küssen. Er verabschiedete sich, und sie ging hinein. Er drehte sich um und schlenderte die Straße hinab und am Gemeindesaal vorbei. Der Ceilidh war noch in vollem Gange.

Als er die Linn Road erreichte, ging er schneller. Niemand sprang ihn aus den Schatten heraus an. Er stieß den Atem aus und setzte seinen Weg fort. Hundert Yards weiter hörte er plötzlich Schritte hinter sich und drehte sich hastig um. Jemand folgte ihm und versuchte nicht einmal, dies zu verheimlichen.

»Scheiße!« brummte er vor sich hin und ging schneller. Die Schritte holten auf; sie hallten sehr entschlossen vom Straßenbelag wider. Bald darauf tauchten die hohen Birken auf; dahinter beschrieb die Straße eine sanfte Biegung. Paul rannte jetzt beinahe – und erstarrte. Zwei Gestalten lösten sich aus dem Dunkel am Straßenrand und stellten sich ihm in den Weg.

»Überraschung im Mondenschein, Riesenarschloch«, sagte Pete Bain schleppend. Tam Donald kicherte neben ihm los. »Ich hab' dir doch gesagt, er kommt hier vorbei.«

Pete zündete sich eine weitere Zigarette an.

»Und jetzt ist nicht mal mehr Miss Wahnsinnsbeine bei ihm, um ihn zu beschützen.«

Plötzlich waren die Schritte hinter Paul *ganz nahe*. Er zuckte heftig zusammen. Rory McIntyre wieherte vor Lachen.

»Och, jetzt hast du ihn *erschreckt*«, sagte Tam mit triefendem Sarkasmus.

»Und dabei wird's nicht bleiben«, verkündete Pete Bain. Seine Stimme war dunkel und sanft und schlimmer als jede ausgesprochene Drohung.

»Schaut, Leute. Ich will nur heimgehen.«

»Aye, das wollen wir auch. Wir wollen, daß du abziehst und wir wollen dich hier nicht mehr sehen.«

»Ihr könnt doch nicht –« begann Paul. Pete Bain machte drei schnelle Schritte, packte ihn an seinem Jackett und riß ihn mit solcher Wucht zu sich heran, daß ihm die Luft aus den Lungen gepreßt wurde.

»Ich kann *was* nicht?« fragte er. »Du schreibst mir nicht vor, was ich zu tun und zu lassen habe. Nicht hier oben. Das hier ist unser Revier. Und wir dulden nicht, daß ihr Bastarde hier raufkommt und mit unseren Frauen rummacht.«

Plötzlich hatte Paul große Angst. Er konnte Bier in Pete Bains Atem riechen, und den saueren Überzug von Whisky. Hinter ihm knirschten Schuhsohlen auf dem Straßenbelag. Er wandte sich halb herum. Pete Bains Kopf ruckte im gleichen Moment rasend schnell vor; seine Stirn krachte gegen Pauls Wange, und der Stoß schleuderte ihn nach hinten. Grelle Schmerzen tobten durch sein Gesicht. Er fühlte sich benommen und krank. Pete Bain ließ sein Jackett los, und er versuchte zu schreien. Eine riesige Faust traf ihn genau auf den Mund. Er fühlte, daß etwas nachgab, dann schmeckte er den Salzgeschmack von Blut. Der Hieb ließ ihn nach rechts taumeln. Plötzlich hing er halb in der Hecke.

»Schnappt den Bastard!« brüllte jemand hinter ihm. Er hörte Stiefelsohlen auf der Straße scharren und stieß sich instinktiv ab und rannte torkelnd los. Die Schmerzen in seinem Kopf *explodierten*. Aber die schnelle Bewegung bewahrte ihn vor einem gemeinen Tritt gegen den Oberschenkel. Tam Donald wurde vom eigenen Schwung vorangerissen, schlingerte an seinem plötzlich nicht mehr vorhandenen Ziel vorbei und verlor das Gleichgewicht. Er ging zu Boden und landete mit einem matschenden Schlag auf dem Hintern. Seine Zahnreihen krachten aufeinander. Unglücklicherweise war dabei seine Zunge im Weg. Jetzt breitete sich auch in seinem Mund ein übler Blutgeschmack aus. »Los!« krächzte Pete Bain. Er rieb sich seine Stirn und verfluchte die Tatsache, daß solche Aktionen in Filmen stets viel einfacher aussahen, als sie in Wirklichkeit dann waren.

Paul rannte die Straße entlang. Er hörte die Schreie hinter sich, und das verlieh ihm zusätzliche Energien. Die großen, genagelten Schuhsohlen der Kerle knirschten auf der Straße, und zwar viel zu nahe. Er erreichte die Biegung und stürmte weiter und überdachte seine Chancen. Bis zur Loch Shore Road hinab war es ein weiter Weg, und mit drei Irren auf den Fersen wurde das ganze vollends zum Alptraum. Vor ihm zeichnete sich ein Tor in der Düsternis ab. Anstatt weiter der Straße zu folgen, überkletterte Paul die Querstangen und ließ sich auf der anderen Seite hinabfallen. Die Hand, mit der er den Aufprall abfing, landete in etwas Weichem und Stinkendem, aber das war sein geringstes Problem. Er taumelte auf die Füße und rannte über das Feld und spürte, wie sich zahllose Kletten an seiner Hose festsetzten.

Irgendwann kam er schlitternd zum Stehen und schaute nach rechts und nach links. Die Lichter von Linnvale waren so weit entfernt. Hier war alles dunkel. Das brachliegende Weideland war eine bizarre Schattenwelt. Etwa vierzig Yards hinter ihm ratterte das Tor, als die drei Wahnsinnigen gleichzeitig dagegenprallten. Er hörte sie Verwünschungen ausstoßen und lief bereits weiter – nach rechts. Sein Herz hämmerte wie rasend; er schnappte verzweifelt nach Luft. Vor ihm tauchte drohend die tiefere Dunkelheit des Waldes auf. Er rannte darauf zu; er hoffte, ein Versteck zu finden, Luft schöpfen zu können. Sekunden später verschluckten ihn die tiefen Schatten.

*****

Paul tauchte in das gähnende Dunkel ein. Er hielt beide Hände schützend vor das Gesicht und tappte blindlings weiter, stieß gegen Bäume, tastete sich daran vorbei und rannte wieder, rannte. Er hörte ihre ärgerlichen Stimmen, ihre Schreie, und spürte ein eisiges Kribbeln auf dem Rükken. Er war kein Landjunge, und er wußte, seine Flucht über die am Boden liegenden Kiefernadeln und morschen Zweige war weithin zu hören, aber er blieb dennoch nicht stehen. Nach einer Weile wurden die Geräusche seiner Verfolger leiser.

Er erreichte einen gewaltigen Baum und schob sich um ihn herum; die Wurzeln waren wie Stützpfeiler, und sie bildeten hohe, geräumige Höhlungen. Er glitt in eine dieser Spalten hinein und kauerte sich nieder; wartete. Sein Atmen war noch immer viel zu laut – laut genug, um von jedem gehört werden zu können, der ihm folgte. Er öffnete den Mund, um das rasselnde Geräusch zu verringern, aber es schien nicht zu funktionieren. Gegen jeden einzelnen dieser Kerle hätte er sich gute Chancen ausgerechnet, obwohl er kein Schläger war; aber unter den gegebenen Umständen ging er davon aus, daß er gewaltige Prügel beziehen würde. Er schmiegte sich ganz dicht an den Baum, alle Sinne plötzlich hellwach. Er spürte eine eisige Angst in sich wachsen. Er rechnete jeden Moment damit, daß eine Hand aus der Dunkelheit hervorzuckte und ihn packte, und sein Herz hämmerte noch schneller.

In einiger Entfernung brüllte jemand einen Fluch. Lautes, gehässiges Lachen antwortete. Seine Verfolger fürchteten sich definitiv nicht vor der Dunkelheit, und Paul begriff, daß er möglicherweise einen schrecklichen Fehler gemacht hatte. Er war ein Stadtjunge und auf geteerten Straßen zu Hause. Die drei Kerle waren hier aufgewachsen, und als Kinder hatten sie bestimmt in diesem Wald gespielt. Für sie mußten diese Pfade wie altbekannte Straßen sein. Plötzlich zweifelte er nicht mehr daran, daß sie ihn finden würden. Sie würden ihn aus diesem Loch herausziehen, und dann ... Er wollte nicht einmal daran denken, was *dann* geschah. Sie befanden sich in einem ziemlich dunklen Wald. Sie konnten mit ihm anstellen, was sie wollten und ihn dann halb tot in der Finsternis liegenlassen. *Sie konnten ihn sogar ganz tot hier liegenlassen.* Sie waren verdammt bösartige Typen. Plötzlich fror er so sehr, daß er zitterte.

Er schloß die Augen und wünschte, Pete Bain und seine Kumpanen würden verschwinden. Etwas weiter rechts knackte ein Ast. Gleich darauf waren schleichende Schritte zu hören; trockene Zweige und Laub knirschten. Pete Bains Stimme wehte in Pauls Versteck herab.

»Verdammte Zeitverschwendung. Den kriegen wir schon wieder. Nur keine Sorge.«

Die Geräusche ihrer Bewegungen kamen jetzt von rechts und entfernten sich. Paul stieß einen sehr langgezogenen Seufzer der Erleichterung aus. Jetzt mußte er nur noch ein wenig warten, bis sie ihn vergessen hatten. Dann konnte er zur Straße hinaufgehen und sich auf den Weg zur Loch Shore machen. Um diese Zeit würde er niemanden mehr finden, der ihn mitnahm, aber das war die geringste seiner Sorgen. Ein langer Spaziergang nach Hause würde ihn heute überhaupt nicht stören.

Er verhielt sich eine halbe Stunde lang völlig bewegungslos und war gerade im Begriff, sich aufzurichten, als es geschah.

Zuerst glaubte er, sich zwischen den Wurzeln eingeklemmt zu haben. Er stieß sich hoch, und ein Krampf in seinem Bein sorgte dafür, daß er im nächsten Moment bereits wieder am Boden kauerte und seine Wadenmuskeln massierte. Dann spürte er die Bewegung an der Schulter. Er nahm an, sein Jackett habe sich irgendwo verheddert, und versuchte sich ein wenig zu drehen. Er konnte seine Schulter nicht bewegen. Er *mußte* zwischen den Luftwurzeln eingeklemmt sein!

Irgend etwas stieß *hart* gegen sein Schulterblatt, und etwas ähnlich Gewalttätiges drückte auf der anderen Seite gegen sein Schlüsselbein.

Er versuchte sich freizuwinden, aber er saß fest. Er schöpfte noch immer keinen Verdacht. In der Dunkelheit wehrte er sich gegen den von beiden Seiten zunehmenden Druck. Irgendwie gelang es ihm, den Kopf zu drehen und eine Hand hochzubringen und auf der Rinde abzustützen.

Die Rinde bewegte sich in heftigen Zuckungen. Das Holz zog sich zusammen – und weitete sich aus und füllte den Spalt gnadenlos. Er spürte das Knacken in seinem Schulterblatt, und gleich darauf schoß ein Feuermonster aus purem Schmerz durch seinen Nacken. Knochen mahlten gegeneinander, als sich die massigen, stützenden Wurzeln des Baumes anspannten und ihn wie in einer Schraubzwinge festklemmten. Das Holz ringelte sich mit einem monströsen Ruck um ihn herum, und sein Brustkorb knackte unter dem Druck.

Er kreischte in purer Todesangst. Er hatte noch niemals so geschrien, kein einziges Mal in seinem ganzen Leben. Die Schmerzen vergingen nicht. Im Gegenteil, sie breiteten sich mit verheerender Wucht in ihm aus, und sein Kreischen dauerte an und an und an, mädchenhaft schrill, und weithin zu hören. Der Druck auf seine Rippen verstärkte sich, und Paul Thomson spürte ganz fern, auf einer aberwitzigen Brandung aus unglaublicher Pein, daß sie nachgaben. Sein Brustkorb wurde zusammengequetscht. Ein schockierendes, hohles Geräusch entstand. Die scharfkantigen Enden der geborstenen Knochen kamen wie Zangen zusammen und zerfetzten sein Herz und seine Lungen.

Paul Thomsons Schreien riß augenblicklich ab. Aus dem engen, dunklen Spalt drang mehrere Sekunden lang ein nasses Knirschen, dann herrschte tiefe Stille. Ströme von Blut quollen zwischen den Wurzeln hervor, bildeten Pfützen und wurden gierig vom Boden aufgesogen. Tief unter der Erdoberfläche witterten dünne Wurzelfasern die Nahrung. Sie zuckten voller Erwartung, und dann tranken sie durstig das neue Leben.

Oben, auf der Straße neben dem Tor, warteten Pete

Bain und seine Busenfreunde, rauchten Zigaretten und trieben ihre aggressiven Späßchen miteinander. Sie hofften noch immer, daß ihr *Wild* sein Versteck verließ und geradewegs in ihren hübschen kleinen Hinterhalt tappte. Nach einer halben Stunde war noch immer nichts von ihm zu sehen, doch keiner von ihnen verspürte große Lust darauf, im Dunkeln durch das Unterholz von Fasach Wood zu stolpern und nach ihm zu suchen. Bain nahm einen letzten Zug aus seiner Zigarette, schnippte sie über das Tor und sah dem winzigen roten Licht nach, wie es in hohem Bogen in die Finsternis eintauchte.

»Hauen wir ab, Leute, wir verschwenden nur unsere Zeit«, murmelte er. »Der Kerl kommt wieder.«

Er drehte sich um – und hörte das dünne, zittrige Kreischen. Es kam eindeutig aus dem Wald.

Das Geräusch rüttelte sie für einen kurzen Moment auf; sie starrten auf die amorphe schwarze Masse am unteren Rand des Feldes hinab.

»Was zur Hölle war das?« fragte Tam Donald. »Eine Wildkatze?«

»Nö«, sagte Pete Bain und ließ ein kehliges Glucksen hören. »Unser Mann von Welt. Entweder scheißt er sich im Dunkeln gerade in die Hosen, oder er ist hingefallen und hat sich das Bein gebrochen.« Er schnaubte wieder. »Gut. Erspart uns Ärger.«

Er rammte die Hände in die Taschen seiner Lederjacke und schlenderte die Straße entlang, Richtung Linnvale. Tam und Rory folgten ihm lachend.

»Das wird ihm eine Lehre sein«, meinte Rory McIntyre. »Nimmst du dir die kleine Suzy vor, oder was?« fragte er.

»Ich werd' drüber nachdenken.«

»Wenn, dann paß bloß auf Mutter Klauenhand auf«, warnte Tam, und sie alle prusteten von neuem los. Jeder wußte, warum Fiona Herron ihre Fingerchen in diesen Handschuhen verbarg. »Wenn sie dich erwischt, reißt sie dir das Gesicht weg.«

»Vielleicht wär's das wert«, brummte Pete, und jetzt lachten sie schallend.

Wären Paul Thomsons Eltern nicht in Spanien in Urlaub gewesen, so hätte man sein Verschwinden möglicherweise früher bemerkt und einen Suchtrupp losgeschickt und so eventuell sogar noch zwei oder drei andere Geheimnisse jenes Sommers gelüftet. Doch unglücklicherweise war die junge Suzy Herron die einzige, die ihn vermißte. Anfangs machte sie sich große Sorgen, weil er sich nicht mehr meldete; sie nahm an, daß er einen Unfall gehabt hatte. Dann erinnerte sie sich an die Konfrontation mit Bain und den anderen und kam schließlich mehr und mehr zu der Überzeugung, daß er einfach Angst hatte. Sie rief bei ihm an, doch niemand nahm ab. Später in dieser Woche fuhr sie mit dem Bus nach Lochend – nur um festzustellen, daß das Haus seiner Eltern leer war. Sie erzählte ihrer Mutter davon, doch Fiona Herrons Interesse hielt sich in Grenzen. Ihre Tochter war erst sechzehn, und es würde noch viele andere Jungen in ihrem Leben geben.

So kam es, daß Paul Thomsons Verschwinden eine ganze Zeitlang nicht gemeldet wurde. Als Suzy eines Abends zu einer Freundin ging, wurde sie von Pete Bain angesprochen. Er fragte sie sehr sarkastisch und verächtlich, wie es ihrem Großstadt-Bubi gehe. Sie ohrfeigte ihn, doch er lachte nur. Am Wochenende half sie, die Spiele für das Sommerferienprogramm zu organisieren, und wurde auf eine Party eingeladen. Dort traf sie einen anderen Jungen, der auch sehr gut aussah. Sie dachte an Paul und entschied, daß jemand, der sich so leicht Angst einjagen ließ, nicht zu ihr paßte. Während der Party gestattete sie ihrem neuen Freund, sie zu küssen; er durfte sogar kurz ihre Brüste streicheln. Dieser junge Mann konnte sich das Auto seines Vaters ausleihen. Er würde nachts nicht die Linn Road entlangspazieren müssen.

*****

Drei Stunden nachdem Paul Thomsons fürchterliche Todesschreie die Luft rings um Fasach Wood zerrissen hatten, erschienen Lichter auf einem der fünf Pfade, die in die Tiefen des Waldes führten. Die kleine Gruppe, die sehr eilig ausschritt, kam ganz in der Nähe jener Stelle vorbei, an der die Wurzeln im Erdreich noch immer durstig das vergossene Blut tranken und anschwollen. Die Gestalten bewegten sich lautlos; jede hielt ein kleines Licht, das gerade genug Helligkeit verströmte, um die Schatten hinter die nächsten Bäume zu verbannen. Sie folgten dem Weg, bis sie die gefallene, mächtige Buche erreichten – eine natürliche Brücke über den Fluß, so breit wie der Pfad selbst. Auf der anderen Seite angekommen, hielten sie sich weiterhin dicht beinander und setzten ihren Weg fort, bis sie in die Lichtung hinaustraten. Dann verteilten sie sich im warmen Dunkel der Nacht und umringten den gewaltigen Baum.

Eine nur mühsam gezügelte Vorfreude erfüllte die Luft.

»Schwestern«, rief eine klare Stimme. »Wir sind zusammen, und wir sind eins. Wir sind eins mit uns und mit dem Wald. Er ist unsere *Seele*.«

Die umstehenden Gestalten lauschten gebannt. Die Lichter, die sie trugen, erhellten ihre Gesichter und warfen ein goldenes Schimmern auf den unteren Bereich des riesenhaften, bleichen Stammes. Sie standen völlig reglos; jede von ihnen war in etwas gehüllt, das wie eine dunkle Kutte aussah.

»Es ist nahe an der Zeit. Es *wächst*. Die Macht des Waldes ist unser, und es ist eine wunderbare Macht. Sie wird uns geben, was wir benötigen, und sie macht uns *stark*.«

Die Sprecherin streifte die Kapuze ihrer Kutte zurück, und weiße Haare glänzten im Licht.

»Jede von euch hat eines von vielen Geschenken bereits erhalten.« Sie schritt den Kreis der Gestalten ab, nahm die Hand einer der Frauen in die ihre, befühlte die weiche Haut, die geraden Finger. Sie ging weiter, hob die Arme, berühte eine andere, ließ ihre Hände über einen straffen Körper gleiten. Sie hielt an und schloß eine dritte in die

Arme, fühlte die drängende Anspannung in ihrem Leib. Einer hochgewachsenen vierten strich sie sanft über den Unterleib.

»*Leben*«, wisperte sie. »Dein Geschenk.«

Sie ging weiter, ging rundherum im Kreis der Frauen und spürte ihrer aller Kraft, und ihren Hunger.

»Es ist nahe an der Zeit. Ich habe jemanden gefunden, der perfekt ist. Sie wurde bereits vorbereitet für uns. *Für dies hier*. Wir werden die Macht des Waldes erwecken, und uns wird gegeben werden, was unser Herz begehrt.«

Sie wandte sich dem Baum zu.

»Seht!« rief sie sanft aus und hob ihre Hand. Sie alle folgten ihr mit den Blicken. Dort, auf einem knorrigen Strunk, trug ein kleines Ästchen eine Knospe. Sie hatte sich bereits halb geöffnet.

»Das Leben kehrt zurück«, sagte sie. »Die *Garbh-aidh* kehrt zurück. Und *seine* Herrlichkeit ist nahe.«

— 26 —

Martin Thornton dachte darüber nach, was Caitlin ihm über die Konsequenzen eines Wirbelsäulenbruchs erzählt hatte. *Kein Gefühl, keine Bewegung*. Und nach einhelliger Meinung aller Ärzte keine Chance auf Heilung. Er war geneigt, dies zu glauben. Saß man erst einmal im Rollstuhl, kam man so leicht nicht wieder heraus, daran änderte auch eine Pilgerreise nach Lourdes nicht viel. Damit blieben zwei Möglichkeiten. Entweder hatten sich die Ärzte in diesem Fall geirrt – und Caitlin beteuerte, daß das nicht der Fall war, daß sie die Stahlplatten selbst gesehen hatte –, oder es war etwas wirklich Bedeutsames geschehen. All die Jahre im Zeitungswesen hatten seinen Instinkt hinreichend geschärft, und so spürte er, daß dies hier etwas war, das er sich näher ansehen sollte. Er dachte: *Ihre Zehen* haben *sich bewegt.* Kaum merklich, und unter großer Anstrengung – aber immerhin. Er hatte es mit eigenen Augen gesehen. Vielleicht war es tatsächlich ein Wunder. *Und wichtig.*

Am Abend nach dem Ceilidh bereitete er das Abendessen für sie beide zu; einerseits, weil er gerne kochte, hauptsächlich jedoch, um *tätige Reue* für seinen kolossalen, wenn auch unbeabsichtigten, Rückfall in das Schattendasein eines Trinkers zu demonstrieren.

Caitlin nahm ein Bad. Er konnte sie in dem kleinen Badezimmer am Ende des Flures summen hören. Ab und zu war ein Plätschern zu hören, und das Geräusch von fließendem Wasser. Er fragte sich, wie sie es anstellte, in die Badewanne hinein und wieder heraus zu kommen.

Da er stand, kamen ihm sämtliche Küchen-Arbeitsflächen zu niedrig vor, doch er wußte, für jemand im Rollstuhl waren sie perfekt. Er gab Zwiebeln und Knoblauch zu den Tomaten, dann mischte er das ganze mit dem Hackfleisch. Auf der Fensterbank stand eine lange Glasröhre mit trockenen Spaghetti. Er griff danach, nahm genügend für sie beide heraus und ließ die bleichen Halme in das kochende Wasser gleiten. Während es in dem Topf mit den Teigwaren brodelte und dampfte, erfüllte bereits der Geruch von Fleisch die Küche.

Martins Gedanken schweiften erneut ab. Caitlins Füße hatten sich bewegt; und sie behauptete, daß auch die Sensibilität ihrer Beine wiedererwachte. Die Folgerungen, die sich daraus ergaben, konnten *enorm* sein. Sie hatte ihm von Sheila Garvies Heilkräuter-Mixtur erzählt, und davon, daß sie sie täglich mit Wasser einnehmen mußte. Vage erinnerte er sich daran, daß ihm die Frau im Verlauf des Tanzabends etwas zu trinken gegeben hatte, aber er wußte keine Details mehr. Alec Stirling hatte erwähnt, daß sie Pakete aus aller Welt erhielt. Unvermittelt mußte er an die gnadenlos vorangetriebene Vernichtung des Regenwaldes denken; er hatte genügend Artikel darüber geschrieben und noch mehr Geschichten über die heilenden Kräfte von Pflanzen gehört.

Die kleine hölzerne Schatulle stand auf einem niedrigen Regal direkt neben dem Herd. Er hob sie hoch und sah sich die Schnitzereien an. Es waren komplizierte ineinanderverschlungene Kreise. Der Deckel ließ sich ganz leicht öffnen, und sobald er den darin liegenden kleinen, gewebten Beutel herausnahm, wehte ihm ein intensiver, würziger Geruch entgegen. Er löste das Zugband und schüttete sich ein winziges Häufchen von dem staubartigen Inhalt auf die Handfläche. Es war ein bräunliches, mit helleren Pünktchen durchsetztes Pulver. Er beugte sich vor und schnupperte daran und wurde von einem ganzen Universum von Düften bestürmt. So mußte es sein, wenn man an einem Löffel voller Nelkenpfeffer roch – nur war das hier *stärker*, beißender, und *unter* der Würze lauerte ein saurer, bitterer Geschmack. Er brachte die Nase noch näher an das Pulver heran und schnupperte wieder. Diesmal atmete er einige der Stäubchen ein. Schlagartig begannen seine Augen zu tränen; er mußte niesen. Er drehte sich hastig vom Herd weg, seine Hand machte eine ruckartige Bewegung. Das Pulver wirbelte durch die Luft. Martin griff blind nach einem Papiertaschentuch; tief in sich spürte er bereits das nächste Niesen. Er atmete verzweifelt ein, und der Juckreiz in seiner Nase verklang. Er wischte sich über die Augen, dann benutzte er das weiche Tuch, um das rings um den Pasta-Topf verstreute braune Pulver aufzuwischen. Während er dies tat, bemerkte er, daß ein Teil davon auch in den Topf hineingefallen sein mußte. Das Wasser hatte eine helle, rotbraune Farbe angenommen. Er fragte sich, was er *jetzt* bloß tun sollte, doch als er sich über den Topf beugte, in den Dampf, roch es sehr angenehm. Das Fleisch war gut genug gewürzt; und mit der großzügigen Unterstützung des gehackten Knoblauchs würde niemandem etwas auffallen.

Er setzte den Deckel auf den Topf, schob ihn ein wenig von der Herdplatte weg, um das ganze auf kleiner Flamme kochen zu lassen, und ging zum Tisch zurück. Caitlin hatte ihre Mappe gegen die Wand gelehnt, und er öffnete sie und zog die auf dem Friedhof angefertigten Skizzen heraus. Caitlins Blick für Details war phänomenal, und sie konnte das, was sie sah, auch präzise umsetzen. Formen und Perspektiven wirkten absolut lebensecht. Das dezent angedeutete Sonnenlicht verlieh dem Bild Schärfe und Tiefe. Er legte die Zeichnung beiseite und sah sich die nächste an, dieses Mal eine Waldszene, wieder mit Kohle ausgearbeitet; hohe Bäume erstreckten sich in die Ferne. Im Vordergrund bildeten helle Blumen einen schimmernden Teppich. Obwohl sie in Schwarzweiß gehalten waren, hatte er plötzlich den Eindruck, sie seien gelb.

Das nächste war eine gewaltige Überraschung. Ein Mann, zu drei Vierteln umgewandt – oder abgewandt? – lächelte ihm zu; es war ein *ziemlich* vieldeutiges Lächeln, nebenbei bemerkt. Und dieser Mann war *er*. Die Ähnlichkeit war bemerkenswert – um so mehr, da Caitlin dieses Bild eindeutig aus dem Gedächtnis heraus gezeichnet haben mußte. Martin spürte eine prickelnde Freude. Es schmeichelte ihm, daß sie sich die Zeit dafür genommen hatte. Es war schlicht und doch perfekt; und verblüffenderweise zeigte es ihn genau so, wie er sich selbst sah: ein tüchtiger Kerl, der mit beiden Füßen im Leben stand und auch noch nett war.

»Was macht das Essen?« rief Caitlin aus dem Badezimmer. Martin zuckte zusammen. Er sah auf, schnupperte und roch den Knoblauch.

»Du wirst begeistert sein!«

Im Badezimmer wurde das Wasser aus der Wanne gelassen.

»Gut. Ich hab' einen Riesenhunger.« Die Badezimmertür wurde geöffnet.

Martin steckte die Zeichnungen in die Mappe zurück und eilte mit zwei grotesken Sätzen an den Herd zurück. Geschäftig hob er den Deckel des Fleischtopfes an. Der Duft der Hackfleisch-Sauce ließ ihm das Wasser im Munde zusammenlaufen. Er rührte alles hastig um, damit nichts anbrannte. Es roch intensiv und unwiderstehlich nach Knoblauch. Er knallte den schweren Deckel wieder zurück, holte einen sauberen hölzernen Kochlöffel aus der Lade und hob gedankenabwesend den leichteren Deckel des Pasta-Topfes an.

Die Spaghetti hatten sich in eine cremeweiße, wogende und *wimmelnde* Masse verwandelt. Er prallte zurück. Für eine Zehntelsekunde glaubte er, die Temperatur zu hoch gestellt zu haben.

Dann ringelte sich etwas Langes und Sehniges über den Rand heraus. Das *Ding* pendelte wie ein Wurm hin und her und hielt nach einer Bewegung Ausschau. Martin staunte mit offenem Mund. Es geschah so selbstverständlich, daß sein Gehirn zuerst gar nicht verstand, was seine Augen sahen. Ein zweiter dünner, sich ringelnder Tentakel glitt über den Topfrand und schnellte schlangengleich vor. Martin spürte eine huschende, kochend heiße Berührung am Handgelenk; so heiß, daß sich seine Haut kräuselte. Er riß die Hand zurück, biß die Zähne zusammen. Die windende Bewegung des Dings dauerte an. Er *wußte*, daß er auf *Spaghetti* hinabstarrte, und daß diese Dinger aus welchem Grund auch immer *lebten*; es war völlig verrückt, aber da waren winzige Zuckungen, wie Muskelkontraktionen. Ein dritter Tentakel erschien und tastete über den Griff des Topfes. Ein vierter krümmte sich und schlängelte sich auf den Herd hinab.

Martin vergaß fast zu atmen; er war völlig verblüfft und zugleich schockiert, und tief in ihm rasselte ein unheimlicher Alarm, aber er konnte nur auf das Wimmeln und Kriechen hinabstarren. Und dann zerriß der Bann, und er rammte die rechte Hand wie in einem Reflex vor und stieß den Topf von der Herdplatte. Als er den Griff packte, spürte er das weiche, *schlammige* Ringeln auf der Haut, spürte er, wie sich das Ding *aufbäumte* und Knoten ausbildete. Plötzlich ahnte er, daß er in Gefahr schwebte; er ließ den Griff los und sah, wie sich in dem bleichen Etwas ein Schlitz öffnete, und wußte, *das war ein Maul*; und dann zuckte dieses Maul auch schon heran und schnappte nach seinem Finger. Ohne nachzudenken riß er die andere Hand hoch und packte das Ding und zog es weg. Es teilte sich mit einem glitschigen Geräusch; im nächsten Moment hielt er *drei* Teile in der Hand, und jedes einzelne ringelte sich unverwüstlich und wand sich um seine Finger. Er schüttelte sie mit einer bestürzten, beinahe panischen Bewegung ab. Das größte Stück hatte sich an der Haut seines Fingers festgesaugt und löste sich nun mit einem vernehmlichen *Plop*. Ein bösartiger kleiner Schmerz flackerte empor; es war, als habe er sich kalten Essig auf aufgeschürfte Haut geträufelt, und als er den Finger hob, sah er einen winzigen roten Kreis zwischen seinem Knöchel und dem ersten Fingergelenk.

»Lieber Gott!« entfuhr es ihm laut.

»Was ist denn?« rief Caitlin aus dem Badezimmer. Gleichzeitig verstummte das Geräusch des Föns mit einem Winseln.

»Nichts«, rief er zurück. In seinem Verstand kreiste alles, doch selbst im Zentrum seiner absoluten Verwunderung wußte er, daß es zwecklos war, sie in *diese* Sache einzuweihen. *Cait, stell dir vor, ich hab' hier einen Topf voller lebender Spaghetti. Sieht ein bißchen aus wie eine wimmelnde, bleiche Masse blinder Schlangen.*

Niemals. Besser, er hielt den Mund. Er setzte den Topf hastig auf den Herd zurück und griff nach dem Deckel. Das Wimmeln veränderte sich; unzählige bleiche Stränge verflochten sich zu einem dicken, seilähnlichen Etwas. Das Ding schoß über den Rand des Topfes und wickelte sich um seinen Arm. Er spürte ein Saugen wie von Dutzenden von Mäulern auf der Haut und sprang zurück. Der Topf schepperte zu Boden und verstreute seinen Inhalt; das ganze setzte sich augenblicklich in Bewegung – es sah aus wie eine bizarre, glitschige Wanderschaft von Aalen.

Ganz fern hörte er Caitlins Stimme. Er verstand kein Wort. Ohne nachzudenken, machte er einen Schritt nach vorn. Der Boden unter seinem Fuß schien zu leben. Das Kriechen und Schlängeln war fremdartig und abstoßend.

Er hörte, wie einzelne Tentakel unter seiner Schuhsohle zu Brei zerquetscht wurden. Abgetrennte Endstücke zuckten und versuchten sich um sein Fußgelenk zu schlingen, und er keuchte vor Angst.

Für einen kurzen Moment glaubte er, übergeschnappt zu sein; glaubte er, sich all das hier nur einzubilden. Dann spürte er das Saugen auf seiner Haut – an seinem Knöchel. Er brachte den anderen Fuß hoch und schabte die weißen Würmer ab und zermalmte einen weiteren Teil der Masse.

»Was geht da draußen vor?« schrie Caitlin.

»Ich hab' den Topf fallen lassen«, brüllte Martin und hoffte, daß sie seiner Stimme nichts anmerkte. Und die weiße Masse glitschte in alle Richtungen über den Boden. Es war völlig unmöglich. *Aber es geschah.* Der Anblick erfüllte Martin mit jähem Ekel. Er zog den Fuß zurück; hinterließ einen bleichen Abdruck auf dem gefliesten Boden. Er wandte sich hektisch um, suchte nach der metallenen Kehrschaufel – und fand sie auf einem Haken neben der Tür. Er packte sie und begann die *Würmer* mit raschen Bewegungen vom Boden wegzukratzen. Ein besonders langer Tentakel schnellte sich mit kraftvollen Bewegungen einer Natter voran und versuchte unter den Tisch zu kommen. An der Spitze bildete sich bereits ein winziger Knoten aus und schwoll an, bleich und seltsam *widerwärtig.* Martin stürmte hinter ihm her und fegte ihn mit dem kleinen Besen auf die Kehrschaufel. Das Ding zuckte und wand sich wie ein Aal und glitt bereits zum Rand. Er drehte den Besen um und schlug mit dem hölzernen Oberteil zu. Ein matschender Laut entstand. Der Tentakel bäumte sich auf und fiel zuckend zu Boden.

Martin sammelte den ganzen Schlamassel ein, kehrte und kratzte und scharrte die Masse auf die Kehrschaufel, richtete sich auf und stürzte zur Tür und in den Garten hinaus. Er hetzte durch die Blumenbeete, zermalmte Primeln und hinterließ riesige Fußabdrücke in der weichen Erde. Dann erreichte er den Fluß und schleuderte die Kehrschaufel mit einem Ruck von sich. Die Spaghetti wirbelten in alle Richtungen davon und landeten im Wasser. Martin stand heftig atmend am Ufer. Die bleiche Masse versank nicht. Einer der Tentakel drehte sich und schlängelte sich unter einen Stein, als suche er dort ganz bewußt Schutz. Andere trieben flußabwärts. Zwei kleine Forellen schossen hinter ihnen her und schnappten zu; das vordere Ende der Tentakel krümmte sich wie ein Skorpionstachel empor und rammte sich in die Augen der Fische. Martin beobachtete schockiert und vor Abscheu zitternd den verzweifelten Todeskampf der Forellen. Wasser spritzte. Ein weiterer Tentakel glitt heran und saugte sich fest, und noch einer. Ein paar Sekunden lang zappelten die Fische in blinder Panik, dann erschlafften sie. Die Strömung trug sie mit sich zu einem schilfbewachsenen Uferteil, und gleich darauf waren sie nicht mehr zu sehen.

Martin riß seine Blicke los und suchte das Ufer in seiner unmittelbaren Nähe ab. Die wimmelnden Dinger waren verschwunden. Er starrte die Steine an; überlegte, wie viele von ihnen sich darunter verbargen und merkte erst jetzt, daß er zitterte und völlig durcheinander war. Er hatte noch immer Angst – und nicht nur ein wenig. Er stand eine halbe Minute lang da und fragte sich, was um alles in der Welt passiert war. Er hatte etwas gesehen, von dem er *wußte*, daß es unmöglich war: *Spaghetti, die zu ekelhaften, völlig fremdartigen* lebenden *Scheußlichkeiten mutierten*. Er dachte: Irre. Und er zitterte noch immer, und er fühlte sich beschmutzt und krank. Schließlich, nachdem er sich mit einem letzten Blick vergewissert hatte, daß die Dinger verschwunden waren – irgendwohin, aber außer Sicht –, wandte er sich ab und ging auf ziemlich wackligen Beinen ins Haus zurück. In der Küche hob er vorsichtig den Topf auf und überzeugte sich, daß er wirklich *alle* erwischt hatte, dann setzte er sich an den Tisch und versuchte gar nichts zu denken. Es gelang ihm nicht.

Irgendwo, in einer anderen, normalen Welt am Ende des Flurs, waren normale Geräusche zu hören; Caitlin öffnete Schubladen, schob Kleiderbügel gegeneinander, und er dachte über die beinahe lächerliche Absurdität plötzlich zum Leben erwachender Spaghetti nach.

Nach einiger Zeit durchquerte er die Küche und hob behutsam die kleine Schatulle an und zog den Leinenbeutel heraus. Er öffnete ihn; dann suchte er in der Anrichte nach einem Behältnis, fand eine kleine Zellophantüte und füllte mit einem Teelöffel ein wenig von dem Pulver hinein. Er verschloß die Tüte mit einem papierummantelten Haushaltsdraht, steckte die Probe in sein Jackett und setzte sich wieder an den Tisch. Er hatte einen Entschluß gefaßt.

Zehn Sekunden später kam Caitlin, das Gesicht frisch und rosig von der Hitze des Bades.

»Alsdann, Küchenchef. Es riecht gut. Wann essen wir?«

»Ich fürchte, wir müssen unsere Pläne ein wenig ändern«, sagte er und hoffte, daß ihr die eigenartige Anspannung in seiner Stimme nicht auffiel. Sie fiel ihr auf, aber später hielt sie es für Verlegenheit.

»Ich hab' die *Pasta* fallenlassen.«

»O nein!« stöhnte sie. »Und ich hab' wirklich Hunger.«

»Wie wär's mit einem weiteren Spaziergang zum Douglas Arms?«

»Nur, wenn du nicht zahlst.«

»Über die Rechnung diskutieren wir hinterher.«

Ein paar Minuten später waren sie unterwegs. Wieder behielt er wachsam die Hecken im Auge. Die ganze Zeit über spürte er ein ungutes Prickeln unter der Kopfhaut. Normalerweise hatte er derartige Anwandlungen nur, wenn er wußte, daß er beobachtet wurde.

*****

Am Montagmorgen sah Martin im Büro seinen Terminkalender durch, ob er irgend etwas Wichtiges vergessen hatte. Hatte er nicht. *Gut.* Am Wochenanfang lagen ohnehin nur selten wirklich bedeutsame Arbeiten an. *Gott sei Dank.* Er führte einige Telefonate. Danach schaute er in der Mitchell Library vorbei und verbrachte in der medizinischen Abteilung eine halbe Stunde lang damit, ein Buch über Rückgratverletzungen durchzublättern und Caitlins Angaben zu diesem Thema gegenzuprüfen. Alles, was er las, stimmte mit dem überein, was sie ihm erzählt hatte. Von der Bücherei bis zum örtlichen Chemischen Laboratorium war es nur eine halbe Meile. Im Lauf der letzten Jahre hatte er genügend Artikel über Drogen-Dealer geschrieben und noch mehr Substanzen überprüfen lassen; er kannte sich in diesen heiligen Hallen gut genug aus.

Tony Cassidy, einer der jüngeren Chemiker, hielt die kleine Tüte gegen das Licht. Das Pulver darin sah aus wie brauner Sand.

»Kein Hasch, kein Heroin, kein Crack«, stellte er fest. »Was ist es, ein neuer Dünger?«

»Bin mir noch nicht sicher«, erwiderte Martin. Er hatte mit Tony bereits ein paarmal zusammengearbeitet. »Eine Art Heilkräuter-Arznei. Ich würde gern wissen, was da alles zusammengemixt worden ist.«

»Das kann eine Woche dauern, vielleicht länger«, sagte der Chemiker und schüttete das Pulver in ein kleines Plastikfläschchen mit Schraubverschluß. Daraufhin beschriftete er ein Etikett und klebte es auf.

»Hab' in letzter Zeit immer wieder mit solchen Wundermittelchen zu tun. Glatzenkuren. Diät-Zusätze. Alles Scheiße. Das hier wird keine Ausnahme machen, das garantiere ich. Hör zu, ich tu' mein möglichstes, um es schnell durchzuschleusen, aber die Umweltschutzleute haben uns mit Arbeit zugeschüttet, und die Drogen-Fahndung zieht auch neue Saiten auf. Hier geht's zu wie bei *Imperial Chemical Industries*.«

»Trotzdem, Tony: Je schneller, desto besser. Ich wäre dir sehr dankbar.«

»Oh, ich seh' zu, was ich tun kann. Immer nur Sahnetorten auf Appetitzügler zu überprüfen, ist auf Dauer ziemlich langweilig.«

Martin dankte ihm. Als er im Büro eintraf, erfuhr er, daß er für eine langweilige Pressekonferenz des Schottischen Ministeriums eingeteilt worden war. Er absolvierte seinen Frondienst, und als er spätabends zurückkam, rief er Caitlin an. Das Telefon klingelte eine ganze Weile, bis sie abnahm; sie klang atemlos.

»Bin mitten in meinen Übungen«, erklärte sie. »Am Trainingsgerät.«

»So wie du dich anhörst, übertreibst du die Sache.«

»Ich muß *in Form* bleiben. Außerdem fühle ich mich gut. Wirklich. Hör zu, ich ...« Sie räusperte sich und wirkte plötzlich ein wenig unsicher. »Ich hatte ein tolles Wochenende.«

»Ich auch. Soweit ich mich erinnere.«

»Oh, mach dir darüber keine Sorgen mehr. Ich halte dir deinen jugendlichen Überschwang zugute. Und du hast deine Schmach mehr als wettgemacht, obwohl ich mich auf die Bolognese gefreut habe«, sagte sie. Ihr Lachen klang in sein Ohr. »Ich hab' die Überbleibsel in Chili verwandelt und heute mittag verspeist.«

Martin dachte an bleiche Würmer und Tentakel, die sich aus einem Topf herausringelten. Er starrte seinen rechten Zeigefinger an. Der winzige rote Kreis war zu einem winzigen dunklen Kreis geworden. Er sah wie eine kleine Verbrennung aus.

»Oh, das Douglas Arms hat eindeutig mehr zu bieten als ich«, gestand er ihr. »Wir müssen das wiederholen. Und ich verspreche, die ganze Zeit nüchtern zu bleiben.«

»Gerne«, sagte sie. Er genoß es, ihre Stimme zu hören.

Zum Abschluß erkundigte er sich nach ihren Beinen; er gab sich Mühe, beiläufig zu klingen, sich nicht zu verraten. Solange er die Bestandteile des Pulvers nicht kannte, wollte er kein Wort über das verlieren, was geschehen war. *Ein kleiner Angriff durch lebende Spaghetti, nichts Schlimmes, haha. Außerdem bin ich selbst dran schuld. Warum mußte ich deine* Wundermedizin *auch in den Pasta-Topf streuen? Ich meine, es war purer Zufall und auch nur eine kleine Prise, aber –*

Aber wenn dieses Zeug ihre Rückenverletzung heilte,

dann war das ein verdammtes Wunder. Es bestand eine recht ernstzunehmende Wahrscheinlichkeit, daß er halluziniert hatte. Weil er zuvor ein einziges Mal an diesem Zeug gerochen hatte. Wenn das stimmte, dann *sollte* er Caitlin warnen.

»Ich hab' sie wieder bewegt«, antwortete sie und klang wundervoll zufrieden mit sich selbst. »Es war mächtig anstrengend, aber sie haben sich *bewegt*. Du kannst dir nicht vorstellen, was das für ein Gefühl ist«, sagte sie lachend. »So eine einfache, kleine Sache – und so ein Hammer von einem Gefühl. Obwohl ich sie noch nicht richtig spüre. Meine Beine fühlen sich noch immer ziemlich taub an. Aber ich bin sicher, daß ich *etwas* spüren kann.«

»Hast du's Sheila schon erzählt?«

»Ich muß es ihr nicht erzählen. Sie hat mich selbst darauf aufmerksam gemacht ... auf dem Ceilidh, als du –« Caitlin unterbrach sich, bevor sie etwas Undiplomatisches sagte. »Als du getanzt hast. Sie kam heute vorbei, und ich hab's ihr wieder gezeigt. Sie war überhaupt nicht überrascht. Diese Frau ist ein Engel. Sie hat mir noch etwas gegeben, etwas, das wirklich furchtbar schmeckt, wie Kiefernadeln. Sie sagt, es ist gut für den Muskelaufbau.«

»Wir wissen nicht einmal, was sie da alles zusammengemischt hat«, sagte er ganz behutsam.

»Das ist mir auch egal«, erwiderte Caitlin. Plötzlich klang ihre Stimme sehr flach und sehr entschieden. »Ich *vertraue* ihr. Sheila ist eine Expertin auf diesem Gebiet. Alle Frauen gehen zu ihr, wenn sie Hilfe brauchen. Jean Fintry hat eine ganze Menge abgenommen, und Fiona Herrons Hände – du hättest sie sehen sollen. Sie hatte eine furchtbar schlimme Arthritis, und jetzt ist sie fast weg.«

Für ein paar Sekunden schwiegen sie beide. Martin befand sich in einem Dilemma. Irgend etwas an dieser Sache gefiel ihm überhaupt nicht. Vielleicht *war* es tatsächlich ein Wundermittel. *Eines, das selbst Spaghetti zum Leben erweckte.* Er konnte die merkwürdige, beängstigende Szene in der Küche einfach nicht vergessen. Aber er sagte nichts.

»Trotzdem fühle ich mich auch irgendwie schrecklich«, fuhr Caitlin fort. »Ich meine, es ist doch nicht gefährlich, oder?«

»Nein«, sagte Martin und hielt seine Stimme ganz unbeschwert. »Nein, bestimmt nicht.«

Er wechselte das Thema.

»Vielleicht seh'n wir uns am Wochenende.«

»Oh? Eine neue Geschichte?«

»Nein, nur ein kleiner Besuch bei einer Freundin.«

»Jemand, den ich kenne?«

»Ein wunderbarer Rotschopf«, antwortete Martin.

»Schmeicheleien funktionieren bei mir, Thornton«, feuerte sie zurück. »Wann?«

»Samstag – es sei denn, im Büro wird der Notstand ausgerufen. Ich ruf' dich am Freitag an.«

Sie sagte ihm, sie würde sich freuen, und er wollte schon auflegen, als ihm noch etwas einfiel.

»Würdest du mir das Bild verkaufen?«

»Welches?«

»Das, auf dem ich wie ein Filmstar aussehe.«

Sie antwortete nicht gleich, dann lachte sie. »Oh, du neugieriger Kerl! Du hast in meiner Mappe herumgeschnüffelt. Typisch Sensationsjournalist, stimmt's?«

»Heißt das ja?«

»Oh, du kannst es *haben*. Damit sind wir quitt. Du weißt schon, die Sache mit dem Scheck.«

»Fair genug.«

»Abgemacht«, sagte sie, noch immer lachend.

Sie unterbrach die Verbindung zuerst. Martin legte den Hörer ganz behutsam auf die Gabel zurück und lehnte sich in seinem Sessel zurück. Er fand keine Gelegenheit, über die Unterhaltung nachzudenken. Einer der Redakteure wollte irgend etwas in einem Artikel mit ihm abklären, und das bedeutete: Zurück an die Arbeit.

*****

In Linnvale machte sich außer Suzy Herron weiterhin niemand Gedanken um Paul Thomsons Verschwinden.

Alec Stirling fuhr noch immer regelmäßig nach Craigard und wieder zurück, genoß die zahlreichen Einladungen auf eine Tasse Tee und hatte stets ein offenes Ohr für jedermanns Klatsch und Tratsch.

Ernie Buists Traktor rostete gemächlich vor sich hin. Jedesmal wenn Alec daran vorbeifuhr, fragte er sich, warum der alte Säufer das Ding nicht wegfuhr. Am Anfang der Woche hatte irgend jemand auf dem Hof der Buists ein Freudenfeuer angezündet. Die Rauchsäule war hinter dem baufälligen Haus aufgestiegen, und Alec hatte gewaltige Flammen zu sehen geglaubt. Nur von Ernie Buist und seinem Sohn fehlte jede Spur.

Zum Ende der Woche zu erwähnte der alte Hector Ritchie – dessen Sohn Norrie mit Donnie MacKinnons Frau durchgebrannt war – über einem Kaffee mit einem Schuß Whisky, daß er den Buist-Jungen vor zwei Tagen gesehen habe.

»Das glaub' ich dir nicht, Hec«, beschied Alec ihm. »Der Bursche ist ausgerissen. Konnte Ernies Launen nicht mehr ertragen. Wer will's dem kleinen Kerl verübeln?«

»Nein, nein«, unterbrach Hector und hielt eine Hand hoch. »Glaub mir, meine Augen sind noch so gut in Schuß wie eh und je. Ich komm' da mit meinen Hunden gerade an der Grenzmauer runter, als ich den Rauch seh'. Erst hab' ich ihn gerochen, um genau zu sein. Ich bin hinter der Hecke in Deckung und hab' einen kleinen Blick riskiert. Es war nicht der irre Buist. Hab' ihn seit einer Woche oder länger nicht mehr gesehen, und das gefällt mir wirklich prima.«

Hector nippte an seinem *Kaffee Spezial*. Er war erst kürzlich siebzig geworden, war weißhaarig und drahtig, und sein Gesicht zeigte die Furchen eines Lebens voller langer, harter Winter in den Dumbuie Hills. Der Mangel an Diplomatie, den sein Sohn an den Tag gelegt hatte, als er ausgerechnet mit der Frau eines Nachbarn durchgebrannt war, ärgerte ihn noch immer, aber Familie war Familie. Am darauffolgenden Sonntag war er samt seiner anderen Söhne in der Kirche demonstrativ und mit hocherhobenem Haupt in der ersten Reihe gesessen. Er hatte MacKinnons Frau gekannt, seiner Meinung nach ein hochnäsiges Ding mit einem wirklich bemerkenswerten Hintern; und er nahm an, wenn er vierzig Jahre jünger gewesen wäre, hätte er durchaus dieselbe Dummheit begehen können. Trotzdem stand für ihn fest: Sollte Norrie irgendwann einmal mit eingekniffenem Schwanz ins Tal zurückkehren, dann würden ihn auch seine siebzig Jahre nicht davon abhalten, dem kleinen Bastard ganz gewaltig den Stiefel in den Arsch zu pflanzen und ihn vom Hof zu jagen.

»Nein, das war ganz bestimmt der junge Bursche. Er machte sich ein Freudenfeuer. Ich hab' Dieselöl in dem Rauch geschmeckt, und anderes Zeug. Glaub' kaum, daß dieser Pennyfuchser Buist sonderlich glücklich wäre über eine solche Verschwendung von Traktorsprit.«

Alec erzählte ihm von seiner kleinen Auseinandersetzung mit Ernie Buist, und wie der alte Traktor dorthin gekommen war, wo er jetzt stand.

»Der Idiot ist wie der Leibhaftige persönlich hinter seinem Jungen her – zum Corrie hinunter. Mußte den Traktor wegfahren, damit Jock Weir vorbei konnte. Seither steht das Ding da.«

»Nun, ich hab' den alten Buist jedenfalls nicht gesehen, und glaub bloß nicht, daß der nach einem Tritt in die Nüsse vernünftiger geworden ist. Der hat sich entweder das Genick gebrochen oder liegt irgendwo besoffen herum.«

Alec hoffte, daß ersteres zutraf. Über die Jahre hinweg war Ernie Buist schlicht unerträglich geworden. Für den Jungen mußte das Leben mit ihm schlimmer als der Tod gewesen sein.

In den nächsten Tagen dachte der Postbote darüber nach, was Hector ihm erzählt hatte. Das Flugzeug-Magazin des Jungen, das einmal im Monat erschien, lag noch immer im Postamt zur Abholung bereit. Craig Buist bezog die Hochglanz-Publikation seit über einem Jahr. Ganz am Anfang hatte er Shona Gibb gesagt, daß er sie sich lieber abholen wollte. Alec konnte sich inzwischen denken, warum.

Alec zauderte eine Weile, aber dann nahm er das Magazin aus dem Abholfach und steckte es in seine Posttasche. Trotz Ernie Buists Drohung – die er keine Sekunde lang vergessen hatte – beschloß er, einen kleinen Spaziergang zu dem Anwesen hinaus zu machen. Alec war einfach neugierig. Und er hatte gelernt, mit diesem seinem dominierenden Wesenszug zu leben.

Er ließ das Postauto an der Straße unten zurück und marschierte auf das Haus zu; er gestand sich ein, daß er ein wenig besorgt war, und dementsprechend hielt er sich dicht an der Weißdornhecke, so daß er aus der Ferne nicht gleich gesehen werden konnte. Erst als er das Ende des ausgetretenen Weges erreichte, fiel ihm auf, daß diese Hecke verwelkt und braun verfärbt war. Das Gras zwischen den Wurzeln und sämtliche Bodenkriecher und Triebe waren gelb und *tot.* Er ging weiter, und jetzt ließ er das Bauernhaus nicht mehr aus den Augen. Die nach Süden ausgerichtete Seite, die um diese Jahreszeit stets eine Kaskade aus grünem Efeu und Kletterpflanzen gewesen war, schimmerte in einem schmutzigen Grau. Das Efeu war heruntergerissen worden. An der Ecke des Hauses zögerte Alec. Er beschloß, nicht an der Vordertür zu klopfen. Statt dessen pirschte er zu der leerstehenden Scheune hinüber und umrundete sie. Auf der anderen Seite war die Feldhecke nur mehr ein verdorrtes Etwas. Jeder auch noch so kleine Baum im Hof war abgestorben und kahl. In der Vertiefung neben dem Misthaufen entdeckte Alec schließlich eine schwarzgefärbte Stelle – dort mußte das Feuer gebrannt haben.

Als er sich wieder umwandte, sah er gerade noch die Bewegung bei dem windschiefen Kuhstall. Rostige Scharniere quietschten; die Tür fiel mit einem sanften Schlagen zu. Alec eilte auf Zehenspitzen an eines der Fenster und spähte hindurch. Staub und Spinnweben verklebten das gesplitterte Glas und trübten den Blick in das düstere Innere noch zusätzlich. Er drückte das Gesicht gegen die Scheibe und verhinderte so eine Reflektion seines Schattens. Tatsächlich gelang es ihm auf diese Art und Weise, einige schemenhafte Details auszumachen. Der Junge saß auf einem Schemel und war damit beschäftigt, eine der beiden knochigen Kühe zu melken.

Der Postbote zog sich vom Fenster zurück und ging zur Tür des Kuhstalls. Unterwegs bemerkte er den Zwei-Gallonen-Kanister an der Scheunenwand. *Dieselöl*, dachte er. *Da haben wir's*. Ein weiterer Kanister stand rechts neben der Stalltür, und noch zwei lagen direkt bei der Vordertür des Hauses. Er strengte sich an, kein Geräusch zu verursachen. Die Vorstellung, Ernie Buist aus dem Haus stürmen zu sehen, gefiel ihm überhaupt nicht. Alec schätzte die Entfernung zwischen Küche und Kuhstall ab, dann diejenige von seinem momentanen Standort bis zur Straße hinab.

Er öffnete die Tür des Kuhstalls mit einem energischen Ruck. Die Scharniere quietschten entsetzlich. Ein breiter Lichtstrahl fiel auf den schmutzigen Boden vor ihm. Da war ein scharrendes Geräusch, weit hinten. Dann fuhr ihm ein donnerndes Brüllen aus dem Dunkeln heraus entgegen.

Ein greller Lichtblitz blendete ihn. Die Tür krachte mit solcher Wucht gegen seine Hand, daß es ihn durchschüttelte und beinahe umwarf. Splitter flogen in alle Richtungen. Alec schrie vor Angst, drehte sich um, ließ seine Tasche fallen, stolperte darüber, stürzte und gelangte dennoch krabbelnd – irgendwie – ins Freie und landete der Länge nach im Dreck.

Der junge Buist hatte den Schock seines Lebens bekommen, als die Stalltür so plötzlich aufgerissen worden war. Das Kreischen der Scharniere war wie ein fürchterlicher

Angriffsschrei gewesen. Er saß da, die Stirn gegen die Flanke der Kuh gelehnt, und zog abwechselnd an den Eutern; dann kamen das Quietschen und die Helligkeit über ihn, und er reagierte augenblicklich und glitt geschmeidig wie eine Katze von dem Hocker herunter und packte das Schrotgewehr, das er vorhin gegen die Wand gelehnt hatte. Die Waffe im Anschlag, fuhr er herum und sah die große, dunkle Gestalt auf sich zukommen.

Das Grauen explodierte geradezu in ihm. In dem Sekundenbruchteil, den er brauchte, um nach dem Gewehr zu greifen, glaubte er seinen Vater heranhuschen zu sehen, tot und mit Harz überzogen. Noch in der Bewegung rutschte er auf einem weichen Kuhfladen aus und begann zu stürzen. Sein Finger riß den Doppelabzug durch, und die beiden Läufe spien beinahe gleichzeitig Tod und Verderben. Das Gewehr ruckte in seinen Händen und drosch ihn nach hinten. Er schlitterte in die schmutzstarrende Güllerinne und ließ die Waffe los. Sie schepperte mehrere Yards von ihm entfernt über den Boden.

Das Aufbrüllen der Schüsse war so laut, daß er nicht einmal mehr seinen eigenen Schrei hörte.

Als der Junge ausrutschte und sein Gleichgewicht verlor, taumelte die Gestalt durch den Mittelgang davon. Craig wußte nicht, wer es war, er wußte nur, daß er getroffen hatte. Er krabbelte vorwärts, ignorierte den Gestank des heißen Urins und riß das Gewehr wieder an sich. Mit zittrigen Händen kramte er in seiner Tasche, beförderte zwei weitere Patronen zutage und klappte das Gewehr auf. Die leeren Hülsen wirbelten heraus; er beachtete sie nicht, sondern lud rasend schnell nach, ließ den Lauf zuschnappen, richtete sich auf und setzte sich in Bewegung.

Er erreichte die Tür und stieß die Gewehrmündung ins Freie.

Er hörte ein Stöhnen im Hof. Behutsam beugte er sich vor und spähte hinaus und sah den Postboten auf den schmutzigen Pflastersteinen liegen.

Alec Stirlings Brille war drei Yards weitergeschlittert,

und er tastete blind danach. Er sah einen Schatten herangeistern und schrie: »Nicht schießen, um Gottes willen!«

Craigs Hände zitterten. Er starrte den niedergestreckten Mann an, suchte nach Anzeichen einer Verletzung, aber da war kein Blut. Er stand nur da – sprachlos und vollkommen verunsichert.

»O Mr. Stirling . . . Es tut mir leid. Das wollte ich nicht.«

Plötzlich weinte der Junge. Die Nerven in seinen Kniekehlen zuckten so heftig, daß er sich nicht mehr aufrechthalten konnte; schlagartig war all seine Kraft wie aus ihm herausgesaugt, und er brach in die Knie, ließ das Gewehr fallen und schlug beide Hände vor das Gesicht.

»*Herrgott*, Junge!« stammelte Alec. Seine Finger ertasteten die Brille, doch er brauchte drei Anläufe, bis sie richtig auf seiner Nase saß. Er starrte den Jungen durch die verschmierten Gläser hindurch an, und dann fluchte er ausführlich und ohne sich auch nur ein einziges Mal zu wiederholen. Seine Stimme zitterte dabei ununterbrochen – allerdings nicht annähernd so sehr wie seine Hände. Die flatterten wie Vogelschwingen.

Er schaffte es, auf die Füße zu kommen, und war sich vage der Tatsache bewußt, daß er ganz gewaltig nach frischem und ziemlich breiigem Kot roch und sich kein bißchen darum scherte. Er starrte Craig Buist an, der vor ihm im Dreck kauerte und weinte.

»Was zur *Hölle* ist das für ein Spielchen?«

»Kein Spiel«, schluchzte Craig. »Ich dachte es wäre –«

»Dachte *was*, um Gottes willen?«

Craig rang nach Luft – und einer Antwort. Sein Mund öffnete und schloß sich, aber er brachte nichts als weitere Schluchzer heraus. Die Tränen flossen wieder. Die Schultern des Jungen hoben und senkten sich ruckartig unter der Wucht seiner Angst und Verzweiflung. Schließlich ging Alec zu ihm. Er kickte das Gewehr von ihm weg und ließ sich in der Hocke nieder. Er legte dem Jungen einen Arm um die Schultern und drückte ihn ein wenig verlegen – gerade so, wie er es in dieser Situation für angemessen hielt.

»Lieber Gott, Junge, du hast mir fast einen Herzanfall beschert«, sagte er und spähte zu der Stalltür hinüber. Der Mittelteil war komplett weggeblasen. Er schluckte trocken. Er dachte: *Volle Ladung.*

Er dachte: *Denk lieber nicht daran, wie du ausgesehen hättest, wenn –*

»Ich wollte nicht schießen«, murmelte der Junge über einen plötzlichen Schluckauf hinweg. »Ehrlich. Ich bin ausgerutscht.«

Alec half ihm auf die Füße.

»Nun, immerhin *kannst* du ein Scheunentor treffen«, stellte er fest. Eine jähe Euphorie darüber, noch am Leben zu sein, erfüllte ihn wie ein Taubenschwarm. Als er sicher war, daß der Junge allein stehen konnte, hob er die Posttasche auf und – einer nachträglichen Eingebung folgend – das Schrotgewehr, dann führte er Craig zum Haus hinüber.

»Also gut, Junge. Gehn wir hinein, waschen wir uns diese Scheiße ab«, sagte er. Seine Hände zitterten noch immer gewaltig.

Eine Stunde später wandte Alec Stirling dem Feuer, das er im Wohnzimmer gemacht hatte, den Rücken zu und versuchte so, den Dreck auf der Rückseite seiner blauen Serge-Hose zu trocknen. Er fragte den Jungen, ob sein Vater zu Hause sei.

»Nein.« Seine Stimme war nur ein Hauch. »Der ist tot.«

»O Jesus!« keuchte Alec. »Du hast ihn doch nicht etwa –« Seine Blicke flitzten zu dem Schrotgewehr.

Der Junge schüttelte den Kopf. »Es war etwas ... *anderes*.«

Unter diesen Umständen war es eindeutig das beste, für sie beide eine Tasse Tee zu machen. Sie tranken sie vor dem Kaminfeuer, und Alec Stirling lauschte Craig Buists bizarrer Geschichte. Der Junge erzählte ihm von seiner Flucht in den Wald, und wie dicht sein Vater ihm auf den Fersen gewesen war, und was er ihm alles angedroht hatte – wobei ihm ein Großteil dieser Bestrafungen allerdings längst wohlbekannt vorkam. Dann beschrieb er, wie er die Skelette in den Bäumen gesehen hatte.

Alec hörte ihm zu, aber er glaubte kein Wort.

Craig erzählte ihm, wie er sich in der Nische der alten, eingestürzten Mauer versteckt und seinen Vater vor diesem Baum stehen sehen hatte, und daß *es* dann passiert war; daß er in Harz eingegossen worden war, wie eine Fliege. Er beschrieb die Szene so detailliert, berichtete so plastisch, wie der alte Mann sich zu befreien versucht hatte, und wie immer mehr Harz geflossen war und seine Augen überzogen und seinen Mund gefüllt und ihn schließlich im Tod gegen den Baumstamm *geklebt* hatte.

»Und was hast du in der Zwischenzeit getan?«

»Ich war *hier.*«

»Dann hast du diesen Scheiterhaufen angezündet?«

Der Junge nickte.

»Und was ist aus den Hecken geworden?«

»Ich hab' sie *getötet.* Ich wollte sie nicht mehr in meiner Nähe haben. Ich hätte sie mit dem Traktor herausgerissen, aber ich wollte nicht zur Straße hinunter. Sie ist zu nahe an den Hecken.«

»Aber warum hast du das denn getan?«

Der Junge sah ihn an, sein Gesicht war verkniffen vor lauter Haß. »Es sind die *Bäume*. Sie *leben*. Ich glaube, sie leben *alle*. Ich will nicht, daß sie mich kriegen, wie meinen Alten. Ich hab' sie die *ganze Zeit* beobachtet.«

Alec schaute auf den Jungen. Craig *glaubte*, was er sagte. Jedes einzelne Wort. Aber *er*, Knüller Stirling, hatte damit eine ganze Menge Probleme. Andererseits war selbst ihm klar, daß an dieser Sache etwas oberfaul roch. Die Augen des jungen Buist waren weit und starr. Er sah aus, als habe er sich seit einer Woche nicht mehr gewaschen und schon doppelt so lange nicht mehr geschlafen. Um ein Haar hätte er ihn mit einer gewaltigen Schrotladung ins Jenseits befördert. Und er glaubte, daß die Bäume ihn holen wollten. Dies, dachte er, ist ein sehr verstörter Junge. Alec wußte nicht, *was* da unten, in Fasach Wood, vorgefallen war – aber er konnte es sich denken; Ernie Buist hatte seine Schikanen ein klein wenig übertrieben. Wahrscheinlich lag er mit eingeschlagenem Schädel im Wald.

Der Junge bat ihn eindringlich, nicht *da hinunter* zu gehen, oder Sergeant Adam zu benachrichtigen, und Alec hörte sich alles in Ruhe an. Danach beruhigte er Craig und sagte ihm, er werde jemanden holen, mit dem er reden könne. Der Junge nickte argwöhnisch.

Der Postbote fuhr nach Hause und rief Martin Thornton an.

*****

Im Verlauf der auf den Ceilidh folgenden Woche wurde Ben Haldane von grauenhaften Alpträumen heimgesucht. Im Schlaf sah er wieder Blut aus dem gefällten Baum quellen und über die Hände seines Vaters spritzen. Er war viel zu ängstlich, um noch irgend jemandem davon zu erzählen. Er wanderte teilnahmslos im Haus herum, und seine Mutter begann sich nun doch um ihn zu sorgen. Sie redete mit Duncan darüber, ob es nicht besser wäre, einen Arzt in Lochend aufzusuchen, aber er beruhigte sie. Er zweifelte überhaupt nicht daran, daß sein Sohn schließlich über alles Quälende hinwegkommen würde.

Duncan verbrachte diese Woche damit, die Eichen zu fällen. Ben ging nicht zu ihm hinunter. Vor seinem inneren Auge werwandelte sich der Boden des Wäldchens unter dem aus den gefällten Bäumen strömenden Blut in einen ungeheueren roten Morast. Nachts bewegte sich die Klematis an der Vorderfront des Hauses in der Brise und kratzte über die Fensterscheiben und stieß eisige Finger in die Träume des Jungen.

*****

Während die Eichen von Duncan Haldanes Großvater eine nach der anderen fielen, spürte Caitlin ihre Kräfte zurückkehren. Sheila Garvie besuchte sie weiterhin jeden Morgen und ermutigte sie stets aufs neue, die Zehen zu bewegen. Mittlerweile kostete sie dies kaum mehr Mühe, und die Bewegungen wurden zudem energischer. Nach vier Tagen hob Caitlin den Fuß von der Stützplatte, und eine ungestüme Freude durchraste sie. Die Muskeln in ihren Beinen zuckten spasmisch, und obwohl sie keinerlei Kontrolle hatte über die zittrige Bewegung unter ihrer Haut, so konnte sie sie doch *fühlen*.

All die mühsam und langwierig aufgebauten Barrieren gegen jede auch noch so winzige Hoffnung – gegen die Verzweiflung – stürzten nun binnen weniger Sekunden in sich zusammen. Jetzt trank sie Sheilas Mixtur nahezu stündlich, und von Mal zu Mal fühlte sie sich besser und *lebendiger*.

Sheila hatte eine Lotion gemacht, die sie ihr in die Beine einmassierte, und bald darauf kam ihre geheimnisvolle Freundin auch abends, um ihr bei den Übungen am Trainingsgerät beizustehen. Das Ganze war eine simple Vorrichtung aus Drähten und Gurten, und Caitlin vertraute sich ihm mittlerweile bereits zweimal am Tag an. Sie streifte sich die Gurte über die Füße, und dann zog sie sie abwechselnd mit den Händen hoch; auf diese Art und Weise stärkte sie systematisch ihre Armmuskulatur und sorgte außerdem dafür, daß auch in ihren Beinen das Blut ordentlich zirkulierte und eine Atrophie der Muskeln verhindert wurde. Unter Sheilas Anleitung begann sie den Druck der Gurte an den Fußsohlen wahrzunehmen; es kam immer öfter vor, daß ihre Beine reflexartig reagierten und ihrerseits auf Gurte und Drähte Druck ausübten.

In Caitlin wuchs ein absolutes, bedingungsloses Vertrauen in die ältere Frau. Ihre Freundschaft war vom ersten Tage an etwas Besonderes gewesen, doch jetzt erblühte sie vollends. Caitlin klammerte sich verzweifelt an diese Freundschaft – und mit derselben Energie, mit der sie damals, in diesem dunklen Fluß, gegen die Strömung und das Ertrinken gekämpft hatte. Sheila Garvie sorgte dafür, daß ihr sehnlichster Traum Wirklichkeit wurde.

Tagsüber unternahmen sie ausgedehnte Spaziergänge in den Wald. Am Ende eines dieser Ausflüge erreichten sie wieder die Wegegabelung, und dieses Mal drehte Sheila den Rollstuhl und nahm die linke Abzweigung, die geradewegs in das dunkle Herz des Waldes führte. Der Pfad endete bei einem Durcheinander alter, moosbewachsener Steine; Sheila erklärte, daß dies vor vielen Jahren ein Wall gewesen war, der den Rand des Fasach markiert hatte.

Es gab eine Bresche, und dahinter setzte sich der Pfad kerzengerade fort. Links und rechts standen die Bäume nun so dicht beieinander, daß es mit einigen Schwierigkeiten verbunden war, den Rollstuhl über das Wurzelgewirr hinwegzubugsieren. Hier war der Wald dunkel und unheimlich. Die Bäume erhoben sich weit über ihre Köpfe, und ein erdiger und gleichermaßen feuchter Geruch erfüllte die Luft. Doch Caitlin kam dies alles vertraut vor. Ihre Träume waren so intensiv gewesen; sie wußte um die Nässe und den Duft faulender Blätter, und jetzt war sie *wirklich* hier. Sie drangen tiefer in den Wald vor, und Sheila erzählte davon, wie sie bereits von frühester Kindheit an die Pflanzen und deren Essenzen studiert hatte. Sie glaubte, daß die Wälder der Erde für jede auch noch so ausgefallene Erkrankung ein Heilmittel bereithielten. Caitlin glaubte ihr jedes Wort.

Abends rieb Sheila ihre Öle in Caitlins Waden und Oberschenkel ein und knetete mit starken und doch feinfühligen Fingern ihre Muskeln. Danach mixte sie Caitlins *Medizin* und bestand darauf, daß sie bis auf den letzten Tropfen ausgetrunken wurde. Inzwischen hatte sich die junge Frau an den zunehmend bitteren Geschmack des Aufgusses gewöhnt. Er schmeckte dumpf und herb; und er brannte unter der Zunge. Er machte sie schläfrig. Doch selbst jetzt blieb Sheila noch bei ihr und redete sie mit leiser, drängender Stimme in den Schlaf.

In ihren Träumen lockte die Stimme sie vorwärts, und sie rannte und rannte wie ein Reh durch den Wald, die Hänge hinab und Steigungen empor und mit großen Sätzen über Wurzeln und Farne hinweg; sie jagte schnell wie der Wind den Pfad entlang und durch die Bresche in der alten Mauer, und selbst am Fluß zögerte sie keinen Augenblick, sondern sprang von Stein zu Stein, bis sie das andere Ufer erreichte. Die Stimme trieb sie weiter, immer weiter, bis sie schließlich in eine Lichtung hinausbrach und in ihrem Zentrum den gewaltigen Baum erblickte.

Nacht für Nacht wurde sie in seinem ungeheuren Schatten langsamer, bis sie nur mehr zögernd, unsicher, einen Fuß vor den anderen setzte, doch die wispernde Stimme spornte sie an, zwang sie vorwärts. Und der Baum begann zu knospen, nach so vielen Jahren des *Todes*, und in ihrem Traum kam ihr dies *richtig* vor. Und die Worte in ihrem Kopf raunten ihr zu, raunten *geh weiter, geh weiter und* berühr *ihn* ... Und sie hob die Hände dem rauhen Stamm entgegen und preßte die Handflächen gegen das Holz und konnte das Pulsieren eines gewaltigen Herzens spüren.

Es war so verlockend, sich *ganz* an die rauhe Haut des Baumes zu schmiegen und dem gemächlichen, schweren Schlagen zu lauschen; es durch den eigenen Körper widerhallen zu fühlen. Sie konnte Leben spüren in dem Holz und in sich selbst ...

... und erwachte in der Dunkelheit. Sheila Garvie war gegangen.

Am nächsten Morgen fühlten sich Caitlins Beine so kräftig an wie seit vielen, vielen Monaten nicht mehr.

— 27 —

Der Assistenz-Analytiker Tony Cassidy schloß seine Tests elf Tage später ab.

Martin hatte seinen Samstagsbesuch bei Caitlin kurzfristig streichen müssen. Südlich von Shetland war ein Fischkutter mit einem Atom-U-Boot zusammengestoßen und mit Mann und Maus gesunken. Die Chefredaktion bestand auf einen großen Aufmacher, und Martin war als einziger erreichbar gewesen. So kam es, daß er sich am Freitagabend mit einer buntzusammengewürfelten Schar ausgesuchter Reporter an Bord eines lärmenden Zwölf-Sitzer-Flugzeugs wiederfand und trübselig darüber nachgrübelte, was er den Familien der toten Männer für Fragen stellen sollte. Er hatte nicht nur kein Talent für diese Art von *Leichenfledderei*, sondern auch keine Lust darauf. Nach sechs miserablen Tagen flog er mit der gleichen Maschine nach Glasgow zurück. Er war erst eineinhalb Stunden im Büro, als der Anruf des Chemischen Laboratoriums kam.

»Wie ist es gelaufen?« fragte Martin ohne Umschweife.

»Hab' eine ganze Woche daran gearbeitet, Tag und Nacht. So lange hat's gedauert. Du hast mir da eine echte Nuß zu knacken gegeben. Für was, um Himmels willen, soll *das* Zeug sein?«

»Sag mir die Bestandteile, Tony.«

»Ich sage dir lieber, was *nicht* drin ist. Es würde zu lange dauern, das ganze zu erklären, aber ich hab' dir einen Ausdruck gemacht. Komm heute mittag vorbei, dann kannst du ihn haben. Und sag bloß niemandem, warum du hier bist. Ich kriege einen Tritt in den Arsch, wenn die herausfinden, wieviel Zeit ich mit dem Ding verplempert habe.«

Als er das Gebäude kurz nach zwölf Uhr mittags betrat, kam Tony Cassidy gerade die Treppe herab; weiße Mantelschöße flatterten um seine Beine. Er schob sich die Brille auf die Stirn hoch und spähte verschwörerisch nach links und rechts. Der junge Wissenschaftler war eindeutig nervös; und er fühlte sich unbehaglich. Martin lud ihn in den Pub auf der anderen Straßenseite ein – dort wurden auch kleine Snacks serviert. Er mußte eine halbe Stunde warten, bis Tony Mittagspause hatte. Martin bestellte zwei Bier und zwei Fleischpasteten. Tony verschlang die seine mit großem Appetit. Martin ließ das meiste übrig. Er war zu sehr damit beschäftigt, die acht Seiten des Computerausdrucks zu lesen. – Und kein Wort davon zu verstehen.

»Dieses Zeug ist keine Haarkur, soviel steht fest«, erläuterte Tony. »Es ist Giftmüll pur.«

»Du wirst mir das hier übersetzen müssen«, sagte Martin.

Tony nahm einen großen Schluck Bier und zupfte ihm die Blätter aus der Hand. Er rückte seine Brille zurecht und überflog den Text.

»Eine verrückte Mischung, das sag' ich dir. Einige Bestandteile sind in hohen Konzentrationen enthalten und wirklich gefährlich.«

Er fuhr mit dem Finger über die Auflistung nach unten. »Zucker, Fructose und Glucose, das geht in Ordnung. Findest du auch in allen möglichen Früchten. Dann haben wir da eine ganze Reihe Proteine und Alkaloide, giftige Glykoside und Narkotika. Die meisten pflanzlichen Ursprungs. Chlorophyll und Tannine – Gerbsäure –, Pollen, Hämoglobin, ätherische Öle.«

Tony unterbrach sich und nippte wieder an seinem Bier.

»Aber das ist nur die eine Hälfte. In diesem Zeug sind auch Zutaten, die in keinem unserer Bücher auch nur erwähnt werden, ergo konnte ich sie auch noch nicht identifizieren.«

»Erklär's mir«, bat Martin. »Was bewirkt was?«

Tony blätterte die Seiten durch und fand, wonach er gesucht hatte.

»Hier hast du eine Liste der Stoffe, die ich identifizieren konnte, und Angaben über ihre mögliche Herkunft. Glykoside und Alkaloide sind in größeren oder kleineren Mengen in verschiedenen Pflanzen enthalten. Einige wachsen bei uns, andere müssen importiert werden, und der wesentlich größte Teil gedeiht nur in den Tropen.«

Martin starrte auf die Pflanzennamen. Daneben war eine lange Liste lateinischer Bezeichnungen aufgeführt.

»Belladonna«, sagte er und tippte darauf. »Davon habe ich schon gehört.«

»Die Tollkirsche. Man gewinnt Atropin daraus, und Hyoscyamin und noch ein paar andere Alkaloide. Verursacht Sehstörungen, Komata, Halluzinationen und Herzinsuffizienzen.« Tonys Finger glitt weiter. »Hier haben wir Digitalis, auch Fingerhut genannt. Damit behandelt man Herzpatienten. Senkt den Blutdruck, erleichtert die Blutzirkulation. Zu viel davon, und es kommt zum Herzstillstand. Da. Schöllkraut. Daraus wird Chelidonium gewonnen, ein anderes Alkaloid, es wirkt als Antispasmodikum. Stoppt den Nachrichtenfluß der Nerven. In zu hoher Dosierung verursacht es Lähmungen.«

Tony sah Martin an. »Du mußt mir einen Tip geben. Dieses Zeug ist *unheimlich*.«

»Ich werd's dir irgendwann erzählen«, sagte Martin, doch er war sicher, daß er das nicht tun würde.

»Nun, ich kann nur dringend raten, die Finger davon zu lassen. Das Colchicin hier stammt von einer Krokus-Pflanze. Es unterbricht die Zellteilung. Ich hab' gehört, es wird für Gen-Manipulationen verwendet. Und da haben wir noch Aconit, vom Eisenhut. Extrem giftig.« Er zog seinen Finger vollends zum unteren Seitenrand. »Aber das alles ist harmlos im Vergleich zu den wirklich harten *Jungs*. Hier haben wir zum Beispiel Spuren von Inozybe, Amanita und Gyromitra.«

»Toll. Ich hatte nur zwei Jahre Latein. Wie wär's, wenn du so redest, daß ich das auch verstehe?«

»Das sind die tödlichsten Pilze, die du kriegen kannst. Bringen dich um, wenn du sie nur ansiehst.«

Martin zog die Augenbrauen hoch.

»War nur Spaß, allerdings ziemlich dicht dran. Das sind wirklich scheißgiftige Dinger, glaub mir«, sagte Tony.

»Der Rest ist ziemlich unkompliziert – jedenfalls der Rest, der zu identifizieren war. Das meiste kriegst du in jedem Reformhaus.« Er las es ab: »Helmkraut, Eisenkraut, Baldrian. Lauter altbekannte Nervenmittel. Ich habe in einem Aufsatz gelesen, daß zur Zeit getestet wird, ob sich Extrakte daraus für eine Behandlung von Verletzungen des Nervensystems oder bei Erkrankungen der motorischen Nerven eignen. Oh, und hier ist noch so ein Ding. Ein paar wirklich komplexe Molekularstrukturen. Ich hab' eineinhalb Nächte gebraucht, um ihnen auf die Schliche zu kommen. Erst die Gas-Chromatographie brachte klare Ergebnisse. Wir haben's hier mit Nervengewebe von Amphibien zu tun, mit Sekretionen von Reptilien und vertebralen Blutpartikeln von Säugetieren. – Vertebrale Blutpartikel unterstützen die Blutgerinnung. Das Ganze ist ein verdammtes echtes Hexengemisch.«

Martin sah ihn nur an.

Tony erklärte:

»Man nehme das Auge eines Wassermolchs und einen Rattenzeh, eine Prise Insektenlarven und etwa vierzig Giftpflanzen. Das hier«, brummte er und tippte auf die Papiere, »wird niemals eine Zulassung kriegen, nicht in Friedenszeiten, und selbst im Krieg nur dann, wenn die chemische Kriegsführung *so richtig* en vogue wird.«

Tony trank sein Glas leer. »Ich laß' dir den Ausdruck da, aber denk dran – zu keiner Menschenseele auch nur ein Wort.«

Martin nickte.

»Du willst mir nicht sagen, für was es ist?« erkundigte sich Tony noch einmal.

»Noch nicht.«

»Aber ich kann den Rest dieses Zeugs behalten? Ich hab' noch eine Menge Arbeit vor mir.«

»Klar«, sagte Martin. »Aber die gleichen Bedingungen gelten auch für dich. Kein Wort, zu niemandem.«

»Darauf kannst du wetten. Vielleicht veröffentliche ich irgendwann mal einen Aufsatz darüber.«

Tony nahm sein Jackett und stand auf. Martin legte ihm eine Hand auf den Arm und hielt ihn zurück. »Nur noch eine Frage. Nehmen wir an, jemand schluckt diese *Medizin*. Mit was für Auswirkungen muß er rechnen?«

»Du meinst physisch?«

Martin nickte.

»Verdammt will ich sein, wenn ich das weiß. Ein Teil dieses Zeugs kann dein Herz innerhalb von ein paar Sekunden zum Stillstand bringen. Ein anderer Teil ist ein bißchen wie Schlangengift. Schädigt das Zellgewebe und unterbindet Nervenimpulse. Und diese Fungaloide hier – vom Grünen Knollenblätterpilz – sind wirklich *üble* Gesellen. Einige ihrer Toxine können Zellwände zum Platzen bringen, man muß sie nur in genügend großen Mengen zu sich nehmen. Trotzdem ... Insgesamt ist es schwierig, zu sagen, wie sie miteinander katalysieren.«

»Wie meinst du das?«

»Im Grunde ist es ein chemischer Cocktail. Einige seiner Bestandteile werden die Wirkung anderer Bestandteile aufheben. Es kann zu neuen Verbindungen kommen, die wiederum auf andere Verbindungen reagieren und intermediär wirken, sprich völlig neue Effekte zeitigen. Wie Natrium und Chlor, zum Beispiel; jedes für sich ein tödliches Gift, aber sobald sie sich verbinden, haben wir's nur mit gewöhnlichem Salz zu tun. Ich kann nicht sagen, wie sich das bei deinem Pülverchen mit den Verbindungen verhält, aber ich empfehle dir, bring das Zeug bloß nicht an deine Haut.«

»Wie sieht's mit *Einnehmen* aus?«

Tony starrte ihn an und lachte laut auf.

»Du willst mich verarschen, stimmt's?«

Martin erwiderte seinen Blick völlig ungerührt.

»Hör zu, *ich* würd's nicht einnehmen. Ehrlich nicht. Ich habe keine Ahnung, wozu dieses Zeug gut sein soll, aber wenn sie's in irgendwelchen Discos an irgendwelche Kids verkaufen, dann wird das einen gewaltigen Schlamassel geben. Es ist ein höllisches Gemisch.«

Cassidy stand endgültig auf und zog sein Jackett an. »Hör zu, Mann, wenn du noch mehr von diesem Zeug hast, vergiß die Idee mit dem Selbstversuch. Laß es bleiben. Es sei denn, du willst morgen nicht mehr aufwachen.«

Er trug sein leeres Glas zur Theke hinüber und winkte Martin im Gehen noch einmal zu. Martin trank ebenfalls aus und bestellte ein weiteres Glas. Er saß eine Stunde lang da und starrte auf die vor ihm liegenden Seiten. Schließlich beschloß er, eine zweite Meinung einzuholen.

*****

In der Nacht, in der Martin Thornton die Analyse-Ergebnisse Andrew Toye zeigte und ihn um Hilfe bat, erschoß Duncan Haldane Morag, seinen alten Border-Collie.

Duncan hatte zwei harte Wochen hinter sich. Das Rattern der Kettensäge hallte ihm jeden Tag noch lange nach Feierabend in den Ohren wider. Es war eine elende Schufterei, die Eichen zu fällen. Das Holz war hart wie Stein. Und wenn die Stämme endlich am Boden lagen, mußte er sie bearbeiten; entrinden und entasten und danach mit dem Traktor wegschleppen und zu einem ordentlichen Stapel anhäufen. Er hatte Ben nicht mehr gefragt, ob er ihm helfen wollte. Die Erinnerung an die Beinahe-Katastrophe stand ihm noch immer vor Augen, und sooft er daran dachte, spürte er trotz der schweißtreibenden Arbeit einen eisigen Schauder. Er war froh, daß der Junge beim Haus oben blieb. Dort konnte ihm nichts passieren.

Schließlich war der letzte der gewaltigen Eichenstämme verladen und abtransportiert, und der gerodete Bereich sah wie ein Stoppelfeld aus. Die kahlen Baumstümpfe schimmerten weiß vor dem Grün des Waldes. Er würde sie einen nach dem anderen ausgraben und wegschaffen müssen, und das mochte noch einmal vierzehn Tage dauern.

Duncan nahm ein herzhaftes Abendessen zu sich und ließ die Hündin hinaus, bevor er sich in heißem Badewasser einweichte und es genoß, wie die Verkrampfung in seinen Schultermuskeln nachließ. Später kam er in seinen Bademantel gehüllt nach unten, und Rose schenkte ihm ein willkommenes kaltes Bier ein, das er sich in dem Sessel vor dem offenen Kamin schmecken ließ. Ben und Dorrie lagen bereits im Bett, obwohl es noch hell war an diesen langen Abenden nach der Sommersonnenwende.

Rose strickte Ben einen Schulpullover für den Herbst und sah dann und wann abwesend zum Fenster hinüber. Duncan lehnte sich bequem zurück und genoß sein Bier und eine Zigarette. Er dachte an den Berg Arbeit, den er bewältigt hatte, und den anderen, größeren, der noch vor ihm lag. Es war eine beängstigende Aufgabe, doch je eher er den Baugrund räumte, desto schneller konnte er beginnen, und es war immer das beste, den Rohbau im Sommer fertigzustellen. Es war kurz vor zehn Uhr abends. Roses Film war zu Ende. Jetzt kamen die Nachrichten und das Wetter. Der Sprecher verkündete, daß die Hitzeperiode ihrem Ende zuging, was einen Bauern wie Duncan nicht im geringsten überraschte. In diesem Teil des Landes hielt eine Hitzewelle niemals lange an. Vom Westen zog Regen herbei, was die Räumungsarbeiten mit dem Traktor zweifellos komplizierter machen würde, aber andererseits würde es nicht mehr so viel Schweiß kosten, wie die Arbeit mit der Kettensäge. Duncan machte sich keine Sorgen.

Zehn Minuten später fiel ihm auf, daß Morag noch immer nicht zurückgekommen war. Normalerweise streifte sie eine halbe Stunde lang herum und scharrte und winselte dann an der Hintertür und beanspruchte ihren gewohnten Platz auf dem Vorleger vor dem im Sommer leeren Kamin. Duncan war nicht beunruhigt wegen ihrer Verspätung. Manchmal schnüffelte sie hinter einem Kaninchen her und brauchte ihre Zeit, bis sie nach Hause fand.

Gegen halb elf sahen sie beide auf. Roses Stricknadeln verharrten, und das Stakkato-Klicken endete. Duncan stellte sein Bierglas auf den Schiefer des Kaminsimses.

Das Geräusch wiederholte sich, ein rauhes, metallisches

Kreischen. Es klang, als werde ein Steinschneider über Granit gezogen.

»Was zur Hölle ist das?« fragte Duncan.

Dann veränderte sich das Geräusch und wurde zu einem hohen Jaulen, zu einem zittrigen Heulen, und Duncan murmelte: »Der Hund!« Aus welchem Grund auch immer. Plötzlich prickelte ein eiskaltes Gefühl in seinem Nacken.

Er stand auf.

»Geh nicht raus. Du hast doch erst gebadet«, sagte Rose.

Das Jaulen steigerte sich zu einem schrillen, verzweifelten, rasenden Bellen. Dann kam ein gequältes Winseln. Duncan hörte ein Krachen, gleich darauf zornige Grunzlaute. Morag bellte jetzt laut und beständig – doch es klang ängstlich, nicht wütend.

»Sie kämpft«, stieß Duncan grimmig hervor. »Irgendwas hat sie verletzt. Wo sind meine Stiefel?«

Rose sah zu ihm hoch. Sein Gesichtsausdruck sagte ihr, daß er jetzt mit niemandem diskutieren würde.

»Unter dem Küchentisch. Deine Hosen liegen auf dem Bett. Im Schrank ist ein Hemd.« Duncan nickte. Er stürmte die Treppe hoch, nahm immer zwei Stufen auf einmal, und war zwei Minuten später bereits wieder unten, vollständig angezogen. Er sagte ihr, er werde gleich zurück sein. Draußen erfüllte das Grunzen und Jaulen noch immer die Finsternis.

Rose hörte ein Klirren und wußte, Duncan schloß den Gewehrschrank neben der Eingangstür auf. Dort bewahrte er die Zwölf-Kaliber-Flinte auf, und den Patronengurt, den sie ihm vor zwei Jahren zu Weihnachten geschenkt hatte, als der Hof noch ein gutgehendes Unternehmen gewesen war. Sie hörte das metallische Schnappen; das Gewehr wurde geladen. Dann folgte ein letztes lautes Klicken. Die Vordertür wurde geöffnet und fiel gleich darauf mit einem Schlag wieder zu.

Der Aufruhr riß Ben Haldane aus einem leichten, unruhigen Schlummer. Er hatte bereits geträumt, und die Visionen, die ihn nun schon seit Wochen heimsuchten, waren bereits wieder im Entstehen gewesen. Er und Dorrie waren im Wald unten, und sie schrie, und er wurde fast verrückt vor Angst, aber er begriff, er mußte jetzt tapfer sein – um ihretwillen. Die Dunkelheit hatte sich um sie herum geschlossen. Irgendwo vor ihnen schimmerten Pilze in einem geisterhaften, giftigen Licht. Er zog Dorrie hinter sich her, versuchte einen Weg aus dem finsteren Herzen des Fasach heraus zu finden, aber er wußte nicht einmal mehr, in welcher Richtung die Mauer war. In seinem Traum wußte er nur, daß *dieser* Teil des Waldes nicht *wirklich* existierte. Er sah wirklich aus, und er fühlte sich auch so an, aber er war *falsch*, als gehöre er nicht in die Welt, die Ben kannte. Er war wie ein mysteriöser, *böser* Ort, der nur gelegentlich ins Leben herüberglitt – herübergleiten *wollte*; zum Beispiel, wenn sich kleine Jungs im Wald verirrt hatten. Damals war er durch einen Spalt in der Trokkenstein-Mauer in diese Monsterwelt gestolpert; in diesen verrottenden, schwülen, nassen Urwald, der so übervoll schien mit seltsamen Geräuschen und Gerüchen. Hier, in seinem Traum, war alles genauso. Er spürte etwas Unheimliches, Kriechendes und auf eine entsetzliche Art *Lebendiges*, und er konnte nicht mehr zu der eingestürzten Mauer zurückfinden. Obwohl er nahezu fest eingeschlafen war, beschleunigte sich sein Atem. Er schlug im Bett um sich und verhedderte sich in der Decke.

Die Bäume erwachten zum Leben. Er sah ihre rauhen, hölzernen Finger, sah, wie sie sich ausstreckten und nach ihm und Dorrie griffen – und riß seine Schwester weiter. Sie stürmten an den giftigen, schimmernden Pilzen vorbei, und aus den Augenwinkeln heraus bemerkte er, daß sie anschwollen, daß das Übel in ihnen sich ausdehnte und ins Freie bersten und sie vernichten wollte. Seine Haut begann zu jucken. Unter seinen Füßen, tief im Boden, spürte er die berserkerhaften Zuckungen riesiger Wurzeln, und im nächsten Moment brach die Erde auch schon auf, und schattenhafte Bewegungen griffen nach seinen Beinen und erreichten sie nie. Ben und Dorrie rannten weiter. Rechts von ihnen bewegte sich ein dichtes Efeugestrüpp; mehrere Ranken wanden sich über einen Baumstamm nach unten, bewegten sich wie struppige, angriffsbereite Schlangen.

Dorrie kreischte, und er fuhr herum, und sein Herz explodierte beinahe vor Schrecken.

Es war nicht Dorrie. Es *war nicht Dorrie*!

Er hielt die Hand des *Blätter-Mannes*.

Plötzlich konnte Ben nicht mehr atmen; der Wald begann sich um ihn herum zu drehen. Sein Herz fühlte sich wie geschwollen an; er hatte schreckliche Angst, daß es zerplatzte. Er spürte es nicht mehr schlagen. Sein Hals war wie zugeschnürt.

Die Kreatur starrte ihn nur an. Er konnte jedes einzelne Blatt dieses fürchterlichen Gesichtes sehen – eine kompakte, trockene Blättermasse. Da waren zwei Höhlungen. Tief darin glühten Galläpfelaugen in einem unmöglichen, bösartigen Leben. Ein kratziges Rascheln wurde laut, und die Blätterfratze beugte sich vor und schwebte nur noch Inches vor seinem Gesicht; und dann öffnete sich ein Maul. Gezackte Blätterlippen teilten sich zu einem fletschenden Grinsen und entblößten sägeblattähnliche Reihen von Schwarzdornstacheln. Ein trockenes, wisperndes Lachen wehte aus dem klaffenden Maul; ein Lachen wie Wind in hohem Gras. Eine Hand mit Fingern aus Kastanienzweigen schwebte hoch und schloß sich über Bens Gesicht und drückte zu . . .

. . . und er schrie im Schlaf, hoch und zittrig, und war unvermittelt wach und kämpfte gegen die klaustrophobischen Windungen der Bettdecke an. Sein ganzer Körper zuckte vor Angst. Seine Lungen schmerzten, und er saugte wie rasend Luft in sie hinein, und die Schreie dauerten an und an und an.

Ben brauchte mehrere Sekunden, in denen er zitternd im Dunkel seines Zimmers kauerte, bis er begriff, daß er atmete, und daß diese Schreie nicht von ihm stammten. Sie kamen von *draußen*.

Zuerst wurde er ganz starr, weil er glaubte, es sei Dorrie – vielleicht war sie zum Wald hinabgegangen und nun bis zu den Knien in diesen blutgetränkten Boden eingesunken. Vielleicht hatte der Wald sie zurückgeholt . . . Dann veränderten sich die Schreie und wurden zu einem Kreischen und Jaulen und Winseln – und er wußte, das war Morag. Sie hatte Schmerzen. Und *hinter* ihrem verzweifelten Winseln hörte er jetzt ein dumpfes, schnüffelndes Grunzen, wie das Schnauben eines Löwen in einem Busch.

Ben kämpfte sich aus der Decke frei und stolperte ans Fenster. Er riß den Vorhang zurück. Ein beinahe kugelrunder Mond glühte am Himmel. Ben öffnete das Fenster und lehnte sich hinaus. Die Klematisranken bewegten sich sacht, doch er bemerkte es nicht einmal.

Morags Heulen kam von einer Stelle ganz in der Nähe der Straße. Ben kniff die Augen zusammen und starrte in die Nacht hinaus – und plötzlich *wußte* er es. Dort drüben hatte sein Vater die Eichen gefällt. Neben dem Weg entstand ein Schatten. Ben schirmte die Augen gegen den Schein des Mondes am klaren Himmel ab und spähte genauer hin. Morags weiße Brust blitzte wie Silber in der Finsternis. Etwas Großes und Schwarzes raste vorwärts und verdeckte es. Die dunkle Gestalt war mindestens doppelt so groß. Die Collie-Hündin knurrte verzweifelt und schnellte sich vor. Ben sah ein wirbelndes Huschen, gleich darauf landete sie wie nach einem fürchterlichen Tritt auf dem Bauch und kam sofort wieder hoch. Morag schnappte nach etwas, das hinter ihr sein mußte, drehte sich vollends, sprang und verbiß sich in etwas Riesenhaftes und Massiges. Ein wildes Grunzen wurde laut. Die Hündin stürzte durch die Luft, landete verdreht auf dem Rücken und kam erneut auf die Läufe und stellte sich dem Angreifer.

Ben wollte ihr zuschreien, sie solle weglaufen, doch er brachte keinen Ton heraus. Die schwarze Gestalt setzte sich in Bewegung. Es war nur ein Gleiten, ein seltsames, wellenförmiges Vorwärtsstoßen, doch es schien, als bewege sich die Nacht selbst. Ben konnte die *Kraft* dieses

Ungeheuers selbst auf diese Entfernung spüren. Morag wich aus und griff sofort von neuem an. Ben hörte ein weiteres entsetzliches Knurren, und Morag kreischte wieder.

Die Vordertür flog auf, und Licht ergoß sich über die Steinplatten. Ein Schatten fiel auf den Weg, dann eilte Duncan Haldane hinaus, das Gewehr bereits im Anschlag.

»Morag?« schrie er laut. »Wo bist du, Mädchen?«

Die Hündin stieß ein Heulen aus. Ben sah das Weiß im Fell des Collies wie eine bleiche Fahne auf dem dunklen Boden. Der unheimliche Angreifer hastete bereits seltsam hüpfend davon – kaum mehr als ein Schemen in der Düsternis der Nacht. Ben hörte ihn schnauben, hörte das Trommeln von Hufen auf Gras. Jetzt erreichte das Wesen die gerodete Stelle beim Wald. Er glaubte einen monströsen Kopf zu sehen, und klumpige Schultern, und dann schien sich die Gestalt zu verändern; ihre Bewegungen wurden fließender, und gleich darauf verschmolz sie mit den Schatten. Die Bäume verschluckten sie, hießen sie in der Schwärze willkommen.

Sein Vater rannte die Straße entlang und erreichte Morag und kniete neben ihr nieder; Ben sah ihn das Gewehr beiseite legen. Dann hörte er seinen Vater ein Wort sagen, das er noch niemals zuvor ausgesprochen hatte. Er sagte es mehrere Male, bevor er sich straffte. Mondlicht glitzerte auf einer größer werdenden, dunklen Pfütze neben der am Boden liegenden Hündin. Ben hörte ihr rasendes Hecheln und wußte instinktiv, was das bedeutete.

Sein Vater nahm das Schrotgewehr auf, dann beugte er sich über Morag. Ein donnernder Schuß krachte. Der Kopf des Collies sank zurück.

Der Knall rollte wie Donner den Hügel herauf. Duncan Haldane erhob sich und blieb mit gesenktem Kopf stehen. Bens Augen füllten sich mit Tränen. Das Echo des Schusses hallte rumpelnd von den Klippen der Douglas Hills wider. Das Geräusch schien bis in alle Ewigkeit anzudauern, es rollte über Farngestrüpp und Heidekraut, ein langes Epitaph zu Morags Leben und Tod.

Unten kam Bens Mutter aus dem Haus und blieb in einem Lichtstreifen stehen. Sie sah zu dem Hofweg hinüber und bemerkte Duncan. Sie rief ihm etwas zu, doch ihre Stimme verlor sich in dem fernen Donner, der noch immer von dem Hügel über ihrem Mann widerhallte.

Dreihundert Yards oberhalb der Stelle, an der Duncan Haldane stand, lagerten – sorgfältig entrindet und auf eine solide Unterkonstruktion gesetzt – die langen, geraden Lärchenstämme, die er für die Wände der vier, vielleicht fünf Holzhütten vorgesehen hatte.

Als das Echo des Schusses durch das Tal hallte, begann sich an den Querstämmen der Unterkonstruktion etwas zu regen. Dort, wo Seitenäste gekappt worden waren, schwollen winzige Knospen an. Die Stämme dehnten sich, und aus Astlöchern sprossen weitere Triebe, wuchsen rasend schnell und wurden zu knorrigen kleinen Stengeln, die sich mit einer beeindruckenden, *fremdartigen* Stärke krümmten und zum Boden hinabtasteten. Die Erde kräuselte und wölbte sich ihnen entgegen; die ersten Spitzen drangen unaufhaltsam in sie ein. Dann durchlief all diese Stengel ein gewaltiger Ruck, und die pritschenartige Unterkonstruktion des Bauholzes hob sich, bewegte sich in einem monströsen, insektenhaften Stoß. Ein furchtbares *Reißen* wurde laut; die ersten Lärchenstämme rollten auf ihrer Unterlage nach vorn und krachten gegen die dünnen Holzpfosten, die sie bisher an Ort und Stelle gehalten hatten. Der Druck war zu groß für das weiche Holz dieser Stützen. Der erste Pfosten zerbarst, dann der nächste und ein dritter – und dann alle anderen gleichzeitig; die Lawine aus Dutzenden riesiger Lärchenstämme begann zu rutschen.

Ben Haldane hörte das Geräusch als erster. Der Donner schien plötzlich direkt von dem Hügel zu kommen. Der Junge lehnte sich noch weiter aus dem Fenster und schauderte, als ihn die weichen Klematisranken am Hinterkopf berührten. Er konnte den oberen Hang gerade noch sehen. Etwas bewegte sich dort in der Dunkelheit.

Etwas Langes, Graues wirbelte über den schwarzen Untergrund und stürzte den Hang herab. Ein schwaches Beben durchlief das Haus und rüttelte an den Fensterscheiben. Er starrte auf die Bewegung. Sie wurde schneller. Ben konnte sich einfach nicht vorstellen, was das war.

Dann sah er, wie sie über einen Erdbuckel hinwegrollte. Wie ein Ende der langen, grauen Dinger hochkam; wie eine andere lange, graue Form dagegenprallte, und noch eine und noch eine – lauter riesige Mikadostäbe. Jetzt war ein berstendes Scharren zu hören, und plötzlich wußte Ben *ganz genau*, was da den Hang herunterpolterte.

Duncan Haldane war gerade im Begriff, sich umzudrehen, als Ben losbrüllte.

»Dad. *Daddy*!«

Sein Vater fuhr herum.

»*Daddy, lauf! Es sind die Bäume*!«

Sein eigener panischer Gefühlsausbruch ließ ihn beinahe aus dem Fenster fallen.

Duncan sah zum Haus herüber, und dann schien etwas seine Aufmerksamkeit zu erregen. Sein ganzer Körper zuckte wie unter einem Schlag zusammen. Einige Dutzend Yards über ihm wirbelten die ersten Stämme der Bauholzlawine aus der Düsternis. Der Boden begann wie unter einem Erdbeben zu vibrieren. Das Rumpeln wurde übergangslos zu einem Donnern. Duncan Haldane sah aus, als seien seine Füße am Boden festgenagelt.

»Dad, *bitte, lauf!*« brüllte Ben.

Duncans Erstarrung löste sich tatsächlich. Er wirbelte herum und rannte los. Über den jetzt taubmachenden Donner hinweg schrie er seiner Frau zu:

»Geh rein! *Geh ins Haus!*«

Er hatte etwa zehn Fuß zurückgelegt, als der erste der massigen Lärchenstämme mit einem infernalischen Laut hinter ihm aufschlug und abprallte und weiterhüpfte; die anderen folgten dichtauf; es war, als spiele ein verrückter Riese *Baumwerfen*, es war, als gehe die Welt unter. Die Stämme waren nur mehr Schemen; sie trafen schmetternd den Boden unmittelbar über dem Weg, überschlugen sich und schwebten in grotesken Saltos über Duncan Haldanes Kopf hinweg. Hinter ihm, nur ein, zwei Fuß entfernt, krachte einer der Giganten direkt auf den Pfad und rammte einen Krater in den festgebackenen Boden.

Ben beobachtete mit geweiteten Augen, wie sein Vater vor diesem Inferno herstürmte. Er hatte das Gewehr fallen lassen; er rannte mit eingezogenem Kopf, er stürzte den Weg entlang.

Ein allmächtiges Krachen und Bersten erfüllte jetzt die Nacht; die Lawine war da und verwandelte das alte Nebengebäude hinter der Scheune in Feuerholz, und augenblicklich folgte ein dröhnendes Scheppern, und Ben mußte an das Geläut einer hausgroßen Glocke denken, doch das hier kam nicht von einer Glocke, sondern von der Wellblechwand der Scheune, die soeben unter dem Ansturm gigantischer Stämme zertrümmert und eingedrückt wurde. Der Hühnerstall wurde in zwei Teile gefetzt. Eines der Tiere schaffte es, acht Fuß hoch in die Luft zu flattern – und wurde im nächsten Moment bereits mit solcher Wucht von einem der wirbelnden Stämme getroffen, daß es mit zerschmetterten Knochen und so tot wie ein Türstopper noch vierzig Fuß weiterflog, bevor es als blutiges Bündel in den Kräutergarten schlug.

Duncan Haldane erreichte gerade die Nordseite des Kuhstalls, als die hölzerne Lawine die Südseite einriß. Ein Mahlstrom aus Geräuschen überschwemmte die Welt; Zaunpfosten und Bretter und losgerissenes Erdreich wirbelten, Staubwolken verdunkelten die Nacht, und der Boden selbst schien lebendig geworden zu sein. Die graue, wirbelnde, sich klappernd überschlagende Masse der Baumstämme brodelte hangabwärts und erreichte die Stelle, an der Duncan die ausgesonderten Eichen aufgehäuft hatte. Das Inferno endete in einem Crescendo dumpfer, hämmernder Schläge; Lärchen- und Eichenstämme vereinten sich in einem Aufruhr aus Splittern und Staub und Finsternis zu einer bizarren Masse. Und dann senkte sich ganz plötzlich eine unheimliche Stille über den Hof.

Ben stieß sich vom Fenstersims ab und stürmte aus dem Zimmer. Er polterte die Treppe hinab und war im nächsten Moment bereits unten und wurde gerade noch Zeuge, wie sein Vater nach Atem ringend hereinstürzte.

Rose warf sich in seine Arme, und Ben tat dasselbe. Dann standen sie in dem kleinen Vorraum und hielten sich fest umarmt.

Schließlich hörten sie ein Geräusch – über sich. Duncan Haldane sah hoch, und Rose und Ben folgten seinem Blick. Dorrie stand im Schlafanzug auf der obersten Treppenstufe; sie hatte ihren Teddybären unter dem Arm, sah sich verwirrt um, gähnte, rieb sich die verschlafenen Augen und fragte ein wenig verlegen:

»Was ist denn los?«

*****

Am Morgen nach der Nacht des Donners stand Duncan Haldane auf, sobald es hell war, und ging hinaus, um den Schaden zu begutachten. Das Nebengebäude war völlig demoliert. Die mehr als zweihundert Jahre alten Mauern waren einfach explodiert; die Quadersteine lagen in einem Umkreis von fünfzig Fuß verstreut im Gras. Das Dach des Hühnerstalls war durch die Luft gesegelt und auf den Schieferplatten des Kuhstalls gelandet, wo es jetzt in der Morgenbrise schaukelte. Die rote Scheune würde man reparieren können.

Sein Gewehr war der Zerstörung wie durch ein Wunder entgangen. Im Verlauf seiner morgendlichen Inspektion dachte er an Morag. Der kleine Hund, den er hatte erschießen müssen, war so entsetzlich zugerichtet gewesen. Doch nun kannte er den Feind – es gab keine Zweifel mehr. Trotz der Düsternis jener Unglücksnacht hatte er die Paarzeher-Spur des Keilers deutlich genug gesehen. *Dasselbe Monster, das vor vierzehn Tagen das untere Feld zerwühlt hat.*

Morag war es genauso ergangen. Die Bestie hatte die

Collie-Hündin regelrecht zerrissen. Blut war aus der klaffenden Wunde in ihrem Bauch gespritzt; ihre Eingeweide waren dunkel und glitschig hervorgequollen. Duncan fand das, was von Morag noch übrig war, mehrere Yards von der Stelle entfernt, an der er sie zurückgelassen hatte. Einer der herabrollenden Stämme hatte den schwarzweißen Kadaver flachgepreßt. Dennoch war es an diesem Morgen seine erste Arbeit, einen Spaten zu holen und den blutigen, zerfetzten Körper draußen, auf dem Feld, zu begraben.

Am nächsten Tag machte Duncan sich an die Aufräumarbeiten. Er brauchte allein drei Stunden, um die mannsgroßen Holzsplitter zu entfernen, die sich wie Speere durch die Wellblechwände der Scheune gebohrt hatten. Seine nächste Aufgabe bestand darin, jeden einzelnen Baumstamm wieder an seinen ursprünglichen Lagerplatz zurückzuschleppen. Das kostete ihn drei Tage unermeßlicher Schufterei, und er mußte sich zur Arbeit zwingen. In Wirklichkeit wollte er nur eines: Dieser verdammten Spur in den Wald hinab folgen und John Lovatts altem Keiler zwei Läufe voller Schrotkugeln in den Schädel jagen. Dieses Biest lief irgendwo da draußen noch immer frei herum. *Aber nicht mehr lange,* nahm er sich vor. *Nicht mehr lange.*

Am Tag nach der Verwüstung hatte er einen Spaziergang zu Lovatts Hof hinüber gemacht. John war voller Mitgefühl gewesen und hatte ihm sogar seine Hilfe bei der Jagd nach dem Mistvieh angeboten; viel mehr konnte er nicht tun. Der Keiler war bereits vor Monaten entwischt, und selbst eine großangelegte Suchaktion hatte außer Kosten keine Resultate gebracht.

Duncan wies Ben und Dorrie an, in der Nähe des Hauses zu bleiben, und keiner der beiden erhob irgendwelche Einwände dagegen. Es war genug passiert. Er dachte noch immer mit Schrecken an den Zwischenfall mit der Kettensäge, daran, daß er seinen Sohn beinahe enthauptet hatte, und er war entschlossen, kein Risiko mehr einzugehen. Wenn dieser verdammte Keiler tagsüber hierher zurückkehrte, so mußten die Kinder in Sicherheit sein. Gegen eine Bestie, die mit ihren kurzen, fürchterlichen Hauern einen Hund in Fetzen reißen konnte, hatte ein Junge oder ein kleines Mädchen nicht die geringste Chance.

— 28 —

Dr. George Watt hatte einen Lehrstuhl in klinischer Pharmakologie inne und war darüber hinaus einer von Andrew Toyes vielen Freunden. Er hatte gerade die letzte Vorlesung dieses Nachmittags gehalten und war auf dem Weg in sein Büro, als Andrew ihn abfing und auf einen Whisky einlud. Watt war ein schmaler, glatzköpfiger Mann mit geröteten Wangen und einem trockenen Humor. Andrew stellte Martin vor, winkte die Bedienung herbei und bat sie, ihnen zwei Whiskys und für Martin ein kleines Bier zu bringen.

»Würde es dir was ausmachen, dir das hier mal anzusehen?« erkundigte sich Andrew im nächsten Moment ohne jede Überleitung.

»Ah, ich wußte, daß das keine normale Einladung war«, brummte George. Aber er verschmähte den Whisky trotzdem nicht. »Übrigens – ich habe diesen Artikel über Poltergeister gelesen. Faszinierend, jedenfalls, wenn man sich mit dem Zeug beschäftigt. Glücklicherweise liegt die Zeit, in der wir alle unsere Wehwehchen mit irgendwelchen Flüchen und bösen Geistern in Verbindung gebracht haben, ein gutes Stück hinter uns. Warum besorgst du dir keinen *richtigen* Job, Andrew?«

Der Professor strahlte ihn über seine Brillengläser hinweg an. »Ich *habe* einen richtigen Job. Ich muß nicht mal mit einem Stethoskop herumstolzieren und Horden schmachtender Weißkittel-Bimbos beeindrucken.«

»Falscher Beruf, alter Junge«, erwiderte George Watt

jovial. »Ich mache in Pharmakologie, nicht in Pathologie. Das sind die Ladykiller.«

Andrew reichte ihm den Computerausdruck, und George überflog ihn rasch. Seine Lippen bewegten sich beim Lesen.

»Lauter natürliche Bestandteile«, sagte er schließlich. »Interessante Mischung.«

»Dachte sich Martin auch«, bekräftigte Andrew.

»Und für was soll das sein?« erkundigte sich George.

»Das wollen wir von dir wissen.«

»Nun, auf den ersten Blick senkt sich die Waage beeindruckend zu den Alkaloiden hin. Außerdem ist eine ordentliche Menge von Halluzinogenen enthalten. Überwiegend pflanzlicher Herkunft. Da drin ist bis auf den Weihnachtsmann so ziemlich alles«, sagte er. »Was ist es, irgendeine neue Droge?«

»Ich weiß es nicht, ehrlich. Ich habe gehofft, daß Sie mir das sagen«, antwortete Martin.

»Nun, ich würde es nicht verschreiben, soviel steht fest. Es handelt sich um einen richtig hübschen, tödlichen Cocktail. Es sind Spuren einiger der stärksten natürlich vorkommenden Toxine enthalten. Dieses Mittelchen wird Ihnen mehr als nur einen Katzenjammer bescheren. Nehmen wir nur einmal dieses Psilocybin hier, eine wohlbekannte bewußtseinsverändernde Droge. Wird aus Pilzen gewonnen. Die Wirkung hält sehr lange an, manchmal sogar permanent.«

»Was passiert, wenn man eine derartige Mixtur einnimmt?«

»Dann stirbt man möglicherweise sofort«, erwiderte George mit einem Lachen. »Oder es dauert ein bißchen länger. Nein, im Ernst, es ist schwer zu sagen. Ich müßte mich ein wenig damit beschäftigen, es vielleicht an ein paar Ratten austesten, aber wenn ich mir das so ansehe, dann würde ich sagen, es ist absolut tödlich. Einige dieser Bestandteile verursachen Herzstillstand. Andere bewirken pathologische Veränderungen des Nerven- und Muskelgewebes.« Er überflog die Liste. »Hier ist noch eine merkwürdige Sache.« Martin und Andy beugten sich vor.

»Die meisten Bestandteile sind, wie gesagt, pflanzlicher Herkunft, aber hier haben wir auch ein tierisches Protein.« Er las die lateinische Einordnung ab, dann lehnte er sich zurück und starrte nachdenklich an die Decke.

»Es gibt eine Verbindung«, sagte er schließlich.

»Und die wäre?«

»Nun, wir haben Nervenzellen von Amphibien, Hämoglobin von irgendwelchen Nagetieren und jungfräuliches Zellgewebe von Insekten, ganz zu schweigen von den Schlangengift-Hämo- und -Neurotoxinen. Und alle diese unterschiedlichen biologischen Kategorien haben eines gemeinsam . . .«

»Red schon!« drängte Andrew.

»Nun«, fuhr George fort. »Eine einzigartige Regenerationsfähigkeit. Sowohl Ratten- wie auch Amphibienzellen enthalten spezielle freie Trigger-Hormone, die, falls nötig – zum Beispiel bei einer größeren Körperschädigung – einen sogenannten Wiederherstellungsprozeß einleiten. Kurzum: Kaputte Nerven und abgetrennte Körperteile wachsen nach.«

Martin dachte an Caitlins Zehen und sah ihre tippende Bewegung auf der Fußplatte des Rollstuhls in Großaufnahme vor sich. Ihre Nervenstränge waren zerschmettert worden, ihre Beine völlig nutzlos gewesen, und jetzt *bewegten* sie sich. Martin dachte an die absurde Szene in der Küche, als er den Topf mit den sich windenden Spaghetti hatte fallen lassen. *Waren* sie lebendig geworden, oder hatten ihn die Halluzinogene des Pulvers nur auf einen aberwitzigen Trip katapultiert? Wenn diese Kräuterarznei zerstörte Nerven regenerieren und die Lahmen wieder zu Gehenden machen konnte, dann war das eine absolute Weltsensation; ein Quantensprung der Medizin.

Trotzdem wurde er das Gefühl nicht los, daß irgend etwas an dieser Sache *falsch* war, und dies riß und zerrte beharrlich an seinem Verstand.

»Kann das auch bei Menschen funktionieren?« fragte er George. »Ich meine, eine Regeneration von Nerven... Neue Arme und Beine?«

»Davidson in Edinburgh hat auf diesem Gebiet eine Menge wissenschaftliche Untersuchungen angestellt, unter anderem mit Extrakten aus Ratten-Zellgewebe. Er vertritt die Ansicht, es sei denkbar, entsprechende Substanzen synthetisch zu produzieren und beim Menschen anzuwenden, zum Beispiel nach einer Amputation.«

»Und was ist mit diesen Insekten-Zellen?«

»Mit denen verhält es sich weitgehend ähnlich. Es sind sogenannte jungfräuliche – also frisch entwickelte – Zellen aus einem larvalen oder frühen Verpuppungsstadium. Die Aktivierung gewisser Hormone initiiert einen umfassenden Regenerationsprozeß. Die lebenden Zellen werden absorbiert, die brachliegenden Trigger-Zellen aktiviert und zu enormem Wachstum angespornt. Sie gestalten das gesamte Tier um – sprich, es kommt zur Metamorphose, und dies in einem höchst erstaunlichen Tempo. Und so wird aus einer Insektenlarve ein Imago.«

»Und was ist das?«

»Ein vollentwickeltes, zur Fortpflanzung fähiges Insekt – die nächsthöhere Entwicklungsstufe, wenn Sie so wollen. Beispielsweise eine Raupe, die sich verpuppt, in einen Schmetterling verwandelt und davonfliegt. Die gesamte Körperstruktur wurde komplett umgestaltet in etwas, das die meisten Menschen als eine höhere, reinere Daseinsform empfinden.«

»Das könnte bedeuten, daß diese Art Zellen –«

George Watt unterbrach ihn lächelnd. »Sie sind eine tolle Sache für Insekten, aber das ist alles. Für Menschen gibt es keine höhere, reinere Daseinsform; jedenfalls nicht, bevor wir ins Jenseits einziehen, womit wir wieder bei seinem *Job* angelangt wären.«

Andrew grinste nur liebenswürdig, und Martin ignorierte den milden Spott ganz.

»Und dieses Schlangengift?«

»Oh, sehr komplexe Protein-Bestandteile. Neuro- und Hämotoxine. Das eine zerstört Nervenfunktionen, das andere bricht Körperzellen auf und zerlegt sie in eine Art ... nun, organische Suppe, aus der anschließend die Bausteine für neue Zellen gewonnen werden. Kurz gesagt: Sie zeitigen im großen und ganzen einen ähnlichen Vorgang wie die larvalen Zellen.«

»Und die ganze Mischung?«

»Nun, ich würde gerne einige Experimente durchführen, wenn ich darf. Das ganze erinnert ein wenig an mittelalterliche Gepflogenheiten. Die alten Alchimisten, zum Beispiel, mischten mit Vorliebe Pflanzen- und Kräuterbestandteile und gaben noch ein paar Stückchen vom Tier hinzu. Einige ihrer Mixturen waren äußerst wirksame Heilmittel – jedenfalls für manche Erkrankungen; allerdings fürchte ich dennoch, daß sie mit ihrer Behandlung mindestens genauso viele Menschen umgebracht wie kuriert haben.

Das hier erinnert mich auch an die Indianer Südamerikas. Sie haben mit Pflanzenextrakten einige bemerkenswerte Heilerfolge erzielt, einige davon nutzen wir noch heute. Überhaupt fürchten zahlreiche Wissenschaftler, daß mit der Vernichtung des Regenwaldes auch einige der mächtigsten natürlichen Gegenmittel für alle möglichen Krankheiten verlorengehen, unter anderem auch das gegen Krebs.«

Er nahm einen weiteren Schluck von seinem Whisky, dann faßte er das ganze professionell zusammen.

»Die Zutaten hier erinnern gewaltig an dunklere Zeiten. Es ist eine bemerkenswerte Konzentration von Toxinen und Narkotika festzustellen. Wer immer das zusammengemixt hat, er kennt sich in der Botanik aus. Es sind einige der gefährlichsten heute noch existierenden Pflanzen darin enthalten. Ich würde sagen, daß man es unter keinen Umständen zu sich nehmen oder auch nur einen Hautkontakt herstellen darf.«

Martins Verstand beschwor ein Bild von Caitlin herauf,

wie sie einen ganzen Löffel dieser Mixtur einnahm – morgens, mittags und abends. Plötzlich war er sehr besorgt.

»Und was das Mittelalter und seine *Rezepturen* und die Zutaten derselben betrifft, so empfehle ich Ihnen, mit dem alten Carmyllie zu sprechen«, empfahl der Professor. »Er ist der Beste in diesem Fach. Außerdem verfügt er in Sachen Zauberei und Magie über ein wirklich gigantisches Archiv. – In der Zwischenzeit könnte ich einige Tests vornehmen, vorausgesetzt, Sie wollen mir eine Probe ihres Gemisches anvertrauen.«

Martin erwiderte, er werde sein möglichstes tun, um ihm ein wenig von dieser Mixtur zu bringen, und der Professor bedrängte ihn nicht weiter, ihm den Hersteller oder auch nur die beabsichtigten Anwendungsbereiche zu nennen. George trank noch einen Whisky und plauderte mit Andrew über die Poltergeist-Geschichte, meist in verächtlichem Ton, jedoch heiter genug. Nachdem er gegangen war, starrte Martin Andrew an und legte beide Hände auf den Ausdruck.

»Ziemlich unheimlich«, kommentierte er.

»Bevor ich den ganzen Campus anschleppe, sagst du mir besser, was das alles soll«, meinte Andrew. »Und dann besuchen wir Finlay Carmyllie.«

Martin setzte sich zurück, und nachdem er Andrews feierliches Versprechen bekommen hatte, daß dies nur zwischen ihnen beiden bleiben würde, erzählte er ihm die ganze Geschichte; vom Ceilidh und den Nachwirkungen, davon, daß er ziemlich betrunken gewesen war, daß er noch heute das Gefühl nicht loswurde, etwas Falsches getan zu haben. Er beschrieb Caitlins Verletzungen und dann diese winzigen Bewegungen ihrer Zehen; die Tatsache, daß sie ihre Beine schwach – aber definitiv – wieder spüren konnte.

»Und sie nimmt das hier ein?« vergewisserte sich Andrew.

»Ja. Sie löst es in Wasser auf. Und so weit ich das beurteilen kann, zeigt sie keinerlei Krankheitssymptome.«

Er erzählte Andrew von den Spaghetti; beschrieb, wie sie sich in dem Topf gewunden und geringelt hatten.

»Ich weiß nicht, ob ich mir das alles nur eingebildet habe oder nicht. Ich hab' an dem Zeug gerochen, und schon ging es los.«

»Hast du sonst noch was gesehen?«

»Das hat mir gereicht.«

»Nein, ich will nur herausfinden, ob es ein allgemeines oder spezifisches Ereignis war. Halluzinationen sind eher umfassend. Man sieht eine Menge komische Dinge.«

»Da waren nur diese Monster-Spaghetti. Und ich hatte eine Höllenangst.«

»Ganz wie bei unserem Poltergeist?« erkundigte sich Andrew mit einem boshaften Lächeln.

*****

Finlay Carmyllie war über siebzig, ein großer, vornübergebeugt gehender Mann mit einem traurigen, runzligen Gesicht. Er verkörperte von Kopf bis Fuß den typischen verknöcherten alten Professor, doch sein Benchmen strafte sein Aussehen Lügen. Er hatte eine kindliche Begeisterungsfähigkeit, und seine Hände bewegten sich ununterbrochen, wenn er sprach, und betonten, daß ihn seine Arbeit selbst nach lebenslangen Studien noch faszinierte. Der alte Mann freute sich, Andy wiederzusehen – und dies nicht zuletzt deshalb, weil sie die gleichen Interessen hatten. Beide waren sie von der keltischen Kultur begeistert, und Andrews anderes Spezialgebiet – die paranormalen Studien – fand seine Entsprechung in Finlays mythologischer Forschungsarbeit.

Finlay Carmyllie blätterte die einzelnen Seiten bedächtig durch.

»Ich verstehe nichts von Chemikalien, Junge. Medizin ist nicht mein Gebiet. War's nie. Hab's den Bauchaufschneidern und Kopfjägern überlassen. Die hoffen, daß ich bald den Löffel abgebe, damit sie die jungen Idioten und

Hasen an mir rumschneiden und rausfinden lassen können, warum ich so lange getickt hab'. *Ha.* Die Mühe können sie sich sparen. Guter Cognac und Zigarren.«

Er redete ununterbrochen, während er las und die Zeilen mit dem Finger nachfuhr.

»Ist ein richtiges Hexengemisch, was ihr mir da gebracht habt«, sagte er dann ganz unvermittelt. Martin erinnerte sich nur zu gut daran, daß Tony Cassidy sich ähnlich ausgedrückt hatte. Er setzte sich auf, plötzlich alarmiert.

»Das erinnert mich an was, Andrew«, fuhr der alte Mann fort. »Wo bleibt eigentlich meine Ausgabe von *Friel?* Wenn mich nicht alles täuscht, hab' ich sie dir ausgeborgt, und zwar schon vor Monaten.«

Andrew gab vor, nichts zu hören, und Carmyllie las weiter. Ein paar Minuten später sah er auf und schüttelte den Kopf.

»Da ist genug drin, um eine Apotheke aufmachen zu können. Lauter gehaltvolle Sächelchen. Hab' so was schon eine ganzeWeile nicht mehr gesehen. Sie sind nicht zufällig in der Schwarzen-Magie-Branche tätig, oder?«

»Es gehört zu einer Recherche«, sagte Martin ein wenig hilflos.

»So was recherchiere ich schon mein ganzes Leben lang«, versetzte Carmyllie und schob seine Brille die Stirn hoch. »Die Kräuter auf dieser Liste waren in vorromanischen Zeiten und bis ins frühe Mittelalter hinein mächtige Zutaten für Zaubermittel. Das Rezept könnte geradewegs von einem der alten Druiden stammen. Die Mistel, zum Beispiel, war den alten *Schamanen* heilig. Sie verwendeten ihre Blätter für Aufgüsse mit Pilzen. Bescherte ihnen Visionen. Die Mistel verlangsamte den Herzschlag und beruhigte, während die Pilze ihnen die prophetische Gabe verliehen, wenn sie in Trance waren. Der Eisenhut ist hochgiftig, genau wie der Schierling, aber sie verwendeten Extrakte davon in ihren Zeremonien. Laut O'Connor glaubten sie, die Potenz der Pflanzen gebe ihnen die Macht, in anderer Leute Geist zu sehen und deren Tun zu beeinflussen. Friel verwies in seinem Frühwerk auf die Parallelen bei den Mesquite-Indianern. Die glaubten auch, daß die gesamte Erde und jedes lebende Wesen darauf – einschließlich der Tiere und Pflanzen – Teile einer großen Einheit sind. Sie nahmen tödliche Mixturen ein, um sich in einen Trancezustand zu versetzen, der es ihren Seelen erlaubte, die *tiefen* – sprich: jenseitigen – Wege zu bereisen.«

»Die tiefen Wege aus diesem Lied? Loch Lomond?«

»Wir nennen sie Feldlinien. Die Druiden sahen darin Kraftströme, die in den Nexus führten; und der wiederum verband alle Welten miteinander.«

»Das steht auch in dem Buch, das du mir geliehen hast«, sagte Martin zu Andrew, und sein Freund hustete verlegen los und verschüttete fast seinen Kaffee.

»Oh, du Halunke!« brummte Carmyllie vorwurfsvoll. »Ich *wußte*, daß ich dir den *Friel* ausgeliehen habe.« Andrews Gesicht rötete sich, doch der schrullige Akademiker wandte sich bereits wieder Martin zu.

»Einige der anderen Pflanzen hier«, fuhr er fort, »wurden nur zu ganz besonderen Anlässen verwendet, etwa zur Sommersonnenwende und zur Tagundnachtgleiche, oder zu exakt festgelegten Zeitpunkten im Verlauf eines Mondzyklus, um die Geister der Toten zu rufen, oder jene des Waldes.«

Er stemmte sich mühsam aus dem Ledersessel mit der hohen Lehne hoch und schlurfte zu den Bücherregalen, die sich bis fast an die Decke hinaufzogen. Einige der darin aufgereihten Werke sahen sehr alt aus. Viele waren staubüberzogen. Schließlich fand er, wonach er suchte. Er zog das Buch heraus, brachte es zum Schreibtisch und öffnete es; er blätterte Seite für Seite sehr behutsam um.

»Da ist sie. Die Abbildung des Fragments eines geheimen Pergaments. Datiert aus vorromanischen Zeiten, etwa zweitausend vor Christus.« Er drehte das Buch zu Martin herum. »Es ist ein Rezept für einen ganz speziellen Zauber.«

Martin sah auf die alte, primitive Zeichnung hinab. Um

die Silhouette eines Baumes herum waren präzise und äußerst detaillierte Pflanzenabbildungen angeordnet, die auf den ersten Blick an einen Glorienschein aus astrologischen Zeichen erinnerten. Wellenförmige Linien strahlten wie bizarre Speichen von dem Baum aus; und in der Rinde des Stammes schien ein Gesicht zum Vorschein zu kommen – annähernd menschlich, jedoch mit mächtigen Geweihsprossen. Vor dem Baum stand eine vergleichsweise winzige vermummte Gestalt mit erhobenen Armen. Andere, schlicht gezeichnete Gestalten umringten den Baum; es sah aus, als würden sie tanzen.

»Bemerkenswert erhalten, aber noch bemerkenswerter sind die Details. Die Botaniker waren in der Lage, jede einzelne der dargestellten Pflanzen zu identifizieren.« Er drehte das Buch wieder um und überflog den Begleittext. »Ja. Da haben wir's ja. Schwarze Zaunrübe, Wasserschierling, Gelber Eisenhut, Wolfsmilch und Stechapfel. Stehen auch alle auf dieser Liste. Genauso der Grüne Knollenblätterpilz. Angefüllt mit großer Magie, wie sie es ausgedrückt hätten«, fügte Carmyllie mit einem Lächeln hinzu.

Martins Blick verweilte auf dem stilisierten Bild.

»Und wofür war das alles gut?«

»Oh, das war der mächtigste Zauber von allen. Die Anleitung zur Beschwörung von *Cernunnos.*«

»Was ist das?«

»Der Geist des Waldes«, erklärte Andrew. »*Herne der Jäger.*«

»Gut gemerkt, Andrew. Du solltest öfter in meine Vorlesungen kommen«, lobte Carmyllie trocken.

»Ich verstehe kein Wort«, sagte Martin tonlos.

»Cernunnos war der mächtigste der keltischen Geister. Es gibt sogar Parallelen zur griechischen und nordischen Mythologie – der gehörnte Gott der Wälder. Sie glaubten, daß Cernunnos, oder Herne, wie er später genannt wurde, die Macht ist, die den Wald lebendigerhält, und in der damaligen Zeit war ganz Britannien und besonders Schottland von Wald bedeckt. Einer der keltischen oder selbst *präkeltischen* Glaubensgrundsätze war es, daß in Zeiten der Not Cernunnos mit einem Ritualopfer aus dem Nexus der Feldlinien heraufbeschworen werden konnte.«

»Was für ein Opfer?«

»Oh, ein Menschenopfer, natürlich. Er war ein männlicher Gott, Geweih und Hufe, und so weiter. Das Opfer mußte jung sein, weiblich, jungfräulich. Sie ließen ihr Blut in hölzerne Schalen strömen und gossen es dann auf sogenannte Ringsteine, über die es abwärts floß und im Erdreich versickerte. Es war ein Fruchtbarkeitsritual. Sie brachten dem Gott des Waldes ein Opfer dar, und er belohnte die Überbringer dieses Opfers. Gab ihnen mehr Macht, ein längeres Leben, bessere Ernten, und so weiter. Einige Leute glauben selbst heute noch an die alte Magie. All diese Hippies, zum Beispiel, die in der Mittsommernacht in Stonehenge kampieren. – Ziemlich harmloses Tamtam.«

»Das Tamtam *hier* sieht gar nicht harmlos aus«, widersprach Martin und tippte auf seine *Gift*-Liste.

»Darüber kann ich Ihnen nichts sagen, junger Mann. Sprechen Sie mit George Watt aus der Pharmakologie.«

»Das werde ich«, sagte Martin, bevor Andrew ausplaudern konnte, daß sie das bereits getan hatten. Er sah den alten Mann über den Schreibtisch hinweg an. »Was meinen Sie – gibt es noch Leute, die daran glauben, daß diese Art Zauberarznei wirkt?«

»Einige Leute haben niemals *aufgehört*, das zu glauben. Für sie ist das Christentum nichts als ein vergänglicher Neuling. Denken Sie nur an Aleister Crowley in Boleskin am Loch Ness. Der hat vor ein paar Jahrzehnten einen ganzen Kult damit begründet. Nannte sich selbst *Das Tier*. Verbrachte seine Zeit damit, den Teufel zu beschwören, und der ist wiederum das moderne Äquivalent zu Cernunnos. Und Crowley war und ist nicht der einzige. Es gibt noch viele andere.«

Der alte Professor erhob sich erneut, kehrte zu den Bücherregalen zurück und suchte, vor sich hin murmelnd, ein weiteres Werk heraus. »Das müssen Sie mal lesen. Da steht eine Menge über Crowley und seine dämonenbeschwörenden Brüder und Schwestern im Geiste drin. Kann nicht sagen, ob sie erfolgreich waren, aber ich glaube, sie hatten ihren Spaß.« Er schob die beiden Bücher zu Martin hinüber. »Lesen Sie sie durch. Rekrutiert sie möglicherweise für meine Vorlesungen. Oh, und hüten Sie sich bloß davor, sie Andrew zu geben, sonst kriege ich sie nie wieder zurück.«

Der Professor bot ihnen einen Cognac an. Andrew nickte eifrig. Er amüsierte sich prächtig.

»Dieser *Cernunnos*«, sagte Martin. »Wie haben ihn die Leute gesehen? Oder *als was* haben sie ihn gesehen?«

»Er war die Essenz des wildwachsenden Waldes. Seine Seele. Bedenken Sie, damals war der Wald für die Leute hier so wichtig wie der Regenwald für die Indios. Die eindrucksvollste Cernunnos-Darstellung befindet sich auf dem Kessel von Gundestrup – im Nationalmuseet Kopenhagen, und sie ist beinahe identisch mit der Zeichnung auf dem alten Pergament hier. Man glaubte, er komme aus dem Herzen einer Eiche hervor, unter der sich die Feldlinien treffen und so eine Verbindungsstelle schaffen zwischen Erde und Unterwelt. Für die alten Schamanen ein mächtiges Totem. Er ist der *Grüne Mann* aus den Legenden – falls Sie sich an Ihre Artus-Sage erinnern. Einmal beschworen, muß er mit Blut bezahlt werden, andernfalls – ich zitiere – *macht er die Erde erbeben mit seinem Zorn.* Die Druiden glaubten, daß er den Wald zum Leben erwekken und sie vernichten würde. Nach ihrer Überzeugung wohnte in jedem Baum ein Geist, und sie alle wurden vom Gott des Waldes regiert.«

Etwas an dieser Erklärung zupfte an Martins Erinnerung, doch sobald er es zu fassen bekommen wollte, entglitt es ihm.

Später, als sie über den Campus zu seinem Wagen zurückgingen, sagte Andrew ganz unvermittelt: »Das wird immer kurioser.«

»Hm?« brummte Martin und war in Gedanken sehr, sehr weit weg.

»Ich denke, du solltest diese Sheila Garvie überprüfen.«

»Der Meinung bin ich auch«, sagte Martin.

Als er nach Hause kam, rief er Caitlin an, obwohl er nicht genau wußte, was er ihr sagen würde. Es war besetzt, und das blieb es auch länger als eine Stunde. Als die Leitung endlich frei war, nahm niemand ab. Er holte sich eine Dose Bier aus dem Kühlschrank, öffnete sie und trank in kleinen Schlucken, während er in den Büchern blätterte.

Er war ein Zeitungsmensch; als solcher hatte er nie viel Zeit dafür gefunden, sich um Mythologie zu kümmern. Sein Kapital waren Fakten, Zitate, Kommentare und – vor allem – aktuelle und dokumentierte Ereignisse. In Anbetracht dessen machte ihn das Gelesene kein bißchen klüger. Friels Buch über die Feldlinien war ein zerlesenes Exemplar der zwanzigsten Auflage; das Werk eines Pedanten. Es enthielt alte Fotos von Menhiren, mit Inschriften versehene Megalithen und Steintafeln, außerdem Karten, auf denen in punktierten Linien der Verlauf der Feldlinien eingezeichnet war. Es beschrieb diese Linien als Kraftströme, und Martin Thornton kam alles verdammt weit hergeholt vor.

Farrells *Evolution der Magie* war eine interessantere Lektüre. Hier wurde die Geschichte des Okkulten von der Urzeit bis in die jüngere Vergangenheit dargelegt. Der Autor befaßte sich mit dem keltischen Glauben, mit Schamanismus – unter anderem auch der Nordeuropäer und Lappländer –, und präsentierte sogar Bibelzitate. Die letzten Kapitel behandelten die modernen Alchimisten, darunter Cagliostro und John Dee – die für sich in Anspruch nahmen, wertlose Metalle in Gold verwandelt zu haben –, und, als Vertreter des 20. Jahrhunderts, Aleister Crowley persönlich; es gab sogar ein Bild, auf dem er mit einer Gruppe von Leuten vor Boleskin House am Ufer von Loch Ness abgebildet war. Martin hielt sie alle für Scharlatane, aber er las dennoch weiter. Draußen wurde der

Abend dunkler. Auch Farrell erwähnte die *Feldlinien* und den Titel Seilach Garbh-aidh und ging dann sehr detailliert auf die keltischen Waldsagen und -märchen ein.

Martin schlug bei Friel nach und fand den Abschnitt über die Seilach Garbh-aidh auf Anhieb wieder. Er las die Abhandlung über die Schalen- und Ringsteine ein zweites Mal, ebenso Friels Schlußfolgerung – daß er diese Steine für Blutopfer-Gefäße hielt. Hier wurde das Wesen der *Feldlinien* als eine Art gewaltiges Tunnelsystem erklärt, in dem die Mächte des Guten oder des Bösen die Polarität zwischen Unterwelt und physikalischer Ebene durchflossen.

Er wandte sich O'Connors altem Buch über die Druiden zu, das sehr ausführlich auf die religiöse Lehre einging. In einer langen wissenschaftlichen Abhandlung wurden auch sämtliche Kräuter aufgeführt, die ihre *Schamanen* verwendet hatten, um ganz bestimmte Bewußtseinsstadien zu erreichen. Viele davon waren mit denen auf der mittlerweile mit Eselsohren versehenen Computerliste von Tony Cassidy identisch. Dem Ende des Buches zu fand Martin schließlich noch ein Kapitel über Cernunnos, den gehörnten Gott des Waldes, und die Seilach Garbh-aidh, die ihm Opfer darbot, um die Macht des Waldgeistes zu beschwören, und das Blut der Opfer mit speziellen Zaubermitteln mischte, um die Fruchtbarkeit des kommenden Jahres sicherzustellen. O'Connor erwähnte, daß gerüchteweise auch ein Ritual existierte, das nicht nur die Macht des gehörnten Gottes beschwor, sondern ihn persönlich herbeizitierte aus der Welt unter den Wurzeln. Zu besonderen Anlässen gelte es, so eine Vermutung des Autors, ihn mit besonderen Opfergaben zu erfreuen, wofür man im Gegenzug als Belohnung übernatürliche Kräfte und Langlebigkeit verliehen bekomme.

Als Martin O'Connors Buch schließlich aus der Hand legte, war es drei Uhr morgens. Die Zeit war wie im Flug vergangen. Seine Augen waren überanstrengt, und er spürte, daß er Kopfschmerzen bekam.

Er tappte in sein Schlafzimmer, zog sich aus, warf sich auf das Bett und zerrte die Decke über sich. Drei, vier Minuten später war er bereits eingeschlafen.

*****

Alarmglocken dröhnten in seinem Kopf. Er fand sich in einem Traum wieder, und er und Caitlin Brook rannten Seite an Seite. Er hielt sie am Handgelenk, und sie huschten wie Phantome durch die Schatten. Er vergeudete keine Zeit damit, darüber nachzudenken, weshalb sie nicht im Rollstuhl saß. Er wußte nur, daß er sie wegbringen mußte. Dies war die einzige *Gewißheit* in seinem Traum.

Die Glockenschläge hallten in seinen Ohren, und etwas Schwarzes holte unerbittlich auf. Caitlin wehrte sich gegen seinen Griff und versuchte seine Hand abzuschütteln, doch er zerrte sie weiter mit sich, und die ganze Zeit über breitete sich die Dunkelheit hinter ihnen aus und wucherte und gedieh wie eine Krankheit. Er brüllte sie an, er fühlte, wie die Panik ihn übermannte, seine Brust umklammerte und ihm den Atem raubte. Im Laufen wandte er sich halb um und sah die drohende Woge der Finsternis direkt hinter ihr. Er riß sie weiter, zwang sie, vor ihm herzulaufen. Sein Griff lockerte sich. Im nächsten Moment stürzte sie über den alten Grenzwall hinweg. Martin setzte mit einem kraftvollen Sprung hinterher, landete unsicher auf der Mauerkrone und schwenkte die Arme, um sein Gleichgewicht wiederzufinden.

Plötzlich stand er nicht mehr auf der niedrigen Mauer im Wald, sondern schwankte am Rande eines tödlichen Sturzes. Caitlin war unter ihm, drehte sich in einem *aberwitzigen Fall* und starrte zu ihm herauf. Er kannte diese Szene; er wußte, daß er normalerweise irgendwo dort unten herbeirannte und –

Sie streckte ihm die Hände entgegen, und es war eine Geste panischer Hilflosigkeit. Ihre grünen Augen waren weit aufgerissen und sengten ein unbeschreibliches Grauen tief in seine Seele hinein. Ihr Mund öffnete sich zu einem lautlosen Schrei; und sie fiel, sie fiel. Er griff nach ihr, versuchte sie zu packen, aber sie war bereits zu weit entfernt. Sie stürzte rücklings in die Tiefe. Unter ihr konnte er den harten Boden sehen; und eine niedrige Geländermauer, eine Art Balustrade. Dann krachte sie bereits darauf, wirbelte *unmöglich* verrenkt herum und stürzte vollends auf den Boden hinab; er hörte ein entsetzliches, breiiges Knirschen; wie von einem Granatapfel, der mit einem großen Hammer zerschlagen wurde.

Von dem Wandelgang hoch oben sah er die mörderischen Zuckungen ihres Körpers auf dem nassen Kopfsteinpflaster.

Martin schrie ihren Namen, und während er dies tat, fühlte er, wie ihn die eisige Schwärze umhüllte.

Er schreckte übergangslos hoch. Er saugte Luft in seine Lungen. Die Glockenschläge dröhnten noch immer in ihm nach – und veränderten sich kaum merklich; für einen Moment fehlte ihm jede Orientierung. Er befreite sich aus der um ihn gewickelten Decke und glitt aus dem Bett und stolperte zum Telefon.

Er schnappte sich den Hörer und riß ihn ans Ohr, und Schmerzen pulsierten hinter seinen Augen.

»Ja?« sagte er atemlos.

»Hey, Boß!« Es war Alec Stirling.

»Hi«, stöhnte Martin erschöpft. »Was ist los? Wieviel Uhr ist es?«

»Nach neun. Hab' ich dich aufgeweckt?«

Etwas pochte beharrlich hinter Martins Gedanken. Er versuchte es abzuschütteln, versuchte Alec zuzuhören.

»Okay, Alec, was ist los?«

»Könnte eine neue Story für dich haben«, sagte er eifrig und begann zu erzählen. Martin hatte Mühe, ihm zu folgen. Der Aufruhr in seinem Schädel wurde schlimmer.

»Sieht so aus, als hätte ich einen Mord für dich«, sagte Alec und klang sehr zufrieden mit sich. »Unten, in Fasach

Wood. Ich denke, der Buist-Junge hat seinen Alten erledigt. Der Bursche ist so irre wie weiches Teegebäck.«

»Wow. Warte, warte ... Wovon redest du?«

»Ernie Buist. Erinnere dich, du hast ihn damals im Douglas Arms gesehen. Das krakeelende Rotbäckchen. Das Riesenbaby. Ich glaube, er ist ermordet worden. Als ich ihn das letzte Mal gesehen habe, ist er hinter seinem Jungen hergerannt. In den Wald runter. Das war vor zwei Wochen. Seither war er nicht mehr erblickt. Dafür hat sich der Junge auf dem Hof verbarrikadiert und hegt und pflegt eine echt galoppierende Paranoia.«

Alec wartete auf eine Erwiderung, und als keine kam, fuhr er fort.

»Und da ist noch was. Erinnerst du dich daran, was du mir über den kleinen Haldane-Jungen erzählt hast? Wie er sich im Wald verlaufen hat und dann mit dieser ulkigen Geschichte von den Bäumen angekommen ist, die ihn jagen, und all das?«

»Klar erinnere ich mich daran«, krächzte Martin, während ihm sein Verstand zuflüsterte, er solle auflegen und *nachdenken*.

»Okay, der junge Buist hat mir dieselbe Geschichte aufgetischt. Er behauptet, die verdammten *Bäume* hätten sich seinen Alten geholt. Er hat sich in dieser Baracke von einem Haus eingeigelt und jeden Busch und jeden Strauch im Umkreis von vierzig Yards erledigt. Der ist davon überzeugt, daß die Bäume kommen und ihn *holen*.«

Noch während Alec sprach, machte es in Martins Kopf klick, und ein bislang undeutliches Muster rückte mit Lichtgeschwindigkeit unter eine Art geistiges Vergrößerungsglas; scheinbar sinnlose Schnörkel und Kringel nahmen klar umrissene Formen an. Der mentale Alarm wurde lauter. Plötzlich begann er zu ahnen, daß –

Er mußte die Augen schließen, um den Tumult in seinem Schädel noch aushalten zu können.

»Hör zu, Alec, kann ich dich zurückrufen?«

»Tut mir leid, hab' ich dich bei irgendwas gestört? Du hast doch keine Frau bei dir?«

»Nein. Ich muß nur etwas erledigen. Ich mache so schnell ich kann. Du bist zu Hause?«

»Klar. Also *interessiert* dich die Geschichte?«

»Und ob, Knüller. Ich will mit dem Jungen sprechen. Aber ich muß jetzt weg. Ich *beeile* mich.«

Alec murmelte, das sei prima, aber es klang ein wenig verwirrt und enttäuscht. Martin kümmerte sich nicht darum. Er legte auf und ging in die Küche. Er brauchte einen heißen Kaffee. Schwarz.

Während das Wasser im Kessel kochte, holte er Finlay Carmyllies Bücher und legte sie auf den Küchentisch. Das Muster fügte sich zusammen, wurde Teil eines Bildes. Es war bereits entstanden, während er geschlafen hatte; während er mit Caitlin *gelaufen* war. Martin hielt den kleinen Teil fest, den er unter das Vergrößerungsglas bekommen hatte; hielt ihn fest, weil er wußte, ein anderes, *größeres* Bild hing daran.

Er schlug Farrells *Evolution der Magie* auf und blätterte die Seiten hastig um. In der vergangenen Nacht hatte er etwas gesehen – und *übersehen*. Etwas Wichtiges. Aber es war dennoch in seinem Unterbewußtsein. Er dachte: *Die Symbolik des Traumes. Die Symbolik des Traumes.*

Er fand es ziemlich weit hinten in dem Buch. Aleister Crowleys ungeschlachtes Gesicht starrte ihn aus der Gruppe heraus an. Vergrößerungen dieser Aufnahme waren für unzählige Features in unzähligen Zeitungen verwendet worden; vor allem während der Sauregurkenzeit im Sommer, wenn die alten Geschichten über Hexerei und Satanismus für den nötigen *Thrill* herhalten mußten.

Crowley hatte sich selbst *»Das Tier 666«* genannt. Er gehörte dem inneren Zirkel der Freimaurer an und verschrieb sich mit Leib und Seele den schwarzen Künsten. Auf Boleskin House war es sein erklärtes Ziel, den Teufel zu beschwören, und so streute er Flußsand vor den Eingang des abgelegenen Gebäudes, um die Fußspur des Dämons als Beweis präsentieren zu können. Später wurde verbreitet, er habe Erfolg gehabt und sei tatsächlich im Besitz eines gespaltenen Hufabdrucks von einer massigen, zweibeinigen Kreatur.

Das Bild hier war in den frühen zwanziger Jahren aufgenommen worden, und es wirkte so grobkörnig und flach wie alle anderen altmodischen Plattenfotos. Die Gruppe bestand aus sieben Leuten; Crowley stand in ihrer Mitte. Die Männer und Frauen um ihn herum waren nicht namentlich genannt – in der Bildunterschrift wurden sie lediglich als *Anhänger* bezeichnet. Ein wenig abseits saß eine Frau auf einem Stuhl. Sie sah nicht in die Kamera, sondern – für alle Zeiten in diesem Bild gebannt – direkt auf Crowley; ihre Miene drückte absolute Konzentration aus. Ihre Haare waren weiß und in einem Knoten zusammengefaßt, so daß ihr schlanker Hals und die feingeschnittenen Kiefer, die hohen Wangenknochen betont wurden.

Die Fotografie war im flachen Glühen eines Magnesiumblitzes entstanden – vor mehr als siebzig Jahren. Die Frau trug ein leichtes Sommerkleid, das im Lodern des Blitzes durchscheinend wirkte. Eine Hand lag auf ihrem Oberschenkel. Auf dem Unterarm, nahe der Armbeuge, befand sich ein schwarzes Mal.

Es war Sheila Garvie.

Martins Verstand sonderte eine ganz spezielle Erinnerung an diese Frau aus; wie sie ihm auf dem Ceilidh etwas aus einem zierlichen Fläschchen einschenkte; wie er den Fleck auf ihrem Arm zum ersten Mal bemerkte, ganz nahe. Er sah ziemlich exakt wie eine schwarze Acht aus. Es war keine Tätowierung gewesen. Unwillkürlich stürzte ein weiteres Bild in seine Erinnerung. Der Doppellauf des Schrotgewehrs . . . Die beiden Mündungen. *Auch eine Acht.* Er hatte sie damals bereits gesehen, in seiner Vision; in jener Nacht, in der Caitlin Brooks Rücken zerschmettert worden war. Das Mal auf dem Arm dieser Frau war genauso tödlich.

Die Frau starrte – *funkelte* – den Mann im Mittelpunkt

der Gruppe an; ihre Augen leuchteten in einer selbst heute noch fühlbaren Intensität, doch Martin konnte nicht sagen, ob es Zorn war oder etwas anderes. Seine Blicke huschten zu der Bildunterschrift zurück. *Aleister Crowley, das selbsternannte Tier, mit Anhängern des Mystizismus vor Boleskin House, Juni 1922.*

Und dann überkam ihn in einem Brausen, in einem jähen Aufblitzen heißer Verlegenheit, die gesamte verschüttete Erinnerung an den Ceilidh. Er hatte sich so oft zu erinnern versucht; hatte so oft darüber nachgegrübelt, wie er zu seinem Wagen zurückgekommen war ... Jetzt und hier, an seinem Küchentisch, kannte er schlagartig jedes schockierende Detail. Gail Dean drängte sich gegen ihn. Er erinnerte sich an die Hitze ihres Körpers, an ihre steif aufgerichteten Brustwarzen. Ihre Hände waren so sanft; und zerrten sein Hemd hoch und strichen über seinen Rücken. Sie stöhnte einen Namen; nicht seinen Namen, einen anderen Namen, und sie küßte ihn, küßte ihn hart und gierig und lehnte sich zurück und zog ihn mit sich in ihre jähe Wärme. Er erinnerte sich an die ihn umgebende Hitze. Ihre Beine kamen hoch und umklammerten ihn und –

Hier endeten alle Erinnerungen. Danach war nichts mehr. Nichts, bis er in seinem Wagen aufwachte.

Die Verlegenheit war wie eine Feuerflut. Martin stieß sich hoch und ging zum Herd. Das Wasser sprudelte bereits. Plötzlich war er versessen darauf, etwas zu tun zu haben; auf andere Gedanken zu kommen. Er machte Kaffee, füllte eine große Tasse damit, und sein Gehirn machte *klick-klick-klick*, wie der Verschluß einer Kamera, und lieferte ihm weitere Details des Musters; weitere Bilder ... gestochen scharfe Bilder. Sheila Garvie, wie sie ihm etwas in seinen Whisky schüttete. Es hatte *wundervoll* geschmeckt. Und dann, nur ein paar Minuten später, war alles *anders* geworden; war dieser Mahlstrom in seinem Kopf gewesen. Gail Dean, die ihn in dieses Nebenzimmer zog. Er hatte es zugelassen, hatte zugelassen, daß sie sich an ihn drückte, daß diese Hitze wuchs, dieses schwindlige Verlangen. Ihres und seines.

Es war der Whisky. *Ihr Spezial-Gebräu.*

Martin schüttelte den Kopf, ignorierte das Hämmern hinter den Augen. Er hob die Tasse und trank den heißen, süßen Kaffee, stürzte ihn hinab und ignorierte das schmerzhafte Brennen. Danach trank er noch eine Tasse. Er saß ganz still, versuchte sich zu fassen, zur Ruhe zu kommen. Schließlich öffnete er die Tischschublade, holte einen Notizblock heraus und schlug ihn auf. Er blinzelte kurz auf die leere Seite hinab, dann begann er rasch in Kurzschrift darauf zu kritzeln:

Sheila Garvie – Aleister Crowley – Schwarze Magie 1922.
Caitlin – gelähmt/bewegt sich wieder – Pulver - Gail Dean??
Feldlinien – Linnvale – Schalensteine – Blut.
Cernunnos? Herne? – Wald – Baum – Caits Bild.
Bauer Mac Farlane – Zuchtstier – 1720. Sheila Garvie?
Teddybären – Picknick – die Wälder – Caitlin – der Fluß????
Haldane – Tiere – Bäume – der Junge?

Er setzte sich zurück und starrte seine Liste an. Dann zeichnete er kreuz und quer Pfeile ein, wo er Verbindungen vermutete, und verband Worte durch Klammern miteinander.

Das Muster wurde deutlicher. Das Bild in seinem Verstand wuchs.

Es entstand um Sheila Garvie herum. Er erinnerte sich an seine erste Nacht in Linnvale. Bereits damals war ihr Name gefallen – im Zusammenhang mit der Vereinigung für Naturschutz und der Opposition gegen Duncan Haldanes Bauvorhaben. Irgend jemand hatte sich über ihre Kräuter-Arzneien lustig gemacht, und über die Frauen von Linnvale, die sich damit ihre Männer ins Bett holten oder vom Leibe hielten, je nachdem. Sie hatte ihm etwas in den Whisky getan, und er war nur noch ein sabberndes Etwas gewesen.

Und Caitlin. Sie war in den Rollstuhl geschossen worden, und es hatte nicht die geringste Aussicht auf Besserung gegeben. *Nicht in diesem Leben.* Und plötzlich bewegten sich ihre Füße; wo eineinhalb Jahre lang nur Taubheit gewesen war, gab es wieder *Gefühle.* Sheila Garvie hatte ihr ein Pulver aus lauter Giften gegeben, aber es brachte sie nicht um, sondern stimulierte neues Leben, wo zuvor alles tot gewesen war. Und das gleiche Pulver hatte Spaghetti in ein wimmelndes, ekelhaft *fremdartiges* Gewirr von Würmern verwandelt. Mittlerweile glaubte er nicht mehr, daß er nur halluziniert hatte.

Er starrte auf seine bizarren Gedankennotizen. Gab es eine Verbindung zwischen 1922 und 1720? Die Frau auf dieser alten Fotografie war zweifellos Sheila Garvie, vielleicht ein oder zwei Jahre jünger, als sie heute aussah, aber keinesfalls – *nein, ganz bestimmt nicht* – mehr als siebzig Jahre jünger. Caitlin hatte ihm auch erzählt, die Frau sei noch ein Mädchen gewesen, als dieser Bauer MacFarlane von seinem Zuchtbullen auf die Hörner genommen worden war; doch da gab es diesen verwitterten, moosüberwachsenen Grabstein auf dem Friedhof von Linnvale ... *MacFarlanes Grabstein.* Und seiner Inschrift zufolge war der Mann vor fast dreihundert Jahren umgekommen. Zwei Generationen später war die Linie der MacFarlanes in Linnvale beziehungsweise *Gleann Linn* ausgestorben. Hatte Sheila Garvie nur eine Geschichte erzählt?

Hatte sie?

Oder ging hier wirklich etwas sehr, sehr Merkwürdiges vor?

Martin fuhr sich mit einer raschen, verärgerten Geste durch die Haare.

Er versuchte einen Zusammenhang zu finden zwischen dem Pulver, das Caitlin einnahm, und den Pflanzen, die auf diesem alten Pergament abgebildet waren. Der Pharmakologe hatte mehrere Bestandteile des Pulvers als hochgiftig bezeichnet. Und die alten Druidenpriester verwendeten sie in ihren Wald-Zeremonien. Und all diese anderen Zutaten in der bittersüßen Mixtur . . . Tierblut. Zellgewebe von Insekten und Fröschen. Schlangengifte.

Er dachte angestrengt darüber nach, während er seine dritte Tasse Kaffee trank. Es gab einen Zusammenhang – irgendwo. Es war etwas, das man ihm erzählt hatte; aber er bekam es nicht zu fassen. Er schüttelte den Gedanken ab und wandte sich wieder seinem Gekritzel auf dem Block zu.

Er hatte zwischen *Bäume und Caits Bild* einen Pfeil eingezeichnet. Noch eine Verbindung. Er blätterte das erste Buch durch, bis er die Abbildung des stilisierten, von lauter Pflanzen umgebenen Baumes wiederfand. Er starrte auf die mit erhobenen Armen davorstehende kleine Gestalt, dann auf den Kreis der Tänzer und das Gesicht, das aus dem Stamm herauswuchs. Die ganze Szene kam ihm widerwärtig vertraut vor. Er beugte sich tiefer, betrachtete das Bild wie jemand, der gerade erst sehen lernte – und dann hatte er es. Die zentrale Gestalt unmittelbar vor dem monströsen animalischen Gesicht reckte die Hände nicht in die Luft empor. *Da waren keine Hände.* Die Arme endeten unmittelbar nach dem Handgelenk. Martin hob sich das Buch dicht vor die Augen. Es war nicht eindeutig auszumachen, da auch die Furchen der Rinde dargestellt waren, aber es sah so aus, als seien die Hände dieser Gestalt *in* den Baum hineingeschoben; als tasteten sie *unter* der Rinde nach etwas. Es konnte genausogut ein Flüchtigkeitsfehler des Künstlers sein, aber das ganze sah so eigenartig aus, daß Martin ein eisiges Kribbeln unter der Haut spürte.

Er schloß die Augen und konzentrierte sich. Da war etwas, an diesem *Baum*, etwas quälend *Vertrautes.*

Er blickte auf seine flüchtigen Notizen hinab; er las die Stichwortkolonnen wieder und wieder, dann huschten seine Blicke zu dem alten Bild – und die Erkenntnis brach wie eine Lawine über ihn herein.

Es war Caitlins Baum. Der Baum, den sie seit Wochen malte; der ursprünglich nur ein nebelhafter Umriß gewesen war und mittlerweile das ganze Bild beherrschte.

Das kalte Prickeln unter seiner Haut wurde intensiver. *Fingernägel, die auf seiner Wirbelsäule herumkratzten.* Er schloß die Augen wieder, beschwor Caitlins Gemälde herauf. Eine Eiche; ringsum diese seltsam unwirkliche Lichtung; der Baum das kolossale Abbild eines Giganten des Waldes. Der Stamm knorrig und so hart wie Stein; hoch oben gabelte er sich in zwei ungeheure Hauptäste. Martin öffnete die Augen und starrte das Bild in dem Buch an. Diese ungeheuere Gabelung des Stammes. Diese Aura aus Tod *und* Leben. Es gab zu viele Übereinstimmungen. Es war derselbe tote Baum – nur die an den Enden der Äste und Zweige eingezeichneten stilisierten Knospen stimmten nicht. – *Noch nicht.*

Dicht auf den Fersen dieses Gedankens folgte ein weiterer: *Irgend etwas ist entsetzlich* falsch *an diesem Bild.*

Er kam nicht darauf, was, aber er war entschlossen, es herauszufinden. Da war so vieles, was er nicht verstand. Unter anderem auch seine Stichwortliste. Oh, er wußte instinktiv, daß eine Menge dieser Worte auf irgendeine Art und Weise miteinander zusammenhingen, daß es Fingerzeige waren, aber er konnte es nicht erklären.

Teddybären. Er hatte es niedergeschrieben, ohne sich dessen richtig bewußt zu sein. Als er nach Linnvale gefahren war, hatte er diese unsägliche Teddybären-Melodie vor sich hin gepfiffen und gesummt.

Und zuvor war ihm Mr. Teddybär persönlich begegnet. Zuerst auf dem flackernden Bildschirm, in dieser düsteren Wohnung in Blackhale. Dieses Ding hatte ihn *angestarrt.* Und dann hatten die Mädchen losgeschrien. Er erinnerte sich an jede Einzelheit. Auch an das auf dem Bett kauernde dünne Mädchen; an ihre aufgerissenen schwarzen Augen. Ihr monotones Murmeln.

»*Sie ertrinkt.* Der Wald. *Da ist immer noch Leben.* Stilles Leben!«

Und dann war ihm Mr. Teddybär noch einmal begegnet. In Andrews Kofferraum. *Ha-Ha.* Einfach so.

Martin stand auf, holte sein Tagebuch, blätterte darin und überflog das fast unleserliche Gekritzel – eine Erblast lebenslanger Kurzschriftnotizen. Vor zwei Wochen war er von diesem entsetzlichen, blitzschnellen schwarzen Etwas von der Straße abgedrängt worden. Und zwei Wochen davor war Caitlin etwas Ähnliches passiert. Er rechnete zurück, bis zu dem Freitag, an dem dies geschehen sein mußte. Das Datum sprang ihm buchstäblich vor Augen, und jetzt blätterte er so hastig in seinem Tagebuch, daß er die Seiten umknickte. Dann hatte er den Eintrag gefunden.

Auf Geisterjagd. Andy Toye. Blackhale. Verrückt, oder was?

Er wußte noch genau, wie er das geschrieben hatte; er war amüsiert gewesen, er hatte das ganze für pure Einbildung gehalten. Wasser, das in Leitungen gluckerte, irgendein Trick, um von einer Zeitung Geld zu erhalten.

Er war nicht vorbereitet gewesen auf das, was er dann gespürt hatte – diese plötzliche, unterschwellige *Bedrohung*; die eisigen Schauder, die seine Rückenmuskeln entlang der Wirbelsäule zucken und das Blut in den großen Arterien unter seinem Kiefer gefrieren ließen.

Sie ertrinkt . . .

Das Mädchen hatte es *gewußt;* hatte es ihm gesagt, hatte ihn gewarnt. Während Caitlin in Linnvale – in diesem verdammten Fluß – um ihr Leben kämpfte. *Dieselbe Nacht.*

Martin saß einen Moment lang stocksteif und starrte ins Leere, erinnerte sich an das blasse Mädchen, während sein Herz beinahe schmerzhaft gegen seine Rippen hämmerte.

Sie *hatte* ihn gewarnt – aber *wovor*?

Und der Teddybär. Und die Teddybären-Melodie, die ihm wochenlang im Kopf herumgespukt war. Wie paßten *die* in dieses Puzzle?

Er war gewarnt worden. Nicht nur wegen Caitlin Brook. Es steckte mehr dahinter.

Das kleine Mädchen hatte Kontakt zu etwas gehabt, war in Verbindung gewesen mit einer Art höheren *Macht,* bevor es zu bluten begonnen hatte. Er wußte es. Er hatte dasselbe erlebt, vor eineinhalb Jahren, als er plötzlich zu dieser *Verbindung* gekommen, als er plötzlich in Caitlin Brooks Verstand gewesen war.

Das Mädchen hatte *gewußt,* daß Caitlin starb; und es hatte *gewußt,* daß auch einem gewissen Martin Thornton Gefahr drohte.

Es hatte ihm gesagt, er solle nicht in die Wälder hinabgehen.

Die *Wälder.*

Wieder diese Melodie. Teddybären. Die Wälder. Du wirst eine große *Überraschung* erleben. Du wirst deinen Augen nicht trauen.

Es – was immer es war – hatte mit Fasach Wood zu tun. Und Sheila Garvie nahm Caitlin jeden Tag auf Spaziergänge dorthin mit.

Martin brach der kalte Schweiß aus. Sein Magen zog sich zusammen. Er mußte sich mehrere Sekunden lang am Tischrand festhalten, bis es ihm wieder besser ging.

Plötzlich zweifelte er nicht mehr daran, daß Caitlin in Gefahr war. *In schrecklicher Gefahr.*

Martin schloß die Augen und atmete mehrere Male tief durch. Er ordnete seine Gedanken, überdachte, was jetzt zu tun war. Als er die Augen wieder öffnete, sah er sekundenlang alles verschwommen. Er hatte das Gefühl, zu hyperventilieren, und beachtete es nicht. Er ging mit schleppenden Schritten zum Telefon, wählte eine Nummer und lauschte dem Freizeichen. Es wurde abgenommen. Er ließ sich mit der Abteilung für Keltische Mythologie verbinden. Es dauerte fast eine Minute, bis der Hörer abgenommen wurde. Martin zitterte vor Ungeduld.

Eine vertraute Stimme meldete sich. »Wer ist da?« brummte Finlay Carmyllie.

»Martin Thornton. Ich hab' Sie gestern besucht. Mit Andrew Toye.

»O ja, klar. Wie könnte ich das vergessen, ich habe Ihnen Bücher geliehen. – Geben Sie die bloß nicht diesem vergeßlichen Geisterjäger.«

Martin versicherte ihm, daß er das bestimmt nicht tun würde, dann wechselte er das Thema. »Ich hätte noch eine Frage, Professor. Ich stolpere immer wieder über einen Namen, und ich bin mir nicht sicher, was er bedeutet.«

»Schieß los, alter Junge.«

»Die *Garbh-aidh.*«

»Hab' ich noch nie gehört«, erwiderte Carmyllie flach.

»Steht aber in Ihren Büchern. Es ist ein keltischer Name.« Martin wiederholte ihn; dann buchstabierte er ihn.

Carmyllie ließ ein kehliges Glucksen hören.

»Und du willst ein Schotte sein, Junge? Das ist *gälisch.* Die Sprache der Götter. Du solltest dich schämen.«

Martin atmete durch, zählte bis zehn und bat ihn, auf den Punkt zu kommen.

»Es wird *Garv-ay* ausgesprochen. Frei übersetzt bedeutet es *Wildheit*, oder *Wildnis*. Das Versteck der wilden Geister.«

Es klickte bereits wieder in Martins Verstand.

»Und da ist noch ein Name. Ich hab' ihn in Friels Buch gelesen. *Seilach Garv-ay.*« Dieses Mal versuchte er das zweite Wort korrekt auszusprechen und erntete wieder nur Gelächter für seine Bemühungen.

»Das ist wirklich ein Name, dummer Junge. Ein alter und ein moderner. Wirklich, du solltest dich mal eine Weile auf den Inseln im Westen umtun und ein bißchen *Muttersprache* aufschnappen.«

Mittlerweile war Martin soweit, daß er den jovialen alten Akademiker am liebsten gepackt und seine Zunge mit einer Kneifzange bearbeitet hätte.

»Es heißt nicht *Seilach*«, fuhr Finlay fort, »sondern *Sheila.* Alle druidischen Hohepriester trugen den Namen eines Baumes. Sheila bedeutet *Weide*. Seilach Garbh-aidh bedeutet also *Weide-in-der-Wildnis* – oder *Wilde Weide.* Hat vielleicht eine symbolische Bedeutung – man denke nur an die Heilkräfte der Weide. Die sind seit Tausenden von Jahren bekannt.«

Wieder machte es *klick!* in Martins Verstand.

»Und die Hohepriester?« erkundigte er sich und bemerkte, daß er viel zu schnell sprach. »Waren das nur Männer, oder auch Frauen?«

»Sowohl als auch. Die keltische Kultur kennt keine Geschlechtertrennung. Schon gar keine Quotenfrauen. Das waren die geborenen *Egalitaires,* alter Junge. Selbst im Krieg –«

Martin unterbrach ihn. »Diese Hohepriester – wenn sie diese Pflanzen verwendeten, und die Schalen- und Ringsteine . . . Wozu diente das?«

»Oh, natürlich, um die Macht des Cernunnos zu beschwören. Oder ihn höchstpersönlich zum Leben zu erwecken.«

»Und die Person vor dem Baum – auf dieser alten Abbildung?«

»Das war das Opfer. Das Ritual fand nur in Vollmondnächten statt. Sie banden eine Jungfrau an einen Baum, und Cernunnos nahm sie mit in die Unterwelt. Es war eine Art Vermählung; danach wurde das Land fruchtbar, und den Priestern war neue Macht gegeben.«

»Und – hat es funktioniert?« fragte Martin ohne nachzudenken – und begriff schon im nächsten Moment, wie dumm sich *das* anhören mußte.

Aber der Professor schien es gar nicht zu bemerken.

»Sie haben es geglaubt. Heute glauben die Leute an die Heilige Dreieinigkeit und an Ufos. Ich gebe nur ungern ein Urteil ab, aber sei's drum . . . Ich neige zu der Meinung, daß es funktioniert hat. Es würde mir irgendwie gefallen. Es gibt so wenig Magie in unserer heutigen langweiligen alten Welt.«

Martin versuchte seine durcheinanderwirbelnden Gedanken zu ordnen. Die Stimme des Professors kam nur noch als dünnes Krächzen aus dem Hörer. Martin verstand vage, daß die Kelten eine sehr ökologisch orientierte Gesellschaftsstruktur hatten; und daß sie daran glaubten, alles Leben sei miteinander und – des weiteren – auch mit den Totenorten der Unterwelt verbunden.

Er ließ den alten Mann noch ein paar Minuten lang reden, dann bedankte er sich und versprach, die Bücher bald zurückzubringen. Er legte auf und stand mehrere Sekunden lang nur da und hielt die Luft an.

Das Muster war deutlich genug. Und beinahe komplett.

Er nahm den Hörer wieder ab und wählte eine lange Nummer. Das Freizeichen kam. Er ließ es fast dreißigmal klingeln, aber niemand nahm ab. Er drückte die Gabel mit einem Finger nieder und hämmerte eine neue Nummer in die Tasten.

Alec Stirling nahm bereits nach dem dritten Klingeln ab. Seine Stimme klang dumpf; er mußte etwas im Mund haben.

»Alec? Ich bin's.«

»Hey, Boß. Dachte schon, du hättest kein Interesse mehr.«

»Unsinn. Ich hab' dir gesagt, ich komme. – Dieser Junge . . .«

»Craig Buist. Ich denke wirklich, daß er –«

»Aye, möglich. Ich will mit ihm sprechen.«

»Hast du eine kugelsichere Weste?«

»Was?«

»War nur ein Spaß. Der Junge ist ein Nervenbündel. Und er hat ein doppelläufiges Schrotgewehr. Hat mir fast den Kopf weggeschossen.«

»Ich muß mit ihm reden.«

»Ich dachte mir, daß du das sagst«, versetzte Alec mit einiger Resignation.

»Ich bin in einer Stunde bei dir.«

»Das wird dich eine Menge kosten.«

»Manche Dinge ändern sich nie«, erwiderte Martin und brachte ein kleines Lächeln zustande. Er dachte: *Und manche Dinge ändern sich so schnell, daß man es kaum verarbeiten kann.*

Er ahnte jetzt, was dort unten vorging. Und insgeheim hoffte er, daß er falschlag. Und fror bereits wieder.

Er mußte so schnell wie möglich nach Linnvale. Und er mußte Caitlin sehen.

— 29 —

Sheila Garvies Stimme war nur ein Wispern. Sie sprach in einem Sing-Sang-Rhythmus. Caitlin Brook saß ihr gegenüber im Schneidersitz auf einer Binsenmatte auf dem Boden; sie hatte ihre Arme vor sich ausgestreckt, ihre Hände lagen in Sheilas Händen.

Der Kellerraum war dunkel und voller Schatten. Das einzige Licht stammte von einer Öllampe auf einem alten Holzschrank, der über und über mit seltsam ineinanderverschlungenen Schnitzereien verziert war. In dem flakkernden Licht wurden diese Muster zu Blättern und Weinreben, die von einem eigenen Leben erfüllt schienen. Sheilas Augen ruhten dunkel und doch strahlend tief in den Höhlen und beherrschten ihr blasses Gesicht. Caitlin hatte die Augen geschlossen.

Sie war in ihrem Rollstuhl zu Sheilas Haus gefahren. Sie vermißte Martin. Seit seiner blitzartigen Abreise zu den Shetlands hatten sie nur noch ein einziges Mal miteinander telefoniert – vor zwei Wochen. *Elendes Reporterfrauen-Schicksal,* dachte sie und verwünschte ihn, weil er seither gar nichts mehr von sich hören ließ. Sie war sich ihrer Gefühle für Martin Thornton nicht mehr ganz so sicher; aber sie wußte zumindest: Sie *wollte* ihn wiedersehen.

Als sie vorhin auf die Straße hinausgefahren war, hatte sie kurz geglaubt, ein schwaches Klingeln hören zu können. Sie war sich nicht sicher gewesen; und da sie nicht zu den Frauen gehören wollte, die nur zu Hause saßen und darauf warteten, bis man sich an sie erinnerte, war sie schließlich mit trotzig vorgerecktem Kinn weitergefahren und hatte das ganze als *Wunschtraum* und *Entzugserscheinungen* abgetan.

Als Caitlin die alte Mühle erreichte, wurde sie von Sheila Garvie mit einem strahlenden Lächeln willkommen geheißen.

»Ich dachte schon, du hast dich verirrt«, sagte sie und bat Caitlin herein.

»Keine Verfolger, keine männliche Begleitung«, sagte Caitlin übermütig; Sheilas wachsamer Blick die Straße hinauf und hinab war ihr nicht entgangen.

Die ältere Frau lachte nur. »Und wie gehts dir heute?«

»Wunderbar«, antwortete sie. »Und es geht mir von Stunde zu Stunde besser. Ich kanns kaum glauben.«

»Aber du hast es trotzdem für dich behalten, nicht wahr?«

»Klar.«

»Du hast niemandem davon erzählt?«

»Nein, hab ich nicht«, sagte Caitlin rasch und legte den Mittelfinger unauffällig über den Zeigefinger und hoffte, daß ihr diese kleine Lüge verziehen wurde. Sie war einfach zu aufgeregt gewesen, und sie hatte sich zusammen mit Martin darüber freuen wollen. *Gott, wann war das?* dachte sie. Vor vierzehn Tagen. Eine Ewigkeit.

Wenn er wüßte, was inzwischen alles mit ihr geschehen war . . . Er würde es nicht fassen können.

»So, dann laß es mich sehen«, befahl Sheila.

Caitlin sah sie lange an. Sie behielt den Blick ihrer grünen Augen auf Sheila gerichtet und ergriff die Armlehnen des Rollstuhls. Ihre Knöchel zeichneten sich weiß durch die Haut ab, als sie sich vorwärtsstemmte. Ihre Füße glitten langsam von der Stützplatte, und sie schwang sie auf den Boden hinab.

Dann erhob sie sich und stand.

Sheila nickte; sie verbarg ihr zufriedenes Lächeln nicht. Caitlin rieb sich ausgelassen die Hände, dann ging sie auf ihre Wohltäterin zu. Ihre Schritte waren vorsichtig, aber sicher. Sie ließ die Frau noch immer keine Sekunde lang aus den Augen.

»Na?« sagte Sheila. »Was habe ich dir gesagt? Und es wird noch besser werden, ich *verspreche* es.«

»Ich glaube dir«, erwiderte Caitlin ernst. »Das tu ich, wirklich.«

»Natürlich, und das solltest du auch. Komm. Ich bin überzeugt, daß du es bis in die Küche schaffst. Ich habe für uns beide gekocht. Und danach müssen wir nur noch eine Sache hinter uns bringen, dann wirst du wieder laufen wie der Wind.«

Allein der Gedanke daran ließ Caitlins Herz einen Sprung tun.

In den Tagen seit dem Ceilidh war ihr ganzes Leben nur mehr wie ein nicht mehr enden wollender, völlig verrückter Salto gewesen, doch jetzt – heute – hatte sie plötzlich das Gefühl, daß dies vorbei war. Sie war gelandet. Mehr noch: Sie war buchstäblich wieder auf die Füße gekommen.

Seit sie Martin die winzigen Bewegungen ihrer Zehen gezeigt hatte, war so viel geschehen: Sie spürte ihre Beine wieder, und sie spürte Berührungen an ihren Beinen; es hatte ganz langsam begonnen, mit einem dumpfen Kribbeln, wo zuvor *nichts* gewesen war. Nach drei Tagen konnte sie ihren Fuß ein oder zwei Inches weit anheben, bevor die Anstrengung zu groß wurde und er auf die Stützplatte zurücksank. Unter ihrer Haut war ein schreckliches Jucken gewesen. Sie hatte erste Muskelzuckungen bemerkt; aus den Zuckungen war ein beständiges Zittern und Beben geworden, das sich erst am nächsten Morgen wieder beruhigte. Das reale Empfindungsvermögen kehrte so schnell zurück, daß sie es kaum begreifen konnte. Am siebten Tag mußte sie Sheila noch einmal versprechen, niemandem etwas von diesem Wunder zu erzählen. Dann hatte sie sich unter ihrer Anleitung aus dem Rollstuhl hochgestemmt – und stand, schwankend und mit heftig fuchtelnden Armen, stand mehrere Sekunden lang, bis Sheila sie auffing und in den Rollstuhl zurückgleiten ließ.

Nach dieser Nacht blieb Sheila Garvie nahezu ununterbrochen bei ihr. Sie veranlaßte Caitlin, stets größere und höher dosiertere Mengen ihrer Arznei einzunehmen. Von der anfänglichen köstlichen Süße des Aufgusses war jetzt nichts mehr zu bemerken; er schmeckte zunehmend bitter und ölig und klebrig und war von adstringierender Intensität. Caitlin hatte die Veränderung von Anfang an bemerkt, doch da sie schrittweise erfolgte, kam sie ihr nicht unangenehm vor; und selbst *wenn* – es wäre ihr gleichgültig gewesen. Sie wußte, dieses Pulver vollbrachte ein Wunder an ihrem Körper, es ließ die Nervenenden wieder wachsen, erweckte abgestorbene und schwache Muskeln zu neuem *Leben*, zu neuer Stärke.

Sie besuchte Sheila Garvie nun häufiger in ihrem malerischen alten Mühlenhaus bei dem dunklen Fluß, und die ältere Frau massierte ihr in dem höhlenartigen Kellerraum scharfriechende Öle in die Haut ihres Rückens und ihrer Beine ein und nahm dann ihre Hände und begann leise und langsam zu singen, und es war jedes Mal, als rücke die normale Welt in weite Ferne. Caitlins Körper begann zu schwanken; ihre Lider schlossen sich, bis es nichts mehr gab als die Dunkelheit und den Klang des Liedes, bis sie davontrieb in die Welt ihres Traumes.

Und heute war dieser Traum *anders.* Sie rannte nicht mehr.

Sie war *da*, war im Herzen der Waldlichtung. Dunkelheit und das Rascheln neuen Wachstums umgaben sie. Vor ihr ragte der Baum in den Himmel empor, massig und wie skelettiert und breiter, als sie mit ausgestreckten Armen greifen konnte. Sie war ganz in Weiß gekleidet; ein weicher, fließender Stoff, der sich wie Seidengaze anfühlte. Ihre Arme waren nackt. Nicht der geringste Lufthauch zerzauste ihre feuerroten Haare. Sie war nicht allein. Schemenhafte Gestalten umgaben sie in einem Kreis. Sie kümmerte sich nicht um sie; ihre Augen waren aufmerksam auf den Baum gerichtet. Erste Knospen zwängten sich durch die Rinde der kahlen Äste, und sie konnte spüren, wie sich das Leben darin mit unwiderstehlicher Macht entfaltete. Es war der Baum, den sie gemalt hatte, der Baum aus ihren Lauf-Träumen. Es war der Baum, der sie seit Wochen wie ein Magnet anzog. Sheila war neben ihr und drängte sie vorwärts.

Sie ging – oder *schwebte* – weiter und berührte die Rinde, und ein Zucken, als würde ein Muskel unter der Drachenhautoberfläche anschwellen, antwortete ihr.

Die Rinde kräuselte sich in einer jähen Lebendigkeit, doch Caitlin war nicht überrascht. Ein Teil von ihr wollte dem Baum noch viel näher sein, wollte, daß sie sich mit ihrem ganzen Körper dagegenpreßte, bis sie einswar mit seinem Leben.

Doch ein anderer Teil ihres Verstandes *fürchtete* sich.

In der kuriosen Welt dieses Traums fühlte sie den Widerstreit in sich. Sheila Garvie schob sie weiter. Sie spürte die Schattenmenschen um sich herum, spürte, daß auch sie ihr Weitergehen *wollten.* Doch etwas hielt sie zurück. Die Rinde des Baumes wölbte sich erwartungsvoll und beinahe sinnlich. In der Tiefe des Holzes konnte sie ein winziges Knarren und Ächzen hören. Unter ihren Füßen erwachten Wurzeln zum Leben und pulsierten und wanden sich und ließen den Boden erzittern.

Dennoch war irgend etwas *falsch.* Sie konnte nicht weitergehen, und sie konnte nicht zurücktreten. Sheila flüsterte ihr etwas ins Ohr; sie wandte sich halb um und dann, ganz plötzlich, hörte sie eine Männerstimme von der anderen Seite der Lichtung her ihren Namen rufen.

»Caitlin! *HALT!*«

Sie drehte sich um und sah Sheila Garvie an. Das Lächeln auf Sheilas Gesicht war starr, gefroren. Ihre Augen waren so schwarz wie heißer Teer geworden.

»Geh weiter«, befahl die Frau mit einem Zischen. *»Geh zu ihm!«*

Caitlin wandte sich wieder dem Baum zu. Sie konnte hören, wie sich das Holz anspannte und unter dem Druck der eigenen Bewegung verdrehte. Sie spürte das Leben darin; es riß und zerrte an ihr.

Die Männerstimme verklang nicht; sie rief ein zweites Mal ihren Namen, schwach aber deutlich, trotz der Ferne. Caitlins Beine knickten ein, die neue Kraft darin versiegte bereits wieder. Die Bäume in der nächtlichen Lichtung verschwammen und schwankten in der stillen Luft. Sheila Garvie kam ganz nahe an sie heran, ihre Blicke bohrten sich mit ungeheuerer Wildheit in die ihren; sie sah aus wie eine Furie.

Und dann stürzte Caitlin. Die Welt wirbelte um sie herum; alles war wie damals, als sie in ihrem Rollstuhl in die Tiefe gesaust und im Fluß gelandet war.

Sie erwachte mit einem solchen Ruck, daß sie nach vorne kippte.

Sheila fing sie auf, doch sie merkte es kaum, ihr Verstand zappelte wie ein Fisch auf dem Trockenen und versuchte noch immer, in den Traum zurückzukehren.

»Was ...?« stieß sie hervor.

»Pssst, Mädchen. Hier bist du sicher«, wisperte Sheila gütig.

»Ich war ...«, begann Caitlin erneut. Sie war – *was?* Sie suchte nach den richtigen Worten, klammerte sich an die Schulter der Frau. Der seltsame Traum war in lauter Splitter zerborsten und verstreute sich bereits in alle Himmelsrichtungen und war *vergangen.*

Die Flamme der Öllampe flackerte hinter dem Glas, und der Geruch brennender Kräuter erfüllte die Luft.

»Fast bereit«, stellte Sheila sanft fest. »Aber *du* mußt dich noch entscheiden.«

»Entscheiden – wofür?«

»Ob du wieder *ganz* sein willst. Du mußt es dir *wünschen.«*

»Was meinst du mit *ganz?«*

»Komplett. So, wie du vorher warst. Du mußt *laufen* wollen!«

»Oh«, sagte Caitlin erleichtert. »Das *tu* ich gewiß.«

»Du wirst etwas für mich tun müssen.«

»Alles. Du hast so viel für mich getan. Das werde ich nie wieder gutmachen können.«

»Oh, doch, das wirst du, meine Liebe«, widersprach Sheila, und ihre Augenwinkel zerknitterten sich. »Das wirst du, glaub mir.«

*****

Martin Thornton raste die Loch Shore Road entlang. Eine schlimme Vorahnung saß ihm im Genick, und die Muskeln unter seinen Rippen waren straff angespannt vor Beklemmung. Immer und immer wieder hörte er in Gedanken die ausdruckslos gehauchte Warnung des Reid-Mädchens.

Immer noch Leben.

Stilles Leben.

Irgendwann zwischen gestern nacht und heute morgen war er bekehrt worden. Er hatte diese Wortkolonnen niedergeschrieben, und das Muster war entstanden. *Klick-klick-klick.* Puzzleteilchen, die ein großes, monströses Bild ergaben.

Er machte sich große Sorgen um Caitlin Brook. Sie war in Gefahr. Er wußte es ganz genau. Und am schlimmsten war, daß er möglicherweise bereits zu spät kam, um noch irgend etwas dagegen unternehmen zu können. Nach dem Gespräch mit Alec war er sofort aufgebrochen. Er hatte in Glasgow noch zweimal angehalten, um einige Dinge einzukaufen, dann war er wie von Furien gehetzt nach Westen gefahren. Seine Bauchmuskeln verkrampften und lockerten sich, verkrampften und lockerten sich.

Sheila Garvie benutzte Caitlin. Sie hatte sie mit Giften und Gott weiß was vollgepumpt, und jetzt hatte sie vor, sie für ein *vorzeitliches* heidnisches Ritual zu mißbrauchen. Er rief sich die Nacht des Ceilidh vor Augen; den Ausdruck selbstgefälligen Triumphs auf ihrem Gesicht. Dann dachte er an seine erste Begegnung mit Sheila Garvie – damals, in

Caitlins Garten; an ihre kühle Distanziertheit, an ihren abschätzenden Blick.

Martin war noch immer nicht ganz bereit, an diesen Wahnsinn zu glauben; er bezweifelte nach wie vor, daß Sheila Garvies Ritual auch tatsächlich *funktionierte.* Er hoffte, daß es nicht funktionierte. Aber er hatte genug gelesen und herausgefunden, um zu wissen, daß die Garvie ihrerseits überhaupt nicht daran zweifelte. Er wußte, was in den Büchern stand; er wußte Bescheid. Sie würde Caitlin in die Wälder mitnehmen und einem toten Baum opfern. Er *sah* Caitlins Blut in die Schalen- und Ringsteine fließen und im Erdreich versickern. Caitlin war noch immer benommen, vollgepumpt mit Sheila Garvies Giften. Er sah es vor sich; sah, wie sie an die gewaltige Eiche gebunden wurde und bereit war für die letzte Opferung.

Er trat das Gaspedal durch, er jagte den Jeep vorwärts, scherte aus und überholte eine viel zu langsam fahrende Limousine voller Touristen, die mit offenem Mund die Schönheit der Berge auf der anderen Seite von Lock Corran bestaunten. Martin sah nichts dergleichen. Er konzentrierte sich völlig auf die Straße. Weit voraus trieben Wolken von Westen heran und verdunkelten den frühmorgendlichen Himmel. Es lag bereits eine abschreckende Kälte in der Luft, und eine seltsame Spannung, wie von Niederdruck. Martin konnte die Drohung des heraufziehenden Gewitters spüren. Die lange, heiße Hitzeperiode neigte sich ihrem Ende zu.

Dieses Mal war das Straßenschild bereits so mit Efeu überwachsen, daß es nur mehr wie der Stumpf eines abgestorbenen Baumes aussah.

Beinahe wäre er wieder daran vorbeigefahren.

Martin bremste heftig. Die breiten Reifen ließen die Steine am Rand der Straße hochspritzen. Er rammte den Rückwärtsgang ins Getriebe und gab Gas. Der Landrover vibrierte und schoß mehrere Yards zurück. Martin riß das Lenkrad herum und bog in die Straße nach Linnvale ab.

Würde er es nicht besser wissen, er hätte geschworen,

daß hier *keine* Straße war. Es war schlimmer, viel schlimmer als beim letzten Mal, vor zwei Wochen, als er die Abzweigung erst nach langem Suchen gefunden hatte. *Lag das wirklich erst zwei Wochen zurück?* Äste und Zweige verbargen die Straße nahezu völlig. Sie hingen tief und schwer und mit großen, fleischigen Blättern bewachsen herab. Der Straßenrand war überwuchert von wildem Weißdorn und Liguster. Dornenranken streckten sich von links und rechts der Straßenmitte zu. *Dinge* kratzten an den Seiten des Jeeps. Martin fuhr schneller. Unter den Reifen knirschte und krachte es. Die Linn Road sah aus, als sei sie seit Jahren nicht mehr befahren worden.

Sie sah aus wie eine Straße ins Nirgendwo.

— 30 —

Caitlins Herz schlug rasend schnell vor lauter Vorfreude.

Sheila nahm die Hände der jungen Frau von ihren Schultern und zog sie auf die Füße. Sie durchquerte den Raum und trat an einen Tisch, der übersät war mit hohen, staubigen Gefäßen voller Flüssigkeiten und Pulver. Sie nahm eine kleine Flasche an sich, kam zurück und setzte sich zu Caitlin auf die Binsenmatte.

Sie entfernte den Stöpsel aus der Flasche, und sofort durchflutete ein beißender Geruch die Luft.

»Dies hier ist eine sehr starke Medizin. Die stärkste bisher. Wir sind beinahe fertig.«

Caitlin nickte nur.

»Du mußt alles trinken«, fügte Sheila hinzu.

Die junge Frau erwiderte nichts. Sie ergriff die Flasche eifrig mit beiden Händen.

»Alles«, wiederholte Sheila.

Caitlin hob die kleine, dunkle Flasche an die Lippen.

Der Geruch überwältigte sie fast, doch sie ignorierte ihn. Sie legte den Kopf mit einem Ruck in den Nacken und trank die Flüssigkeit in einem Zug.

Es war, als habe sie brennende Spinnweben geschluckt; sie versuchte zu schreien, doch die Schmerzen waren wie eine Zeitlupenexplosion und so intensiv, so intensiv. Ihre Mundhöhle verwandelte sich in ein tobendes Flammenmeer; ihr Nacken wurde von einer glühenden Hand gepackt. Sie begriff noch, daß sie vor und zurück schwankte, daß ihr Mund weit offenstand und verzweifelt das *Lodern* auszuspeien versuchte.

»Vergiß die Schmerzen. Das ist der Preis, den du bezahlst. Sie werden bald vorbei sein.« Sheilas Stimme wehte von jenseits der Flammen herbei. Caitlin konnte noch immer nicht schreien. Die Flammen waren nun überall; erfüllten ihren Bauch, verwandelten sich in Feuerströme und breiteten sich durch ihre Adern aus. Weiße Hitze verursachte Graupelschauer in ihren Armen, ihren Beinen, und zischte und knisterte wie Säure.

Sie fiel zurück und schlug mit einem dumpfen Laut auf dem Boden auf; ihre Augen waren jetzt fest geschlossen, und ihre Zähne wie in einem Todeskampf gefletscht. Sie konnte nur noch an diese entsetzlichen Schmerzen denken, an diese Schmerzen, die sie wie ein Todes-Schnellzug durchrasten und immer noch schneller wurden – und noch schlimmer. Ihr gesamter Körper krümmte sich in einem aberwitzigen Versuch zu entkommen, und sie wußte, wenn sie nur schreien konnte, würde auch dieser grauenvolle Druck weichen. Doch ihre Kehle war verstopft, war *weggebrannt,* und das Feuer und die Glut und der Druck füllten ihren Kopf, und dann spürte sie ihr Bewußtsein emporsteigen und das knöcherne Gefängnis ihres Schädels durchbrechen und davontreiben.

Ich werde sterben, dachte sie stumpf.

Finsternis stürzte über ihr zusammen, und dann war sie unterwegs.

Dieses Mal trugen sie keine Träume an den Totenort.

Bilder schwebten herbei, unheimliche, geisterhafte Gesichter, Großaufnahmen vor ihrem geistigen Auge.

Das Gesicht ihrer Mutter entstand aus einer grauen Wolke; sie sagte etwas, doch Caitlin konnte es nicht einmal hören. Das Bild begann zu zerfallen; die Trümmer wurden von einem eisigen Wind davongeblasen.

Aus dem Dunkel rannte Martin Thornton auf sie zu und streckte beide Arme aus, versuchte sie aufzufangen, doch sie sah, er bewegte sich viel zu langsam. Sie wußte, er brüllte ihren Namen, aber noch immer wirbelte sie durch einen Raum, in dem Geräusche nicht existierten. Sie fiel, sie fiel, und die Balustrade und die Mauer und der Boden rasten heran, und sie schlug auf, schlug mehrmals auf und wurde herumgeschmettert und hörte erst jetzt das krachende Bersten ihres Rückens, das Reißen ihrer Muskeln. Ihr Verstand schwebte davon und tauchte ein in ihre Kinheit, in dieses Tal, in Sommertage voller Hitze, und ihr Großvater nahm sie mit, zum Corrie Linn hinauf, und dort angelten sie, bis die Sonne hinter den Dumbuie Hills versank, und dann schlenderten sie den gewundenen Pfad hinab und zum Cottage zurück. Vor ihnen, in der Abenddämmerung, lag weit und dunkel Fasach Wood, ein zerwühlter Teppich der Nacht, und bedeckte den Boden des Tales.

»Halte dich fern von diesen Bäumen, Mädchen«, raunte eine Stimme in ihrem Verstand, und sie wußte nicht einmal, ob es die ihres Großvaters war. Es wurde dunkel, dunkel und kalt, und dann fand sie sich im Krankenhaus wieder; sie lag auf dem Bauch, auf einem Tisch ausgestreckt. Hektische Stimmen zitterten rechts und links. Sie hörte ein lautes Maschinenpiepsen, ein beharrlicher Pulsschlag aus Informationen. Etwas sorgte dafür, daß sie atmete; erzwang sich seinen Weg in ihren Mund und durch ihren Hals hinab und pumpte Sauerstoff in sie hinein. Da waren Hände; Berührungen an ihrem Rücken. Und reißende Schmerzen an ihren Armen, wo sie Schläuche in sie hineingesteckt hatten.

»Vertikaler Schnitt!« dröhnte eine Stimme, so dumpf, daß sie wie ein langsam abgespieltes Tonband klang. Sie spürte eine neue Berührung auf der Haut, spürte, wie sie durchtrennt wurde; begriff, daß das Wühlen und Reißen eine Sturmflut neuer Schmerzen war.

Sie operieren mich, operieren mich, hörte sie ihre eigene Stimme direkt in ihrem Kopf sagen.

Das Skalpell drang in sie ein und zerschnitt Fleisch und Muskeln, und neue Schmerzen tobten wie kreischende Furien empor.

Etwas grub sich in ihren Rücken. Sie konnte fühlen, wie die zersplitterten Enden der gebrochenen Knochen gegeneinandergedrückt wurden; konnte mahlende Geräusche hören, wie von zerborstenen Zähnen. Die Schmerzen wurden übermächtig.

»Bohrer!« Die sonore Stimme brauchte ein ganzes Menschenleben, um dies zu sagen. In weiter Ferne entstand ein tiefes Surren. Sie bemerkte eine weitere Berührung an ihrer Wirbelsäule, weit unten, und die bisherigen Schmerzen verblaßten zu einem Kitzeln. Der Bohrer wühlte sich wie ein verrückter Korkenzieher in ihre Knochen, und sie konnte sich nicht bewegen oder blinzeln oder *schreien.* Die Schmerzen dauerten an und an und fraßen in ihr und rissen sie in Stücke. Ihre ganze Welt bestand nur noch aus tollwütigen Schmerzen.

Der Bohrer war in ihr, fraß sich tiefer und tiefer, war IN IHR, und sie glitt zur Seite und begann von dem Operationstisch herabzustürzen.

»Jetzt ist alles gut«, hallte eine langsame Stimme bis in alle Ewigkeit wider.

Und Caitlin kehrte zurück.

Ihr Mund war noch immer voller Feuer. Stechende Schmerzen pulsierten zwischen ihren Hüften, doch sie waren nichts im Vergleich zu den Schmerzen, die sie zuvor erfahren hatte.

Sie stieß ein Keuchen aus und kippte nach vorn; ihre Wange schlug hart auf dem kalten Boden auf.

»O *Gott!*« stöhnte sie, »Was passiert mit mir?«

»Wir haben es fast geschafft, Kind.« Sheilas Stimme durchdrang den Nebel aus Pein. »Und dein Gott hat nichts damit zu tun«, sage sie.

Caitlin blieb ganz still liegen, die Augen noch immer geschlossen, während die andere Frau ein kehliges Glucksen hören ließ.

Irgendwann hob sie den Kopf ein wenig vom Boden an und stemmte sich hoch und herum, bis sie auf der Seite zu liegen kam. Jede noch so kleine Bewegung sorgte dafür, daß sie ächzte vor Anstrengung.

»Du wirst sehen, die Schmerzen werden bald vergehen. Es war etwas, das getan werden mußte.«

»Was um alles in der Welt ist mit mir geschehen?« schaffte Caitlin herauszupressen.

Sheila gab ihr keine Antwort. Ihre dunklen Augen schimmerten. Sie hob die geballte Faust und öffnete sie. Ein blutverschmiertes metallisches Insekt schmiegte sich in die Handfläche und glitzerte im Licht.

»Was ist das?« fragte Caitlin, doch etwas an dieser Form kam ihr bereits auf eine unheimliche Art und Weise vertraut vor. Sie durchsuchte ihren Verstand nach der Erinnerung daran. Sie spürte einen katastrophalen Brechreiz in ihrer wunden Kehle.

Und dann dämmerte es ihr. Sie hatte dieses Ding schon einmal gesehen, damals, im Krankenhaus, auf diesem Röntgenbild, als Dr. MacDonald ihr erklärte, was alles zu tun gewesen war, um zu verhindern, daß sie auseinanderfiel.

»Aber das . . .«

Sheila lächelte und nickte. Genugtuung strahlte aus jeder Pore ihres Gesichts.

Der insektenhafte Gegenstand war in ihrem Körper gewesen. Gekrümmte Haken ragten auf jeder Seite heraus – wie Beine, die in zierlichen Klauen endeten. Die beiden Metallplatten hatten sich tadellos und perfekt der Wölbung ihres gebrochenen Rückgrats angepaßt. Die Klauen links und rechts hatten das Ganze an den zerschmetterten Rückenwirbeln gehalten. Es gab kleine Löcher darin, durch die Titanschrauben in ihren Knochen verankert worden waren.

Es war die Metallklammer, die ihr von den Chirurgen eingesetzt worden war, um ihr Rückgrat zusammenzuhalten. Und jetzt ruhte sie in Sheilas Hand und schimmerte im Licht der Öllampe.

»Das kann nicht *wirklich* sein«, hauchte Caitlin. Sie konnte nicht verstehen, was geschehen war. Es war *unmöglich.*

»Oh, es ist wirklich. Glaub mir«, sagte Sheila, und ihre Stimme vibrierte vor intensiv empfundenem Triumph. »Nun bist du wieder *ganz.* Es mußte getan werden, und jetzt gehören die Schmerzen der Vergangenheit an. Morgen wirst du rennen wie der Wind.«

Das Feuer brannte noch immer in Caitlins Schlund, und die Schmrzen pulsierten in ihrem Rücken, doch sie wurden bereits schwächer. Caitlin setzte sich ganz behutsam – und verblüfft – auf. Sie tastete an ihren Rücken, ließ die Fingerspitzen über die Knorpel des Rückgrats streifen. Sie erreichte die Stelle unterhalb der Hüfte, wo sie die Operationsnarben wußte und –

Die Narben waren verschwunden.

Ihre Haut war makellos glatt. Überall.

Sie wandte sich zu Sheila um und starrte sie an.

»Nein. Kein Wunder«, sagte Sheila Garvie feierlich. »Das ist die *Macht.*«

*****

Ein großer Ast wischte heran und krachte gegen die Windschutzscheibe. Martin erschrak, bremste und schaltete herunter. Ein üppiger, feuchter Geruch erfüllte die Luft; jener dichte, klamme Duft, den man in Gewächshäusern wahrnahm. Wildes, ungestümes Wachstum.

Er fuhr wieder schneller, hörte die Zweige und Blätter

der überhängenden Äste über das Dach des Jeeps kratzen. Vielleicht war es nur Einbildung, doch sie schienen sich mehr und mehr über der Straße zu schließen, als seien sie unvermittelt auf den Gedanken verfallen, eine Barrriere gegen Eindringlinge zu errichten. Die Linn Road wurde schmäler und war schließlich kaum mehr passierbar. Nicht mehr lange, und sie würde völlig zugewachsen sein.

Martin ließ das Seitenfenster geschlossen, um zu verhindern, daß Äste ins Wageninnere peitschten, doch der grüne Geruch und der Moschusduft von Blütenstaub drangen durch die Lüftung ein und kitzelten in seinem Rachen. Er schaltete in den dritten Gang und fuhr die Straßenkehren langsam genug aus, bahnte sich seinen Weg auf der sich verengenden Straße, bis er weit vor sich Sonnenlicht bemerkte. Dann brach der Jeep durch den Waldgürtel ins offene Tal hinaus; auf der Steigung nach Linnvale beschleunigte Martin bereits wieder. Selbst hier, jenseits der wuchernden Barriere, war eine Veränderung zu bemerken. Noch vor zwei Wochen hatten die Weißdornhecken ordentlich zurechtgestutzt die Straße gesäumt – große, dichte Wälle. Doch jetzt schossen drei Fuß lange Triebe in alle Richtungen. Er bemerkte, daß einige von vorbeifahrenden Traktoren oder Lastwagen abgerissen worden waren.

An der Hügelflanke hatte er einen weiten Ausblick über das tiefer liegende Tal. Vor der Biegung – genau an der Stelle, an der Alec Stirling den Buist-Jungen angehalten und in ein Gespräch verwickelt hatte – fuhr er langsamer. Das Feld zu seiner Linken, das sich zum Fluß hinabstreckte, war ein Tummelplatz für hohe Disteln und Ampfer. Schon leuchteten die Distelköpfe weiß wie Seide, und die Diasporen schwollen an und waren bereit zu bersten und ihre Saat zu verstreuen. Im Licht des frühen Morgens und unter den sich im Westen hoch auftürmenden Wolken sah es unheimlich und fremd aus. Er fuhr weiter.

Auf der ganzen Fahrt von Glasgow hierher hatte Martin darüber nachgedacht, was er Caitlin sagen würde. Ihm war klar, daß er nicht einfach nur mit seiner Horrorbotschaft herausplatzen konnte. *Hör zu, Caitlin, deine gute alte Wohltäterin Sheila Garvie hat dir eine ganze Wagenladung voll Gift verpaßt, und jetzt plant sie, dich in die Wälder zu locken, und dort sollst du geopfert werden, weil es dieses seltsame Ritual so verlangt, ich meine, ha-ha, weil dein Blut in diese komischen Steinrinnen fließen und darin zu Boden tropfen muß.*

Sie würde ihn für verrückt erklären.

Dann stand er vor ihrer Tür und hämmerte dagegen. Und erhielt keinerlei Antwort. Er beugte sich zum Fenster hinüber, schirmte die Augen ab und spähte ins Innere. Das kleine Wohnzimmer hinter den halb zugezogenen Vorhängen war voller Schatten. Eine Zeitschrift lag auf dem Boden; ein Nachthemd hing nachlässig über der Rückenlehne des zierlichen Sofas. Caitlin war nicht da. Martin wich dem farbenprächtigen Gewirr trompetenartiger, orangefarbener Blumen aus, stapfte den Plattenweg entlang und umrundete das Haus.

Der Garten war leer. Das frühe Sommersonnenlicht aus dem Osten strömte durch die Bäumchen am Flußufer und legte schimmernde Pailetten auf die Blumen und das Gras; doch es sah kränklich aus, es verriet den nahenden Regen.

Er drückte die Klinke der Hintertür nieder. Es war nicht abgeschlossen. Er zögerte nur kurz, dann trat er ein.

Im Haus war es völlig still. Er blieb im Flur stehen, lauschte, dann sah er sich in der Küche um. Caitlin hatte die Skizze von ihm in einen hellen Rahmen gegeben und an die Wand neben den Tisch gehängt. Martin blinzelte sich zu. Sie hatte dieses Bild vor über einem Monat gezeichnet, er konnte es kaum fassen. Damals war seine Welt noch in Ordnung gewesen.

Der Herd war noch warm. Martin legte die Hand auf die flachte Platte und befühlte die Restwärme. Die nagende Kälte in seinem Rückgrat taute ein wenig ab. Sie war vor kurzem noch hiergewesen. Er ging in Caitlins Schlafzimmer. Sobald er die Tür öffnete, roch er ihr leichtes Parfum und den Duft, der verriet, daß eine Frau hier geschlafen hatte. Die Daunendecken waren zum Fußende des Bettes zurückgeschlagen, und die dünne Decke, die sie in der schwülen Nacht über sich gezogen hatte, war zerknüllt beiseitegefegt. Seine Unruhe und Angst wichen noch weiter zurück.

Caitlins Trainingsgerät baumelte von dem Rahmen über der Stirnseite des Bettes. Es sah wie ein echtes Folterinstrument aus. An der Wand neben dem Bett lehnte ein mit einem verschmierten Flanelltuch bedecktes rechteckiges Etwas. Martin zog das Tuch vorsichtig weg und starrte auf das Gemälde.

Für eine Sekunde geriet er völlig aus dem seelischen Gleichgewicht. Er hielt den Atem an, und Eisfinger strichen über sein Rückgrat.

Die Szene war völlig *verändert.*

Die Nadelbäume schienen aus dem Bild zurückgewichen zu sein; sie waren nur mehr ein rahmendes Beiwerk für den alles beherrschenden gewaltigen Baum, der – eine Studie düsterer Macht – im Mittelpunkt stand.

Er war völlig kahl, doch auf den knorrigen Ästen gab es nun bereits eine Andeutung grüner Knospen, die sich ihren Weg ins Freie bahnen. *Neues Leben,* dachte Martin.

Doch das war es nicht, was seine Aufmerksamkeit einfing und ihm den Atem stocken ließ.

Es war die Oberfläche des Stammes, die rissige, gefurchte Rinde. Dieses Bild war immer wieder mit kräftigen Pinselstrichen und Schicht für Schicht überarbeitet worden, und nun erhob sich der Baum wie ein Relief aus der Leinwand. Er war voller Schatten und grüner Lichtflecken, und sie alle verschmolzen auf eine Art und Weise miteinander, die ihn wie lebendig aussehen ließ. Und da war noch etwas. Martin starrte auf die Muster aus Schemen und Runzeln und erkannte eine verrückte Ordnung in dem Chaos aus düsteren Farben.

So mußte es sein, wenn man in einer Sommernacht in der zerklüfteten Oberfläche des Mondes ein Gesicht erkannte.

Hier gab es die Vertiefung einer Wange, dort den Vorsprung eines Kiefers. Weiter oben eine gerunzelte Augenbraue. Die Augen waren schwarze Höhlen, die Rindengrate wie Zähne in einem vor Anstrengung oder Ärger gefletschten Mund. Es sah aus, als presse sich dieses Gesicht durch das gepeinigte Holz hindurch ins Freie.

Mit einem plötzlichen Ruck zog Martin seine Hand weg. Das ölige Tuch fiel zurück und bedeckte das Gemälde wieder. Das bedrückende Gefühl einer Bedrohung war augenblicklich vergangen.

Martin fröstelte in der warmen Luft und ging rückwärts aus dem Schlafzimmer hinaus und zog die Tür zu. Sie schloß sich mit einem dumpfen Laut, der in dem leeren Haus viel zu laut nachhallte.

Er kehrte mit schleppenden Schritten in die sonnendurchflutete Küche zurück. Hier war der Anschein von Normalität noch aufrechterhalten. Er setzte sich auf einen der Stühle und stützte die Ellbogen auf den Tisch und versuchte, dem Chaos in seinem Verstand Herr zu werden.

Der Baum.

Es war der Baum, der auch in diesem alten Buch abgebildet war. Der Baum, der von diesem derb gezeichneten Strichmännchen umringt wurde. Es war dieselbe Form, derselbe massige Stamm mit der riesenhaften, ungeheueren Gabelung der beiden Hauptstämme. Vor dem Baum war eine Gestalt zu erkennen gewesen, und darüber, in der Rinde, ein auf sie hinabstarrendes barbarisches Antlitz.

Caitlins Bild war *identisch.* Eine dämonische Bedrohung erfüllte es; und selbst das Gesicht war vorhanden, eine Ansammlung aus Schatten und Freiräumen, und es war lebendig und voller animalischer Wildheit und Macht.

Was hatte sie inspiriert?

Kannte sie die alte Zeichnung? Oder steckte viel mehr dahinter?

Er wußte noch, wie er Caitlins Bild zum ersten Mal gesehen und die Detailverliebtheit bewundert hatte; die Lärchennadeln und Kastanienblätter waren beinahe greifbar

– fühlbar – gewesen. Jetzt wurden sie von den schweren Pinselstrichen überschattet, die dem Baum im Zentrum der Lichtung Gestalt verliehen – und zwar buchstäblich. Es sah aus, als sei dies alles im Zorn gemalt worden, oder bestenfalls in großer Eile; als sei der Künstler *angetrieben* worden.

Was auch immer der Grund für diese groteske und zermürbende Evolution auf der Leinwand war – er jagte Martin Angst ein.

Hatten die alten druidischen Rituale einen wahren Kern? Er konnte es nicht glauben; noch immer nicht. Er schreckte davor zurück, diesen Wahnsinn zu akzeptieren. Er wußte nur, daß die mysteriöse Sheila Garvie Leute mit Giften und bewußtseinsverändernden Zauberarzneien vollpumpte, und daß sie vorhatte, noch einen Schritt weiter zu gehen. Und Caitlin Brook, das glaubte er ganz sicher zu wissen, sollte eine wichtige Rolle bei diesem nächsten Schritt spielen. Und er würde das nicht zulassen.

Martin Thornton blieb noch ein paar Sekunden sitzen und überlegte, was er jetzt tun sollte, dann schob er den Stuhl zurück und stand auf. Er ging zur Tür, hielt an, zog seinen Notizblock aus der Tasche und riß ein Blatt ab. Er beugte sich über den Tisch, schrieb hastig Caitlin eine Notiz und lehnte sie gegen den Salzstreuer. *ICH KOMME ZURÜCK. DU MUSST AUF MICH WARTEN. Martin.*

Er verließ das Haus, stieg in den Wagen und ließ den Motor aufheulen und wendete. Über den Gipfeln der Dumbuies bauschten sich die Wolken dick und dunkel empor.

*****

Alec Stirling öffnete die Haustür am Ende der kleinen Terrasse und lugte ins Freie. Er trug noch seine blauen Postbotenhosen und dazu elegante, nicht in den Dienstvorschriften aufgeführte Hosenträger. Seine Brille war keck bis zur Nasenspitze hinabgerutscht. Dementsprechend spähte er nun kurzsichtig über die Gläser hinweg.

»Du warst auch schon mal schneller«, stellte er fest.

»Tut mir wirklich leid. Ich wurde aufgehalten.«

»Ich dachte schon, du hättest deinen Biß vollends verloren. Ich meine, nachdem du dich auf dem Ceilidh dermaßen zum Arsch gemacht hast . . . Von euch Reportern wird einfach erwartet, daß ihr die harten Sachen auch bei euch behalten könnt.«

»Ich denke, wir werden uns an euch Briefträgern ein Beispiel nehmen müssen«, schoß Martin halbherzig zurück. Er war nicht in der Stimmung für ein derartiges Geplänkel, aber Alec ließ sich nicht bremsen.

»Wie geht's deinem Vögelchen?«

»Das wollte ich dich fragen«, sagte Martin, »Ich hab versucht, sie anzurufen, aber sie ist nie da.«

»Oh, ich seh' sie jeden Morgen in ihrem heißen Ofen herumflitzen. Gefällt mir. Nettes Gesicht, Schande über dic Beine.« Martin warf ihm einen warnenden Blick zu. »Oh, keine Beleidigung, Boß. Ich halt's nur nicht für richtig, daß ein so hübsches Mädchen im Rollstuhl landet. Kommt mir wie eine verdammte Verschwendung vor.«

»Das gilt für jeden, der im Rollstuhl landet«, sagte Martin.

Alec ließ ihn ins Wohnzimmer vorausgehen und bot ihm ein Bier an. Martin schüttelte den Kopf und fragte nach einem Kaffee. Alec marschierte in die Küche. Ein paar Minuten später stand eine große Tasse Kaffee vor Martin, und er gab drei Löffel Zucker hinein und trank in großen Schlucken. Die Kälte in ihm schmolz.

»Dieser Junge, von dem du mir erzählt hast . . .«

»Craig Buist. Ich glaube, er hat seinen Alten erledigt. Könnte keinen Besseren erwischt haben, das sag' ich dir.«

»Hast du das sonst noch jemandem gesagt?«

»Und meine knausrige Belohnung aufs Spiel gesetzt? Du machst wohl Witze. Wenn der Mistkerl wirklich tot ist, dann besteht sowieso kein Grund zur Eile. Aber um den Jungen mache ich mir Sorgen. Er sieht so aus, als ob er nicht mehr ganz richtig tickt. Wie gesagt, der hat mir fast den Kopf weggeschossen. Sagte, es war ein Unfall, und irgendwie glaub' ich ihm das auch, aber es war verdammt knapp. Hat meine Verstopfung schlagartig kuriert, kann ich dir sagen.«

Martin grinste. Zum ersten Mal, seit zwei Tagen.

»Warum bist du dir so sicher, daß er diesen Bauern umgebracht hat?«

»Na ja, ich hab' den alten Ernie gesehen, wie er hinter dem Jungen hergerast ist, zum Corrie runter. Ich mußte dann den Traktor wegfahren, weil Jock Weir sonst mit seinem Tanklaster nicht vorbeigekommen wäre, und seither hab' ich von Craigs cholerischem Vater nicht mal mehr die Nasenspitze gesehen. Volle zwei Wochen. Ernie ist ein übler Finger. Bösartig wie eine Hämorrhoide. Und wenn er was getrunken hat, knallt er sowieso völlig durch. An dem Tag hatte er mächtig einen getrunken. Er hat sich sogar mit mir angelegt, aber ich hatte Glück; hab' ihm zufällig eins in die Eier verpaßt. Danach gehörte dann schon eine Menge Überwindung dazu, auf diesen Hof zu gehen und nach dem Rechten zu sehen. Ich meine, ein Faß Bier ist das mindestens wert.«

Martin grinste noch breiter. Er kannte Alec.

»Was ist passiert?«

»Also, Craig hat sich in den Wald verzogen. Der Alte hinterher, und zwar verdammt schnell, und mit der Wucht eines Sherman-Panzers. Zwei gehn rein, der alte Buist kommt nie mehr raus. Der Gag daran ist, der Junge behauptet, die Bäume hätten ihn geholt, und ich glaube sogar, daß das irgendwie wahr ist. Ich denke, der junge Craig hat sich einen Ast geschnappt und damit dem alten Bastard eins übergebraten. Wahrscheinlich ist er längst durchlöchert wie ein Schweizer Käse. Diese Maden sind fleißige Tierchen.« Alec verzog das Gesicht bei diesem Gedanken. »Vielleicht riecht man ihn, wenn man am Waldrand steht. Besonders bei dieser Hitze.«

»Entzückend«, kommentierte Martin. »Aber was sagt der *Junge?«*

»Das ist wirklich komisch. Ich geh' also zu dieser Buist-

Ruine hoch, und der kleine Hosenscheißer knallt mich beinahe ab . . . Oder hab' ich dir das schon erzählt?«

Martin nickte.«

»Nun, danach hat er mir die Ohren vollgeplappert. Von all diesen Bäumen. Und daß sein Vater an einem festgeklebt worden sei.«

»Wie meinst du das – *festgeklebt?«*

»Na, festgeklebt. Wie soll man sonst dazu sagen? Festgeklebt. Der Kleine hat dann noch was von irgendwelchen Leichen erzählt, die sein Vater gesehen hat. Leichen, die von irgendwelchen Ästen herabhängen. Und da war noch irgendwas mit Pilzen, die explodiert sind, eine Menge Müll, halt –«

Der kleine Ben Haldane hat *auch* von solchen Pilzen geredet.

». . . muß der gute Ernie jedenfalls zurückgestolpert und gegen einen Baum gekracht sein, und dann soll so eine Art Saft herausgekommen sein«, berichtete Alec weiter. »Wie Harz. Hat ihn angeblich völlig eingehüllt und erstickt. Ich glaube eher, der Kleine hat den Schädel seines Vaters ein paarmal gegen irgendeine Kiefer gedonnert.«

»Was für Leichen?« fragte Martin plötzlich, als seien sie gerade erst erwähnt worden.

»Hängen dort scheinbar so herum«, brummte Alec sarkastisch. »Hat er mir jedenfalls erzählt.«

»Was ist das für eine Geschichte?« murmelte er.

»Verdammt will ich sein, wenn ich das weiß, Boß. Ich sag' dir ja, der arme Junge ist durchgeknallt.«

»Besser, ich rede auch noch mal mit ihm. Kommst du mit?«

»Wenn ich das nicht tue, dann es leicht passieren, daß er dir seine Schießkünste vorführt. Ich hatte verdammt viel Glück.«

Martin trank den süßen Kaffee aus.

Sie brauchten nur fünf Minuten bis zu dem kleinen Bauernhof. Der Geruch von kalter Asche hing noch immer in der Luft. Am Rande des Hofes, wo das alte, schmutzige

Kopfsteinpflaster an die Koppeln grenzte, sah das Gras wie verbrannt aus. Die Hecke war nur mehr ein Dornengewirr; sämtliche Blätter waren abgefallen, das Holz wirkte ausgetrocknet und tot.

»Hat das Unkraut und die ganzen Hecken erledigt, der arme Hund. Denkt, sie würden kommen und ihn holen.«

Alecs Erklärung ließ Martin aufhorchen. Die Vorstellung war von einer surrealen Qualität, doch sie paßte zu dem, was er in den letzten beiden Tagen erfahren hatte.

»Hey, Junge! Craig!« brüllte Alec ohne jede Vorwarnung so laut er konnte. Martin zuckte zusammen. »Craig! Ich bin's. Alec. Der Postbote«, rief er wieder und betonte sorgfältig jedes Wort.

Beim Kuhstall entstand ein Geräusch. Die beiden Männer fuhren gleichzeitig herum. Die Tür stand weit offen. Alec zeigte hin.

»Da drüben hat er mich vor seine Läufe gekriegt. Siehst du diese Löcher in der Tür?«

Martin nickte.

»Das hätte ich sein können.«

Im gleichen Moment entstand eine Bewegung im Dunkel des Stalls. Martin sah, wie der Schatten Gestalt annahm. Dann trat ein etwa fünfzehnjähriger Junge heraus. Er wirkte sehr wachsam; und er hielt ein doppelläufiges Schrotgewehr in den Händen.

»Hey, Junge. Nicht schießen, jetzt«, rief Alec.

»Ist schon in Ordnung, Mr. Stirling. Ich hab's schon letztes mal nicht so gemeint.«

Craigs Blick verlagerte sich zu Martin hin.

»Wer is' das?«

»Ein Freund von mir. Er will nur mit dir reden.«

»Ist er von der Polizei?«

»Nein. Ich bin ein Freund von Alec«, antwortete Martin an Alecs Stelle. Er setzte sich langsam in Bewegung und ließ seine Hände in den Taschen. Für einen Moment flakkerte es panisch in den Augen des Jungen, und er sah sich nervös um, als überlege er, ob er weglaufen oder bleiben solle. Martin sah, wie verzweifelt er das Gewehr festhielt; die Knöchel traten schneeweiß durch die Haut. Und er spürte sein Herz loshämmern. Wenn der Junge jetzt die Nerven verlor, dann –

»Ich will dir nichts tun, Sohn. Ich versuche nur, einer Freundin zu helfen, die möglicherweise ein bißchen in Schwierigkeiten steckt. Ich glaube, du könntest mir dabei helfen.«

»Helfen?« wiederholte der Junge ein wenig verblüfft und hilflos. Sein Gesicht war schmutzig; er sah aus, als würde ihn der geringste Windstoß umwerfen. Seine Haare standen wie Korkenzieher hoch, als sei er gerade erst aufgewacht. Strohhalme hingen darin. Martin bewegte sich gelassen, ohne jede Hast. *Noch fünf, sechs Yards,* dachte er, während er laut sagte: »Caitlin Brook. Du kennst sie?«

»Aye, Mister. Sie hat mir schon mal bei den Schularbeiten geholfen. Sie ist okay.«

»Aye. Das meine ich auch.«

»Ich hab' ihr Blumen gebracht«, fügte der Junge hinzu. So, wie er es sagte, klang es beinahe einfältig, aber da war etwas in seiner Stimme, das Martin etwas ganz anderes sagte. Die Art und Weise, wie er das stand und das große Gewehr hielt, und sein Gesicht, aus dem alle Farbe entwichen war . . . Er mußte wirklich eine Menge Angst ausgestanden haben.

»Was dagegen, wenn wir reingehen?« erkundigte sich Alec behutsam.

Die Schultern des Jungen sackten plötzlich herab, als sei er nicht mehr in der Lage, die Spannung in sich auszuhalten. Seine Knie gaben ein wenig nach, doch es gelang ihm, sich noch einmal zusammenzureißen. Martin erreichte und stützte ihn.

»Okay, nur die Ruhe, Craig. Lehn dich gegen mich. Wir gehen rein.«

Alec schloß zu ihnen auf und ließ das Schrotgewehr keine Sekunde lang aus den Augen.

Sie betraten das Haus. Es roch feucht und muffig. Auf

dem Küchentisch stapelten sich schmutzige Teller. Alec setzte Wasser auf und kramte in einem Schrank herum, bis er ein paar Teebeutel fand. In einer Ecke stand ein mit einem schmutzigen Musselintuch abgedeckter Eimer Milch. Alec rümpfte die Nase, beugte sich vor und schnupperte. Die Milch war frisch genug. Er goß ein wenig davon in eine Kanne.

Martin bugsierte den Jungen zu einem Stuhl und bedeutete ihm, sich zu setzen. Behutsam nahm er ihm das Gewehr aus den Händen. Es war schwer, und es sah so aus, als könne man einen Elefanten damit stoppen. Er hatte keine Ahnung, wie man es sicherte; also lehnte er es in eine Ecke.

Während Alec am Herd herumhantierte, unterhielt Martin sich mit dem Jungen. Er hielt seine Stimme gedämpft.

»Craig. Wie gesagt, meine Freundin Caitlin hat ein bißchen ein Problem, und ich glaube, du hast auch einigen Ärger gehabt.«

Der Junge nickte und wischte sich mit dem Handrücken über die Nase.

»Es hatte was mit den Bäumen zu tun?«

»Aye, Mister.«

»Sag Martin. Okay?«

Craig nickte wieder.

»Erzählst du mir, was passiert ist?«

»Die Bäume haben ihn erwischt. Sie haben sich auch diese anderen Leute geschnappt. Die sind tot. Wie *Skelette.«*

»Ich versteh' nicht, Craig. Erzähl mir alles von Anfang an.«

»Es war unten, in Fasach Wood. Mein Dad ... Der war hinter mir her. Hatte viel getrunken und war richtig zum Fürchten. Ich hatte auch verdammt Angst. Ich bin gelaufen und gelaufen, weil, ich dachte, diesmal bringt er mich um. Hab' ich wirklich geglaubt. *Ehrlich.«*

Martin nickte schweigend.

»Er kam hinter mir her, aber ich war schneller, und dann hab' ich die alte Steinmauer erreicht. Dahinter war alles so komisch *anders.* Anders als früher.«

»Wie meinst du das?«

»Es sah aus, als wäre man an einem anderen *Ort.* Ich hab' schon Hasen in diesem Wald gefangen, da war ich noch ganz klein. Da ist diese alte Mauer, und sie is' ganz eingefallen. Sie ist da, wo die großen Bäume stehen, und sie führt in einem Kreis um den Wald herum. Aber diesmal war es da nicht wie sonst. Alles war *größer.* Und auch die Bäume waren anders. Es war wie in einem Urwald.«

Martin wollte etwas sagen, doch Craig sprudelte weiter.

»Ich bekam noch mehr Angst. Irgendwas stimmte nicht. Da waren so große Pilze, einen Yard hoch, mindestens. Und so komische Tiere flogen herum. Wie Libellen, aber sie waren *so* groß.« Craig hielt seine Hände mehr als einen Fuß weit auseinander, wie ein Angler. »Dann hab' ich die Toten gesehen, die an diesem Baum hingen. Lieber Gott, Mister . . . Martin . . . Ich hatte solche Angst. Aber mein Vater war hinter mir her, ich hab' ihn gehört, und vor ihm hatte ich noch mehr Angst.«

»Und dann?«

»Ich bin in so eine Nische in der Mauer rein und hab' mich ganz klein gemacht, und da klettert er auch schon an mir vorbei. Hätte er sich umgedreht, wär's um mich geschehen gewesen. Dann hätte er mich gesehen.« Craig unterbrach sich, und seine Augen wurden seltsam starr; sahen in die Vergangenheit, sahen die Beinahe-Katastrophe. Es dauerte nur einen Moment, dann gab er sich einen Ruck und kehrte in die Gegenwart zurück.

»Mein Vater ging dann weiter und sah die Leichen auch. Da hing ein Arm herunter. Nur noch Knochen. Am Handgelenk war noch ein Armreif, oder eine Kette, und deshalb war ständig so ein Klimpern zu hören und –«

Plötzlich wurde das Gesicht des Jungen noch blasser. Martin beobachtete jede Regung. Craigs Augen weiteten sich; das Blut entwich aus ihm, er sah aus wie ein Geist.

»Ich *weiß,* wer das is!« stieß er heraus. »Ich hab's schon mal *gesehen!«*

»Was gesehen, Sohn?« fragte Alec. Er hielt ein Tablett, auf dem drei Tassen mit dampfendem Tee standen. Er stellte alles auf dem Boden zwischen ihnen ab und reichte eine der Tassen an Craig Buist weiter. »Trink erstmal was, Junge. Tut verdammt gut.«

Die Finger des Jungen umklammerten den Henkel, doch er schien es nicht einmal zu bemerken. Er zitterte.

»Dieser Armreif . . . Es war Mrs. MacKinnon. Die, die zusammen mit Norrie Ritchie vermißt wird.«

»Betty MacKinnon?« fragte Alec. »Das kann sie nicht gewesen sein, Junge. Die beiden sind vor *Monaten* miteinander durchgebrannt.«

»Sie war es, Mr. Stirling. Es ist der Armreif. Ich weiß es jetzt ganz sicher. Ein großes goldenes Ding, mit einem grünen Stein. Sie hat ihn meiner Mutter gezeigt, als sie noch . . . als sie noch . . .«

Craigs Stimme versagte. Alec tätschelte seine Schulter.

»Ich erinnere mich auch. Es war ein kleiner grüner Buddha. Aus Jade. Und der Armreif war wirklich aus Gold. Muß eine Tonne gewogen haben. Sie war mächtig stolz darauf, das weiß *ich* noch.«

»Genau das hab' ich gesehen. Und mein Vater auch. Und diese Toten in den Bäumen oben, die hat er auch gesehen. Dann ist er so zurückgetreten und gegen einen Baum gestolpert, und dann kam dieser Saft raus, wie Fixkleber für Flugzeugmodelle. Hat ihn völlig überzogen, das ging irrsinnig schnell. Er hat geschrien und gekreischt. O Gott«, sagte er zittrig. »Ich hab' meinen Dad noch nie so schreien hören, nicht mal, als er sich die Fingerspitze abgesägt hat. Das Zeug hat ihn richtig *umschlossen*, wie eine Haut. Und es is' in seinen Mund rein, und dann hat er keine Luft mehr gekriegt. Ich konnte nichts *tun*. Ich hatte viel zu große Angst.«

Jetzt zitterte er wieder am ganzen Leib.

»Hier, trink das aus, bevor es kalt wird«, sagte Alec, um

ihn abzulenken, und gab ihm einen freundschaftlichen Schubs. Craig nahm einen Schluck, doch er schien sich dessen gar nicht bewußt zu sein.

»Und dann waren die Bäume hinter mir her. Einer von ihnen hat mit seinen Ästen nach mir gegriffen. Und dann, diese Kriechranken ... Die sind wir Schlangen. Eine hat sich um meinen Stiefel gewickelt, aber ich hab' mich losgerissen und bin weggerannt.«

»Und dann?«

»Dann bin ich hier herauf und hab' gewartet.«

»Was ist mit den Hecken passiert?«

»Die hab' ich *erledigt*. Ein paar hab' ich abgebrannt, den Rest mit Unkrautvernichtungsmittel eingesprüht. Ich hab' sie erledigt.«

»Warum?« wollte Martin wissen.

Craig sah ihn eine ganze Weile nur an – so, wie ein Erwachsener ein zurückgebliebenes Kind ansieht.

»Weil sie *lebendig* sind, Mister. Sie sind lebendig, und sie *töten* Menschen. Aber mich werden sie nicht kriegen.«

Der Junge sah ihm direkt in die Augen, und Martin erwiderte den Blick und bemerkte den fiebrigen Glanz des Wahnsinns darin. Aber Craig war nicht geisteskrank. Es war Angst; ungeheuere, nackte Angst.

»Nein. Mich kriegen sie nicht«, wiederholte der Junge. »Vorher verbrenne ich sie alle.«

— 31 —

Rose Haldane brachte die Kinder zu Bett und ging ins Wohnzimmer hinab. Duncan saß am großen Tisch und reinigte das Gewehr. Er hatte Zeitungspapier ausgebreitet und hielt die Waffe sorgfältig darüber, während er arbeitete.

»John Lovatt sagt, er begleitet mich morgen«, informierte er Rose.

»Nur ihr zwei?« fragte sie besorgt.

»Er nimmt seine Terrier mit. Sollen uns helfen, das Mistvieh aufzuspüren. Wir können nicht zulassen, daß es sich hier herumtreibt, nicht nach dem, was mit dem Hund passiert ist.« Duncan biß die Zähne zusammen und zog die Drahtbürste durch den rechten Lauf.

Dorrie würde morgen mit einer Menge anderer Kinder aus dem Dorf am Sommerferienprogramm teilnehmen. Ben hatte keinerlei Neigung gezeigt, sich anzuschließen, obwohl sein Ausflug in den Wald mittlerweile lange genug zurücklag. Seit der Nacht, in der Morag getötet worden war und die Lawine aus lauter Baumstämmen fast das Haus mit sich gerissen hatte, zeigte er noch weniger Interesse daran, sich vom Hof zu entfernen. Dies war Duncan nicht unrecht. Solange sich Lovatts Eber dort draußen herumtrieb, war jeder Streifzug verdammt gefährlich.

»Wir werden wahrscheinlich den ganzen Morgen unterwegs sein, vielleicht auch noch den Nachmittag«, sagte er.

»Ich werde dir morgen früh ein paar Sandwiches machen, und eine Thermoskanne voll Kaffee.«

Duncan nickte, doch er sah nicht von seiner Tätigkeit auf. »Der arme Bob McCourt liegt immer noch im Krankenhaus. Der kennt die Wälder besser als sonst jemand, und er hat ein paar wirklich gute Hunde.«

»Es wundert mich, daß er das Schwein nie gesehen hat, wo es doch seit dem Frühling da unten herumstreift.«

»Fasach Wood ist groß«, erwiderte Duncan. »Aber wir spüren dieses Ungeheuer auf, das verspreche ich dir.«

Er hatte das Gewehr geölt und ließ den Lauf einrasten, dann legte er mit einem Ruck an und zielte über Kimme und Korn. Vor seinem geistigen Auge sah er John Lovatts großen Keiler bereits in einer Waldlichtung stehen. Er riß den Abzug durch. Der Schlagbolzen schnappte vor und traf mit einem Klicken auf die leere Patronenkammer.

*****

Gegen 19 Uhr verließ Martin Thornton Alec Stirlings Haus. Der Postbote hatte dem Jungen ein üppiges Resteessen aus der Pfanne serviert und ihm dann ein heißes Bad verordnet. Als Craig Buist nach oben verschwunden war, kam Alec zu Martin und setzte sich zu ihm.

»Ich glaube immer noch, daß er's getan hat.«

»Nein. Ich nicht. Irgend etwas stimmt hier nicht.« Martin war so besorgt, daß es weh tat. »Ich muß zu Caitlin. Vielleicht ist sie inzwischen ja zu Hause. Aber vorher muß ich alles über diese Sheila Garvie wissen.«

»Was? Die alte Hexe? Was hat die mit der Sache zu tun?«

»Sie hat irgendwas vor. Mit Caitlin.«

»Mit ihr und mit der Hälfte aller Frauen in Linnvale«, sagte Alec verächtlich. »Das ist doch bloß eine Horde alter Schachteln. Stecken überall ihre Nase rein und nennen sich Wohltäterinnen. Die Garvie hat sie alle eingeseift mit ihrem *Rettet-die-Linse* und *trinkt Kräuter-Tee.* Die haben Duncan Haldane fast ruiniert, und ich bin froh, daß sie ihre Quittung bekommen haben.«

»Da ist mehr dran.«

»Und was?«

»Das kann ich dir jetzt noch nicht sagen. Aber diese Sheila Garvie . . . Ich will wissen, woher sie kommt.«

»Ich hab' keinen Schimmer«, gestand Alec. »Ich meine, es heißt, sie sei hier geboren. Ihre alte Großmutter hat bis zu ihrem Tod vor fünf Jahren in der Mühle unten gelebt. War ein richtiger alter Schatz. Bestimmt über neunzig. Die Garvie ist erst letztes Jahr da unten eingezogen. Sie hat den Frauen den Kopf vollgeschwatzt und sie mit ihrem Kräuter-Brimborium gegen Warzen und Falten geködert. Mittlerweile färben sie sich auch noch die Haare. Jede Nacht zieht eine ganze Prozession zur Mühle runter. Was die da anstellen, das darfst du mich nicht fragen, aber es heißt, einige Männer kriegen was in ihren Tee geträufelt, damit ihre Vorstellung ein kleines bißchen besser wird, wenn du verstehst, was ich meine.«

»Ich verstehe, was du meinst«, räumte Martin ein. »Aber das Thema lautet *Sheila Garvie.* Weiß denn wirklich niemand etwas über sie?«

Alec schüttelte den Kopf. »Wen kümmert's? Sie bleibt hübsch für sich, jedenfalls, wenn sie nicht gerade irgendwelchen Frauen irgendwelche Kuren und Zaubertränke verpaßt. Ansonsten treibt sie sich halt in diesem Wald herum. Schleppt immer einen Korb mit sich. Ich glaube, sie ist ein alter Hippie.« Alec sah Martin an. »Was ist mit ihr? Das hat nichts mit dem jungen Buist zu tun, oder?«

»Du würdest dich wundern.« Martin nahm sein Jakkett und hängte es sich über die Schulter. »Ich muß jetzt los. Mal sehn, ob Caitlin da ist. Wenn ich heute abend nicht zurückkomme, rufe ich dich morgen an.«

Alec grinste.

»Oh, komm schon«, verteidigte sich Martin, doch er konnte nicht anders, er mußte Alecs schelmisches Grinsen erwidern.

Als er die Tür erreichte, rief ihm Alec hinterher. »Was ist mit dem Jungen?« Er ruckte mit dem Daumen Richtung Badezimmer.

»Du läßt ihn besser über Nacht hierbleiben. Er sieht so aus, als könnte er ein bißchen Schlaf vertragen.«

Martin stieg in den Land-Rover und fuhr zu Caitlins Cottage am Fluß. Die Wolken hatten inzwischen nahezu das ganze Tal überzogen und warfen einen düsteren Schatten über die Dumbuie Hills im Westen.

Zum zweiten Mal an diesem Tag stieß Martin Caitlins Gartentor auf. Irgendwo in den Hecken entstand ein aggressives Rascheln, und als er herumfuhr, erhaschte er einen kurzen Blick auf etwas, das sich inmitten des Geästs und der Dornen der Büsche rasendschnell bewegte. Er kannte dieses Ding – oh, er kannte es verdammt gut. Es hatte beinahe den Jeep umgeworfen. Noch während er dies dachte, rannte er bereits. Der Schatten war knapp zwanzig Yards entfernt, doch er wurde schnell und schneller. Martin konnte das Krachen und Bersten von Zweigen und Ästen hören.

»Scheiße!« stieß er laut heraus und stürmte um das Haus herum, und das Unterholz in den Büschen schien zum Leben zu erwachen, ein *Hecheln* wie von einem sehr, sehr großen Tier wurde lauter und lauter.

Er erreichte die Hintertür und betete, daß sie noch immer offen war, und riß sie auf und stürzte ins Innere und schlug sie hinter sich zu. Und stand Caitlin gegenüber. Ihr Gesicht war ein Bild der Überraschung und der Freude. Sie nahm ihn ohne zu zögern in die Arme und beugte sich vor und küßte ihn auf die Lippen.

»Was –?« begann er zu sagen, dann begriff er, was geschah. Die Angst vor dem schattenhaften Etwas in den Büschen verflog. Er erwiderte den Kuß und wollte sich zurückziehen, doch Caitlin hielt ihn fest, schmiegte sich an ihn. Aus dem Küßchen wurde ein Kuß, ein *richtiger* Kuß. Er fühlte ihre Wärme, roch das zarte Parfüm, das ihm bereits heute morgen in ihrem Schlafzimmer aufgefallen war. Er streichelte sie, hielt sie fest, wühlte sich in ihre feuerroten Haare.

»Oh, ich hab' dich so vermißt!« flüsterte Caitlin an seinem Hals.

»Ich dich auch«, murmelte Martin und wußte genau, wie stupide sich dies anhörte.

Etwas riß an seinem Verstand; verlangte zeternd nach Aufmerksamkeit, während er wie benommen war von Caitlins Nähe und Geruch und –

Etwas stimmte nicht. Eine ganze Batterie geistiger Alarmsirenen rasselte los. Er stand da und hielt Caitlin noch immer umarmt, und dann, ganz plötzlich, durchraste es ihm wie ein elektrischer Schlag.

Ihr Rollstuhl.

Sie saß nicht *im Rollstuhl.*

Ganz instinktiv hielt er sie fest, um zu verhindern, daß sie fiel. Er hatte es so eilig gehabt, hereinzukommen, dem schwarzen Tierschatten in den Hecken zu entkommen – es war ihm überhaupt nicht aufgefallen, daß sie stand, *richtig stand.*

»Jesus! Du wirst dich noch umbringen!« sagte er und preßte sie an sich, stützte sie, und ihr Gesicht war so nahe, daß ihre Haare an seiner Wange kitzelten.

»Keine Chance«, keuchte sie unter dem Druck seiner Umklammerung. »Du erdrückst mich vorher.«

»Was?«

»Oh, Martin, laß mich endlich los. Ich werde nicht umfallen«, sagte sie, und ihre Stimme füllte sich bereits mit Lachen.

Sie stieß ihn weg, und er trat widerwillig zurück. Dann stand sie vor ihm; ihre grünen Augen funkelten ihn an. Sie war nur einen Inch kleiner als er. Er hatte sie bisher nur ein einziges Mal auf den Füßen gesehen – damals, wenige Minuten bevor sie von diesem Gang heruntergestürzt war. Danach nur noch sitzend.

Sie schien ein völlig anderer Mensch zu sein.

Martin starrte sie an. *Gaffte sie an.* Er nahm an, daß er sich wie ein Idiot benahm. Aber es war einfach zu viel. Er kam nicht damit klar. Er versuchte etwas zu sagen und fand keine Worte.

Caitlin stand. Stand vor ihm. Ihre Beine waren lang und straff. *Lebendig.* Sie hatte die Hände in die Hüften gestemmt und sah ihn an, beobachtete ihn, sein Gesicht, den Ausdruck darin. Die Verblüffung.

»Aber . . .«, stieß er heiser hervor.

Aber – was?« erkundigte sie sich und begann wieder zu lachen – ein wundervolles Lachen voller unschuldiger, übermütiger Freude.

»Nur die Ruhe«, sagte sie schließlich und kicherte. »Ich kann's auch kaum glauben. Aber es ist wahr.«

»Aber wie um alles in der Welt –?« Martin unterbrach sich, starrte sie an, riß sich zusammen, und dann platzte er heraus: »Heiliger Bimbam, Caitlin, du kannst laufen!«

»Hey, du hast es gemerkt, hab' ich recht?« Caitlin

machte zwei Schritte nach vorn und warf die Arme um ihn. »Heißt das, wir werden auf dem nächsten Ceilidh miteinander tanzen?«

Martin hielt sie auf Armlänge vor sich, starrte sie an, nickte, schüttelte den Kopf und nickte wieder. Er mußte sich setzen, und sie erlaubte es ihm. Er fühlte sich plötzlich völlig leer. *Ausgetrocknet.* Es war so vieles passiert – das hier war einfach zu viel. Er mußte es erst begreifen; verarbeiten.

Caitlin war ganz Gastgeberin. Sie machte ihm einen starken Tee und sorge dafür, daß er ihn trank. Während er dies tat, setzte sie sich mit einer athletischen Geschmeidigkeit neben ihn.

»Jetzt siehst du wie auf meinem Bild aus«, sagte sie und zeigte auf die gerahmte Skizze. »Du hast wieder diesen Verblüffter-kleiner-Junge-Blick. Süß.«

Martin schüttelte den Kopf.

»Ich hatte keine Ahnung, was hier vorgeht«, sagte er schließlich erschöpft.

Sie erzählte es ihm. Es dauerte nicht lange. Während sie sprach, fügte sich in Martins Verstand ein weiteres Puzzleteilchen in das große Bild ein. Klick. Das Muster war beinahe komplett.

Dann erzählte er ihr, was *er* getan hatte.

»Ich hab' mir solche Sorgen um dich gemacht«, gestand er. »Ich habe etwas von diesem Pulver eingeatmet und zu halluzinieren begonnen. Sah die Pasta aus dem Topf herauskriechen. Ich habe das Ding geschnappt und in den Fluß geworfen.«

»Das ist also aus meinen Spaghetti geworden«, stellte Caitlin mit einem Kichern fest. »Ich habe mich schon gewundert, warum du so bleich warst. Ich dachte, es war der Wein.«

»Caite, das ist nicht alles«, fuhr Martin unbeirrt fort. »Ich hab' das Pulver analysieren lassen.«

»Du hast – was?« Caitlin starrte ihn ungläubig an. »Aber du hast versprochen, du würdest niemandem –«

»Ich habe niemandem etwas erzählt«, beteuerte Martin eindringlich. »Keiner Menschenseele. Aber ich mußte herausfinden, was du da einnimmst, und ich *hab's* herausgefunden.«

Er beugte sich zu ihr, strich ihr über die Wange, sah sie ernst an. Als er wieder sprach, betonte er jedes Wort. »Es ist giftig. Alles. Ich hab' eine Liste bekommen, darauf steht fast die ganze Zusammensetzung, und so ziemlich alles darin kann dich töten.«

Caitlins Gesicht war plötzlich wie aus Stein.

»Das ist mir egal. Sheila ist eine weise Frau, sie kennt alle Pflanzen. Sie würde mir niemals etwas geben, das mir weh tut.«

»Lieber Gott, Caitlin. Sie hat Schlangengift in dieses Pulver gemixt, und tödliche Pilze und-und-und. Ich hab' einen Computerausdruck davon. Ein Top-Pharmakologe sagt, da drin ist genügend Gift, um ein Dutzend Leute umzubringen.«

»Meinetwegen, aber ich geb' trotzdem nichts darauf.«

Caitlin starrte ihn an. Sie schüttelte seine Hand ab.

»Schau mich an«, sagte sie hart. *»Schau mich an!«*

Sie schob den Stuhl zurück und stand auf. Sie ging durch die Küche, wandte ihm das Gesicht zu; sie bewegte sich wie eine Ballerina.

»Es ist mir *egal*«, wiederholte sie, und ihre Augen blitzten vor Schmerz – oder Ärger. Er konnte es nicht sagen. »Es ist Gift? Meinetwegen. Es spielt keine Rolle. Es hat mir meine Beine zurückgegeben. Es hat mir mein *Leben* zurückgegeben. Du kannst dir nicht einmal ansatzweise vorstellen, was es für mich bedeutet, wieder gehen zu können. Wieder *rennen* zu können. Es ist ein Wunder, und es ist mir völlig gleich, wie es zustandegekommen ist. Oder durch was. Ich wollte es.«

Sie kam an den Tisch zurück und beugte sich darüber. Zum ersten Mal mußte er nun zu ihr hochsehen. Sie war furchteinflößend schön in ihrem Zorn.

»Du hättest es nicht tun dürfen. Ich habe dir vertraut.«

»Und ich habe mir Sorgen gemacht. Ich ... hatte Angst. Dieses Zeug hat dafür gesorgt, daß ich halluziniere. Und sie war es, die mir auf dem Ceilidh etwas in mein Glas gegeben –« Er stockte. Er war noch nicht so weit, Caitlin Brook zu erzählen, was er und Gail Dean in diesem Nebenzimmer des Gemeindesaales miteinander getan hatten. »Egal. Ich hatte einfach nur Angst, weil ich ...« Er unterbrach sich wieder. »Weil ich mich für dich *verantwortlich* fühle.«

Er sah zu ihr auf, erwiderte ihr Starren.

»Und das tu' ich *immer noch.* Und ich habe *immer noch* Angst. Es hat in dieser verfluchten Nacht begonnen. Gott weiß, warum, ich jedenfalls ganz bestimmt nicht. Ich wußte damals, du bist in Gefahr, und heute hab' ich dieses gottverdammte, scheußliche Gefühl wieder, und, glaub mir, Caitlin, ich mach' mir deshalb fast in die Hose.«

Caitlin starrte ihn immer noch an; ihr Gesicht war eine Bühne sich widerstreitender Gefühle. Zuletzt gewann das Lachen die Oberhand; sie kicherte mädchenhaft los. Martin saß da und beobachtete sie und war völlig verdutzt.

»Oh, Mr. Thornton. Du bist solch ein romantischer, redegewandter Bastard!«

Und dann lachte sie schallend, bis sie fast daran erstickte. Als sie wieder zu Atem kam, glitzerten Tränen in ihren Augen.

»Mach' mir deshalb fast in die Hose? Du weißt wirklich, wie man ein Mädchen betört!«

Sie kam zu ihm, stieß ihn samt Stuhl zurück, so daß sie sich auf seine Knie setzen konnte. Sie kuschelte sich an ihn, nahm sein Gesicht in beide Hände und hielt es fest.

»Also gut, Martin. Ich verstehe, warum du's getan hast. Ich bin immer noch der Meinung, du hättest es nicht tun sollen, aber du hast die magischen Worte ausgesprochen. Daß du dir Sorgen um mich machst, und das ist was ganz Besonderes. Ich habe gehofft, daß du so etwas sagst.«

Sie zog sich ein wenig zurück und sah ihm in die Augen, versuchte seine Reaktion zu beurteilen. Martin wandte den Blick nicht ab; er war unfähig, sich zu bewegen.

Caitlin blinzelte zuerst. »O Gott, ich hab' dich vielleicht vermißt in den letzten Wochen«, sagte sie, schlang die Arme um seinen Nacken und küßte ihn wieder – hart und drängend.

Dieses Mal wurde es ein sehr, sehr langer Kuß; als sie sich von ihm löste, hielt er sie an den Schultern fest, ließ es nur widerwillig zu, daß sie sich entfernte. In seinem Verstand herrschte ein Mahlstrom sich bekämpfender Gefühle, und dieser Mahlstrom hatte nur ein einziges Zentrum – Caitlin.

Ganz gleich, was geschehen war, ganz gleich, daß sie nun wieder auf den eigenen Füßen stehen konnte – nichts von alldem hatte seine Meinung ändern können. Sie war in Gefahr. Und er hatte keine Ahnung, wie er damit umgehen sollte.

*****

Im Dorf waren Susan Herron sowie Caitlins Freundinnen Caroline Petrie und Melanie Cuthbert im Kirchengemeindesaal eifrig mit den letzten Vorbereitungen zum Sommerferienprogramm beschäftigt – dem Füllen der Proviantkörbe für das Kinder-Picknick, das am nächsten Tag stattfinden sollte. Susan schmierte Butter auf die Weißbrotscheiben, und ihre Mitstreiterinnen belegten sie großzügig.

Caroline behielt mißtrauisch die Wolken im Augen, die sich draußen zu einem Gewittermassiv auftürmten, und hoffte, das Wetter würde sich noch vierundzwanzig Stunden halten. Doch sie ahnte bereits, daß das zuviel verlangt war. Die lange Hitzeperiode dauerte nun schon einen vollen Monat an, und das war in diesem Teil des Landes beinahe ein Rekord. Es bestand eine ziemlich große Wahrscheinlichkeit dafür, daß das Picknick abgesagt werden mußte, doch sie war auch darauf vorbereitet. Wenn es regnete, würde sie mit den Kleinen ganz einfach in den Kirchensaal zurückkehren.

Susans Mutter – Fiona Herron – hatte an einer Strickjacke gehäkelt, als ihre Tochter am Spätnachmittag das Haus verließ. Seit der wundersamen Heilung ihrer Arthritis war Fiona ganz versessen auf derartige Handarbeiten. Ihre Finger bewegten sich rhythmisch und flink und geschickt, und das Klappern der Nadeln und das leise Gleiten der Wolle versetzte sie in ein befreiendes Entzücken. Später, am Abend, sah Susan ihre Mutter am Kirchengemeindesaal vorbeigehen; vermutlich besuchte sie eine weitere Versammlung der Naturschützer. Was Susan betraf, so hielt sie Umweltschutz gerade in der heutigen Zeit zwar für gut und wichtig, aber Gail Deans exklusiver Zirkel war für sie nur eine Horde übereifriger Hühner. Sie wünschte, ihre Mutter wäre nicht in diese Sache hineingezogen worden.

In Wirklichkeit war Fiona zusammen mit den meisten anderen Frauen der Vereinigung auf dem Weg zu Sheila Garvies alter Mühle am Fluß.

Als Gail Dean das Haus verließ, brütete ihr Mann noch über der Predigt für den kommenden Sonntag. Er hatte die Nachricht von ihrer Schwangerschaft mit einiger Überraschung, insgesamt jedoch sehr gefaßt zur Kenntnis genommen. Er war mittlerweile Ende Vierzig und nicht mehr darauf vorbereitet gewesen, Familienplanung betreiben zu müssen; er fragte sich, wie er mit einem kleinen Kind im Pfarrhaus zurechtkommen würde. Gail hingegen stand in der Blüte einer erwartungsfrohen Mutterschaft. Sie sah zehn Jahre jünger aus als sie tatsächlich war, ihre Haut hatte einen *mädchenhaften* Glanz, und ihre kurzen Haare schimmerten jetzt auffallend blond. Es war etwa 21 Uhr, als Gail vor sich hinlächelnd die Mill Road hinabging. Sie stellte sich bereits vor, wie das Leben in ihr gedieh, und gestattete sich einen gewissen Stolz darauf.

Molly Carr hatte ein wenig zugenommen, und dies stand ihr ganz hervorragend. Sie bewunderte sich im Spiegel; erkannte, wie gut ihre Rundungen die elegant geschnittene leichte Lederjacke ausfüllten, und lächelte ihrem Spiegelbild zu. Vor einer Woche hatte sie ihre neuen Kontaktlinsen bekommen – lila getönt. Sie machten ihre Augen größer und jugendlicher. Zusammen mit dem etwas kürzeren Rock und ihren roten *High-heels* sah das ganz entzückend aus. An diesem besonderen Abend legte sie noch ein paar Wanderschuhe in die Einkaufstasche, die sie *nachher* mitnehmen würde.

Molly hatte sich verspätet, und dies aus gutem Grund.

Ihr Wohnzimmer war renoviert worden. Rab McGraw, der die Ardbeg-Whiskylaster fuhr und im Dorf einen guten Ruf als Tapezierer genoß, hatte ihr einen mehr als akzeptablen Preis gemacht. Er konnte nur abends arbeiten, was Molly jedoch recht gewesen war. Sie beobachtete ihn durch die offene Küchentür, wie er die Tapete mit der Mühelosigkeit einer langen Praxis von den Wänden kratzte und seine Arbeit vorantrieb.

Eine vertraute Wärme begann sich in ihr auszubreiten. Er hatte große Hände und starke Finger. Der Abend war schwül, und schließlich knöpfte Rab seinen Overall auf. Sie konnte seine behaarte Brust sehen. Unter den Achselhöhlen zeichneten sich Schweißringe ab, und Mollys geschärfte Sinne nahmen den *Männergeruch* selbst aus dieser Entfernung wahr.

Sie wartete, bis er fertig war, dann bot sie ihm etwas zu trinken an. Er fragte nach einem Bier, gab sich jedoch glücklicherweise auch mit dem Whisky zufrieden. Sie schenkte ihm ein großes Glas voll und sich selbst ein kleineres. Als sie es ihm reichte, achtete sie darauf, daß ihre Finger die seinen berührten – und genoß den wundervollen elektrischen *Stromstoß* des Einsseins, und das in ihr hochlodernde Feuer.

»Ich muß kurz nach oben gehen und Ihr Geld holen. Wenn Sie mir in der Zwischenzeit die Möbel wieder an Ort und Stelle rücken würden ...?« sagte sie und schenkte ihm ihr nettestes Lächeln. Sie war sich kaum bewußt, daß ihre Zunge herausglitt und über die Unterlippe leckte.

Rab trank seinen Whisky, während er den Tapeziertisch

säuberte und die Farbkübel leerte. Er schleppte und zerrte die Möbel aus der Mitte des Zimmers – wo er sie zusammengestellt und abgedeckt hatte – an ihre angestammten Plätze zurück und betrachtete sein Werk. Die teure Tapete warf nicht eine Runzel. Er setzte sich auf die Lehne des kleinen Sofas und leerte das Glas. Molly Carr war immer noch oben. Er hörte das Geräusch von fließendem Wasser und ging an die Wohnzimmertür und spähte schüchtern umher. *Keine Spur von der Frau.* Da Rab allerdings auch der geborene Abstauber war, nutzte er die Gelegenheit, schraubte den Verschluß von der Flasche und genehmigte sich einen zweiten ziemlich großen Whisky, wobei er sich sagte, daß sie das ohnehin niemals bemerken würde. Er ließ ihn sich schmecken. Zwei, drei Minuten vergingen.

Dann setzte die Wirkung mit der Wucht einer Dampfframme ein. Ganz unvermittelt schien der Raum zu kippen – ganz wie bei Rom Cannon zwei Wochen vorher. Rab blinzelte und schüttelte den Kopf. Der Whisky brannte angenehm in seinem Bauch, und sein Kopf füllte sich mit einem heißen, nebligen Glühen.

»Starker Stoff, das«, plapperte er vor sich hin und hielt nach der Lehrerin Ausschau. Er erinnerte sich daran, wie sie vorhin aus dem Zimmer gegangen war; erinnerte sich daran, daß ihm etwas an ihr aufgefallen war . . . Sie hatte irgend etwas mit sich angestellt. Sie sah irgendwie besser aus. In Rabs Augen war sie bisher immer nur eine säuerlich dreinschauende, flachbrüstige Frau mit einer Veranlagung zur Überheblichkeit gewesen. Aber jetzt hatte er dieses verrückte Dröhnen in seinem Schädel, und diese Erinnerungen . . . An ihr Gesicht, zum Beispiel, als sie ihm sagte, sie würde jetzt sein Geld holen. Oder an ihre Zunge, an diese hungrige, züngelnde, animalische Geste. Plötzlich hörte er seinen Puls in den Schläfen hämmern.

Weniger als eine Minute später stand er auf dem Treppenabsatz und hatte nicht die geringste Ahnung, wie er hierher gekommen war; es interessierte ihn auch nicht sonderlich. Das Geräusch fließenden Wassers wisperte ihm aus dem Badezimmer heraus zu, und eine helle Dampfwolke schwebte durch die Türöffnung.

Er stapfte die nächsten sechs Stufen hinauf, und jetzt *brodelte* pure Vorfreude in ihm. Rab stolperte zu der Tür hin und blieb stehen und starrte hinein.

Molly Carr stand unter der Dusche. Der Vorhang war nicht zugezogen. Sie wandte ihm den Rücken zu, und sie seifte sich gerade ein. Ihre schwarzen Haare waren hochgesteckt, und das verlieh ihr ein seltsam exotisches Aussehen; sie kam ihm überhaupt nicht mehr wie die Grundschullehrerin vor, die das ganze Dorf kannte. Noch während er hinstarrte, bückte sie sich und seifte ihre Beine ein. Und in Rab stieg ein übermächtiger Druck ganz gewaltig an.

»Worauf wartest du?« fragte sie, ohne sich umzudrehen.

Rab McGraw zerrte seinen Overall herunter, ließ ihn zu Boden gleiten. Sie wandte sich ihm in der Duschkabine zu, ihre Augen waren groß und hungrig, ihre Lippen von den ungleichmäßigen Zähnen zurückgezogen. Sie hob einen Fuß und trat aus der Dusche heraus und ließ ihn keine Sekunde lang aus den Augen.

Eine halbe Stunde später fand Rab McGraw sich an der Straßengabelung beim Douglas Arms stehen – in der einen Hand einen Kübel, in der anderen den zusammengeklappten Tapeziertisch. Er hätte selbst beim besten Willen nicht sagen können, wie er hierhergekommen war. Das letzte, woran er sich erinnerte, war, daß er seine Arbeit bewundert und sich noch einen stattlichen Whisky gegönnt hatte. Jetzt war ihm speiübel vor lauter Kopfschmerzen.

Molly Carr stieg eilig in ihren Rock. Ein breites, äußerst befriedigtes Grinsen verzerrte ihr Gesicht. Dann schlüpfte sie in ihre Wanderschuhe und folgte Gail Dean und Fiona Herron die Mill Road hinab, zu Sheilas alter Mühle.

— 32 —

Auf der Mill Road war weit und breit niemand, der die schattenhaften Gestalten hätte sehen können, die bald darauf zum Waldrand gingen und dann zwischen den Bäumen verschwanden. Der Himmel war viel zu dunkel für diese Jahreszeit; der Vollmond versteckte sich hinter den schwarzen Wolken, die über dem Tal drohten. Die Abendluft war seltsam warm und dumpf und klebrig, und kein Windhauch bewegte die Kronen der Silberpappeln weiter unten am Hang des Tales.

Sie waren von Kopf bis Fuß in Schwarz gekleidet, und sie schritten im Gänsemarsch die Pfade entlang und hielten nur einmal an, als sie die Bresche in der alten Mauer erreichten. Dahinter teilte sich der Weg und führte in fünf Richtungen davon, und die Schattengestalten vertrauten sich ihnen in kleinen Zweier- und Dreiergruppen an, bis sie die Schalensteine mit den darin eingemeißelten machtvollen Ringen erreichten. Nun zogen sie steinerne Gefäße unter ihren schwarzen Umhängen hervor, gossen den Inhalt in die Schalen und beobachteten, wie er die kreisförmigen Rinnen entlangströmte, den Boden erreichte und unverzüglich aufgesogen wurde. Der intensiv würzige und bittere Geruch der Flüssigkeit erhob sich und füllte die Luft ringsum und fügte sich ein in die Ausdünstungen des dichten Waldes.

Nachdem dies getan war, kehrten die Vermummten wieder dorthin zurück, wo die Pfade sich vereinten, doch nun hatten sich ihnen die Tore des alten Waldes aufgetan. Jetzt führten die Wege in das verborgene, dem Rest der Welt verschlossene wilde *Herz* des Waldes, das sich nur in Zeiten der Macht, wenn der Mond prall und weiß am Nachthimmel stand und die entsprechenden Ersten Rituale vollendet waren, öffnen ließ.

Das Zentrum des Waldes dehnte sich fremd und mythisch zu beiden Seiten des Pfades. Ein üppiger Duft nach

Wachstum war in die Luft gewoben. Nachtinsekten schwirrten und verursachten eigenartige Geräusche über den Köpfen der Schattengestalten. Die Nacht lag dunkel auf diesem geraden Weg, der zu dem schwarzen Fluß führte, doch schon bald schwebten aufgeblähte Leuchtkäfer und Glühwürmchen herbei, und weißglühende Köpfe reckten sich aus Bohrlöchern in gewaltigen Stämmen und warteten mit ausgebreiteten Chitinscheren auf die Nachtschwärmer. Unter den ausladenden Baumkronen schwollen gewaltige Pilze an und verströmten ein pulsierendes, eitriges Glühen.

Die Vermummten gingen nun langsam und fanden sich schließlich an jenem Ort zusammen, an dem die ausgetrockneten und madenverseuchten Körper der Toten – die ersten Opfer für den *Fasach* – wie groteske Puppen von den Bäumen hingen, und dann drangen sie tiefer vor in das Herz.

Sie kamen dorthin, wo der schwarze Fluß sich um die Insel herum teilte, und überschritten die gewaltige Baumbrücke. Sie folgten ihrer Anführerin zu der Lichtung. Hier existierte keinerlei Licht. Hier gab es keine Geräusche von Leben in den Bäumen.

Doch der Baumriese war zu sehen, monströs und bleich und mit verdrehten Wurzeln, die tief in den mit Gras und Moos bewachsenen Boden gebohrt waren.

Die schlanke Gestalt der Anführerin bewegte sich vorwärts, und ihr Gefolge umringte den Baum und stand ganz still und beobachtete, wie bleiche Hände dem enormen Stamm entgegengereckt wurden.

Sobald die Finger die Rinde berührten, erbebte das Erdreich unter ihren Füßen in seismischen Wogen. Der Stamm wölbte sich in einer trägen Reptilienzuckung, als habe er einen jähen, gewaltigen Atemzug getan, und im Gefolge hierzu entstand unter der Erde ein tiefes Grollen, das langsame Schlagen eines mächtigen Herzens, das Blut durch titanische Adern pumpte.

Der Pulsschlag erfaßte und *erfüllte* sie alle.

Gail Dean spürte, wie das Leben in ihr stimuliert wurde, dieses Leben, das *unmöglich* hatte sein sollen und nun in ihrem Schoß gedieh. Sie fühlte den Herzschlag des Waldes, und ihr eigenes Herz pochte im Gleichklang dazu.

Fiona Herron fühlte die Vibrationen durch die Füße und Beine emporstrudeln, bis selbst ihre Hände prickelten. Sie hielt sie hoch, bleich in der Finsternis, und sah ihre Finger in erregender Lebendigkeit beben. Sie waren warm und zierlich und stark, waren nicht mehr länger die grotesken Klauen, die unbedingt vor dem Rest der Welt versteckt werden mußten.

Auch Jean Fintry nahm den Pulsschlag des Waldes wahr, und ihr neuer Körper war eins mit ihm. Unter der schwarzen Robe war sie nackt. Sie konnte den Stoff sinnlich auf ihrer glatten Haut spüren. Ihr Bauch war flach, und ihre Brüste waren nicht mehr weich und schlaff, sondern groß und fest. Sie fühlte sich so jung und lebendig. Nachdem sie sich ein Leben lang ihres massigen, plumpen Körpers geschämt hatte, kostete sie nun das Gefühl ihrer neugefundenen Gestalt in vollen Zügen aus.

Auch Molly Carr spürte das Pulsieren und lächelte katzenhaft im Dunkeln. Sie war ebenfalls nackt unter der Robe; doch anders als all ihre Gefährtinnen reagierte sie am heftigsten auf das Schlagen des gigantischen Herzens und das Reiben und Gleiten des groben Stoffes auf ihrer Haut. Obgleich ihr heißer Durst erst vor einer Stunde gestillt worden war, brannte zwischen ihren Schenkeln bereits wieder ein wollüstiges Verlangen. Zeit ihres Lebens hatte sie sich dafür gehaßt, doch nun war ihr ein unendliches Vergnügen an ihrem Körper gegeben. Aus ihrem Widerwillen war ein intensiver *Hunger* geworden; ihre seit der Kindheit andauernde Abscheu vor Männern war ins Gegenteil verwandelt, und sie schwelgte in der Hitze und dem Fordern ihres Körpers, in den drängenden, animalisch vollzogenen Paarungen, dem triumphierenden Rausch wilden Entzückens. Mit jedem dumpfen Pulsschlag unter ihren Füßen wuchs die köstliche Hitze in ihr an, bis ihr gesamter Leib vor einem überwältigenden Begehren zuckte. Vor ihr *veränderte* sich der Baum. Das Holz dehnte und verdrehte sich knirschend, und ein kleines Ächzen drang aus dem Mund der Lehrerin. Sie konnte den Blick nicht von den machtvollen Kontraktionen in der Oberfläche des uralten Baumes losreißen. Dies spiegelte so grotesk das wider, was in ihrem Körper vorging. Ganz plötzlich verspürte sie den irrsinnigen Drang, vorwärtszustürzen und sich gegen diese Bewegung zu pressen, sie an sich zu spüren, einszuwerden damit.

Aber etwas hielt sie zurück.

Plötzlich hatte sie Angst; um sich und um das, was ihr gegeben worden war. Es konnte ihr wieder weggenommen werden. Und sie wußte, ohne dieses Geschenk, das sie so tief erfahren hatte, konnte sie nicht mehr leben. Sie zwang sich, reglos stehen zu bleiben und den Widerhall in sich zuzulassen, ohne sich ihm zu ergeben. Sie riß den Blick fort vom Zucken und Winden des Holzes und hin zu Sheila Garvie, die nun dicht vor dem Baumriesen stand, den Kopf in den Nacken geworfen, das Gesicht der titanischen Astgabelung zugewandt und beide Hände gegen die sich wölbende Rinde gelegt.

Sheila atmete schwer. Die Frauen, die sie umringten, konnten hören, wie sie Luft in ihre Lungen saugte. Sie trug ihre Haare nun offen – ein Nebel aus feinstem Silber.

Dann begann sie in einem Singsang zu sprechen, den Caitlin Brook sofort erkannte hätte.

»Erhöre uns, Herr des Fasach, Herz der Wildnis. Erhöre die Wilde Weide, die *Seilach Garbh-aidh.* Der Sämling ist vorbereitet, nun liegt es an dir, ihn zu pflanzen, liegt es an dir, zu erwachen. Die Erde ist bereit für deine Macht, und deine Töchter danken dir für die aus deiner Hand erhaltenen Gaben. Wir werden stets in deiner Schuld stehen, o Vater und Herr *Cernunnos* – Leben für unser Leben, Macht für unsere Macht.«

Der Baum erzitterte heftig; fast schien es, als schüttle er Sheila Garvies Hände von sich ab, doch es war keine Zurückweisung, sondern ein neuerliches Anschwellen des tief im Erdreich dröhnenden Herzschlags. Selbst das Wurzelwerk bewegte sich; ein urgewaltiges Ächzen und Knirschen brach aus dem gepeinigten Holz. Asthöhlen öffneten sich und gähnten dunkel, bevor sie wieder vergingen. Hoch oben verdrehten sich die Äste wie unter einem starken Wind. Und eine Reihe weiterer unmöglicher peristaltischer Zuckungen wogte die Äste entlang, und ihre Enden, die bis jetzt so tot und vertrocknet ausgesehen hatten, schwollen an. Eine erste Knospe zwängte sich aus dem Holz und sah aus wie eine grüne Warze und öffnete sich nur wenig später mit leisen, berstenden Geräuschen. Ein straffes Blatt entrollte sich und begann seinerseits zu wachsen und vor prallem Leben zu strotzen. Und jetzt entstanden immer noch mehr Knospen und brachen in einem Sprühregen klebriger Säfte auf und stießen ihre Blätter in pulsierendem Wuchs ins Freie; es geschah so schnell, daß die Gefährtinnen der Seilach Garbh-aidh kaum mit den Blicken folgen konnten – schon krümmten sich die Äste hoch über ihnen unter dem jähen Wachstum.

Der Geruch üppig strömender Säfte lag süß und schwer in der Luft des Waldes, und die versammelten Frauen tranken ihn in tiefen Atemzügen in sich hinein.

Sheila Garvie zog ihre Hände von dem Stamm zurück und sah zu, wie alle Bewegungen nach und nach erstarben.

»Er spürt, wie nahe er dem Leben wieder ist«, rief sie ihnen zu, und ihr Gesicht war eine Maske des Triumphes. Ihre Augen waren glühende Kohlen. »Noch ein einziges Ritual, Schwestern, und unsere Herzenswünsche werden erfüllt!«

Sie durchquerte den Kreis und betrat den Pfad, der zum Rand der Lichtung führte. Die Frauen schlossen sich ihr an, und jede einzelne war sich der Präsenz des Baumgiganten nur allzu bewußt. Als Sheila den Waldrand erreichte, machte sie in den Schatten eine rasche Geste. Ein dunkles Etwas glitt geschmeidig zu ihr und blieb an ihrer Seite. Es war wie ein flüssiger Schemen, es bewegte sich ohne jedes Geräusch.

Sie überquerten den Fluß – eine Gruppe schweigender, in Gedanken versunkener Frauen. Sie eilten durch den dichten, üppigen Wald, der nur in Vollmondnächten noch in die Wirklichkeit herüberglitt und ansonsten vor dieser Welt verborgen war, und dann tauchten sie durch die Bresche in der alten Mauer. Sobald dies getan war, wandte Sheila Garvie sich um und machte eine befehlende Handbewegung. Die Frauen hörten sie etwas in einer Sprache sagen, die sie noch niemals zuvor gehört hatten und nicht verstehen konnten. Ihr aller Sicht verschleierte sich. Jenseits des steinernen Walls schien es, als wechselten die Schatten der Finsternis. Als das Flackern verging, war der Wald wieder so, wie er immer gewesen war.

— 33 —

Wenn sie geträumt hatte, so erinnerte sie sich nicht daran, als sie im grauen Licht des frühen Morgens erwachte.

Martin lag auf die Seite gedreht, seine Haare waren zerzaust, sein Gesicht sah im Schlaf jungenhafter aus als jemals zuvor. Sie faßte zu ihm hinüber und wischte ihm eine Haarsträhne aus der Stirn; seine Wimpern zuckten. Caitlin lächelte und genoß das warme Gefühl in sich.

Er war so vorsichtig gewesen, so behutsam, und es hatte dennoch weh getan – ein kurzer, reißender Schmerz.

Und alles andere – *oh, alles andere* – nach fast zwei Jahren abgestumpfter Leblosigkeit . . . Es war *wundervoll* gewesen. Es kam ihr so vor, als sei er jene letzte Magie, die sie vollends ins Leben zurückbrachte.

Sie wollte ihn nicht wecken, also legte sie sich ganz sachte zurück; in Gedanken durchlebte sie noch immer ihre gemeinsame Nacht, kostete die Erinnerung an seine Berührungen, an das Gefühl, seine Haut an ihrer Haut zu spüren – und ihre gemeinsame Wärme, ihren gemeinsamen Schweiß. Sie paßten so vollkommen zueinander, ineinander, daß es war, als seien sie einsgeworden; ihre Vereinigung erfolgte mit einer solchen Intensität, daß sie *seine* Freunde, *seine* Lust wahrnehmen konnte und ihre eigene Freude, ihre eigene Lust durch *ihn* reflektiert und noch verstärkt sah.

So war es noch niemals und mit keinem anderen gewesen. Es war mystisch, und es war magisch, und es war *vollkommen.*

Es hatte im Wohnzimmer begonnen ... Sie sah es vor sich: Sie saßen im Schneidersitz auf dem Teppich, eine Flasche Wein stand zwischen ihnen auf dem Boden.

Sie hatte seine Hand berührt; hatte ihn an sich gezogen und ihn zärtlich geküßt. Er schien zu zögern; er kam ihr beinahe scheu vor – doch er wollte es, genau wie sie. Es war keine überstürzte Sache. Sie hatten Wein getrunken. Sie hatte von Sheila Garvie erzählt, hatte von ihrem ganz persönlichen Wunder erzählt, und ihre Augen waren so groß gewesen, so klar und voller Freude.

»Es ist unglaublich – wie tot zu sein und dann ins Leben zurückzukehren. Diese Lawine von Gefühlen. Ich kann wieder laufen, Martin. Rennen. Und ich kann's kaum glauben, aber es ist wahr. Ich hab' so oft vom Laufen geträumt, und jetzt sind meine Träume Wirklichkeit geworden.«

Er hörte ihr aufmerksam zu, doch seine Augen blickten so ernst, daß sie es nicht nur sehen, sondern auch fühlen konnte. Er unterbrach sie nicht.

»In der ersten Zeit, nach dem Ceilidh, durfte ich noch keine Hoffnung zulassen. Ich dachte, es sind nur die Nerven, die mir Streiche spielen. So etwas passiert, weißt du?

Aber Sheila hat's mir gesagt. sie hat mich auf meine eigenen Zehen aufmerksam gemacht, auf dem Ceilidh. Sie haben sich bewegt. Es war wie Tanzen, nur eben im Sitzen. Ich hab's nicht mal bemerkt. Sie hat mir von den Heilkräften der Pflanzen erzählt. Ich weiß noch, daß ich sehr wütend geworden bin, als sie mir sagte, ich würde wieder gehen können. Die Psychologen im Krankenhaus haben mir monatelang eingehämmert, daß es keine Hoffnung gibt. Ich durfte mir nicht die geringste Schwäche gestatten. Keinen Trost. Sie haben mir beigebracht, es zu akzeptieren. Und sie hatten recht. Es ist keine Heilung möglich, nicht mit ihrer Medizin.

Aber Sheila hat mir von der Macht der Pflanzen erzählt. Sie gab mir das Pulver, sie sorgte dafür, daß ich es einnahm, zuletzt dreimal am Tag, und mit jedem Glas, das ich getrunken habe, ging es mir besser. Es kam alles zurück, Martin, ich wurde wieder ganz. Ich weiß nicht, wie es funktioniert oder warum, aber es *funktioniert*, Martin. Ich bin der lebende Beweis.«

Martin sah sie nur an. Er hielt sein Gesicht so ausdruckslos wie möglich. Er mußte mit ihr reden, aber gleichzeitig wollte er, daß sie fortfuhr, daß sie alles loswurde, was ihr auf der Seele lag.

»Sie hat es sich zur Aufgabe gemacht, die Erde zu beschützen, manchmal kommt sie mir vor wie eine Aktivistin der Gaia-Bewegung. Sie haßt jede Art von Umweltverschmutzung. Sie ist verzweifelt und voller Wut, weil die Menschen so gedankenlos die Regenwälder abholzen und verbrennen, und weil dadurch ein so großer Reichtum dieser Welt vernichtet wird. Alle lebenden Dinge sind miteinander verwoben. Gut, gut, ich weiß, sie ist ein bißchen wunderlich. Wie eine zu spät auf die Welt gekommene Elfe. Sie betet den Wald an, und ich denke nicht daran, ihr das gleichzutun. Aber es hat mir meine Beine zurückgegeben, und das konnten alle Ärzte dieser Welt *nicht*. Sheila glaubt wirklich daran, daß der Erde eine Macht innewohnt, die genauso gewaltig ist, wie . . . nun, Gott.«

»Und du? Glaubst du das auch?«

»Ich kann wieder gehen, Martin. *Etwas* muß da sein. Oh, ich meine keine *bewußte* Kraft, selbst wenn Sheila noch so sehr drauflosredet und sich über den Glauben der alten

Druiden ergeht. Die glaubten zum Beispiel, daß ein Gott des Waldes existiert, der dem Land das Leben zurückgibt, und den Menschen Fruchtbarkeit und so weiter.«

»Glaubt sie das auch?«

»Ich denke, sie glaubt an die Macht der Pflanzen, und aus gutem Grund. Sie hat eine riesige Sammlung zusammengetragen, Pflanzen von der ganzen Welt, und sie hat es geschafft, daß sie hier wachsen. Sie gewinnt ihre Medizin daraus. Alle Leute hier aus der Gegend gehen zu Sheila, wenn sie Hilfe brauchen, und sie gibt sie bereitwillig. Sie will nicht einmal etwas dafür.«

»Aber was ist mit eventuellen Nebenwirkungen?«

»Welche Nebenwirkungen?«

»Woher wissen die Leute, daß es keine gibt?«

Caitlin zuckte die Schultern.

»Mir sind jedenfalls keine aufgefallen. Anfangs war mir ein bißchen schwindelig, aber das hat aufgehört.« Sie beugte sich vor, nahm die Weinflasche und schenkte ihnen beiden nach. »Auf das Zeug hier reagiere ich schlimmer«, meinte sie mit einem Lächeln.

»Hast du dich nie darüber gewundert, wie ihr euch kennengelernt habt?«

»Ich verstehe nicht«, sagte Caitlin, und ihre Verwirrung klang echt.

»Ich meine diesen komischen Zufall, daß sie zur rechten Zeit am rechten Ort war.«

»Oh, daraus kannst du ihr keinen Vorwurf machen. Sie hat mir das *Leben* gerettet.«

»Ich weiß«, brummte Martin. »Trotzdem. Sie war als einzige da. Und du warst da. Du bist nicht freiwillig in den Wald gegangen. Dieses *Etwas* hat ein wenig nachgeholfen – du weißt schon. Hast du darüber mal nachgedacht?«

»Hab' ich. Klar. Es war ein Tier. Sheila sagt, es muß ein Hund gewesen sein. Ein Streuner, von irgendeinem Bauernhof.«

»Ja. Genau wie das Vieh, das den Rover angesprungen

und mich von der Straße gefegt hat. Ein richtiges Riesenbaby. Ich wäre auch fast in diesen Fluß gestürzt. Samt Wagen. Dieses Ding hat versucht, mich umzubringen. Allerdings nur ein einziges Mal. Vielleicht als eine Art Warnung. Bloß, ich glaube nicht, daß es ein Hund war. Genaugenommen habe ich nicht die geringste Ahnung, was es war, aber dieses Ding hat etwas bezweckt.«

»Bezweckt?«

»Irgend jemand wollte mich loswerden.«

»Und mich töten?«

»Nein. Dich sollte es in den Wald *befördern.*«

»Das wird mir ein bißchen zu mysteriös.«

»Auch nicht mehr als die Tatsache, daß du wieder gehen kannst, wo du doch ein Leben lang im Rollstuhl sitzen solltest«, erwiderte Martin. Caitlin gab ihm mit einem Schulterzucken recht. »Hat sie irgendwelche Tiere?« fragte Martin.

»Nur zwei Katzen.«

»Nichts Größeres?«

»Nein. Martin, wohin soll das führen?«

Er sammelte seine Gedanken, dann beugte er sich vor und sah sie ernst an.

»Ich denke, es gibt da ein paar Dinge, die dir diese Frau nicht erzählt. Caitlin, ich hab' dieses Pulver analysieren lassen – «

»Den Teil kenne ich«, unterbrach sie ihn ziemlich ironisch.

»Okay. Wie gesagt, es hat sich herausgestellt, daß es toxisch ist. Hochgiftig. Dinge wie Alkaloide und giftige Glykoside und Atropin und Colchicin, dazu noch ein paar Prisen wirklich übler Neuro- und Hämotoxine.«

»Ich versteh' kein Wort.«

»Ging mir anfangs genauso. Hör zu. In deiner Superarznei sind einige der bösartigsten natürlich vorkommenden Gifte enthalten, die es gibt. Man gewinnt sie aus Pflanzen und Pilzen. Sogar Schlangengift ist dabei – und-und-und. Jedes einzelne dieser Gifte kann dich im Handumdrehen töten, auch wenn du nur ganz wenig davon zu dir nimmst. Und du pumpst dich seit Wochen damit voll.«

»Aber es hat mir nicht *geschadet*. Um Gottes willen, Martin, es hat mich *geheilt*.«

»Das war noch nicht alles. Der Chemiker konnte mir zwar die Zutaten nennen, jedenfalls die meisten – nicht jedoch, was sie bewirken. Auch Georg Watt war damit ein klein wenig überfordert, und der ist immerhin Professor für klinische Pharmakologie. Er hielt mir einen langen Vortrag darüber, woher das Zeug stammt, nämlich von Pflanzen und irgendwelchen Ratten und Insekten, und wie es normalerweise bei *denen* wirkt. Der Analytiker nannte das ganze ein Hexengemisch. Der Pharmakologe konnte mir immerhin schon eröffnen, daß ein Teil dieser Zutaten für irgendwelche *alte* Medizinen verwendet worden ist. Diejenigen, die mehr Leute umgebracht als geheilt haben. Und er hat mich zu einem weiteren Experten geschickt, diesmal kein Mediziner, sondern gleich der Guru für das Fachgebiet keltische Mythologie.«

Martin unterbrach sich, gab Caitlins Blick nicht frei.

»Hast du jemals etwas von *Cernunnos* gehört?«

»Ja. Das ist der Gott des Waldes. Sheila hat mir alles über die alten Mythen erzählt. Sie liebt sie.«

»Darauf wette ich.«

»Was soll das alles?«

»Warte, laß mich erst noch von Finlay Carmyllie erzählen. Er hat mir ein Buch gegeben, und in diesem Buch gibt es ein Bild. Es wurde vor Tausenden von Jahren auf eine Art Pergament oder Leder gezeichnet, und dargestellt ist eine Zeremonie zu Ehren des gehörnten Gottes. Eine Art Fruchtbarkeitsritual . . . oder eine Beschwörung. Die Pflanzen in deiner Wunderarznei sind zufällig genau die Ingredienzien, aus denen sie damals, in der guten *schwarzen* Zeit, ihre magischen Zaubergetränke gebraut haben.«

»So?« sagte Caitlin ein wenig trotzig.

»Sie haben diese Mixtur gerne für ganz spezielle magische Zeremonien verwendet. Bei Opferungen, zum Beispiel. Wenn sie eine Jungfrau töten mußten.«

»Und du denkst, daß ich eine bin?«

Martin nickte ruckartig; und er war sich darüber im klaren, wie idiotisch sich das alles anhörte – aber er meinte, was er sagte. Caitlin konnte es in seinen Augen lesen. Es war ihm todernst damit.

Trotzdem mußte sie kichern. »Dann bin ich nicht mehr im Spiel. Tut mir leid, wenn ich dich enttäusche, aber diesen *Status* hab' ich schon vor einer Weile abgehakt.«

»Ich weiß nicht, ob ich mich darüber freuen oder ärgern soll«, gestand Martin und entspannte sich ein wenig. Caitlin schenkte ihm ein breites Lächeln und erwiderte, daß sie mit seinem *Gewissenskonflikt* sehr zufrieden sei.

Er war bereits wieder ernst. »Erinnerst du dich noch an die Geschichte, die sie dir erzählt hat – von diesem Bauern, der von seinem Zuchtbullen zerquetscht worden ist? Und daß ihre Mutter noch versucht hat, ihn wieder hinzukriegen? Und daß er trotzdem gestorben ist? Das war vor beinahe dreihundert Jahren ... Ich habe diesen Grabstein *gesehen*, Caitlin, den Original-MacFarlane-Grabstein ... «

»Ja, ich erinnere mich an den Namen«, stimmte Caitlin zu.

»Er ist 1720 ums Leben gekommen. Seine Familie ist nach und nach ausgestorben. In den letzen zweihundert Jahren gab es hier im Tal keine MacFarlanes mehr – und das stimmt völlig mit den Grabsteinen überein. Außerdem kennt Alec Stirling jeden in dieser Gegend – nur keine MacFarlanes. Das bedeutet, entweder hat sie gelogen, oder sie ist ein kleines bißchen älter als sie aussieht.«

»Oh, das ist Unsinn!« prustete Caitlin in einem ungläubigen Lachen.

»Ist es das? Okay, wie wär's damit: Oben, im Kirchhof, gibt es einen separaten Teil mit nur fünf Gräbern. Sie sind im Abstand von jeweils hundert Jahren angelegt worden. Es wurden ausschließlich Männer darin beerdigt. Lauter verschiedene Namen. Es gibt einen MacPhail und einen

Coloquhoun und noch ein paar andere. Jeder von ihnen war mit einer Sheila verheiratet. Okay, vielleicht nur ein Zufall. Aber jetzt kommt noch ein Riesenzufall dazu: Anders als in allen anderen Gräbern liegen hier nur die Männer begraben, niemand sonst, keine Ehefrau, keine Kinder, nichts. Auf den Grabsteinen wird zwar die Heirat erwähnt, aber einen Todestag der Ehefrau gibt es scheinbar nicht.«

»Sie könnte wieder geheiratet haben.«

»Ja, richtig, aber was sagst du dazu?« Und jetzt zog Martin den Papierstoß aus der Tasche seiner Lederjacke, die er vorhin über die Rückenlehne des Stuhls gehängt hatte. Er legte den Computerausdruck beiseite und fand, wonach er suchte. Der Fotokopierer im Büro hatte die alte Fotografie aus dem *Farell*-Buch nicht gerade preisverdächtig reproduziert; die Ränder wirkten verzogen und verwischt, dort, wo sich die Seiten auf der Glasunterlage gewölbt hatten, doch das Bild selbst war deutlich genug.

»Wer ist denn das hier?« fragte er. Caitlin starrte das Blatt Papier an. Ihre Stirn runzelte sich.

»Sieht aus wie Sheila«, gab sie zu.

»Dacht' ich mir auch. Schau dir dieses Muttermal auf ihrem Arm an.«

»Das sieht eher wie ein Schmutzfleck aus . . . Ich weiß, Sheila hat ein Muttermal, aber das hier – «

». . . ist kein Schmutzfleck. Ich hab's mir im Original angesehen, sogar unter einer Lupe. Es ist eine *exakte* Acht. Sheila Garvie hat ein völlig identisches Mal auf dem Arm. Sogar präzise an der gleichen Stelle. Ich hab's am Ceilidh gesehen.«

»Vor oder nach deinem kleinen Blackout?« erwiderte Caitlin mit sanftem Sarkasmus.

»Touché. Nicht daß es etwas an den Tatsachen ändern würde. Dieses Foto wurde 1922 vor Boleskin House aufgenommen. Der Irre im Vordergrund ist Aleister Crowley. Er nannte sich selbst *Das Tier 666* und verbrachte sein Leben damit, den Teufel zu beschwören.«

»Und du glaubst jetzt, Sheila könnte das auch tun?«

»Ich glaube, sie *glaubt*, daß sie's kann. Und ich geb' einen feuchten Kehricht auf das, was sie glaubt. Für mich ist das alles Hokuspokus. Es geht darum, *wie* sie es tun will.«

»Du meinst, diese Jungfrau opfern?«

»Etwas in der Art.«

»Sie hat nie mit mir über so etwas gesprochen.«

»Überraschung, Überraschung.«

»Sei mir nicht böse, Martin. Aber ich brauche Zeit, ich muß darüber nachdenken«, sagte Caitlin. Sie beugte sich zu ihm und gab ihm einen entschuldigenden Kuß, versuchte es abzuschwächen.

»Ich kann das akzeptieren. Ich hatte auch meine Probleme damit. Ich bin . . . *war* der geborene Atheist, aber ich hab' begriffen, daß *einige* Dinge möglich sind. Wie in dieser Nacht, als dieser Irre auf dich geschossen hat. Ich war *dabei.* Ich hab' gesehen, wie es passierte. Und dann, als du beinahe ertrunken bist, bekam ich eine weitere Warnung.«

»Was, wieder Telepathie?«

»Nicht ganz«, murmelte Martin. Er erzählte ihr von dem seltsamen Abend in Blackhale, von Andrew Toye und dem kleinen Mädchen. Als er den zermürbenden Anblick des auf dem zerwühlten Bett kauernden Kindes beschrieb, und wie der Wind durch das offene Fenster gefahren war und die Vorhänge gegen die Decke hatte flattern lassen, bekam sie eine Gänsehaut. Er wiederholte, was das Mädchen gesagt hatte. Caitlin fröstelte erneut.

»Das hätte mich zu Tode erschreckt«, flüsterte sie.

»Meinen Nerven hat das auch nicht gerade gutgetan, das kann ich dir sagen. Aber der Punkt ist, während das hier in Blackhale passiert ist, bist du in diesem Fluß beinahe ertrunken. – Es geschah *gleichzeitig*. Ich hab' in meinem Tagebuch nachgesehen. Das Mädchen hat mich *deinetwegen* gewarnt.«

Caitlin starrte ihn an. »Du glaubst das wirklich?«

»Ich habe eine Weile dazu gebraucht, aber ja, das tu' ich. Wenn ich's nicht glauben würde, käme ich mir wie ein echter Idiot vor, ich meine – hier zu sitzen und dir das alles zu erzählen. Ich glaube das wirklich.«

Sie saß eine Weile völlig reglos da und betrachtete ihn forschend. Sie sah nur seine ernsthafte Sorge. Martin *meinte*, was er sagte, ganz gleich, wie kurios, wie *unglaublich* es sich anhörte.

Caitlin hatte keine Ahnung, was sie davon halten sollte, aber seine Besorgnis war so offensichtlich – das gab den Ausschlag.

»Was soll ich tun?«

»Ich will, daß wir von hier verschwinden. Je eher, desto besser. Und ich will, daß du damit aufhörst, dieses Giftzeug zu schlucken, und daß du dich von Sheila Garvie fernhältst. Ganz egal, woran sie glaubt, solange du nicht da bist, geht bei ihr gar nichts mehr.«

»Ich kann nicht«, sagte Caitlin leise.

»Wie meinst du das?«

»Ich kann nicht damit aufhören, die Medizin zu nehmen.«

»Aber sie ist *giftig*, um Gottes willen!«

»Na und? Meinetwegen sogar radioaktiv«, schoß Caitlin heftig zurück. »Kannst du das denn nicht verstehen?« Sie schüttelte den Kopf. »Nein. Natürlich nicht. Du warst nie im Rollstuhl, richtig? Du weißt nicht mal ansatzweise, wie das ist, in diesem Ding gefangen zu sein, von der Taille abwärts wie tot zu sein, ohne das geringste Gefühl, ohne das kleinste bißchen Leben. Die Leute behandeln dich wie einen Idioten. Die meiste Zeit glaubst du, daß sie recht haben.« Sie hob ihr Gesicht, starrte ihn an. »Du bist nur noch ein halber Mensch. Du siehst die Welt ganz anders, nämlich von unten herauf, und das ist verdammt nicht spaßig. Dieses Zeug, das ich einnehme, dieses *Gift*, das hat mir meine Welt zurückgegeben. Es hat mir mein *Leben* zurückgegeben.«

Caitlin sah ihn mit einem kalten Vorwurf an. »Und du verlangst von mir, daß ich das aufgebe?«

Sekundenlang war Martin unfähig, irgend etwas zu sagen. In seinem Verstand herrschte ein verdammtes Schneetreiben. Er stieß den angehaltenen Atem langsam aus; es hörte sich an wie ein merkwürdiges Seufzen. »Ich will, daß du gehen und laufen und rennen kannst. Ich will dich in Sicherheit wissen. Und momentan bist du in Gefahr. Und das, und nichts anderes, versuche ich dir die ganze Zeit klarzumachen

»Okay, dann schlage ich dir einen Handel vor«, sagte sie und entspannte sich ein wenig. Die Wildheit in ihren Augen zerschmolz. Sie kam ganz dicht zu ihm heran, und er glaubte in den grünen Tiefen zu ertrinken. »Ich geh' mit dir weg. Gleich morgen. Und ich werde eine Weile einen großen Bogen um Linnvale machen, wenn dich das beruhigt.«

Er wirkte überrascht – und erleichtert.

»Abgemacht«, sagte er gedehnt.

Caitlin rückte noch näher und legte ihre Hände auf seine Schultern. Ihre Augen glänzten wie Waldseen. »Komm her, du«, flüsterte sie und zog ihn an sich und küßte ihn wieder. Ihre Lippen teilten sich. Sie verloren sich beide in diesem Kuß.

Wie sie danach miteinander ins Bett gekommen waren, das wußte er nicht mehr ganz sicher. Er erinnerte sich noch vage daran, sie gewarnt zu haben: *Du kannst doch nicht einfach mit jemandem weggehen, den du gar nicht richtig kennst.* Er erinnerte sich noch daran, wie sie seine Hand genommen und ihn mit sich gezogen hatte; und daß er sich wie ein unbeholfener Schuljunge vorgekommen war. Sie hatte ihm langsam das Hemd aufgeknöpft und sich dann an seine Brust gedrückt . . . Ihre Feuerhaare flossen über ihre Schultern und auf seine Haut.

Sie war so wunderschön.

Sie lagen Seite an Seite beieinander; keiner von ihnen sagte etwas, sie tranken nur ihre gegenseitige Nähe in sich hinein, und dann zog sie ihre Fingerspitzen durch seine Nackenhaare, und diese Berührung war wie ein elektrischer Schlag, und Funken sprühten zwischen ihnen. Er beugte sich über sie, küßte sie, und ihre Hand glitt tiefer, über seinen Rücken, und preßte sich dagegen, drückte ihn vorwärts, zu ihr.

Er hatte Angst, ihr wehzutun, doch Caitlin vertrieb alle seine Sorgen mit einem Lächeln. In der Hitze dieser schwülen Nacht war sie wie ein Staudamm, der plötzlich in einer reißenden Sturzflut zerbarst. Ihre Zunge preßte sich auf die seine, drang in ihn ein, und ihre Brüste glitten über seine Haut, versuchten seinen ganzen Körper zugleich wahrzunehmen, den Kontakt vollkommen zu machen. Sie zog ihn ganz dicht an sich heran und ergab sich ihrem Hunger und ihrer Liebe und Leidenschaft. In diesem letzten Moment hatte er noch einmal gezögert, doch sie war bereit gewesen, sie hatte ihn umklammert und herabgezogen. Sie spürte ihn, spürte seine Hitze, und dann den reißenden Schmerz in sich. Ein hoher Schrei entfuhr ihr, und er hielt sofort inne und hauchte »Caitlin . . . « in die Dunkelheit. Tränen brannten in ihren Augen. Er wollte sich zurückziehen, doch sie hielt ihn fest. Der Schmerz war immer noch da, ein schwach flackerndes Etwas, und sie spürte sickerndes Blut.

»Es ist alles gut, Martin. Hör jetzt nicht auf.«

Und sie hielt ihn ganz fest, drückte sich ihm entgegen, verlor sich in ihrer Freude.

— 34 —

Als er am nächsten Morgen aufwachte, war sie verschwunden.

Martin kam nur langsam zu sich, schwamm aus den Tiefen eines Traums herauf, in dem ein Teddybär ihn aus bösartigen, glänzenden Augen heraus anstarrte und dann auf ihn zukam und sich in etwas *anderes* verwandelte, in ein raschelndes Ding, mit einem Gesicht, so ausgedorrt und papieren wie ein Wespennest. Dann erwachte er mit einem Ruck und angehaltenem Atem – aus dem Schlaf herausgerissen von einer Ahnung gräßlicher Gefahr.

Er drehte sich herum, tastete über die Bettseite neben sich. Das Laken war zerknüllt und kühlte bereits ab. Die Erinnerung an den Traum zersprang, und er setzte sich auf, rieb sich die Augen und war sich abrupt bewußt, wo er war und warum.

Er starrte auf das Laken – und den kleinen Blutfleck; er sah aus wie ein Blatt. Plötzlich war Martin voller Schuldgefühle. Er griff nach seiner Uhr, bemerkte, daß er sie immer noch trug, und starrte darauf. Es war nach neun. Das Haus war still, das Zimmer hinter den geschlossenen Vorhängen dunkel. Draußen auf dem Dach begrüßte eine Krähe mit einem lauten, krächzenden Schrei den neuen Tag. Kein Laut aus der Küche. Kein Duft von heißem Kaffee.

Martin rutschte aus dem Bett und fand seine Kleider. Er stieg in die Jeans und zog sie hoch und bemerkte die Steifheit in seinen Oberarmen. Er schüttelte den Kopf. Die Erinnerungen an die Nacht mit Caitlin waren wie eine warme Brandung.

Irgentwann in dieser Nacht hatte sie ihn im Dunkeln gehalten, und ihr Körper war glühend heiß gewesen, und glänzend und schweißnaß, und dann hatte sie ihm gesagt, daß sie ihn liebte. Und er hatte es ihr auch gesagt; es war eine völlig spontane Antwort gewesen, er hatte sich kein einziges Wort überlegen müssen.

Und jetzt, in der Stille und Leere dieses Hauses, begriff er, daß es *stimmte*. Er liebte sie.

Es war gleichgültig, daß er sie kaum kannte – *richtig* und ganz und gar kannte. Das, was in der Nacht geschehen war, entsprach einer letzten Schlüsseldrehung; ihr körperliches Einswerden hatte das längst vorhandene mysteriöse mentale Band zwischen ihnen endgültig gefestigt. Sein und Caitlins Geist waren miteinander verbunden – wie auch immer, und warum auch immer. So gesehen, hatte das Mädchen in der Blackhale-Wohnung möglicherweise nur seine unbewußten telepathischen Einflüsterungen *angezapft* und wiedergegeben. Er dachte: *Keine Prophetin. Dafür eine Erklärung. Er dachte: Andy kann stolz auf dich sein, Martin Thornton.*

Nachdem er sich dies klargemacht hatte, schlüpfte er in seine Schuhe, stopfte das Hemd in die Jeans, verzog das Gesicht zu einem Grinsen und ging den Flur entlang, ins Wohnzimmer; dann in die Küche.

Caitlin war nicht da. Das Haus wirkte seltsam dämmrig. Martin blieb am Herd stehen. Der Wasserkessel war kalt. Martin drehte das Gas auf. Neben der Spüle stand ein leeres Glas. Er roch daran.

Ein schrecklicher Gestank schlug ihm entgegen; so roch verwesendes Fleisch, rochen faulende Pflanzen.

Plötzlich hatte er einen ekelerregenden Geschmack im Mund; er würgte heiße Gallenflüssigkeit hinab, keuchte und schluckte und keuchte. Seine Augen schwammen in Tränenflüssigkeit, seine Sicht trübte sich. Er ließ das Glas fallen, hörte, wie es aufprallte und – unversehrt – in einem Halbkreis herumrollte. Der faulige Gestank verseuchte weiterhin die Luft. Martin stürzte an die Hintertür, riß sie auf und atmete wie ein Erstickender durch, bis seine Rippen schmerzten. Danach stapfte er fluchend zu der Gartenbank hinüber und ließ sich drauffallen. Er fühlte sich ein wenig besser, doch der ölige Nachhall des Verwesungsgestankes war immer noch da – tief in ihm. Vielleicht würde er ihn nie wieder abschütteln können.

Neue Mixtur, dachte er. Und: *Wenn die alte schon der pure Giftmüll war, was ist dann das hier . . . ?*

Dann dachte er an Caitlin. Daran, daß sie diese Brühe *trank*. Was um alles in der Welt kam als nächstes?

Er wartete, bis sein Verstand wieder völlig klar funktionierte, dann ging er zum Haus zurück. Im Osten war der Himmel hell und sommerlich, aber direkt über ihm und im Westen sah er wie ein rießiger Bluterguß aus. Die Luft war stickig, wie mit – noch – unsichtbaren Blitzen übersättigt.

Wieder in der Küche, versuchte Martin nur durch den

Mund zu atmen, um seine Nase zu schonen. Nichts deutete darauf hin, daß Caitlin Frühstück gemacht hatte. Sie war einfach verschwunden. Sie hatte dieses ekelhafte Zeug getrunken und war gegangen.

Es traf ihn wie ein Schlag mit dem Sandsack. Sie war gegangen. Aber *wohin*?

Er wußte, er kannte die Antwort, und sein Herz verkrampfte sich. Und dann wußte er nicht mehr, was er denken sollte. Hatte sie denn gar nichts begriffen, gestern? Oder nichts begreifen wollen? Oder sich nur lustig gemacht über ihn? Nur vorgegeben, daß sie mit ihm weggehen, das Tal verlassen wollte? Alles nur ein kleiner Scherz, nichts Ernstes – ha-ha? Sie hatte ihn schlafen lassen und *war* gegangen.

Zu Sheila Garvie, zu wem sonst?

»Verdammt!« stieß er heraus.

Er schnappte sich seine Lederjacke von der Sofalehne und war bereits mit raschen Schritten unterwegs. Er warf sich in den Land-Rover, startete den Motor, fuhr mit durchdrehenden Reifen an. Er wußte nicht, daß die Frau weniger als vierhundert Yards entfernt wohnte. Er hätte zu Fuß gehen können und sein Ziel dennoch genauso schnell erreicht. Doch statt dessen wendete er den Jeep und raste den Hügel hinab, und der Außenspiegel fetzte durch das Gestrüpp der Hecke, als er die Rechtskurve schnitt.

Unmittelbar hinter dem Mühlenhaus verbreiterte sich die Straße zu einem natürlichen Parkplatz. Martin schlug das Lenkrad hart ein, fuhr den Jeep zwischen zwei Bäumchen und trat auf die Bremse. Der Wagen kam mit einem Ruck zum Stehen. Direkt vor ihm senkte sich der Hang sanft zum Corrie hinab, der durch die lange Hitzeperiode nur noch ein seichtes und träges Rinnsal war.

Martin stieg aus und warf die Wagentür hinter sich zu und eilte zu Sheila Garvies Haus hinüber. Er handelte noch immer aus einem jähen Antrieb heraus und ohne jeden Plan. Er konnte nicht mehr klar denken. Da war nur noch ein wachsendes Gefühl von Panik. Caitlin war zu Sheila Garvie gegangen, und *irgend etwas* würde passieren. Er wußte es, er spürte es. Vielleicht, weil es diese verrückte, unheimliche mentale Nabelschnur zwischen ihrem und seinem Geist gab. *Vielleicht.* Es war nicht wichtig – nicht jetzt. Seine Nackenhärchen hatten sich aufgestellt. Ein eisiges Prickeln überzog seinen Rücken. Er begann am ganzen Leib zu zittern, so intensiv überfiel ihn die Ahnung einer schrecklichen Gefahr. Klebriger Schweiß überzog die Haut in seiner Nierengegend.

Plötzlich begriff er, daß er sich wie ein Anfänger benahm. Er dachte: *Vorsichtiger . . . Sachte.* Er hielt an der Gartenhecke an und spähte darüber hinweg. Die alte Mühle stand ein wenig von der Straße zurückversetzt in einem großen Garten. Die Ostmauer des Gebäudes ragte direkt über dem steilen, felsigen Flußufer empor – vermutlich hatte sich dort früher das Mühlrad gedreht. Das Dach hing ein wenig durch, und die Schindeln sahen alt und grau aus. Die Fenster waren schmal. Dahinter schien es nur Dunkelheit zu geben. Es stieg kein Rauch aus dem Kamin auf, aber um diese Jahreszeit war das beileibe keine Überraschung.

Martin fragte sich, was er jetzt bloß tun sollte. Anklopfen? und dann – *Hi, Überraschung! – Ich bin Martin Thornton, Sie wissen schon: Der, dem Sie auf dem Ceilidh Ihre kleine Extraportion Liebestropfen verpaßt haben, und der jetzt auf der Suche nach Caitlin Brook ist und nicht zulassen wird, daß Sie Ihr verrücktes Menschenopfer-Ritual durchziehen. Schon gar nicht mit ihr.*

Langsam drückte er das schmiedeeiserne Tor auf. Schon nach den ersten Schritten durch den Garten fühlte er sein Herz schneller schlagen. Die klamme Ahnung einer Bedrohung wurde stärker. Seine Schultermuskeln spannten sich.

Geduckt erreichte er das Haus und schob sich wie ein Einbrecher an das Fenster heran und spähte vorsichtig ins Innere. Der Raum war dunkel. Dann bemerkte er ein Huschen – direkt vor sich – und hörte sich selbst alarmiert keuchen. Zwei Sekunden später begriff er, daß er sich vor seinem eigenen Spiegelbild fürchtete, und atmete aus und murmelte: »Reiß dich zusammen, Thornton, reiß dich zusammen!«

Er wandte sich von dem Fenster ab – und hörte das Grollen.

Dieses Mal verlor er keine Zeit; er wirbelte herum, sein Herz schlug hoch in seinem Hals. Etwas Großes und Schwarzes raste auf ihn zu. Er sprang instinktiv zurück, und das Ding erstarrte. Und bewegte sich wieder – und war im nächsten Moment bereits *verdammt* nahe und stand geduckt und massig auf vier muskulösen Läufen vor ihm. Es sah aus wie ein Pitbull-Terrier – aber nur auf den ersten Blick; sah man genauer hin, bemerkte man auch katzenhafte Züge. Ein tiefschwarzes Fell schillerte wie Rohöl. Die Augen, noch schwärzer als das wie flüssig wirkende Fell, starrten ihn mit tödlicher Entschlossenheit an. Die Kreatur machte einen Schritt vorwärts, und Martin hörte das Kratzen von Krallen auf der Steinplatte.

Das frostige Knurren wiederholte sich, viel zu laut in dem stillen Garten; ein Tiger in einer Höhle. Martin bewegte sich rückwärts.

Hinter ihm entstand eine Bewegung. Er fühlte sie mehr, als daß er sie sah. Er stolperte über irgend etwas, verlor das Gleichgewicht und kippte nach hinten, durch die plötzlich offene Tür, und landete in der kleinen Eingangshalle schwer auf dem Boden.

»Ah, Besuch«, stellte eine sanfte Frauenstimme fest.

Martin wandte sich hastig um und sah Sheila Garvie am Fußende einer Treppe stehen; sie lächelte breit.

Es war das kälteste Lächeln, das Martin Thornton jemals gesehen hatte.

»Wo Sie jetzt schon einmal hier sind, nehme ich an, daß ich Sie hereinbitten sollte. Auch wenn Sie sich selbst eingeladen haben«, sagte sie. Ihre Stimme klang weich und selbstsicher, doch *dahinter* glaubte Martin Fingernägel über Marmor kratzen zu hören.

Ihr Blick schweifte zur Tür. Sie sagte etwas in einer seltsamen Sprache, das sich kaum anders anhörte als ein Freiräuspern des Halses. Martins Kopf ruckte wieder herum. Das Ding hockte auf der Türschwelle, dunkler als die dunkelste Nacht, und seine Flanken hoben und senkten sich unter grunzenden Atemzügen. Und plötzlich, kaum daß Martin es richtig wahrgenommen hatte, huschte es zur Seite und war verschwunden.

»Wie ich sehe, haben Sie meinen Freund wiedergetroffen«, erkundigte sie sich in einem spöttischen Plauderton.

»Wiedergetroffen?« murmelte Martin.

»Sein Name ist *Dorchadas*. Das bedeutet Dunkelheit. Nachtschatten. Eigentlich müßten Sie sich an ihn erinnern . . . Er – « Sie unterbrach sich, schien nach den richtigen Worten zu suchen. »Nun, er *gehorcht* mir. Wenn Sie nicht so ein verdammtes Glück gehabt hätten, dann wären Sie jetzt nicht hier. Aber letzten Endes ist es bedeutungslos, so oder so. Auch ich bin mit Glück gesegnet. Schon sehr, sehr lange.«

Martin stieß sich auf die Füße. Er war größer als Sheila Garvie, aber nicht viel. Sie trug eine lange schwarze Robe aus einem eigenartig groben Stoff – und sah darin großartig aus. Ihre schwarzen Augen wirkten wie Höhlen in dem bleichen Gesicht; ihre Blicke durchbohrten ihn. Die schneeweißen Haare waren hochgesteckt. Sie waren wie hauchzarte Gaze.

»Wie lange?« fragte Martin.

»Oh, was für eine kluge Frage.« Ihr Lächeln war so falsch wie Katzengold. Es sah *hungrig* aus. »Ich befürchte nur, die Antwort würden Sie mir niemals glauben.«

Sie ließ ihre Hand über das auf Hochglanz polierte Treppengeländer gleiten, dann strich sie sich über das Kinn, als müsse sie nachdenken.

»Versuchen Sie's«, forderte er sie heraus.

»Seit jenen Tagen, da sich deine Vorfahren noch in Tierhäute gekleidet haben. Seit sie die Färberwaid gekocht und sich selbst mit Purpurfarben bemalt haben. Seit *mein*

Volk die Quarzkristalle nahm und die Schalen- und Ringsteine daraus meißelte. So lange.«

»Das glaube ich nicht«, erwiderte Martin, doch ganz tief in seinem Verstand spürte er ein Frösteln, als habe sich ein Abgrund aus Raum und Zeit aufgetan und als fege ein eisiger Wind daraus empor, und plötzlich *wußte* er, daß sie die *Wahrheit* sagte.

»Das ist nur fair. Du mußt es nicht glauben. Du bist nicht der erste, der an mir zweifelt, und du wirst auch nicht der letzte sein. Wie ihr jungen Leute zu sagen pflegt: Ich habe alle Zeit der Welt. Ich kann dir dies erzählen, weil *du* ohnehin bald nicht mehr sein wirst.«

Den letzten Satz sagte sie so beiläufig und ruhig, als unterhalte sie sich über einen Kindergeburtstag. Martin begann zu frieren – richtig zu frieren.

»Oh, keine Sorge, zuvor habe ich durchaus noch Verwendung für dich. Wie für so viele andere . . . «

»Wie vertraut wir plötzlich miteinander sind . . . Und danach ein einsames Grab in diesem abgetrennten Teil des alten Friedhofes?« sagte Martin ironisch und dachte ununterbrochen: *Lock sie aus der Reserve . . .*

Sie nickte und blieb völlig ernst. »Ich habe tatsächlich alle diese Männer dort zur letzten Ruhe gebettet. Meine Familie nahm den ungeweihten Grund in Besitz, da existierte deine Familie noch nicht einmal.«

»Also *gibt* es eine Verbindung zwischen den Namen?«

»Der Name, junger Mann. Ich bin *Seilach*, die Weide. Mein Name ändert sich nie. Jeder dieser Männer bedeutet eine Tochter, die *mir* diesen Ort hier bewahrte, bis ich wiederkam. Zum Glück für sie – und für mich – vererbt sich meine Langlebigkeit.«

Sie schwieg und sah ihn forschend an mit ihren schwarzen Augen. »Glaubst du, daß auch du mir eine Tochter schenken kannst? Ich denke, vielleicht kannst du das tatsächlich. Würde sich deine kleine Freundin sehr grämen, wenn sie wüßte, daß du Gail Dean einen *Sohn* gegeben hast?«

Und dann lachte sie, laut und klar, ein Lachen puren Vergnügens. Martin hörte etwas – tief in sich; als würden Klauen über die Innenseite seines Schädels fahren. Er stand nur zwei, drei Schritte von ihr entfernt in dieser kleinen Eingangshalle; und er hatte noch immer keinen Plan. Er spürte, daß sie nur mit ihm spielte. Er fragte sich, was sie tun würde, wenn er sich auf sie stürzte und ihren Hals packte und –

Allein diese Vorstellung bescherte ihm eine wilde, wenn auch rasch versiegende Befriedigung.

»Ja. Der Zyklus wird sich fortsetzen, dank deiner kleinen Caitlin – meines *Sämlings*. Das bedeutet ihr Name in der alten Sprache, und er ist perfekt. *Sie* ist perfekt. Es war nicht meine Großmutter, die diesen Ort hier treuhänderisch für mich verwahrte. Es war meine Tochter. Und die nächste wird dasselbe für mich tun, noch lange nachdem du vergangen bist, noch lange nachdem Caitlin sich selbst dargegeben hat.«

Er versuchte sie zu provozieren.

»Sich selbst *dargegeben* ...«, sagte er dramatisch. »Was für ein kitschiger Blödsinn!«

Sie starrte ihn an; ein kleines Lächeln umspielte ihre Lippen, dann wandte sie sich ab.

»Komm mit«, forderte sie ihn gebieterisch auf. Martin dachte kurz daran, sie genau *jetzt* anzuspringen und ihr die geballte Faust in den Nacken zu schmettern und dann das Haus zu durchsuchen, bis er Caitlin gefunden hatte.

Er tat es nicht; tat es nicht, weil sie schneller war. Sie stieß einen katzenhaften Laut aus. Plötzlich war sich Martin einer ungeheuerlichen *Präsenz* hinter sich bewußt. Dieses schwarze, vierschrötige Ding, das manchmal wie ein riesiger Hund war und dann wieder wie nichts Irdisches, war bereits wieder *da* und stieß ein Grollen aus, das aus seinem tiefsten Inneren emporquoll und die Luft selbst erbeben ließ.

Martin folgte Sheila Garvie.

»Keine Angst, er wird dich nicht fressen, solange ich ihm

das nicht befehle. Du hast schon von *Familiaris-Dämonen* gehört? Von Schutzgeistern? Oder in den alten Märchen davon gelesen? Du weißt schon, jede Hexe hatte ihre Katze . . . Nachtschatten ist *mein* Schutzgeist. Er wandelt zwischen den Welten. Er tut es für mich.«

Sie betraten ein großes Zimmer, und Sheila Garvie setzte sich geziert auf ein kleines Sofa und klopfte auffordernd auf den Platz neben sich.

»Komm, setz dich. Ich erzähle dir ein wenig von mir.«

»Ich weiß nicht, ob mich das interessiert . . . *Sheila.*«

»Oh, das tut es. Du hast *recherchiert* – du hast mich überprüft. Ich kann es deinem Gesicht ablesen. Wenn man so lange lebt wie ich, dann entwickelt man gewisse . . . Talente. Du bist nicht der erste, der Verdacht schöpfte. Vor dir gab es Priester, die mich der Hexenprobe unterzogen, um die schwarzen Male zu finden. Aber mir ist die Macht des Waldes gegeben, die Macht des Heilens. Schmerzen bedeuten nichts für mich. Vergossenes Blut ist nur ein Tropfen. Und sie haben mich im Fluß *ertränkt.* Ha! Sie *dachten*, sie hätten mich ertränkt. Dummköpfe!«

Sie wandte sich ihm zu, und ihre Augen saugten das Licht aus dem Raum.

»Sie können mich nicht töten. Und du kannst das auch nicht.«

»Was hast du vor?«

»Ich glaube, das weißt du schon, aber du willst es nicht wahrhaben. Ihr Menschen von heute . . . « Sie schüttelte bedauernd den Kopf. »All eure Technik, all eure Computer. Aber das macht es natürlich einfacher für mich.«

Sie grinste.

»Was ich vorhabe? Ich werde meinem Herrn und Meister Anerkennung zollen. Er gibt mir Leben, und ich gebe ihm Leben. Während du auf den Knien herumrutschst und einen Gott anbetest, den du niemals gesehen hast, verehre ich einen WIRKLICHEN GOTT, der die Seinen belohnt.«

»Und dazu brauchst du Caitlin?«

»Sie wird freiwillig gehen. Seine Macht hat ihr Leben

verliehen. Hat sie wieder *ganz* werden lassen. Sie wird ihm diese Macht mit sich selbst zurückgeben, und der Baum wird wieder gedeihen. Er wird Früchte tragen, und ich werde weitere fünf Generationen lang das Leben trinken. Und *Cernunnos*, der Vater und Herr, wird sie zu sich nehmen, in seine Welt.«

»Und dann?«

»Dann wird er wiederkommen, und seine Erde in Schutz nehmen vor euch Menschengezücht.«

»Du bist wahnsinnig!« stieß Martin hitzig heraus – und bedauerte es im gleichen Moment auch schon. Es war ein Satz wie aus einem drittklassigen Film.

»Ich? Wahnsinnig?« Ihr Lachen war ein spöttisches Schnauben. »Schau dir die Welt an! Ich habe sie ein Leben lang bereist. Ihr Menschen habt sie fast zerstört. Ihr habt sie vergewaltigt und ausgebeutet in eurer Gier nach Reichtum. Ihr habt die Wälder abgeholzt, selbst hier, im Herzen des alten Waldes, der sich früher, als es die Landbrücke noch gab, von den Inseln bis nach Sibirien erstreckte und von dort über ganz Amerika hinweg. Heute sind die großen Wälder verschwunden. Ihr habt die Luft vergiftet und durch euren Gestank und Dreck schon nahezu ersetzt.«

Und jetzt verzerrte sich Sheila Garvies Gesicht vor Zorn und *Verzweiflung*?

»In eurem Atheismus – eurem Unglauben – habt ihr die Erde im Namen eurer Götter und eures Geldes ausgeplündert. Und du nennst mich *verrückt*? Was sind dagegen die paar Tropfen Blut, die ich vergossen habe und noch vergießen werde, um diese Welt zu retten? Ich werde die *Macht* auf die Erde – und an diesen Ort – zurückbringen. Cernunnos wird aus dem Baum heraus geboren werden, und er wird wie Donner auf der Erde wandeln und die Menschen bezahlen lassen. Nichts wird seiner Macht standhalten können, und in seinem Gefolge werden die Alten kommen und ihrerseits ihr Recht einfordern.«

Sie schwieg kurz, ihre Augen brannten wie Flammentümpel.

»Dann«, zischte sie, »*dann* wirst du das Angesicht des Wahnsinns sehen. Aber vielleicht werde ich dir das auch ersparen. Vielleicht werde ich es dir ersparen und nur deinen Samen weiterleben lassen. Vielleicht werden wir beide, du und ich, einen Sämling auf fruchtbaren Boden pflanzen.«

Martin schüttelte den Kopf.

»Keine Chance«, flüsterte er gedehnt. »Du bist völlig übergeschnappt. Im Ernst. Man sollte dich einsperren.«

»Aber das wird man nicht. Und du wirst auch *niemandem* diese Geschichte erzählen, und schon gar nicht darüber schreiben.«

Martin stand geschmeidig auf. Vor ihm stand ein mit wunderschönen Intarsien verziertes Kaffeetischchen; die ineinanderverschlungenen Muster schienen plötzlich zu leben. Er riß es trotzdem an sich und tat einen ersten Schritt – und wußte, daß er viel zu langsam war. Seine Linke fuhr in die Jackentasche.

Draußen entstand ein monströses Grollen – so laut, daß die Tür im Türrahmen vibrierte.

Martins Kopf ruckte herum, und Sheila Garvie glitt mit der Schnelligkeit einer Schlange zu ihm heran. Sie packte sein Gesicht mit einer Hand. Es war, als habe sich ein Schraubstock geschlossen. Ihre Kraft war unglaublich. Seine Wangenknochen knirschten unter dem Druck.

»Dummer Junge«, krächzte sie. Er versuchte das Kaffeetischchen hochzuschwingen, doch sie zwang ihn mit einem Ruck ihres Armes näher zu sich heran. Die Sehnen in seinem Genick zerrissen fast. Sheila Garvie ragte drohend vor ihm auf, ihre dunklen Augen loderten in einem alles versengenden Feuer.

Sie spuckte ihn an. Eine dunkle, schleimige Flüssigkeit ergoß sich über sein Gesicht. Seine Haut schien zu verwelken. Ein fürchterlicher, fauliger Gestank raubte ihm den Atem. Er keuchte und rang nach Luft, und sie hielt ihn eisern fest. Seine Finger wurden taub, das Tischchen stürzte zu Boden. Sheila Garvie lachte. Vor seinen Augen veränderte sich alles; die ganze Welt verfärbte sich in einem grellen, wogenden Weiß. Sheila Garvies Gesicht wurde zu einem grinsenden Knochenschädel mit schwarzen Augenhöhlen und gefletschten Zähnen. Er fühlte seine Beine nachgeben. Finsternis kam und verschluckte ihn. Er stürzte, und er hatte das Gefühl, als würde dieser Sturz bis in alle Ewigkeit andauern.

— 35 —

Caitlin Brook kam von ihrem morgendlichen Lauftraining zurück, und Martin Thornton war verschwunden. Sie verstand es nicht. Sie war völlig verdutzt. – Vorhin, in den frühen Morgenstunden, als die Sonne sich gerade erst hinter den Douglas Hills erhob und einen perlmuttartigen Glanz in den Himmel im Osten sandte, war sie noch neben ihm gelegen, war alles *gut* gewesen.

Sie hatte ihm die Haarsträhne aus dem Gesicht gestrichen und der Versuchung widerstanden, ihn nachdrücklicher zu berühren. Die Erinnerung an ihre gemeinsame Nacht erfüllte sie mit einer warmen Glut. Sie lächelte, als sie daran dachte. Sie hatte ihn ein paar Minuten lang angesehen, dann war sie langsam, um ihn nicht aufzuwecken, aus dem Bett geglitten. Er drehte sich im Schlaf halb herum, und sie zog die Decke über ihn, und sein Atmen beruhigte sich. Caitlin nahm ihre Kleider und ging in die Küche. In der kühlen Morgenluft hatte sie Gänsehaut am ganzen Körper. Sie schlüpfte rasch in ihren Jogging-Anzug, dann wandte sie sich dem Regal zu und nahm die hölzerne Schatulle an sich. Sheila hatte sie erst vor zwei Tagen gefüllt. Die Zugschnur des Beutels ließ sich mühelos öffnen. Caitlin gab einen Eßlöffel des Pulvers in ein hohes Glas und füllte Wasser auf.

Sie rührte das Gemisch hastig um und trank es in einem

langen Zug aus und fühlte die Hitze in ihrem Bauch brennen und eine sich rasend schnell ausbreitende Glut, wie von flüssigem Feuer; ihr Körper vibrierte vor lauter Energie.

Die Küchentür quietschte, als sie sie öffnete, doch sie schloß sich völlig geräuschlos. Sie verließ das Haus durch die vordere Tür und vergewisserte sich mit schnellen Blikken nach rechts und links, daß sie nicht beobachtet wurde. Sheila Garvie hatte ihr das Versprechen abgezwungen, keinem Menschen etwas von der *Veränderung* zu sagen. Sie hatte ihr Gelübde bereits einmal gebrochen; sie hatte Martin Thornton alles erzählt, aber ihm war sie es schuldig gewesen.

Caitlin schüttelte alle diese Gedanken ab und überquerte die Straße und lief locker zu den Bäumen und dem kaum sichtbaren Pfad hin, der um das kleine Wäldchen herumführte und dann bei einem Feld endete, das von hohen Hecken umgeben war. Sie beschleunigte und fühlte dem wunderbaren Kitzeln von Energie in sich hinterher; ein paar Yards weiter begann sie richtig schnell zu laufen.

Ihre Schritte verursachten ein sanftes, tapsendes Geräusch auf der taufeuchten Erde. Sie jagte leichtfüßig den Pfad entlang, genoß das sich ausbreitende Sprudeln heller Freude. Sie fühlte sich so *lebendig*!

Sheila Garvie hatte recht, sagte sie sich. Es *gab* eine Magie der Pflanzen des Waldes. Sie hatte ihr versprochen, sie würde wieder laufen können, und hier war der leibhaftige Beweis. Caitlin stellte es nicht in Frage. Sie akzeptierte es einfach, daß ihre Nerven, ihr Rücken wieder zusammengewachsen waren, daß ihre Muskeln sich bewegten. Und daß sie wieder fühlen konnte. Letzte Nacht hatte sie eine *ganze Menge* gefühlt. Es war so wunderbar gewesen wie die erstaunliche Tatsache, sich wie neu geboren zu fühlen.

Caitlin bewegte sich geschmeidig den Pfad entlang und kostete die Erinnerung aus und mußte ununterbrochen lächeln.

Es war richtig gewesen, und es war gut gewesen. Irgendwann in dieser schwülen Nacht hatte sie ihm gesagt, daß sie ihn liebte, und in der Kühle des Morgens wußte sie: *Es stimmte.* Sie konnte es sich genauso wenig erklären wie ihr plötzliches Verlangen danach, sich ihm hinzugeben. Sie dachte an den kurzen, heftigen Schmerz und das Tröpfeln von Blut – und lachte laut auf. Sheila Garvies *Melange* hatte sie zweifellos in *jeder Hinsicht* wiederhergestellt. Da war das kurze Gefühl einer Dehnung gewesen, dann ein greller Schmerz, als ihr Hymen zerriß. Sie hatte es sofort als das erkannt, was es war, denn sie erlebte dieses plötzliche Sengen, das sie veranlaßte, aufzuschreien, bereits zum *zweiten* Mal in ihrem Leben. Beim ersten Mal – vor mindestens hundert Jahren – war ein keuchender Junge auf ihr gelegen und hatte alles um sich herum ignoriert und sich in hektischen Stößen in sie hineingebohrt. Martin Thornton war anders gewesen. Er hatte ihren Schmerz, ihren Aufschrei gefühlt und aufgehört; er hatte sich zurückziehen wollen, seine Augen waren voller Sorge gewesen. Und sie hatte ihn in sich, bei sich behalten.

Caitlin rannte mühelos, sie trieb sich nicht an, obwohl sie längst wußte, daß ihre Muskeln stark genug waren, um auch härter gefordert zu werden. Sie dachte an Martin und was er ihr gesagt hatte. Er war ganz offensichtlich um sie besorgt, und das konnte sie akzeptieren. *Nicht* akzeptieren konnte sie seine Meinung über Sheilas Kräuter-Arznei. Sie wollte – und würde! – sie nicht absetzen. Sie würde mit ihm weggehen, wenn das seine Ängste zerstreute ... Aber es fiel ihr schwer, sich mit diesen Ängsten zu identifizieren.

Sheila Garvie hatte ihr das Leben gerettet. Sie hatte ihr das Leben *zurückgegeben.* Was war daran gefährlich? Sicher, die ältere Frau steckte voller Geheimnisse, und vielleicht tat sie ja wirklich ein bißchen zu sehr, als sei sie aus irgendeinem Märchen gehüpft. Aber deshalb war sie noch lange nicht böse. Sie mischte sich nicht in das Leben der Menschen von Linnvale ein. Und selbst wenn sie *ihr* Lebensglück darin sah, ununterbrochen irgendwelche Pflanzen zu sammeln und daraus altmodische Arzneien herzustellen, dann stellte auch das noch keine Gefahr dar – oder? Caitlin hatte genug gelesen, um Gifte wie *Digitalis* und *Curare* nicht nur dem Namen nach zu kennen; sie wußte, daß sie tödlich waren. Und dennoch wurden sie auf der ganzen Welt auch als Medizin verwendet. Sie hatten das Wunder bewirkt, sie hatten dafür gesorgt, daß sie wieder laufen konnte.

Eine Stunde verging, bis sie zu ihrem Cottage zurückkehrte; sie wurde langsamer. Sobald sie das Wäldchen hinter sich ließ, fiel ihr auf, daß Martins Land-Rover verschwunden war, und das versetzte ihr einen Stich der Enttäuschung. In der Küche suchte sie nach einer Nachricht von ihm, aber da war nichts. Sie sah im Schlafzimmer nach. Er hatte die Bettdecke zurückgeschlagen, und sie bemerkte den getrockneten, blattförmigen roten Fleck. Das Bett war noch warm. Sie versuchte das ganze zu rekonstruieren: Er wacht auf, sieht, daß ich nicht da bin, und geht.

Aber wohin? Vielleicht ins Dorf, um Milch oder Hörnchen einzukaufen, überlegte sie; allerdings hoffte sie es mehr, als daß sie davon überzeugt war. Sie wußte nur, wenn er vorgehabt hätte, das Tal zu verlassen, dann bestimmt nicht derart sang- und klanglos; nicht nach dem, was er ihr gestern nacht gesagt hatte, und erst recht nicht nach dem, was sie in dieser Nacht *getan* hatten. Sie konnte einfach nicht glauben, daß er es plötzlich mit der Angst zu tun bekommen und die Beine in die Hand genommen hatte.

Gerade als Caitlin sich umwandte und ins Wohnzimmer hinüber gehen wollte, bemerkte sie das Glas auf dem Boden. Verwundert bückte sie sich und hob es auf.

*****

Duncan Haldane wartete bis neun Uhr darauf, daß John Lovatt mit seinen Hunden auftauchte. Der Bauer, der auf der anderen Seite des Tals ein paar Bergschafe und einen Stall voller Schweine sein eigen nannte, hatte ganz gewaltig Verspätung. Schließlich zog Duncan Stiefel und Jacke an und schloß den Gewehrschrank auf.

Die Kinder nahmen in der Küche ihr Frühstück ein. Rose hatte Dorrie herausgeputzt und trotz lautstarken Protestes in ein gelbes Sommerkleid gesteckt. Im Augenblick erzählte sie ihrer Mutter sehr ernst, daß sie viel lieber ihre Jeans trug und sich in diesem Kleid wie eine *Heulsuse* vorkam. Duncan schmunzelte vor sich hin, als Rosie der Kleinen beizubringen versuchte, daß alle Mädchen beim Sommerferien-Picknick Kleider trugen – und sie doch bestimmt nicht die merkwürdige eine sein wollte, die hier aus der Reihe tanzte. Dorrie konterte mit der Tatsachenbehauptung, Kleider seien nicht gerade gut gegen Nesseln.

»Dann hältst du dich einfach von allen Nesseln und Disteln und was es sonst noch mit Dornen und Stacheln gibt, fern – okay?« schlug Rose daraufhin vor. Dann meinte sie noch, daß es bestimmt eine gute Idee wäre, den Teddybär zu Hause zu lassen, aber Dorrie hielt ihn fest unter ihren Arm geklemmt und schüttelte nur den Kopf. Sie tat seit Wochen – seit ihrem *Abenteuer* im Wald – keinen Schritt ohne ihren Teddybären. Das Mutter und-Tochter-Wortgefecht dauerte an. Duncan zog sich lautlos und immer noch schmunzelnd von der Türöffnung zurück.

Ben wollte zu Hause bleiben. Er hatte den Hof schon seit Wochen nicht mehr verlassen und verbrachte seine Tage damit, einen Ball gegen die Stallwand zu kicken oder in seinem Zimmer Modellflugzeuge zusammenzubauen. Duncan hielt dies für eine schlimme Sommerferien-Verschwendung, aber sooft er das zur Sprache brachte, brachte ihn Rose mit einem energischen Blick zum Schweigen. Sie sagte immer, Ben brauche Zeit, um über das hinwegzukommen, was ihm Kummer bereitete. Ihn zu drängen, hieße nur, alles zu verlängern. Wie auch immer; letzten Endes fühlte sich auch Duncan wohler, wenn die Kinder nicht allzu weit umherstreiften. Wenn der Eber, der Morag attackiert hatte, erst einmal erlegt war, sah alles wieder anders aus. Vielleicht würde er den Jungen dann einmal zum Angeln mitnehmen und ihn dabei aus seinem Schneckenhaus herauskitzeln.

John Lovatts Ankunft wurde schließlich vom schrillen Kläffen seiner Terrier angekündigt. Ben hörte den Tumult draußen und ging ans Fenster. Er hatte am Abend vorher gesehen, daß sein Vater das Schrotgewehr ölte, sich aber nicht viel dabei gedacht.

»Was ist denn los?« rief er halb über die Schulter zurück. »Da kommt Mr. Lovatt mit seinen Hunden.«

»Wir schnappen uns das Biest, das unsere Morag umgebracht hat«, antwortete Duncan ihm. »Es war Johns Schwein. Er will mir helfen, es zu fangen.«

»Und wo geht ihr hin?«

Duncan kam zu ihm und zeigte nach links hinüber, wo sich das Land zum Strom und zu Fasach Wood hinabsenkte.

»Wir werden da oben anfangen und das Vieh zum Fluß hinunter treiben. Bleibt es auf unserer Seite, um so besser«, sagte er.

»Du gehst in den Wald?« Ben sah plötzlich sehr alarmiert aus.

»Nun, wenn nicht, dann hat es die Chance, wiederzukommen und noch mehr Schaden anzurichten.«

»Aber Dad«, protestierte Ben, und sein Gesicht war jetzt schneeweiß. Sein Vater hatte sich bereits abgewandt. »Dad, bitte.«

»Was ist denn, Sohn?«

»Der Wald, Dad . . . Es ist *schlimm* da. Bitte, geh nicht.«

Duncan bedachte seinen Sohn mit einem schiefen Lächeln. Dann nahm er seine Kappe ab und stülpte sie Ben über den Kopf.

»Du hältst sie warm, bis ich zurück bin. Es sieht nach Regen aus. Ich werd' den Regenmantel nehmen.«

»Dad, bitte«, flehte Ben; er war den Tränen nahe, seine Stimme klang ganz rauh. »Die Bäume da unten *bewegen* sich. Sie werden dich kriegen.«

»Unsinn, Junge. Schau dir das hier an«, brummte Duncan und hängte sich das Schrotgewehr über die Schulter. Er trug den breiten Patronengurt, den Rose ihm vor ein oder zwei Jahren zu Weihnachten geschenkt hatte. »Dieses Ding kann einen Elefanten stoppen. Und da unten leben höchstens ein paar Dachse und Füchse und dieses eine üble Mistvieh von einem Schwein. Mach dir um mich keine Sorgen, kleiner Mann, ich bin zum Tee zurück, und ich bring' frischen Schinken mit.«

Duncan rückte seinem Sohn die Kappe zurecht und kniff ihm in die Nase.

»Sobald ich zurück bin, werden wir beide, du und ich, uns ein bißchen unterhalten und Pläne schmieden. – Was hältst du davon, wenn wir zusammen ein paar Tage fischen gehen?«

Ben nickte langsam, fast benommen. Er hörte nicht zu. Er dachte an seine und Dorries aberwitzige Hetzjagd durch diesen dschungelartigen Wald, an die Beinahe-Katastrophe mit der Kettensäge, an das Blut, das aus dem Baum spritzte.

Der Wald war *lebendig*. Er wußte das, aber niemand glaubte ihm. Und jetzt wollte sein Vater da hinuntergehen, und Ben hatte *furchtbare* Angst.

Duncan wölbte seine große Hand um das Kinn seines Sohnes und ließ sie einen Moment lang dort, bevor er in die Küche ging, um Rose zu sagen, daß er nun aufbrach. Sie hatte ihm einige Sandwiches in den Rucksack gepackt, zusammen mit einer Thermoskanne Kaffee. Die kleine Dorrie strahlte Duncan an.

»Meine Gute, du siehst heute ja fast wie ein Mädchen aus, in diesem tollen Sommerkleid«, lobte er sie. Dann bückte er sich zu ihr hinab und küßte sie auf den Kopf. Er wünschte ihr viel Spaß, dann bat er Rose, Ben im Auge zu behalten. Sie sagte ihm, sie werde ihn mit ins Dorf nehmen, wenn sie Dorrie zum Sommerferien-Picknick brachte.

Duncan verließ das Haus mit dem Schrotgewehr über der Schulter. John Lovatt wartete im Hof. Vier drahtige Terrier kläfften um ihn herum.

Ben stand noch immer am Fenster und sah ihnen nach, als sie den Weg überquerten und den Hang hinabgingen. Sein Magen verkrampfte sich vor Angst. Ein großes, graues Gewicht lastete auf seinen Schultern. Dann verschwanden sein Vater und John Lovatt außer Sicht. Der Junge murmelte: »Fasach Wood . . .«

*****

Susan Herron hieß Dorrie Haldane mit einer herzlichen Bärenumarmung im Kirchengemeindesaal willkommen. Die meisten Kinder waren bereits eingetroffen, und bis auf zwei Jungen in Jeans und Stiefeln trugen alle ihren besten Sommersonntagsstaat am Leib. Ein paar Eltern hatten allerdings nicht nur modische, sondern auch praktische Überlegungen angestellt und das Wetter berücksichtigt – und ihren Jüngsten praktische dünne Nylonjacken in ihre Rucksäcke und Beutel gepackt.

Rose Haldane lud Ben auf ein Eis ein. In Meg Balfrons Café gab es wie immer ein überreiches Angebot an köstlichen Kuchen und Gebäck, doch nicht die Inhaberin selbst stand heute – wie gewohnt – hinter der vornehmen gläsernen Theke, sondern deren Nichte, ein dunkelhaariges, übergewichtiges Mädchen mit hübschen blauen Augen.

Im Kirchengemeindesaal teilte Susan zusammen mit Melanie Cuthbert und Caroline Petrie, die das gesamte, mit Mitteln aus der Gemeindekasse finanzierte Ferienprogramm-*Unternehmen* leitete, Süßigkeiten an die Kleinen aus. Einige Männer waren bereits früh am Morgen *überredet* worden, die Picknick-Körbe zu der Wiese am Corrie zu bringen, und diese Wiese zuvor ein wenig mit Sensen von Unkraut und allzu hohem Gras zu befreien. Schließlich sollte genügend Platz vorhanden sein, damit die Kinder auch herumtollen konnten.

»Okay, ihr Rasselbande!« rief Caroline. »Sind wir alle startklar?« Ein Chor hoher, aufgeregter und erwartungsfroher Kinderstimmen bestätigte dies einstimmig.

»Also gut. Dann gehen wir jetzt los und machen ein wirklich tolles Picknick!« rief Caroline. Sie klatschte in die Hände, und die Kinder schwärmten aus; die meisten Mädchen Hand in Hand, einige der Jungen hatten ihrem jeweils besten Freund den Arm über die Schulter gelegt – so, wie dies nur kleine Jungen tun und erwachsene Männer nicht mehr können.

Susan hielt Dorrie an der linken und ein anderes kleines Mädchen an der rechten Hand, und so hüpften sie zusammen mit dem Rest der fröhlichen Schar die Straße hinab und sangen dabei aus voller Brust. Schon bald gingen sie im Gleichschritt zu ihrer Melodie, und viele Erwachsene winkten ihnen aus Fenstern oder Türen zu. Rose Haldane hatte sich extra aus diesem Grund im Café an eines der Fenster gesetzt. Als ihre Tochter – freudestrahlend und ihren Teddy eisern umklammernd – jetzt mit den anderen Kindern vorbeizog, winkte sie ihr mit beiden Händen fröhlich zu. Ben sah kaum von seinem Eis auf; schlimmer noch: Er schob dieses Eis nur lustlos auf dem Teller hin und her. Rose räusperte sich und tippte zweimal auf das vor ihr stehende Teekännchen und nahm sich vor, heute eine ganz besonders geduldige Mutter zu sein.

Sekunden später war die Kinderschar bereits hinter der ersten Straßenbiegung verschwunden, doch man hörte sie noch immer singen.

Susan Herron paßte auf, daß niemand von den Kleinen aus der Gruppe ausbüxte oder zurückblieb, um einen besonders interessanten Stein oder ähnliches zu inspizieren. Als sie an der Stelle vorbei kamen, an der sie mit ihrem Ex-Freund Paul Thomson im Mondenschein von den drei Dorf-Rowdys überrascht worden war, spürte sie kurz ein gemeines Stechen in der Herzgegend.

Im Osten war der Himmel noch immer hell und freundlich, und nun wurde es sogar wärmer; doch die Wolkendecke über den Dumbuie Hills schwoll unerbittlich und gruselig dunkel an. Susan hoffte so sehr, daß der Regen sich noch einen Tag lang zurückhielt, bis das Picknick vorbei war. So viele Leute hatten so viel Arbeit darin investiert, um den Kindern am Höhepunkt des Sommers eine Freude zu machen.

Die ersten Mädchen in ihren strahlend hellen Kleidchen überkletterten den Zauntritt; Pferdeschwänze und Zöpfchen wippten. Aufgeregte Stimmen füllten die Luft, als die Kleineren von den drei jungen Frauen über die Barriere hinweggehoben wurden. Als alle auf der anderen Seite angekommen waren, stürmten sie in einer weit auseinandergezogenen Reihe den Hügel hinab und an das seichte Ufer des sich dahinschlängelnden Flusses. Rechter Hand, etwa dreihundert Yards entfernt, ragte dunkel und drohend Fasach Wood empor und überschattete den Corrie River.

*****

Peter Bain ließ sich gerade die letzten Tropfen aus der Dose Lagerbier in den Mund tropfen, als er von seinem Beobachtungspunkt auf dem zutage liegenden Felsbrokken am anderen Ende des Hanges die Kinderprozession entdeckte. Rory McIntyre schubste ihn an, reichte den Joint an ihn weiter und stieß asthmatisch keuchend eine blaue Rauchwolke aus.

»Is' das nicht Susan der Storch?« fragte er kichernd.

»Wahnsinnsbeinchen Herron – klar doch!« sagte Tam Donald. Er hockte auf dem Stumpf eines alten Baumes, der vor drei Jahren vom Blitz getroffen worden und nun fast ganz mit Moos überwachsen war.

»Würd' ihr am liebsten einen verpassen«, äußerte sich Rory.

»Und ich geb' ihr dann den Rest«, verkündete Tam und grinste wie über einen besonders gelungenen Witz. Er wandte sich Peter Bain zu. »Hey, Pete – und du?«

»Nö. Gibt nur Scherereien. Hab' keine Lust, wie dieser Stadt-Wichser nur ein paar schlüpfrige Sekunden zu kriegen.«

»Den haben wir echt *alt* aussehen lassen.«

»Wir haben's ihm gezeigt«, brummte Rory zustimmend. »Der Bastard hat sich nie wieder blicken lassen.«

Die drei hielten sich bereits seit über einer Stunde an dem Felsen auf. Tam Donald hatte seinen Bruder um einen im Kühlschrank zwischengelagerten Sixpack Bierdosen erleichtert – für den Fall, daß es nötig wurde, das Hasch irgendwie runterzuspülen, das er, Pete und Rory letzte Woche in dieser Disco in Lochend gekauft hatten und nun *probierten*. Eine Weile war jeder von ihnen aufs äußerste darum bemüht gewesen, die andern davon zu überzeugen, daß man damit wirklich der *ganz große* Überflieger wurde, aber letzten Endes hatte sich das ziemlich schnell als ziemlich langweilig erwiesen.

Die Abwechslung kam gerade im richtigen Moment.

Pete beobachtete Susan Herron, wie sie auf ihren langen Fohlenbeinen die Wiese hinab schlenderte. Sie trug enge, weiße Jeans, und ihre hellen Haare flatterten hinter ihr her. Sekundenlang fühlte er eine ziemliche Enge in *seinen* Jeans, und gleich darauf – im Mund – den bitteren Geschmack von düsterem Neid. Trotz seines ganzen gespielten Draufgängertums würde sie sich niemals für ihn interessieren, und er wußte es.

»Verfickte Knackarsch-Schlampe«, murmelte er vor sich hin.

Sie beobachteten, wie die Kinder den unteren, flachen Teil der Wiese erreichten, wo der Fluß einen weiten Bogen machte und eine grasbewachsene Halbinsel bildete, die ideal war für ein Picknick. Hier war das Wasser seicht und träge, und Stichlinge und kleine Forellen glitten darin umher, und es gab Sandbänke, in die Uferschwalben ihre Nisthöhlen gegraben hatten.

Caroline, Melanie und Susan breiteten große Decken aus, so daß die Kleinen sich setzen konnten. Irgend jemand hatte einen großen Kassettenrecorder mitgebracht, und schon bald wehte das dünne Lärmen der Kindermusik den Hügel herauf.

Pete und seine Freunde sahen dem Treiben aus der

Ferne zu und tranken und rauchten, und von Westen her rollten dunkle Wolken über das Tal. Am Fluß unten hatten die ersten Jungs ihre Schuhe abgestreift und tappten wie Störche im Uferschlamm herum. Caroline gab Anweisungen; Pete hörte nur einzelne Satzfetzen: ». . . nicht allein unterwegs . . . Später . . . Schatzsuche . . . Riesenpreise für alle . . . Schwimmsachen dabei hat, kann . . .« Dann wurden Kuchen und Saft ausgeteilt. Begeisterte Schreie erhoben sich. Die Kinder stürzten sich auf die Kuchen. Dann kamen die üblichen Spiele – Sackhüpfen und Wettrennen, wobei alle Teilnehmer auf einem Löffel ein Ei vor sich her trugen. Das kindliche Gelächter war allgegenwärtig.

»Blöder Kinderkram«, sagte Tam Donald und zog eine spöttische Grimasse. »Als wir so alt waren, gab's das nicht.«

»Alles, was es für uns gab, war ein Stiefel in den Arsch und Scheiße vom Hof schrubben.«

In diesem Moment rumpelte auf der Straße hinter ihnen einer der MacKinnon-Tanklastzüge schwerfällig den Berg herauf. Der Fahrer lehnte sich auf die Hupe und schickte den Kindern ein Zwei-Ton-Dröhnen als Gruß.

»Jesus, *Herrgott*!« blubberte Pete in seine Bierdose hinein. »Hab' fast einen Herzinfarkt gekriegt!« Seine beiden Freunde lachten schallend, während er sich den Schaum von seinem bunten T-Shirt wischte.

»Kann nicht mal sein Bier bei sich behalten«, bemerkte Rory.

»Ich behalt' gleich deine Scheiß-Gurgel bei mir«, zischte Pete zurück.

Um die Mittagszeit lag der Corrie noch immer im Sonnenschein, obwohl die Wolken sich mittlerweile himmelhoch emporgetürmt hatten und einen gewaltigen Schatten über Linnvale warfen.

Pete Bain und seine Kumpane leerten eine weitere Dose und absolvierten einen Rülps-Wettbewerb.

Plötzlich seufzte Tam: »Schau dir diese *Figur* an!«

Am Fluß unten war Susan Herron aus ihren Jeans gestiegen. Jetzt trug sie nur noch einen knappen Bikini. Ein paar

Kinder in Badesachen hüpften um sie herum, und sie sagte etwas zu ihnen.

»Lieber Gott, und diese Matschnase hat das alles für sich allein gehabt«, krächzte Rory neidisch.

Ein wenig abseits, im Schatten einer kleinen Weide, zog Caroline Petrie ihre Kleider aus – sie wandte den Kindern den Rücken zu und wurde außerdem durch einen niedrigen Busch vor ihren neugierigen Blicken geschützt. Sie hatte ihr Publikum auf dem Felsbrocken noch nicht bemerkt – und das kam voll und ganz auf seine Kosten. Sie streifte ihr T-Shirt ab; dann schlüpfte sie mit einer raschen Schulterbewegung auch aus dem BH.

Rory hörte Petes hektisches Einatmen, als die Brüste der jungen Frau zu sehen waren.

»Heilige Scheiße!« nuschelte Pete. »Sieh dir das an –«

Doch jetzt streifte sie auch noch ihre weiße Sommerhose nach unten, und ihr Höschen gleich mit. Die drei Freunde saßen stocksteif und stierten mit weitaufgerissenen, ungläubigen Augen. »Leck mich, man sieht ihre«, begann Rory und unterbrach sich.

Caroline glaubte sich noch immer unbeobachtet und reckte sich splitternackt und hob die Hände an ihre Haare und steckte sie hoch. Sie ging ein paar Schritte vorwärts, bückte sich zu einer Handtuchrolle und wickelte einen Badeanzug heraus.

»Was für ein Weib!« sagte Tam. Rory nickte dümmlich.

»Ich werd' sie haben«, verkündete Pete. Er rieb sich gedankenverloren mit der halb geleerten Bierdose im Schritt.

Caroline zog ihren Badeanzug an, nahm ihre Kleider und ging zu den Kindern zurück.

Eine halbe Stunde später öffneten die Wolken ihre Schleusen. Der gewaltige Niederdruck, der sich über den Dumbuie Hills aufgebaut hatte, wanderte nach Osten, rollte dunkel über das Dorf und sperrte die Sonne aus. Es begann nicht mit dem für diesen Teil des Landes üblichen Tröpfeln zu regnen. Dieses Mal taten sich die Himmel auf und *überschwemmten* das Tal.

Pete Bain und seine Freunde zogen sich die Jacken über den Kopf und hasteten in den Schutz eines großen Kastanienbaumes, dessen Äste zur Straße hin fast bis zum Boden reichten.

Unten am Fluß lachten Susan und Caroline in einer Mischung aus Vergnügen und Enttäuschung. Gerade noch hatten sie mit den Kindern im seichten Wasser herumgeplantscht – und jetzt prasselten diese großen Regentropfen auf sie herab. Die träge Wasseroberfläche verwandelte sich in etwas Lebendiges; es spritzte, und silbrige Kreise und Wellen entstanden. Die Kinder kreischten übermütig. Melanie eilte umher und versuchte die Kleider und Picknick-Körbe einzusammeln.

Susan und Caroline trieben die Kinder zum Ufer.

»Und jetzt?« rief Susan über das Prasseln des Regens hinweg.

»Zu den Bäumen!« bestimmte Caroline. »Dort können wir uns abtrocknen, und dann steigt die Schatzsuche. Es ist nur ein Regenschauer.«

»Fühlt sich eher wie die Sintflut an!« lachte Susan.

Sie halfen Melanie, alles einzusammeln, dann rannten sie alle los. Fasach Wood entgegen.

Über ihnen verfärbte sich der Himmel schwarzblau. Vor ihnen war der Wald dunkel und voller Schatten.

Und weiter oben am Hang kommentierten die drei Jugendlichen die Flucht mit spöttischem Gelächter. Sie hatten noch drei Dosen in Reserve. Pete riß einen Verschluß auf, und das Bier zischte in hohem Bogen heraus.

»Was machen wir jetzt?« wollte Rory wissen.

»Ich bleib' hier, bis der Regen aufhört.«

»Ich auch«, sagte Tam. »Ich will sehen, wie sie ihre Klamotten wieder anzieht.«

»Elender Spanner!« grölte Pete. Aber natürlich hatte er genau dasselbe im Sinn gehabt.

— 36 —

Als er das erste Mal erwachte, drehte sich alles in seinem Kopf, und seine Schläfen hämmerten, und er lag auf einem kalten Boden.

Er drehte sich geringfügig und fühlte ein steinernes Scharren unter sich. Er versuchte sich richtig zu bewegen, aber sein Körper reagierte nur völlig lethargisch.

Es war nicht dunkel, trotzdem brauchte er mehrere Sekunden, bis sich seine Sicht klärte. Er fühlte sich, als würde er auf dem Grunde einer rechteckigen Grube liegen, deren Wände hoch über ihm emporragten und sich einander näherten, je höher sie wurden. Er blinzelte und schüttelte den Kopf, und die hämmernden Schmerzen hallten im Innern seines Schädels wider. Die Wände waren mit Regalen versehen, die Regale waren mit Flaschen und Krügen vollgestellt, und sie alle verzogen und verzerrten sich wie in einem Spiegellabyrinth. Aber nach und nach erholten sich seine Augen. Die Wände schrumpften, wurden zu *normalen* Wänden. Er erkannte, daß er in einem Keller lag. Es roch nach Moder und alten Spinnweben. Martin versuchte sich daran zu erinnern, wie er hierhergekommen war, aber sein Gedächtnis war ein Strudel aus unzusammenhängenden Gedanken und Panik. Er fragte sich, ob er dies alles nicht nur träumte.

Dann hörte er eine Stimme – irgendwo hinter sich –, und jetzt stürzte das Begreifen, das Wissen, in einer einzigen, riesigen Lawine auf ihn herein. Die Stimme – das war Sheila Garvie. Und –

»Willkommen zurück«, sagte sie zynisch.

Martin ignorierte das Pochen hinter seiner Stirn und wälzte sich herum. Er erinnerte sich, erinnerte sich ... Sie hatte ihm etwas ins Gesicht gespien. Dann war er in diese Tiefe gestürzt.

»Oh, gib dir keine Mühe«, flüsterte sie. »Du schaffst es nicht.«

Martin dachte einen Moment lang darüber nach. Er stemmte sich auf die Ellbogen, drückte sich in eine halbwegs sitzende Stellung hoch. Er dachte: *Muß die Beine unter mich bekommen.* Aber sie bewegten sich nicht.

»Was –?« ächzte er verwirrt. Er veränderte seine Stellung, versuchte es noch einmal, keuchte vor Anstrengung. Nichts geschah. Er konnte seine Beine nicht einmal mehr *fühlen*.

Eine jähe Angst blähte sich in ihm auf.

Ich bin gelähmt! Es war, als könne er diesen Gedanken in riesigen schwarzen Buchstaben sehen, es war, als springe er wie ein Monstrum mitten in sein Denken hinein. Seine Beine würden sich nie mehr bewegen, er würde nicht mehr aufstehen oder auch nur umherkriechen können. Er war hilflos. Er dachte an Caitlins Rollstuhl, er sah ihn vor sich, und er erstarrte vor Grauen.

»Interessant«, meinte Sheila Garvie. »Deiner Caitlin sind ihre Beine zurückgegeben worden, und dir wurden sie genommen. Wie fühlt man sich da?«

»Was hast du mit mir gemacht?«

»Oh, keine Bange. Es war nur ein kleiner Scherz«, erwiderte Sheila Garvie. Sie umrundete ihn, und er folgte jeder ihrer Bewegungen mit den Blicken. Nun blieb sie stehen und sah verächtlich auf ihn herab. »Ich sollte dich nicht so zurücklassen. Ich erwähle nur die Stärksten. Und du *wirst* stark sein. Das kann ich dir garantieren ... Ich kann mit dir tun, was ich will. Und zuerst will ich, daß du *glaubst*.«

»Was ... glauben?« Seine Kehle war wie zugeschnürt. Die Worten klangen wie das Keuchen eines Erstickenden.

»Warte, ich helfe dir«, sagte sie und beugte sich zu ihm herab, ergriff ihn unter den Achselhöhlen und zerrte ihn mit überraschender Kraft hoch. Seine Beine hingen schlaff unter ihm. Seine Arme fühlten sich wie knochenlose Gummistengel an. Sie schleppte ihn zu einem Tisch, setzte ihn darauf und ließ ihn dann einfach los. Er kippte zur Seite. Sein Gesicht schlug mit einem mißtönenden Laut auf das Holz, und Sterne glitzerten vor seinen Augen. Ein Arm baumelte über die Tischplatte hinunter. Dieses Mal klärte sich seine Sicht schneller; er erkannte, wie verwundbar er war. Seine Beine waren gespreizt.

Sie beugte sich lächelnd über ihn.

»Wo sollen wir anfangen?« wisperte sie geheimnisvoll wie eine Märchenerzählerin.

Sie griff nach einer auf dem Regal neben ihr stehenden Flasche und zog den gläsernen Stöpsel heraus. Die Flüssigkeit darin sah aus wie Froschlaich – grün und schlammig. Sie tauchte ihren Zeigefinger darin ein. Als sie ihn wieder herauszog, wurde er von einer gallertartigen Masse umhüllt. Sie griff erneut nach seinem Gesicht, packte es und drückte zu, bis sich seine Lippen öffneten, dann stieß sie ihm ihren Finger tief in den Mund hinein und schmierte eine klebrige Nässe an seinen Gaumen.

Sie schmeckte nach überhaupt nichts, das erwartete Säurebrennen blieb aus; doch dann begannen seine Muskeln wie unter Stromstößen zu zucken. Er bäumte sich auf, seine Arme ruckten hoch, seine Finger waren wie starre Klauen und harkten durch die Luft. Ein unkontrollierbares Schaudern druchraste ihn, und dann flammte eine grauenhafte Hitze unter seiner Haut, und es war, als brenne sein ganzer Körper. Ein durchdringendes Krachen erfüllte seine Ohren, und er konnte zum dritten Mal nichts mehr sehen. Das Feuer fraß sich an seinen Armen und Beinen entlang und sammelte sich in seiner Körpermitte. Ein enormer, anschwellender Druck breitete sich in seiner Leistengegend aus. Schmerzen kamen und überlagerten seine Verwirrung mühelos. Sheila Garvie legte ihm eine Hand zwischen die Beine und berührte ihn dort, wo die Schmerzen am größten waren, Er glaubte, zerbersten zu müssen. Aus den Schmerzen wurden Höllenqualen. Er hörte sich selbst schreien.

»Oh, ja. Und ich kann dafür sorgen, daß du alles tust, was ich will«, kicherte sie. »*Wirklich alles*.«

Trotz aller Schmerzen und trotz des Krachens in seinen Ohren spürte er, wie ihr Atem schneller wurde.

Sie ließ ihre Hand langsam über die rasend schmerzende Ausdehnung gleiten und drückte zu. Die Schmerzen tobten wie ein wildes Tier in ihm.

»Und ich kann es jetzt gleich tun«, zischte sie. »Solange das Eisen noch *heiß* ist . . .«

Sie beugte sich tief zu ihm herab, sie drückte sich an ihn, durchbohrte ihn mit ihren dunklen Blicken. »Spürst du die Hitze? *Spürst* du sie?«

Sie war wie eine schwarze Glut. Ihre Finger drückten und drückten, und er glaubte, in der Mitte entzweigerissen zu werden. Er schrie wieder, und Sheila Garvie lachte.

»Ich denke, wir brauchen etwas, um diese Inbrunst zu kühlen. Ich kann warten, und du wirst warten *müssen.*«

Plötzlich schwebte ihre Hand direkt über seinem Gesicht. Ihre Finger öffneten sich. Sie blies über ihre Handfläche hinweg, und winzige goldene Staubteilchen wirbelten durch die Luft. Martin versuchte das Gesicht wegzudrehen – doch es war längst zu spät; er atmete das neuerliche Gift bereits ein. Er mußte husten, doch gleichzeitig erstarb das Feuer in seinem Schritt. Das Gefühl der Erlösung war ungeheuerlich. Eine angenehme Kühle breitete sich aus und löschte das tobende Feuer, stoppte die schmerzhafte Ausdehnung. Er stöhnte vor Erleichterung.

»Und nun träume, mein Lieber«, sagte sie sanft und streute eine weitere Handvoll Staub über ihn. Er konnte nicht sagen, ob es derselbe war oder nicht. Eine Wolke senkte sich auf sein Gesicht herab. Ohne jede Warnung drehte sich der ganze Raum um ihn herum. Martin wälzte sich zur Seite; sein Mund war weit aufgerissen, sein Gesicht zu einer Fratze verzerrt. Und Sheila Garvies Augen lachten ihn noch immer an. Sie bewegte sich von ihm weg, sie *schwebte* einen weiten, dunklen Korridor entlang. Ihr Gelächter, anfangs so laut, wurde immer schwächer. Sie verschwand, und die Welt wurde schwarz . . .

. . . und Martin Thornton erwachte und lag rücklings auf weicher Erde.

Über ihm raschelten Blätter. Unter seinem Rücken bewegte sich etwas in der Erde. Er rollte sich herum, taumelte auf die Füße. Eine Wurzel durchbrach in einer gleitenden, schlangenhaften Bewegung den Boden. Er stolperte zurück. Ein Ast griff herab und packte ihn. Martin wirbelte herum. Hölzerne Augen öffneten sich in der unebenen Rinde eines Baumes und starrten ihn blind an. Er versuchte sich wegzudrehen, doch irgend etwas hielt ihn fest, und der Terror des Traumes begann.

*****

Duncan Haldane und John Lovatt hatten das obere Ende des Tales weit hinter sich gelassen. John war nicht sehr glücklich darüber, daß Duncan das Gewehr mitgenommen hatte. Wenn sie hier wirklich hinter seinem Schwein her pirschten, dann war es lebend mehr wert als tot. Deshalb hatte er seinen Stab mitgebracht, an dessen vorderem Ende eine Drahtschlinge befestigt war, und Duncan wissen lassen, daß es, falls die Terrier es schafften, das Tier in die Enge zu treiben, eine ordentliche Chance gab, es einzufangen und in den Stall zurück zu verfrachten.

»Nicht, wenn ich es zuerst sehe«, sagte Duncan. »Wenn du gesehen hättest, was dieses Ding aus unserer Morag gemacht hat, dann wärst du auch mit deinem Gewehr gekommen. Wenn dieses Biest irgendwo auftacht, dann rat' ich dir, lauf zum nächstbesten Baum. Ohne Waffe würde *ich* das jedenfalls tun.«

Die Terrier streiften schnüffelnd durch das Unterholz. Es waren gute Hunde. Einmal im Wald, stöberten sie unermüdlich umher, rannten hierhin und dorthin und verständigten sich mit ihrem schrillen Gebell. Etwa um die Mittagszeit zogen Duncan und John durch die Stirnseite des Waldes, doch bisher hatten sie nicht die geringste Spur des Ebers entdeckt.

Schließlich hielten sie an der alten Trockenstein-Mauer an. Duncan lehnte das Gewehr gegen die Steine, dann ließ er sich nieder und öffnete seinen Proviantbeutel. Er goß

Kaffee in zwei Plastikbecher, und John gab den Hunden ein paar Kekse, über die sie begeistert knurrend herfielen. Die Männer aßen ihre Sandwiches und tranken den Kaffee. Hier unten, im Wald, war es dunkel. Im Westen rollte Donner über den Himmel, und die Beschaffenheit der Luft veränderte sich und wurde dichter.

»Sieht nach Regen aus«, kommentierte John.

»Sah schon heut' morgen danach aus. Vielleicht hält es ja«, sagte Duncan.

Er hatte kaum ausgesprochen, als der erste große Tropfen durch die Baumkronen fiel, und binnen weniger Sekunden hallte der ganze Wald von einem wahren Regenbombardement wider. Es dauerte eine Weile, bis das Wasser durch das Blätterdach sickerte, aber dann prasselte es auf den Waldboden herab und spritzte von den moosbewachsenen Steinen zurück. In Minutenschnelle war der Waldboden völlig aufgeweicht. Duncan stand auf und nahm sein Gewehr an sich.

»Da drüben haben wir mehr Schutz«, sagte er und zeigte über die halb eingestürzte Mauer hinweg zu den dicht beisammenstehenden Bäumen. Die beiden Männer stiegen über die Trümmersteine, die Hunde blieben zurück und saugten witternd die Luft in ihre Nüstern. Einer von ihnen winselte beunruhigt, und schon fielen auch alle anderen in diese sanfte Warnung mit ein.

»Kommt schon!« sagte John und verlieh seinem Kommando mit einem leisen Pfiff zusätzlichen Nachdruck.

Die Terrier liefen umher und sprangen an der Mauer hoch, dann schnüffelten sie in die Luft und wichen rasch wieder ein paar Yards zurück.

»Was ist bloß in sie gefahren?« murmelte Lovatt. Er ging ein paar Schritte zurück und rief sie wieder. »Hierher! Na los, kommt!« Er pfiff noch einmal.

Einer der Hunde setzte sich winselnd in Bewegung. Er schnupperte unruhig, dann sprang er über die Steine. Sobald er seinen Herrn erreicht hatte, schmiegte er sich ihm dicht an die Beine und klemmte den Schwanz ein. Die anderen folgten nur widerstrebend. John stapfte zu Duncan unter die große Buche und setzte sich neben ihm auf die bequeme Wurzel. Der weit ausladende Ast über ihnen bot genügend Schutz vor dem trommelnden Regen. Die Hunde bellten jetzt nicht mehr. Sie stießen ein klagendes Winseln aus, wie verirrte Welpen, und ihre bislang so aggressive Haltung hatte sich völlig verändert; sie drängten sich dicht um ihren Herrn und kauerten sich ängstlich zusammen.

»Muß der Donner sein«, vermutete John.

Duncan schenkte den Rest des Kaffees in die beiden Plastikbecher und trank schweigend. Wenig später beendeten sie ihre Mahlzeit. Duncan nahm sein Gewehr auf, und John griff nach seiner einfachen Stabschlinge, dann setzten sie ihre Suche unter den Bäumen fort. Schon bald kamen sie an eine Art Wildwechsel. John scheuchte die Hunde von sich weg, rief ihnen zu, sie sollten suchen, doch sie hielten sich nur noch dichter bei ihm, so daß er fast über sie stolperte.

Jenseits des dichten Doms aus Blättern und Ästen zerbrach der finstere Himmel im knisternden Zucken eines Blitzes, und die Stämme vor den Männern wirkten wie Scherenschnitte.

*****

Auf der anderen Seite des Waldes zogen sich Susan Herron und Caroline Petrie ihre Kleider über die nassen Badesachen. Melanie Cuthbert war froh, daß sie nicht ins Wasser gegangen war – so konnte sie sich wenigstens ein kleines bißchen trockener *fühlen* als ihre Freundinnen. Die Frauen halfen den Kindern aus den nassen Sachen heraus und in Kleider hinein, die nur feucht waren.

Vorhin hatten sie alles nur blindlings zusammengerafft und waren durch den in dichten Strömen prasselnden Regen in den Wald gestürmt. Hier galt es zuerst, alle Kleider auseinanderzusortieren. Die kurze, warme Regendusche ließ die Kinder noch lachen, doch dann krachte der erste Donnerschlag und hallte von den Bergen wider, und das Gleißen von Blitzen zuckte über den blauschwarzen Himmel. Einige der Kleineren schrien in plötzlicher Angst los.

»Kommt her, Kinder, hier sind wir geschützt«, rief Melanie ihnen zu. Sie wußte, daß man sich bei einem Gewitter besser von Bäumen fernhielt; aber im Freien wären sie wohl alle aufrecht stehend ertrunken, und so entschied sie, daß diese Lösung hier vorerst am allerbesten war. Sie scharte die Kinder um sich, dann sah sie unter den sich ausbreitenden Ästen ins Freie hinaus. Der Regen fiel in so dichten, schweren Sturzbächen, daß der Fluß wie hinter Schleiern verborgen lag. Caroline und Susan standen ein paar Yards vor ihr, direkt am Waldrand. Für eine Zehntelsekunde waren sie im Flackern eines Blitzes nur noch Silhouetten. Orangefarbene Frauengestalten tanzten in Melanies Augen, verblaßten zu Purpurflecken und erloschen. Die drei hießen die Kinder dicht beieinanderzubleiben und zogen sich mit ihnen tiefer in den Wald zurück. Schließlich fanden sie eine riesenhafte Platane, deren handtellergroße Blätter ein richtiges Dach gegen den Platzregen bildeten, und kauerten sich allesamt darunter. Caroline zählte die Köpfe ab. Zweiundzwanzig Kinder plus sie selbst und Susan und Melanie – alle da und wohlauf.

»Nun gut, Kinder. Ich denke es ist Zeit für eine Geschichte, und danach gehen wir auf Schatzsuche!« verkündete sie forsch.

Zwei der Jungen schienen wesentlich mehr daran interessiert zu sein, den Baum zu ersteigen, doch Caroline befahl sie auf die Erde zurück. »Wir müssen alle zusammenbleiben. Ich will keinen von euch suchen müssen – ist das klar?«

Sie setzte sich mit dem Rücken zum Stamm. Susan und Melanie holten die kleineren Kinder zu sich und nahmen sie in den Arm. Der Donner polterte nun direkt über ihnen. Die dunkelhaarige junge Frau, deren Figur Pete Bain und dessen Freunde so beeindruckt hatte, sammelte einen Moment lang ihre Gedanken, dann begann sie ihre soeben erfundene Geschichte zu erzählen. Je länger sie sprach, desto ruhiger wurden die Kinder, bis schließlich alle mit großen Augen das aufregende Unwetter *und* das spannende Märchen genossen.

Mitten in der Geschichte schob sich Billy Lovatt, John Lovatts Neffe, ganz behutsam um den Baum herum, vor dem sie alle saßen. Neil McKinnon, der Enkel des alten Donnie, kroch auf allen vieren hinter ihm her. Gleich darauf schlängelten sie sich durch hohe Farne auf einen bunten Schopfspecht zu, der auf dem Boden herumpickte. Sein Schnabel ließ eine Wolke brauner Blätter wirbeln. Dann hüpfte er etwa zehn Schritte von ihnen weg. Die Jungen folgten ihm wie Indianer-Scouts. Keine der Frauen bemerkte ihr Verschwinden.

*****

Alec Stirling sprang aus dem Postauto und rannte, den Postsack über den Kopf haltend, zu seinem Haus hinüber. Er war im Schrittempo die Linn Road hochgezuckelt und sich wie eine Eule vorgekommen; die Wischblätter hatten trotz Höchstgeschwindigkeitsgescheuer der Wassermassen nicht Herr werden können, und so war er gezwungen gewesen, mit der Nase ganz dicht an der Scheibe zu kleben, um überhaupt noch sehen zu können, wohin er fuhr. Er hatte seine Runde so schnell es nur ging absolviert, und dann war ihm auf der Rückfahrt, unten, an der Mill Lane – gegenüber Sheila Garvies Mühle – dieser grüne Schemen am Straßenrand aufgefallen. Der Regen war in Sturzbächen herabgekommen. Es hätte mit dem Teufel zugehen müssen, wenn Einzelheiten zu sehen gewesen wären. Selbst das alte Mühlenhaus war nur ein brauner Fleck. So hielt er seine Augen unerschütterlich auf die Straße vor sich gerichtet und nahm die nächste Kurve noch solide genug. Sein nächstes Ziel war Caitlin Brooks Haus – er freute sich, ihr gleich zwei Briefe aushändigen zu können. Er klopfte an der Vordertür, und als sich im Haus nichts regte, eilte er nach hinten und klopfte auch dort. Dann sah er durch die Fenster und bekam zu seinem Ärger nichts als einen kalten Regenguß ins Genick.

Als Alec schließlich zu Hause ankam, hatte er dieses frustrierende Erlebnis bereits wieder vergessen. Er platzte, den triefend nassen, leeren Sack über sich gehängt, ins Trockene hinein. Craig Buist saß auf der Couch. Er trug einen seiner alten, sackartigen Pullover. Der Fernseher war eingeschaltet, und Craig starrte wie blind auf den Bildschirm. Alec konnte beim besten Willen nicht sagen, ob der Junge zusah oder nicht. Er schien völlig in Gedanken versunken.

Alec machte Bohnen mit Wurst für sie beide und beobachtete Craig, wie er das Essen auf dem Teller herumschob. Draußen hämmerte der Regen auf das Dach, und die Blitze verwandelten jedes Fenster in weißglühende Rechtecke.

Als Alec gerade in seine zweite Toastscheibe beißen wollte, wußte er plötzlich, was er da auf dem Rückweg gesehen hatte. Der grüne Schatten – das war Martin Thorntons Land-Rover gewesen!

Er stoppte mitten im Zubeißen und wunderte sich. Er dachte: *Gestern wollte er doch unbedingt zu Caitlin. Aber er hat auch all diese Fragen über Sheila Garvie gestellt, und nicht gesagt, warum.*

Und nun stand sein Wagen *nicht* vor Caitlins Haus. Und er war heute morgen auch nicht – wie versprochen – zu ihm gekommen.

Er wunderte sich noch ein bißchen mehr, vollendete seinen Biß und begann langsam zu kauen. Er mußte an die Geschichte des Jungen denken – an das, was angeblich in diesen Wäldern passiert war. Alec war davon überzeugt gewesen, daß der alte Ernie irgendwo mit einem ordentlichen Loch im Schädel im Dickicht lag, und was ihn betraf, so hätte er darüber keine Sekunde lang schlechter geschlafen. Aber Martin war so seltsam gewesen, als er diese Geschichte gehört hatte. Er hatte den Jungen ausgefragt, als würde er ihm *glauben*. Alec kannte Martin seit langem, er lieferte ihm schon seit mehr als zehn Jahren Stories. Und der Mann war lange genug im Geschäft, um zu wissen, was er glauben konnte und was nicht. Das hier glaubte er offenbar.

Irgend etwas Komisches ging hier vor. Vielleicht auch etwas *nicht* Komisches. Es gab ein paar Dinge, die ihm in den letzten Tagen ein wenig merkwürdig vorgekommen waren – Craigs Geschichte von den Bäumen mit dem aggressiven Benehmen war nur noch das i-Tüpfelchen. Heute nachmittag war er in diesem scheußlichen Platzregen auf der Loch Shore Road an der Abzweigung nach Linnvale vorbeigefahren. Das war ihm in seinem ganzen Leben zum allerersten Mal passiert, und er lebte schon eine ganze verdammte Weile in dieser Gegend. Er hatte umdrehen und ununterbrochen mit dem Ellbogen den Dunst von der Windschutzscheibe wischen müssen; schlußendlich war er dann entnervt genug gewesen, um das Seitenfenster herunterzudrehen. Die Straße nach Linnvale kam ihm im Regen wie verzaubert vor. Dann, nachdem er abgebogen war, kratzten und scharrten tiefhängende Äste und Blätter über das Wagendach. Es schien, als habe der Regen nach dieser langen Hitzeperiode die Bäume und Büsche links und rechts der Straße zu einem völlig verrückten Wachstum angespornt. Einige der Dornenranken streckten sich bereits wie dicke, hornige Seile über den Teer.

Und da war noch etwas – etwas, das ganz weit hinten an seinem Verstand zupfte, und ihn nicht zu fassen bekam. Er beendete seine Mahlzeit in einer ziemlich nachdenklichen Stimmung. Zu guter Letzt beschloß er, loszuziehen und Martin Thornton zu finden.

*****

Oben, auf dem Haldane-Hof, lehnte Ben in seinem Zimmer am Fenster und sah durch die regenüberzogene Scheibe hinaus. Seine Mutter war unten im Haus. Er konnte das Heulen des Staubsaugers hören, und das brachte unvermittelt die Erinnerung an die Kettensäge zurück.

Die Welt auf der anderen Seite des Glases war verzerrt und verschwommen, aber die dunkle Form des Waldes konnte er trotzdem erkennen. Es war das erste Mal seit mehr als einem Monat, daß er wieder dahin sah. Er erinnerte sich nur zu gut an seine Flucht unter diesen furchteinflößenden Ästen.

Niemand glaubte ihm. Und Dorrie hatte einfach alles vergessen. Aber er wußte, was er gesehen hatte, und er wußte, das war alles *real*. Vielleicht hatte er die Fähigkeit, hinter die Maske der Wirklichkeit sehen zu können, dorthin, wo die ganz alltäglichen Alpträume lauerten. Er wußte es nicht. Er war neun Jahre alt, und er war in diesem Wald vor einem Dämon davongelaufen. Und nun schien nichts mehr wie vorher zu sein; ein ganz kleines Rädchen in seinem Verstand drehte sich nicht mehr genauso schnell – oder langsam – wie alle anderen, und das sorgte dafür, daß er nicht mehr im Gleichtakt mit dem Rest der Welt war, daß er Kontakt mit etwas hatte, das dunkel und schattenhaft – aber nichtsdestoweniger *real* war.

Ben starrte hinaus und zu der dunklen Masse hinüber. Sie kam ihm wie ein riesiger, geduckter Körper vor. Er fröstelte.

Sein Vater war da drin, und er, Ben, konnte nichts dagegen tun. Sein Dad hatte das Blut nicht gesehen, das aus der Wunde des Baumes gespritzt war. Ben grübelte darüber nach, ob es einem Erwachsenen überhaupt möglich war, *irgend etwas* von dem zu sehen, was er sah. Unglücklich rieb er den Dunst von der Scheibe und beobachtete die Regentropfen, die darüberhuschten und dunkel und bedrohlich wurden, sobald sie den Schattenhintergrund des Waldes erreichten. Donner krachte über ihm, und er zuckte zurück, und gleichzeitig tanzte ein Blitz über dem Tal. Die Fensterscheibe klirrte unter dem Vibrieren der Luft.

Ben dachte an seinen Vater, der jetzt in diesem Wald unterwegs war, und eine gräßliche schwarze Vorahnung stahl sich in ihn hinein.

— 37 —

Caitlin Brook rannte durch den Wald, und alles war wie in ihren Träumen.

Sie rannte schnell wie der Wind über die Wildwechsel und Pfade, und ringsumher war der Wald lebendig im Pochen des Regens hoch in den schattigen Blättern. Vor ihr, rechts, toste der Fluß. Die Regenfälle hatten ihn zu einem reißenden Gewässer anschwellen lassen.

Sie lief voller *Lebensfreude*, sie stürmte den aufgeweichten Weg entlang und durch die Bresche in der alten Mauer . . . und sie war sich des Zerrens in sich bewußt, das sie voranriß über den aufgeweichten Pfad. Die Beschaffenheit der Luft veränderte sich. Sie wurde dick und *stikkig*. Über ihr rollte der Donner, und der Regen hämmerte auf die breiten Blätter ein, und rings um sie her schwebte der Moschusduft von Baumanemonen und Waldschlüsselblumen und mischte sich mit dem Geruch nasser Blätter und feuchten Erdbodens.

Der Wald wurde dunkel und fremdartig, doch Caitlin Brook bemerkte es nicht. Sie war sich ausschließlich ihrer Geschwindigkeit und des Zerrens bewußt. Die Bäume standen nun dicht beieinander. Gewaltig dicke Efeuranken strangulierten warzige Stämme. Von nassem Efeu und bizarren Blattwedeln tropfte Wasser. Zu ihren Füßen saugten große Pilze die Nässe auf und schwollen noch weiter an.

Caitlin war nicht richtig wach. Sie hatte Teewasser aufgesetzt und gewartet, bis es kochte; sie hatte darauf gehofft, daß Martin Thornton zurückkam. Als der Tee kalt geworden war, fühlte sie bereits eine Traurigkeit in sich, die weh tat. Vielleicht hatte er Angst vor einer Bindung. Vielleicht gab es da jemand anderen. Caitlin verscheuchte all diese Gedanken. Sie *wußte*, daß da niemand anderer war. Sie war sich *sicher*, daß er mit ihr zusammen sein wollte. Er hatte Verantwortung übernommen, er hatte ihr etwas versprochen. Er würde es halten. Sie hätte nicht sagen können, warum sie dies alles wußte; vielleicht war es *Magie*. Während sie am Küchentisch saß und sich darüber klarwurde, schlich sich ein vages Gefühl des Unbehagens in sie hinein. Sie hatte keine Erklärung dafür. Sie räumte die Teekanne fort, wusch ihre Tasse aus, trocknete sie ab und stellte sie in das Geschirrschränkchen. Plötzlich verspürte sie eine große Unruhe in sich und glaubte sich beschäftigen zu müssen, etwas tun zu müssen, um sich abzulenken.

Genau in diesem Moment klopfte es an der hinteren Tür. Unverzüglich änderte sich ihr Gesichtsausdruck, und ein Lächeln blitzte auf. Sie stand auf, eilte an die Tür und öffnete sie mit einem Ruck – und sah sich Sheila Garvie gegenüber. Ihre lange, mantelähnliche Robe triefte vor Regen. Caitlins Lächeln verblaßte.

»Nicht gerade ein begeistertes Willkommen, meine Liebe«, stellte Sheila fest.

»Oh . . .« Caitlin verlor die Fassung. »Tut mir leid, Sheila, Ich hab' jemand anderen erwartet.«

»Und nicht mich alte Frau, da bin ich sicher«, sagte sie und lächelte entwaffnend.

»Nein. Ich meine – ach verflixt. Komm doch herein. Ich mache uns einen Tee.«

»Oh, ich komme nur zufällig vorbei. Ich will dich nicht stören. Ich wollte mich nur vergewissern, daß du deine Medizin nimmst.«

Caitlin stoppte mitten in der Bewegung. Diese *Medizin . . .*, dachte sie, und alles, was Martin ihr gestern nacht gesagt hatte, kehrte in ihr Bewußtsein zurück. Er hatte sie gewarnt. Er hatte diese *Medizin* als hochgiftig bezeichnet; er hatte *Angst* davor gehabt. Sie versuchte alle Gedanken daran abzuschütteln, aber sie schwebten sehr beharrlich durch ihren Verstand.

»Ja«, sagte sie schließlich. »Ich hab' sie heute morgen genommen.«

»Nun, wie die besten Ärzte zu sagen pflegen: Man muß über die ganze Distanz gehen. Ich habe dir deine letzte Portion mitgebracht. Wenn du die genommen hast, dann ist es vorbei.«

»Gut«, meinte Caitlin.

Sheila hob fragend die Augenbrauen.

»Ich meine, daß ich sie nicht mitnehmen muß«, erklärte Caitlin hastig. »Weil ich von hier weggehen will.«

Sheila strahlte sie mit einem gewinnenden Lächeln an.

»Mit der Person, die du an meiner Stelle erwartet hast, hmm? Dem jungen Reporter?« Caitlin nickte und befürchtete schon, die ältere Frau gekränkt zu haben, doch Sheilas Lächeln blieb unerschütterlich.

»Gut. Dann ist alles, wie es sein sollte. Auch ich werde fortgehen.«

Sie trat vor und stellte ihre Tasche auf den Tisch. Sie griff hinein und beförderte ein Säckchen zutage, das dem in der Schatulle vollkommen ähnlich sah. Es war prall und so schwer, als sei es mit Goldstaub gefüllt.

»Dies ist die letzte Mixtur, diejenige, die deine Heilung vollstandig macht und festigt. Das bedeutet, es gibt kein Zurück mehr. Hast du das verstanden?«

Caitlin wunderte sich über die kuriose Wortwahl, aber sie nickte trotzdem.

»Nun, dann will ich ganz sichergehen, daß du diese Medizin auch nimmst, und danach werde ich fortgehen und dich auf diesen jungen Mann warten lassen.«

Sheila nahm das hohe Glas und füllte es mit Wasser. Sie tauchte einen wunderschön geschnitzten hölzernen Löffel in das Säckchen, zog ihn hoch mit Pulver behäuft zurück und rührte es in das Wasser ein. Es färbte sich augenblicklich scharlachrot.

»Und jetzt trink es in einem Zug aus. Es mag ein wenig riechen, aber es ist die entscheidende Gabe.«

Caitlin nahm das Glas und hielt es hoch. Ein bitterer Geruch breitete sich bereits aus und betäubte fast die Innenseiten ihrer Nase. Sie erinnerte sich daran, was Martin gesagt hatte. Toxine. Gifte. *Schlangengift. Und sie konnte wieder gehen, wieder rennen.*

Sie schloß die Augen, führte das Glas an die Lippen und trank es leer. Die Flüssigkeit brodelte wie bitteres Feuer in ihr und durch sie hindurch. Caitlins Augen schwammen plötzlich in Tränen. Sie drehte sich herum. Sheila nahm ihr das Glas aus den Fingern und führte sie sanft zu einem Stuhl. Caitlin protestierte nicht.

Die ganze Welt verblaßte vor ihren Augen. Ihr Herz pochte ganz schnell, war ein Flattern in ihrer Brust. Das Feuer breitete sich aus und erreichte ihre Arme und Beine, und in seinem Gefolge kam eine kühle Taubheit. Sheila sagte etwas, doch ihre Stimme wehte aus weiter Ferne heran, wie aus einer Höhle oder aus einem dunklen Tunnel heraus. Die Worte klangen seltsam, es schienen überhaupt keine richtigen Worte zu sein. Samtige Dunkelheit fiel über sie und deckte sie zu, und nun hatte sie keine Gedanken mehr. Aber die Stimme sprach noch immer zu ihr, gemächlich, wie in einem archaischen Singsang, bis schließlich auch sie verblaßte und Caitlin in einer Welt weicher Dunkelheit zurückließ. Caitlins Kopf sank nach vorn. Sheila Garvie ergriff sie bei den Schultern und stützte sie, als sie über dem Tisch zusammensackte.

»Warte hier, *Sämling*« flüsterte sie, und ein wildes Triumphlächeln verzerrte ihr Gesicht. »Warte auf den *RUF.*«

Dann verließ Sheila Garvie das Haus durch die hintere Tür und eilte durch nebelhafte Regenschleier davon.

*****

Martin Thornton stolperte die Treppenstufen hinab und hielt den alten Regenschirm wie ein Bajonett vor sich.

Die schwarze Bestie zappelte noch immer auf den Kleiderhaken, und ihr Rückenfell erinnerte mehr denn je an ein bizarres Tuch, das von riesigen Zeltstangen hochgehalten wurde. Er hielt sich dicht an der Wand, und das Monstrum bog seinen Nacken zurück, und ein riesiges Maul klaffte, und eine blutrote Zunge hing zwischen mörderischen Reißzähnen hervor.

Ein krächzender Laut entstand, und er klang fast wie Sheila Garvies Räuspern, bevor sie ihm diesen ekelerregenden Schleim ins Gesicht gespien hatte; die schrecklichen Kiefer gähnten direkt vor ihm, die Zunge verschwand, dann schlossen sich die Zahnreihen mit dem Geräusch von Eisenklammern in der Nacht. Die Krallen der Bestie scharrten wie von Sinnen über die Holzwand und rissen tiefe Furchen, doch es war sinnlos – das Wesen kam nicht frei. Es fletschte die Zähne und kreischte, und Blut spritzte gegen die Wand. Martins Nackenhärchen stellten sich auf. Eisige Schauer krochen über seine Haut.

Dann stieß er mit der Hüfte gegen die Tür und tastete nach dem Griff, unfähig und noch immer nicht bereit, den Blick von dem sich windenden und zappelnden Ding zu nehmen. Es war nur einem Zufall zu verdanken, daß es dort hing, und vor allem, daß er noch lebte. Es hatte ihn angesprungen, und er war ausgerutscht, und von dieser einen, winzigen Sekunde an gab es nur noch Zeitraffereindrücke von einem über ihn hinwegsegelnden Schemen, von rasendschnellen, geschmeidigen, schwarzen Bewegungen – und von einem fürchterlichen Aufprall.

Martin stieß die Tür auf und betrat – rückwärts gehend – den Kellerraum wieder, den er vor Minuten (oder Ewigkeiten?) erst verlassen hatte. Er mußte aus diesem Haus hinauskommen, aber zuvor mußte er noch etwas erledigen.

Nun war er gezwungen, sich vom Anblick des Dings loszureißen. Es jaulte ihm seinen Haß hinterher und verdoppelte und verdreifachte seine Anstrengungen, doch noch freizukommen.

Der Raum war *lebendig*.

Die Gallertmasse der Pilze hatte sich über alle Wände ausgebreitet. In den Astlöchern der Regalböden waren knollenähnliche Erhebungen entstanden, und davon ausgehend baumelten bleiche Nabelschnüre zu Boden und verzweigten sich dort zu wucherndem, zuckendem Wurzelwerk. Die insektenhafte Brut hatte sich in der Zwischenzeit in jeden noch so winzigen Spalt oder Riß in den Steinplatten gewühlt, und nun sprossen vor seinen Augen erste blasse Triebe empor. Empfindsame Stengel tasteten umher, sich entfaltende Blattknospen verursachten ein hektisches Rascheln. An den Rändern feingeäderter Blätter entstanden und formten klaffende Mäuler und erinnerten so an Venusfliegenfallen. Als Martin sich an ihnen vorbeischob, schnappten sie mit ledrigen Kaubewegungen nach ihm. Er wischte sie mit dem umgekehrt herum gehaltenen Regenschirm weg, ignorierte die sich bewegenden Binsenmatten am Boden, ging weiter. Immer noch mehr grüne, schnappende Mäuler entstanden. Er spürte es, doch er sah nicht hin. Er schwang seinen ganzen Körper herum, holte aus und ließ den schweren, geschnitzten Schirmgriff in einem weiten Bogen hochfliegen.

Glasflaschen explodierten unter dem Hieb.

Er zertrümmerte Flakons, irdene Gefäße, Töpfe, bauchige Flaschen mit rasenden, hämmernden Schlägen, räumte ganze Regalreihen mit wischenden, schmetternden Stößen ab. Es krachte, Scherben spritzten und wirbelten. Tausend ekelhafte Gerüche pufften wie Stichflammen empor, ölig und bitter, süß und sauer und stechend, und erfüllten die Luft, und Flüssigkeiten und Samen und Kräuterstaub und Pulvergemisch wurden zu einer einzigartigen Melange. Er hielt den Atem an, hielt ihn an, so lange er nur konnte, und fuhr fort mit seinem Wüten. Er zertrümmerte die überfüllten Regale. Glasscherben und Pflanzen und Samenkörner knirschten unter seinen Schritten. Er wandte sich einer anderen Reihe von Behältnissen zu und zerhieb sie systematisch wie eine Maschine. Die Luft wurde kreideweiß. Staubwolken begleiteten jeden Schlag. Es war, als seien Millionen und Abermillionen von Motten ins Leben gespien. Schließlich konnte er die Luft nicht mehr länger anhalten und wandte sich um und stürzte zur Tür und warf sie hinter sich zu.

Die Kreatur lebte noch immer und wand sich wie irrsinnig auf den Kleiderhaken. Das schwarze Fell begann zu *welken*. Es verwandelte sich in eine trockene, pergamentene Masse und löste sich in großen Blattern vom Rücken der Bestie ab und zerfiel. Der Schädel des Wesens war noch immer in den Nacken gerissen. Schwarze Augen fixierten ihn so haßerfüllt, daß die Blicke wie eindringende Giftstacheln zu spüren waren. Das Fell wurde schuppig und braun und brüchig. Martin machte den ersten Schritt die Treppe hinauf, dann den nächsten. Er ließ das Ding nicht aus den Augen; er hielt die Spitze des Schirms darauf gerichtet – nur für den Fall.

Ein Stück von der Haut der Kreatur, so groß wie eine Hand –, löste sich und flatterte federleicht zu Boden. Ein zweites Stück folgte, hellbraun und trocken. Und noch eines und noch eines. Es war, als verwandelte sich das Wesen in Papier. Und es starb. Seine Bewegungen wurden langsamer, das hohle Rasseln seines Atems verging, wurde dünn und rostig. Martin schob sich rückwärts gehend die Treppe hinauf, hatte die Hälfte der Strecke geschafft. Dann traf ihn das Begreifen wie ein Blitzschlag und ließ ihn erstarren.

Die Art und Weise, wie die Hautfetzen zu Boden sanken . . . Diese seltsamen, pendelnden Bewegungen . . .

Immer noch mehr Stücke folgten und taumelten abwärts.

Wie fallende *Blätter*.

Und noch etwas verlangte drängend und kreischend

nach seiner Aufmerksamkeit. Ein letztes Puzzleteilchen. Ein einzelner, grauenhafter Gedanke.

Der Blätter-Mann.

Und Martin Thornton dachte daran, wie Duncan Haldane seinen Sohn an diesem Abend aus dem Wald nach Hause gebracht hatte; dachte an Bens aschfahles und tränenüberströmtes Gesicht. Dachte daran, was der Junge gesagt hatte. *Der Blätter-Mann. Der Blätter-Mann war hinter uns her.* Hatte er das wirklich gesagt? – Es war nicht mehr wichtig.

Der Blätter-Mann war *hier*. Das Ding an der Wand warf seine Haut ab, und sie verwandelte sich in Blätter, und diese Blätter fielen wie in einem Herbstschauer trocken und geädert zu Boden und sammelten sich dort. Er sah zu, erkannte ein Platanenblatt, das wie eine Hand geformt war. Dann ein Eichenblatt. Ein Kastanienblatt.

Sein Herz hörte beinahe auf zu pochen. Dann kehrte das Leben mit einem titanenhaften HAMMERSCHLAG in ihn zurück.

Das Ding *entkam*. Es war auf diesen Kleiderhaken aufgespießt, aber es entkam.

Es war aus Blättern *gemacht*. Es war ein Geschöpf des *Waldes*. Sheila Garvie hatte es einen Familiaris-Schutzgeist genannt.

Plötzlich begriff er das ganze Ausmaß ihrer MACHT.

Er hatte einen schrecklichen Fehler begangen. Er hatte nicht weit genug – und nicht konsequent genug – gedacht. Er hatte es nicht für *möglich* gehalten.

Und jetzt *sah* er das Unmögliche. Genau wie Ben. Genau wie Craig Buist. Sie alle hatten den Wald lebendig werden sehen. Und wenn *das* geschehen konnte, dann . . .

. . . war Sheila Garvies Vorhaben nicht nur der Spleen einer unheimlichen, verrückten Frau.

Schlagartig sah Martin Thornton alles sehr hell und klar. Sein Dämmerzustand war ein für allemal beendet. In diesem Sekundenbruchteil begann er zu *glauben*. Er sah dem Strom der Blätter noch eine Sekunde lang zu, dann starrte er auf diejenigen hinab, die sich bereits in einem kleinen Haufen am Boden sammelten. Das Knurren war verstummt. Jetzt gab es nur noch das Rascheln fallender Blätter. Und hinter der schweren hölzernen Kellertür entstand ein ungeheuerlicher, sausender, glitschiger Laut, der Martin das Blut in den Adern gefrieren ließ. Er wollte nicht einmal darüber *nachdenken*, was da drin vorging.

Er ging weiter; als er noch drei Stufen vom obersten Treppenabsatz entfernt war, wagte er einen letzten Blick auf das, was in der Tiefe vorging – und sein Herz hämmerte bereits wieder wie rasend. Der Blätterhaufen begann sich zu bewegen. Er war etwa vier Fuß hoch, ein brauner Buckel, wie ihn Kinder an Oktober-Nachmittagen in den Gärten aufhäuften, um sich lachend und übermütig schreiend hineinzustürzen und darin zu wälzen. Das hier war nichts für lachende und übermütige Kinder. Das hier war ein Monster. Es schien, als sei ein unirdischer Wind in den Haufen gefahren; einzelne Blätter wirbelten und drehten sich wie ein leibhaftiges Trugbild.

Martin ruckte herum und rannte. Er schaffte es, die Tür zu erreichen und riß sie auf. Hinter ihm, in der Tiefe, wurde das Rascheln lauter. Die Blättermasse erhob sich in einem tollwütigen *Wimmeln*.

Die Tür flog auf. Martin stürzte hinaus, blinzelte in das graue Licht und erahnte die tiefhängenden Wolken mehr, als daß er sie sah. Er wußte nicht mehr, wie er in seine Kleider gekommen war. Er erinnerte sich, nackt gewesen zu sein – am Anfang; irgendwann. Er erinnerte sich an Sheila Garvies Berührungen. Ihr Lachen. Er wandte sich nach rechts, hetzte durch den Garten und zum Tor und über die Straße. Ein fürchterlicher Donnerschlag ließ die Welt erzittern, und zugleich krachten Blitze herab und veranstalteten ein überirdisches Ballett, und ein grelles Gleißen füllte seine Augen mit tanzenden Nachtbildern. Er rannte an den Hecken am Straßenrand entlang und wühlte in seinen Hosentaschen nach den Wagenschlüsseln und spürte nur Münzen und Krimskrams. Dann hatte er sie. Und im nächsten Moment erreichte er den Land-Rover. Doch statt die Fahrertür zu öffnen, rammte er den Schlüssel in das Schloß der Hecktür. Sie schwang mit einem Qietschen auf. Er beugte sich ins Wageninnere. Der Werkzeugkasten war gegen den Rücksitz gerutscht. Er reckte sich vor. Hinter sich hörte er bereits das Flüstern und Säuseln trockener Blätter.

Mit einem Fluch zerrte er den Kasten zu sich heran und riß den Deckel auf und kramte in dem Durcheinander der Werkzeuge, schlitzte sich an einer Säge den Finger bis auf den Knochen auf und bemerkte es nicht einmal. Die Lötlampe war unter dem Schraubstock verkeilt, ragte jedoch ein paar Inches weit über das widerspenstige Gewirr aus Schraubenziehern, Meißeln, Drahtrollen, Meterstäben und anderem heraus. Er hatte erst vor kurzem damit gearbeitet, hatte die Wasserrohre der tiefergelegten Spüle damit verlötet. Er packte sie und riß und zerrte sie an sich. Hinter ihm näherte sich das papierne Wispern, schwach und dennoch ohrenbetäubend. Er wirbelte herum; seine Rechte fuhr in die Tasche. Vor dem Mühlenhaus erhob sich – wie von einem unsichtbaren Besen vorangefegt – ein braunes Gestöber in die Luft und flatterte über das Tor hinweg und auf die Straße heraus. Einzelne Blätter tanzten um andere, waren wie von einer gegenseitigen Gravitation gefangen. Vor Martins Augen wuchs der Haufen an und wurde zu einer Pyramide, einem Zylinder, einer aufrecht stehenden Gestalt. Braune Pergamentbeine entstanden.

Ein Kopf wie aus der Hölle ruckte hoch. Wandte sich ihm zu.

Martin hielt die Lötlampe vor sich und drehte die schwarze Schraube über dem Griff. Gas zischte.

»Okay, komm schon, du zerfledderter Bastard!« schrie er, so laut er konnte. Seine Angst verschwand unter der Macht seines Zorns.

Der Blätter-Mann machte einen ersten Schritt auf ihn zu.

Martin hielt die Lötlampe in seiner Rechten, ließ sie zischen wie ein Feuerwerk. Der Geruch von Gas stieg ihm in die Nase. Er ignorierte es.

»Komm schon, komm schon«, sagte er und wedelte wie ein betrunkener Straßenrowdy mit der freien linken Hand. Er hörte seine eigene Stimme seltsam zeitverzögert, und plötzlich stieg ein völlig verrücktes Kichern in ihm hoch. *Und hier sehen wir Martin Thornton, Reporter des Jahres, wie er sich mit einem bösen Blätterhaufen unterhält. Ha-ha-ha.*

Der Blätter-Mann glitt vorwärts, seine Füße schienen den Straßenbelag nicht zu verlassen. Er wurde schneller. Blätter flogen davon, kreisten und flatterten in die braune, struppige Körpermasse zurück. Ausgefranste Lippen teilten sich. Glänzende Eichelaugen starrten in vernichtendem Haß.

Martin ruckte die Lötlampe hoch. Er hielt das Feuerzeug unter den herauszischenden Gasstrom und schnippte es an. Das Gas flammte in einem grellen Hellrot auf und verwandelte sich in einen brüllenden blauen Flammenspeer.

Braune Arme reckten sich, Zweigfinger krümmten sich zu dornigen Klauen und griffen nach ihm. Und die Flamme fauchte mit einem WUUUSCH! in das unmögliche Gesicht hinein.

Der Blätter-Mann schaffte es nicht mehr, auszuweichen oder auch nur stehenzubleiben. Im nächsten Moment starrte Martin bereits auf ein tanzendes Freudenfeuer mitten auf der Mill Lane.

Die gräßliche Wesenheit wirbelte umher, und brüllende Flammenbündel schlugen aus ihr heraus. Trotz des Regens zuckte das Feuer wie von einer mannsgroßen Fackel hoch empor. Brennende Blätter fielen zu Boden oder schwebten davon. Regen stürzte vom Himmel und traf, begleitet von einem durchdringenden Zischen, auf sich schwarz verfärbende Blätter. Die tanzende und sich aufbäumende Lichtgestalt des Blätter-Mannes jedoch wurde von den Fluten nicht gerettet. Selbst die größten Tropfen verdampften in der Hitze des Feuers. Und Martin folgte dem Ding und rammte die messerscharfe blaue Flamme immer wieder in das lodernde Gestrüpp hinein, bis das Feuer es mit seiner heißen Macht verzehrte.

Aus dem Innern des umherwirbelnden Dings kam das trockene Rasseln eines ersterbenden Atems. Dann fuhr die orangerote, flackernde Monstrosität herum und jagte in einer verzweifelten Flucht zu Sheila Garvies Haus zurück. Martin hetzte hinterher, doch er war nicht schnell genug. Das Ding legte die letzten paar Yards bis zum Gartentor in einem einzigen wilden Feuersprung zurück; gleich darauf sah Martin die strahlende Helligkeit bereits hinter den hohen Hecken verschwinden – und ins Haus eintauchen.

Er hielt an. Die Lötlampe spie noch immer ihr blaues Feuer in den Regen. Er drehte die Flamme ab, und sie erlosch mit einem merkwürdigen *Pffft!* Er ging langsam auf das Gartentor zu und sah den Pfad entlang, der zu Sheila Garvies altem Mühlenhaus führte, und dann auf die offenstehende Vordertür. Der Blätter-Mann war in den Keller zurückgekehrt. Martin konnte das Flackern an den Wänden sehen und deuten. Er beobachtete es eine halbe Minute lang. Die Rotfärbung wurde heller. Und jetzt wußte er, daß er das Ding getötet hatte – wenn es überhaupt jemals *richtig* lebendig gewesen war.

Er wandte sich ab und ging zu seinem Jeep zurück. Er suchte zwei Meißel und sein Schnappmesser aus der Werkzeugkiste heraus, verstaute sie zusammen mit der Lötlampe in dem alten Rucksack und warf ihn auf den Beifahrersitz. Dann warf er die Hecktür zu, ging um den Wagen herum, stieg ein und startete den Motor. Er spotzte auf Anhieb los.

Doch als er rückwärts anfahren und wenden wollte, geschah überhaupt nichts. Der Jeep saß fest. Der Motor heulte protestierend, doch die schweren Regenfälle hatten die Erde so sehr aufgeweicht, daß die großen Räder tief darin eingesunken waren.

Martin versuchte es noch einmal; er drehte die Maschine hoch, gab zuerst behutsam Gas, und als das nicht fruchtete, gab er eine ganze Menge weniger behutsam Gas – obwohl er genau wußte, daß der Vierradantrieb sich im Rückwärtsgang nicht zuschalten ließ. Die Räder drehten sich kreischend; Schlamm spritzte.

»Scheiße!« Martin hieb mit der flachen Hand auf das Lenkrad ein.

Im gleichen Augenblick wurde neben ihm die Tür aufgerissen. Ein durchdringendes Quietschen entstand. Ein Schemen wuchs neben ihm in die Höhe. Martins Herz pumpte plötzlich irgendwo ganz hoch oben in seinem Hals. Doch bevor er auch nur an ein Reagieren denken konnte, griff bereits eine Hand herein und packte ihn am Arm.

Der Schock war so ungeheuerlich, daß Martin fast jede Besinnung verlor. Ein bleiches Gesicht leuchtete im Türspalt.

»Hey, Boß – brauchst du Hilfe?« erkundigte sich Alec Stirling.

Martin brauchte fast dreißig Sekunden, um zu Atem zu kommen, doch sein Herz hämmerte auch danach noch eine ganze Zeitlang völlig unkontrolliert unter den Rippen. Dann war Alec an der Reihe mit dem Zurückschrekken. Martin packte ihn am Revers seiner durchnäßten Jacke und schüttelte und verfluchte ihn so lautstark und inbrünstig und ohne sich auch nur ein einziges Mal zu wiederholen, daß der Mann ihn zuletzt nur noch völlig entgeistert anstarren konnte.

Schließlich stieg Martin aus dem Wagen und ließ Alecs Jacke los.

»Was ist denn in dich gefahren?« fragte der und strich sich beleidigt das Revers glatt und schob seine Brille wieder an Ort und Stelle.

»Du hast mich fast zu Tode erschreckt, das ist in mich gefahren, Herrgott!« stieß Martin heraus und brach – sehr zu Alecs Überraschung – in ein fast hysterisches Gelächter aus. Er lehnte sich gegen den Jeep und hielt sich den

Bauch, bis die unkontrollierbaren Lachsalven ein wenig nachließen.

»Bist du in Ordnung?« fragte der Postbote mit einigem Befremden.

»Jetzt schon, lieber Gott!«

»Was?«

»Da war etwas hinter mir her ... Keine Sorge, ich sage dir nicht, was –«

»Was heißt da, *keine Sorge* – verflixt, Informationen sind mein Leben, und –«

»Keine Sorge, weil du mir sowieso kein Wort glauben würdest. Ich hab' das Ding mit der Lötlampe erledigt. Als du die Tür aufgerissen hast, dachte ich –«

»Dachtest du, ich wäre das Ding und zurückgekehrt. *Ah-ja.* Was war es denn?!«

»Du würdest es wirklich nicht glauben. Diese verrückte Garvie hat es mir auf den Hals gehetzt. Sie ist nicht nur völlig durchgeknallt, sie ist auch verdammt bösartig. Ich muß irgendwie aus dieser Schlammfalle rauskommen.«

»Soll ich wieder Jock Weir holen?«

»Keine Zeit. Wo steht dein Wagen?«

Alec deutete auf einen Punkt irgendwo im Regen. Martin kniff die Augen zusammen – dann sah er ihn direkt vor Sheila Garvies Haus.

»Okay. Ich muß zu Caitlin, und ich möchte, daß du mit dem Buist-Jungen auf seinen Hof zurückgehst.«

»Warum denn das?«

»Er ist kein bißchen verrückt. Er hatte *recht*. Er hat dasselbe gesehen wie Haldanes Junge, und er hat genausowenig halluziniert. Ich hab' keine Zeit für lange Erkärungen, Alec, tu einfach, was ich sage. Geh mit Craig auf diesen Hof und hol soviel Unkrautvernichtungsmittel wie nur möglich. Wenn du irgend etwas finden würdest, mit dem wir das Zeug sprühen könnten, dann wäre das nützlich.«

»Aber warum?«

»Weil wir, wenn ich richtig liege, ein paar Pflanzen *umbringen* müssen.«

Alec stierte ihn an, als sei er plötzlich verrückt geworden, aber Martin erwiderte seinen Blick eindringlich genug. Der Postbote zuckte mit den Schultern.

»Du bist der Boß«, sagte er.

Sie stiegen in den Lieferwagen. Alec kuppelte, schaltete und fuhr vom Randstein weg. Als sie am Gartentor der Mühle vorbeikamen, war die alte Mühle bereits in ein zukkendes, orangerotes Schimmern gehüllt. Erste Flammen schlugen aus der immer noch offenstehenden Eingangstür.

Wenn Alec etwas gesehen hatte, so sagte er nichts. Minuten später stoppte er vor Caitlins Haus. Martin glitt aus dem Wagen. Er umrundete das Haus und betrat es durch die Hintertür. Den Rucksack hielt er schlagbereit in der Rechten. Kein Angriff. Er hastete durch Caitlins Haus, rief ihren Namen. Nichts. In der Küche stand ein Glas auf dem Tisch. Nicht das von – *wann?* Ein anderes. Er sah den braunen Bodensatz und wußte, sie hatte eine weitere Sheila-Garvie-Spezial-Giftmischung zu sich genommen. Einen Moment lang stand er nur da und überlegte, was jetzt zu tun war. Offensichtlich war sie zurückgekommen und dann wieder gegangen. Auf dem Küchenboden entdeckte er einige schlammige Schuhabdrücke. Er beugte sich zu ihnen hinab. Es waren bizarre Zickzack-Muster, mit drei kleinen Kreisen darin – die Art Muster, wie Laufschuhe sie hinterließen.

Er richtete sich auf, dachte noch immer fieberhaft nach, verließ das Cottage. Der Inhalt des Rucksacks schlug schwer gegen seinen Oberschenkel. Dann stand er vor dem Gartentor an der Straße und sah nach rechts und nach links, und der Regen strömte unablässig auf ihn herab. Martin dachte kurz daran, ebenfalls zum Hof der Buists zu gehen, aber dann bewog ihn *etwas*, die Straße zu überqueren und zu den Baumsämlingen zu gehen, die dort an der Böschung wuchsen. Er konnte sich nicht erklären, was ihn dazu veranlaßte, weiterzugehen. *Instinkt – vielleicht.* Entlang der kleinen Schonung führte ein schmaler Weg durch das Gras. Der Regen hatte die Erde glitschig gemacht.

Martin schlitterte ein paar Yards weiter den Hang hinab, dann hielt er an und starrte auf den Schuhabdruck vor sich. Diesmal mußte er nicht in die Hocke gehen, um die Zickzack-Linien und die kleinen Kreise zu erkennen.

Das flaue Gefühl in seinem Magen breitete sich aus.

Caitlin war in den Wald hinab gegangen. Martin blieb zwei, drei Sekunden lang stehen und atmete tief durch, um sich zu beruhigen. Sie war mit Sheila Garvie in den Wald hinab gegangen. Was auch immer die Hexe vorhatte – es geschah *jetzt.* Martin stapfte weiter, folgte dem Pfad bis zu der Stelle, an der die Schonung den großen Bäumen von Fasach Wood Platz machte. Er versuchte die Angst in sich niederzukämpfen, doch es gelang ihm nicht. Die Angst wurde mit jedem Schritt größer. Er beeilte sich trotzdem. Er rannte unter den sich reckenden Ästen des ersten großes Baumes hindurch – und dann traf ihn die *Schockwelle.*

Es war, als werde sein Innerstes nach außen gekehrt; es war, als werde er davongerissen, nein: *mit*gerissen. Und dieses Gefühl war ihm nicht unbekannt. Er hatte es als kleiner Junge bereits wahrgenommen, wenn er mitten in der Nacht in seinen Träumen am Abgrund eines Alptraums entlanggeschlingert war. Und manchmal war er in den frühen Morgenstunden davon heimgesucht worden, als Erwachsener, nach Nächten, in denen er nur getrunken und sich elend und wie erstarrt gefühlt hatte.

Und in dieser einen furchtbaren Nacht, wenige Sekunden bevor es zu dieser magischen Verbindung zwischen ihm und Caitlin Brook gekommen, Augenblicke, bevor sie von der Schrotladung getroffen und in die Tiefe gestürzt war – da hatte er es auch gespürt; stärker als jemals zuvor – ein brutaler, stählerner Hieb mitten in sein Gehirn hinein und –

Er erstarrte und schloß die Augen, so fest es nur ging, und er riß seinen ganzen Mut zusammen.

Die Intensität der Schockwelle verging und hinterließ ihn leer und verzweifelt und –

Kopfschmerzen explodierten in ihm. Da war ein enormes, nicht greifbares Gefühl einer ungeheuerlichen *Gefahr*. Es durchflutete ihn wie schwarzes, eisiges Blut, wieder und wieder und wieder. Und er begriff, daß er stark genug war, diese Schwärze und Kälte zu ertragen. Jetzt war das Gefühl der Bedrohung und Gefahr allgegenwärtig – in ihm und um ihn herum. Er biß die Zähne zusammen, verhielt sich ganz still, versuchte es unter Kontrolle zu bringen. Irgendwann war er imstande, sich wieder zu bewegen. Er machte zwei versuchsweise Schritte vorwärts, dann beschleunigte er, bis er den Pfad entlangrannte. Mit jedem Schritt schwoll das Empfinden der Bedrohung an. Er folgte dieser furchtbaren Kompaßnadel tiefer in den Wald hinein.

Zeit verging. Er kam an die alte Mauer. Ohne Zögern vertraute er sich dem Ziehen in sich weiter an und stieg durch die Bresche in den schrecklichsten Ort hinüber, den er in seinem ganzen Leben gesehen hatte.

Regen tropfte aus einem hohen, nahezu undurchdringlichen Dom aus Ästen herab, der selbst das spärliche Licht aussperrte, das noch im Himmel verblieben war. In Fasach Wood herrschte eine Dunkelheit, die tiefer war als jede Abenddämmerung. Gewaltige, gummiartige Blätter bewegten sich sacht. Martins Sinne waren mit einem Schlag übersteigert aufnahmefähig; es roch nach üppigem Wachstum und raschem Verfall, die Luft war wie zähflüssiger, bittersüßer Nektar. Unter seinen Schuhsohlen trieben bizarre Blumen farbenprächtigte Blüten. Während er vorbeiging sah er sich entfaltende Blätter. Die triefenden Bäume waren umgeben von altersgrauen Farnen, deren Blattspitzen sich kräuselten wie Krakententakel. Er rannte weiter, umging weite Pilzflächen, die in giftigen Farben erstrahlten, und dachte an Ben Haldanes Geschichte. *Sie sind immer größer geworden, sie sind richtig angeschwollen – und dann explodiert.* Über ihm schwirrten Insekten auf Helikopterschwingen. Und hinter dem Strömen und Hämmern und Tropfen des Regens in den Blättern des hohen Baldachins war das Krabbeln und Scharren von Insekten-Kiefern zu hören.

Als er durch diesen Alptraumwald lief, erinnerte er sich ganz unvermittelt an eine Geschichte, die er vor einigen Jahren in Creggan – etwa zwanzig Meilen Luftlinie von hier entfernt – recherchiert hatte. Damals war ein Junge verschwunden und schließlich unter einem keltischen Grabmal aufgefunden worden. Martin versuchte sich an den Namen des Jungen zu erinnern. Roderick? Roger?

Er war schrecklich zugerichtet gewesen. Den Ärzten zufolge war er von völlig fremdartigen Tieren gebissen und gestochen worden; sie hatten Gifte *in* und Brandwunden wie von Säure *an* seinem Körper entdeckt. Und eine Infektion ausgemacht, die nur von tropischen Pilzen herrühren konnte. Martin wußte noch sehr genau, daß er gesagt hatte, der Junge sehe aus, als sei er am Amazonas im Regenwald ausgesetzt gewesen. Das Rätsel war niemals aufgeklärt worden. Es dauerte ein ganzes Jahr, bis sich der Junge physisch von seinen entsetzlichen Wunden und Infektionen erholte, doch auch danach war er nie wieder *richtig* er selbst gewesen. Er hatte nur noch von Bäumen gesprochen. Und nachdem er aus dem Krankenhaus entlassen worden war, fuhr er Nacht für Nacht schreiend und hysterisch vor Angst aus dem Schlaf hoch. Sein ganzes Leben drehte sich nur noch um Bäume ... fürchterliche Bäume, Bäume, die hinter ihm her waren, die gekommen waren, um ihn zu *kriegen*.

Damals hatte Martin nichts verstanden; er hatte nicht einmal mehr daran gedacht. Aber jetzt wußte er Bescheid; jetzt lernte er den Alptraum des Jungen aus Creggan am eigenen Leibe kennen. Er war in der Hölle gewesen und zurückgekehrt – und hatte sich nie mehr ganz davon erholt.

Jetzt rannte Martin Thornton durch diese Hölle.

Etwas landete auf seiner Wange. Er spürte einen grellen Stich. Er schlug danach, und als er seine Handfläche anstarrte, war sie blutig. Ein zerquetschtes, fingergroßes Insekt klebte daran. Er schüttelte es hektisch ab. Seine Wange begann wie unter brennender Säure zu pochen.

Martin rannte, rannte. Doch schon bald flatterte etwas anderes heran ... Er schlug es mit einer raschen Bewegung aus der Luft herunter und zertrat es und rannte.

Tief in ihm schrillte ein fürchterlicher, alles beherrschender *schwarzer* Alarm.

— 38 —

Caitlin lief ohne ihre Umgebung zu beachten. Nichts griff sie an, keine Kletterpflanzen wickelten sich um ihre Füße, keine Dornen krallten nach ihren Kleidern. In ihrem Denken und Fühlen gab es nur mehr diesen nachdrücklichen Zwang, der sie vorantrieb. Er war ein Zerren an ihrem Herzen, ein Reißen in ihrer Seele; es schien, als werde sie wie ein Beuteltier an einer unsichtbaren Angelschnur eingeholt und vollends in die tiefsten Tiefen des Waldes gezwungen. In ihr existierte nur noch der eine Wunsch: diesem Drängen Folge zu leisten. Sie lief geschmeidig und rhythmisch, ihre Schritte auf den Blättern waren wie Trommelwirbel. Um sie herum leuchteten unirdisch bunte Blumen in bösartiger Pracht, und alles erstickende Efeutentakel wanden sich an mächtigen Stämmen empor und breiteten sich gleich einer tödlichen Bedrohung über Astwerk und Zweige hinweg aus. Und Caitlin rannte und rannte; das unversöhnliche Reißen an ihrer Seele ließ ihr keine andere Wahl.

Sie erreichte das Ufer des schwarzen Flusses und den mächtigen gefallenen Baum, der über die Fluten hinwegführte. Wie in Trance kletterte sie an der Leiter der gewaltigen Wurzeln empor und balancierte mühelos zur Insel hinüber. Dort angekommen, sprang sie hinab, landete geschickt auf beiden Füßen und federte in den Knien ab und eilte den geraden Pfad entlang weiter.

Schließlich kam sie an die Lichtung und wurde langsamer. Hier war das drängende Zerren wie das Schlagen eines Gigantenherzens. Es hallte in pulsierenden Schüben in ihr nach und tilgte vollständig jegliche andere Realität aus. Sie wollte sich dem RUF ergeben, wollte –

Sie trat aus dem Wald in die Lichtung hinaus. In diesem Teil des Waldes regnete es bereits nicht mehr, aber hoch oben kreiste das Auge des Sturmes noch in einer Spirale.

Sie hatte nur Augen für den kahlen und überwältigend großen Baum. Die ihn umringenden Gestalten kamen ihr kaum richtig zu Bewußtsein. Seit sie über dem Küchentisch zusammengesackt erwacht war, *hatte* sie kein eigenes Bewußtsein mehr, sondern verspürte nur noch den unwiderstehlichen Drang zu rennen und rennen und rennen und dem RUF zu folgen.

Sie hielt an; ihre Augen waren auf den Waldgiganten gerichtet. Ihre Brust hob und senkte sich unter dem leichten T-Shirt. Sie stand mit leicht gespreizten Beinen da, den Kopf zurückgeworfen; ihre Haare waren eine Feuerflut über ihren Schultern.

In diesen Sekunden existierte Caitlin Brooks Geist nicht mehr. Ihr Körper hatte sich einem Willen unterworfen, der nicht der ihre war. Sie war angefüllt gewesen mit einem intensiven *Verlangen*, doch je näher sie ihrem Ziel kam, desto nachdrücklicher verwandelte sich dieses Verlangen in einen unstillbaren HUNGER. Jetzt verzehrte sich ihr ganzer Leib danach. Sie *mußte* den Ruf erwidern. Sie konnte diesem Wühlen und Zerren in ihrer Seele nicht widerstehen.

Doch tief unter dieser fiebrigen Intensität krümmte und wehrte sich etwas dagegen; etwas, das vor langer, langer Zeit einmal sie selbst gewesen war – Caitlin Brook. Etwas, das sich in eine winzige Kammer ihres Verstandes zurückgezogen hatte, von deren Existenz sie bis zu diesem Zeitpunkt nichts, aber auch gar nichts gewußt hatte. Dieses Etwas empfand eine furchtbare Angst. Dieses Etwas versuchte die alles zermalmende Kontrolle zu durchbrechen. Dieses Etwas stieß eine kreischende Warnung aus und –

Weit entfernt, am Rande des Waldes, wurde der lautlose Schrei vernommen. Er traf Martin Thornton wie eine Schockwelle.

*****

Die Frauen beobachteten, wie sie in die Lichtung trat.

Sie umstanden den Baum in einem weiten Kreis; eine jede von ihnen war in eine lange, umhangähnliche Robe gehüllt, die aus einem derben Stoff gewoben war. Nahe bei dem Baum stand hoch aufgerichtet und schlank Sheila Garvie; sie wirkte wie eine Statue. Ihre weißen Haare fluteten seidig über die Schultern bis zu ihrer Taille hinab. Sie sah wunderbar aus, doch Caitlin hatte nur Augen für den immensen Baum, der die gesamte Lichtung beherrschte.

Sheila starrte die junge Frau an; schwarze Augen glommen voller Triumph und Vorfreude. Unter ihren Füßen fühlte sie den Puls des Erdreichs schneller werden. Alles war bereit. Der Moment war nahezu da. Sie setzte sich in Bewegung und trat vor die junge Frau hin, die nun leicht schwankte; grüne Augen sahen verträumt in eine andere Welt hinüber. Sheila Garvie streifte die Jacke des Jogginganzuges von Caitlins Schultern und Armen. Es gab keinerlei Widerstand. Sie zerrte ihr den BH herab, gleich darauf die Leggings. Folgsam wie ein Kind hob Caitlin zuerst den rechten, dann den linken Fuß. Nun stand sie nackt vor dem Giganten des Waldes.

Sheila Garvie wandte sich ab, löste die hölzerne Brosche, die ihre Robe zusammenhielt, und hob beide Arme. Der dunkle Stoff glitt wie etwas Lebendes zu Boden. Ringsumher folgten die versammelten Frauen ihrem Beispiel.

Mehrere Minunten lang standen sie alle schweigend da, bleiche Gestalten unter einem Gewitterhimmel, und reckten ihre Arme dem Baum entgegen.

Sheila Garvie begann in jener Sprache zu singen, die keine der Frauen verstand, doch sie alle spürten die Macht, die ihr innewohnte. Hoch am Firmament drehte sich der gigantische Mahlstrom des Unwetters schneller und schneller, bis er ein Schattentunnel war. Lautlose Blitze zuckten herab und gabelten sich und tanzten über den Kronen der Bäume. Unverzüglich war Elektrizität in der Luft, und die Mächte des Himmels und der Erde vereinigten sich. Aus den Tiefen des Bodens herauf wogte ein ungeheuerlicher Rhythmus und durchlief sie alle in eisigen Vibrationen.

Molly Carr glaubte bereits, ihr Leib müsse zerrissen werden von dieser Macht. Ein rasendes Lodern erfaßte sie, ein Verlangen, so übermächtig, daß sie es am liebsten kreischend hinausgeschrien hätte.

Gail Dean hielt ihre Arme hochgerissen, ihre großen Brüste und der flache Bauch verrieten noch nichts von ihrer Mutterschaft. Und doch *bewegte* sich bereits neues Leben in ihr und reagierte auf das mächtige, fordernde Pulsieren.

Fiona Herron glaubte die Energie in Regenbogen von einer perfekten Hand zur anderen sprühen zu sehen. Ihre Finger waren gespreizt und wie Antennen in die Höhe gereckt; sie saugten die Macht aus der Luft.

Jean Fintry spürte das Vibrieren aus dem Erdreich emporrasen, und es war ihr, als müsse ihr schlanker und ansehnlicher Körper in einem himmlischen Glanz erstrahlen.

Auch alle anderen Frauen erfuhren ihr ganz spezielles Geschenk. Der Zeitpunkt, an dem ihre Wünsche ein für allemal in Erfüllung gehen würden, stand unmittelbar bevor.

Sheila Garvie trank die Macht in sich hinein. Sie konnte das Wispern in der Luft zwischen Himmel und Erde hören, und sie spürte das nahe Bevorstehen der Erfüllung. Ihre schwarzen Augen blitzten in einem ganz eigenen Licht, als sie schlank wie die Weide, nach der sie benannt war, und weiß wie der Saft, der sich aus ihrer Rinde ergoß, vor dem einen Giganten des Waldes stand und alle Macht kanalisierte, wie es ihre Bestimmung seit Ewigkeiten vorsah. Der

Boden wölbte sich heftig empor; gigantische Zuckungen durchliefen ihn. Ein seismisches Grollen schüttelte die Spitzen der Bäume und erfuhr einen wohlwollenden *Widerhall* durch die titanische Eiche.

Caitlin Brook machte einen ersten Schritt nach vorn.

*****

Duncan Haldane und John Lovatt hatten die Steinmauer auf der Nordseite des Waldes überstiegen, drangen nun tiefer in den Wald vor und zwängten sich zwischen Bäumen hindurch, die so dicht zusammengedrängt standen wie alte Männer. Die Hunde hielten sich dicht bei ihnen und winselten ihre Unruhe inzwischen ununterbrochen heraus.

»Den Teil hier hab' ich noch nie gesehen«, stellte Lovatt fest; seine Stimme war nur ein Flüstern. Mittlerweile hielt er den Stab mit der Drahtschlinge wie eine Waffe vor sich.

»Merkwurdig«, stimmte Duncan Haldane zu. »Und es riecht so komisch.«

»Wie in einem verdammten Dschungel. Ich hab' in Borneo gedient. Wo zur Hölle *sind wir*?«

Duncan zuckte die Schultern. Sie streiften durch fleischige Farne, deren Wedel nahezu einen Yard emporragten. Dort, wo die grünen Speere aus dem Stengel wuchsen, hatte sich silbriges Wasser gesammelt. Duncan sah kleine Wesen darin herumwimmeln.

Die beiden Männer bahnten sich ihren Weg durch das gummizähe Gestrüpp und kamen an Bäumen vorbei, die in bizarrem Winkel aus dem Boden wuchsen und selbst wie ins Unermeßliche vergrößerte Farne aussahen; ihre Stämme waren haarig und von allerlei Pflanzen überwuchert. Etwas wischte über Duncans Gesicht und blieb dran kleben. Er zupfte es weg und hielt einen dünnen Faden in der Hand, der sich wie ein Kaugummi dehnte, bevor er mit einem weichen Laut zerriß. Er drehte sich gerade noch rechtzeitig herum: Eine Spinne, so groß wie eine

Maus, krabbelte über ein Netz davon, das den ganzen Pfad überspannte, und ließ einen seidenen Kokon achtlos hinter sich zurück. In dem Kokon bewegte und zappelte etwas, und als Duncan daran vorbeiging, glaubte er, ein kleines Tier sich darin winden zu sehen. Er fröstelte. Eine düstere Vorahnung pulsierte in ihm.

Jenseits der gewaltigen Farnbäume ragten Eichen und Ulmen um eine ebene Stelle herum auf, die mit altem Laub übersät war.

Duncan stoppte, und John schloß zu ihm auf.

»Dieser Ort hier jagt mir eine Gänsehaut nach der anderen über den Rücken«, sagte John fast unhörbar. »Ich fühl' mich hier verdammt nicht wohl. Hast du diese Spinne gesehen? Die war *riesig*.«

Duncan nickte. Die Haare auf seinen Armen stellten sich auf, und es war, als streiche ein eisiger Windhauch darüber.

Einer der Hunde preßte sich schutzsuchend gegen Lovatts Wade. Der kleine, drahtige Körper zuckte vor Angst.

»Ich denke, wir sollten uns mächtig beeilen und von hier verschwinden«, sagte John. Duncan wollte ihm gerade zustimmen, als er die Bewegung in der Schneise vor ihnen bemerkte. Irgend etwas raschelte – noch unsichtbar – am Rande der Blätterschicht. Duncan ruckte herum und starrte genauer hin.

»Was ist?« wisperte John.

»Weiß nicht. Hab' nur was gehört.« Duncan hielt eine Hand hoch und lauschte mit angehaltenem Atem. Die Anspannung in ihm wuchs abrupt. Und die bisher nur vage Ahnung einer nahenden Gefahr wurde zu einer sehr, sehr starken Ahnung.

Jetzt wirbelten und flatterten einige Blätter vom Boden empor. Duncan nahm das Gewehr in Anschlag. Ein oder zwei Sekunden lang geschah überhaupt nichts, dann bewegte sich der Laubhaufen wie unter einem unheimlichen Wellenschlag voran. Duncan begriff augenblicklich, was hier vorging. *Muß was darunter sein*, dachte er. Es war, als grabe sich etwas auf ihn und Lovatt zu, und der Blätterhaufen war wie eine Bugwelle, die das unterirdische Vordringen begleitete. Er starrte hin und verspürte eine eisige Faszination. Der Blätterhaufen wurde zu einem Buckel, wurde zu einem Berg – und er wuchs weiter, je näher er ihnen kam.

Was immer sich darunter versteckte, es war etwas *Großes*.

Die Hunde jaulten und winselten jetzt schrill vor lauter Furcht. Sie klangen entsetzt. Die beiden Männer rührten sich nicht; sie waren unfähig, auch nur die Blicke von diesem heranschießenden Blätterinferno loszureißen.

Plötzlich bewegte sich der Laubberg nicht mehr. John machte Anstalten, etwas zu sagen – als das ganze mitten in der Schneise explodierte. Morsche Blätter schossen in einer rotbraunen, raschelnden Fontäne in die Luft. Eine Gestalt brach aus dem wirbelnden Durcheinander hervor, und mit ihr rollte ein so scheußliches und tiefes Grunzen heran, daß die Luft selbst darunter erbebte.

»Jesus –!« stieß Lovatt erstickt hervor, dann versagte ihm die Stimme.

Der Eber stand vor ihnen in der Schneise und scharrte aggressiv in der Erde. Er war schwarz und massig, der gesamte Rücken wölbte sich in einem muskulösen, ungeheuerlichen Buckel. Im Nacken stellten sich lange Borsten auf. Winzige Augen glitzerten so bösartig, wie Duncan es noch niemals bei einem Tier gesehen hatte.

Der Eber stand völlig starr, seine Flanken hoben und senkten sich, die Läufe waren in den laubübersäten Boden gestemmt. Seine flachen, ledrigen Nüstern zuckten witternd. Links und rechts des wulstigen Mauls ragten gelbe Hauer flach wie Messerklingen nach oben.

»Das ist nicht mein verdammtes Schwein!« sagte John in einem hastigen Flüstern. »Bei Gott, ich hab' so ein Ding noch nie gesehen.«

Duncan riß das Gewehr hoch – und in diesem Augenblick stürzte sich das Tier nach vorn und preschte schnaubend und grunzend heran, eine schwarze Monstrosität, ekelerregend und tödlich.

Duncans Finger krümmte sich um den Abzug. Er senkte die Läufe und zielte genau auf den warzigen Schädel des Dings, hielt die Waffe ganz ruhig und in jener eisigen Konzentration, in der alle Bewegungen nur noch in Zeitlupe abliefen – und zog durch.

Einer der Hunde stieß mit genügend Wucht gegen sein Bein, um ihn zur Seite taumeln zu lassen. Der Schuß löste sich mit der Wucht eines Donnerschlages, und unmittelbar neben dem Eber wirbelten Blätter empor und verstreuten sich in der Luft. Duncan stürzte fluchend zu Boden, und die Hunde führten sich nun wie toll auf und warfen sich dem schattenhaften Angreifer entgegen. Noch im Fallen wunderte Duncan sich über ihre plötzliche Courage. Die kleinen Terrier winselten nicht mehr, nun stießen sie zornige Knurrlaute aus und verteidigten ihre menschlichen Gefährten. Der Anführer schnellte sich in weiten Sätzen voran, ein weiß-braunes Phantom, das sich geradewegs den Kopf des Ebers zum Ziel genommen zu haben schien, und dann instinktiv zur Seite auswich und nach der Flanke schnappte. Der Schädel der Bestie zuckte wie beiläufig herum. Der linke Hauer fuhr dem kleinen Hund unterhalb des Schenkels in die Seite. Ein schrilles Quietschen wurde laut. Die Schnauze des Ebers kam mit einem Ruck hoch und schleuderte den Terrier durch die Luft. Blut sprühte über die heranjagende Meute hinweg.

Der zweite Hund stürzte sich mit gefletschten Zähnen und angsteinflößender Wildheit auf den borstigen Hals des Ungeheuers und verbiß sich darin und riß und zerrte wie von Sinnen. Ein weiterer Hund hastete zum Hinterteil des Ebers und wurde ganz einfach überrannt. Das Ding hatte sich mit einer unfaßlichen Schnelligkeit herumgeworfen. Die gelben Hauer rammten nach unten. Der Hund versuchte noch kriechend wegzukommen und wirbelte im nächsten Sekundenbruchteil bereits wie eine Gliederpuppe in ein nahes Dornengestrüpp und blieb reglos liegen. In diesem Moment kam Duncan auf und rollte ab und stieß sich sofort wieder auf die Knie hoch. Eine Springflut aus Adrenalin wurde heiß und rasend schnell durch seine Adern gepumpt, und die ganze Welt um ihn herum schien sich zu verlangsamen. Aus den Augenwinkeln heraus sah er John Lovatt mit schwerfälligen Schritten vorwärtshasten; er hielt den Stab mit der Drahtschlinge einsatzbereit vor sich gestreckt. Der dritte Hund überschlug sich mehrmals direkt vor John Lovatt. Und Duncan begriff mit einem eisigen Grauen, daß es nur die vordere *Hälfte* des kleinen Terriers war.

Duncan brüllte Lovatt eine Warnung zu, schrie, er sollte diesen Wahnsinn bleiben lassen und weglaufen, aber entweder hörte sein Nachbar ihn nicht – oder ignorierte ihn einfach. Einer der Hunde hing noch immer am Hals des Monstrums. Ein anderer tänzelte zähnefletschend und kläffend vor ihm herum und wartete auf eine günstige Gelegenheit zum Angriff. Sein Nackenfell war gesträubt, doch verglichen mit den speerähnlich aufgerichteten Borsten des Ebers war dies nur eine lächerliche Gebärde. Binnen eines Augenzwinkerns schoß das Ding vorwärts und schleuderte den kleinen Körper unter sich gegen den Boden. Der massige Schädel fuhr herab und schwang in einem tödlichen Bogen von links nach rechts.

Der Terrier kreischte wehklagend in Todespein, als die Hauer ihn in gewaltigen Streichen aufrissen. Das Etwas wälzte sich herum. Der Hund an seinem Hals fand sich geradewegs unter der Schnauze seines vermeintlichen Opfers wieder. Wieder blitzten die Hauer auf. Der Terrier verendete in einem übelkeitserregenden Fetzen und Wühlen und fiel schlaff zu Boden.

John schrie etwas, aber in Duncans beschleunigter Wahrnehmung schwebten die Worte nur wie ein behäbiges Grollen durch die Luft. Sein Nachbar warf sich vorwärts und streifte dem Ding die Schlinge über den Schädel.

Der Draht zog sich zu, und John riß den Stab zu sich

heran. Das Monstrum rückte in die entgegengesetzte Richtung von ihm weg – und zerrte den Bauern mit sich. Die Stiefelabsätze des Mannes gruben sich in die Laubschicht auf den Boden, und in der nächste Sekunde war es, als fahre er hier auf den nassen Blättern Wasserski. Er wurde zwanzig Yards weit mitgeschleift – und konnte sich wie durch ein Wunder auf den Beinen halten. Dann schnellte das Vieh herum und tauchte in das Gestrüpp am Rande der Schneise ein. John wurde mit Wucht von den Füßen gerissen. Er schaffte es noch, sich an dem Stab festzuklammern, und rollte um die eigene Achse. Das Monstrum preschte weiter und riß ihn mit sich, und er ließ diesen verdammten Stab noch immer nicht los.

Die Kraft des Scheusals war phänomenal. Es wirbelte in einem weiten Bogen herum, und John Lovatts Körper war in ein überdimensionales schwereloses Pendel verwandelt. Die Drahtschlinge riß. John flog mehrere Yards weit durch die Luft und landete mit einem verzweifelten Schmerzenslaut in dem nassen Unterholz. Der Stab wirbelte in hohem Bogen in einen Busch. John blieb verrenkt liegen. Duncan war bereits mit großen Sätzen zu ihm unterwegs – und rutschte auf den nassen Blättern aus und fand sich dem Ungeheuer kniend gegenüber. Das groteske Tier schüttelte den Kopf und schnaubte guttural – und griff an. Duncan hob das Gewehr, aber er wußte, es war viel zu spät. Der Eber hatte ihn fast erreicht; seine Schnauze senkte sich bereits und –

Duncan ließ sich zur Seite fallen.

Diese Bewegung rettete ihm das Leben. Die Hauer kamen herab, waren in gelbe Schemen verwandelt und schlitzten ihm der Länge nach den Oberschenkel auf. Eine Zehntelsekunde früher hätten sie ihn in einem einzigen brennenden Schnitt von der Leistengegend bis zum Hals hinauf zerfetzt. Er spürte keine Schmerzen – nur einen harten Schlag. Die Kreatur preschte an ihm vorbei, und in ihrem Gefolge kam ein Sog durchdringenden Moschusgestanks. Duncan verlor keine Zeit. Er stemmte sich keuchend auf die Ellbogen und sah bereits Blut durch seine zerrissenen Hosen quellen.

Irgendwo hinter ihm war John Lovatt endlich aufgesprungen und rannte.

Er hetzte den Pfad entlang, seine Stiefel hämmerten auf den Boden und wirbelten Erdklumpen und Laub auf. Duncan versuchte das Gewehr herumzuschwingen, doch der Lauf verfing sich im Astwerk eines Wacholderbusches. Der schwarze Eber stürmte, den Schwanz wie einen Wimpel aufgerichtet, hinter dem fliehenden Bauern her. Beide verschwanden außer Sicht; jetzt war Duncan ganz auf sein Gehör angewiesen – aber auch Johns schwere Schritte und das prustende Grunzen des Monstrums wurden bereits leiser. Duncan stieß sich in eine sitzende Stellung. Ganz in der Nähe zappelte der abgetrennte hintere Teil des Terriers; die Läufe scharrten in einer vergeblichen Anstrengung über den Boden. Die anderen Hunde lagen leblos und blutig in der kleinen Lichtung verstreut.

Er beugte sich nach vorn und zog den Riß in der Hose auseinander. Darunter klaffte ein ordentlicher, kerzengerader Schnitt. Die Schmerzen setzten bereits ein – hektische, alarmierende Pulsstöße. Er hatte nichts bei sich, um die Blutung zu stillen, deshalb zerrte er rasch seinen Gürtel aus den Laschen des Hosenbundes und schlang ihn fest um sein Bein. Er hatte keine Ahnung, ob damit die Arterie abgebunden war oder nicht. Er zurrte das Lederband fest, und die Schmerzen explodierten wie ein Feuerwerk. Mit einem Stöhnen riß Duncan den Gürtel noch enger und hoffte, so die zerfetzten Wundränder zusammenhalten zu können.

Nicht lange danach hörte er den Schrei.

Sobald John die schwarze Bestie aus den Blättern hervortoben sah, wußte er, daß er einen schrecklichen Fehler gemacht hatte. Er hatte seine tapferen kleinen Hunde in einem fürchterlichen Kampfgetümmel sterben sehen – und dann war irgend etwas in seinem Kopf ausgerastet. Plötzlich wollte er das häßliche Vieh nicht mehr einfangen.

Jetzt wollte er es nur noch erdrosseln, wollte er nur noch sehen, wie es langsam und qualvoll erstickte und sich am Ende der Drahtschlinge zu Tode zappelte. Bei Gott, es sollte bezahlen für das, was es den Hunden angetan hatte. Er handelte ohne nachzudenken. Er schrie, als er sich nach vorn stürzte, und Sekunden später war er das Wild, das um sein Leben lief.

Das Ding war ihm dicht auf den Fersen, und wenn es ihn einholt, dann würde es ihn töten.

Er schlug Haken wie ein Hase, er stürzte und taumelte den Pfad entlang, wich Büschen und Astwedeln aus und wurde dennoch ununterbrochen von heranpeitschendem Gestrüpp im Gesicht getroffen. Er kümmerte sich nicht darum. Er jagte durch Nesseln und Dornenhecken, und nur ein Gedanke beherrschte ihn noch: *Lauf, hau ab, lauf so schnell du nur kannst!*

Das schnüffelnde Grunzen holte auf.

Er schrie vor Panik. Er bog nach rechts ab, verließ den Pfad und brach durch das hohe Unterholz, schlüpfte an merkwürdig dünnen Baumstämmen vorbei und versuchte ein Hindernis – *irgendein* Hindernis – zwischen sich und das schnaubende, hechelnde Monstrum zu bringen.

Aus dem Nichts schnellte eine sehnige Efeuranke heran und wickelte sich gleich einer Peitschenschnur um seine Taille.

John Lovatt nahm es kaum wahr. Sein Schwung beförderte ihn noch ganze drei Schritte weiter. Dann spannte sich die Ranke und riß ihn zurück. Plötzlich waren seine Füße nicht mehr unter ihm. Plötzlich krachte er mit fürchterlicher Wucht rücklings zu Boden und bekam keine Luft mehr.

Er wälzte sich herum, brachte die Knie unter sich und mühte sich redlich, um vollends hoch zu kommen. Etwas packte seinen linken Fuß und zog daran. John rollte zur Seite und wieder auf den Rücken. Hinter wogenden Farnen und Dornenranken sah er die dunkle Gestalt herangaloppieren. Er kroch rückwärts weg. Sein linker Fuß wurde noch immer von irgend etwas festgehalten. Weiches Erdreich rutschte unter ihm weg. Dann spürte er die Schlangenbewegung an seiner rechten Hand. Er ruckte den Kopf herum und starrte ungläubig auf das wimmelnde Efeugeflecht, das sich wie ein lebendes Armband um sein Handgelenk schloß.

Er versuchte seine Hand wegzuziehen, aber das Pflanzengewirr zerriß nicht. Im Gegenteil. Er war gefesselt, sein Arm wurde nach hinten gezerrt, bis er in Schulterhöhe ausgestreckt und halb aus dem Gelenk gefetzt war; gleichzeitig nahm auch das Zerren an seinem linken Bein zu.

Die schwarze Bestie brach durch die Büsche und katapultierte sich auf ihn zu; der Schädel hob und senkte sich, hob und senkte sich. Dann wurde sie langsamer; plötzlich hatte sie es nicht mehr eilig. *Sie weiß, daß du erledigt bist, sie weiß es ganz genau.* Er sah, wie sie die Schnauze senkte. Er sah die Hauer rechts und links davon schimmern.

*****

John Lovatts schriller, unmenschlicher Schrei hallte durch den Wald, und Duncan Haldane humpelte noch schneller den Pfad entlang. Er näherte sich bereits der Stelle, an der die Bäumchen wuchsen, und kämpfte sich durch das Gestrüpp. Dahinter hörte er ein fürchterliches Schlagen – als würden Dreschflegel auf saftige Farne einhämmern. Die Bestie grunzte wie rasend. Johns Schrei dauerte noch immer an und wurde schriller und immer schriller – und dann herrschte plötzlich Stille. Duncan hörte ein entsetzliches Gurgeln. Er torkelte weiter und riß das Gewehr hoch.

Dann konnte er John Lovatts ausgestreckten Körper sehen, und der Eber war über ihm. Johns Augen waren weit offen und starr, aber Duncan konnte nicht sagen, ob er noch lebte oder schon tot war. Die Bestie rammte noch immer ihren Schädel auf ihn hinab. Erdreich und Blätter ringsum färbten sich rot. Das Tier war so damit beschäftigt, den wehrlosen Mann zu attackieren, daß Duncan unbemerkt bis auf wenige Yards heran kam. Er rammte ihm den Gewehrlauf in den borstigen Nacken und zog den Abzug durch und verpaßte ihm die volle Ladung.

Die Bestie bäumte sich auf.

Alles Leben wich in einem einzigen geifernden Brüllen aus ihm. Es fiel nach vorn und sackte über John Lovatt zusammen. Duncan drückte das Ding zur Seite.

Der Bauer lag auf dem Rücken. Sein Kehlkopf bewegte sich, als versuche er zu schlucken. Sein Mund öffnete sich zweimal ganz weit, aber er brachte keinen Laut heraus. Seine Augen starrten schon in die Unendlichkeit hinüber, dann gefroren alle Bewegungen. Duncan drehte sich herum und übergab sich.

Es dauerte sehr lange, bis er nicht mehr würgen konnte. Er wandte sich dem toten Mann zu – und noch während er dies tat, fiel ihm auf, daß –

Der Körper des schwarzen Ebers schrumpfte in sich zusammen, verlor seine Farbe, wurde braun. Papierne Hautfetzen fielen wie Blätter zu Boden.

Duncan humpelte rückwärtsgehend davon. Vor seinen Augen verschwamm alles. Er begriff, daß er zu viel Blut verloren hatte. Trotzdem blieb er in Bewegung und versuchte den Weg zu der Grenzmauer zurück zu finden.

Sein Sohn hatte ihn davor *gewarnt*, in diesen Wald zu gehen. *Weil hier die Bäume leben. Und der Blätter-Mann umgeht.*

Der Blätter-Mann . . .

Plötzlich hatte Duncan Haldane eine ganz elende Angst in sich.

*****

Ein schrilles Kinderkreischen raste durch die Stille zwischen den Bäumen heran. Es war ein Kreischen voller Schmerz oder Angst.

Caroline Petrie hatte gerade ihre Geschichte zu Ende erzählt, und die Kinder waren alle um sie herum versammelt. Das plötzliche Schreien ließ sie alle zusammenzukken. Eines der kleinen Mädchen neben Susan brach in Tränen aus.

»Was war das?« hauchte Melanie und sprang auf. Über ihnen trommelte noch immer der Regen auf die Blätter, doch unter der massigen Platane war es trocken und ganz behaglich.

Susan kam zu ihr, während Caroline dafür sorgte, daß die Kinder zusammenblieben.

»Also gut – wer fehlt?« fragt sie und begann bereits zu zählen. Es waren zwei zu wenig.

»Hat jemand Billy Lovatt gesehen? Und wo ist Neil MacKinnon?« fragte sie ihre Schützlinge. Ein paar der weiter vorn stehenden Kinder schüttelten den Kopf. Jenseits der Bäume – tiefer im Wald – war das Kreischen genauso rasch wieder verstummt wie es begonnen hatte.

»Okay. Ihr setzt euch jetzt alle wieder hin. Wir werden sie finden«, sagte Caroline ganz ruhig. »Susan, du kommst mit mir. Alle anderen bleiben bei Melanie.«

Es überraschte Caroline kaum, daß sich die beiden Jungen davongestohlen hatten, doch sie machte sich Vorwürfe, weil es ihr nicht aufgefallen war. Möglicherweise war einer von ihnen gestürzt – oder hatte sich irgendwo geschnitten. Oder war sogar von einer Biene gestochen worden. Es war ein schmerzerfüllter oder ängstlicher Schrei gewesen – aber er hatte nicht lange gedauert.

Sie rief laut und deutlich Billys Namen. In einiger Entfernung, dort, wo die Bäume ganz dicht beieinander standen, war ein antwortender Schrei zu hören – doch sie konnte die Richtung nicht genau ausmachen.

»Verdammt!« sagte Caroline und überraschte Susan damit nicht wenig – sie hatte noch nie erlebt, daß irgend etwas die Ausgeglichenheit der jungen Frau ins Wanken brachte. Sie brachen auf und kamen schon nach wenigen schnellen Schritten an eine niedrige Mauer, die sie überstiegen. Caroline rief erneut und hörte einen weiteren hohen Schrei. Er schien aus einer anderen Richtung zu kommen. Sie hasteten durch das dichte Gestrüpp und brachen ganz unerwartet auf eine kleine Lichtung hinaus. Nur ein paar Schritte entfernt lag Neil MacKinnon am Boden. Er zitterte am ganzen Körper. Von Billy Lovatt gab es weit und breit keine Spur.

»Was ist passiert, Neil?« fragte Caroline schroff. In diesem Augenblick fiel Susan der große Pilz auf, der unmittelbar neben dem auf dem Bauch liegenden Jungen stand. Die Oberseite des Pilzhutes war völlig zerfetzt, als sei er explodiert. Ein zweiter Pilz, nur wenige Yards entfernt, war prall angeschwollen – wie ein bis zum Platzen gefüllter Luftballon. Sie wollte schon wegsehen, als eine Bewegung ihre Aufmerksamkeit erweckte. Die großen Flecken auf seiner Oberseite dehnten sich vor ihren Augen weiter aus. Sie wandte sich Caroline zu, um sie darauf aufmerksam zu machen – und sah dann, was mit Neil MacKinnon passiert war.

Ein Gewirr unzähliger silbriger, nadelspitzer Fäden steckte in Wangen und Stirn oder klebte daran fest. Einzelne dieser glasfaserähnlichen Dinger bewegten sich noch; wühlten sich wie winzige Würmer in Poren oder Sommersprossen hinein. Das Gesicht des kleinen Jungen war eine runzlige, klumpige, rote entzündete Masse. Neil schrie nicht mehr. In den wenigen Momenten seit Carolines und Susans Eintreffen war sein Gesicht unter der silbrigen Masse vollends zur Unkenntlichkeit verquollen. Die Haut des Jungen schien vor ihren Augen zu verfaulen.

Caroline überwand ihren Schock endlich, beugte sich vor und versuchte die flaumweiche Masse der Silberfäden wegzufegen – und stieß einen Schrei aus. Die junge Frau zuckte zurück und drehte die Handfläche nach oben. Die Haut sah aus wie mit Säure überschüttet. Caroline beugte sich wieder über den Jungen, packte das silbrige Gespinst und riß und zupfte und zerrte daran, und dieses Mal *hörte* Susan das ZISCHEN, mit dem sich die Silberdinger in ihr Fleisch hineinbrannten. Caroline ignorierte es. Sie atmete keuchend, aber sie gab nicht auf. Sie riß die Masse endgültig vom Gesicht des heimgesuchten Jungen und rollte sich auf die Seite und wand sich vor Schmerzen. Sie wühlte die Hand in die kühle Erde und kratzte und scharrte das Gespinst ab. Sie stöhnte laut.

Susan kniete bei dem Jungen. Sein linkes Auge war zerstört; es war wie unter einer Implosion nach innen gesackt. Das Fleisch ringsum beschwor Erinnerungen an groteske Pilzwucherungen herauf.

»Neil. Wo ist Billy?« drängte Susan.

Der Junge stieß ein kaum hörbares Ächzen aus. Sein unversehrtes rechtes Auge rollte nach oben, als wisse er nicht, wo er war, aber dann konzentrierte sich der blaue Blick auf sie. Susan stellte ihre Frage noch einmal. Es klang wie ein Flehen. Der Junge hob eine narbige Hand und zeigte nach oben, auf die Äste des Baumes. Ein Geräusch wie ein Husten sickerte aus der verzerrten Masse seines Fleisches; er versuchte etwas zu sagen, dann zuckte der ganze Körper und bäumte sich in einem unmöglichen Bogen auf und sackte im nächsten Moment in sich zusammen und lag völlig still. Das Leben in dem starrenden blauen Auge versiegte.

Caroline stand am ganzen Körper zitternd und laut atmend hinter ihr. Susan bemerkte es kaum. Doch dann wandte sie ihr Gesicht ab und sah nach oben. Caroline hielt ihre Hände wie Fremdkörper vor sich. *Nach oben*, dachte Susan ganz losgelöst. *Er hat da hinauf gezeigt*. Sie stand auf, sah forschend in die Baumkronen hoch. Sie wollte den toten Jungen nicht allein lassen, aber –

Sie wußte nicht, was sie als nächstes tun sollte.

»Billy«, krächzte Caroline zwischen zusammengebissenen Zähnen hindurch. »Wir müssen Billy finden.« Sie ging bereits los, und Susan folgte ihr langsam und sehr, sehr vorsichtig. Ihr Atem kam laut und pfeifend.

Ein paar Minuten später fanden sie auch Billy Lovatt. Es gab keinen Zweifel daran, daß er ebenfalls tot war.

Sein kleiner Köper hing mit dem Kopf nach unten in einem gewaltigen, dornigen Baum. *Mindestens zehn Fuß vom Waldboden entfernt*, dachte Susan völlig überflüssig. Seine Füße hatten sich in einer eigenartigen Zusammenballung aus Ästen und Zweigen verheddert. Wuchernde Ausläufer von Kletterrosen, sehnige, mit gekrümmten, sägezahngleichen Dornen bewachsende Tentakel, hatten sich fest um seinen Hals geschlungen und ihn bis auf die Dicke eines Frauenhandgelenks zusammengepreßt. Das Gesicht des Jungen war schwarz verfärbt, seine Zunge ragte starr zwischen geschwollenen Lippen hervor. Die Rosenstacheln hatten seine Kehle aufgerissen.

Vor den Augen der beiden Frauen sickerten die letzten Blutstropfen aus dem Leichnam und fielen in einem sanften Rhythmus in die Tiefe. In der plötzlichen Stille konnten sie das leise Geräusch überdeutlich hören. Susans Blick folgte den herabschwebenden Tropfen. Sie sammelten sich in einem flachen, leicht gewölbten Stein, der hier aus dem Unterholz herausragte. Kleine rote Wellen breiteten sich mit jedem neuen Tropfen aus und brachten die Schale zum Überfließen. Dunkles Blut tropfte in parallel verlaufende Steinrinnen und rieselten dem Boden entgegen.

Dort, wo es versickerte, konnte Susan Bewegungen erkennen. Pflanzentriebe zwängten sich aus der Erde und erhoben sich rasend schnell.

Caroline versuchte etwas zu sagen, aber sie brachte keinen Laut heraus. Susan packte ihren Arm, aber dadurch schien sich ihr eigenes Zittern nur noch zu verdoppeln. Beide lauschten sie dem Tropf-Tropf-Tropf des Blutes wie hypnotisiert.

Dann gellte ein weiterer Schrei.

»O nein!« stöhnte Caroline, und plötzlich zitterte eine gräßliche Angst in ihrer Stimme. Sie löste sich mit einem Ruck von dem Anblick des toten Jungen und ging in die Richtung zurück, aus der sie gekommen waren.

»Was ist mit Billy?« rief Susan hinter ihr her.

»Oh, ich weiß es nicht, ich *weiß* es nicht!« flüsterte sie verzweifelt und blieb zögernd stehen, sah von Susan zu

Billy und wieder zu Susan. Der Schock machte sie noch immer benommen. Sie befanden sich nur wenige Yards von der Stelle entfernt, an der Neil gestorben war. Der Schrei wiederholte sich, und dieses Mal wurde er so schrill, daß er jedes menschliche Gehör übersteigen mußte.

Carolines Zögern zerbarst. Sie wirbelte herum und rannte. Susan folgte ihr, und dann stürmten sie Seite an Seite durch den Wald. Aus dem Schrei wurde eine Vielzahl hektischer, mißtönender Laute. Die Stille zersplitterte wie unter Axthieben. Sie sausten an geschwollenen Pilzen vorbei. Aus den Augenwinkeln heraus sah Susan einen der gelben Pilzhüte zerbersten. Silberne Fäden schossen in hohem Bogen heraus. Sie riß instinktiv die Hände nach oben und wehrte sie ab und schützte das Gesicht. Winzige Stiche brannten in ihrer Haut. Es zischte, als sei sie mit Säure übergossen worden. Sie hielt die Luft an und rannte wie von Sinnen.

Ganz Fasach Wood hallte nun von einem fürchterlichen Kinderkreischen wider. Susan wich alten Eichen aus und bahnte sich einen Weg durch Wacholderbüsche und Farne und Dornengestrüpp – und sah die Platane vor sich auftauchen. Caroline schrie irgend etwas neben ihr. Ihr Gesicht war schneeweiß, sie atmete mit offenem Mund.

Die Kinder waren *verschwunden.*

Doch ihr Schreien war von überallher zu hören.

»Was geschieht da?« keuchte Susan, und ihre Stimme verging fast in hektischen Schluchzern.

Caroline antwortete nicht. Sie blickte sich nur gehetzt um.

»Melanie!« brüllte sie. »Melanie, wo *bist* du?«

Aus den Schatten jenseits der Wacholderbüsche wehte ein unheimliches Stöhnen heran. Caroline war bereits in diese Richtung losgelaufen. Ihre Füße wirbelten Laub auf.

Zehn Sekunden später fanden sie Melanie Cuthbert. Sie lag obszön ausgespreizt am Boden. Hohe Farne bedeckten sie fast ganz. Sie zuckte und krümmte sich. Susan beugte sich über sie, und dann schien alles Blut aus ihrem Kopf zu weichen. Ihre Knie gaben nach, der Wald verschwamm vor ihren Augen. Caroline fing sie auf, bevor sie zu Boden stürzte.

*****

Nur Sekunden nachdem Caroline und Susan im Wald verschwunden waren, wurde Bobby Thomlinson in den Baum hinaufgerissen. Äste und Zweige und Blätter raschelten, und die Kinder fuhren herum. Zuerst glaubte Dorrie, Bobby sei hochgesprungen und schaukle an einem der unteren Äste. Das machten Jungen immer, wenn Bäume in der Nähe waren. Ben war genauso gewesen, er war immer auf irgendwelchen Bäumen herumgeklettert – jedenfalls bis zu diesem Sommer, bis zu . . . Aber weiter wollte Dorrie nicht denken, alles andere war nur eine dunstige Erinnerung, wie ein ferner, schlimmer Traum.

Melanie rief dem Jungen etwas zu. Ihre Stimme war durchdringend laut. Sie sammelte die Kinder um sich und wandte den Kopf und sah Bobby an diesem Ast hängen. »Komm da runter!« schrie sie.

»Ich kann nicht!« brüllte Bobby. »Er hält mich fest. Ich –«

Dann kreischte er. Seine Stimme wurde zu einem schrillen Gellen, dann zu einem durchdringenden Heulen.

Melanie rappelte sich hoch und ließ den Jungen nicht aus den Augen. Er kreischte noch immer – und noch viel lauter. Und er zappelte dort oben, halb in den Blättern versteckt, herum. Und bewegte sich, wie Melanie am Schimmern seines gelben T-Shirts sah, mit phänomenaler Geschwindigkeit höher und höher in den Baum hinauf.

»Bobby!« rief sie wieder.

Dann sah sie den Jungen in einer Lücke des Blattwerks auftauchen, und ihr Mund formte einen perfekten Kreis, als ihr dämmerte, was hier wirklich vorging.

Der Junge kletterte nicht, und er schwang sich auch nicht von Ast zu Ast.

Es war der Baum. Äste krümmten und bogen sich und neigten sich einander zu. Zweige breiteten sich aus und schlossen sich um Billys Beine und Arme und reichten ihn wie ein bizarres Paket blitzartig weiter und weiter. Die Äste waren wie Arme, und die Zweige wie harte Finger. Sie bewegten sich, perfekt aufeinander abgestimmt, mit einem mörderischen mechanischen Gleiten und beförderten den kämpfenden und kreischenden Jungen hinauf und hinauf. Schließlich erreichte er die höchsten Äste, und die Platane neigte sich einer angrenzenden Rotbuche zu, die zu Melanies Entsetzen ihrerseits augenblicklich einen gewaltigen Astarm ausstreckte. Zweigfinger öffneten sich und packten die sich krümmende Gestalt und reichten sie weiter. Blätter rauschten und wisperten und raschelten. Und Bobby Thomlinsons Reise durch die Bäume ging weiter. Schon wurde er einer Eiche entgegengereckt und von dieser wiederum einer bebenden Esche ausgehändigt. Alles geschah so irrsinnig schnell und ineinanderfließend, daß er binnen weniger Sekunden schon außer Sicht war.

Melanie hörte, wie seine Schreie in der Ferne verklangen. Sie wollte sich die Hände gegen die Ohren pressen, um diese furchtbaren Laute auszusperren. Ihr gesamter Verstand war wie betäubt, als habe sie ein gewaltiger Schlag auf den Hinterkopf getroffen. Die Kinder um sie herum kreischten in Panik. Melanie drehte sich schwankend herum, versuchte etwas zu sagen, versuchte zu *denken*, aber für einen langen Moment gelang ihr weder das eine noch das andere. Es schien, als habe sie einfach aufgehört zu funktionieren.

Eines der kleinen Kinder umschlang ihr Bein und klammerte sich so daran fest, daß sie die Nägel durch den Jeansstoff hindurch spüren konnte.

»Ich will heim!« heulte das blonde Mädchen wie ein kleines Kätzchen und verlieh dem ganzen noch mit einem wilden Aufstampfen Nachdruck.

Im gleichen Moment schwang ein riesiger Ast herunter und packte die fünf Jahre alte Monica Walsh am Kopf. Der zierliche Körper flog in die Lüfte empor und verschwand. Das Mädchen hatte nicht einmal Zeit gefunden, aufzuschreien.

Und nun öffnete die Hölle endgültig ihre Pforten. Die Kinder, die gerade noch von lähmender Angst befallen stocksteif dagestanden waren, stürmten nun in kleinen Gruppen oder allein in alle Himmelsrichtungen davon. Zwei kleine Jungen versuchten sich zwischen zwei dichtstehenden Bäumen hindurch zu verdrücken, und da jeder der erste sein wollte, behinderten sie sich gegenseitig und stürzten und krabbelten über- und untereinander vorwärts. Eine dünne Efeuranke löste sich von einer Waldkiefer, stieß schlangenhaft in die Tiefe und ringelte sich um die Brust des zuoberst zappelnden Jungen und zog zu und schwang ihn in die Höhe und außer Sicht. Sein Freund hatte es nicht einmal gesehen; aber er *spürte* es. Gerade noch zerrte George Walsh an seinem Hemdkragen und versuchte ihn zurückzureißen – und plötzlich war er weg. Der kleine Davy Currie kreischte und sprang vorwärts und merkte überhaupt nicht, daß sich sein Darm in einer einzigen schnellen Zuckung in seine Jeans entleerte. Und selbst wenn er es bemerkt *hätte* – es wäre ihm völlig gleichgültig gewesen, so riesengroß war sein Entsetzen.

Dorrie Haldane rannte blindlings durch ein Gewirr monströser Wacholderbüsche – und sie hatte viel zu sehr Angst, um zu schreien. Hinter sich hörte sie das trockene Rascheln von Blättern und das Knacken von sich bewegenden Zweigen und verlor jeden anderen Gedanken als den an WEGLAUFEN. Sie rannte und rannte und hörte das Krachen von Ästen hinter sich und begriff gar nicht, daß das nur die Geräusche zweier anderer Mädchen waren, die ihr hinterherstolperten. Sie lief, ohne richtig zu sehen, weiter, hielt beide Hände hoch, um ihre Augen vor heranpeitschenden Tannenwedeln oder Ästen oder Blättern zu schützen – und prallte plötzlich gegen ausladende Luftwurzeln, unter denen eine kleine Höhle gähnte. Ohne nachzudenken tauchte sie in diesen Schutz hinab und quetschte sich in den winzigen Spalt hinein. Die anderen Mädchen drängten sich zu ihr und kuschelten sich so fest an sie, daß Dorrie kaum mehr atmen konnte.

Melanie gelang es endlich, ihre Benommenheit abzuschütteln; sie packte den ganz dicht bei ihr stehenden Jungen und hielt ihn fest. Er krümmte sich und trat sie. Schattenhafte Kindergestalten huschten in alle Richtungen durch das Unterholz davon, die Luft war voller splitternder Stimmen. Melanie rief nach ihnen, flehte sie an, bei ihr zu bleiben, doch sie hörten sie nicht, oder gaben dies zumindest vor.

Sie wich von dem Baum zurück und hielt den Jungen eisern am Arm fest. Er weinte vor Verzweiflung und versuchte noch immer, freizukommen. Über ihnen rauschte es. Der Baum schüttelte sich, als habe ein Windstoß seine höchsten Äste getroffen. Melanie starrte nach oben und sah einen Insektenschwarm aus den Blättern herabstürzen.

Sie schrie laut auf und riß den Jungen mit sich. Etwas Grünes flackerte an ihr vorbei und stürzte zu Boden. Sie spürte eine Berührung an der Schulter. Und noch eine und noch eine. Etwas ließ sich auf dem Kopf des Jungen nieder. Melanie schlug danach, schnippte es weg – und begriff, daß das kein Insekt war. Es war eine Samenkapsel. Am Vorderteil flatterten winzige Blätter wie Mottenflügel. Die Samenkapseln schwirrten wie Helikopter in einem ungeheuerlichen Pulk aus der Platane herab, und die stille Luft des Waldes vibrierte unter ihrem rasenden Ansturm. Melanies Herz hörte für einen Moment auf zu schlagen und hämmerte dann doppelt und dreifach so schnell weiter.

Sie stieß die angehaltene Luft aus; sie hielt den Jungen noch immer fest und eilte mit ihm in die Richtung weiter, in die vorhin gleich mehrere Kinder verschwunden waren.

Farnwedel peitschten gegen ihre Beine. Immer noch mehr große Stengel entrollten sich wie Papierschlangen. Sie bemerkte sie erst richtig, als etwas sie am Fußgelenk ergriff und festhielt – und sie kopfüber zu Boden stürzte. Der Junge landete neben ihr. Jetzt gelang es ihm, sich loszureißen und allein davonzukrabbeln – aber dann blieb er stehen und sah zu ihr zurück. Melanie zog an ihrem Bein. Es hing *irgendwo* fest. Sie sah hin, sah die grüne Schlinge dicht oberhalb ihres Schuhs, und wurde beinahe wahnsinnig vor irrwitziger Panik. Noch mehr Farnwedel zuckten heran und wickelten sich um ihr Handgelenk. Sie riß den Arm zurück und spürte die dünnen Stengel tief in ihre Haut schneiden. Sie kam nicht frei. Die drahtigen Ranken strafften sich. Der sieben Jahre alte Junge stand noch immer da und gaffte auf sie herab. Seine Augen waren so groß wie Murmeln. Es sah aus, als müßten sie gleich aus den Höhlen und über die blassen Wangen davonkullern. Melanie schrie ihn an.

»Lauf weg!« brüllte sie. »Lauf, Colin. HAU AB!«

Der Junge stolperte zwei Schritte weit zurück, als sei er geschlagen worden. Melanie wand sich herum, versuchte mit ihrer freien Hand *tatsächlich*, nach ihm zu schlagen, den Schock zu durchbrechen. Eine fürchterliche Erkenntnis dämmerte ihr. Sie war in diesem Monsterwald gefangen, in diesem Wald, in dem die Bäume so plötzlich zu einem mörderischen Leben erwacht waren. Ein eisiges Frösteln schüttelte sie.

»Geh weg, Colin, geh. Bitte. LAUF ENDLICH!«

Endlich reagierte er. Sie sah sein weißes T-Shirt hinter den Farnen verschwinden, dann wickelte sich einer der Triebe in ihre Haare und zwang ihren Kopf mit einem solch gewalttätigen Ruck nach unten, daß ihr Gesicht mit einem vernichtenden Schlag auf die Erde krachte. Eine weitere Schlinge zuckte um ihr Bein – ganz in der Nähe der Stelle, an der die erste sie umbarmherzig in ihrem Griff hielt. Flatternde Platanensamen wirbelten wie Papierfliegen auf sie herab. Einer landete in ihrem Nacken. Ein zweiter auf ihrem nackten Arm. Dort, wo sie auftrafen, glaubte sie von Messerklingen durchbohrt zu werden. Wenige Augenblicke später hatten sich schon Dutzende dieser Kapseln auf der ausgestreckten Frau niedergelassen.

Dann spürte Melanie eine winzige, sondierende Berührung, als die Samen haarfeine Wurzeltriebe ausstreckten. Sie empfand keinen Schmerz, nur eine kühle Taubheit, als die ersten sich in eine Hautpore gruben. Die Samenkapsel brach entzwei. Ein kleiner Trieb entrollte sich strahlend hellgrün und schlank, und wuchs und entfaltete zwei kleine Blätter und wuchs weiter.

Das ganze geschah innerhalb von fünf Sekunden. Das taube Gefühl breitete sich über ihren ganzen Arm hinweg aus. Weitere Wurzeln tasteten voran und verankerten sich; weitere Samenkapseln brachen auf. Auch in ihrem Nacken herrschte nur noch Kälte. Unter ihrer Haut konnte sie Wurzelbewegungen erahnen; ein winziges Tasten zitterte ihre Kapillargefäße entlang und füllte die kleinen Blutgefäße und suchte nach den großen Adern. Die Kälte in ihr wuchs, und mit ihr kam eine seltsame Apathie. Sie sah einen Stengel aus ihrem nackten Bein herauswachsen – knapp oberhalb des Söckchens. Ein Paar grüner Blätter erschien und rollte sich aus, zwei winzige, perfekt geformte Platanenblätter.

Als Susan und Caroline sie fanden, war ihr Körper nur mehr eine Masse wuchernder Triebe. Aber Melanie lebte noch. Sie sah Susans Gesicht unscharf und fern über sich schweben. Dann Carolines Gesicht. Melanie versuchte etwas zu sagen. Sie spürte, das Leben in ihr war nur mehr ein winziges Flackern.

Caroline warf sich neben ihr auf die Knie und kam gerade noch zurecht, um ein einziges gekrächztes Wort zu hören.

»Lauf!« wisperte Melanie – so schwach, daß es fast ein Seufzen war.

Caroline ruckte hoch. Susan stand nur einen Yard entfernt; ihr Gesicht war eine ausdruckslose Fläche. Es sah aus, als habe man ihr alles Leben aus dem Leib gesaugt.

»Wo sind die Kinder?« fragte Caroline, und ihre Blicke huschten bereits umher.

Susan wirkte völlig teilnahmslos – eine Schlafwandlerin, die vergessen hatte, sich weiter zu bewegen. Caroline packte sie an den Schultern und schüttelte sie.

»Susan! *Susan!*« fauchte sie.

Das blonde Mädchen blinzelte schläfrig.

»Die *Kinder*! Wir müssen die Kinder finden«, schrie Caroline. Ihre Stimme hallte zwischen den Bäumen wider.

Susan nickte stumm. Es konnte alles mögliche bedeuten. Caroline schüttelte sie noch einmal – hart genug, um ihren Kopf in den Nacken und wieder nach vorn zu werfen –, und jetzt, endlich, klärte sich ihr Blick. Sie war wieder da.

»Ich hab' was gehört ... Da drüben«, sagte Caroline und deutete über die Farne hinweg.

Susan starrte auf struppige Wacholderbüsche, auf drohende Schatten.

»Geh und finde sie und bring sie weg. Hörst du, Susan? Bring die Kinder um Gottes willen aus diesem verdammten Wald hinaus und in Sicherheit.«

Caroline drehte sich um und eilte in die andere Richtung davon. Auch dort waren jetzt panische Kinderstimmen zu hören. Susan wich von der wimmelnden grünen Masse zurück, die einmal Melanie Cuthberts Körper gewesen war – und dann fuhr sie hektisch herum und hetzte auf die Büsche und die Schatten zu, und jeder einzelne Nerv in ihrem Körper vibrierte unter den Nachwirkungen des Schocks.

Einige Minuten später entdeckte sie Dorrie Haldane und die beiden anderen kleinen Mädchen. Ohne langes Argumentieren zerrte sie die drei aus ihrem Versteck zwischen den Wurzeln und schob sie vor sich her, bis sie die Trockenstein-Mauer erreichten. Die Kinder hatten den verwesenden Leichnam nicht gesehen, der auf der anderen Seite des Baumes zermalmt zwischen den Wurzeln eingeklemmt hing, doch Susan hatte ihn gesehen und sich beinahe noch einmal übergeben müssen. Die entstellte Totenfratze hatte sie höhnisch angegrinst. Eine Fliege war aus einer Augenhöhle herausgeschwirrt. Aber Susan hatte Paul Thomson – den Jungen, von dem sie in der Nacht des

Ceilidh geküßt worden war – nicht erkannt. Und das war gut so.

Sie schleppte und zerrte die Kinder mit sich, und sie beeilte sich, so sehr sie nur konnte; dennoch dauerte es noch einmal fünfzehn alptraumhafte Minuten, bis sie den Waldrand fand und auf das weite Feld unterhalb des Dorfes hinaustaumelte. Sie sah Caroline Petrie niemals wieder.

— 39 —

Sheila Garvie spürte die *Veränderung*.

Ihr ganzes Ich hallte unter dem Pulsschlag des Waldes wider, und jeder Muskel in ihr spannte sich, als das Vibrieren der Welt zu einem dumpfen, dröhnenden Grollen wurde.

Die Zeit war *gekommen*. Die Schalen waren bis zum Rande mit Blut gefüllt, und der Wald trank das erste Opfer in sich hinein. Ihr Körper prickelte im Einklang mit dem hämmernden Widerhall des geschäftig sich regenden neuen Lebens, mit dem donnernden Lied der *alten* Macht.

Sie schloß ganz langsam die Augen, und die Schläge des großen Herzens waren auch die Schläge ihres Herzens. Die heilige Moment stand unmittelbar bevor. Ihr gesamtes *Ich* knisterte in hungriger Erwartung. All ihr Streben und Tun würde nun Früchte tragen.

Früchte. – Was für ein passendes Wort. Sie lächelte und entblößte dabei ihr perfektes Gebiß. Unter ihr pochte das Erdreich in einem wilden Baßrhythmus, der sich schon bald auf die ganze Welt übertragen würde.

Caitlin Brook stand nackt vor dem Baum, ihre Arme hingen schlaff herab; sie atmete langsam. Ihre Augen standen offen, und dennoch war es, als träume sie.

Funkensprühende, knisternde Elektrizität erfüllte die Luft.

Über ihnen allen drehte sich der Tunnel des Sturmes schneller und schneller ... Blitze rissen klaffende Wunden in den Mahlstrom, und Donner krachte über die schwankenden Kronen der Bäume hinweg. Die Mächte der Erde und des Himmels kamen einmal mehr zusammen an diesem Nexus, an dem die Feldlinien sich trafen und Welten verbanden.

Sheila Garvie öffnete die Augen wieder und sah die erste Regung des Baumes.

Ein lautes Knarren erhob sich, und dann kräuselte sich die Rinde hoch oben am Stamm und wölbte sich auf.

Eine gewaltige Freude überschwemmte sie.

»Jetzt!« rief sie aus.

Die anderen Frauen standen stocksteif, ihrer aller Augen waren auf die unermeßlich große Eiche konzentriert.

Die altersgraue Oberfläche schlug Wellen, ungeheuerliche Mächte drängten sich aus ihrem Innersten. Hoch oben zuckte ein knorriger Stamm wie eine tastende Hand, und ein durchdringendes Kreischen wetteiferte mit den Stimmen des Sturmes. Die Wellen verstärken sich wie in einer titanischen Flut. Runzeln durchzogen die schuppige, graue Rinde, und aus tiefsten Tiefen erscholl ein urgewaltiges Mahlen ...

Die Vorderseite des Baumes *wölbte* sich in die Welt. Etwa zwölf Fuß über dem Boden und direkt unter der Gabelung des riesenhaften Stammes wurden Rinde und bleiche Fasern nach außen gestoßen und beiseite gerissen. Begleitet von einem quälend langsamen Bersten des Holzes entstand eine klaffende, spaltartige Wunde über Caitlins Kopf. Einer der großen Hauptäste der Gabelung verdrehte sich in der Luft, und der andere tat es ihm gleich – und dann senkten sich beide wie ungeheuere Arme nach unten. Der Stamm schwoll immer noch weiter an, und ein enormer Atemstoß fauchte aus der höhlenartigen Öffnung hervor, die sich nun bereits auf über einen Yard verbreitert hatte. Das Einatmen des Stammes war wie der Sog eines Wirbelsturmes. Die Ausdehnung wuchs und wuchs, und eine – noch – formlose Masse preßte sich in gewichtiger Langsamkeit durch die Rinde und aus dem Baum heraus.

Die riesenhaften Äste schwebten herab und bogen sich knarrend zu Caitlin Brook. Die Oberfläche des Holzes schlug Wellen, und knotige Muskelkontraktionen wurden nun erkennbar. Das Holz schien zu schrumpfen, als wolle es der hoch emporragenden Masse des Giganten einen letzten Tribut zollen, und dann verwandelte es sich in ungeheuere hornige Hände. Finger öffneten und schlossen sich und kosteten die Luft über den emporgewandten Gesichtern der Frauen.

Aus den mächtigen Armen sprossen lange Äste und dehnten sich kahl und bleich vor dem schwarzen Himmel und senkten sich dem Boden zu. Erste Triebe begannen sich zu formen. Grüne, blasenähnliche Knospen drängten sich durch sehnige Rindenhaut und entwickelten sich rasch und formten zarte, grüne Blätter. An den Astenden wuchsen biegsame und ebenfalls knospende Stengel in die Länge.

Sheila Garvie starrte unablässig auf die gewaltige Masse, die den Stamm wölbte und verzerrte. Sie sah das Schwellen der zarten Astenden. Der Baum trug Früchte.

Eine wilde Freude durchbrauste sie. Ihre Belohnung wuchs bereits heran. Die Erneuerung, ihre Wiedergeburt, war in greifbare Nähe gerückt.

Goldene Blumen barsten und gebaren lumineszierende, blendend helle Blüten. Die Blütenblätter wuchsen und bewegten sich wie in einem Tanz an den Stielen, und dann fielen sie unvermittelt in einem weißglühenden Schauer auf den Boden der Lichtung. Wo sie gewesen waren, wuchsen nun runde Früchte, und sie strahlten so golden wie zuvor die Blüten, und sie gediehen und schwollen zur Größe von Äpfeln heran. Sie pulsierten in einem eigenen Licht und wuchsen immer noch weiter, bis ihr Gewicht die zarten Äste neigte, und dann baumelten die prallen, leuchtenden Kugeln wie Kristalle an einem monströsen Kronleuchter. Und sanken den wartenden Frauen entgegen.

Sheilas Augen richteten sich wieder auf den Baum. Die Oberfläche des Stammes verzog sich nun unter einem heftigen *inneren* Reißen. Nahe der Gabelung, die nun die beiden muskelstarrenden Titanenarme formten, nahm etwas Gestalt an. Eine immense Schnauze schob sich aus dem Spalt heraus. Ein gewaltiges Stöhnen, ein tierhaftes Grunzen, wehte aus den Tiefen des Baumes. Darunter hob sich eine kolossale Brust, und rindenüberzogene Rippen wuchsen und wölbten sich. Eine Schulter zeichnete sich ab.

Abermals erklang ein schreckliches *Reißen*, und die Schnauze verlängerte sich, und ein Kiefer entstand, eine runzlige Stirn dehnte sich aus. Äste erhoben und teilten sich in ein ausladendes Geweih. Die graue Rinde zuckte und knitterte, und ein riesiges Auge tat sich mit einem knarrenden Rucken auf. Es starrte blind umher, die Pupille schien noch wie mit einer hölzernen Haut überzogen. Ein ungeduldiges, krampfartiges Blinzeln entstand, und das Auge schloß und öffnete sich in einer einzigen Bewegung – und nun war die Haut beseitigt, nun konnte das Auge sehen.

Es drehte sich in einer knorrigen Höhle und richtete sich auf Caitlin Brook.

Die junge Frau stand völlig still, als sei sie sich gar nicht bewußt, was hier geschah. Sie war gefangen in der Welt zwischen den Welten, sie wurde gebannt von der einen, alten Macht, die wiederum die Macht jener Kreatur war, die sich hier aus dem titanischen Baum heraus selbst gebar. Und in der kleinen Kammer, die noch durch eine hauchzarte Nabelschnur mit dieser Welt – und mehr noch mit diesem *anderen* Geist – verbunden war, kreischte eine panische Stimme ihr zu, sie solle sich herumwerfen und fliehen, herumwerfen und fliehen.

Caitlin Brooks Körper gehorchte der Stimme nicht.

Über ihr bog sich der Hals der Kreatur aus dem Baum, und der monströse Kopf senkte sich herab. Augen, so braun wie Mahagoni, glühten in einem außerweltlichen Leben. Die Haut des Gesichts war so rissig und zerknittert wie alte Eichenrinde. Die Brauen waren weit herabgezogen, und wulstige Höcker trugen die weitverästelten Augsprossen. Die Schnauze war nach unten gekrümmt, und feucht schillernde Nüstern saugten bebend die Luft ein. Altersgraue Gewächse baumelten vom Kiefer herab weit über den kraftvoll zuckenden Leib. Die Kreatur schob sich weiter aus dem Eichenholz heraus, sie nutzte ihre ungeheueren, knorrigen Arme und Hände, um sich vorwärtszustemmen und vollends in die Welt der Menschen zu gelangen.

Die Frauen beobachteten das Schauspiel voller Angst und Scheu. Sie hatten gewußt, was sie erwartete, doch dies hier übertraf alle ihre Vorstellungen bei weitem. Sie starrten fasziniert auf den ins Leben wachsenden gehörnten Baum-Mann. Starrten auf die sich krümmende, zuckende Rinde, und auf das Knie, das sich nun daraus löste, während die goldenen Früchte weiter gediehen und von ihrem eigenen Gewicht zu den im Kreise stehenden Frauen hinabgetragen wurden.

Der Gigant durchbohrte Caitlin mit seinen Blicken. Unterhalb seines Bauches begann die Rinde zu zucken und anzuschwellen. Er tat einen weiteren ungestümen Atemzug, und seine Nüstern blähten sich weit. Das Maul klaffte auf, wurde zu einer hungrigen Grimasse; es sah beinahe aus wie ein grauenvolles Lächeln.

Eine der goldenen Früchte schwebte nun knapp über Sheila Garvies Kopf. Sie griff mit beiden Händen hinauf und umfaßte das Geschenk ihres Gottes. Das goldene Licht durchdrang ihre Finger. Ein kleiner Ruck genügte, und die Frucht löste sich von ihrem Stiel. Ein Duft von Honig und Nektar stieg empor – prickelnd und verheißungsvoll.

Auch die anderen Frauen pflückten nun die Früchte, wie man es ihnen gesagt hatte. Dies war ihre Belohnung, das Geschenk, das für alle Zeiten *manifestierte*, was ihnen bereits gewährt worden war. Gail Dean drückte sie sich gegen den Bauch und fühlte das Leben darin auf die Nähe des Wunders reagieren. Fiona Herron schmiegte beide Hände darum und liebkoste die glatte Oberfläche. Die Frauen griffen nach oben und pflückten gierig, und die Kreatur wuchs aus den Tiefen des Baumes und erzwang sich ihren Weg aus dem Stamm heraus.

Das gehörnte Ding war voller Ungeduld. Es hatte nur noch Augen für das bereitstehende Opfer. Es war noch nicht ganz in der Welt der Menschen, doch es streckte seine Arme bereits aus . . . Mächtige Gelenke bewegten sich knirschend, und schuppige Finger spreizten sich weit und griffen schwerfällig nach der jungen Frau in der Tiefe.

Sheila Garvie beobachtete fasziniert, wie ihr Gott steif und mit noch unkontrollierten Bewegungen nach *ihrem* Geschenk tastete.

Die Hände schwebten einen Yard über den flammend roten Haaren der jungen Frau . . .

Caitlin Brook, der Sämling, erwartete die Berührung; erwartete, in Besitz genommen zu werden.

In diesem Augenblick gellte eine Stimme von der anderen Seite der Lichtung. Es war die Stimme eines Mannes. Er brüllte nur ein einziges Wort.

»NEIN!«

— 40 —

Er war die Pfade entlanggestürmt und hatte nicht gewußt, wohin sie ihn führten; er war seinem Instinkt gefolgt, er hatte getan, was er hatte tun *müssen*.

Der Wald war ihm völlig fremd, war ein tiefer und schattiger Ort, doch er rannte wie von Sinnen, rannte, weil etwas tief in ihm dies forderte, ihn dazu zwang; weil ein wortloses Rufen im Innern seines Schädels widerhallte. Ein mentaler Magnet zog ihn an, zog ihn zu Caitlin, *riß* ihn vorwärts. Während er lief, dachte er voller Dankbarkeit daran, daß er die Kraft gefunden hatte, mit dem Trinken aufzuhören; und auch damit, sich die Nächte in irgendwelchen Pubs um die Ohren zu schlagen. Er war dünner und so fit, wie er zuletzt vor fünf, vielleicht sogar zehn Jahren einmal gewesen war. Er rannte, wie Caitlin gerannt war, leicht und geschmeidig und rhythmisch, und seine Schritte hämmerten auf den weichen Boden ein.

Er passierte moosüberwachsene Steine; der Kompaß in seinem Kopf führte ihn zielsicher. Er zwängte sich durch die Mauerbresche und jagte den dahinter sich fortsetzenden Weg entlang, und efeubewachsene Baumriesen waren wie Barrieren zu seiner Rechten und Linken. Er bemerkte den Wechsel, es kam ihm vor, als sei die reale Welt plötzlich *ausgeknipst* worden. Er nahm die Veränderung mit allen Sinnen wahr; plötzlich wußte er, daß er einen Ort betreten hatte, der nicht *richtig* war.

Doch er rannte weiter. Angst und Sorge zwangen ihn vorwärts.

Er war sich auf eine mystische Art und Weise der Fremdartigkeit des Waldes ringsum bewußt. Die baumhohen Farne erinnerten ihn an Bilder in Dinosaurier-Büchern, die er als Junge gelesen hatte. Dieser Teil von Fasach Wood schien geradewegs aus der *Jura*-Zeit hierher versetzt worden zu sein. Die Luft war warm und stickig und mit Gerüchen wuchernden grünen Wachstums oder allgegenwärtiger Verwesung beladen. Der ganze ihn umschließende Wald wirkte plötzlich *lebendig*. Er hielt nicht an. Er stürmte an Bäumen vorbei, die dicht mit Parasiten-Gewächsen behangen waren. Kaum sichtbare, unförmige Blüten, die den kleinblütigen Drachenkopfblumen ähnlich sahen, ragten aus wucherndem Buschwerk, und Nektar tropfte wie Geifer aus ihnen herunter.

Der mentale Kontakt wurde stärker; sein Verstand war mit Feuerbildern und Gefühlen und einzelnen Wortfetzen überschwemmt. *Schneller. Schnellerschnellerschneller.* Der

Rucksack schlug rhythmisch gegen seine Hüfte. Die kleinen Plastikflaschen in seiner Jackentasche waren wie Bleigewichte. Links und rechts von ihm huschten Dinge davon – oder begleiteten ihn –, doch er sah starr geradeaus; er *wollte* gar nicht sehen, was sich in diesem *fremden* Wald bewegte.

Martin kam an den über den Fluß gestürzten alten Baum. Er kletterte an den Wurzeln empor und balancierte, so schnell er konnte, den Stamm entlang. Der Regen hatte die Rinde schlüpfrig gemacht, und Martin achtete sehr genau darauf, wohin er den Fuß setzte.

Unter ihm strömte der Corrie träge und schwarz wie Pech. Das hier war nicht mehr der klare und übermütig schäumende Fluß, den er vor einem Monat von der steinernen Brücke aus bewundert hatte. *Dieses* Wasser wirkte gefährlich. Es spiegelte nur wenig Licht. Merkwürdige Strudel stiegen aus den Tiefen empor – wie von verstohlenen Bewegungen. Es gab Leben dort unten, doch er sah es nicht, er spürte es nur. Der Corrie schien sich tausend Meilen weit durch ein verderbtes Land gewunden zu haben – und so roch er auch. Am gegenüberliegenden Ufer wuchsen verkrüppelte Weiden, und verdrehte, wuchernde Wurzelstämme waren in die Schwärze getaucht und tranken sie.

Er kam auf der anderen Seite an und rannte bereits wieder. Der Pfad führte beinahe völlig gerade durch das Gewirr der Inselbäume. Über ihm rauschten Blätter, und in seinem Nacken breitete sich ein eisiges Gefühl aus; doch er eilte weiter. Nach dreißig Schritten wand sich der Pfad um einen massigen, efeuüberwucherten Baum herum. Später wußte Martin Thornton nicht mehr zu sagen, weshalb er den Kopf ausgerechnet in diesem Moment drehte – es war eine unbewußte Bewegung.

Die schwarzen Augenhöhlen einer Totenfratze glotzten ihn an; ihr Mund war zu einem ewigen Schrei verzerrt. Das Fleisch war eingesunken und von Tausenden von Maden weggefressen worden. Eine Wolke schwarzblauer Fliegen huschte schwirrend um den Schädel herum. Der Leichnam schimmerte naß, doch es sah aus, als sei er lange völlig verdorrt gewesen. Martin hielt nicht an. Der Anblick verfolgte ihn eine ganze Weile, und er wunderte sich, was mit dem armen Teufel in dem Baum geschehen sein mochte, aber schließlich vergingen alle diese Gedanken unter dem Zwang, weiterzurennen, sich zu beeilen, schnell zu sein.

Weit voraus schimmerte eine bleiche Helligkeit durch die Düsternis des Waldes.

Er wurde langsamer.

Er hörte Geräusche. Das protestierende Knarren von Holz. Die letzten zehn, elf Schritte bis zum Waldrand legte er geduckt und sehr wachsam zurück, dann kauerte er sich hinter einer Pflanze mit blaßgrünen Blütenblättern nieder und spähte in die Lichtung hinaus und sah das Monstrum.

Es war riesengroß, und es war grotesk. Der schiere Horror seiner absoluten *Fremdartigkeit* ließ Thornton zurückprallen.

Es war, als sei ein *Wasserspeier* lebendig geworden. Eine grauenhafte Fratze, ein Gesicht, das zugleich menschenähnlich und tierhaft war, senkte sich an einem knorrigen Hals in die Tiefe. Bestialischer Hunger strahlte aus den Tiefen der Mahagoni-Augen. Feuchte Nüstern prüften witternd die Luft. Die scharfkantige Schnauze pendelte wie suchend umher. Aus wulstigen Höckern über den Augen wuchs ein mächtiges Geweih und breitete sich über den Alptraumschädel hinweg aus. Riesenhafte, muskelstrotzende Arme – Arme wie Bäume – streckten sich aus, und riesenhafte Hände zuckten in bösartiger Macht.

Die gesamte Lichtung war nun erfüllt vom Kreischen sich verziehenden, drehenden, berstenden Holzes. Ein monströses Bein wuchs aus dem Baumgiganten heraus, und ein riesenhafter brauner Teufelshuf stampfte auf die Erde hinab, und es schien, als werde die Welt in ihren Grundfesten erschüttert. Martin dachte: *Wie der Fuß eines riesigen Fauns aus der griechischen Mythologie.*

Er starrte wie gebannt auf die Kobold-Monster-Fratze

der Baumkreatur; auf die gewaltigen, weit ausladenden Geweihsprossen.

Er kannte dieses Gesicht. Er hatte es in dem alten Buch über die Druiden gesehen ...

... und früher ... viel früher. In den Alpträumen seiner Kindheit. Es war das Gesicht, das jedes Kind in den Schatten der Abendämmerung sah. Es war ein Alptraum, und er wurde Wirklichkeit, er stieg – er *wuchs* – aus diesem Baum hervor, und es geschah JETZT, in diesem Moment. Es war der Tod, der ins Leben herüberkam.

Da war noch eine Bewegung – unter diesem DING. Martin kniff die Augen zusammen und starrte hin, und jetzt hämmerte sein Herz mit einer solchen Wucht gegen seine Rippen, daß er glaubte, sie müßten zersplittern.

Er war so von diesem alles beherrschenden schrecklichen Anblick gebannt gewesen, von diesem Ungeheuer, das sich mehr und mehr aus dem Zentrum des Baumes befreite, daß ihm der weite Kreis der blassen Gestalten gar nicht aufgefallen war. Es waren Frauen, und sie waren alle nackt und reckten ihre Arme empor und griffen nach den goldenen Kugeln, die sich ihnen schwer und prall an biegsamen Ästen entgegensenkten.

Und Caitlin stand allein im Zentrum des Kreises; stand dem Baum-Monstrum von Angesicht zu Angesicht gegenüber.

Martin schüttelte fassungslos, verzweifelt, tödlich zornig den Kopf. Sie wandte ihm den Rücken zu, doch es gab keinen Zweifel, daß sie es war. Ihre feuerroten Haare leuchteten selbst in dieser Finsternis noch zu ihm herüber. Sie stand ganz still, wie in einer Andacht versunken. Und sie wartete. *Wartete ...*

Plötzlich schien die Realität wieder einzurasten; plötzlich lief die Zeit wieder normal ab; plötzlich wirbelten in seinem Kopf nicht mehr tausenderlei Gedanken und Eindrücke durcheinander. Der Schock zerbarst.

Es geschieht jetzt ... JETZT.

Das Monstrum streckte seine riesenhaften, massigen

Baumarme aus, öffnete seine schuppigen, rindenbewachsenen Krallenhände. Es bewegte sich langsam genug, als befinde sich sein Zeitgefühl noch nicht im Einklang mit der realen Welt. Es griff gierig nach Caitlin Brook, und sie stand da, stand nur da und wartete.

Martins Herz pumpte wie in Krämpfen. Heißes Blut schoß in seinen Kopf. Er kam mit einem Ruck auf die Füße, stieß seine rechte Hand in die Jackentasche und brach durch das Gestrüpp auf die Lichtung hinaus.

Die Titanenhände der grotesken Baum-Bestie befanden sich nur noch wenige Yards von Caitlin entfernt. Martin riß die kleine Flasche heraus und hatte die Lichtung bereits zur Hälfte überquert. Er schrie. Er brüllte, so laut er nur konnte.

Die Frauen ruckten wie in einer einzigen Bewegung herum und starrten ihn an. Sheila Garvie sah Thornton heranhetzen und wandte sich dem Baum zu. Die Titanenhände bewegten sich nach wie vor auf den Sämling zu, doch der Schädel der Bestie wandte sich bereits von der jungen Frau ab.

»Nimm sie!« kreischte Sheila. »Nimm sie *jetzt!*«

»NEIN!« brüllte Martin wieder. Er rannte wie eine Maschine; seine Beine fühlten sich ganz locker und leicht an, der Schweiß schien sämtliche Gelenke und Muskeln zu schmieren. Er dachte nicht darüber nach, was er tat; er tat es. Und er schrie: »Nimm deine Scheißpfoten *weg*!«

Der Kopf des Monstrums drehte sich; glitzernde Augen richteten sich auf ihn und durchbohrten ihn mit Feuerblikken. Kurz senkte sich die hölzerne Nickhaut wie in einem vertraulichen Blinzeln über die schimmernden Pupillen. Die Nüstern zuckten unter einem tosenden Atemstoß. Das Maul klaffte noch weiter auf, und ein Sturmwind wurde in die Tiefen gesaugt und kehrte in einem Brüllen wieder, das selbst die Bäume am Rande der Lichtung noch schüttelte. Wulstige Lippen verzerrten sich zu einem fletschenden Grinsen, und Martin sah sich einer Reihe fürchterlicher, gezackter Zähne gegenüber . . .

Er rannte noch immer; er schrie noch immer. »Hau ab, laß sie in Ruhe, du häßlicher großer Bastard!«

»Nimm sie!« kreischte Sheila Garvie. *»Sie ist dein!«*

Der Titanenschädel schwang plump herum.

Der Dämon brüllte seinen Zorn wie Donner in die Nacht hinaus.

Sheila Garvie kreischte weiter – und besann sich und riß eine weitere goldene Frucht an sich. Sie beugte sich nieder und stopfte sie zu der anderen in ihre Leinentasche, die, wie auch Caitlins Kleidung, zu ihren Füßen lag.

Sie richtete sich auf und wandte sich Martin Thornton zu, der wie ein Berserker heranstürmte.

»Zu spät! Es ist zu spät! Du kannst dies nicht mehr aufhalten! Sie ist *verloren*!«

»Nicht, wenn ich es verhindern kann, du Hexe!« krächzte Martin.

Er riß die Hand mit der kleinen, weißen Plastikflasche hoch und schraubte, während er die letzten paar Yards zurücklegte, die dunkle Kappe ab.

Die Bestie in dem Baum tobte in ohnmächtigem Zorn. Sie neigte sich vor und versuchte, sich vollends aus der Eiche herauszuzwängen. Der bereits freie Teufelshuf scharrte wie ein Hebel auf dem Boden und schleuderte Grasbüschel und Erdklumpen empor.

Sheila Garvie warf sich Martin mit hochgerissenen Händen in den Weg. Die anderen nackten Frauen um sie her waren wie erstarrt und sahen nur zu. Thornton ließ sich nicht aufhalten. Seine Rechte flog hoch. Er schleuderte ihr eine klare Flüssigkeit ins Gesicht und sah die Frau zurückstolpern und hörte ihr fürchterliches Kreischen. Die Flüssigkeit brannte sich wie eine Feuerspur über ihren Haaransatz, ihr Gesicht, ihre Arme. Die Haut warf Runzeln und schrumpfte. Ganze Haarbüschel fielen ihr aus. Ein fürchterlicher Gestank breitete sich aus. Sheila Garvie quietschte wie ein Schwein, das zur Schlachtbank gezerrt wurde, und drehte sich, beide Hände vor das Gesicht gepreßt, in einem rasenden, bizarren Tanz.

Martin jagte an ihr vorbei und stürzte zu Caitlin Brook. Die großen Baumhände hatten ihre zeitlupenhafte Abwärtsbewegung bereits wieder aufgenommen; eine griff nach der jungen Frau, und die andere schlug nach Martin Thornton. Er wich den gespreizten, riesenhaften Klauenfingern aus, warf sich nach vorn und schleuderte aus dieser Bewegung heraus seinen Arm nach oben. Die Flüssigkeit schoß in einem klaren Bogen aus der Flasche und direkt in das glänzende braune Auge der Kreatur.

Der Titanenkopf ruckte zurück; Holz kreischte, als würden Alptraumgestalten es verdrehen und zerreißen. Das Maul öffnete sich zu einem erschreckenden Gähnen, und ein Geräusch wie von einem startenden Flugzeug dröhnte in den Himmel. Das riesige Auge zerschmolz. Blasen wirbelten darüber. Eine dunkle Masse quoll über die Hornwangen herab, und die Rindenhaut verlor ihre Spannung und begann bereits auszutrocknen und in Blattern abzufallen. Martin sprang, den Arm noch immer erhoben, zurück. Die Baumfinger schlossen sich wie Stahlklammern um sein Handgelenk. Er hörte ein entsetzliches Knirschen. Rasende Schmerzen irrlichterten bis in seine Schulter hinauf. Seine Hand zuckte wie in Krämpfen und verschüttete so noch einige weitere Tropfen aus der kleinen Flasche. Die Flüssigkeit landete zischend auf den hornigen Fingern. Im nächsten Moment öffnete sich der vernichtende Griff der Bestie, und Martin taumelte zurück und fiel auf den Hintern. Sturzbäche aus Schmerzen brausten in seinem Arm. Irgendwie gelang es ihm dennoch, auf die Füße zu kommen, sich herumzuwerfen, Caitlin am Arm zu packen und mit sich zu reißen. Die Hand der Bestie griff ins Leere.

Zornige Schreie gellten. Eine der Frauen hatte den Bann abgeschüttelt und stürzte mit ausgestreckten Händen heran; rote Fingernägel harkten wie Stahlstifte durch die Luft. Er wich der kreischenden Furie aus und schmetterte ihr die Faust ans Kinn, obwohl er noch niemals in seinem Leben eine Frau geschlagen hatte. Seine Knöchel schmerzten entsetzlich, doch Martin rannte bereits wieder und stieß Caitlin vor sich her. Noch hatten sie den Kreis der Hexendienerinnen nicht durchbrochen.

Immer mehr Frauen erwachten nun aus ihrer Starre. Molly Carr stellte sich ihm in den Weg, doch er rammte sie nur mit der Schulter beiseite. Sie taumelte zurück und stolperte über ihre Leinentasche. Eine pralle, schimmernde Frucht kullerte heraus, und Molly landete der Länge nach darauf und zerquetschte sie. Goldener Nektar spritzte über das Gras. Nun stürzte auch Gail Dean heran, und er versetzte ihr einen peitschenden Schlag mit dem Handrükken. Blut rann aus ihrer Nase.

Martin wandte sich ihnen kampfbereit zu, riß die Flasche hoch und wedelte damit vor ihnen herum.

»Haut ab, oder ich verpasse euch ein ganz besonderes Parfum«, schrie er und versuchte verzweifelt, der durcheinanderwirbelnden Wahrnehmungen Herr zu werden. Irgend was schien mit der Zeit nicht zu stimmen, alles schien *gleichzeitig* zu geschehen. Der Kreis der Frauen bewegte sich und zog sich um ihn und Caitlin herum zusammen ... Hoch in dem gewaltigen Giganten des Waldes brüllte die Kreatur vor Schmerz und vor Wut und schüttelte noch immer in berserkerhafter Raserei den Kopf – als könne sie so dem Säurebrennen in ihrer Fratze entgehen. Sheila Garvie krümmte sich geblendet. Zwei, drei Frauen wichen vor ihm zurück und öffneten den Kreis. Und wieder erstarrten sie alle. Martin schob sich rückwärts gehend hindurch und riß Caitlin mit sich. Sie sagte nichts. Sie schien nichts von alledem mitzubekommen. Ihre Augen waren weit geöffnet und grün und blind. Er schüttelte sie und ließ die anderen Frauen nicht aus den Augen. Sekundenlang wirkten alle unentschlossen. Er konnte ihre Wut sehen und ihre Enttäuschung.

Sechs, acht Schritte weiter brach Caitlin zusammen. Im letzten Augenblick fing er sie auf und ließ sie sanft ins Gras gleiten. Sie lag ganz ruhig. Ihr Körper wurde weich und schlaff.

»Komm schon, *komm schon!*« Schrie er und rüttelte sie

an den Schultern. Ihre Wimpern flatterten. Sie war in tiefer Trance. Die Zeit lief nicht normal; alles geschah viel zu langsam – aber –

Die Hexendienerinnen bewegten sich. Hinter ihnen tobte die Kreatur, und es war, als zerberste knarrend und kreischend alles Holz dieser Welt und –

Thornton dachte: *Keine Zeit, keine Zeit, du mußt* – Und dann dachte er überhaupt nichts mehr, sondern handelte. Er schraubte das erste Fläschchen zu, steckte es ein und riß ein anderes – beinahe identisches – aus der Jackentasche heraus. Er war sich nicht sicher gewesen, ob es funktionieren würde – aber es *hatte* funktioniert, und er begriff, daß er in diesem kleinen Etablissement im Herzen von Glasgow die Anschaffungen seines Lebens gemacht hatte. Es war eine instinktive Sache gewesen.

Er packte Caitlin am Kinn, schob ihr Gesicht hoch; seine Finger gruben sich in die Haut ihrer Wangen und drückten Ober- und Unterkiefer auseinander.

»Und jetzt – trink, verdammt!« brüllte er fiebrig und schraubte den Verschluß des zweiten Plastikfläschchens auf, stieß ihr die Öffnung in den Mund und drückte.

Caitlin würgte. Ihre Augen öffneten sich mit einem Ruck, verdrehten sich. Die Flüssigkeit strömte in ihren Mund, füllte ihn. Sie würgte noch immer – und dann schluckte sie und hustete und kam ins Leben zurück.

»Oh, geh *weg!*« schrie sie fast unverständlich, und ihre Augen blitzten. Martin zog die kleine Flasche weg, und Caitlin würgte wieder.

»Was um alles in der Welt machst du –«, begann sie, dann schien sie zu begreifen, wo sie war.

»Was passiert –?« fragte sie verblüfft und sah sich um, und Martin hörte sie nach Luft schnappen, als sie die zur Hälfte in dem gigantischen Baum gefangene und sich wie von Sinnen aufbäumende Monstrosität entdeckte.

»Die wollten dich an dieses DING verfüttern«, sagte er.

Caitlins Augen weiteten sich voller Abscheu und Unverständnis und Traurigkeit –

Er ließ ihr keine Zeit, in Panik zu geraten. Er zerrte sie hoch. Sie war nackt und wunderschön in der Perlmutthelligkeit der Lichtung, aber Martin hatte nicht einen einzigen Blick dafür. Sie mußten weg von dieser Lichtung, weg von dieser Bestie, weg von diesem Wald und diesem Tal – so weit es nur ging. JETZT. Jetzt gleich. Die Zeit spielte verrückt, aber keine Glückssträhne dauerte ewig – nicht wahr? *Weg von hier, weg, weg!* Es gab keinen anderen Gedanken mehr in seinem Verstand. Die Frauen waren nur mehr Schatten. Und sie setzten sich in Bewegung.

Thornton und Caitlin erreichten den Waldrand und bahnten sich bereits einen Weg durch das Schwarzdorngestrüpp. Caitlin stöhnte und blieb stehen. Messerscharfe Stacheln hatten lange Wunden in ihre Schenkel gerissen. Er hatte vergessen, daß sie nackt war. So würde sie niemals lebend aus Fasach Wood herauskommen.

»Deine Kleider!« stieß er heraus. »Wo sind deine Kleider . . .?«

An seinem Handgelenk – dort, wo ihn das Monstrum vorhin gepackt hatte – begann ein dumpfer, eisiger Schmerz zu pulsieren.

Caitlin starrte ihn verwirrt an, es war, als träume sie bereits wieder.

Er schüttelte sie verzweifelt. Ihr Kopf pendelte vor und zurück.

»Komm schon. Deine Kleider.«

Sie reagierte nicht. Er drückte sich an ihr vorbei, ließ ihre Hand nicht los, zog sie mit sich – zurück. Am Waldrand hieß er sie stehenbleiben und auf ihn warten. Er rannte in die Lichtung hinaus, die jetzt von entsetzlichen, kreischenden Schreien widerhallte. Die Baum-Kreatur zuckte und krümmte sich, und Titanenarme zertrümmerten die Welt. Martin ignorierte es und überließ sich ganz seinem Instinkt.

Etwas krachte dicht an seinem Ohr vorbei. Zu seiner Linken stürzte etwas Schweres mit einem fleischigen Klatschen zu Boden. Er sah nicht hin. Ein paar Yards vor ihm lag Sheila Garvies Leinenbeutel. Ein Teil von Caitlins Jogging-Leggings hing heraus. Martin riß den Beutel im Laufen an sich, wirbelte herum, rannte zu Caitlin zurück und zerrte sie wieder unter die Bäume. Dieses Mal bahnte er ihr einen Weg und achtete darauf, daß die Dornen ihr keinen Schaden mehr zufügen konnten. Sobald er annahm, daß sie sich tief genug im Wald befanden, hielt er an und warf Caitlin ihr Kleiderbündel zu. Jetzt erst sah er das goldene Schimmern der beiden großen Früchte ganz unten in dem Beutel. Caitlin schien nun wieder hellwach zu sein. Ihre Augen waren geweitet und voller Angst, aber sie verlor keine Zeit und zog sich in fliegender Hast an. Es dauerte nur wenige Sekunden. Dann rannten sie weiter. Danach verlor Martin Thornton jedes Zeitgefühl. Irgendwann erreichten sie die Baumbrücke. Sie eilten darüber hinweg, sprangen auf der anderen Seite in den Uferkies hinab und tauchten in den Wald ein.

Hinter ihnen, auf der Lichtung, geschah Entsetzliches.

Der groteske Baum-Mann, die Baum-*Bestie*, brüllte enttäuscht auf. Die Früchte an den biegsamen Stengeln des Baumes begannen zu schrumpfen. Ein Schauder durchlief das Monstrum und übertrug sich in wuchtigen Stößen auf den Stamm und alle Äste. Die schlaff herabhängenden Zweige und Stengel peitschten Dutzende von Yards weit durch die Luft und zerhackten sie. Einer dieser Hiebe traf Sheila Garvie. Der massige Kopf des Ungetüms ruckte herum, und das unversehrte Höllenauge starrte sie an. Der lebende Ast schlug schmetternd wieder und wieder auf ihren Körper ein. Ein anderer Ast schlang sich knarrend um Gail Deans Leib und preßte sie zusammen. Molly Carr sah einen lächerlich dünnen Stengel auf sich zuschießen und wich schreiend zurück – aber auch sie entging ihrem Schicksal nicht. Das biegsame Etwas glitt wie eine Peitschenschnur um ihr Bein und ringelte sich blitzartig nach oben und stieß zu. Rings um den Baum herum fanden die schmetternden, stoßenden, sengenden Äste ihre Opfer.

Sheila Garvie alterte innerhalb weniger Sekunden – und

beinahe schneller, als das Auge folgen konnte. Ihre silbernen Haare wurden stumpf und grau und fielen in Büscheln aus dem schrumpfenden Schädel. Ihre Brüste sackten wie angestochene Windbeutel in sich zusammen. Ihr gesamter Körper trocknete aus; Knochen splitterten und barsten. Sie krümmte sich zusammen und versuchte noch, davonzukriechen. Ihre Schreie vergingen zu einem Wimmern. Ihr Gesicht war nur mehr eine eingefallene Fratze.

Gail Dean versuchte dem sie zermalmenden Ding um ihren Leib zu entkommen, doch es war viel zu stark, und es zerrte und drückte und riß sie schließlich mehr als einen Yard weit vorwärts. Das Leben in ihr starb augenblicklich. Dann kam ein weiterer fürchterlicher Ruck, und ihr Körper bäumte sich unter apokalyptischen Schmerzen auf. Etwas in ihr schwoll an und zerbarst. Ihre Muskeln spannten sich an und stießen das Etwas nach unten, und ein glühender Lavastrom ergoß sich aus ihr heraus. Gail Dean wußte, was dies war, oh, sie wußte es nur allzu gut, und sank in die Knie. Das Strömen dauerte an und an, bis sie nach vorn kippte und mit glasigen, starrenden Augen liegenblieb.

Fiona Herron hielt nach wie vor ihre goldene Frucht mit beiden Händen umklammert – wie ein Basketball-Spieler vor dem alles entscheidenden Wurf. Ein Ast drehte sich mit einem schrillen Kreischen des Holzes herum und schwang beinahe träge heran. Blätter wischten über die Hände der Frau. Zweige bogen sich und packten zu. Rasend schnell wuchsen Dornen aus dem Holz und zerfetzten Fionas Haut. Die Frucht fiel zu Boden. Die Zweige drückten zu, und augenblicklich flammte weißes Feuer durch die Knöchel. Zerborstene Knochenenden schabten gegeneinander. Die Frau krümmte sich und warf sich herum und versuchte sich zu befreien. Schließlich gelang es ihr tatsächlich, die Hände aus dem Griff des Zweiges zu reißen – doch ihre Haut blieb in großen Fetzen an den Dornen hängen.

Fiona Herron riß den Mund weit auf, und ihre Augen starrten ungläubig auf das, was sie vor ihr Gesicht hielt.

Ihre Hände sahen nicht mehr länger wie *Hände* aus. Die Finger waren zu bizarren krallenartigen Stengeln verbogen, die Knöchel angeschwollen und roh und rot wie nach einem Bad in purem Gift. Wäre diese Farbe nicht gewesen, man hätte sie für verdrehte, gräßliche Zweige halten können. Doch es sollte noch schlimmer kommen: Die Entzündung weitete sich in einer rasend schnell vorwärtsströmenden Flut über ihre Handgelenke hinweg aus. Wohin sie kam, zerbröckelten die Gelenke und schwollen an. Gleichzeitig schrumpften ihre Sehnen. Die rechte Hand wurde nach innen und oben gezogen. Das Kollagen wurde aus ihren Knochen herausgesogen, das Calcium begann zu zerfallen, und ihre Ellenbogen blähten sich auf. Ihre Schultern zuckten im Wellenschlag der giftigen Flut unter ihrer Haut. Sie wandte sich schwankend um, und ihr ganzer Körper knarrte. Der Kalk in ihrem Rückgrat zersetzte sich in Windeseile. Knochen zerbarsten unter dem Gewicht ihres Fleisches. Zwanzig Herzschläge danach sackte Fiona Herron wie eine Lumpenpuppe zusammen und weinte und schrie ihre jede menschliche Vorstellungskraft übersteigenden Schmerzen dem Himmel entgegen. Dann schwollen und barsten die Kiefergelenke und brachten sie endgültig zum Schweigen.

Jean Fintry bekam die Auswirkungen des Giftes am eigenen Leibe zu spüren. Die Zweige umfingen auch sie. Dornen schlugen sich tief in ihre Haut. Ein tödlicher Saft wurde in ihre Adern hineingepumpt. Und die Zeit ihrer *Buße* begann.

Lymphflüssigkeit quoll und strömte und floß. Ihr Körper blähte sich auf wie ein riesiger Hefeteig. Ihre seidigen schwarzen Haare verwandelten sich in struppige graue Fäden. Die Haut dehnte und dehnte sich unter dem inneren Druck unbarmherzig wuchernder Fettzellen. Ihre Wangen schwollen, ihr Gesicht glich schon bald einer überreifen Melone, und die Augen waren zu winzigen Spalten zusammengequetscht. Wuchernde Zellulitis bauschte ihre Hinterbacken und Schenkel. Sie stieß ein dumpfes Stöhnen aus und schlug häßliche Wurstfinger mit roten Fingernägeln vor das Gesicht.

Die gräßliche Ausdehnung nahm ihren Lauf. Ihr Herz begann schmerzhaft zu hämmern und schaffte es nur noch unter Mühen, das Blut durch die sich verengenden Arterien und Adern zu pumpen. Ihre Knie gaben unter dem riesigen Gewicht ihres Leibes nach. Sie sackte mit einem schwammigen Klatschen zu Boden und schwoll immer noch mehr an. Der innere Druck wurde größer und größer, und ihr Herzschlag war nun bereits ein ängstliches Flattern. Dann tat ihre linke Herzkammer eine letzte Zuckung und platzte unter dem ungeheuren Druck. Jean Fintry wälzte sich zuckend auf dem Bauch und stieß einen gurgelnden Laut aus. Dann lag sie still: ein grauer Hügel in dem zertrampelten Gras.

Molly Carr spürte, wie die Hitze in ihr anschwoll. Die dünnen Stengel hatten sich um sie geringelt und ihre mörderische Umklammerung gefestigt. Jetzt pumpten sie ihre *andere* Magie in sie hinein. Augenblicklich fühlte sie das Brennen, die grelle Fieberhitze der Erregung in ihrem Innersten. Ein jähes Verlangen durchzuckte sie, und ihr Atem verwandelte sich in ein ungestümes, flaches Keuchen. Dann wurde aus der Fieberhitze ein bösartiger Juckreiz. Wie Nadelstiche in ihrem empfindlichsten Fleisch. Und die Hitze flammte höher und breitete sich aus, und ihre neugewonnenen, femininen Rundungen begannen zu welken und zu verfallen. Ihre Brüste wirkten wie leergesaugt und hingen als bloße Hautlappen auf ihrem knochigen Brustkorb. In ihrem Innersten wurde aus dem Juckreiz ein Feuer. Sie versuchte sich zu kratzen; ihre Nägel fuhren über die Schenkel und den Bauch und tiefer. Doch dieses Brennen konnte nicht gemildert oder gar gelöscht werden. Sie wurde verzehrt von der Hitze ihres eigenen Fleisches. Sie wälzte sich stöhnend auf dem Boden und versuchte schließlich, sich davonzuwinden; und als dies nicht gelang, gellte ihr Heulen über die Lichtung.

Sie warf sich herum, sie krallte noch immer nach der

Hitze in sich. Ihr ausgemergelter Körper glühte, das Blut zischte und brodelte durch ihre Adern, und ihre Körpertemperatur stieg; ihre Augen fühlten sich an, als würden sie in kochender Tränenflüssigkeit schwimmen. Ihre Haut färbte sich feuerrot. Zwanzig Sekunden später stellte ihr bis ins Unermeßliche überreiztes Nervensystem seine Funktion ganz einfach ein. Molly Carrs spindeldürrer Körper zuckte und zappelte – immer noch im Dornengriff der Zweige – auf dem Boden herum, doch das waren nur noch einige letzte Muskelreflexe. Sie war bereits tot.

Der Baum packte und vernichtete auch alle anderen Frauen, die voller Erwartung hierhergekommen waren, um die versprochenen Geschenke in Empfang zu nehmen. Die Knospen des Baumes vergingen, und das monströse Leben forderte seine Gaben zurück – und noch viel mehr. Der ganze magische Prozeß verkehrte sich in sein Gegenteil. Alles, was den Frauen gegeben worden war, wurde nun in Sekundenbruchteilen wieder aus ihnen herausgerissen. Ihre Träume verwandelten sich in Alpträume und Tod. Und das Toben der Bestie ließ noch immer die Nacht in den Grundfesten erzittern.

Als Martin Thornton und Caitlin Brook über die Baumbrücke eilten, drehte das Monstrum den Kopf und blickte mit seinem unverletzten Auge über die Lichtung. Das Wasserspeier-Antlitz war eine Fratze der Wut. In der Tiefe lagen verrenkte und noch zuckende Leiber wie in einer gräßlichen Aussaat. Fast alle waren tot, in einigen war noch Leben, doch alle waren sie betrogen. Die Bestie stieß ein weiteres mächtiges Brüllen aus, und die Bäume rings um die Lichtung verwelkten in Sekunden. Der kolossale Teufelshuf hob sich vom Erdreich und wuchs mit den krachenden und knarrenden Geräuschen überstrapazierten Holzes in den gigantischen Stamm zurück. Die Brust schrumpfte, und Rinde wuchs in dicken Schichten darüber. Die mächtigen Arme hoben sich und schwollen an und wurden wieder zu Astgabelungen. Ganz zuletzt zog sich auch das Fratzengesicht in den Baum zurück und ging darin auf. Die hölzerne Nickhaut der Augen schloß sich. Das Knarren und Knirschen verstummte. Ein letztes Zukken durchlief den narbigen Stamm.

Die Blätter schrumpften, rollten sich ein und wurden braun – und der Wind blies sie in einem ockerfarbenen Schauer davon. Die Stiele vertrockneten und fielen zu Boden.

Hoch am Himmel kreiste noch immer die schwarze Galaxis des Sturmes. Ein mächtiger Blitzschlag zuckte in einem apokalyptischen Streich aus ihrem Zentrum hervor und fuhr mit vernichtender Wucht in den gigantischen Baum. Hölzerne Trümmer wirbelten aus dem Epizentrum der Glut empor und waren noch im Umkreis von Hunderten von Yards tödliche Geschosse. Die gewaltigen Gabelungen des Stammes krachten zu Boden und verfielen zu brüchigem Klafterholz. Der Blitzschlag hatte den Stamm der Länge nach durchschlagen und selbst die tiefsten Wurzeln im Boden versengt.

Das zerschmetterte Holz begann zu brennen.

Eine Staubwolke, so hoch wie der Himmel, legte sich über die Verwüstung. Sturm kam auf und fuhr in das Grau und trieb es über die Douglas Hills davon.

*****

Das hätte das Ende dieser Tragödie sein können, die Linnvale und die Leute von Linnvale in jenem Sommer ins Unglück stürzte.

Und vielleicht wäre es das auch gewesen, hätte Martin Thornton – obwohl ihm daraus wahrhaftig kein Vorwurf zu machen war – den Blätter-Mann nicht angezündet. Dieser war als lodernde Fackel in Sheila Garvies Mühle zurückgeeilt und in den Keller gestürzt, um inmitten der zerschlagenen Flaschen und Krüge seine letzte Bestimmung zu erfahren. Brennende Blätter waren von dem weißflammenden, brausenden Ding emporgeflattert. Eines davon verfing sich in den Vorhängen und setzte sie in Brand. Augenblicklich entzündete sich auch das Gemisch der vergossenen Flüssigkeiten, und dies wiederum führte letzten Endes dazu, daß die blütenstaubgeschwängerte Luft wie ein ganz besonderes Gas reagierte. Die Explosion war so gewaltig, daß sämtliche Fenster des Hauses aus den Rahmen geblasen wurden und die Scherben in einem Umkreis von vierzig Yards herunterregneten. Flammen schlugen ins Freie ...

... und das Pulver aus den zertrümmerten Behältnissen des Kellers sammelte sich als schmutzigfarbene Wolke in der Luft und wurde von der Brise schließlich über die Straße und geradewegs auf das Tal zugetrieben. Wo immer dieses Pulver niederging, begann ein unheimliches Leben zu sprießen.

Auch das hätte das Ende dieser Geschichte sein können – wären da nicht diese drei Herumtreiber gewesen, die vor dem Regen auf einem Felsbrocken über Fasach Wood Dosenbier getrunken und Joints geraucht hatten und nun dicht zusammengedrängt im Schutz einer ausladenden Kastanie am Straßenrand kauerten. Auf eine verquere Art und Weise sollten ausgerechnet Pete Bain, Rory McIntyre und Tam Donald dafür verantwortlich sein, daß eine Menge jener Leben gerettet wurden, die es in Linnvale noch gab. Aber das war purer Zufall.

— 41 —

Martin Thornton und Caitlin Brook flohen durch den fremdartigen Wald; sie brachen durch struppiges Unterholz, stampften über Orchideenblüten und wunderschöne Gewächse und Pilze und verstohlen wuchernde Dinge hinweg und rannten, rannten. Er hielt ihre Hand, hielt sie ganz fest – er hatte Angst, sie loszulassen. Sobald der Pfad breit genug war, lief Caitlin neben ihm, wurde er schmäler, fiel sie hinter ihm zurück. Martins freie Hand pochte vor Schmerzen, und er wußte längst Bescheid: *Genau dort, wo die Kreatur aus dem Baum mich gepackt hat –*

Der Wald war voller Bewegung. Die Bäume schwankten, und ein Regen grüner Blätter brauste in die Tiefe. Die ganze Natur dieses Ortes war in Aufruhr versetzt. Fleischige Pflanzen regten sich und schlugen träge nach ihnen, und angeschwollene, stachlige Ranken entrollten sich wie bizarre Peitschenschnüre und versuchten sie in einen würgenden und zerfetzenden Griff zu nehmen. Doch sie alle wurden langsamer und langsamer, als strömte ihre Vitalität bereits wieder aus ihnen heraus.

Und auch Caitlin ermüdete. Sie war schon einmal durch diesen Wald gerannt, in Trance und vollgepumpt mit Sheila Garvies Hexenbrühe, und sie war um Haaresbreite der hornigen Umarmung dieses Baum-Monstrums entgangen. Sie spürte, wie ihre Kräfte sie verließen . . . Spürte, wie ihre Beine schwächer und schwächer wurden. Normalerweise hätte sie Martin Thornton davonlaufen können, zumindest vor dieser Katastrophen-Nacht. Vor ihrer Rükkenverletzung. Vor dem Rollstuhl. Jetzt ließ sie sich von Martin ziehen und war so dankbar für seine Stärke.

Zweige senkten sich über sie, und er wischte sie mit seiner schmerzenden Hand beiseite. Sie kämpften sich durch ein weiteres Gestrüpp und passierten schließlich die Stelle, an der die grotesken Pilze gewachsen waren – doch jetzt waren sie bereits zu schwarzen, öligen Klumpen vergangen, und ein schrecklicher Verwesungsgestank hing in der Luft.

Bald darauf verbreiterte sich der Pfad, und Caitlin blieb nach Atem ringend stehen. Martin hielt ebenfalls an; er war nervös, er wollte so schnell wie möglich heraus aus diesem Wald. Er lehnte sich gegen einen Baum, während sie nach vorn gebeugt, die Hände auf den Knien, dastand und die ölige Luft in ihre Lungen saugte. Der Baum bewegte sich. Martin fuhr nach Halt suchend herum, und seine Finger sanken in den Stamm ein. Er riß die Hand voller Ekel zurück. Rinde schälte sich ab und fiel morsch und glitschig und rot zu Boden. Eine stinkende Flüssigkeit erschien, wo gerade noch seine Finger gewesen waren. Caitlin richtete sich auf. Er packte ihre Hand.

»Komm. Wir müssen in Bewegung bleiben.«

»Es sind meine Beine.« Ihre Stimme klang zittrig. »Es ist, als würden sie wieder –«

»Es ist jetzt nicht mehr weit«, log Martin. Er *wußte* nicht, wie weit es noch war. Er hatte jegliche Orientierung verloren. Aber er wußte, daß sie weitergehen mußten. Der ganze Wald verrottet. *Diese Fäulnis breitet sich aus wie ein Lauffeuer.*

Was, wenn sie auch Menschen befiel?

Caitlin, zum Beispiel. Und ihn.

Nur ein paar Minuten später kam die Mauer in Sicht. Sie rannten unter weitausladenden *welkenden* Bäumen über eine freie Fläche. Caitlin sah den Trockenstein-Wall und beschleunigte noch einmal mit letzter Kraft. Aber als sie der Mauer näherkamen, schien diese vor ihnen *zurückzuweichen* – als habe sich jede Perspektive an diesem Ort mit einemmal verändert. Sie stolperten weiter, an kleineren Bäumen vorbei, sie trampelten durch silbrige Farne, die aus der Ferne nicht zu sehen gewesen waren, und dann lag die Mauer ganz übergangslos hinter ihnen.

Da war ein *Zucken* in der Luft, ein Wabern, wie bei einer Fata Morgana. Sie liefen durch die Bresche in dem alten Wall, und der Druck in Martins Ohren verschwand.

Sie hatten den mystischen Wald verlassen. Die gesamte Atmosphäre veränderte sich. Hier roch die Luft trocken und *normal.* Hohe Bäume ragten vor ihnen empor, und im Schutz ihrer Wurzeln leuchteten farbenprächtige winzige Pilze. Waldanemonen schaukelten in den Ausläufern einer frischen Brise. Caitlin stieß einen erleichterten Laut aus – und dann taumelte sie plötzlich. Martin drehte sich in einer einzigen raschen Bewegung herum, packte sie am Handgelenk und fing ihren Sturz ab, ohne auch nur einen Schritt langsamer zu rennen. Er sagte nichts, er hatte keinen Atem zu vergeuden. Seite an Seite und mit schmerzenden

Lungen hetzten sie weiter, bis irgendwann vor ihnen reales Tageslicht schimmerte.

Es schien noch einmal Ewigkeiten zu dauern, bis sie den Waldrand tatsächlich erreichten, doch dann brachen sie in die kühle Luft hinaus, und Martin rannte immer noch weiter und schleppte Caitlin immer noch weiter mit sich – zweihundert, dreihundert Yards, geradewegs in die Mitte eines großen Feldes über dem Corrie River. Und dort brach er erschöpft und vor Schmerzen halb besinnungslos zusammen. Caitlin ließ sich neben ihn fallen. Die Welt drehte sich wie ein buntes Karussell um ihn, immer schneller, immer schneller. Dann sah er plötzlich gar nichts mehr. Die ganze Welt verging, und das letzte, was er hörte, war Caitlins Stimme. Die Echos ihrer Worte hallten in seinem Verstand wider und begleiteten ihn, als er in die Bewußtlosigkeit eintauchte.

»Meine Beine«, stöhnte sie. »Ich verliere sie wieder.«

*****

Obwohl er das Gefühl hatte, eine ganze Ewigkeit verschlafen zu haben, erwachte er bereits wenige Momente später wieder. Seine Lungen pumpten Luft in ihn hinein. Schmerzen tobten wie reißende Bestien in seinem Arm, in seinen Muskeln. Jemand schüttelte ihn heftig.

»Wach auf, Martin«, flehte Caitlin.

Er öffnete die Augen. Seine Lider flatterten. Er wollte nicht aufwachen. Er hatte keine Kraft mehr. Er wollte nur noch bewegungslos hier liegen bleiben. Sie schüttelte ihn beharrlich weiter.

»Komm schon!« schrie sie, und jetzt zitterte blanke Panik in ihrer Stimme.

Er wackelte mit dem Kopf, versuchte die Benommenheit zu ignorieren, versuchte die Schmerzen zu ignorieren. Seine Sicht klärte sich.

»Schau!« befahl sie und zeigte in die Richtung zurück, aus der sie gekommen waren.

Er setzte sich auf und starrte hin und sah gar nichts.

»Da!« sagte sie drängend.

Die Bäume ... Sie marschieren den Hügel herauf. Sie kommen. Kommen, um uns zu kriegen.

Das Begreifen traf ihn wie ein Schlag. *Nein, kein Marschieren. Sie wachsen. Sie wachsen unglaublich, unmöglich schnell.*

Der Rand des Waldes *dehnte* sich aus; er wucherte in einem völlig irrsinnigen Zeitraffertempo hinter ihnen her. Martin rieb sich mit seiner unversehrten Hand über die Augen, wie jemand, der zu träumen glaubt. Er starrte wieder hin und sah das rasende Wachstum näherkommen – *näherkommen.* Kleine Triebe schossen aus dem Boden und richteten sich auf und dehnten sich aus, und Blätter knospten und entrollten sich. Der gesamte Waldrand schien in ein gigantisches Brandungswogen zu verfallen. Das Wachstum griff in Windeseile um sich. Sämlinge schwankten im Wind und wurden zu Schößlingen, wurden knarrend zu kleinen Bäumen und wuchsen weiter himmelwärts und breiteten stattliche Kronen aus; und immer noch mehr wimmelndes Leben entstand auf dem Feld und schlug Wurzeln und gedieh und –

»Oh, Scheiße!« flüsterte Martin.

»Wir müssen weg!« Caitlin brachte es auf den Punkt. Martin nickte. Er fragte sich, wie weit sie wohl kommen würden, und wo dies alles enden würde. Er hatte das Gefühl, sich an etwas sehr Wichtiges erinnern zu müssen, doch sein Verstand war ein Aufruhr aus Schmerzen und Müdigkeit.

Er machte Anstalten, auf die Füße zu kommen, stieß sich mit der rechten Hand ab und sah seine linke – und fror.

»Oh, mein –«, begann er, dann raste die nächste Schmerzwelle spiralförmig durch seinen Arm herauf und raubte ihm den Atem.

Caitlin sah ihm in die Augen, folgte seinem Blick und zuckte heftig zusammen. Ihr Mund öffnete sich.

Martins Hand war grotesk verschwollen, und die Haut

sah runzlig und geschuppt aus. *Wie die Klaue eines Reptils.*

Er krempelte den Jackenärmel hoch. Der gesamte Unterarm war bereits von der Veränderung erfaßt – bis zu der Stelle, an der er unter dem Stoff verschwand. Seine Knöchel waren zu dicken Buckeln geworden; er versuchte sie zu bewegen und bewirkte nichts als ein träges Knarren.

»Was geschieht mit dir?« hauchte Caitlin. Ihr Gesicht war ein Bild dumpfen Abscheus.

»Dieses Ding . . . Es hat mich berührt«, sagte Martin. Die Schmerzen, die in ihm wühlten, ließen seine Stimme sehr, sehr zittrig klingen. »Ich hab' keine Ahnung, was es mit mir angestellt hat.«

Aber natürlich wußte er, was geschah. Er hatte es in dem Augenblick gewußt, in dem er seine Haut berührte. *Steif. Wie Rinde.* Seine Finger wirkten länger mit diesen runzligen Knoten und Wirbeln. Die Kreatur aus dem Baum hatte ihn berührt *und mit sich selbst infiziert.*

Sein Arm verwandelte sich in totes Holz.

Er sackte verzweifelt zurück. Im gleichen Moment fiel ihm die Bewegung weiter unten auf. Es war nur ein kleines weißes Flackern, doch es zog seine Aufmerksamkeit wie magisch an. Caitlin wandte sich mit ihm um. Tatsächlich . . . Dort unten, am wogenden Rand des Waldes, bewegte sich etwas. Sie schirmte die Augen mit einer Hand ab und starrte angestrengt hinunter. Eine Kinderhand erschien zwischen den Blättern. Caitlin erhaschte einen Blick auf blonde Haare. Eine kleine Gestalt verschwand außer Sicht. Ein leiser ängstlicher Laut, fast nur ein Piepsen, wehte heran.

»Da unten ist jemand«, stieß Caitlin hervor, und ihr Grauen über die furchtbare Veränderung von Martins Haut war für den Moment beiseite geschoben. Weitere Bewegungen entstanden. Etwas Rotes leuchtete kurz auf.

Martin richtete sich auf und ignorierte die höllischen Pulsschläge. Da unten wühlten sich *Kinder* durch die zukkenden, wuchernden Ausläufer von Fasach Wood!

»Oh, um Himmels willen . . .«, ächzte er. Caitlin war ebenfalls aufgesprungen und stand schwankend neben ihm.

»Bleib hier«, sagte er rauh und stolperte erschöpft den Hang hinab und auf das ungestüme, monströse Wuchern zu, das mit einer tödlichen Endgültigkeit das Feld unter sich begrub.

Er erreichte die ersten Ausläufer des Waldes. Bäumchen wuchsen schwankend empor. Kleine Wurzeln brachen wie Schlangen aus dem Boden hervor. Der gesamte Untergrund zuckte und wimmelte und wölbte sich. Ein allgegenwärtiges Knirschen und Bersten und Rieseln erfüllte die Luft. Kriechranken schnellten heran und versuchten ihn aufzuhalten, doch er hielt sie mit zornigen Fußtritten auf Distanz. Er hatte keine Angst mehr. In ihm herrschte nur noch eine schreckliche Leere, und diese Leere wuchs und wuchs, sooft er auf seinen Arm hinabsah. Er war bereits tot, obwohl er sich noch bewegte. Er war ein lebender Leichnam. Eine unermeßliche Traurigkeit erfüllte ihn, doch er blieb in Bewegung.

Er hatte nichts mehr zu verlieren. Und dort unten kämpften Kinder um ihr Leben. Er wühlte sich in das rasend wachsende Gestrüpp hinein, dachte daran, wie es mit Caitlin und ihm wohl weitergegangen wäre. Er nahm an, daß er allen Grund hatte, unendlich traurig zu sein. Er rammte mit der Schulter mehrere ineinander verhedderte Äste beiseite und zwängte sich durch den entstandenen Spalt. Dann sah er die beiden kleinen Mädchen und, hinter ihnen, den Teenager, der sie beieinanderhielt und weiterschob. Ihre Kleider waren zerfetzt; ihre Gesichter zerkratzt und blutig.

Martin stampfte ihnen einen Weg, fetzte und riß die heranschnellenden, wuchernden Gestrüppmassen beiseite. Seine linke Hand war hart wie Buchenholz. Er schwang sie wie eine Keule. Er kümmerte sich nicht um die Dornen und Stacheln, die durch seine Kleider fuhren. Die Mädchen starrten ihn an wie ein Wunder und verdoppelten ihre Anstrengungen. Schritt für Schritt kämpften sie sich aufeinander zu. Es schien viel zu lange zu dauern – aber dann war es geschafft.

Eines der Mädchen bemerkte voller Schrecken seine Klauenhand – und sah hastig weg.

»Schnell!« drängte Martin und hob eines der kleinen Mädchen hoch. Es war Dorrie Haldane, doch er erkannte die Tochter des Bauern nicht. Sekundenlang hatte er nur Augen für das, was sie fest umklammert hielt . . . Hatte er nur Augen für den kleinen braunen Teddybären mit seinen glänzenden schwarzen Augen.

Und dann lachte er, bis ihm die Tränen kamen. Der Teddybär funkelte ihn an, und das kleine Mädchen wirkte ängstlich und verwirrt. Das ironische Gelächter schüttelte ihn wie ein hysterischer Anfall. Er würde sterben, wenn er noch länger hier stehen blieb, und er würde ebenfalls sterben, wenn er das nicht tat.

Aber er *war* in die Wälder hinabgegangen.

Er zwang sich, nicht mehr zu lachen. Er erstickte fast bei diesem Versuch.

»Kommt, schnell!« stieß er, immer noch glucksend, heraus. »Bleibt dicht hinter mir. Haltet euch an mir fest, wenn es sein muß.«

Er beeilte sich jetzt. Der Pfad, den er in das unablässige Sprießen und Wachsen und Wuchern getreten hatte, schloß sich bereits wieder. Neue grüne Triebe zwängten sich aus der Erde. Er zertrat sie. Er wühlte und stieß und drängte sich mit den beiden Kleinen und dem älteren Mädchen durch das knisternde, raschelnde Inferno.

Er führte die kleine Gruppe ins Freie. Sie erreichten Caitlin und stolperten gemeinsam weiter den Hügel hinauf. Caitlin war völlig erschöpft. Sie lief ein paar Schritte und mußte anhalten; und schaffte noch ein paar Schritte – und mußte wieder anhalten; irgendwann kauerte sie auf allen vieren.

»Es sind meine Beine. Ich verliere sie. Ich kann nicht mehr laufen«, stöhnte sie und preßte das Gesicht ins Gras und schlug mit der geballten Faust verzweifelt auf den Boden ein.

»Nein!« sagte Martin, und das, woran er sich die ganze Zeit zu erinnern versuchte, war plötzlich da – strahlend und hell wie eine Neon-Leuchtschrift.

Die goldenen Früchte. Die Früchte, die die Frauen in der Lichtung unten von dem Baum gepflückt haben.

Die Belohnung.

Das, was den Zauber endgültig manifestierte.

Martin schubste das Mädchen und die beiden kleinen Kinder vor sich her, bis sie die nächste Hügelkuppe erreichten und anhielten und sich erschöpft zu Boden fallen ließen. Er war bereits wieder unterwegs, eilte zu Caitlin zurück, riß Sheila Garvies Leinenbeutel auf. Seine linke Hand war nur mehr ein starrer Klumpen. Die Rindenhaut knarrte und knirschte wie altes Holz. Er spürte, daß seine Finger wuchsen . . . dem Erdreich entgegenwuchsen. Wurzeln schlagen wollten. Ein Teil seines Bewußtseins fieberte dieser Verankerung entgegen. Er kämpfte dagegen an. Er griff in den Beutel und holte die beiden goldenen Kugeln heraus. Sie waren voller Saft. Ihre Oberfläche fühlte sich so samtig weich an wie Pfirsichhaut. Sie erstrahlten in einem prächtigen hellen Licht.

Er packte Caitlin grob und drehte sie herum. Sie stieß einen kleinen Schmerzlaut aus. Grelle Schmerzen züngelten an der Stelle auf, an der die Stahlplatte ihre Knochen zusammengehalten hatte. Er nahm die Frucht in beide Hände und grub seine Finger tief in die fleischige Haut. Es roch intensiv nach köstlichem Nektar, und weißglühender Saft spritzte und triefte in Caitlins Mund.

Sie würgte und hustete einen Sprühnebel aus sich heraus – und dann schluckte sie.

Ein magisches Glühen rieselte in sie hinein; eine Art Elektrizität flirrte ihre Nervenstränge entlang, wunderbare Energie sprudelte wie Gischt durch ihre Adern und ergoß sich in ihre Muskeln. Sie schluckte und schluckte, und er drückte immer noch mehr Saft aus der goldenen

Frucht, und mit jedem neuen gierigen, saugenden Schluck nahm das Prickeln in ihr zu. Sie spürte neue Kräfte in sich wachsen; ein Wohlgefühl, so groß und überwältigend wie eine Springflut, kam über sie. Caitlin preßte die Augen zusammen und ließ sich zurückfallen, ließ die Energie wachsen und sich ausdehnen. Eine volle Minute lang lag sie nur da und atmete tief. Schließlich öffnete sie ihre Augen wieder. Ein grünes Blitzen richtete sich auf Martin. Sie lächelte ihn an, und sein Herz begann ein wenig zu flattern.

»Ich kann sie wieder spüren«, flüsterte sie. »Ich bin ganz.«

Sie stieß sich auf die Ellbogen hoch; ihr Gesicht war erhitzt und rosig, ihre Haare schmiegten sich wie Flammen um ihre Schultern.

»Jetzt du!« befahl sie und nahm ihm die Frucht aus den Händen und drückte sie gegen seine Lippen. Saft tröpfelte in seinen Mund. Der fruchtige Geschmack kitzelte seinen Gaumen. Er machte Schluckbewegungen. Der Saft strömte durch seine Kehle. Schmerzen loderten in seiner toten Hand. Dann kam die Wärme; sie kroch, von seiner Brust ausgehend, in seine Beine und Arme – und erstarrte an seiner linken Schulter. Die Schmerzen in seinem Arm verwandelten sich in pure Feuerstöße.

»Es wirkt nicht«, dachte er – und bevor ihm dies richtig bewußt wurde, hatte er es auch laut ausgesprochen.

Caitlin starrte ihn an. Sie sah die Verzweiflung in seinem Gesicht.

»Wenn es bei mir funktioniert hat, dann muß es auch bei dir funktionieren«, sagte sie. »Es *muß*.«

Dann floß – ganz langsam – Kälte in seine Schulter und prickelte unter der Haut. Der Feuersturm in seinen Muskeln begann sich zu legen. Die Weißglut in seiner Hand verwandelte sich in etwas Eisiges, das die in ihm zehrenden Flammen fraß. Die Schmerzen verklangen. Es war, als versiege Lava in einem porösen Grund. Er preßte seinen Mund in das Fruchtfleisch und saugte und schluckte, und der berauschende Geschmack füllte seinen Kopf und vernebelte seine Sicht – und klärte sie bereits im nächsten Moment und steigerte sie zu einer extremen Schärfe.

Die sengenden Flammen in seinem Arm wurden zu einer ersterbenden Glut. Die Muskeln seines Unterarms zuckten, als seien Nervenenden neu miteinander verbunden und unter Strom gesetzt worden – doch diese Bewegung hatte etwas befreiend *Normales* an sich. Es war eine menschliche Bewegung. Er wagte es, den Arm anzusehen. Die Rindenhaut verlor bereits ihre Ockerfärbung und begann sich zu glätten. Seine Finger streckten sich mit einem Knarren und schlossen sich wieder. Die angeschwollenen Zweigknoten – dort, wo normalerweise die Knöchel saßen – schrumpften. Er hob den Arm, bestaunte die unfaßbare Heilung und genoß das Versiegen der Schmerzen. Caitlin umarmte ihn und drückte ihn ganz fest.

Dann riß sie sich los und sah ihm in die Augen. Und ihre Verbindung war so stark wie niemals zuvor – und mit ihr diese aberwitzige Schockwelle. Er rang nach Luft, schüttelte sich.

»Dieses Zeug, das du mir da unten gegeben hast . . .«, sagte sie. »Was war das?«

»Eine uralte Zauber-Arznei«, sagte er und mußte bereits lächeln. »Ich habe mich ein wenig über Heilpflanzen kundig gemacht. Da gibt es eine Blume, die heißt Gartenraute. Soll gut sein gegen Hexerei. Und Nachtkerzenöl verwendet man schon seit Jahrhunderten als Heilmittel. Sieht so aus, als hätten beide gewirkt. Ich hatte keine Ahnung, ob sie das tun, aber ich konnte an nichts anderes denken.«

»Ich dachte, du glaubst nicht an so etwas.«

»Hab' ich auch nicht, aber ab jetzt werde ich damit *anfangen.*«

»Und wo hast du deine magischen Gegenmittel her?«

»Schönheitssalon«, sagte Martin und lächelte immer noch. »Was Besseres ist mir nicht eingefallen.«

Caitlin ließ ein Kichern hören. Sie kam wieder in seine Arme und drückte sich an ihn. Eine ganze Weile verging. Vom oberen Rand des Abhanges spähten die beiden Kinder und das ältere Mädchen ziemlich verwundert zu ihnen herab.

Schließlich gingen Caitlin und Martin Hand in Hand zu ihnen.

Hinter ihnen dauerte das unnatürliche rasende Wachstum des Waldes an. Die grüne Masse quoll und krabbelte unaufhaltsam bergauf.

*****

Craig Buist war ohnehin nur widerstrebend bereit gewesen, Alec zu begleiten. Als er das Ziel der *Reise* erfuhr, erschreckte ihn dies bis auf die Knochen. Der Postbote sah sich gezwungen, eine verdammte Menge Überzeugungsarbeit zu leisten und erwähnte, daß es wichtig sei, die Unkrautvernichtungsmittel zu holen. Craig wollte wissen, warum.

»Was weiß ich!« knurrte Alec. »Thornton sagt, wir brauchen das Zeug. Und er läßt dir ausrichten, daß er dir glaubt. Frag mich nicht, warum.«

Der Junge sah ihn forschend an. Alec schob sein Brillengestell die Nase hoch und erwiderte den Blick.

»Ist das wirklich wahr?« fragte Craig.

»So wahr ich hier stehe. Er will, daß wir alle möglichen Behälter mit Unkrautvernichter füllen. Deshalb brauche ich dich ja auch. Ich hab' keinen Schimmer, wie Unkrautvernichtungsmittel aussehen. Ich bin nur ein Postbeamter.«

Craig hatte noch immer seine Zweifel; und viele böse Vorahnungen. Aber er nickte sehr ernsthaft und sagte: »Also gut. Ich komme mit.« Wenn Martin Thornton ihm *glaubte*, und wenn er dann auch noch Unkrautvernichter brauchte, dann ging irgendwo etwas sehr, sehr *Übles* vor. Craig hütete sich, auch nur darüber nachzudenken.

*****

Oben, im Haldane-Hof, saß Ben fast den ganzen Nachmittag über am Fenster und wartete darauf, daß sein Vater heimkam. Er spürte, daß etwas passiert war. Blitze tanzten im Takt der brüllenden Donnerschläge über den Bäumen.

Es war bereits spät geworden, als er den letzten gewaltigen Blitzstrahl die Luft zerspalten und in das Herz des Waldes hinabgleißen sah. Sekundenlang flackerte nur noch ein wirres Leuchtmuster auf Bens Netzhaut. Er hörte Geräusche – unten, im Haus. Dann, viele Sekunden später, hörte er das gedämpfte Donnerrumpeln. Es klang sehr weit entfernt, dabei war der Blitz so nahe gewesen! Er blinzelte die Trugbilder weg und starrte angestrengt hinaus. Der wirbelnde Wolkenstrudel brach langsam auf und trieb davon. Ein intensiver Ozongeruch breitete sich aus. Ben setzte seine Wache fort.

Etwas mehr als eine Stunde verging – und plötzlich riß es ihn bolzengerade hoch.

Da war eine Bewegung – am Waldrand! Er sah, wie Äste sich bewegten, ganz dicht über dem Boden. Zuerst glaubte er, jemand würde sich durch das dicke Dornengestrüpp und die Farne einen Weg ins Freie heraus bahnen. Doch niemand kam zum Vorschein. Und das Schütteln und Wogen der Äste hörte trotzdem nicht auf. Die Scheibe beschlug unter seinem hastigen Atmen. Er öffnete das Fenster. Warme Luft strömte in sein Zimmer. Ein fernes Rascheln wehte aus dem Tal herauf. Er lehnte sich weit über die Fensterbank und lauschte angestrengt.

Dann begriff er es.

Der Wald kroch zu ihm herauf.

Die Erinnerungen kamen wie ein Schlag zurück. Er hatte den Wald schon einmal kommen sehen, in dieser Nacht, als der Vollmond so hoch am Himmel gewesen war. Damals war es genauso losgegangen. Ein paar schimmernde Äste, die sich in der Abendbrise bewegten, direkt hinter der gefällten Buche. Und dann, am nächsten Tag, als er und sein Vater nachgesehen hatten, war der Boden aufgewühlt ... *aufgerissen* gewesen. Wie von einem riesigen Schwein.

»Aber das war kein Schwein«, murmelte Ben. »Dad, das war nie im Leben ein Schwein. Es war der Wald. Es waren die Bäume.«

Und niemand hatte ihm geglaubt.

Der Junge starrte hinaus, und sein Mund öffnete sich schlaff; er hatte es die ganze Zeit über *gewußt*, aber jetzt weigerte er sich zu glauben, was seine Augen sahen. Aber der Anblick blieb. Der Wald breitete sich aus wie Schimmel. Ineinander verwucherte grüne Stengel schossen in die Höhe, gewannen an Boden, wuchsen, wuchsen wie verrückt.

Ben ging rückwärts vom Fenster weg und hielt die Luft an und krachte gegen sein Bett. Am allerschlimmsten war, daß er den Schrei in seinem Kopf hören konnte – obwohl ihm kein Laut über die Lippen kam.

Er zwang sich, zur Tür zu humpeln. Er wußte, sie würde sich nicht öffnen lassen. Er wußte, er war hier oben eingesperrt, und der Wald kroch den Hang herauf und würde bald *da* sein und das ganze Haus überwuchern und –

Ben umfaßte den Türgriff und drückte ihn nieder. Die Tür ging wie schwerelos auf. Ben japste nach Luft. Die Erleichterung war so riesig, daß der Kloß in seinem Hals übergangslos verschwand und er nach seiner Mutter brüllen und wie ein Derwisch die Treppe hinabpoltern konnte.

Rose war nicht in der Stimmung, sich irgendwelche neuen Horrorgeschichten anzuhören. Sie hatte die wenigen Hühner gefüttert, die die Haldane-Familie – mehr schlecht als recht – mit Eiern versorgten, und einen monströsen Berg Wäsche gebügelt. Sie wollte sich nicht aufregen müssen, o nein, sie wollte sich nur ein wenig setzen und eine Tasse heißen Tee genießen und –

Ihr Sohn schlitterte in die Küche herein. Sein Gesicht war totenblaß. Und sein Schwung viel zu groß. Er prallte gegen das Bügelbrett und gegen den Tisch, und der Riesenhaufen soeben zusammengelegter Kleider geriet ins Wanken und fiel zu Boden.

»BEN!« schrie sie fassungslos. »Um Gottes willen! Paß auf, wohin du läufst!«

»Mum!« stieß er heraus, und seine Kehle war bereits wieder wie zugeschnürt. »Mama. *Mum! Es sind die Bäume . . .*«

»Oh, raus mit dir! Schau dir diesen Schlamassel an! Ich werd' Dorries Bluse *noch einmal* waschen müssen!«

Plötzlich war Rose Haldane wirklich wütend. Ihr Sohn hing seit Wochen bleich und in sich gekehrt im Haus herum und weigerte sich, an die frische Luft zu gehen. Er saß oben und blies Trübsal, während seine Schwester es sich gutgehen ließ und während sie hier über diesem heißen Dampfbügeleisen schwitzte. Und jetzt war sie mit ihrer Geduld am Ende.

»Ich hätte gute Lust, dir den Hosenboden zu versohlen, Ben Haldane! Ich denke, das würde dir wirklich gut tun!«

»Aber Mum –«, flehte er und zitterte vor lauter Angst am ganzen Leib.

»Nichts *aber*, Ben Haldane. Du gehst jetzt auf der Stelle in dein Zimmer!«

Sie wandte sich bereits den umgekippten Kleiderbergen zu. Sie war plötzlich so *stinksauer*, daß sie am liebsten geschrien hätte.

»Nein, Mama! Bitte, Mama!« brüllte Ben. Er drehte sich mit einem Ruck herum und stieß mit seiner Hand in den Rest der Kleider. Sie flogen in allen Richtungen durch die Küche. Rose erstarrte. Ihr Mund öffnete sich und formte einen perfekten Kreis.

Dann rief sie: »Na, warte . . .!« und stieg über die Kleider hinweg. Sie hob ihre Hand, und zweifellos hätte sie ihn zum ersten Mal in seinem Leben geschlagen. Ben duckte sich, wirbelte herum und rannte in den Flur hinaus. Sie war so aufgebracht, daß sie tatsächlich die Verfolgung aufnahm.

Er stürmte zur Vordertür, riß sie auf, sprang hinaus,

überquerte den Kiesweg und rannte durch das Gras bis an den Rand des Abhanges. Plötzlich war er sehr froh, seine Mutter hinter sich zu wissen. Er hielt an und starrte ins Tal hinab – und auf das grüne Wogen am Rand des Waldes. Der Strom war verschwunden. Das tumultartige üppige Wachstum hatte ihn überwuchert und breitete sich bereits über *diese* Seite des Tales aus. Ben fuhr herum. Seine Mutter kam mit schnellen, ärgerlichen Schritten heran. Sie streckte bereits eine Hand aus, um ihn an der Vorderseite seines T-Shirts zu packen, als er so laut er konnte losschrie.

»Da, Mum!«

Er zeigte hinter sich; sein Gesicht war flehend verzerrt. Roses linke Hand war noch immer erhoben, um ihm die wohlverdiente Ohrfeige zu geben. Sie führte diese Bewegung nie zu Ende.

»Oh, mein Gott, was ist *das*?«

»Die Bäume, Mum. Sie *kommen*!«

Rose machte einen Schritt zurück; ihre linke Hand schwebte wie in einem bizarren militärischen Gruß in Höhe des Kinns. Und dann verließen sie alle Kräfte. Ben rannte zu ihr und schlang die Arme um ihre Taille.

»Bitte! Wir müssen hier weg. Jetzt *gleich*.«

Kaum hatte er das ausgesprochen, rastete sein sechster Sinn mit einer solchen Wucht wieder ein, daß ihm beinahe schwindelig wurde. Es war wie ein geistiger STOSS. Er spürte die Gefahr, er witterte sie mit einer so unheimlichen Deutlichkeit, daß –

Sekundenlang sah er nur noch Schwärze um sich herum. Er stand da, steif wie ein Zaunpfosten; jeder Nerv in seinem Körper spielte verrückt. Schließlich kam er mit einem kleinen Ruck ins Leben zurück.

»Ben – ist alles in Ordnung mit dir?« hörte er seine Mutter fragen. Es klang, als sei sie ein paar Schritte weitergegangen, aber das stimmte nicht; sie stand immer noch direkt neben ihm.

»Oh . . .«, stöhnte er. Er sah seine Mutter an, und der

furchtbare, verzweifelte Ausdruck auf seinem Gesicht ließ sie zurückprallen.

»Dorrie!« brüllte er. Sein Schrei zerfetzte die Luft über dem Tal und wehte zu dem wimmelnden grünen Rand von Fasach Wood hinab. Das unheimliche Rascheln und Schaben und Scharren des hektischen Wachstums übertönte ihn rasch.

Aber Ben war bereits unterwegs und rannte, als hänge sein Leben davon ab; rannte nach Linnvale hinab – und in etwa in die Richtung, aus der der mentale *Stoß* gekommen war.

Nach einer weiteren kurzen Schrecksekunde folgte Rose Haldane ihrem Sohn, so schnell die Beine sie trugen.

*****

Auf der Wiese an der anderen Seite des Waldes bemerkten Pete Bain und seine Freunde das verrückte Wachstum erst ziemlich spät – was jedoch vor allem mit zu vielen leergetrunkenen Dosen Starkbier und den hastig gerauchten Joints zu tun hatte.

Sie hockten immer noch unter der Kastanie, die ihnen während des Regens ein so guter Schutz gewesen war, und sie hatten es überhaupt nicht eilig. Die Kinder waren im Wald verschwunden, aber die meisten Picknickkörbe standen noch auf der Wiese; also war anzunehmen, daß Susan Fohlenbein und die anderen beiden Hübschen samt Kinderschar sich irgendwann auch wieder dort einfinden würden. Für eine Weile deckten die Geräusche des strömenden Regens alles zu. Dann hörten Pete, Rory und Tam die Kinder im Wald loskreischen.

»Jetzt sind sie auf Schatzsuche«, kommentierte Tam – und dieses Mal klang es fast wehmütig.

»Ja, das machen sie bei jedem Kinder-Sommerpicknick«, brummte Rory und nickte und wirkte ein wenig triefäugig.

Das Kreischen steigerte sich noch, aber sie hielten es nur für ein ganz besonders begeistertes Gelächter.

»Frag mich, ob da noch was zu essen rumsteht«, murmelte Tam ein paar Minuten später nachdenklich.

»Normalerweise nehmen sie Kuchen und so Zeug mit«, meinte Rory. »Sicher noch jede Menge übrig. Was denkst du, Pete?«

Der dunkelhaarige junge Bursche in der Motorradjacke schien einen Moment lang tief in Gedanken versunken zu sein.

»Ich könnte ein ganzes Pferd fressen«, sagte er schließlich. Er stand auf und tappte ins Freie. Nach einem letzten gewaltigen Blitzschlag hatte es aufgehört zu regnen. Der Himmel wurde heller. Er wußte, es würde nicht mehr lange dauern, bis die drei Frauen und die kleinen Kinder aus dem Schutz des Waldes zurückkehrten.

Er stapfte das mit Disteln bewachsene Feld hinab, und die beiden anderen folgten ihm. Sie versorgten sich hastig mit Sandwiches und Kuchen. Zum Abschied drehte Pete einen der Körbe um und verstreute den restlichen Inhalt über das Gras. Rory griff die Idee begeistert auf und versetzte seinem Korb einen so heftigen Tritt, daß er in hohem Bogen durch die Luft segelte und mit einem Platschen im Corrie landete, wo er noch ein paarmal um die eigene Achse kreiste und dann von der Strömung erfaßt wurde.

»Toooor!« jubelte er.

Tam kicherte ausgelassen. Pete quetschte sich einen Kuchen in den Mund, und auch seine Freunde schlangen die gestohlenen Köstlichkeiten in sich hinein. Sie schlenderten wieder bergauf. Und in diesem Moment hörten sie das seltsame Rascheln am Waldrand. Pete duckte sich und pirschte vornübergebeugt weiter. Hier oben standen die Disteln schon ziemlich hoch, und ihre flaumigen Köpfe waren als Deckung gut genug.

»Sie kommen zurück!« zischte er und kicherte los.

Rory rannte – ebenfalls geduckt – vor ihm her.

Er kam noch genau zwanzig Schritte weit. Vor ihm bewegte sich eine der Disteln, eine ungewöhnlich große Pflanze mit ungewöhnlich stacheligen Blättern und intensiv orangeroten – und nicht purpurnen – Samenkapseln. Er starrte das Ding verblüfft an. Die Distel schwang nach hinten, als müsse sie ein wenig Anlauf nehmen, und dann schoß sie mit der Wucht einer Dampframme heran. Auch die Dornen waren ungewöhnlich groß. Sie fuhren ihm direkt in die Augen. Rory hörte seine Pupillen zerplatzen. Er stieß einen dumpfen Laut aus und klatschte der Länge nach zu Boden, als habe man ihm alle Sehnen gleichzeitig gekappt. Blut und Gallenflüssigkeit schäumten über seine Lippen und dämpften das grausige Stöhnen, das er herauszubringen versuchte. Er wühlte sein Gesicht in den grasbewachsenen Boden, seine Zahnreihen knirschten malmend aufeinander.

»Was is'?« grunzte Tam. Er kam in Pete Bains Schlagschatten und hatte lediglich Rorys hektische Bauchlandung mitbekommen. »Hat der Idiot grad einen Lachkrampf, oder ist er nur besoffen, oder was?«

Pete schüttelte den Kopf; er fühlte sich ganz starr vor Angst. Er regte sich keinen Inch.

Er hatte gesehen, was passiert war. Er hatte die Distel *angreifen* sehen, er wußte, das war kein *Zufall* gewesen. Er kannte das Buch *Die Triffids*. Er wußte Bescheid. *Angreifende Killer-Pflanzen aus dem Weltall . . . Er hatte geahnt, daß es so etwas gab.* Und selbst jetzt hallte dieses fleischige Matschen noch in ihm nach, mit dem Rory direkt im Gesicht getroffen worden war. *Wahrscheinlich mitten in die Augen*, dachte er. Er schob sich höher, um Einzelheiten sehen zu können. Da war eine purpurne Masse. Sie zog sich wie ein Tattoo von seiner Stirn bis zu den Wangen hinab. Rory wälzte sich noch immer hin und her. Die Masse rutschte über sein Kinn.

»Oh, Jesus!« wisperte Pete.

»Los, hau'n wir ab, laß den besoffenen Sack. Die kommen!« drängelte Tam.

Er versuchte sich an Pete vorbeizuquetschen, aber der dunkelhaarige Junge packte ihn am Arm – und rettete ihm damit das Leben. Die Distel peitschte wieder zurück. Der prallgefüllte Blütenkopf öffnete sich mit einem Knacken. Ein Ring tödlicher Stacheln schnappte am äußeren Rand in Stellung. Der Blütenkopf zuckte herum und griff an und war in einen orangeroten Schemen verwandelt – und verfehlte Tam um allerhöchstens sechs Inches.

Tam stolperte zurück.

»Was – *heilige Scheiße* –«, schrie er.

Pete Bain riß ihn an der Schulter herum und zurück – weg von der Killer-Pflanze. Der Blütenkopf der Distel pendelte wie der einer Kobra von links nach rechts, von rechts nach links. Sie suchten das Feld nach weiteren dieser seltsamen Gewächse ab. Etwa zehn Fuß entfernt wakkelte eines wie rügend mit dem Blütenkopf. Und schwoll an. Sie schlugen einen weiten Bogen und hetzten weiter. Keiner von ihnen verstand, was genau hier geschah, aber eines hatten sie beide begriffen: Es wurde verdammt gefährlich für sie. Sie eilten so schnell sie konnten den Hang hinauf und hielten sich dabei, soweit es nur ging, von *allen* Pflanzen fern. Dann kamen sie oben an und kletterten über den Zaun hinweg und waren auf der Straße. Mittlerweile plapperte Tam irgendwelche Angstscheiße vor sich hin, und Pete Bain zitterte am ganzen Leib. Sie liefen die Straße entlang. Bald darauf erstreckten sich links und rechts neben ihnen endlose, ungebärdig wuchernde Hekken. Ein leises Rascheln war zu hören. Pete erstarrte und sah die hohe, tödliche Pflanze und –

Hinter ihm tobte eine Explosion aus Lärm und Dieselgestank und erschreckte ihn so sehr, daß er beinahe ohnmächtig wurde. Er schlingerte wie ein Kinderkreisel herum und erwartete ein völlig neues Monster auf sich zukriechen zu sehene –

Es war nur Jock Weirs großer weißer Tanklastzug, der mit einem kehligen Dieselgrummeln den Berg heraufgezuckelt kam.

Jock bemerkte die beiden Jungen am Straßenrand schon von weitem, während sie ihm noch den Rücken zuwandten, und schaltete, fuhr langsamer und lehnte sich aus purer Lebensfreude noch auf seine Hupe und schickte ihnen einen dröhnenden Gruß. Die beiden hüpften fast aus ihren Hosen, aber sie räumten die Straße. Er brauste, in eine Abgaswolke gehüllt, an ihnen vorbei und grinste vor sich hin.

Daß Pete und Tam sich an der stählernen Leiter des Aufliegers festklammerten und in einem Gewirr aus Armen und Beinen nach oben hangelten, bekam er allerdings nicht mit.

Hätte er in den Außenspiegel gesehen, wären sie ihm sofort aufgefallen. Aber er sah nicht in den Außenspiegel.

*****

Rab McGraw sah zumindest das Unglück kommen – allerdings beinahe zu spät. Er liebte seinen Sattelschlepper und genoß es, vollbeladen mit vierzig großen Fässern sechzehn Jahre altem Ardbeg-Whisky von der Ardbeg-Brennerei talwärts zu donnern. Er dachte noch: *Mehr als tausend Gallonen an Bord. Und alles in diesen harten Eichenfässern.* Nach den Kurven hatte Rab beschleunigt; jetzt brauste er die abwärts führende Gerade entlang.

Etwa auf halbem Wege ins Tal kam noch eine Biegung, und der Laster schoß wie ein Güterzug darauf zu. Normalerweise wäre Rab problemlos an dem Gas-Tanker vorbeigekommen, der nun ganz unerwartet in dieser Kehre erschien. Aber dieses Mal hingen zwei Leute an der Leiter des Tankaufliegers und pendelten auf seine Straßenseite herüber.

Rab trat das Bremspedal durch, riß das Lenkrad nach links und zwang den Bug seines Sattelschleppers Richtung Straßeninnenseite und damit, so weit es nur ging, von dem Tanker weg. Die Luftdruckbremsen zischten, und die Außenräder vibrierten, als die Bremsbacken griffen. Der Anhänger schwankte samt der gewaltigen Ladung heftig hin und her und wurde von seinem eigenen Gewicht vorwärtsgestoßen. Die Reifen kreischten protestierend. Die Innenräder krachten gegen die steinerne Straßenbefestigung und ruckten das Lenkrad aus Rabs Hand. Und dann rutschten die Hinterräder auf der warmen, vom Regen glitschigen Straße weg ...

Jock Weir quälte sich mit seinem Tanker in aller Gemütsruhe bergauf und fuhr mit seiner brisanten Flüssiggas-Ladung nicht mehr als Dreißig, als er unvermittelt das Hinterteil des Schwerlastzugs auf sich zuschleudern sah. Plötzlich hatte das entgegenkommende Whisky-Gefährt eine ganz verfluchte Ähnlichkeit mit einem Klappmesser, das zusammengedrückt wurde. Rab McGraws Gesicht war ein weißer Schmierfleck hinter der Windschutzscheibe. Die Whiskyfässer rutschten bereits über die Ladefläche. Der Anhänger wischte quer zum Verlauf der Straße über den Teerbelag – ein Gebirge aus Eichenholz und Stahl. Jock zog automatisch zur Beifahrerseite hinüber. Der Tanker schoß über den Straßenrand hinaus, krachte durch das Gestrüpp einer Weißdornhecke und raste wie ein gigantischer Pflug auf mehrere große Felsbrocken am Rande des Hanges zu. Ein paar Yards davor wuchs auch noch eine Esche. Einer ihrer stämmigen Äste zertrümmerte den linken Dachscheinwerfer. Dann donnerte der ganze riesige Tankauflieger gegen den Baum und riß ihn wie ein Streichholz aus dem Boden und mit sich.

Rab McGraw grabschte indessen wie ein Wahnsinniger nach dem schlackernden Lenkrad des Whisky-Lasters und bekam es auch tatsächlich zu fassen. Allerdings erst, als die Fahrerkabine bereits zu kippen begann. Er hörte das Winseln und Radieren von heißem Gummi. Von der Ladefläche kam ein dumpfes Poltern und Krachen. Ein Ast schoß durch die Windschutzscheibe herein, durchbohrte Rabs Hut und zog eine gewaltige Furche über seine Glatze.

Pete Bain und Tam Donald klammerten sich an der Leiter des Tank-Aufliegers fest und kreischten ohne Unterbrechung, seit der Whisky-Laster in Sicht gekommen war und ihnen auf einer Straße entgegenbrauste, auf der allerhöchstens zwei große Lkws aneinander vorbeikamen –

und das auch nur mit einem Inch Abstand von Außenspiegel zu Außenspiegel. Zwei große Lkws *und* zwei hinter einem dieser Lkws hervorschlenkernde Jugendliche hatten nicht den Hauch einer Chance. Pete versuchte noch, über seinen Freund *hinweg* weiter nach oben zu klettern, um nicht wie eine Stechmücke zwischen Tank-Auflieger und Whisky-Anhänger zerquetscht zu werden. Tams linke Hand rutschte ab. Jetzt kreischte er noch lauter und krallte um sich und erwischte ganz zufällig Petes Lederjacke. Pete spürte den Zug und geriet vollends in Panik. Sein Fuß zappelte nach unten. Der Stiefelabsatz schrammte über Tams Wange, drosch Tams Kopf zur Seite und gegen die Leitersprossen. Übergangslos hatte der Junge das Gefühl, sein Gesicht würde wie eine Weintraube zerplatzen.

Pete sah, wie die Whisky-Fässer verrutschten. Wie der *ganze Anhänger* herumruckte und direkt auf Jock Weirs Laster zuschleuderte. Seine Schreie gellten um mehrere Oktaven höher. Irgendwie gelang es ihm, sich eine weitere Sprosse hinaufzuziehen. Dann katapultierte sich der Tanker von der Straße herunter und krachte durch die Hecke. Äste peitschten heran. Schlagartig wurde alles Grün ...

... und schon waren sie durch. Jock Weir hielt das Lenkrad mit beiden Händen gepackt; seine Augen waren weit aufgerissen, sein Mund war *noch* weiter aufgerissen. Der Felsbrocken, der den Rand des Abhanges markierte, war *da* – und der große weiße Tanker donnerte genau darauf zu. Der Boden schien nach unten wegzusacken. Das Land senkte sich in einem weiten Gefälle dem Fasach entgegen. Jock sah, daß es aus und vorbei war und er diesen Tanker nie wieder unter seine Kontrolle bringen konnte. Er stieß die Fahrertür auf und schob sich gerade auf das Trittbrett hinaus, als die Räder auf der anderen Seite gegen den ersten Felsbrocken schmetterten und dem ganzen Vehikel unvermittelt Flügel zu wachsen schienen. Fahrgestell und Gas-Zylinder schwangen sich empor und wurden auseinandergerissen. Jock raste sich überschlagend durch die Luft und landete jenseits der Felsen mit dem Gesicht nach unten in einem Nesseldickicht, brach sich zwei Rippen und das Schlüsselbein und verlor darüber hinaus noch zwei Zähne. Und die Luft wurde ihm so vollständig aus den Lungen gedroschen, daß er sekundenlang zu ersticken glaubte. Das allerschlimmste aber waren die Nesseln; sie rächten sich fürchterlich, bevor er sie mit einem Schlag unter sich in die Erde rammte. Als Jock sich irgendwann wieder hochstemmte und nach Luft schnappte, war sein Gesicht nahezu auf den doppelten Umfang angeschwollen.

Trotzdem hatte ihn sein Glück nicht ganz verlassen. Nur ein paar Yards von den Nesseln entfernt begann sich eine der seltsamen orangefarbenen Disteln zu bewegen, zuckte auf ihn zu, und ihre Stacheln schnappten aus dem Blütenkopf.

Jock sah das Ding nicht einmal. Er hatte sich auf die Füße gerappelt und war benommen losgetappt.

Die Distel verfehlte ihn um dreieinhalb Inches.

Pete Bain und Tam Donald allerdings hingen noch immer an der Flanke des Aufliegers, Tam nur noch an einer Hand. Sie hatten den Durchbruch durch die Hecke überstanden. Dann traf das Vorderrad auf den Felsen, und der Tanker schüttelte sie ab wie Fliegen. Zu diesem Zeitpunkt klammerten sie sich aneinander fest. Sie wirbelten über Baumspitzen hinweg. Tam landete schließlich mit einer solchen Wucht auf Petes Gesicht, daß der Kiefer gleich an drei Stellen zersplitterte. Tam brach sich beide Knie und den Rücken und wachte erst im Krankenhaus wieder auf, wo man ihm eröffnete, daß er für den Rest seines Lebens im Rollstuhl sitzen würde. Sehr, sehr viel später entdeckte er dann sein Interesse an Computern und schaffte es schließlich sogar, eine eigene Firma zu gründen.

Momentan aber waren die beiden Lastzüge samt ihren Ladungen immer noch in Bewegung.

Der Zylinder des Gas-Tankers segelte groß und weiß den Abhang hinab, prallte auf, hüpfte wieder in die Luft, prallte wieder auf und schlingerte immer noch weiter.

Der Anhänger des Sattelschleppers hüpfte, begleitet von einem intensiven Knirschen sich verziehenden Stahls, über die Straßen-Bordsteine hinweg, und die Fässer hüpften ebenfalls – und zwar über die Weißdornhecke und in das Distelfeld hinein; und dann kullerten und rollten und wirbelten vierzig große Eichenfässer mit ganz beachtlicher Geschwindigkeit dem Wald entgegen.

*****

Martin Thornton riß die kleine Dorrie Haldane samt Teddybär an sich und brüllte eine Warnung, als das erste Whisky-Faß über den Hügelrand geflogen kam. Im gleichen Moment warf er sich mit seiner Last beiseite und rollte ab und paßte auf, daß er nicht auf dem Kind zu liegen kam. Caitlin war mit dem anderen kleinen Mädchen unterwegs, und die blonde Susan Herron tauchte wie ein erschreckter Hase unter dem Faß hindurch. Ein gewaltiger Aufprall ließ den Boden erbeben, dann folgten rasend schnell weitere krachende Schläge, und plötzlich hallte die ganze Luft von Donnern und Poltern wider, und scheinbar zahllose Whisky-Fässer wirbelten in einem tödlichen Ballett zum Waldrand hinab. Eines zerbarst an einem scharfkantigen Felsen, und gewölbte Faßbretter explodierten nach außen. Ein Metallreifen rollte davon. Whisky sprühte in einer Bernsteinwolke über das Gras.

Die Lawine donnerte sekundenlang an ihnen vorbei. Martin sah sich um und stellte fest, daß sie alle unverletzt waren. Er stellte Dorrie auf die Füße. In diesem Augenblick rutschte fünfzig Fuß entfernt das weiße Monstrum über den Abgrund. Zuerst glaubte Martin, es würde direkt auf sie zurasen, und verlor jede Hoffnung. Er war am Ende seiner Kraft. Aber das Ding schlitterte seitwärts an ihnen vorbei, schlug einen aberwitzigen Purzelbaum und wirbelte dann in rasenden, donnernden Pirouetten den Ausläufern von Fasach Wood entgegen. Ganz zuletzt krachte es mit einem gewaltigen hohlen *Rums!* gegen einen mit einer dicken, regennassen Sphagnum-Schicht überwachsenen Felsen. Die Feuchtigkeit verhinderte, daß sich Funken bildeten ...

Verhinderte sie es wirklich?

Die Flanken des Zylinders platzten auf. Das Flüssiggas stand unter Druck und quoll in einer schneeweißen Wolke in die frühe Abendluft heraus ...

... und die Explosion, die sie normalerweise spätestens jetzt hätte töten müssen, blieb immer noch aus.

Martin starrte auf den sich ausbreitenden Dunst, sah zu, wie er um den Tanker herum einen weiten Teppich bildete und dann einfach zerfloß und hangabwärts sickerte und in Fasach Wood verschwand.

Mehrere Sekunden lang war sein Geist wie betäubt. Er ließ sich einfach in das nasse Gras fallen und starrte mit einer bizarren Faszination in die Tiefe – bis ein plötzlich auffrischender Windstoß den Geruch von Gas und Whisky zu ihm herantrug.

Plötzlich begriff er, *was* das für eine weiße Wolke war. Plötzlich klapperten vor lauter Nervosität seine Zahnreihen aufeinander.

»Kommt alle mit. *Und zwar schnell!*« brüllte er und sprang mit einer Schnelligkeit auf die Füße, die er sich selbst nicht mehr zugetraut hätte. Caitlin wandte sich um und sah den Ausdruck auf seinem Gesicht. Sie stellte keine Fragen. Martin schnappte sich Dorrie Haldane, packte Susan Herran am Handgelenk und hetzte los. Sie schafften es in zwanzig Sekunden bis zu den Hecken.

Martin half den Kindern über den Zauntritt, an dem Susan in der Nacht des Ceilidh von Paul Thomson geküßt worden war; es blieb keine Zeit für wehmütige Erinnerungen. Martin trieb die Kinder an, drängte sie, sich zu beeilen. Sie stürmten weiter. Von hier bis zum Straßenrand war es noch weit genug. Irgendwo weiter rechts lagen Trümmer. *Teile eines Sattelschleppers.* Er sah nicht genauer hin. Er hörte ein Stöhnen, aber er hielt es für ein Geräusch der Kinder. Viel zu weit, dachte er, viel zu weit.

Dann sah er ein paar Dutzend Yards weiter oben am Hang zwei Gestalten. Alec Stirling und der junge Craig Buist kamen ihnen entgegen.

Alec bemerkte sie im gleichen Moment. Seine Brille rutschte ihm über die Nase herab, und er spähte wie ein Eulenmann auf die arg ramponierte Gruppe, die den Berghang emporkeuchte.

»Bleibt von den Büschen weg!« brüllte er und schwenkte einen Gegenstand, der durch eine Art schwarze Nabelschnur mit einem Tornister auf Craigs Rücken verbunden war.

»Seht her!« brüllte Alec wieder. »Und jetzt paßt mal auf!« Er rannte ein paar Schritte vor. Craig stellte bereits einen stabil aussehenden Metall-Apparat neben ihm auf der Straße ab. In einer der Hecken regte sich etwas; eine stachelige grüne Pflanze wand sich über Äste und Zweige und schnellte ins Freie heraus. Und wuchs. Der Blütenstand schwoll mit alarmierender Geschwindigkeit an. Alec wandte sich dem Ding zu, blieb jedoch auf Distanz. Craig stemmte seinen Fuß auf ein Pedal des Metall-Apparates und begann mit heftigen Tritten zu pumpen. Ein dünner Strahl zischte aus dem Stutzen, den Alec nun beidhändig auf die Pflanze und das Gestrüpp richtete. Es zischte. Die Pflanze prallte zurück und verfärbte sich schwarz und welkte.

Alec strahlte Martin an.

»Du hast recht gehabt, mit diesem Unkraut-Killer, Boß! Diese Dinger sind überall. Haben die Kühe des Jungen umgebracht. Dachte mir, die alte Fußpumpe würde uns gute Dienste leisten.«

»Nicht mehr lange«, stieß Martin atemlos heraus und kam zwei Sekunden später bei dem Postboten an. »Wir müssen den Hang rauf. Da unten liegt ein Gas-Tanker.«

»Das hört sich nicht gut an.«

»Nein«, sagte Martin und rang nach Atem. »Er ist aufgeplatzt. Und Butangas läuft aus.«

Alec stierte ihn begriffstutzig an, und Martin packte ihn

bei der Schulter und stieß ihn herum und vor sich her. Als sie die Straße erreichten, drängte er ihn weiter, ein paar Yards weit die Straße entlang, zu Caitlin und den Kindern. Dann erst drehten sie sich um und sahen nach unten.

Die schneeweiße Wolke breitete sich sechs Fuß hoch und schwammig über den unteren Teil des Hanges aus; einzelne Rinnsale wanden sich wie Tentakel aus schaumigem Nebel dem Wald entgegen. Das Gas floß in Rinnen und Bodenhöhlungen und unter die Bäume und kühlte in atemberaubendem Tempo ab. Alles, was damit in Berührung kam, erstarrte. Selbst aus dieser Höhe konnte Martin Thornton den silbernen Rauhreif sehen, der Blätter und Stämme erfaßte. Schon glitzerte der Rand von Fasach Wood wie eine Eis-Skulptur. Das rasende Wachstum war abrupt gestoppt.

Noch während sie fassungslos nach unten starrten, entstand weiter östlich – auf der anderen Seite der Flüssiggaswolke – eine *neue* Bewegung. Die ersten bleichen Ausläufer waren höchstens noch fünfzig Fuß davon entfernt. Farndickicht knirschte unter stampfenden Schritten, dann drängte sich eine Gestalt aus der wuchernden Blätterwand.

Es war ein Mann. Er stieß sich durch das Unterholz, trat nach vorzuckenden Ästen und riß Kletterranken von sich, die ihn wie Schlangen umfaßten. Mit einem verzweifelten Schrei riß er sich vollends los und taumelte ins Freie. Im gleichen Augenblick hörte Martin den Kinderschrei neben sich.

»Daddy!«

Die kleine Dorrie war dem Mann, der sie vor dem Wald gerettet hatte, nicht mehr von der Seite gewichen. Aber jetzt sah sie da unten den zerlumpten, erschöpften Mann am Waldrand auftauchen und wußte sofort, wer das war. Sie zögerte keine Sekunde, sondern lief los.

Martin bekam sie gerade noch am Kleid zu fassen.

»Bringt sie weg von hier«, schnappte er und schob sie zu Alec hinüber.

Der Postbote nahm sie bei der Hand und nickte ohne nachzudenken – aber gleich darauf fragte er sich, wie, um Gottes willen, er das sich windende und brüllende Kind bloß beruhigen sollte.

Martin war bereits wieder unterwegs, erreichte den Zauntritt und kletterte hinauf und schwenkte beide Hände in der Luft und brüllte:

»Hierher, Mann! *Lauf!*«

Duncan Haldane sah hoch und bemerkte die Gruppe. Martin zeigte mit übertriebenen Gesten nach rechts. Das bleiche Gesicht wandte sich nicht ab; der Mann starrte offensichtlich verständnislos zu ihm her. Dann – endlich! – drehte sich der Kopf.

Der Mann sah die perlweißen Tentakel der Wolke auf sich zukriechen. Alles, was sie berührte, wurde schneeweiß. Blätter gefroren zu hauchzarten, gläsernen Gebilden. Ein frostiges Knirschen und Klimpern war zu hören, sooft sie sich im Wind berührten. Er machte ein paar Schritte, rutschte aus, kam wieder auf die Füße und stolperte den weiten Hang herauf. Er sah immer wieder über die Schulter zurück; nicht auf die Wolke, sondern den Wald. Fünf Sekunden später floß der Nebel bereits über die Stelle hinweg, an der er gerade noch gestanden war, und die eisige Erstarrung griff auch hier um sich.

Der große Bauer riß alle seine verbliebenen Kräfte zusammen und rannte humpelnd weiter.

Martin Thornton war vollkommen erschöpft. Dennoch hetzte er jetzt wieder nach unten. Sie trafen sich auf halbem Wege. Duncans Oberschenkel war eine glitschige, blutüberströmte Masse. Er stöhnte hinter zusammengebissenene Zähnen und sah aus, als würde er im nächsten Moment zusammenbrechen. Martin legte ihm den Arm um die Hüfte und stützte ihn und zog ihn den steilen Abhang hinauf und an den Zauntritt. Dort kam ihnen bereits Dorrie entgegengerannt – und ließ vor lauter Eile sogar ihren Teddybären fallen. Sie stürzte zu ihrem Vater und schlang beide Arme um seine Taille – und ihr Ansturm warf den großen Bauern um. Er kippte nach hinten, und seine Tochter hielt ihn einfach weiterhin verzweifelt umklammert und kam auf ihm zu liegen. Martin zog die beiden auf die Füße und schob sie die Leiter hinauf.

Bevor Duncan auf der anderen Seite hinabkletterte, drehte er sich um und sah über Martins Schulter. Sein Mund öffnete sich, sein ganzer Körper schien steif zu werden. Martin fuhr instinktiv herum. Unten, amRande des Waldes, nur ein paar Inches von der Flüssiggas-Wolke und den erstarrenden Pflanzengewirren entfernt, war ein Schemen aufgetaucht. Etwas, das sich groß und dunkel und in schlangenartigen Wellen bewegte.

»Was, zur Hölle, ist das?« fragte er.

»Etwas, das ich nie wieder sehen wollte«, flüsterte Duncan Haldane ohne jede Regung in der Stimme. »Wir müssen weiter. Wir müssen alle von hier wegbringen.«

Der Schemen dehnte sich aus, wurde lang und gleitend; er *floß* durch die Schatten ins Freie heraus und wurde zu etwas Braunem, Flachem. Und er war schnell. Rasend schnell. Und seine Gestalt veränderte sich. Er wurde größer, größer, er dehnte sich aus, er zerfloß.

Martin wußte längst Bescheid. Wußte längst, WAS da kam. Und woraus es bestand.

»Ist noch jemand im Wald?« fragte er Duncan Haldane.

Duncan schüttelte langsam den Kopf.

Susan Herron sagte: »Sie sind alle tot. Alle. Alle Kinder, und Melanie und Caroline . . . Der Wald hat sie alle umgebracht.« Ihre Stimme zersplitterte.

Martin sah auf die beiden kleinen Mädchen hinab. Sie waren hinter dem Zauntritt in Sicherheit. Aber das braune Ding wirbelte und floß bereits den Hang herauf.

»Niemand mehr? Ehrlich?«

Auch die Kinder schüttelten jetzt den Kopf; ihre Gesichter waren schlaff. Ihre Augen schienen noch immer das entsetzliche Lebendigwerden des Fasach zu sehen.

»Okay. Dann weg mit euch. Verschwindet. Alle. Zur Straße hinauf.« Sie starrten ihn nur an.

»Ich meine JETZT GLEICH!« schrie Martin Thornton.

Susan und die Kinder rannten bereits. Alec begann etwas zu sagen, aber da war dieser Ausdruck auf Martins Gesicht . . . Der Mann von der Post schloß den Mund wieder. Caitlin starrte Martin verwirrt an.

»Du auch!« sagte er ganz sanft. »Bring sie weg von hier. So schnell du nur kannst.«

Er streifte den Rucksack von den Schultern. Es klirrte, als er zu Boden fiel. Caitlin lief los, hinter den anderen her . . . und blieb noch einmal stehen. Alec und der Junge führten die Gruppe an und behielten wachsam die Hecken im Auge.

»Was hast du vor?« wollte Caitlin wissen.

Er zerrte die alte Lötlampe aus dem Rucksack. Sie lag schwer und beruhigend wie eine mächtige Waffe in seiner Hand.

»Ich sorge dafür, daß es aufhört . . .«

Er hob den blauen Zylinder, wischte kurz über die Sprühdüse.

»Ich laß dich nicht allein«, sagte Caitlin.

Er sah in ihre grünen Augen. Er sah die tödliche Müdigkeit darin.

Sie hielt seinem Blick viel zu lange stand; er glaubte das Monstrum bereits hören zu können; gleitende Bewegungen in raschelndem Gras und –

Sie nickte ganz unvermittelt. Vielleicht hatte sie seine Gedanken gelesen. Die *Magie*, die sie beide verband, würde niemals sterben.

Caitlin kam zurück und umarmte ihn ganz kurz. Ihre Lippen streiften seine Wange.

»Beeil dich. Ich warte auf dich«, sagte sie dicht an seinem Ohr. Dann drehte sie sich um und rannte hinter Alec und Craig und den anderen her, den Hang hinauf.

Martin kletterte über den Zauntritt und zog, während er am Rand des Abhangs entlangging, seinen Gürtel aus der Hose. Sein Blick schweifte über den weiten Hang hinab. Der Auflieger des Tanklastzuges zeichnete sich nur noch als gewaltige Wölbung durch das Leichentuch des Nebels ab. Die Flüssiggas-Wolke breitete sich unaufhaltsam weiter aus. Eines der Whisky-Fässer ragte ein paar Yards vor dem Waldrand als schwarze Insel aus der bleichen Überschwemmung hervor. Die Stille war unheimlich. Kein einziger Vogel sang. Kein Windhauch rührte sich. Die neblige Masse breitete sich weiter unter den Bäumen aus. In ihrer Reinheit wirkte sie bedrohlicher als jedes Monstrum.

Dann entdeckte Martin den braunen Schemen wieder: Das Wesen hatte auf der gegenüber liegenden Seite der weißen Fläche angehalten und richtete sich nun wie witternd auf. *Es sieht genau zu mir her. Es starrt mich an. Es weiß Bescheid.* Der Schemen setzte sich in Bewegung, kroch weiter, umrundete das Weiß und wurde größer und größer – ein flatterndes, krabbelndes Etwas. Martin konnte bereits ein trockenes Rascheln hören.

Er fädelte das Ende seines Ledergürtels durch den Handgriff der Lötlampe und dann durch die Gürtelschnalle und zurrte das ganze zu. Er schwang das Ding probeweise vor und zurück, wog es in der Hand, versuchte ein Gefühl dafür zu bekommen. Dann drehte er die schwarze, geriffelte Ventilschraube auf.

Gas brauste heraus.

Martin kramte in seiner Hosentasche. Das Feuerzeug lag unter den Wagenschlüsseln. Er zog es heraus und schnippte es an und hielt die Flamme unter die Düse.

Ein violettblaues Lodern zerteilte brüllend die Luft. Er drehte die Düse bis zum Anschlag auf. Hitze entstand. Die Stichflamme loderte grell und sengendheiß zwei Fuß weit aus der Düse hervor.

Martin Thornton zögerte keine Sekunde. Er richtete sich auf, stellte sich breitbeinig hin, nahm das Ende des Gürtels fest in die Hand und ließ seine ganz spezielle Fakkel wie eine Steinschleuder kreisen. Die Feuerlanze brauste in der Luft und versengte den Stoff seiner Hose. Martin schwang das Ding hoch, ließ es zwei-, dreimal über dem Kopf wirbeln und hörte das WUUUSCH! der Flamme lauter und ärgerlicher werden – und ließ los. Die Fackel brannte einen grellen, blauen Bogen in den Himmel und stürzte dann trudelnd in die Tiefe und landete zielsicher in der Masse der lebenden, raschelnden, knisternden Blätter. Der Similaris-Dämon reagierte augenblicklich; ein riesiges *Ding* explodierte in die Höhe, eine Gestalt formte sich, zuerst breit und massig, dann hoch und spindeldürr – eine tollwütige Metamorphose. Dann *explodierten* die Flammen. Die Masse verlor jeden Zusammenhalt. Teile brennender Blätter flogen empor und davon. Das huschende Ding krümmte sich in der Gluthitze, wirbelte in einem weiten Kreis herum, stürzte, veränderte sich bereits wieder und taumelte den Hang hinab und geradewegs auf die weiße Wolkenmasse zu.

Schlagartig wußte Martin, was nun kam. Das lodernde Etwas war noch zwanzig Yards von der weißen Flüssiggas-Wolke entfernt, als er sich herumwarf und lostürmte. Er schaffte es bis zu den Felsbrocken und war noch immer Lichtjahre von dem Zauntritt entfernt, als die Welt hinter ihm in einer einzigen vernichtenden Druckwelle ausgelöscht wurde.

Ein riesiger Donnerschlag rollte durch das Tal, und mit ihm kam ein erstes Hochbrausen von Feuer. In weitem Umkreis wurden Hecken aus dem Boden gesprengt, wirbelten Bäume und Gestrüppfetzen und Blätter – und verwandelten sich im nächsten Moment schon in Asche. Das Distelfeld verging in einem Feuermeer.

Aber das war nur das verdünnte Gas am Rande des Waldes gewesen.

Im Innern von Fasach Wood hatte sich die Wolke in Vertiefungen und Senken unter den Bäumen gesammelt. Alles Wachstum war gestoppt, alle Bewegungen waren erstorben. Das Gas war bis zum Corrie River hinabgeflossen. Gestrüpp und Dornenranken ragten erfroren und glitzernd empor. Die Whiskyfässer waren Schemen in der geisterhaft bleichen Masse, die über den Boden kroch und alles Leben tilgte.

Die violette Flamme der Lötlampe entzündete das Monstrum am Rande der Gaswolke, und ein Inferno aus brausender Hitze und blendenden Farben tobte durch den Wald. In einem Sekundenbruchteil wurde Fasach Wood zu einer weißglühenden Flammenhölle. Feuerströme durchrasten den Wald von einem Ende zum anderen. Grelle Flammenkaskaden stürzten auf die Wasser des Corrie und brachten sie zum Kochen. Bäume wurden entwurzelt, wurden zu Asche. Jede auch noch so kleine Pflanze schrumpfte und verbrannte bereits im ersten Auflodern und nährte das Inferno aus purer Weißglut noch mehr, und hochaufragende Buchen und uralte Eichen vergingen in kreischenden, zuckenden Feuerstößen und Schattenwirbeln. Auch der Whisky verdampfte und entzündete sich. Die Fässer explodierten. Eine ganze Serie von Donnerschlägen schüttelte das Tal auf seiner gesamten Länge.

Die Flammen schlugen nun überall aus dem Wald empor, und die Hitze versengte fünfhundert Yards weit rings um den Fasach herum jedes auch noch so geringe Leben, einschließlich jener bösartigen Gewächse, die Sheila Garvies Hexenkeller entwichen waren. Die aufsteigende Hitze ließ die Luft wie flüssig erzittern; von weiter oben am Hang strömte kühlerer Sauerstoff brüllend in die Raserei des lodernden Waldes. Feuerstacheln zuckten zweihundert Fuß hoch in den Himmel. Die Rauchglocke wurde selbst zweihundert Meilen entfernt im Norden noch gesehen, und die Infrarot-Kameras eines orbitalen Wettersatelliten reagierten ebenfalls und schossen ihre Bilder.

Martin Thornton stemmte sich hoch, wandte sich geduckt um und vergewisserte sich, daß sich die aus dem Gras aufragenden Felsen zwischen ihm und dem Höllenfeuer am Fuße des Berghanges befanden – dann erst rannte er los. Die Hitze versengte ihm trotzdem die Nakkenhärchen; einzelne Fäden seiner Jacke begannen zu schwelen. Im Rückstrom der Druckwelle brausten mächtige Sturmwinde aus den Dumbuie Hills herab und rissen ihn fast von den Füßen – und für einen entsetzlichen Moment glaubte er, in den feuerspeienden Hexenkessel hinabgeschleudert zu werden. Aber er schaffte es bis an den Zauntritt. Er zog sich darüber, ließ sich auf der anderen Seite einfach fallen und rannte stolpernd und taumelnd weiter und erreichte die Straße und rannte immer noch und hustete heiße Luft aus seinen Lungen heraus.

Und dann war er weit genug von dem Feuersturm entfernt und drehte sich um und sah dem allumfassenden Vernichtungswerk der Flammen zu; sah zu, wie einer der letzten verbliebenen Teile des alten kaledonischen Waldes verging. Er empfand keine Gewissensbisse.

Als die Flammen turmhoch aufloderten und selbst über diese Entfernung hinweg seine Wangen röteten, lächelte er, wandte sich ab und ging die Straße entlang Caitlin Brook entgegen.

Band 12393

Michael C. Eberhardt

Corpus Delecti

Ein atemberaubender Gerichts-Thriller

Chad Curtis, ein ehemaliger Profisportler, ist angeklagt, seine hübsche Exfreundin Robin Penrose ermordet zu haben, und eine Vielzahl von Indizien deutet auf seine Schuld hin. Der wichtigste Beweis jedoch fehlt: Robins Leichnam.
Sean Barret, Curtis' Verteidiger, der von der Unschuld seines Mandanten überzeugt ist, begibt sich auf eine spektakuläre Reise, die ihn sowohl in die High-Society als auch in die Unterwelt von Kalifornien und Las Vegas führt. Zur Seite steht ihm die attraktive Rechtsanwältin Carrie Robinson, die auch dann zu ihm hält, als er in größte Gefahr gerät...

BASTEI LÜBBE

Band 12380

Jutta Ditfurth

Blavatzkys Kinder

Der ambitionierte Thriller zu einem brandheißen Thema

Miriam, Computerfreak, und Robert, Saxophon spielender Journalist, begegnen sich in Osteuropa und stoßen auf die Spur eines weltweiten Menschenhandels. Schon bei ihrer ersten Berührung mit der *Organisation* werden sie gejagt. Wer ihnen hilft, schwebt in Lebensgefahr. Ihre einzige Chance ist das *Netz*, das ungewöhnliche Techniken anwendet, um die *Organisation* zu zerbrechen.

Jutta Ditfurth lebt und arbeitet vorwiegend in Frankfurt am Main. »Blavatzkys Kinder« ist ihr erster Roman.

BASTEI
LÜBBE

Band 12368

Peter Berling

Das Blut der Könige

Die Kinder des Gral in den Wirren der Kreuzzüge

Im Jahre 1249 führt der französische König Ludwig ein gewaltiges Kreuzfahrerheer nach Ägypten. Zwei Kinder kreuzen seinen Weg, Roç und Yezabel aus dem sagenumwobenen Geschlecht der Gralshüter. Noch hat sich ihre Mission, gelenkt von einem geheimen Orden, der den Weltfrieden zwischen Orient und Okzident anstrebt, nicht erfüllt. Vor der Kulisse von Sultanspalästen und Kreuzritterburgen, Harem und Pyramiden entwirft Peter Berling ein farbiges Bild des Mittelalters zur Zeit der Kreuzzüge.

BASTEI LÜBBE